HEYNE <

T.J. KLUNE

MR. PARNASSUS' HEIM FÜR MAGISCH BEGABTE

Roman

Aus dem Amerikanischen übersetzt
von Charlotte Lungstrass-Kapfer

WILHELM HEYNE VERLAG
MÜNCHEN

Titel der Originalausgabe:
THE HOUSE IN THE CERULEAN SEA

FSC
www.fsc.org
MIX
Papier aus verantwortungsvollen Quellen
FSC® C083411

Penguin Random House Verlagsgruppe FSC® N001967

3. Auflage
Deutsche Erstausgabe 05/2021
Redaktion: Martina Vogl

Printed in Germany
Umschlaggestaltung: Das Illustrat GbR, München, unter Verwendung einer Illustration von Red Nose Studio
Satz: Uhl + Massopust, Aalen
Druck und Bindung: CPI books GmbH, Leck
ISBN: 978-3-453-32136-6

www.heyne.de

Für all jene, die mich von Anfang an begleitet haben:
Seht nur, was wir geschaffen haben. Danke.

EINS

»Oje.« Linus Baker wischte sich den Schweiß von der Stirn. »Das ist höchst ungewöhnlich.«

Was noch untertrieben war. Fasziniert sah er zu, wie ein elfjähriges Mädchen namens Daisy mehrere Holzklötze über ihrem Kopf schweben ließ. Die Bauklötze flogen in konzentrischen Kreisen träge um sie herum. Daisy runzelte angestrengt die Stirn, und zwischen ihren Zähnen lugte die Zungenspitze hervor. So ging das gut eine Minute lang, bis die Klötze schließlich langsam zu Boden sanken. Wirklich erstaunlich, wie weit ihre Kontrolle reichte.

»Ich verstehe.« Linus schrieb eifrig auf seinen Notizblock. Sie befanden sich im Büro der Heimleitung, einem ordentlich aufgeräumten Raum mit dem typischen, von der Regierung genehmigten braunen Teppichboden und abgenutztem Mobiliar. An den Wänden hingen abscheuliche Bilder von Lemuren in verschiedenen Posen. Zuvor hatte die Heimleiterin sie Linus stolz präsentiert, ihm von ihrer Leidenschaft für die Malerei berichtet. Ja, wäre sie nicht Leiterin dieses speziellen Waisenhauses geworden, würde sie jetzt sicher als Lemurenbändigerin beim Zirkus arbeiten oder eine eigene Galerie führen, um ihre Kunst mit der ganzen Welt zu teilen. Linus war zwar der Meinung, die Welt wäre besser dran, wenn die Bilder dieses Zimmer niemals verließen, doch er behielt diesen Gedanken für sich. Schließlich war er nicht hier, um sich als Laienkunstkritiker zu versuchen. »Und wie oft … äh … du weißt schon … Wie oft lässt du Gegenstände schweben?«

Die Heimleiterin, eine untersetzte Frau mit krausem Haar, trat vor. »Oh, nur ganz selten«, sagte sie schnell. Ihr Blick huschte nervös hin und her, und sie rang die Hände. »Vielleicht ein- oder zweimal ... im Jahr?«

Linus hustete dezent.

»Monat«, korrigierte sie sich hastig. »Ich Dummerchen. Warum sagte ich denn Jahr? Kleiner Versprecher. Genau, ein- oder zweimal im *Monat*. Sie wissen ja, wie das ist. Je älter die Kinder werden, desto eher ... tun sie es.«

»Stimmt das?«, wandte sich Linus an Daisy.

»Oh ja«, nickte das Mädchen. »Ein- oder zweimal im Monat, nicht öfter.« Dabei strahlte sie ihn so treuherzig an, dass Linus sich fragte, ob ihr die Antworten vor seiner Ankunft eingeimpft worden waren. Es wäre nicht das erste Mal, dass so etwas passierte, und sicher auch nicht das letzte Mal.

»Natürlich.« Sie warteten schweigend, während sein Stift wieder über das Papier kratzte. Er spürte ihre Blicke, konzentrierte sich aber auf die Worte. Nur mit Aufmerksamkeit erlangte man Akkuratesse. Er war ein gründlicher Mensch, und sein Besuch in diesem Waisenhaus war gelinde gesagt erhellend gewesen. Nun musste er so viele Details wie möglich festhalten, um seinen Abschlussbericht fertigzustellen, wenn er ins Büro zurückkam.

Die Heimleiterin zupfte nervös an Daisy herum, strich ihr das wirre schwarze Haar aus der Stirn und steckte es mit Schmetterlingsspängchen fest. Daisy starrte nur traurig die Holzklötze auf dem Boden an, als wünschte sie sich, sie würden noch einmal in die Luft steigen. Ihre buschigen Augenbrauen zuckten.

»Hast du es denn unter Kontrolle?«, fragte Linus.

Noch bevor Daisy den Mund aufmachen konnte, sagte die Heimleiterin: »Natürlich. Wir würden ihr niemals gestatten ...«

Linus hob die Hand. »Es wäre mir lieber, Madam, wenn ich das von Daisy selbst hören könnte. Natürlich zweifele ich nicht daran, dass Sie nur das Beste für sie wollen, aber meiner Erfahrung nach sind Kinder wie Daisy meist etwas ... unverblümter.«

Die Heimleiterin schien noch etwas sagen zu wollen, weshalb Linus vielsagend eine Augenbraue hob. Daraufhin nickte sie und trat seufzend einen Schritt zurück.

Nachdem er seine Notizen abgeschlossen hatte, drückte Linus die Kappe auf den Stift und schob ihn zusammen mit dem Block zurück in seine Aktentasche. Dann stand er auf und ging vor Daisy in die Hocke; seine Knie protestierten knirschend.

Daisy hatte die Augen weit aufgerissen und kaute auf ihrer Unterlippe herum.

»Daisy? Hast du es unter Kontrolle?«

Sie nickte langsam. »Glaube schon? Seit ich hier bin, habe ich niemandem mehr wehgetan.« Ihre Mundwinkel sanken herab. »Nicht seit Marcus. Ich mag es nicht, Leuten wehzutun.«

Er war geneigt, ihr das zu glauben. »Das sagt ja auch niemand. Aber manchmal haben wir die ... Gaben, die uns geschenkt wurden, nicht ganz unter Kontrolle. Was nicht unbedingt immer die Schuld desjenigen ist, der die Gabe in sich trägt.«

Diese Erklärung sorgte offenbar nicht dafür, dass sie sich besser fühlte. »Wessen Schuld ist es dann?«

Linus blinzelte überrascht. »Nun ja, ich denke, verschiedene Faktoren spielen eine Rolle. Neuere Forschungen gehen davon aus, dass extreme Gefühlslagen solche Vorfälle auslösen können: Traurigkeit, Wut, sogar Freude. Vielleicht warst du einfach so glücklich, dass du aus Versehen den Stuhl auf deinen Freund Marcus geschleudert hast?« Was der Grund gewesen war, warum man ihn überhaupt hergeschickt hatte. Marcus war ins Krankenhaus geschickt worden, damit sein Schwanz untersucht wurde. Er war böse umgeknickt worden, und die Klinik hatte das sofort der Behörde für die Betreuung Magischer Minderjähriger gemeldet, ganz vorschriftsmäßig. Die Meldung hatte eine Untersuchung zur Folge, weshalb

Linus den Auftrag erhalten hatte, sich dieses Waisenhaus anzusehen.

»Ja«, nickte Daisy, »genau so war's. Marcus hat mich so glücklich gemacht, als er mir meine Buntstifte geklaut hat, dass ich aus Versehen einen Stuhl auf ihn geschleudert habe.«

»Verstehe. Hast du dich bei ihm entschuldigt?«

Wieder wanderte ihr Blick hinunter zu den Klötzen, und sie scharrte verlegen mit den Füßen. »Ja. Und er hat gesagt, er wäre mir nicht böse. Er hat die Buntstifte sogar für mich gespitzt, bevor er sie zurückgegeben hat. Weil er das besser kann als ich.«

»Wie nett von ihm«, sagte Linus. Er hätte dem Mädchen gerne die Schulter getätschelt, aber das wäre nicht angemessen gewesen. »Und ich weiß, dass du ihm nicht wehtun wolltest. Nicht mit Absicht. Vielleicht halten wir in Zukunft kurz inne und denken nach, bevor wir uns von unseren Emotionen überwältigen lassen. Wie klingt das für dich?«

Sie nickte entschlossen. »Oh ja. Ich verspreche, innezuhalten und nachzudenken, bevor ich nur mit der Kraft meiner Gedanken Stühle durch die Gegend werfe.«

Linus seufzte leise. »Ich denke nicht, dass ich das so ...«

Irgendwo in den Tiefen des alten Hauses ertönte eine Glocke.

»Kekse«, hauchte Daisy und rannte zur Tür.

»Aber nur *einen*«, rief die Heimleiterin ihr hinterher. »Sonst verdirbst du dir den Appetit fürs Abendessen!«

»Bestimmt nicht!«, rief Daisy zurück, bevor sie die Tür hinter sich zuknallte. Linus hörte das Trappeln ihrer leichten Schritte, als sie Richtung Küche davonrannte.

»Oh doch«, murmelte die Heimleiterin und ließ sich auf ihren Schreibtischstuhl fallen. »Das schafft sie jedes Mal.«

»Ich finde, sie hat ihn sich verdient«, sagte Linus.

Die Frau fuhr sich mit der Hand über das Gesicht, bevor sie ihm einen wachsamen Blick zuwarf. »Nun, das war's dann also. Sie haben mit allen Kindern gesprochen. Sie haben sich das Haus angesehen. Sie konnten sich davon überzeugen, dass Marcus wohlauf ist. Und trotz dieses … Vorfalls mit dem Stuhl ist doch wohl offensichtlich, dass Daisy niemandem schaden möchte.«

Er hielt ihre Einschätzung für richtig. Marcus war es um einiges wichtiger gewesen, Linus dazu zu kriegen, dass er auf dem Gips an seinem Schwanz unterschrieb, als Daisy in Schwierigkeiten zu bringen. Linus hatte sich geweigert und ihm erklärt, das stünde ihm nicht zu. Doch Marcus hatte seine anfängliche Enttäuschung schnell überwunden. Nicht zum ersten Mal war Linus erstaunt darüber gewesen, wie unverwüstlich die Kinder gegenüber so ziemlich allem waren. »Ja, schon.«

»Ich nehme nicht an, dass Sie mir sagen werden, was Sie in Ihrem Bericht …«

Linus war empört. »Ganz sicher nicht. Wie Sie sehr wohl wissen, erhalten Sie eine Kopie des Berichts, nachdem ich ihn eingereicht habe. Erst dann werden Sie über den Inhalt in Kenntnis gesetzt, und keinen Augenblick früher.«

»Selbstverständlich«, sagte die Heimleiterin hastig. »Ich wollte damit nicht andeuten, dass Sie …«

»Es freut mich, dass wir da einer Meinung sind. Und die BBMM wird das sicher auch positiv vermerken.« Er hantierte mit seiner Aktentasche und schob den Inhalt so lange herum, bis alles zu seiner Zufriedenheit geordnet war. Dann klappte er sie zu und ließ die Schlösser einrasten. »Nun, wenn sonst nichts mehr ansteht, werde ich mich nun verab…«

»Die Kinder mögen Sie.«

»Ich mag sie ebenfalls. Sonst würde ich nicht das tun, was ich tue.«

»Das ist nicht bei allen aus Ihrem Metier der Fall.« Sie räusperte sich. »Genauer gesagt, bei den Sachbearbeitern.«

Linus blickte sehnsüchtig zur Tür. Dabei war er doch schon fast draußen gewesen. Er drückte die Aktentasche wie einen

Schild vor die Brust, als er sich wieder zu der Heimleiterin umdrehte.

Die war aufgestanden und kam nun um den Schreibtisch herum. Aus Gewohnheit wich Linus einen Schritt zurück. Doch sie kam nicht näher, sondern lehnte sich nur an den Tisch. »Wir hatten auch schon ... andere«, erzählte sie.

»Tatsächlich? Nun, das war natürlich zu erwarten, aber ...«

»Die sehen die Kinder gar nicht richtig«, fuhr sie fort. »Sie sehen nicht ihre Persönlichkeit, sondern nur das, wozu sie fähig sind.«

»Man sollte ihnen eine faire Chance geben, wie allen Kindern. Wie sollen sie denn je auf eine Adoption hoffen, wenn man sie behandelt, als wären sie etwas, wovor man sich fürchten muss?«

Die Heimleiterin schnaubte höhnisch. »Eine Adoption.«

Linus warf ihr einen prüfenden Blick zu. »Habe ich etwas Falsches gesagt?«

Sie schüttelte den Kopf. »Nein, Verzeihung. Auf Ihre Art sind Sie wirklich herzerwärmend. Ihr Optimismus ist beinahe ansteckend.«

»Ja, ich bin ein echter Sonnenschein«, erwiderte Linus trocken. »Nun, wenn es sonst nichts mehr gibt ... Ich finde allein ...«

»Wie können Sie diesen Job machen?«, platzte es aus ihr heraus. Sofort wurde sie kreidebleich, als könnte sie nicht fassen, was sie da gerade gesagt hatte.

»Ich weiß nicht, was Sie meinen.«

»Für die BBMM arbeiten.«

Linus' Nacken wurde feucht, und ein Schweißtropfen sickerte unter seinen Hemdkragen. In diesem Büro war es schrecklich warm. Zum ersten Mal seit Langem wünschte er sich, er wäre draußen im Regen. »Was stimmt denn nicht mit der BBMM?«

Sie zögerte. »Das war nicht als Kritik gemeint.«

»Was ich mal stark hoffen möchte.«

»Es ist nur…« Sie stieß sich von der Tischkante ab und verschränkte die Arme vor der Brust. »Fragen Sie sich nicht manchmal…«

»Nein, niemals«, antwortete Linus sofort. »Was denn?«

»Was mit einem Ort wie diesem geschieht, wenn Sie Ihren Abschlussbericht eingereicht haben? Was dann aus den Kindern wird?«

»Solange ich nicht zu einem erneuten Besuch veranlasst werde, gehe ich davon aus, dass sie alle eine fröhliche und glückliche Kindheit verleben, bis sie irgendwann fröhliche und glückliche Erwachsene werden.«

»Die noch immer behördlichen Reglementierungen unterliegen, einfach nur, weil sie sind, was sie sind.«

Linus fühlte sich in eine Ecke gedrängt. Auf so etwas war er nicht vorbereitet. »Ich arbeite nicht für die Behörde für die Betreuung Magischer Bürger. Wenn Sie in dieser Hinsicht Bedenken haben, sollten Sie das der BBMB zu Gehör bringen. Ich konzentriere mich einzig und allein auf das Wohlergehen von Kindern.«

Die Heimleiterin lächelte traurig. »Aber sie bleiben nun einmal keine Kinder, Mr. Baker. Irgendwann werden sie alle erwachsen.«

»Und sie werden von Ihnen mit dem entsprechenden Rüstzeug ausgestattet, falls sie das Waisenhaus im entsprechenden Alter verlassen, ohne adoptiert worden zu sein.« Er schob sich rückwärts einen Schritt auf die Tür zu. »Und nun entschuldigen Sie mich bitte, ich muss meinen Bus erwischen. Ich habe einen recht weiten Heimweg, da möchte ich ihn nicht verpassen. Vielen Dank für Ihre Gastfreundschaft. Und noch einmal: Sobald mein Bericht eingereicht ist, werden Sie eine Kopie für Ihre Akten bekommen. Sollten Sie noch Fragen haben, lassen Sie es uns wissen.«

»Eigentlich hätte ich noch…«

»Reichen Sie sie schriftlich ein«, rief Linus über die Schulter, während er schnell durch die Tür trat. »Ich freue mich darauf, von Ihnen zu hören.« Er zog die Tür hinter sich zu und hörte, wie der Riegel einrastete. Dann atmete er einmal tief durch. »Das hast du ja prima hingekriegt, alter Junge. Sicher schickt sie dir jetzt Hunderte von Fragen.«

»Ich kann Sie immer noch hören«, rief die Heimleiterin durch die geschlossene Tür.

Linus zuckte erschrocken zusammen und eilte den Flur hinunter.

Er wollte das Waisenhaus gerade durch den Haupteingang verlassen, als fröhliches Gelächter aus der Küche ihn innehalten ließ. Wider besseres Wissen folgte er dem Geräusch. Dabei kam er an den Plakaten vorbei, die in jedem von der BBMM zugelassenen Waisenhaus an den Wänden hingen. Sie zeigten sanft lächelnde Kinder und Botschaften wie WIR SIND AM GLÜCKLICHSTEN, WENN WIR AUF UNSERE BETREUER HÖREN oder EIN STILLES KIND IST EIN GESUNDES KIND und WER BRAUCHT SCHON MAGIE, WENN ER FANTASIE HAT?

Vorsichtig steckte er den Kopf durch die angelehnte Küchentür.

An einem großen Esstisch saß eine Gruppe Kinder zusammen.

Ein Junge, an dessen Armen blaue Federn wuchsen.

Ein Mädchen, dessen Lachen etwas Hexenhaftes hatte, was gut passte, da sie laut ihrer Akte eine solche war.

Das älteste Mädchen am Tisch hatte eine so verführerische Stimme, dass es mit seinem Gesang Schiffe auf tödliche Riffe locken konnte. Linus war entsetzt gewesen, als er ihre Akte gelesen hatte.

Dann saß dort noch ein Selkie, ein kleiner Junge mit weichem Pelz an den Schultern.

Und natürlich Daisy und Marcus. Seite an Seite saßen sie, während Daisy begeistert den Gips an seinem Schwanz bewunderte und ihn mit Kekskrümeln vollspuckte. Marcus, der den Schwanz auf dem Tisch abgelegt hatte, strahlte, dass seine Sommersprossen leuchteten. Dann fragte er, ob sie ihm auch ein Bild auf den Gips malen würde, am besten mit ihren Buntstiften. Sie hatte auch sofort ein paar Ideen: »Eine Blume. Oder einen Käfer mit spitzen Zähnen und einem Stachel.«

»Ooooh«, staunte Marcus. »Den Käfer. Du musst den Käfer für mich malen.«

Linus wandte sich zufrieden ab.

Erneut machte er sich auf den Weg zur Haustür, wo er seufzend feststellte, dass er wieder einmal seinen Schirm vergessen hatte. »Ach, verdammt …«

Er öffnete die Tür, trat in den Regen hinaus und machte sich auf den langen Weg nach Hause.

ZWEI

»Mr. Baker!«

Linus stöhnte innerlich. Der Tag war bisher so gut verlaufen. Na ja, irgendwie. Zwar prangte nun ein orangefarbener Dressingfleck auf seinem weißen Hemd, der von dem schlaffen Salat stammte, den er an der Essensausgabe erworben hatte - ein hartnäckiger Fleck, der nur weiter verschmiert war, als er ihn hatte wegwischen wollen. Und der Regen, der donnernd auf das Dach trommelte, schien keinerlei Anstalten zu machen, sich auch nur abzuschwächen. Natürlich hatte Linus wieder seinen Schirm zu Hause vergessen.

Doch abgesehen davon war der Tag bisher gut verlaufen.

Überwiegend gut.

Das Klappern der Computertastaturen ringsum verstummte, als Ms. Jenkins sich näherte. Sie war eine strenge Frau mit so straff zurückgebundenen Haaren, dass diese ihre zusammengewachsenen Augenbrauen bis auf die Mitte ihrer Stirn hochzogen. Hin und wieder fragte sich Linus, ob sie eigentlich auch nur ein einziges Mal in ihrem Leben gelächelt hatte. Wohl eher nicht. Ms. Jenkins war eine mürrische Frau mit dem Gemüt einer gereizten Natter.

Außerdem war sie seine Vorgesetzte, und Linus Baker lebte in ständiger Furcht davor, sie zu verärgern.

Nun zog er nervös seinen Hemdkragen zurecht, während sie sich zwischen den vielen Schreibtischen hindurch auf ihn zubewegte. Ihre Absätze knallten laut auf den kalten Steinboden. Dicht hinter ihr lief ihr Assistent, ein widerlicher Schleimer namens Gunther, wie immer mit einem Klemmbrett und einem abartig langen Bleistift ausgestattet, mit dem er all jene aufzuschreiben pflegte, die nachlässig zu arbeiten schienen. Am Ende jedes Tages wurde diese Aufstellung zusammengefasst, und es wurden entsprechend Strafpunkte in die Wochenliste eingetragen. Wer am Ende der Woche mehr als fünf Strafpunkte hatte, bekam einen Eintrag in die Personalakte. Was nun wirklich niemand wollte.

Wo Ms. Jenkins und Gunther vorbeimarschierten, zogen die Kollegen die Köpfe ein und gaben sich extrem beschäftigt, aber Linus durchschaute sie mühelos: Sie würden alle eifrig lauschen, um herauszufinden, was Linus angestellt hatte und welche Strafe über ihn verhängt würde. Vermutlich würde man ihn zwingen, früher nach Hause zu gehen, und ihm den Tag vom Gehalt abziehen. Oder er würde länger bleiben müssen und den Tag trotzdem vom Gehalt abgezogen bekommen. Im schlimmsten Fall würden sie ihn feuern, seine berufliche Laufbahn wäre beendet, und er würde gar kein Gehalt mehr bekommen, von dem ihm etwas abgezogen werden konnte.

Unfassbar, dass heute erst Mittwoch war.

Noch schlimmer wurde es, als Linus erkannte, dass in Wirklichkeit erst Dienstag war.

Ihm wollte partout nichts einfallen, was er verbrochen haben könnte, außer vielleicht, dass er eine Minute zu spät aus seiner viertelstündigen Mittagspause zurückgekommen war. Oder vielleicht war auch sein letzter Bericht nicht zufriedenstellend gewesen. Seine Gedanken überschlugen sich. Hatte er zu viel Zeit auf den Versuch verschwendet, den Fleck aus seinem Hemd zu waschen? Oder war ein Tippfehler in seinem Bericht gewesen? Sicher nicht. Der war makellos gewesen, im Gegensatz zu seinem Hemd.

Doch Ms. Jenkins' verkniffener Gesichtsausdruck verhieß nichts Gutes für Linus. Normalerweise fand er es hier im Büro immer ziemlich kalt, aber jetzt war ihm unangenehm warm.

Obwohl ein kühler Luftzug durch den Raum wehte – noch verschlimmert durch das trostlose Wetter –, spürte er Schweiß in seinem Nacken. Sein Computermonitor schien plötzlich viel greller zu leuchten, und er musste sich zwingen, langsam und gleichmäßig zu atmen. Bei seiner letzten Untersuchung hatte der Arzt gesagt, Linus' Blutdruck sei zu hoch, und ihm dringend geraten, die Stressfaktoren in seinem Leben zu reduzieren.

Ms. Jenkins war ein Stressfaktor.

Ein Gedanke, den er besser für sich behielt.

Sein schmaler Schreibtisch befand sich ziemlich genau in der Mitte des Großraumbüros: Reihe L, Tisch 7, in einem Raum mit 26 Reihen à 14 Tischen. Zwischen den einzelnen Tischen war kaum Platz. Ein dünner Mensch passte zwar problemlos hindurch, aber wer ein paar Pfund mehr auf den Rippen hatte (wobei die Betonung selbstverständlich auf *ein paar* liegen musste)... Hätte man ihnen persönlichen Tinnef auf den Schreibtischen gestattet, hätte das für jemanden wie Linus in einer Katastrophe enden können. Da solcherlei Dinge aber verboten waren, lief es hauptsächlich darauf hinaus, dass er mit seinen breiten Hüften an die Tische stieß und trotz hastiger Entschuldigungen böse Blicke zugeworfen bekam. Das war einer der Gründe, warum er meistens abwartete, bis kaum noch jemand da war, bevor er abends nach Hause ging. Das und die Tatsache, dass er kürzlich vierzig geworden war und nichts vorzuweisen hatte außer einem winzigen Häuschen, einer missmutigen Katze, die vermutlich alles und jeden überleben würde, und einem stetig wachsenden Bauchumfang, den sein Arzt mit merkwürdig fröhlicher Miene abgeklopft und gepikt hatte, während er über die Wunder einer Diät schwafelte.

Daher auch der schlaffe Salat aus der Essensausgabe.

Hoch oben an den Wänden hingen grauenhaft fröhliche Schilder mit Sätzen wie: SIE LEISTEN TOLLE ARBEIT und LEGEN

Sie Rechenschaft ab über jede Minute Ihres Tages, denn eine nicht festgehaltene Minute ist eine verschwendete Minute.

Wie sehr Linus diese Schilder doch hasste.

Er drückte seine Hände flach auf den Tisch, um sich nicht die Nägel in die Handballen zu rammen. Mr. Tremblay (Reihe L, Tisch 6) schenkte ihm ein finsteres Lächeln. Er war wesentlich jünger als Linus und schien seine Arbeit in vollen Zügen zu genießen. »Jetzt sind Sie dran«, raunte er Linus zu.

Ms. Jenkins baute sich vor seinem Tisch auf und presste die Lippen zusammen. Wie üblich schien sie ihr Make-up in einem dunklen Raum ohne Spiegel aufgetragen zu haben, dafür aber reichlich. Grelles Magenta leuchtete auf ihren Wangen, und ihr Lippenstift sah aus wie Blut. Sie trug einen schwarzen, bis zum Kinn zugeknöpften Hosenanzug. Traumhaft schlank war sie, bestand eigentlich nur aus Knochen mit straff darüber gespannter Haut.

Gunther hingegen wirkte so frisch und fröhlich wie Mr. Tremblay. Angeblich war er der Sohn einer wichtigen Persönlichkeit, vermutlich aus dem Allerhöchsten Management. Linus redete eigentlich nicht viel mit seinen Kollegen, aber diese Gerüchte waren auch bis zu ihm vorgedrungen. Überhaupt hatte er schon früh im Leben herausgefunden, dass die Menschen oft seine Anwesenheit (oder Existenz) vergaßen, wenn er sich still verhielt. Als er noch ein Kind gewesen war, hatte seine Mutter ihm einmal gesagt, er könne mit der Wandfarbe verschmelzen, die man ja auch nur wahrnahm, wenn man an sie erinnert wurde.

»Mr. Baker«, sagte Ms. Jenkins nun wieder. Eigentlich spuckte sie ihm seinen Namen beinahe entgegen.

Gunther stand neben ihr und grinste auf Linus hinunter. Doch es war kein freundliches Grinsen. Seine Zähne waren makellos weiß und gerade, und er hatte ein Grübchen am Kinn. Gutaussehend, auf eine gruselige Art. Sein Lächeln wäre vielleicht sogar hübsch gewesen, wenn es bis zu seinen Augen vorgedrungen wäre. Aufrichtig fand Linus Gunthers Lächeln allerdings nur, wenn er unangekündigte Kontrollen durchführte und mit seinem langen Bleistift einen Strafpunkt nach dem anderen notierte.

Vielleicht war es das. Vielleicht bekam Linus nun seinen ersten Strafpunkt, was er wie durch ein Wunder hatte vermeiden können, seit Gunther eingestellt worden war und sein Punktesystem etabliert hatte. Ihm war natürlich bewusst, dass sie ständig überwacht wurden. An der Decke hingen große Kameras, die alles aufzeichneten. Wenn jemand bei einem Verstoß erwischt wurde, erwachten die dicken Lautsprecher an den Wänden knisternd zum Leben, und es wurden Strafpunkte ausgerufen für Reihe K, Tisch 2 oder Reihe Z, Tisch 13.

Linus war nie bei schlechtem Zeitmanagement erwischt worden. Dafür war er viel zu clever. Und zu ängstlich.

Vielleicht aber nicht clever und ängstlich genug.

Bestimmt bekam er nun einen Strafpunkt.

Oder vielleicht bekam er auch *fünf* Strafpunkte, das ergäbe dann einen Eintrag in der Personalakte, der wie ein Schandfleck seine siebzehn Jahre Dienst bei der Behörde überschatten würde. Vielleicht hatten sie den Dressingfleck bemerkt. Hinsichtlich der Berufskleidung galten strenge Vorschriften. Sie waren detailliert aufgelistet auf den Seiten 242-246 der *VORGABEN UND VERORDNUNGEN*, dem Mitarbeiterhandbuch der Behörde für die Betreuung Magischer Minderjähriger. Vielleicht hatte jemand den Fleck gesehen und ihn gemeldet. Das würde Linus kein bisschen überraschen. Und waren andere nicht schon wegen wesentlich geringerer Vergehen gefeuert worden?

Das wusste Linus mit Sicherheit.

»Ms. Jenkins«, begrüßte er sie beinahe flüsternd, »wie schön es doch ist, Sie zu sehen.« Lüge. Es war niemals schön, Ms. Jenkins zu sehen. »Was kann ich für Sie tun?«

Gunthers Grinsen wurde noch breiter. Also vermutlich *zehn*

Strafpunkte. Immerhin war das Dressing orange. Er würde nicht einmal einen Pappkarton brauchen. Ihm gehörte in diesem Raum nichts außer der Kleidung, die er am Körper trug, und dem Mauspad. Es war mit dem verblassten Bild eines weißen Sandstrands bedruckt, dahinter das blaueste Meer der Welt. Und ganz oben stand: WÄRST DU NICHT GERNE HIER?

Oh ja. Jeden Tag aufs Neue.

Ms. Jenkins hielt es nicht für nötig, Linus' Begrüßung zu erwidern. »Was haben Sie getan?«, wollte sie von ihm wissen. Ihre Augenbrauen hingen nur knapp unter ihrem Haaransatz, was physisch eigentlich unmöglich sein sollte.

Linus schluckte schwer. »Verzeihung, aber ich fürchte, ich weiß nicht, worauf Sie sich beziehen.«

»Schwer zu glauben.«

»Oh. Äh ... Entschuldigung?«

Gunther kritzelte etwas auf sein Klemmbrett. Vermutlich trug er Linus gerade noch einen Strafpunkt ein, wegen der sichtbaren Schweißflecken unter seinen Achseln. Gegen die er im Moment rein gar nichts tun konnte.

Ms. Jenkins schien seine Entschuldigung nicht anzunehmen. »Sie *müssen* irgendetwas getan haben.« Darauf beharrte sie strikt.

Vielleicht sollte er den Fleck einfach beichten. Das wäre wie wenn man sich ein Pflaster abreißt: besser schnell und in einem Rutsch, als es ewig rauszögern. »Ja. Nun ja, sehen Sie, ich versuche, mich gesünder zu ernähren. Sozusagen eine Diät.«

Ms. Jenkins starrte ihn finster an. »Eine Diät?«

Linus nickte verkrampft. »Auf ärztliche Anweisung.«

»Ein paar Pfund zu viel auf den Rippen, wie?«, fragte Gunther, dem diese Feststellung eine diebische Freude zu bereiten schien.

Linus wurde rot. »Denke schon.«

Gunther grunzte mitfühlend. »Aber besser spät als nie,

schätze ich.« Er klopfte sich mit dem Klemmbrett auf den flachen Bauch.

Gunther war einfach widerlich. Auch diesen Gedanken behielt Linus für sich. »Wie schön.«

»Sie haben meine Frage nicht beantwortet«, meckerte Ms. Jenkins. »Was in Dreiteufelsnamen haben Sie getan?«

Besser, er brachte es hinter sich. »Ein Missgeschick. Wirklich ungeschickt. Ich habe versucht, den Salat zu essen, aber dieses Kohlblatt hatte seinen eigenen Kopf und ist mir von …«

»Keine Ahnung, was Sie da faseln«, unterbrach ihn Ms. Jenkins, beugte sich vor und stützte beide Hände auf seinen Schreibtisch. Sie klopfte mit ihren schwarz lackierten Fingernägeln auf das Holz. Es klang wie klappernde Knochen. »Seien Sie still.«

»Jawohl, Ma'am.«

Sie starrte ihn an.

Sein Magen schien sich zu verknoten.

»Bei mir ging die Anweisung ein«, sagte sie gedehnt, »dass Sie morgen früh zu einem Meeting erscheinen sollen. Mit dem Allerhöchsten Management.«

Damit hatte er nicht gerechnet. So ganz und gar nicht. Genauer gesagt war das, was Bedelia Jenkins gerade gesagt hatte, auf der Liste aller Möglichkeiten der wirklich allerletzte Eintrag gewesen.

Er blinzelte verwirrt. »Wie bitte?«

Sie richtete sich auf, verschränkte die Arme vor der Brust und umfasste ihre Ellbogen. »Ich habe Ihre Berichte gelesen. Sie waren bestenfalls annehmbar. Sie können sich also vorstellen, wie überrascht ich war, als ich ein Memo erhalten habe, in dem nach Linus Baker verlangt wird.«

Plötzlich wurde Linus eiskalt. Während seiner gesamten Laufbahn war er nie zu einem Meeting mit dem Allerhöchsten Management gerufen worden. Und *gesehen* hatte er die Mitglieder des Allerhöchsten Managements auch nur zu Weihnachten, beim jährlichen Feiertagsmittagessen, wenn das Allerhöchste Management vorne im Büro Aufstellung nahm und angetrockneten Schinken und klumpiges Kartoffelpüree aus Aluschalen verteilte, immer mit dem Hinweis, ihre Untergebenen hätten sich dieses köstliche Mahl durch ihre harte Arbeit redlich verdient. Selbstverständlich musste das feine Mahl dann am Schreibtisch verzehrt werden, weil die viertelstündige Mittagspause mit der Wartezeit in der Schlange verrechnet wurde, aber trotzdem.

Es war *September*. Bis zu den Weihnachtsfeiertagen dauerte es noch *Monate*.

Und nun wollten sie ihn laut Ms. Jenkins persönlich sprechen. Ihm war noch nie zu Ohren gekommen, dass so etwas passiert wäre. Und es verhieß mit Sicherheit nichts Gutes.

Ms. Jenkins sah aus, als erwartete sie eine Antwort von ihm. Da er nicht wusste, was er sagen sollte, entschied er sich für: »Vielleicht ist da ja ein Fehler passiert.«

»Ein Fehler«, wiederholte Ms. Jenkins. »Ein *Fehler*?«

»Äh ... ja?«

»Das Allerhöchste Management macht nie Fehler«, schleimte Gunther.

Ach ja, richtig. »Dann weiß ich auch nicht.«

Ms. Jenkins gefiel diese Antwort nicht. In diesem Moment begriff Linus, dass sie auch nicht mehr wusste als das, was sie ihm gesagt hatte, und aus unerfindlichen Gründen löste diese Vorstellung ein leises, fieses Glücksgefühl in ihm aus. Gut, es ging mit unermesslicher Angst einher, aber es war trotzdem da. Was sagte das wohl über ihn aus? Er wusste es nicht.

»Oh, Linus«, hatte seine Mutter einmal gesagt, »es ist nicht nett, sich am Leid anderer zu ergötzen. Das ist wirklich unschön.«

Linus gestattete sich niemals, sich an etwas zu ergötzen.

»Sie wissen es nicht?« Ms. Jenkins klang, als würde sie zum großen Schlag ausholen. »Vielleicht haben Sie ja eine Beschwerde eingereicht? *Vielleicht* gefallen Ihnen meine Personalführungstechniken nicht, und Sie dachten, Sie könnten mich einfach übergehen? Ist es das, Mr. Baker?«

»Nein, Ma'am.«

»Also *gefallen* Ihnen meine Personalführungstechniken?«

Kein bisschen. »Ja.«

Wieder kratzte Gunthers Bleistift über das Klemmbrett.

»Was *genau* gefällt Ihnen denn an meinen Personalführungstechniken?«, wollte Ms. Jenkins wissen.

Gute Frage. Linus verabscheute es, zu lügen. Selbst von der kleinsten Notlüge bekam er schon Migräne. Und wenn man einmal damit anfing, wurde es immer leichter und leichter, bis man irgendwann *Hunderte* von Lügen im Kopf behalten musste. Da war es doch wesentlich einfacher, ehrlich zu sein.

Doch es gab Momente, wo es einfach nicht anders ging. So wie jetzt. Und eigentlich musste er ja auch nicht wirklich lügen. Manch eine Wahrheit ließ sich leicht verdrehen und blieb trotzdem noch wahr. »Sie sind von Autorität geprägt.«

Jetzt erreichten ihre Augenbrauen tatsächlich den Haaransatz. »Ja, nicht wahr?«

»Absolut.«

Sie hob die Hand und schnippte mit den Fingern. Sofort blätterte Gunther in den Unterlagen auf seinem Klemmbrett und reichte ihr ein cremefarbenes Blatt Papier. Sie hielt es zwischen den Fingerspitzen, als befürchtete sie, allein die Berührung des Blattes könnte einen ekligen Ausschlag hervorrufen. »Neun Uhr morgen früh, Mr. Baker. Pünktlich. Gott helfe Ihnen, wenn Sie sich verspäten. Natürlich werden Sie die verlorene Zeit später nacharbeiten. Am Wochenende, falls nötig. Bei Ihnen ist noch mindestens für eine Woche kein Außeneinsatz anberaumt.«

»Selbstverständlich«, sagte Linus schnell.

Wieder beugte sie sich zu ihm hinunter und senkte die Stimme, bis sie nur noch flüsterte. »Und falls ich herausfinden sollte, dass Sie sich über mich beschwert haben, werde ich Ihnen das Leben zur Hölle machen. Haben Sie das verstanden, Mr. Baker?«

Allerdings. »Jawohl, Ma'am.«

Sie ließ das Blatt auf seinen Schreibtisch fallen. Es rutschte bis an die Ecke und wäre fast auf den Boden gesegelt. Aber Linus traute sich nicht, es abzufangen; nicht, solange sie noch so drohend über ihm aufragte.

Schließlich fuhr sie auf dem Absatz herum und rief allen zu, dass sie *schleunigst* zurück an die Arbeit gehen sollten, falls sie wüssten, was gut für sie sei.

Sofort setzte das Klappern der Tastaturen wieder ein.

Gunther blieb neben dem Schreibtisch stehen und starrte Linus mit unergründlicher Miene an.

Linus rutschte nervös auf seinem Stuhl herum.

»Mir ist vollkommen schleierhaft, warum sie ausgerechnet nach Ihnen verlangen«, stellte Gunther schließlich fest und verzog den Mund wieder zu diesem furchtbaren Grinsen. »Da gäbe es doch sicher ... *geeignetere* Kandidaten. Ach, und Mr. Baker?«

»Ja?«

»Sie haben einen Fleck auf dem Hemd. Das ist inakzeptabel. Ein Strafpunkt. Sorgen Sie dafür, dass es nicht wieder vorkommt.« Damit wandte er sich ab und folgte Ms. Jenkins durch die Reihen.

Linus hielt den Atem an, bis die beiden Reihe B erreicht hatten, dann stieß er ihn explosionsartig aus. Wenn er nach Hause kam, würde er sofort sein Hemd waschen müssen, sonst gingen diese Schweißflecken niemals wieder raus. Ohne genau zu wissen, was er eigentlich empfand, fuhr er sich mit der Hand über das Gesicht. Gereizt fühlte er sich, ja. Und vermutlich auch ängstlich.

Am Nebentisch verrenkte sich Mr. Tremblay ganz unverhohlen den Hals, um einen Blick auf das Blatt zu werfen, das Ms. Jenkins zurückgelassen hatte. Schnell nahm Linus es an sich, sorgfältig darauf achtend, es nicht zu zerknittern.

»Das war ja zu erwarten«, stellte Mr. Tremblay viel zu fröhlich fest. »Ich frage mich, wie mein neuer Tischnachbar wohl sein wird ...«

Linus ging nicht darauf ein.

Der grüne Schein seines Computermonitors fiel von hinten auf das Blatt und ließ die dick gedruckten Worte noch unheilvoller erscheinen.

Dort stand:

BEHÖRDE FÜR DIE BETREUUNG
MAGISCHER MINDERJÄHRIGER
MEMORANDUM DES ALLERHÖCHSTEN
MANAGEMENTS

CC: BEDELIA JENKINS
MR. LINUS BAKER HAT AM MITTWOCH, DEM 6. SEPTEMBER, UM NEUN UHR MORGENS IN DEN BÜROS DES ALLERHÖCHSTEN MANAGEMENTS VORSTELLIG ZU WERDEN.
ALLEIN.

Das war alles.

»Oje«, flüsterte Linus.

Als es am Nachmittag fünf schlug, fingen die Leute um Linus herum an, ihre Computer herunterzufahren und ihre Mäntel anzuziehen. Fröhlich plappernd verließen sie das Büro. Nicht einer von ihnen wünschte Linus einen schönen Abend. Wenn überhaupt, warfen sie ihm im Vorbeigehen stechende Blicke zu. Wer zu weit weg gesessen hatte, um zu verstehen, was Ms. Jenkins gesagt hatte, war später am Wasserspender bestimmt flüsternd über die neuesten Spekulationen in Kenntnis gesetzt worden. Sicher waren diese Gerüchte alle haarsträubend und vollkommen haltlos, aber da Linus selbst nicht wusste, warum er vorgeladen worden war, konnte er nichts gegen sie vorbringen.

Er wartete bis halb sechs, bevor er ebenfalls Feierabend machte. Inzwischen war das Großraumbüro so gut wie leer, allerdings brannte in Ms. Jenkins' Zimmer am anderen Ende des Raumes noch Licht. Linus war sehr dankbar, dass er auf dem Weg nach draußen nicht dort vorbeimusste. Noch eine Begegnung mit ihr würde er heute wohl nicht verkraften.

Sobald sein Monitor dunkel war, stand er auf und nahm seinen Mantel von der Stuhllehne. Er zog ihn an und erinnerte sich stöhnend daran, dass er ja den Regenschirm zu Hause vergessen hatte. Und es klang ganz so, als wäre das Wetter kein bisschen freundlicher geworden. Wenn er sich beeilte, erwischte er vielleicht noch seinen Bus.

Er stieß auf dem Weg nach draußen nur gegen sechs Tische in vier verschiedenen Reihen. Natürlich rückte er alles wieder sorgfältig zurecht.

Heute Abend würde es wieder nur Salat für ihn geben. Ohne Dressing.

Er verpasste den Bus.

Er sah noch die Rücklichter durch den Regen schimmern, als dieser die Straße hinunterrumpelte. Die Werbung am Heck zeigte eine lächelnde Frau und den Slogan SEHEN – MERKEN – MELDEN! REGISTRIERUNG HILFT UNS ALLEN! Selbst im strömenden Regen war er noch deutlich lesbar.

»War ja klar«, murmelte Linus.

Der nächste Bus fuhr in fünfzehn Minuten.

Er hielt sich die Aktentasche über den Kopf und wartete.

Er stieg an der Haltestelle aus, die ein paar Blocks von seinem Haus entfernt war. Natürlich hatte der Bus zehn Minuten Verspätung gehabt.

»Ziemlich nass da draußen«, informierte ihn der Fahrer.

»Gut beobachtet«, erwiderte Linus, als er auf den Bürgersteig trat. »Wirklich. Vielen Dank für …«

Die Türen knallten zu, und der Bus fuhr an. Das rechte Hinterrad rollte durch eine tiefe Pfütze, das Wasser spritzte hoch und durchnässte Linus' Hose bis hinauf zu den Knien.

Seufzend machte sich Linus auf den Weg nach Hause.

Es war eine ruhige Gegend, deren Straßenlaternen sogar im eisigen Regen einladend schimmerten. Die Häuser hier waren nicht groß, aber die Straße war mit dicht belaubten Bäumen gesäumt, deren Blätter gerade anfingen, die Farbe zu wechseln: Dumpfes Grün wurde zu sogar noch dumpferem Rot und Gold. Vor Lakewood 167 wuchsen bescheiden vor sich hin blühende Rosen. In Lakewood 193 wohnte ein Hund, der jedes Mal aufgeregt winselte, wenn er Linus sah. Und an dem Baum vor Lakewood 207 hing eine Reifenschaukel, obwohl die Kinder, die dort lebten, offenbar der Ansicht waren, sie wären bereits viel zu alt, um sie noch zu benutzen. Linus hatte nie eine Reifenschaukel gehabt. Er hatte immer eine haben wollen, aber seine Mutter war der Meinung gewesen, das wäre viel zu gefährlich.

Er bog rechts ab, in eine kleinere Straße, und dort, auf der linken Seite stand es: Hermes Way 86.

Sein Zuhause.

Es war nicht viel. Ein winziges Häuschen, dessen Gartenzaun dringend erneuert werden musste. Aber es hatte eine hübsche Veranda, auf der man den Tag an sich vorbeiziehen lassen konnte, wenn einem danach war. In einem Beet im Vorgarten ragten große Sonnenblumen auf, die sich immer leicht im Wind wiegten. Jetzt, im Regen, waren ihre Blüten allerdings geschlossen; außerdem dämmerte es bereits. Der Regen hielt nun schon seit mehreren Wochen an: meist als fieser Nieselregen, durchsetzt von gleichförmigen Güssen.

Es war nicht viel. Aber es gehörte Linus ganz allein.

Er blieb am Briefkasten stehen und nahm die Post mit. Offenbar war es ausschließlich Werbung, anonym adressiert an DIE HAUSBEWOHNER. Linus konnte sich nicht daran erinnern, wann er das letzte Mal einen Brief bekommen hatte.

Er war gerade auf der Veranda angekommen und versuchte vergeblich, die Nässe von seinem Mantel zu klopfen, als vom Nachbarhaus jemand seinen Namen rief. Seufzend fragte er sich, ob er wohl damit durchkommen würde, wenn er sich einfach taub stellte.

»Denken Sie nicht mal daran, Mr. Baker«, folgte es prompt.

»Ich weiß nicht, was Sie meinen, Mrs. Klapper.«

Edith Klapper, eine Frau unbestimmbaren Alters (obwohl Linus der Meinung war, sie habe *alt* hinter sich gelassen und sei in das sagenumwobene Gebiet von *vorsintflutlich* weitergereist), saß wie üblich im Frotteebademantel auf ihrer Veranda und rauchte ihre Pfeife. Der Rauch waberte um ihre bauschig auftoupierten Haare. Gerade hustete sie röchelnd in ein Taschentuch, das vermutlich schon vor gut einer Stunde hätte entsorgt werden müssen. »Ihre Katze war wieder in meinem Garten und hat die Eichhörnchen gejagt. Sie wissen, was ich davon halte.«

»Calliope macht, was sie will«, rief er ihr ins Gedächtnis. »Ich habe keine Kontrolle darüber.«

»Vielleicht sollten Sie es mal *versuchen*«, giftete Mrs. Klapper.

»Genau. Ich mache mich sofort dran.«

»Wollen Sie mir etwa frech kommen, Mr. Baker?«

»Würde mir nicht im Traum einfallen.« Wie oft hatte er schon davon geträumt?

»Dachte ich mir. Feierabend für heute?«

»Ja, Mrs. Klapper.«

»Wieder mal kein Date, wie?«

Linus klammerte sich krampfhaft an seiner Aktentasche fest. »Kein Date.«

»Keine kleine Freundin irgendwo?« Sie sog an ihrer Pfeife und stieß den Qualm durch die Nase aus. »Oh, Verzeihung. Muss mir kurz entfallen sein. Sie haben es ja nicht so mit Frauen, richtig?«

Als ob ihr das jemals entfallen würde. »Nein, Mrs. Klapper.«

»Mein Enkel ist Buchhalter. Sehr solide. Größtenteils. Er neigt ein wenig zum ungezügelten Alkoholismus, aber ich würde es mir nie anmaßen, über seine Laster zu urteilen. Buchhaltung ist harte Arbeit. So viele Zahlen. Ich werde ihm sagen, dass er Sie anrufen soll.«

»Es wäre mir lieber, wenn Sie das nicht tun.«

Sie lachte krächzend. »Zu gut für ihn, oder wie?«

Linus war sprachlos. »Ich ... ich bin nicht ... ich habe keine *Zeit* für solche Sachen.«

Mrs. Klapper schnaubte höhnisch. »Vielleicht sollten Sie in Erwägung ziehen, sich die Zeit zu *nehmen*, Mr. Baker. Es ist nicht gesund, in Ihrem Alter noch allein zu sein. Ich will mir gar nicht vorstellen, was passiert, wenn Sie sich irgendwann das Hirn wegschießen. Die Immobilienpreise im Viertel würden in den Keller gehen.«

»Ich leide nicht unter Depressionen!«

Sie musterte ihn von Kopf bis Fuß. »Ach nein? Warum in aller Welt nicht?«

»Gibt es sonst noch etwas, Mrs. Klapper?«, fragte Linus zähneknirschend.

Sie wedelte abfällig mit der Hand. »Schön, dann gehen Sie. Ziehen Sie sich Ihren Pyjama an, legen Sie eine alte Schallplatte auf und tanzen Sie in Ihrem Wohnzimmer herum, wie immer.«

»Ich hatte Sie doch gebeten, mich nicht mehr durchs Fenster zu beobachten!«

»Natürlich haben Sie das.« Sie lehnte sich im Stuhl zurück

und schob die Pfeife zwischen die Lippen. »Natürlich haben Sie das.«

»Gute Nacht, Mrs. Klapper!« Er schob den Schlüssel ins Schloss und drehte den Knauf.

Ohne eine Antwort abzuwarten, zog er die Haustür hinter sich zu und verriegelte sie.

Calliope, Geschöpf des Bösen, saß mit zuckendem Schwanz auf der Bettkante und starrte ihn mit ihren grünen Augen an. Dann fing sie an zu schnurren. Bei den meisten Katzen war das ein beruhigendes Geräusch; in Calliopes Fall wies es darauf hin, dass sie hinterhältige Pläne für schändliche Taten schmiedete.

»Du sollst nicht in den Nachbargarten gehen«, rügte er sie, während er sein Jackett auszog.

Sie schnurrte unbeeindruckt weiter.

Linus hatte sie vor ungefähr zehn Jahren zufällig gefunden, ein winziges Kätzchen, das unter seiner Veranda hockte und schrie, als stünde sein Schwanz in Flammen. Zum Glück war das nicht der Fall, aber sobald er zu ihr unter die Veranda gekrochen war, fauchte sie ihn an, ihr schwarzes Fell sträubte sich, und sie machte einen Buckel. Da er nicht abwarten wollte, bis sein Gesicht mit Katzenkratzfieber infiziert wurde, war er hastig zurückgekrochen und ins Haus verschwunden. Wenn er sie nur lange genug ignorierte, würde sie schon irgendwann weiterziehen.

Was sie nicht getan hatte.

Stattdessen hatte sie fast die ganze Nacht gejault. Er hatte versucht zu schlafen. Sie war zu laut. Er schob sich das Kissen über den Kopf. Half nicht. Schließlich holte er eine Taschenlampe und einen Besen, mit dem er die Katze so lange zu piken gedachte, bis sie verschwand. Sie erwartete ihn auf der Veranda, direkt vor der Haustür. Er war so überrascht, dass er den Besen fallen ließ.

Sie spazierte ins Haus, als wäre es ihr höchsteigenes Heim.

Und sie blieb, egal wie viele Drohungen Linus ausstieß.

Sechs Monate später gab er es auf. Zu diesem Zeitpunkt waren im Haus bereits Spielzeuge, ein Katzenklo und mehrere Näpfe mit dem Namenszug CALLIOPE aufgetaucht. Er war sich nicht ganz sicher, wie das passiert war, aber so war es nun einmal.

»Eines Tages wird Mrs. Klapper dich erwischen«, prophezeite er der Katze nun, als er seine nasse Kleidung ablegte. »Und dann werde ich nicht da sein, um dich zu retten. Du wirst dir ein Eichhörnchen einverleiben, und sie wird … Okay, ich weiß nicht, was sie tun wird. Aber irgendetwas *wird* sie tun. Und ich werde kein bisschen traurig sein.«

Calliope blinzelte träge.

Er seufzte. »Na schön. Ein bisschen traurig vielleicht.«

Linus zog seinen Pyjama an und knöpfte das Oberteil zu. Auf der Brust war sein Monogramm eingestickt, LB. Ein Geschenk der Behörde zum fünfzehnjährigen Dienstjubiläum. Er hatte ihn sich an seinem Jahrestag aus einem Katalog aussuchen dürfen. Einem Katalog mit zwei Seiten: Auf der einen Seite stand der Pyjama zur Auswahl, auf der anderen ein Kerzenständer.

Er hatte sich für den Pyjama entschieden, denn er hatte schon immer etwas mit Monogramm besitzen wollen.

Nun nahm er die nassen Sachen und verließ das Schlafzimmer. Das dumpfe Poltern hinter ihm zeigte, dass er verfolgt wurde.

Er stopfte die nasse Arbeitskleidung in die Waschmaschine und ließ sie durchlaufen, während er sein Abendessen vorbereitete.

»Ich brauche keinen Buchhalter«, erklärte er Calliope, die ihm inzwischen um die Beine strich. »Mich beschäftigen ganz andere Dinge. Der morgige Tag zum Beispiel. Warum muss ich mir eigentlich ständig über den nächsten Tag den Kopf zerbrechen?«

Beinahe schon instinktiv ging er zu seiner alten Victrola hinüber. Nachdem er die ordentlich aufgereihten Alben in der Schublade unter dem Plattenspieler eine Weile hin und her geschoben hatte, fand er schließlich, was er suchte. Er ließ die Schallplatte aus ihrer Hülle gleiten, legte sie auf den Teller und setzte die Nadel auf.

Wenig später verkündeten die Everly Brothers singend, dass sie einfach nur träumen müssten.

Im Wiegeschritt ging Linus in die Küche zurück.

Trockenfutter für Calliope.

Salat aus der Tüte für Linus.

Er schummelte, aber nur ein kleines bisschen.

Ein Tröpfchen Dressing hat noch niemandem geschadet.

Leise sang er zur Musik: »*Whenever I want you, all I have to do is dream.*«

Würde man Linus Baker fragen, ob er einsam sei, hätte das wohl zunächst nur einen erstaunten Blick zur Folge. Dieser Gedanke war ihm völlig fremd, ja, er fand ihn beinahe schockierend. Und auch wenn er schon von der kleinsten Lüge Kopfschmerzen und Magengrummeln bekam, würde er vermutlich mit Nein antworten - obwohl er tatsächlich einsam war. Sehr einsam.

Und ein Teil von ihm würde es vermutlich sogar glauben. Denn er hatte schon vor langer Zeit akzeptiert, dass manche Menschen - egal wie großherzig sie waren, egal wie viel Liebe sie zu geben hatten - eben einfach allein blieben. So war ihr Platz im Leben definiert, und Linus hatte im Alter von siebenundzwanzig Jahren herausgefunden, dass er wohl zu diesen Menschen gehörte.

Wobei kein spezielles Ereignis diese Gedanken ausgelöst hatte. Nein, er fühlte sich einfach ... fader als andere. Als wäre er von einer kristallklaren Welt umgeben, in der er selbst trübe und blass blieb. Als wäre er nicht dazu bestimmt, von anderen gesehen zu werden.

Damals hatte er das für sich akzeptiert, und nun war er vierzig, litt unter hohem Blutdruck und hatte einen Rettungsring an den Hüften. Sicher, manchmal betrachtete er sich im Spiegel und fragte sich, ob er vielleicht etwas sah, was andere nicht sahen. Blasse Haut hatte er. Seine dunklen Haare waren kurz, stets ordentlich, allerdings schienen sie oben am Hinterkopf etwas dünner zu werden. An Mund und Augen zeigten sich Fältchen. Runde Wangen. Der Rettungsring an den Hüften hätte von der Dicke her einem Motorroller als Reifen dienen können, doch wenn er nicht aufpasste, würde er irgendwann auf einen LKW passen. Er sah aus wie... na ja.

Er sah aus wie fast jeder, der die vierzig erreicht hatte.

Während er nun in seiner winzigen Küche in seinem winzigen Haus saß, seinen Salat mit ein oder zwei Tröpfchen Dressing aß, den Everly Brothers dabei zuhörte, wie sie Little Susie darum baten, endlich aufzuwachen (»*Wake up, Little Susie, wake up!*«), und sich den Kopf darüber zerbrach, was ihn am nächsten Tag beim Allerhöchsten Management erwarten könnte, wäre Linus Baker niemals auf den Gedanken gekommen, dass er einsam sein könnte.

Immerhin gab es Leute, die noch viel weniger hatten als er. Er hatte ein Dach über dem Kopf, Hasenfutter im Magen und einen Pyjama mit Monogramm.

Außerdem tat das nichts zur Sache.

Er hatte keine Zeit, in aller Stille herumzusitzen und solch albernen Gedanken nachzuhängen. Manchmal war die Stille auch dröhnend laut. Nein, das ging einfach gar nicht.

Anstatt seine Gedanken also herumstreifen zu lassen, griff er zu seiner privaten Ausgabe der *VORGABEN UND VERORDNUNGEN* (die kompletten 947 Seiten, für knapp zweihundert Dollar erworben; im Büro hatte er zwar ein Exemplar, aber irgendwie war es ihm richtig erschienen, auch eines für zu Hause anzuschaffen), und beugte sich über die in winziger

Schrift gedruckten Zeilen. Was auch immer der nächste Tag ihm bringen würde, es war auf jeden Fall gut, sich vorzubereiten.

DREI

Am nächsten Morgen war er fast zwei Stunden früher im Büro als sonst. Außer ihm war niemand da; wahrscheinlich lagen sie alle noch sorglos in ihren Betten.

Er ging zu seinem Tisch, setzte sich hin und schaltete den Computer ein. Doch auch das vertraute grüne Glimmen konnte ihn nicht trösten.

Angestrengt versuchte er, so viel Arbeit wie möglich zu erledigen, hatte dabei aber die ganze Zeit das Ticken der Uhr oben an der Wand im Ohr.

Um Viertel vor acht füllte sich das Büro langsam. Ms. Jenkins erschien um Punkt acht Uhr, erkennbar durch das laute Klappern ihrer Absätze. Linus kauerte sich auf seinem Platz zusammen, spürte aber ihren stechenden Blick auf sich.

Er versuchte zu arbeiten. Er versuchte es wirklich. Doch die grünen Buchstaben auf dem Monitor verschwammen vor seinen Augen. Nicht einmal die *VORGABEN UND VERORDNUNGEN* konnten ihn beruhigen.

Um genau 8:45 Uhr erhob er sich von seinem Platz.

An den Tischen ringsum drehte man sich um und starrte ihn an.

Ohne diese Blicke zu beachten, schluckte Linus noch einmal, nahm seine Aktentasche und ging durch die Reihen.

»Verzeihung«, murmelte er jedes Mal, wenn er gegen einen Tisch stieß. »Tut mir leid. Entschuldigung. Liegt das an mir, oder rücken die Tische wirklich immer enger zusammen? Verzeihung. Tut mir leid.«

Ms. Jenkins stand in ihrer offenen Bürotür, als er das Großraumbüro verließ. Neben ihr kritzelte Gunther mit seinem langen Bleistift auf seinem Klemmbrett herum.

Die Büros des Allerhöchsten Managements befanden sich im fünften Stock des Dienstgebäudes der Behörde für die Betreuung magischer Minderjähriger. Über diese fünfte Etage kursierten diverse Gerüchte, von denen die meisten höchst beunruhigend waren. Linus war noch nie dort gewesen, ging aber davon aus, dass zumindest ein Teil der Geschichten wahr sein musste.

Er war allein im Fahrstuhl, als er den Knopf drückte, von dem er nie geglaubt hätte, dass er ihn einmal berühren würde.

Die funkelnde, goldene Fünf.

Der Aufzug setzte sich in Bewegung, nur Linus' Magen schien unten im Keller zu bleiben. Es war die längste Fahrstuhlfahrt, die er je gemacht hatte; beinahe zwei Minuten dauerte sie. Dass die Kabine im Erdgeschoss hielt und sich mit Menschen füllte, war nicht gerade hilfreich. Man wollte in den zweiten, dritten oder vierten Stock, aber niemand in den fünften.

In der zweiten Etage stieg eine Handvoll Menschen aus. In der dritten sogar noch mehr. Und der Rest von ihnen fuhr bis in den vierten Stock. Als die Letzten ausstiegen, warfen sie Linus neugierige Blicke zu. Er versuchte zu lächeln, was aber eher zu einer Fratze wurde.

Als der Fahrstuhl weiter in die Höhe glitt, war er wieder allein.

Bis sich die Türen der Kabine im fünften Stock erneut öffneten, stand ihm der Schweiß auf der Stirn.

Dass sich hinter den Türen ein langer, kalter Flur mit Steinboden und goldenen, trüben Wandleuchten auftat, war ihm auch keine Hilfe. Die Fahrstühle bildeten das eine Ende des Korridors. Am anderen Ende befand sich eine große Doppeltür aus Holz neben einer blickdichten Glaswand. Über der Tür hing ein Metallschild:

ALLERHÖCHSTES MANAGEMENT
ZUTRITT NUR MIT TERMIN

»Okay, alter Junge«, flüsterte Linus. »Du schaffst das.«

Eine Botschaft, die seine Füße allerdings nicht erreichte, denn die wollten sich einfach nicht vom Boden lösen.

Die Kabinentür glitt wieder zu. Linus ließ es geschehen. Doch der Fahrstuhl rührte sich nicht.

In diesem Moment sah Linus deutlich vor sich, wie er hinunterfuhr ins Erdgeschoss, das BBMM-Gebäude verließ und einfach immer weiterlief, bis er nicht mehr konnte, nur um zu sehen, wohin ihn der Weg führte.

Das klang gut.

Stattdessen drückte er noch einmal auf die Fünf.

Die Kabinentüren öffneten sich.

Er räusperte sich. Das Geräusch hallte den Flur entlang.

»Nicht der richtige Moment für Feigheit«, rügte er sich leise. »Kopf hoch. Wer weiß, vielleicht geht es ja um eine Beförderung. Eine *große* Beförderung. Eine mit mehr Gehalt, dann könntest du endlich diese Reise machen, von der du schon immer geträumt hast. Der Strand. Das blaue Meer. Wärst du nicht gerne dort?«

Doch, wäre er. Unheimlich gerne sogar.

Langsam trat Linus in den Flur hinaus. Links von ihm schlug der Regen gegen die Fensterscheiben. Die Lampe in der Wandhalterung zu seiner Rechten flackerte. Seine Sohlen quietschten auf den Steinfliesen. Er zog seine Krawatte zurecht.

Es dauerte vier Minuten, bis er das andere Ende des Flurs erreichte. Laut seiner Uhr war es fünf Minuten vor neun.

Er versuchte, die Tür zu öffnen.

Abgeschlossen.

Neben der Doppeltür gab es ein Fenster, dessen Innenseite durch ein Metallgitter versperrt war. Daneben befand sich eine Metallplatte mit einem kleinen Knopf.

Linus rang kurz mit sich, dann drückte er den Knopf. Hinter dem Metallgitter ertönte ein lauter Summer. Linus wartete.

Er sah sein Spiegelbild im Fenster. Es zeigte einen Mann mit weit aufgerissenen, ängstlichen Augen. Schnell strich er noch einmal über seine Haare, die an einer Seite immer widerspenstig in die Höhe ragten. Half nicht viel. Wieder rückte er seine Krawatte zurecht, nahm die Schultern zurück, zog den Bauch ein.

Das Metallgitter hinter dem Fenster wurde hochgeschoben.

Zum Vorschein kam eine gelangweilt wirkende junge Frau, die hinter ihren grellroten Lippen einen Kaugummi schnalzen ließ. Anschließend erschien eine pinke Blase, die sie platzen ließ, bevor sie den Kaugummi wieder einsog. Als sie fragend den Kopf neigte, hüpften ihre blonden Locken. »Kann ich helfen?«, fragte sie.

Linus versuchte zu sprechen, doch es kam nichts raus. Nachdem er sich geräuspert hatte, nahm er einen neuen Anlauf: »Ja. Ich habe um neun Uhr einen Termin.«

»Bei wem?«

Eine interessante Frage, deren Antwort er selbst nicht kannte.

»Ich ... weiß nicht genau.«

Ms. Kaugummiblase starrte ihn an. »Sie haben einen Termin, aber Sie wissen nicht, bei wem?«

Ja, das klang ungefähr richtig. »Äh ... ja?«

»Name?«

»Linus Baker.«

»Wie putzig.« Ihre perfekt manikürten Finger huschten über eine Tastatur. »Linus Baker. Linus Baker. Linus Baker. Linus ...« Sie riss erstaunt die Augen auf. »Oh, verstehe. Einen Moment, bitte.« Mit einem Knall glitt das Metallgitter wieder hinunter. Linus blinzelte verwirrt. Was sollte er jetzt tun? Er wartete.

Eine Minute verging.

Dann noch eine.

Dann noch eine.

Dann ...

Das Metallgitter wurde wieder hochgeschoben. Ms. Kaugummiblase schien nun wesentlich interessierter zu sein als vorher. Sie lehnte sich vor, bis ihr Gesicht beinahe die Scheibe berührte. Bei jedem ihrer Atemzüge beschlug das Glas. »Sie werden erwartet.«

Linus wich einen Schritt zurück. »Und von wem?«

»Von allen«, erklärte sie, während sie ihn eingehend musterte. »Vom gesamten Allerhöchsten Management.«

»Oh«, sagte Linus betroffen. »Wie nett. Und sind wir uns auch ganz sicher, dass sie *mich* sprechen wollen?«

»Sie *sind* doch Linus Baker, oder nicht?«

Das konnte er nur hoffen, denn er wusste nicht, wie er jemand anders sein sollte. »Das bin ich.«

Es summte wieder, und an der Tür neben Linus klickte es. Lautlos schwangen die Türflügel auf. »Dann ja, Mr. Baker«, bestätigte sie, eine Wange vom Kaugummi ausgebeult. »Dann wollen sie mit Ihnen sprechen. Und ich würde mich an Ihrer Stelle beeilen. Das Allerhöchste Management wartet nicht gerne.«

»Sehr richtig«, nickte Linus. »Wie sehe ich aus?« Er zog den Bauch noch etwas weiter ein.

»Als hätten Sie keine Ahnung, was Sie tun«, antwortete sie noch, dann rasselte das Metallgitter wieder herab.

Sehnsüchtig blickte Linus zu den Fahrstühlen am anderen Ende des Korridors zurück.

Wärst du nicht gerne hier?, fragten sie ihn.

Oh doch. Sehr gerne sogar.

Er tat von dem Fenster zurück und näherte sich der offenen Tür.

Dahinter lag ein runder Raum mit einer gläsernen Rotunde.

In seiner Mitte stand ein Springbrunnen mit einem steinernen Mann in einem Mantel. Das Wasser sprudelte in einem endlosen Strom aus seinen ausgestreckten Händen hervor. Die kalten grauen Augen waren zur Decke gerichtet. Und um ihn herum, sich fest an seine Beine klammernd, standen lauter kleine Steinkinder, denen das Wasser auf die Köpfe plätscherte.

Rechts von Linus öffnete sich eine Tür. Ms. Kaugummiblase kam aus ihrem Kabuff. Sie strich ihr Kleid glatt und schnalzte laut mit ihrem Kaugummi. »Durch die Scheibe haben Sie aber größer ausgesehen«, stellte sie fest.

Da Linus nicht wusste, was er darauf erwidern sollte, sagte er vorsichtshalber gar nichts.

Sie seufzte gequält. »Bitte folgen Sie mir.« Mit kleinen, schnellen Schritten, die an einen Vogel erinnerten, ging sie davon. Erst nachdem sie den Raum schon halb durchquert hatte, drehte sie sich noch einmal zu ihm um. »Das war kein nett gemeinter Vorschlag.«

»Ach ja.« Linus hatte es so eilig, ihr zu folgen, dass er beinahe über seine eigenen Füße stolperte. »Verzeihung. Ich ... ich war nur noch nie hier.«

»Offensichtlich nicht.«

Eine leise Ahnung sagte ihm, dass er gerade beleidigt worden war, aber er begriff nicht ganz, wie genau. »Sind sie ... Wirklich *alle*?«

»Seltsam, nicht wahr?« Sie machte eine frische Blase und ließ sie fröhlich platzen. »Und ausgerechnet bei Ihnen. Ich wusste bis gerade eben nicht einmal, dass Sie überhaupt existieren.«

»Das höre ich oft.«

»Kann ich mir kaum vorstellen.«

Ja, das war eindeutig eine Beleidigung. »Wie sind sie denn so? Ich habe sie bisher nur zu Gesicht gekriegt, wenn sie mir klumpigen Kartoffelbrei serviert haben.«

Ms. Kaugummiblase blieb abrupt stehen und warf einen Blick über die Schulter. Linus vermutete, dass sie ihren Kopf wohl auch ganz herumdrehen konnte, wenn sie das nur wollte. »Klumpigen Kartoffelbrei?«

»Beim Weihnachtsmittagessen?«

»Ich mache diesen Kartoffelbrei. Und zwar von Hand.«

Linus wurde blass. »Na ja, ich ... das ist ja auch Geschmackssache ... Sicher sind Sie ...«

Ms. Kaugummiblase räusperte sich zornig und ging weiter.

Kein guter Start.

Auf der anderen Seite der Rotunde blieben sie vor einer schwarzen Tür stehen. Ziemlich weit oben war ein goldenes Namensschild angebracht. Das Schild war leer. Ms. Kaugummiblase hob die Hand und tippte dreimal mit dem Fingernagel gegen die Tür.

Ein Schlag, noch einer, dann ...

... glitt die Tür langsam auf.

Drinnen war es dunkel.

Stockdunkel.

Ms. Kaugummiblase trat beiseite und sah Linus auffordernd an. »Nach Ihnen.«

Unsicher spähte er in die Dunkelheit. »Hmm, na ja, vielleicht könnten wir einen neuen Termin vereinbaren. Sie wissen ja sicher, wie beschäftigt ich bin. Ich muss noch eine Menge Berichte fertigstellen ...«

»Treten Sie ein, Mr. Baker«, hallte eine tiefe Stimme durch die offene Tür.

Ms. Kaugummiblase grinste.

Linus wischte sich den Schweiß von der Stirn. Dabei hätte er beinahe seine Aktentasche fallen gelassen. »Dann sollte ich wohl besser eintreten.«

»Sieht ganz so aus«, fand auch Ms. Kaugummiblase.

Also tat er das.

Eigentlich hätte er damit rechnen müssen, dass die Tür mit

einem Knall hinter ihm zufallen würde, trotzdem erschreckte er sich fast zu Tode. Schützend drückte er seine Aktentasche an die Brust. In der Dunkelheit war es schwer, sich zu orientieren, außerdem war er sicher, gerade in eine Falle getappt zu sein. Bestimmt würde er nun den Rest seines Lebens blind umherirren. Das wäre beinahe so schlimm, wie gefeuert zu werden.

Aber dann flammten vor seinen Füßen Lichter auf und schufen einen hellen Pfad. Sanft und gelblich schimmerten sie, wie ein goldener Ziegelweg. Vorsichtig löste sich Linus von der Tür. Als beim ersten Schritt nichts passierte, wagte er einen zweiten.

Der Pfad aus Lichtern war länger, als er erwartet hatte, und schließlich verbreiterte er sich vor seinen Füßen zu einem Kreis. Da er nicht wusste, wo er sich hinstellen sollte, blieb er erst einmal stehen. Hoffentlich musste er gleich nicht vor etwas Schrecklichem weglaufen.

Nun sprang über ihm noch ein Licht an, ein wesentlich grelleres. Blinzelnd schaute Linus nach oben. Es sah aus, als wäre ein Scheinwerfer auf ihn gerichtet.

»Sie dürfen Ihre Aktentasche abstellen«, verkündete eine tiefe Stimme irgendwo über ihm.

»Ach, das geht auch so«, versicherte Linus und klammerte sich noch fester an die Tasche.

Und dann gingen über ihm noch mehr Lampen an, so plötzlich, als wäre ein Schalter umgelegt worden. Sie ließen vier Gesichter erscheinen, die Linus als die des Allerhöchsten Managements wiedererkannte. Weit über Linus' Kopf saßen sie und blickten über eine hohe Steinwand zu ihm hinunter. In ihren Mienen spiegelte sich Interesse in verschiedensten Abstufungen.

Drei Männer und eine Frau waren es, und obwohl Linus schon in seinen frühen Jahren bei der BBMM ihre Namen auswendig gelernt hatte, konnte er sich jetzt an keinen einzigen mehr erinnern. Sein Gehirn war zu der Erkenntnis gelangt, dass momentan eine technische Störung vorlag, und strahlte nur noch ein verpixeltes Testbild aus.

Von links nach rechts nickte er jedem der Gesichter einmal zu, wobei er krampfhaft versuchte, eine ausdruckslose Miene aufzusetzen.

Die Frau trug ihr Haar in einem kurzen Bob und hatte eine Brosche in Form eines großen Käfers angesteckt, dessen Panzer bunt schillerte.

Einer der Männer hatte eine Glatze und Hängebacken. Er hielt sich schniefend ein Taschentuch an die Nase, und als er sich räusperte, klang es nach einer ziemlichen Menge Schleim.

Der zweite Mann war dürr wie ein Zaunpfahl. Wenn er sich zur Seite drehte, war er wahrscheinlich unsichtbar. Auf seiner Nase saß eine Brille mit halbmondförmigen Gläsern, die viel zu groß war für sein Gesicht.

Der letzte Mann war jünger als die anderen, wohl ungefähr in Linus' Alter, auch wenn sich das schwer sagen ließ. Sein Haar war leicht gewellt, und er war so attraktiv, dass es beinahe einschüchternd wirkte. Linus erkannte ihn sofort: Er teilte immer den trockenen Schinken aus, gewürzt mit einem Lächeln.

Und nun war er der Erste, der das Wort ergriff: »Vielen Dank, dass Sie zu diesem Meeting erschienen sind, Mr. Baker.«

Linus' Mund war ganz trocken. Er fuhr sich mit der Zunge über die Lippen. »Äh … gern geschehen?«

Die Frau beugte sich vor. »In Ihrer Personalakte heißt es, Sie wären bereits seit siebzehn Jahren Teil der Behörde.«

»Ja, Ma'am.«

»Und während dieser ganzen Zeit sind Sie immer auf Ihrer derzeitigen Position geblieben.«

»Ja, Ma'am.«

»Wie kommt das?«

Weil er keine anderen Perspektiven hatte und nicht den

Wunsch verspürte, zur Oberaufsicht zu wechseln. »Ich mag meine Arbeit.«

»Tatsächlich?« Sie neigte fragend den Kopf.

»Ja.«

»Warum?«

»Ich bin Sachbearbeiter.« Seine Finger rutschten über die Aktentasche. »Meiner Meinung nach gibt es keine wichtigere Position.« Erschrocken riss er die Augen auf. »Abgesehen von Ihrer, natürlich. Ich würde mir niemals anmaßen, zu glauben …«

Der Mann mit der Brille blätterte in einigen Papieren. »Mir liegen hier Ihre letzten sechs Berichte vor, Mr. Baker. Wollen Sie wissen, was diese Berichte mir sagen?«

Nein, das wollte Linus nicht. »Ja, bitte.«

»Sie sagen mir, dass ihr Verfasser ein äußerst gründlicher Mensch ist. Sachlich. Beinahe erschreckend distanziert.«

Linus war nicht sicher, ob das ein Kompliment sein sollte. Es klang jedenfalls nicht so. »Ein Sachbearbeiter muss stets eine gewisse Distanz wahren«, rezitierte er brav.

Hängebacke schniefte. »Ach ja? Wo steht das? Kommt mir irgendwie bekannt vor.«

»Es steht in den *VORGABEN UND VERORDNUNGEN*«, klärte Mr. Ansehnlich ihn auf. »Und ich will doch stark hoffen, dass es dir bekannt vorkommt. Du hast das meiste davon selbst geschrieben.«

Hängebacke schnäuzte sich in sein Taschentuch. »Richtig. Das wusste ich.«

»Warum ist es wichtig, eine gewisse Distanz zu wahren?« Die Frau blickte noch immer auf Linus hinunter.

»Weil es nicht gut wäre, eine emotionale Bindung zu den Kindern herzustellen, mit denen ich arbeite«, antwortete Linus. »Meine Aufgabe ist es sicherzustellen, dass in den von mir kontrollierten Waisenhäusern alles in bestem Zustand ist, sonst nichts. Ihr Wohlergehen ist entscheidend, aber eben als Ganzes. Individuelle Interaktion wird nicht gern gesehen. Dadurch könnte meine Wahrnehmung beeinflusst werden.«

»Aber Sie sprechen doch mit den Kindern«, wandte Mr. Ansehnlich ein.

»Ja«, nickte Linus, »das tue ich. Aber man kann durchaus auch einen professionellen Umgang mit magischen Minderjährigen pflegen.«

»Haben Sie in Ihren siebzehn Jahren bei der Behörde je die Schließung eines Waisenhauses empfohlen, Mr. Baker?«, fragte der Mann mit Brille.

Die Antwort mussten sie bereits kennen. »Ja. Fünf Mal.«

»Warum?«

»Sie stellten keine sichere Umgebung für die Kinder dar.«

»Dann liegen sie Ihnen also doch am Herzen.«

Linus wurde immer nervöser. »Ich habe nie gesagt, dass dem nicht so ist. Ich tue nur das, was von mir verlangt wird. Es besteht ein Unterschied zwischen einer emotionalen Bindung und einfachem Mitgefühl. Diese Kinder ... Sie haben sonst niemanden. Deshalb sind sie doch überhaupt nur in Waisenhäusern. Sie sollten abends nicht mit leerem Magen ins Bett gehen müssen, oder voller Sorge, weil sie bis zur Erschöpfung ausgebeutet werden. Nur weil diese Waisen von normalen Kindern separiert werden müssen, heißt das nicht, dass sie auch anders behandelt werden sollten. Jedes Kind, ganz egal, welche ... Neigungen es hat oder wozu es imstande ist, muss beschützt werden. Unter allen Umständen.«

Hängebacke hustete röchelnd. »So denken Sie also?«

»Ja.«

»Und was wurde aus den Kindern in den Waisenhäusern, die Sie haben schließen lassen?«

Linus blinzelte verwirrt. »Das ist eine Angelegenheit der Oberaufsicht. Ich spreche nur Empfehlungen aus, was danach kommt, regelt die Oberaufsicht. Vermutlich werden sie in eine der BBMM-Schulen überwiesen.«

Mr. Ansehnlich lehnte sich im Stuhl zurück. Dann wandte er sich an die drei anderen: »Er ist perfekt.«

»Dem stimme ich zu«, nickte Hängebacke. »Es gibt keine Alternative bei einer so ... delikaten Angelegenheit.«

Der Mann mit Brille starrte zu Linus hinunter. »Sie wissen, was Diskretion bedeutet, Mr. Baker?«

Nun war Linus wirklich beleidigt. »Ich arbeite täglich mit Minderjährigen, die zur Verschlusssache erklärt wurden«, antwortete er schärfer, als beabsichtigt. »Ich bin wie ein Tresor. Nichts dringt nach außen.«

»Und anscheinend auch nichts hinein«, meinte die Frau. »Er passt.«

»Verzeihung, aber ... dürfte ich fragen, worum genau es geht? *Wofür* passe ich?«

Mr. Ansehnlich fuhr sich mit der Hand über das Gesicht. »Was Sie nun hören werden, darf diesen Raum nicht verlassen, Mr. Baker. Haben Sie verstanden? Es unterliegt Geheimhaltungsstufe 4.«

Linus schnappte nach Luft. Geheimhaltungsstufe 4 war die höchste von allen. Natürlich hatte er gewusst, dass sie existierte – rein theoretisch –, aber ihm war nicht klar gewesen, dass sie auch tatsächlich angewandt wurde. Bisher hatte er ein einziges Mal einen Fall mit Geheimhaltungsstufe 3 gehabt, und der war höchst verstörend gewesen: Ein Mädchen in einem Waisenhaus hatte sich als Banshee entpuppt, als Todesfee. Als die Kleine anfing, den anderen Kindern zu erzählen, dass sie bald sterben würden, war die BBMM eingeschaltet worden. Denn unglücklicherweise stellte sich natürlich heraus, dass sie recht hatte. Der Heimleiter hatte beschlossen, seine Schützlinge bei einem heidnischen Ritual als Opfer darzubringen. Linus hatte es im letzten Moment geschafft, mit dem Leben davonzukommen – und sämtlichen Kindern. Danach hatte er zwei Tage Sonderurlaub bekommen. So lange am Stück hatte er seit Jahren nicht freigehabt.

»Warum ich?«, fragte er beinahe flüsternd.

»Weil es einfach niemand anderen gibt, dem wir trauen können«, erklärte die Frau schlicht.

Das hätte Linus eigentlich mit Stolz erfüllen müssen. Doch stattdessen waberte nur die Angst durch seinen Bauch.

»Betrachten Sie die Sache als einen reinen Routinecheck«, fuhr der Mann mit der Brille fort. »Uns wurde keinerlei Fehlverhalten gemeldet, aber das Waisenhaus, um das es geht, ist ... Es ist sehr speziell, Mr. Baker. Es entspricht ganz und gar nicht den Traditionen, und die sechs Kinder dort unterscheiden sich von allem, was Sie bislang gesehen haben - das eine mehr, das andere weniger. Sie sind ... problematisch.«

»Problematisch? Was soll das ...«

»Ihre Aufgabe wird darin bestehen sicherzustellen, dass dort nichts im Dunkeln bleibt«, erklärte Mr. Ansehnlich, und ein schmales Lächeln huschte über sein Gesicht. »Das ist wichtig. Der Leiter dieses speziellen Waisenhauses, ein gewisser Arthur Parnassus, ist sicherlich qualifiziert, doch wir haben gewisse ... Bedenken. Die sechs Kinder dort gehören einer extremen Ausprägung an, und wir müssen sicher sein können, dass Mr. Parnassus auch weiterhin in der Lage ist, sie entsprechend zu behandeln. Eines von ihnen wäre schon eine Herausforderung, aber gleich sechs?«

Linus dachte angestrengt nach. Er war sich sicher, schon von sämtlichen Heimleitern der Region gehört zu haben, aber ... »Der Name Parnassus ist mir noch nie untergekommen.«

»Davon ist auszugehen«, erklärte die Frau. »Deshalb ja Geheimhaltungsstufe 4. Wäre Ihnen der Name bekannt, würde das bedeuten, dass es irgendwo ein Leck gibt. Und wir mögen keine Lecks, Mr. Baker. Ist das angekommen? Lecks müssen gestopft werden. Und zwar unverzüglich.«

»Ja, natürlich«, sagte er hastig. »Ich würde niemals ...«

»Selbstverständlich würden Sie das nicht«, unterbrach ihn Hängebacke. »Das ist ein Grund, warum wir Sie ausgewählt haben. Einen Monat, Mr. Baker. Sie werden einen Monat auf der Insel verbringen, auf der sich das Waisenhaus befindet. Wir erwarten einen wöchentlichen Bericht von Ihnen. Alles, was irgendwie alarmierend wirkt, muss uns sofort gemeldet werden.«

Linus spürte, wie ihm die Augen aus dem Kopf quollen. »Einen *Monat*? Ich kann nicht für einen Monat weg. Ich habe Verpflichtungen!«

»Ihre aktuellen Fälle werden umverteilt«, erklärte der Mann mit der Brille. »Eigentlich ist das bereits geschehen.« Er blätterte eine Seite um. »Und hier steht, dass Sie allein leben – kein Partner, keine Kinder. Es wird Sie also niemand vermissen, wenn Sie eine Weile nicht da sind.«

Das schmerzte mehr, als es hätte sollen. Natürlich waren ihm diese Dinge bewusst, sie so offen dargelegt zu bekommen ließ seinen Puls aber dennoch kurz aus dem Takt geraten. Trotzdem ... »Ich habe eine Katze!«

Mr. Ansehnlich schnaubte nur. »Katzen sind Einzelgänger, Mr. Baker. Sicherlich wird sie nicht einmal merken, dass Sie weg sind.«

»Sie werden Ihre Berichte direkt an das Allerhöchste Management schicken«, setzte die Frau die Erklärung fort. »Mr. Werner wird sie kontrollieren, obwohl wir natürlich alle an dieser Sache beteiligt sind.« Sie deutete kurz mit dem Kopf auf Mr. Ansehnlich. »Und wir erwarten, dass diese Berichte ebenso gründlich und ausführlich ausfallen wie Ihre bisherigen. Wir bestehen darauf. Sogar noch ausführlicher, falls Sie es für notwendig halten.«

»Ms. Jenkins ...«

»Wird über Ihren Spezialauftrag in Kenntnis gesetzt werden«, versicherte Mr. Ansehnlich – nein, Werner. »Wenn auch ohne dabei ins Detail zu gehen. Betrachten Sie es als Beförderung, Mr. Baker. Eine, die schon lange überfällig war.«

»Habe ich denn keinerlei Mitspracherecht?«

»Betrachten Sie es als *nicht verhandelbare* Beförderung«, korrigierte sich Mr. Werner. »Wir erwarten Großes von Ihnen. Und wer weiß, wohin das alles für Sie führt, wenn es gut läuft? Bitte enttäuschen Sie uns nicht. Nehmen Sie sich den Rest des Tages frei, um Ihre Angelegenheiten zu regeln. Ihr Zug geht morgen recht früh. Haben Sie noch Fragen?«

Dutzende. Er hatte Dutzende von Fragen. »Ja! Was ist mit ...«

»Wunderbar.« Mr. Werner klatschte in die Hände. »Ich wusste, dass wir uns auf Sie verlassen können, Mr. Baker. Wir freuen uns schon sehr auf Ihre Einschätzung der Lage auf der Insel. Es dürfte interessant werden ... gelinde gesagt. Nun, diese ganze Plapperei hat mir einen furchtbar trockenen Hals beschert. Ich denke, es wird Zeit für einen Tee. Unsere Sekretärin wird Sie hinausbegleiten. Es war wirklich nett, Sie kennenzulernen.«

Das Allerhöchste Management erhob sich und deutete eine knappe Verbeugung an, dann erloschen die Lichter.

Linus quiekte erschrocken. Doch bevor er erneut blind im Dunkeln herumtasten konnte, ging eine der Lampen oben an der Wand wieder an. Blinzelnd sah er hoch. Mr. Werner musterte ihn mit einer gewissen Neugier im Blick. Die anderen waren bereits gegangen.

»Gibt es noch etwas?«, fragte Linus nervös.

»Nehmen Sie sich in Acht, Mr. Baker.«

Das klang nicht gut. »In Acht nehmen?«

Mr. Werner nickte. »Sie müssen gut gewappnet sein. Ich kann nicht oft genug sagen, von welch großer Wichtigkeit dieser Auftrag ist. Lassen Sie kein Detail aus, ganz egal wie geringfügig oder belanglos es Ihnen erscheinen mag.«

Linus war empört. Es war eine Sache, seine Bereitwilligkeit in Zweifel zu ziehen, aber eine ganz andere, die Gründlichkeit seiner Arbeit infrage zu stellen. »Ich pflege stets ...«

»Sagen wir einfach, ich habe ein persönliches Interesse an dem, was Sie herausfinden werden«, fuhr Mr. Werner fort, ohne Linus' gekränkten Einwand zu beachten. »Ein Interesse, das über reine Neugierde hinausgeht.« Sein freundliches Lächeln schaffte es nicht, auch in seine Augen vorzudringen. »Ich mag es nicht, wenn man mich enttäuscht, Mr. Baker. Also enttäuschen Sie mich bitte nicht.«

»Warum gerade dieses Haus?«, fragte Linus hilflos. »Warum erregt gerade dieses Waisenhaus Ihr Interesse, warum muss es durch einen Sachbearbeiter kontrolliert werden? Hat der Heimleiter etwas getan, das ...«

»Es geht eher darum, was er *nicht* getan hat«, unterbrach ihn Mr. Werner. »Seine monatlichen Berichte sind ... mangelhaft, vor allem, wenn man bedenkt, wer seine Schützlinge sind. Wir müssen mehr erfahren, Mr. Baker. Ordnung kann es nur bei völliger Transparenz geben. Und ohne Ordnung laufen wir Gefahr, im Chaos zu versinken. Gibt es sonst noch etwas?«

»Wie? *Ja!* Ich habe ...«

»Sehr gut. Ich wünsche Ihnen viel Glück. Das werden Sie brauchen, denke ich.«

Damit ging das Licht wieder aus.

»Oje«, murmelte Linus.

Die goldenen Lämpchen im Boden flackerten auf.

»Sind Sie dann mal fertig?«, fragte jemand dicht an seinem Ohr.

Nein, er schrie nicht, auch wenn das Gegenteil als erwiesen gelten konnte.

Ms. Kaugummiblase stand hinter ihm und schnalzte. »Hier entlang, Mr. Baker.« Sie fuhr mit wehendem Rock herum und marschierte Richtung Ausgang.

Linus warf noch einen Blick in die Dunkelheit hinter sich, dann folgte er ihr eilig.

Sie wartete direkt vor der Tür auf ihn und tippte ungeduldig mit der Fußspitze auf den Boden. Linus war ziemlich außer Atem, als er durch die Tür trat. Er war sich nicht ganz sicher, ob das alles gerade nicht nur ein Fiebertraum gewesen war. Denn er fühlte sich ziemlich fiebrig. Möglicherweise war Ms. Kaugummiblase ja nur eine Halluzination, das Produkt einer bisher nicht diagnostizierten Krankheit.

Allerdings eine recht herrische Halluzination, die ihm nun einen ziemlich dicken Ordner in die Hand drückte. Er hätte beinahe seine Aktentasche fallen gelassen, als er ihn entgegennahm. »Zugticket ist drin«, erklärte sie knapp. »Dazu noch ein versiegelter Umschlag mit den Akten, die Sie brauchen werden. Ich habe keine Ahnung, worum es geht, und es ist mir auch egal. Ich werde dafür bezahlt, dass ich *nicht* herumschnüffele - ist das zu fassen? Sie dürfen den Umschlag erst öffnen, wenn Sie am Zielort aus dem Zug gestiegen sind.«

»Ich glaube, ich muss mich setzen«, murmelte Linus benommen.

Sie sah ihn mit schmalen Augen an. »Selbstverständlich können Sie sich setzen. Bitte möglichst weit weg von hier. Ihr Zug fährt morgen früh um sieben Uhr ab. Verspäten Sie sich nicht. Das Allerhöchste Management wäre äußerst ungehalten, wenn Sie sich verspäten.«

»Ich muss noch einmal zurück zu meinem Platz und ...«

»Auf keinen Fall, Mr. Baker. Ich wurde angewiesen, Ihnen zu sagen, dass Sie das Gebäude unverzüglich zu verlassen haben. Sprechen Sie mit niemandem. Das dürfte bei Ihnen zwar kein Problem darstellen, aber es muss gesagt werden.«

»Ich habe keine Ahnung, was hier los ist«, jammerte er. »Ich bin mir ja nicht einmal sicher, ob ich wirklich *hier* bin.«

»Ach ja«, seufzte Ms. Kaugummiblase mitfühlend. »Klingt nach einer ernsten Existenzkrise - die Sie besser irgendwo anders ausleben sollten.«

Inzwischen standen sie vor den Fahrstühlen. Linus war nicht einmal bewusst gewesen, dass sie sich bewegt hatten. Die Kabinentüren glitten auf. Ms. Kaugummiblase schob ihn in den Aufzug und drückte den Knopf für das Erdgeschoss.

Dann trat sie aus der Kabine. »Vielen Dank für Ihren Besuch in den Räumlichkeiten des Allerhöchsten Managements«, flötete sie. »Wir wünschen einen angenehmen Tag.«

Bevor er auch nur eine Silbe über die Lippen bringen konnte, hatten sich die Fahrstuhltüren bereits geschlossen.

Es regnete immer noch. Linus bemerkte es kaum.

Im einen Moment stand er vor der Behörde für die Betreuung Magischer Minderjähriger, im nächsten auf dem Plattenweg, der zu seiner Veranda führte.

Er hatte keine Ahnung, wie er hierhergekommen war, aber das war gerade seine geringste Sorge.

Mrs. Klappers Stimme riss ihn aus seiner Benommenheit. »Sie kommen aber heute früh, Mr. Baker. Sind wohl gefeuert worden? Oder haben Sie eine grauenhafte Diagnose gestellt bekommen und brauchen nun Zeit, um sich mit Ihrer traurigen Zukunft zu arrangieren?« Ihre Bauschfrisur war in dicken Pfeifenrauch gehüllt. »Tut mir echt leid für Sie. Man wird Sie schrecklich vermissen.«

»Sterbe nicht«, presste er mühsam hervor.

»Oh. Wie schade. Dann bleibt also nur Kündigung. Armer Junge. Wie soll es jetzt mit Ihnen weitergehen? Vor allem bei dieser Wirtschaftslage. Vermutlich werden Sie Ihr Haus verkaufen und in ein schäbiges Appartement irgendwo in der Stadt ziehen müssen.« Kopfschüttelnd spann sie den Faden weiter: »Wo man Sie vermutlich ziemlich schnell abmurksen wird. Die Kriminalitätsrate steigt und steigt, wissen Sie?«

»Ich wurde nicht gefeuert!«

Sie schnaubte höhnisch. »Glaube ich Ihnen nicht.«

Linus war sprachlos.

Sie beugte sich in ihrem Schaukelstuhl vor. »Wissen Sie, mein Enkel ist gerade auf der Suche nach einem Assistenten für seine Buchhaltungsfirma. Das könnte Ihre Chance sein, Mr. Baker. Ich habe schon viele Geschichten gelesen, die genau *so* angefangen haben. Denken Sie mal drüber nach. Ihr Leben ist an einem Tiefpunkt angelangt, Sie brauchen einen Neuanfang, der Sie letztendlich zu Ihrer wahren Liebe führen wird. Das Ding schreibt sich praktisch von selbst!«

»Schönen Tag noch, Mrs. Klapper!«, rief Linus etwas zu laut und schleppte sich die Verandastufen hinauf.

»Denken Sie drüber nach!«, schrie sie ihm hinterher. »Wenn alles gut läuft, sind wir bald eine Familie!«

Krachend schlug Linus die Tür hinter sich zu.

Calliope saß an ihrem üblichen Platz, zuckte mit dem Schwanz und schien kein bisschen überrascht darüber zu sein, dass er so früh zurückkam.

Kraftlos ließ sich Linus gegen die Tür fallen. Seine Beine gaben nach, und er landete mit dem Hintern auf dem Teppich.

»Weißt du«, ächzte er, »ich hatte wohl keinen sehr guten Tag. Nein, ich hatte wohl wirklich keinen sehr guten Tag.«

Calliope beantwortete das wie immer mit einem Schnurren.

Sie blieben eine ganze Weile so sitzen.

VIER

Je weiter der Zug aufs Land hinausfuhr, desto leerer wurde der Wagen. Die Ein- und Aussteigenden warfen neugierige Blicke zu dem etwas schmuddelig wirkenden Mann auf Platz 6A hinüber, der eine große Plastikkiste neben sich abgestellt hatte. In der Kiste hockte eine dicke Katze, die jedem unheilvolle Blicke zuwarf, der sich gurrend zu ihr hinunterbeugte. Ein Kind hätte beinahe einen Finger verloren, als es versuchte, ihn zwischen die Stäbe zu schieben.

Der Mann – Linus Baker, wohnhaft Hermes Way 86 – bemerkte es kaum.

Er hatte in der Nacht zuvor nicht gut geschlafen, sondern sich rastlos im Bett herumgewälzt, bevor er irgendwann aufgestanden und zu dem Entschluss gelangt war, dass sich die Zeit sinnvoller nutzen ließ, indem er rastlos im Wohnzimmer auf und ab lief. Sein Gepäck – ein alter, abgewetzter Rollkoffer mit einem kaputten Rad – stand neben der Tür und verhöhnte ihn. Den hatte er vor seinen Schlafversuchen gepackt, davon ausgehend, dass er morgens keine Zeit dafür haben würde.

Wie sich herausstellte, hatte er alle Zeit der Welt, da der Schlaf sich ihm ja verweigerte.

Als er um halb sieben den Zug bestieg, war er deshalb nicht ganz bei sich. Die dicken Tränensäcke unter seinen Augen hingen fast so schlaff herab wie seine Mundwinkel. Er starrte stur geradeaus, eine Hand flach auf die Kiste gedrückt, in der Calliope saß und schmollte. Reisen hatte sie noch nie gemocht, aber ihm war nichts anderes übrig geblieben, als sie mitzunehmen. Zwar hatte er kurz überlegt, Mrs. Klapper darum zu bitten, sich während seiner Abwesenheit um sie zu kümmern, aber das Debakel mit den Eichhörnchen hätte Calliopes Chancen, diesen Monat unbeschadet zu überstehen, doch ziemlich minimiert.

Hoffentlich war keines der Kinder Allergiker.

Der Regen schlug gegen die Scheiben, während der Zug zwischen leeren Feldern und Wäldern mit hohen, alten Bäumen dahinratterte. Nach ungefähr acht Stunden Fahrt fiel Linus plötzlich auf, wie still es war.

Zu still.

Er hob den Blick von den *VORGABEN UND VERORDNUNGEN*, die er von zu Hause mitgenommen hatte.

Er war der einzige Fahrgast im ganzen Wagen.

Ihm war völlig entgangen, wann der Letzte ausgestiegen war.

»Hm«, sagte er zu sich selbst. »Wäre das nicht der Gipfel, wenn ich meine Haltestelle verpasse? Ich frage mich, wie weit dieser Zug überhaupt fährt. Vielleicht fährt er ja immer weiter und weiter, ohne jemals ein Ziel zu erreichen.«

Calliope hatte keine Meinung dazu.

Er fing gerade an, sich ernsthaft Sorgen zu machen, dass er seine Haltestelle verpasst haben könnte (Linus war unübertroffen darin, sich Sorgen zu machen), als sich die Schiebetür am Ende des Wagens öffnete und ein schick uniformierter Schaffner hereinkam. Er summte leise vor sich hin, verstummte aber sofort, als er Linus entdeckte. »Hallo«, grüßte er freundlich. »Ich hatte nicht erwartet, dass noch jemand hier ist! Eine ziemlich weite Reise an diesem schönen Samstag.«

»Ich habe mein Ticket hier«, sagte Linus, »falls Sie es sehen wollen.«

»Das wäre nett. Wohin geht es denn?«

Einen Moment lang war Linus' Kopf wie leergefegt. Er zog seine Fahrkarte aus der Manteltasche, wobei ihm fast der dicke Wälzer vom Schoß rutschte. Das Ticket war ein wenig geknickt, und er versuchte, es glattzustreichen, bevor er es weiterreichte. Der Schaffner schenkte ihm ein freundliches Lächeln, dann prüfte er die Fahrkarte. Er stieß einen leisen Pfiff aus. »Marsyas. Endstation.« Er stanzte ein Loch in die Karte. »Na, da habe ich gute Neuigkeiten für Sie: Zwei Stationen noch, dann haben Sie es geschafft. Und wenn Sie ... ach, sehen Sie mal.« Er zeigte zum Fenster.

Linus sah nach draußen. Ihm stockte der Atem.

Es war, als hätten die Regenwolken den äußersten Punkt erreicht, zu dem sie sich strecken konnten. Das trübe Grau wurde von einem wundervollen, leuchtenden Blau abgelöst, wie Linus es nie zuvor gesehen hatte. Kein Regentropfen fiel mehr, als sie das Gewitter hinter sich ließen und in die Sonne hinausfuhren. Er schloss einen Moment die Augen und spürte die Wärme, die durch das Fenster auf sein Gesicht fiel. Linus wusste nicht mehr, wann er das letzte Mal Sonnenstrahlen auf der Haut gespürt hatte. Er schlug die Augen wieder auf, und dann sah er es, weit draußen in der Ferne.

Grün. Helle, wundervolle Grüntöne schimmerten im wogenden Gras, dazwischen pinke, violette und goldene Punkte. Das waren wohl Blumen. Gras und Blumen machten Platz für weißen Sand. Und dahinter glänzte es himmelblau.

Er merkte kaum, wie die *VORGABEN UND VERORDNUNGEN* mit einem lauten Poltern zu Boden fielen.

Wärst du nicht gerne hier?

»Ist das der Ozean?«, flüsterte Linus.

»Allerdings«, nickte der Schaffner. »Traumhafter Anblick, nicht? Sie allerdings wirken so, als hätten Sie noch nie ... Sagen Sie, haben Sie etwa noch nie das Meer gesehen?«

Linus schüttelte langsam den Kopf. »Nur auf Bildern. Es ist so viel größer, als ich es mir vorgestellt hatte.«

Der Schaffner lachte. »Und das ist nur ein kleiner Teil davon. Wenn Sie nachher aussteigen, werden Sie sicher noch viel mehr davon sehen. In der Nähe des Dorfes gibt es eine

Insel. Man kann mit einer Fähre rüberfahren, wenn man das möchte. Was allerdings die wenigsten tun.«

»Ich schon.« Linus starrte noch immer auf die kleinen Flecken Meer, die immer wieder in der Ferne aufleuchteten.

»Und wen haben wir hier?« Der Schaffner beugte sich an Linus vorbei, um in die Kiste sehen zu können.

Calliope fauchte.

Hastig richtete der Mann sich wieder auf. »Ich lasse sie wohl lieber in Ruhe.«

»Ist vermutlich das Beste.«

»Zwei Haltestellen noch, Sir«, wiederholte der Schaffner, dann ging er zur Tür am anderen Ende des Wagens. »Haben Sie eine schöne Zeit!«

Linus hörte kaum, wie er ging.

»Es ist wirklich hier«, murmelte er. »Es ist wirklich, wirklich hier. Ich hätte nie gedacht ...« Er seufzte. »Vielleicht wird es ja doch nicht ganz so schlimm.«

Es war nicht schlimm.

Es war furchtbar.

Aber das erkannte Linus nicht sofort. Als er aus dem Zug stieg - in der einen Hand die Kiste, in der anderen seinen Koffer -, stieg ihm der Geruch von Salzwasser in die Nase, und er hörte das Geschrei der Seevögel. Eine sanfte Brise strich durch sein Haar. Er wandte das Gesicht der Sonne zu. Einen Moment lang atmete er tief durch und genoss die Wärme. Erst als der Zug seine Glocke ertönen ließ und stampfend losfuhr, sah er sich um.

Er stand auf einem erhöhten Bahnsteig. Vor sich sah er mehrere überdachte Metallbänke. Das Dach war blau und weiß gestreift. Rund um den Bahnsteig wuchs, so weit das Auge reichte, dichter Strandhafer, der sich auch auf den hügeligen Sanddünen ausgebreitet hatte. Irgendwo in der Ferne glaubte er Wellenrauschen zu hören. Noch nie war er an einem

Ort gewesen, der so hell war. Als wäre hier nie auch nur eine Regenwolke vorbeigezogen.

Der Zug verschwand hinter einer Biegung, und Linus Baker erkannte, dass er vollkommen allein war. Zwar wand sich eine schmale, gepflasterte Straße zwischen den Dünen entlang, aber er konnte nicht sehen, wohin sie führte. Hoffentlich musste er dort nicht zu Fuß lang, noch dazu mit seinem Gepäck und einer wütenden Katze.

»Was sollen wir tun?«, überlegte er laut.

Niemand antwortete, was wohl auch besser war. Denn *hätte* jemand geantwortet, wäre er vielleicht ...

Ein schrilles Klingeln riss ihn aus seinen Gedanken. Ruckartig hob er den Kopf.

An der einen Bahnsteigseite hing ein grell orangefarbenes Telefon.

»Sollen wir drangehen?«, fragte er Calliope und schaute zu ihr in die Kiste hinein.

Calliope wandte sich ab und präsentierte ihm ihr Hinterteil.

Mehr war von ihr offenbar nicht zu erwarten.

Linus ließ sein Gepäck stehen und ging zu dem Telefon hinüber. Die Kiste stellte er sorgsam im Schatten ab. Dann starrte er das klingelnde Telefon einen Moment lang an, wappnete sich und nahm den Hörer ab.

»Hallo?«

»Na endlich«, bekam er zur Antwort. »Sie sind zu spät.«

»Ach ja?«

»Ja. Ich habe in der vergangenen Stunde schon viermal angerufen. Da ich nicht sicher sein konnte, ob Sie wirklich kommen, wollte ich den langen Weg von der Insel nicht antreten, bevor ich weiß, dass Sie da sind.«

»Sie rufen aber schon wegen Linus Baker an, oder?«

Die Frau am anderen Ende der Leitung schnaubte. »Weshalb denn sonst?«

Welch eine Erleichterung. »Ich bin Linus Baker.«

»Schön für Sie.«

Linus runzelte verwirrt die Stirn. »Wie bitte?«

»Ich bin in einer Stunde da, Mr. Baker.« Er hörte Getuschel im Hintergrund. »Man sagt mir gerade, Sie hätten einen Umschlag dabei, den Sie nach Ihrer Ankunft öffnen sollen. Es wäre wohl besser, wenn Sie das jetzt tun. Dann wird vieles klarer für Sie.«

»Woher wissen Sie von dem ...«

»Tschüssilein, Mr. Baker. Wir sehen uns gleich.«

Sie legte auf, und Linus tutete nur noch das Freizeichen ins Ohr.

Er starrte den Hörer einen Moment lang verwirrt an, bevor er ihn zurückhängte. Dann starrte er noch ein wenig länger und schüttelte den Kopf.

»Also dann«, wandte er sich an Calliope und ließ sich schnaufend auf eine Bank fallen. Er zog seinen Koffer zu sich heran. »Wollen doch mal sehen, was diese Geheimniskrämerei soll, nicht wahr?«

Calliope ignorierte ihn.

Er zog den Reißverschluss am Koffer gerade so weit auf, dass er den Umschlag herausholen konnte, den er obenauf gelegt hatte. Er war so vollgepackt, dass er beinahe aufplatzte. Das Siegel an der Rückseite war blutrot und mit dem Akronym BBMM versehen. Als er es aufbrach, fielen rote Wachskrümel auf seinen Schoß und rieselten zu Boden.

Linus holte einen Stapel Papier hervor, der von einem Lederband zusammengehalten wurde.

Obenauf lag ein an ihn adressierter, akkurat getippter Brief.

BEHÖRDE FÜR DIE BETREUUNG
MAGISCHER MINDERJÄHRIGER
BÜRO DES ALLERHÖCHSTEN MANAGEMENTS

Mr. Baker,
Ihnen wurde ein Auftrag von größter Wichtigkeit übertragen. Nur zur Erinnerung: Er unterliegt der GEHEIMHALTUNGSSTUFE 4. Jegliche Weitergabe von Informationen an Personen ohne die erforderliche Sicherheitsfreigabe zieht die sofortige Kündigung nach sich und kann mit einer Gefängnisstrafe von bis zu zehn Jahren geahndet werden.

Anbei erhalten Sie sieben Akten.

Sechs enthalten Informationen über die Kinder des Waisenhauses von Marsyas.

Die siebte enthält Informationen über den Heimleiter Arthur Parnassus.

Der Inhalt dieser Akten darf unter keinen Umständen an die Bewohner des Marsyas Waisenhauses weitergegeben werden. Er ist allein für Ihre Augen bestimmt.

Dieses Waisenhaus unterscheidet sich ganz wesentlich von den Häusern, die Sie bisher aufgesucht haben, Mr. Baker. Es ist unerlässlich, dass Sie sich selbst so gut wie möglich schützen. Man wird Sie auf der Insel in einem Gästehaus unterbringen, und wir empfehlen Ihnen, nachts sämtliche Fenster und Türen zu verriegeln, um mögliche … Störungen zu vermeiden.

»Oje«, hauchte Linus.

Ihre Arbeit auf der Insel Marsyas ist äußerst wichtig. Ihre Berichte werden uns die nötigen Informationen liefern, um zu entscheiden, ob dieses Waisenhaus weiter betrieben werden darf oder für immer geschlossen werden muss. Arthur Parnassus wurde eine enorme Verantwortung übertragen, doch es bleibt abzuwarten, ob unser Vertrauen in ihn noch immer gerechtfertigt ist. Halten Sie Augen und Ohren offen, Mr. Baker. Zu jeder Zeit. Wir erwarten von Ihnen jene schonungslose Offenheit, für die Sie bekannt sind. Sollte irgendetwas nicht in Ordnung sein, müssen Sie uns das umgehend mitteilen. Es gibt nichts Wichtigeres, als sicherzustellen, dass nichts im Dunkeln bleibt.

Und natürlich müssen Sie auch dafür sorgen, dass der Schutz der Kinder gewährleistet ist. Schutz voreinander ebenso wie vor sich selbst. Das gilt insbesondere für eines der Kinder. Seine Akte ist die erste in Ihrem Stapel.

Wir sehen Ihren außerordentlich gründlichen Berichten mit Freude entgegen.

Mit freundlichen Grüßen

Charles Werner

Charles Werner
Allerhöchstes Management

»Wo zum Teufel bin ich da nur reingeraten?«, flüsterte Linus, als der sanfte Wind den Brief in seiner Hand flattern ließ.

Er überflog den Brief ein zweites Mal, diesmal in dem Versuch, etwas zwischen den Zeilen zu lesen, hatte hinterher aber immer noch mehr Fragen als Antworten.

Schließlich faltete er ihn zusammen und schob ihn in seine Brusttasche, bevor er sich den Akten widmete. »Was du heute kannst besorgen …«, hielt er Calliope mahnend entgegen. »Schauen wir doch mal, wie schrecklich das große Geheimnis tatsächlich ist. Bestimmt ist das alles völlig übertrieben. Je größer die Erwartungen, desto größer die Enttäuschung.«

Er schlug die oberste Akte auf.

Von der ersten Seite blickte ihm das Foto eines sechs- oder siebenjährigen Jungen entgegen. Der Kleine hatte ein ziemlich teuflisches Grinsen. Ihm fehlten zwei Schneidezähne, seine Haare waren furchtbar zerzaust, und seine Augen ...

Nun ja. Es sah aus wie ein typischer Rote-Augen-Effekt, wenn der Blitz zu schnell war für die Pupillenreaktion. Ein blauer Ring, in der Mitte rot. Gruselig, ja, aber so etwas hatte Linus nun wirklich schon oft gesehen. Eine optische Täuschung, mehr nicht.

Unter dem Foto stand ein Name, in Großbuchstaben.

LUCY.

»Ein Junge mit dem Namen Lucy«, wunderte sich Linus. »Das hatte ich wirklich noch nicht. Ich frage mich, warum sie ihm ... diesen Namen ... gegeben haben ... Lucy ...«

Das letzte Wort blieb ihm beinahe im Hals stecken.

Dort stand der Grund, schwarz auf weiß.

In der Akte hieß es:

NAME: LUZIFER (SPITZNAME LUCY)
ALTER: 6 JAHRE, 6 MONATE, 6 TAGE (ZUM ZEITPUNKT DIESES BERICHTS)
HAARFARBE: SCHWARZ
AUGENFARBE: BLAU/ROT
MUTTER: UNBEKANNT (MUTMASSLICH VERSTORBEN)
VATER: DER TEUFEL
MAGISCHE SPEZIFIZIERUNG: ANTICHRIST

Linus Baker verlor das Bewusstsein.

»G' weg«, nuschelte er, als etwas gegen seine Wange klopfte. »Gibt kein Frühstück, Calliope.«

»Gut zu wissen«, erwiderte eine Stimme, die eindeutig nicht Calliope gehörte. »Schließlich ist bereits Nachmittag. Es sei denn, in der Stadt wird so spät gefrühstückt. Das weiß ich nicht. Ich meide solche Orte. Zu laut für meinen Geschmack.«

Linus schlug die Augen auf und blinzelte.

Über ihm ragte eine Frau auf, eingehüllt in eine Aura aus Sonnenlicht.

Hastig setzte er sich auf. »Wo bin ich?«

Die Frau trat einen Schritt zurück und musterte ihn mit kühler Belustigung. »Am Bahnhof von Marsyas natürlich. Etwas merkwürdiger Ort für ein Schläfchen, aber wohl auch nicht schlechter als andere.«

Linus rappelte sich vom Bahnsteig hoch. Er fühlte sich schmutzig und irgendwie neben der Spur. Sein Kopf schmerzte, und an seinem Hintern schien sich ziemlich viel Sand gesammelt zu haben. Er klopfte ihn ab, während er sich hektisch umsah. Calliope saß in ihrer Kiste, zuckte mit dem Schwanz und beobachtete ihn wachsam. Sein Koffer stand daneben.

Und dort, auf der Bank, auf die er sich vorhin gesetzt hatte, lag ein Stapel mit Akten.

»Mehr haben Sie nicht?«, erkundigte sich die Frau, woraufhin Linus sich wieder ihr zuwandte. Beunruhigt stellte er fest, dass er nicht in der Lage war, ihr Alter einzuschätzen. Weißes Haar schmiegte sich wie eine fluffige Wolke um ihren Kopf, geschmückt mit hellen, in den Strähnen eingeflochtenen Blumen. Sie hatte wundervolle, dunkle Haut, doch der Hauptgrund für Linus' Verwirrung waren ihre Augen. Diese Augen gehörten zu jemandem, der wesentlich älter sein musste, als der Rest von ihr vermuten ließ. Sicher lag es nur am hellen Sonnenlicht, aber sie schienen beinahe violett zu sein. Irgendwie kam ihr Aussehen Linus vertraut vor, aber er hätte nicht sagen können, warum.

Sie trug ein dünnes Shirt, das lose um ihren Körper fiel, dazu eine braune Dreiviertelhose. Und sie war barfuß.

»Wer sind Sie?«, wollte er wissen.

»Ms. Chapelwhite, wer sonst?«, antwortete sie, als hätte er das wissen müssen. »Hüterin der Insel von Marsyas.«

»Hüterin«, wiederholte Linus.

»Mehr Gepäck haben Sie nicht mitgebracht?«, fragte sie noch einmal.

»Ja, aber ...«

»Jeder wie er will«, stellte sie fest. Sprachlos sah er zu, wie sie sich an ihm vorbeischob und den Koffer anhob, als wäre er mit nichts Schwererem gefüllt als Federn. Ihm selbst war schon der Schweiß ausgebrochen, als er ihn nur in den Zug hieven musste, aber sie schien in dieser Hinsicht keine Probleme zu haben. »Sammeln Sie Ihre Unterlagen und Ihre Riesenkatze ein, Mr. Baker. Ich trödele nicht gerne, und Sie sind sowieso schon später gekommen als erwartet. Ich habe Verpflichtungen, müssen Sie wissen.«

»Also, wissen Sie ...«, setzte er an, aber sie ging einfach zu der Treppe hinüber, die seitlich vom Bahnsteig hinunterführte. Elegant glitt sie die Stufen hinab, fast so, als würde sie schweben. Erst jetzt bemerkte Linus das kleine Auto, das am Straßenrand stand. Offenbar hatte jemand das Dach abgesägt, denn die Sitze lagen völlig offen da: ein Cabriolet – das erste, das er je zu Gesicht bekommen hatte.

Er überlegte ernsthaft, sich Calliope zu schnappen und mit ihr über die Bahnschienen zu flüchten.

Stattdessen sammelte er die Akten ein, nahm die Kiste und folgte der seltsamen Frau.

Als er beim Auto ankam, hatte sie sein Gepäck bereits in den Kofferraum geladen. Abschätzend musterte sie erst Linus, dann die Katzenkiste. »Ich vermute mal, es wäre Ihnen nicht recht, wenn ich das Ding auch hinten reinpacke?«

»Ganz sicher nicht«, erwiderte er – nicht übermäßig verärgert. »Das wäre grausam.«

»Richtig«, murmelte sie. »Na schön. Dann müssen Sie die

Kiste auf den Schoß nehmen. Oder wir binden sie auf der Motorhaube fest, falls Sie denken, das wäre besser.«

Jetzt war er schockiert. »Sie würde furchtbar wütend werden.«

Ms. Chapelwhite zuckte unbeeindruckt mit den Schultern. »Sie würde darüber hinwegkommen.«

»Ich werde sie ganz sicher nicht auf der Motorhaube eines Autos festbinden!«

»Ihre Entscheidung. Einsteigen, Mr. Baker, wir haben es eilig. Ich habe Merle gesagt, dass wir gleich zurück sind.«

Linus' Gedanken spielten Ringelreihen. »Merle?«

»Der Fährmann.« Sie öffnete die Fahrertür und stieg ein. »Er wird uns zur Insel rüberbringen.«

»Ich habe ja noch nicht einmal entschieden, ob ich überhaupt auf diese Insel *will*.«

Fragend blinzelte sie zu ihm hoch. »Warum sind Sie dann hier?«

Wieder einmal war er sprachlos. »Das war ... Man hat mir aufgetragen ... Es ist nicht ...«

Die Frau nahm eine überdimensionierte weiße Sonnenbrille vom Armaturenbrett. »Steigen Sie ein oder lassen Sie es bleiben, Mr. Baker. Offen gesagt wäre mir Letzteres deutlich lieber. Die Behörde für die Betreuung Magischer Minderjähriger ist ein schlechter Witz, und Sie scheinen nichts weiter zu sein als ein unbedarfter Lakai. Ich hätte kein Problem damit, Sie hierzulassen. Irgendwann kommt der Zug bestimmt wieder hier vorbei. Das tut er eigentlich immer.«

Diese Feststellung wurmte ihn stärker, als er erwartet hatte. »Was ich tue, ist ganz sicher kein schlechter Witz!«

Das Auto sprang an und gab ein rasselndes Husten von sich, bevor der Motor seinen Rhythmus fand. Schwarzer Rauch quoll aus dem Auspuff.

»Das wird sich noch zeigen«, entschied Ms. Chapelwhite. »Also: rein oder raus, Mr. Baker.«

Er stieg ein.

Ms. Chapelwhite hatte eindeutig zu viel Freude an Linus' Schreien, wann immer sie mit Höchstgeschwindigkeit durch eine Kurve bretterte. Sie hatte den Wagen zwar gut im Griff, trotzdem war Linus fest davon überzeugt, im Fahrzeug einer Irren gelandet zu sein.

Der Wind peitschte durch ihre Haare, und Linus ging fest davon aus, dass er ihren Blumenschmuck abreißen würde, doch die Blüten flatterten und tanzten nur, blieben aber an Ort und Stelle. Er hingegen presste seine Akten mit der flachen Hand auf die Katzenkiste, um zu verhindern, dass sie aus dem Auto flogen.

Sie fuhren auf einer schmalen Straße zwischen hügeligen Dünen dahin. Jedes Mal, wenn die Sandberge sich abflachten, konnte Linus einen kurzen Blick auf das Meer erhaschen, das nun viel näher war als vorhin im Zug. Er versuchte, sich von diesem Anblick nicht ablenken zu lassen, scheiterte aber kläglich. Auch wenn er sich sicher war, dass sein letztes Stündlein geschlagen hatte: Es war einfach unfassbar schön.

Erst als er bei der nächsten Kurve wieder mit voller Wucht gegen die Tür geschleudert wurde, fand er seine Stimme wieder: »Könnten Sie *bitte* etwas langsamer fahren?«

Und Wunder über Wunder, sie erfüllte ihm seinen Wunsch. »Ich amüsiere mich nur ein wenig.«

»Auf meine Kosten!«

Sie warf ihm einen Seitenblick zu. Ihr Haar wirbelte in feinen Strähnen um ihren Kopf. »Sie sind aber auch schrecklich verkrampft.«

Nicht zu fassen. »Ein gesunder Lebenswille hat nichts mit Verkrampftheit zu tun.«

»Ihre Krawatte sitzt schief.«

»Wirklich? Vielen Dank. Ich hasse es, wenn ich derangiert ausse... Das ist nicht lustig!«

Ihre Zähne blitzten auf, als sie grinste. »Vielleicht besteht ja doch noch Hoffnung für Sie. Nicht viel, aber ein bisschen.«

Wieder warf sie ihm einen Blick zu, der länger andauerte, als Linus für verkehrstechnisch sicher hielt. »Sie sehen anders aus als erwartet.«

Damit konnte er nun wirklich gar nichts anfangen. Bisher hatte man ihn noch nie wirklich gesehen. »Was soll das heißen?«

»Dass Sie anders aussehen als erwartet.«

»Reden Sie eigentlich oft, ohne etwas zu sagen?«

»Ziemlich oft sogar. Aber diesmal nicht, Mr. Baker.« In die nächste Kurve fuhr sie deutlich langsamer hinein. »Ich dachte, Sie wären jünger. Das ist bei Ihresgleichen meistens der Fall.«

»Bei meinesgleichen?«

»Den Sachbearbeitern. Machen Sie das schon lange?«

Er runzelte die Stirn. »Lange genug.«

»Und gefällt Ihnen Ihre Arbeit, Mr. Baker?«

»Ich bin gut darin.«

»Danach habe ich nicht gefragt.«

»Es läuft auf dasselbe hinaus.«

Sie schüttelte den Kopf. »Warum haben Sie dort auf dem Bahnsteig geschlafen? Hätten Sie das nicht besser im Zug erledigt?«

»Ich habe nicht geschlafen, ich war …« Und da fiel ihm wieder ein, was er selig vergessen hatte, seit er so rüde geweckt worden war. »Oje.«

»Was ist?«

»*Oje*.« Er bekam keine Luft mehr.

Ms. Chapelwhite musterte ihn beunruhigt. »Haben Sie etwa einen Herzinfarkt?«

Das wusste Linus nicht. Er hatte noch nie einen gehabt, deshalb konnte er auch nicht genau wissen, wie sich das anfühlte. Aber bei einem Vierzigjährigen mit Übergewicht und hohem Blutdruck lag das durchaus im Bereich des Möglichen.

Er hörte noch, wie sie leise fluchte, bevor sie an den Straßenrand fuhr und auf die Bremse trat.

Linus rang nach Luft und legte die Stirn auf die Katzenkiste. Sein Gesichtsfeld schrumpfte zu einem kleinen Punkt zusammen, und es rauschte dröhnend laut in seinen Ohren. Gerade als er sich sicher war, dass er gleich wieder in Ohnmacht fallen (oder einem Herzinfarkt erliegen) würde, spürte er eine kühle Hand in seinem Nacken. Plötzlich konnte er wieder genügend Luft in seine Lunge saugen, und sein Puls normalisierte sich etwas.

»Na bitte«, sagte Ms. Chapelwhite, »schon besser. Noch einmal tief einatmen, Mr. Baker. Ja, genau so.«

»Die Akte«, presste er mühsam hervor. »Ich habe die Akte gelesen.«

Sie drückte noch einmal kurz seinen Nacken, dann ließ sie ihn los. »Die über Lucy?«

»Ja. Damit hatte ich nicht gerechnet.«

»Nein, wohl eher nicht.«

»Ist es ...«

»Wahr?«

Er nickte, ohne den Kopf von der Kiste zu heben.

Sie antwortete nicht.

Nun hob er doch den Kopf und sah sie an.

Sie hatte die Hände in den Schoß gelegt und blickte starr geradeaus. »Ja«, sagte sie schließlich. »Es ist wahr.«

»Aber wie in aller Welt ist das möglich?«

Kopfschüttelnd fuhr sie fort: »Es ist nicht so ... *er* ist nicht so, wie Sie denken. Keiner von ihnen.«

Das versetzte ihm den nächsten Schock. »Die anderen Akten habe ich mir gar nicht mehr angesehen.« Ihm kam ein schrecklicher Gedanke. »Sind die anderen noch schlimmer?«

Ms. Chaplewhite setzte mit einem Ruck die Sonnenbrille ab und sah ihn durchdringend an. »Sie können nicht noch schlimmer sein, denn es gibt rein gar nichts an ihnen auszusetzen. Es sind Kinder.«

»Ja, schon, aber ...«

»Kein Aber«, fauchte sie. »Ich weiß, dass Sie aufgrund Ihres Jobs hier sind, Mr. Baker. Und ich weiß, dass Sie vermutlich sehr gut sind in diesem Job. *Zu* gut, wenn Sie mich fragen. Sonst hätte die BBMM Sie wahrscheinlich nicht hergeschickt. Wir sind wohl nicht gerade das, was man als orthodox bezeichnen würde.«

»Wohl kaum. Immerhin lebt *der Antichrist* auf Ihrer Insel.«

»Lucy ist nicht …« Frustriert schüttelte sie den Kopf. »Warum sind Sie hier?«

»Um zu überprüfen, ob die Sicherheit der Kinder gewährleistet ist«, sagte er, als wäre das vollkommen selbstverständlich. »Um zu sehen, ob sie mit allem versorgt sind. Ob man sich um sie kümmert. Und um auszuschließen, dass sie eine Gefahr darstellen – für sich und andere.«

»Und das gilt für *sämtliche* Kinder, richtig?«

»Ja, aber …«

»Kein *Aber*. Es spielt keine Rolle, woher er kommt. Oder was er ist. Er ist ein Kind, und es ist Ihr Job – ebenso wie meiner oder Arthurs –, ihn zu beschützen. Ihn und all die anderen.«

Verblüfft starrte Linus sie an.

Ms. Chapelwhite setzte ihre Sonnenbrille wieder auf. »Machen Sie den Mund zu, Mr. Baker. Sie wollen doch keine Fliege verschlucken.«

Damit startete sie den Wagen und fuhr zurück auf die Straße.

»Sieben Akten«, sagte er einige Minuten später, nachdem er sich wieder etwas erholt hatte.

»Was?«

»Sieben Akten. Man hat mir sieben Akten gegeben: sechs Kinder, der Heimleiter. Das ergibt sieben.«

»Man legt bei der BBMM offenbar viel Wert auf die Grundrechenarten, wie?«

Er ignorierte den Seitenhieb. »Für Sie gibt es keine.« Auf dem Hügel rechts vor ihnen tauchte ein Schild auf.

»Natürlich nicht. Ich bin ja auch nicht bei der BBMM angestellt. Wie gesagt: Ich bin eine Hüterin.«

»Des Hauses?«

»Ja. Und der Insel. Altes Familiengeschäft, seit Generationen.«

Linus Baker machte diesen Job schon ziemlich lange. Und ja – er war gut darin. Sein analytisches Denken und die Fähigkeit, kleine Hinweise wahrzunehmen, die anderen entgingen, halfen ihm dabei. Wahrscheinlich, so dachte er, hatten sie ihn deshalb für diesen Auftrag ausgewählt.

So gesehen hätte er es schon bemerken müssen, als er auf dem Bahnsteig die Augen aufgeschlagen hatte. Dass er kurz zuvor den Schock seines Lebens erlitten und das Bewusstsein verloren hatte, konnte man als Ausrede nicht gelten lassen.

Die violetten Augen hätten es ihm sagen müssen. Denn das hatte nichts mit dem Licht zu tun.

»Sie sind ein Elementargeist«, stellte er fest. »Ein Inselelementar.«

Damit hatte er sie überrascht. Sie versuchte allerdings, es sich nicht anmerken zu lassen, und hätte er nicht gewusst, wonach er Ausschau halten musste, wäre es ihm wohl entgangen. »Wie kommen Sie darauf?«, fragte sie ruhig.

»Sie sind eine Hüterin.«

»Das heißt nichts.«

»Ihre Augen.«

»Ungewöhnlich, ja, aber sicher nicht einmalig.«

»Sie haben meinen Koffer getragen …«

»Oh, ich bitte um Verzeihung. Hätte ich gewusst, dass ich damit Ihre unwiderstehliche Männlichkeit zerstöre, hätte ich niemals …«

»Sie sind barfuß.«

Das ließ sie kurz zögern. »Ich lebe am Meer«, sagte sie dann gedehnt. »Vielleicht laufe ich ja immer barfuß.«

Linus schüttelte den Kopf. »Die Sonne brennt. Der Straßenbelag muss extrem heiß sein – was Ihnen überhaupt nichts ausgemacht hat. Elementargeister mögen keine Schuhe. Sie engen sie ein. Und ihre Füße sind unverwüstlich, sie nehmen nicht einmal durch aufgeheizten Asphalt Schaden.«

Sie seufzte. »Okay, Sie sind schlauer, als Sie aussehen. Was sicher nichts Gutes bedeutet.«

»Sind Sie registriert?«, wollte er von ihr wissen. »Weiß die BBMM, dass Sie …«

»Ich war nie im System, Mr. Baker«, fauchte sie zähnefletschend. »Mein Stammbaum ist wesentlich älter als das Regelwerk der Menschen. Bloß weil ihr beschlossen habt, dass alle magischen Wesen markiert werden müssen, damit man sie leichter aufspüren kann, haben Sie noch lange nicht das Recht, mich oder meine rechtliche Stellung in Zweifel zu ziehen.«

Linus wurde blass. »Das ist … natürlich, Sie haben recht. Ich hätte das nicht sagen sollen.«

»War das etwa eine Entschuldigung?«

»Ich denke schon.«

»Gut. Fragen Sie nie wieder nach meinem Status.«

»Es ist nur … ich bin vorher noch nie einem Inselelementar begegnet. Einem Wasserelementar, ja, einmal sogar einem Höhlenelementar. Deshalb konnte ich Sie ja auch erkennen. Ich wusste bisher nicht einmal, dass Sie existieren.«

Sie schnaubte höhnisch. »Es gibt sicher so einiges, von dessen Existenz Sie nichts wissen, Mr. Baker. Da, sehen Sie. Wir sind gleich an der Fähre.«

Er blickte in die Richtung, in die sie zeigte. Sie näherten sich der Kuppe des Hügels, auf dem er bereits aus der Ferne das Schild entdeckt hatte. Es zeigte eine Palme, Meereswellen und die Aufschrift KÜSTENDORF MARSYAS.

»Ich habe noch nie von diesem Ort gehört«, gab Linus zu, als sie daran vorbeifuhren. »Ist es ein nettes Dorf?«

»Kommt darauf an, was Sie unter nett verstehen. Für Sie wahrscheinlich schon. Für mich nicht.«

Sie hatten den höchsten Punkt des Hügels erreicht. Unter ihnen schmiegte sich eine Ansammlung bunter Häuser an die Küstenlinie, umgeben von hohen Bäumen, die sich im Laufe der Zeit den Kräften des Windes gebeugt hatten. Einige der Häuser drangen bis in den Wald vor, ihre pastellfarbenen Mauern und strohgedeckten Dächer leuchteten zwischen den Baumkronen. Genau so hatte er sich ein Dorf am Meer immer vorgestellt. Der Anblick machte ihn wehmütig.

»Wir werden nicht anhalten, fragen Sie gar nicht erst«, warnte ihn Ms. Chapelwhite. »Die wollen das hier nicht.«

»Was meinen Sie damit?«

»Nicht jeder ist so fortschrittlich wie Sie, Mr. Baker.« Okay, diesmal *wusste* er, dass sie sich über ihn lustig machte. »Die Bewohner von Marsyas mögen unseresgleichen nicht sonderlich.«

Das überraschte ihn. »Sie mögen keine Elementargeister?«

Sie lachte, doch es war voller Bitterkeit. »Überhaupt keine magischen Wesen, Mr. Baker.«

Es dauerte nicht lange, bis er selbst sah, was sie meinte. Sobald sie auf die Hauptstraße abbogen, die sich durch das ganze Dorf zog, drehten sich die Menschen nach dem kleinen Wagen um. Linus war schon das Ziel von so manchem missbilligendem Blick gewesen, aber noch nie war ihm eine solche Feindseligkeit entgegengeschlagen. Die mit Badeshorts, Bikinis und Flip-Flops bekleideten Menschen starrten sie mit unverhohlener Abneigung an, als sie an ihnen vorbeifuhren. Er versuchte, ihnen freundlich zuzuwinken, doch das half auch nicht. In einem Laden für Fischspezialitäten verriegelte der Inhaber sogar die Tür, als er sie sah.

»Also wirklich«, meinte Linus indigniert.

»Man gewöhnt sich daran«, erklärte Ms. Chapelwhite. »Überraschenderweise.«

»Warum sind sie so?«

»Ich maße mir nicht an zu wissen, was in den Gehirnen der

Menschen vorgeht.« Ihre Finger schlossen sich fester um das Lenkrad, als eine Frau auf dem Bürgersteig versuchte, ihre dicklichen, quäkenden Kinder von dem Wagen abzuschirmen. »Sie fürchten das, was sie nicht verstehen. Und aus Furcht wird Hass. Die Gründe dafür begreifen sie vermutlich selbst nicht. Und da sie die Kinder nicht verstehen, da sie die Kinder fürchten, hassen sie sie. Aber es kann doch nicht das erste Mal sein, dass Sie so etwas erleben. Das geschieht überall.«

»Ich hasse grundsätzlich nicht«, erklärte Linus.

»Sie lügen.«

Er schüttelte den Kopf. »Nein. Hass ist Zeitverschwendung. Ich bin viel zu beschäftigt, um zu hassen. Und das ist mir auch lieber so.«

Sie warf ihm einen Seitenblick zu, der sich aufgrund ihrer Sonnenbrille nicht deuten ließ. Dann setzte sie zum Sprechen an - er hatte keine Ahnung, was sie sagen wollte -, überlegte es sich aber anders. Erst nach einer Weile verkündete sie: »Wir sind da. Sie bleiben im Wagen.«

Sie parkte am Rand eines kleinen Anlegers. Bevor Linus etwas erwidern konnte, war sie schon ausgestiegen. Eine kleine Fähre lag im Wasser, und daneben stand ein Mann, der ungeduldig mit dem Fuß auf den Boden klopfte. Hinter ihm glaubte Linus den verschwommenen Umriss einer Insel zu erkennen. »Es ist spät«, beschwerte sich der Mann bei Ms. Chapelwhite, als die auf ihn zuging. »Sie wissen, dass ich nach Einbruch der Dunkelheit nicht auf der Insel bleiben kann.«

»Ist schon gut, Merle. Ich würde nicht zulassen, dass Ihnen etwas passiert.«

»Das ist längst nicht so tröstlich, wie Sie offenbar denken.« Er spuckte ins Wasser und blickte dann über ihre Schulter hinweg zu Linus hinüber. »Das ist er also?«

Sie drehte sich kurz um. »Das ist er.«

»Dachte, er wäre jünger.«

»Habe ich auch gesagt.«

»Na schön, dann machen wir mal los. Und sagen Sie Parnassus, dass mein Tarif sich verdoppelt hat.«

Sie seufzte. »Ich werde es ausrichten.«

Merle nickte, warf noch einen vernichtenden Blick zu Linus hinüber und sprang dann geschickt auf die Fähre. Ms. Chapelwhite kam zum Auto zurück.

»Ich glaube, diese Sache reicht weiter, als man uns glauben machen wollte«, raunte Linus Calliope zu.

Sie schnurrte nur.

»Alles klar?«, fragte er, als die Inselelementare sich wieder auf den Fahrersitz setzte. Für ihn sah es nicht danach aus; dieser Merle schien ein schwieriger Typ zu sein.

»Alles klar«, murmelte sie. Dann wendete sie den Wagen und fuhr auf die Fähre zu, deren Luke Merle gerade herunterließ. Linus' Magen machte einen kleinen Satz, als die Luke unter ihrem Gewicht zu ächzen begann, doch bevor er reagieren konnte, war es schon wieder vorbei.

Ms. Chaplewhite zog die Handbremse an und drückte auf einen Knopf. Am Heck des Wagens begann es zu brummen, was Linus mal wieder erschrocken zusammenzucken ließ. Er drehte sich gerade noch rechtzeitig um, um zu sehen, wie ein Vinyldach ausgefahren wurde und sich über ihre Köpfe spannte. Mit einem erschreckend endgültigen Laut rastete es ein. Nachdem sie den Motor abgestellt hatte, drehte sich Ms. Chaplewhite zu ihm um. »Hören Sie, Mr. Baker. Ich denke, wir hatten keinen guten Start.«

»Dann sind Sie also nicht immer so eine reizende Gesellschafterin? Das wäre mir niemals aufgefallen.«

Sie strafte ihn mit einem bösen Blick ab. »Ich bin ein Elementargeist, was bedeutet, dass ich das beschütze, was mein ist.«

»Die Insel«, folgerte Linus.

Sie nickte. »Und all ihre Bewohner.«

Er zögerte kurz, dann fragte er: »Sind Sie und dieser Mr. Parnassus ...?«

Ihre Antwort bestand darin, dass sie eine Augenbraue hochzog.

Brennende Röte stieg in Linus' Wangen, er fing an zu husten und wandte den Blick ab. »Ach, egal.«

Nun lachte sie, doch es klang nicht unfreundlich. »Nein. Das wird niemals passieren, glauben Sie mir.«

»Oh. Gut. Gut zu wissen.«

»Ich weiß, dass Sie einen Auftrag zu erfüllen haben«, fuhr sie fort, »und Sie werden bald herausfinden, dass er sich von allem unterscheidet, was Sie bisher getan haben. Ich möchte Sie nur bitten, ihnen eine Chance zu geben. Sie sind so viel mehr als das, was in ihren Akten steht.«

»Wollen Sie mir etwa vorschreiben, wie ich meine Arbeit zu machen habe?«, fragte er steif.

»Ich bitte Sie lediglich um ein wenig Mitgefühl.«

»Mitgefühl ist mir durchaus ein Begriff, Ms. Chapelwhite. Es ist der Grund, warum ich das tue, was ich tue.«

»Das glauben Sie wirklich, oder?«

Er warf ihr einen bohrenden Blick zu. »Was soll das heißen?«

Sie schüttelte nur den Kopf. »Sie haben keine Akte über mich, weil ich eigentlich gar nicht existieren sollte. Arthur – Mr. Parnassus – hat mich sozusagen als Zeichen des guten Willens geschickt. Um Ihnen zu zeigen, wie ernst es ihm ist. Er weiß, was für ein Mensch Sie sein können. Und er hofft, dass Sie sich hier als ein solcher erweisen werden.«

Leise Angst stieg in Linus auf, spürbar als ein Kribbeln im Rückenmark. »Wie kann er denn bitte etwas über mich wissen? Er kann ja gar nicht wissen, wer mit diesem Auftrag betraut wurde. Bis gestern wusste ja nicht einmal *ich* das.«

Achselzuckend meinte sie: »Er hat so seine Möglichkeiten. Vielleicht sollten Sie die Zeit der Überfahrt nutzen, um sich die restlichen Akten anzusehen. Es wäre besser, wenn Sie vorbereitet sind auf das, was Sie erwartet. Sicherer, denke ich.«

»Sicherer für wen?«

Sie gab keine Antwort.

Als er sich zu ihr umdrehte, war der Fahrersitz leer und verlassen, als wäre sie niemals dort gewesen.

»Mist.«

Er überlegte, ob er ihren Rat befolgen sollte. Gefahr erkannt, Gefahr gebannt. Aber nach dem, was er über Lucy erfahren hatte, brachte er es einfach nicht über sich, die restlichen Akten durchzusehen. Was, wenn es nur immer schlimmer wurde? Das Allerhöchste Management hatte die Sache mit seinen düsteren Warnungen auch nicht besser gemacht – dass die Bewohner der Insel sich extrem von allem unterscheiden würden, was er bisher kannte. Und Ms. Chapelwhite hatte das noch bestätigt. Kurz fragte er sich, ob er ihr gegenüber vielleicht zu viel verraten hatte. Oder vielleicht hatte sie auch einen Blick in die Akten geworfen, als er bewusstlos auf dem Bahnsteig gelegen hatte. Beides war möglich – oder sogar wahrscheinlich –, weshalb Linus sich vornahm, von nun an wachsam zu sein.

Da er nicht sicher war, ob sein Bewusstsein ihn nicht wieder verließ, saß er mit den Akten auf dem Schoß da. Seine Finger zuckten. Doch der Drang zu erfahren, was ihm bevorstand, wurde von dem krampfhaften Verlangen erstickt, sich seine geistige Klarheit zu erhalten. Linus schossen die unterschiedlichsten Vorstellungen durch den Kopf: von schrecklichen Monstern mit Reißzähnen bis hin zu feurigen Schwefelgruben. Es sind Kinder, sagte er sich immer wieder. Aber auch Kinder konnten zubeißen, wenn man sie entsprechend provozierte. Und falls sie schlimmer sein sollten als das, was er sich ausmalte, wollte er es lieber nicht im Vorfeld erfahren. Sonst wäre er vielleicht nicht dazu in der Lage, diese Fähre zu verlassen.

Und doch …

Er ging den Aktenstapel durch, auf der Suche nach einer ganz bestimmten. Als er auf Lucys Akte stieß, sog er scharf die

Luft ein und schob sie so schnell wie möglich beiseite. Dann fand er, wonach er suchte.

Der Heimleiter.

Arthur Parnassus.

Dünn war die Akte, das Foto verschwommen. Es zeigte einen schmalen Mann vor blauem Hintergrund. Nur ein Blatt, mehr gab es nicht. Der Mann sah eigentlich ganz ... normal aus. Aber Äußerlichkeiten konnten trügerisch sein.

Auch die Akte (falls man dieses bisschen Papier überhaupt so nennen konnte) verriet ihm nicht viel mehr, da sie stellenweise geschwärzt war. Der Rest ergab nur wenig Sinn. Abgesehen vom Alter (fünfundvierzig) und der Tatsache, dass seine Beschäftigungszeit in Marsyas ohne besondere Vorkommnisse verlaufen war, konnte Linus dem Blatt nicht viel entnehmen. Er wusste nicht, ob er enttäuscht oder erleichtert sein sollte.

Die Sonne stand schon tief am Horizont, als eine Glocke ankündigte, dass sie die Insel erreicht hatten. Gedankenverloren spürte Linus, wie das Schiff unter ihm bebte. Ein Blick durch das Rückfenster zeigte ihm, dass die Luke der Fähre sich auf einen schmalen Anleger herabsenkte.

Als er sich wieder umdrehte, fiel ein Schatten auf die Windschutzscheibe. »Hier müssen Sie aussteigen!«, blaffte jemand.

Linus sah hoch.

Merle stand vor dem Wagen und hatte die Hände in die Hüften gestemmt. »Aussteigen«, wiederholte er.

»Aber ...«

»Runter von meinem verdammten Schiff!«

»Was für ein Blödmann«, murmelte Linus. Der Schlüssel steckte im Zündschloss, wofür er wohl dankbar sein musste. Er öffnete die Beifahrertür und stolperte aus dem Wagen. Im letzten Moment gelang es ihm, sich selbst und Calliope abzufangen, die sehr wenig von seiner akrobatischen Einlage zu halten schien. Schnell stellte er sie auf dem Sitz ab und schlug die Tür zu, um ihr Fauchen abzuwürgen. Er tippte sich fröhlich an den nicht vorhandenen Hut, als er um das Heck des Wagens herumging.

Merle reagierte nicht auf den Gruß.

»Was für ein vielversprechender Anfang«, brummte Linus vor sich hin. Die Fahrertür quietschte, als er sie hinter sich zuzog. Es war schon eine Weile her, dass er ein Auto gefahren hatte. Er hatte nie ein eigenes gehabt - viel zu anstrengend im Stadtverkehr. Vor Jahren hatte er sich mal einen Mietwagen genommen, weil er einen Wochenendausflug aufs Land machen wollte, aber dann hatte in letzter Sekunde die Arbeit angerufen, und er hatte den Wagen nach nur einer Stunde wieder zurückgebracht.

Linus schob den Sitz zurück und drehte den Zündschlüssel. Brummend erwachte das Auto zum Leben.

»Okay«, wandte er sich an Calliope und packte mit feuchten Händen das Lenkrad. »Dann wollen wir mal sehen, was es zu sehen gibt, nicht wahr?«

FÜNF

Es gab keinerlei Hinweisschilder, aber auch nur eine Straße, deshalb ging Linus davon aus, dass er auf dem richtigen Weg war. Schon wenige Minuten, nachdem er am Fähranleger losgefahren war, befand er sich in einem dichten Wald mit riesigen, alten Bäumen, deren Blattwerk den von pinken und orangefarbenen Streifen durchzogenen Himmel fast vollständig verdeckte. Üppige Ranken zogen sich an den Stämmen in die Höhe, und laute Vogelrufe hallten durch das Dickicht.

»Könnte das eine Falle sein?«, fragte Linus Calliope. Je weiter sie in den Wald vordrangen, desto dunkler wurde es. »Vielleicht landen hier jene, die gefeuert werden. Man lässt sie glauben, sie hätten einen großen Spezialauftrag, doch stattdessen werden sie mitten ins Nirgendwo geschickt, um da geopfert zu werden.«

Kein angenehmer Gedanke, also verdrängte er ihn.

Da er den Schalter für die Scheinwerfer nicht fand, beugte er sich so weit wie möglich zur Windschutzscheibe vor. Die Sonne war schon fast untergegangen. Sein Magen knurrte, aber Linus hatte noch nie in seinem Leben so wenig Appetit verspürt. Er wusste, dass Calliope sicher bald ein Katzenklo brauchte, aber er wollte auch nicht anhalten, solange er nicht wusste, wo er sich befand. Bei seinem Glück würde Calliope sonst einfach im Wald verschwinden und Linus zwingen, ihr hinterherzujagen.

»Was ich wahrscheinlich nicht tun würde«, stellte er klar. »Ich würde dich da draußen deinem Schicksal überlassen.«

Nein, das würde er nicht tun. Aber das musste sie ja nicht wissen. Der Tachostand des Wagens hatte sich schon um zwei Meilen erhöht, und langsam bekam er Panik. So groß konnte diese Insel doch gar nicht sein, oder? Dann rollte er plötzlich aus dem Wald heraus, und da sah er es.

Dort, vor ihm, im Licht der untergehenden Sonne, stand ein Haus.

Ein Haus, wie Linus nie zuvor eines gesehen hatte.

Es stand auf einer Klippe weit über dem Meer. Es sah aus, als wäre es mindestens hundert Jahre alt. Es war aus Ziegeln gebaut und hatte ein hohes Türmchen, das komischerweise in der Mitte des Daches aufragte. Die Linus zugewandte Seite des Hauses war mit grünem Efeu bewachsen, der sich um mehrere weiße Fenster herumschlängelte. Ein Stück weit entfernt glaubte Linus einen Pavillon zu erkennen, was ihn vermuten ließ, dass es dort einen Garten gab. Das wäre schön. Dort könnte er spazieren gehen, die salzige Luft genießen...

Empört schüttelte er den Kopf. Wegen derlei Dingen war er nun wirklich nicht hier. Für Frivolitäten dieser Art würde er keine Zeit haben. Er hatte eine Aufgabe zu erledigen, und die würde er korrekt erledigen.

Er lenkte das Auto in eine Art lange Einfahrt, die zum Haus hinaufführte. Je näher er kam, desto höher ragte es vor ihm auf, und Linus verstand immer weniger, dass er noch nie etwas von diesem Ort gehört hatte. Oh, nicht von dem Waisenhaus – wenn das Allerhöchste Management nicht wollte, dass jemand davon erfuhr, war das nur logisch. Aber zumindest diese Insel, dieses *Haus* hätten ihm doch bekannt sein müssen. Er zermarterte sich das Hirn, aber ohne Ergebnis.

Oben auf dem Hügel verbreiterte sich die Zufahrt. Neben einem leeren Springbrunnen, der ebenso von Ranken überwuchert war wie das Waisenhaus, stand noch ein zweites Auto: ein roter Van, sicherlich groß genug, um sechs Kinder und den Heimleiter zu transportieren. Linus fragte sich, ob sie wohl oft

Ausflüge machten. Natürlich nicht ins Dorf, da die Leute dort ja nicht besonders freundlich zu sein schienen.

Doch als er näher kam, sah er, dass der Van offenbar schon lange nicht mehr bewegt worden war - die Radkästen waren ebenfalls von Ranken überwuchert.

Also wohl nicht sehr viele Ausflüge. Oder auch gar keine.

Einen Moment lang wurde Linus von einem Gefühl erfasst, das an Traurigkeit grenzte. Er rieb sich mit der Hand über die Brust, um es zu vertreiben.

Aber er hatte recht gehabt. Es gab einen Garten. Die letzten Sonnenstrahlen ließen die Blumen aufleuchten, die neben dem Haus wuchsen. Linus blinzelte. Er glaubte eine huschende Bewegung zu sehen, ganz kurz nur.

Er kurbelte das Fenster gerade so weit herunter, dass seine Stimme nach draußen drang.

»Hallo?«

Keine Antwort.

Schon etwas mutiger kurbelte er weiter, auf halbe Höhe. Der Duft des Meeres stieg ihm in die Nase. Das Laub an den Bäumen raschelte leise. »Hallo?«

Nichts.

»Okay. Gut. Vielleicht bleiben wir einfach bis morgen früh hier drin.«

Dann hörte er das unverkennbare Kichern eines Kindes.

»Oder wir fahren einfach wieder«, fügte er mit schwacher Stimme hinzu.

Calliope kratzte an der Tür ihrer Kiste.

»Ich weiß, ich weiß. Aber offenbar ist dort draußen irgendetwas, und ich denke nicht, dass einer von uns sich gerne fressen lassen möchte.«

Kratz, kratz.

Linus seufzte schwer. Überwiegend war sie brav gewesen. Und nach der langen Reise war es nicht fair von ihm, sie noch länger einzusperren.

»Na schön. Aber du wirst hübsch still sein, während ich hier sitze, nachdenke und das kindliche Lachen zu ignorieren versuche, das aus dem merkwürdigen Haus dort dringt, so weit, weit weg von allem, was mir vertraut ist.«

Widerstandlos ließ sie sich von ihm aus der Kiste holen und auf seinen Schoß setzen. Majestätisch hockte sie da und starrte mit weit geöffneten Augen aus dem Fenster. Gab keinen Laut von sich, als er anfing, ihren Rücken zu streicheln.

»Also gut, rekapitulieren wir mal, ja? Ich kann entweder das tun, wofür man mich hergeschickt hat, oder ich kann hier sitzen bleiben und hoffen, dass mir noch etwas Besseres einfällt – vorzugsweise eine Lösung, bei der ich keine Körperteile einbüßen muss.«

Calliope versenkte ihre Krallen in seinen Oberschenkeln.

Linus zuckte schmerzerfüllt zusammen. »Ja, ja, vermutlich hast du recht. Es *ist* feige. Aber es verhindert auch, dass wir sterben.«

Sie leckte ihre Pfote und putzte sich das Gesicht.

»Kein Grund, gleich unhöflich zu werden«, murmelte er. »Na schön. Wenn es sein muss.« Er streckte die Hand nach dem Türgriff aus. »Ich kann das schaffen. Ich *werde* das schaffen. Du bleibst hier, und ich ...«

Ihm blieb nicht einmal mehr Zeit, um zu reagieren. Sobald er die Tür öffnete, sprang Calliope von seinem Schoß und schoss in Richtung Garten davon.

»Verdammt noch... dämliche Katze! Ich werde dich hier zurücklassen!«

Das würde er natürlich nicht tun. Aber besser eine leere Drohung als gar keine Drohung.

Calliope verschwand hinter einigen perfekt zurechtgestutzten Büschen. Er glaubte, noch einmal ihre Schwanzspitze aufblitzen zu sehen, dann war sie weg.

Linus Baker war nicht dumm. Eine Eigenschaft, auf die er durchaus stolz war. Er war sich seiner Grenzen als menschliches Individuum durchaus bewusst. Und wenn es dunkel war, befand er sich am liebsten in seinem sicher verschlossenen Haus, in seinem Pyjama mit Monogramm, mit einer Schallplatte auf der Victrola und einem Heißgetränk in der Hand.

Andererseits war Calliope streng genommen sein einziger Freund auf der Welt.

Und so stieg er nun aus dem Wagen, stellte die Füße auf den knirschenden Kies, weil er wusste, dass man hin und wieder auch Unerquickliches auf sich nehmen muss für jene, die einem am Herzen liegen.

Er ging in die Richtung, in der sie verschwunden war, inständig hoffend, dass sie nicht allzu weit gekommen sein möge. Die Sonne war fast vollständig hinter dem Horizont verschwunden, und während das Haus trotz der Lichter im Inneren etwas Bedrohliches ausstrahlte, war der Himmel darüber in Farben getaucht, von denen er nicht sicher war, sie je zuvor gesehen zu haben. Zumindest nicht in einer solchen Zusammenstellung. Unter ihm donnerten die Wellen gegen die Klippe, und hoch in der Luft schrien die Möwen.

Nun hatte er die Büsche erreicht, hinter denen Calliope verschwunden war. Ein schmaler Plattenweg führte in den Bereich, den Linus für den Garten hielt. Er zögerte nur kurz, bevor er sich hineinwagte.

Der Garten war wesentlich größer, als es den Anschein gehabt hatte, der Pavillon, den er von der Einfahrt aus gesehen hatte, noch ein ganzes Stück entfernt. Er war mit roten und orangefarbenen Papierlaternen geschmückt, die leise im Wind schaukelten. Ihre Lämpchen flackerten, und irgendwo klimperten Glöckchen.

Im Garten stand alles in voller Blüte. Sonnenblumen konnte Linus nicht entdecken, dafür aber Callas und Goldbandlilien, Dahlien, Brandschopf, Chrysanthemen, orange Gerbera und Ballonblumen. Es gab sogar Schönfrüchte, die er nicht mehr gesehen hatte, seit er ein kleiner Junge gewesen war. Die Luft war so mit süßen Düften durchtränkt, dass ihm leicht schwindelig wurde.

»Calliope«, rief er leise. »Komm her. Stell dich nicht so an.«

Sie blieb verschwunden.

»Na schön«, sagte er gereizt. »Ich kann problemlos neue Freunde finden. Immerhin gibt es eine Menge Katzen, die ein Zuhause suchen. Ein neues Kätzchen wird das Problem lösen. Ich werde dich einfach hierlassen. Ist eindeutig besser so.«

Natürlich würde er das nicht tun. Er ging weiter.

Dicht am Haus wuchs ein Apfelbaum, und Linus blinzelte überrascht, als er rote, grüne und rosafarbene Äpfel daran entdeckte, die verschiedensten Sorten an ein und denselben Ästen. Sein Blick wanderte am Stamm entlang Richtung Boden, und er sah ...

Eine Statue.

Einen Gartenzwerg.

»Wie kurios«, murmelte er und ging zu dem Baum hinüber.

Der Gartenzwerg war größer als die Exemplare, die ihm bekannt waren, die Spitze seiner Zipfelmütze reichte Linus bis zum Bauch. Er hatte einen weißen Bart, und seine Hände waren vor dem Körper verschränkt. Außerdem war die kleine Statue bemerkenswert detailreich bemalt; in der Dämmerung wirkte sie beinahe lebensecht mit ihren strahlend blauen Augen und den rosigen Wangen.

»Was bist du doch für ein merkwürdiges Figürchen.« Linus ging vor dem Gartenzwerg in die Hocke.

Wäre Linus ganz bei sich gewesen, wären ihm wohl die Augen aufgefallen. Doch er war müde, schlecht gelaunt und besorgt wegen seiner Katze.

Deshalb war es nicht weiter verwunderlich, dass er in einer gewissen Lautstärke reagierte, als die Zwergenstatue plötzlich blinzelte und ziemlich hochmütig sagte: »So etwas darf man nicht einfach über einen anderen sagen. Das ist unhöflich. Wissen Sie denn gar nichts?«

Linus' Schrei wurde abgewürgt, als er nach hinten umkippte und sich schwerfällig mit einer Hand auf dem Rasen abfing.

Der Gartenzwerg rümpfte die Nase. »Sie sind schrecklich laut. Ich mag es nicht, wenn die Leute in meinem Garten laut sind. Wer so laut ist, kann nicht hören, was die Blumen sagen.« Damit hob sie (denn es war eine Sie, auch mit Bart und allem) die Hand und richtete ihre Mütze. »Gärten sind Orte der Ruhe.«

Linus fand mühsam seine Stimme wieder. »Du bist ... du ...«

Sie runzelte die Stirn. »Natürlich bin ich ich. Wer sollte ich sonst sein?«

Mit einem Kopfschütteln vertrieb er die Spinnweben aus seinem Gehirn, bevor er endlich einen Namen ausgraben konnte. »Du bist ein Gnom.«

Übertrieben langsam blinzelte sie ihn an. »Ja, das bin ich. Ich bin Talia.« Dann bückte sie sich und hob einen kleinen Spaten auf, der neben ihr im Gras lag. »Sind Sie Mr. Baker? Falls ja, haben wir Sie schon erwartet. Falls nicht, sind Sie ein Eindringling und sollten besser verschwinden, bevor ich Ihnen hier in meinem Garten ein stilles Grab schaufele. Niemand würde davon erfahren, denn die Wurzeln würden Ihre Eingeweide und Knochen zersetzen.« Wieder runzelte sie die Stirn. »Denke ich zumindest. Ich habe noch nie jemanden begraben. Wir würden dabei also beide etwas lernen.«

»Ich bin Mr. Baker!«

Talia stieß einen Seufzer aus, der tiefste Enttäuschung ausdrückte. »Natürlich sind Sie das, kein Grund zu schreien. Aber ist es denn zu viel verlangt, sich einen Eindringling zu wünschen? Ich wollte schon immer wissen, ob Menschen sich gut als Dünger eignen. Es macht nämlich diesen Eindruck.« Fast schon gierig musterte sie ihn. »So viel Fleisch.«

»Oje«, presste Linus hervor.

Mit einem empörten Schnauben fuhr sie fort: »Wir haben hier nie Eindringlinge. Obwohl ... ich habe gerade eine Katze gesehen. Haben Sie die als Gastgeschenk mitgebracht? Lucy findet das bestimmt super. Und wenn er mit ihr fertig ist, lässt er mich die Überreste verwerten. Nicht ganz dasselbe wie ein Mensch, aber funktioniert bestimmt auch.«

»Sie ist keine Opfergabe«, protestierte Linus entsetzt. »Sie ist mein Haustier!«

»Oh. Verdammt.«

»Ihr Name ist Calliope!«

»Tja, dann sollten wir sie besser finden, bevor die anderen es tun. Ich weiß nämlich nicht, wofür die sie halten werden.« Sie grinste und präsentierte dabei große, breite Zähne. »Also, abgesehen von einem leckeren Snack.«

Linus quiekte leise.

Watschelnd kam sie auf ihn zu, wobei ihre kräftigen Beinchen sich erstaunlich flink bewegten. »Wollen Sie vielleicht die ganze Nacht da liegen? Hoch mit Ihnen. Hoch!«

Er gehorchte. Irgendwie.

Nassgeschwitzt folgte er ihr tiefer in den Garten hinein. Sie brummte irgendetwas vor sich hin, das für ihn wie Gnomisch klang: leise, kehlige Grunzlaute. Doch da Linus diese Sprache noch nie gesprochen gehört hatte, konnte er nicht sicher sein.

Schließlich erreichten sie den Pavillon, der hörbar quietschte, als sie hineingingen. Die schaukelnden Lampions leuchteten jetzt deutlich heller. Mehrere Stühle mit dicken, weichen Sitzkissen standen herum, auf dem Boden lag ein Teppich, dessen Kanten sich leicht wellten.

Talia ging zu einer kleinen Kiste, die am Rand des Pavillons stand, öffnete sie und hängte den Spaten an einen Haken, neben einige andere Gartenwerkzeuge. Nachdem sie sich davon überzeugt hatte, dass alles an seinem Platz war, nickte sie zufrieden und klappte den Deckel wieder zu.

Dann drehte sie sich zu ihm um. »Also, wenn ich eine Katze wäre, wo würde ich stecken?«

»Ich ... weiß es nicht?«

Genervt verdrehte sie die Augen. »Natürlich nicht. Katzen sind schlau und geheimnisvoll. Das ist also offenbar etwas, das Sie nicht begreifen können.«

»Ich muss doch sehr …«

Talia strich sich über den Bart. »Wir brauchen Hilfe. Zum Glück weiß ich, wen wir fragen können.« Sie hob den Blick Richtung Decke. »Theodore!«

Ängstlich dachte Linus an die Akten, die er nicht studiert hatte. Was für ein Narr er doch gewesen war. »Theodore. Wer ist …«

Irgendwo über ihnen ertönte ein Schrei, der Linus kalte Schauer über den Rücken jagte.

Talias Augen funkelten. »Er kommt. Er wird wissen, was zu tun ist. Er findet einfach alles.«

Linus trat einen Schritt zurück und hielt sich bereit - falls nötig würde er Talia einfach packen und loslaufen.

Ein dunkler Schatten segelte in den Pavillon hinein und schlug ziemlich unbeholfen auf dem Boden auf. Er stieß ein verärgertes Quäken aus, stolperte über seine viel zu großen Flügel, kullerte ein Stück und prallte mit voller Wucht gegen Linus' Beine. Der gab sein Bestes, um nicht laut zu kreischen, doch leider war sein Bestes nicht gut genug.

Ein schuppiger Schwanz peitschte durch die Luft, dann starrte sein Besitzer mit orange leuchtenden Augen zu Linus hoch.

Linus hatte noch nie einen echten Lindwurm gesehen. Sie waren äußerst selten. Man vermutete, dass sie von Urzeitechsen abstammten, die einst die Welt bevölkert hatten, allerdings waren sie heute kaum größer als eine Hauskatze. Viele Menschen hielten sie für eine Plage, weshalb sie lange Zeit gejagt worden waren, ihre Köpfe als Trophäen ausgestellt, ihre Haut zu schicken Schuhen verarbeitet. Erst als Gesetze zum Schutz aller magischen Wesen eingeführt wurden, fanden diese barbarischen Praktiken ein Ende. Doch da war es fast zu spät gewesen, vor allem in Anbetracht der Tatsache, dass Forscher den Lindwürmern anhand empirischer Daten ein komplexes, von Emotionen geprägtes Bewusstsein attestierten, das sogar dem des Menschen Konkurrenz machen konnte. Ihr Bestand war bis dahin bereits dramatisch geschrumpft.

Deshalb blickte Linus nun durchaus fasziniert (und natürlich auch verängstigt) auf den Lindwurm vor seinen Füßen hinab, dessen langer Schwanz sich nun langsam um seinen Knöchel zu schlingen versuchte.

Er – *er*, das Individuum, nicht er, der Lindwurm, hielt sich Linus vor Augen – war sogar kleiner als Calliope, allerdings nicht viel. Das Licht der Lampions ließ seine schimmernden Schuppen bunt aufleuchten wie ein Kaleidoskop. Seine Hinterbeine waren kräftig und an den Tatzen mit scharfen, schwarzen Krallen ausgestattet. Vorderbeine hatte er keine, stattdessen zwei breite, fledermausähnliche Hautflügel. Dazu kam ein geschwungener Schädel mit einer schmalen, in zwei langen Nasenlöchern auslaufenden Schnauze. Immer wieder schoss seine Zunge vor und tastete über Linus' Slipper.

Mit einem trägen Blinzeln hob er den Kopf, sah Linus an und ... zwitscherte.

Linus spürte, wie sein Herz raste. »Theodore, nehme ich an?«

Der Lindwurm zwitscherte noch einmal. Er klang beinahe wie ein Vogel. Wie ein sehr großer, schuppiger Vogel.

»Also?«, fragte Talia.

»Also was?«, krächzte Linus mühsam. Ob es wohl unhöflich wäre, den Lindwurm von seinem Fuß zu schubsen? Sein Schwanz wickelte sich immer fester um Linus' Bein, und Theodore hatte wirklich, wirklich große Reißzähne ...

»Er hat Sie um eine Münze gebeten«, erklärte Talia vollkommen selbstverständlich.

»Eine ... Münze?«

»Für seinen Schatz«, ergänzte Talia, als wäre er etwas beschränkt. »Er wird Ihnen helfen, aber Sie müssen ihn dafür bezahlen.«

»Das ist nicht ... Ich habe ...«

»Oooohhhh, Sie haben keine Münze? Das ist nicht gut.«

Ängstlich sah er die Gnomin an. »Was? Wieso?«

»Dann bekomme ich vielleicht doch noch meinen menschlichen Dünger«, verkündete sie unheilvoll.

Sofort klopfte Linus seine Taschen ab. Bestimmt hatte er noch ... irgendwo musste doch ...

Aha!

Triumphierend zog er die Hand aus der Tasche.

»Da!«, krähte er. »Ich habe einen ... Knopf?«

Ja, es war ein Knopf. Ein kleiner Messingknopf, und Linus hatte nicht die leiseste Ahnung, woher er stammte. Das war überhaupt nicht sein Geschmack. Linus bevorzugte gedeckte Farben, und dieses Ding glänzte und funkelte und ...

Aus Theodores Kehle kam ein leises Klicken, das sich fast wie ein Schnurren anhörte.

Als Linus wieder zu ihm hinuntersah, rappelte sich der Lindwurm gerade vom Boden auf. Das schien ihm gewisse Schwierigkeiten zu bereiten, da seine Flügel ein paar Nummern zu groß waren für den Rest seines Körpers. Immer wieder verfingen sich seine Beine darin, und er kippte um. Theodore zwitscherte wütend, dann kam er auf die Idee, seinen noch immer um Linus' Wade geschlungenen Schwanz als Stütze zu benutzen. So schaffte er es, sich hochzuziehen, bevor er Linus freigab. Und die ganze Zeit starrte er unverwandt auf den Knopf. Sobald er stand, hüpfte er um Linus herum und klappte sein Maul auf und zu.

»Na, dann geben Sie ihn ihm auch«, sagte Talia tadelnd. »Man kann einem Lindwurm kein Geschenk anbieten und es ihm dann nicht geben. Den Letzten, der das versuchen wollte, hat er in Brand gesteckt.«

Linus warf ihr einen strengen Blick zu. »Lindwürmer können kein Feuer spucken.«

Talia grinste ihn an. »Sie sind nicht so leichtgläubig, wie Sie aussehen. Und Sie sehen extrem leichtgläubig aus. Das sollte ich mir merken.«

Theodore hopste höher und höher und versuchte mit wilden Flügelschlägen, Linus' Aufmerksamkeit auf sich zu ziehen. Dabei zwitscherte er laut und starrte ihn mit glühenden Augen an.

»Schon gut, schon gut«, seufzte Linus, »du bekommst ihn ja. Aber ich dulde nicht, dass du dich so aufführst. Geduld ist eine Tugend.«

Theodore ließ sich fallen und drehte sich einmal um die eigene Achse, bevor er Linus den Hals entgegenreckte. Mit weit geöffnetem Maul wartete er ab.

Diese Reißzähne waren wirklich sehr groß. Und sehr spitz.

»Sie müssen ihn in sein Maul legen«, flüsterte Talia ihm zu. »Am besten mit der ganzen Hand.«

Linus ignorierte das. Er schluckte, dann beugte er sich runter und legte den Knopf auf Theodores Zungenspitze. Ganz langsam schloss der Lindwurm seine Kiefer und nahm den Knopf. Linus riss seine Hand zurück, Theodore kippte rückwärts um und landete mit gespreizten Flügeln auf dem Boden. Sein Bauch war blass und sah sehr weich aus. Nun streckte der Lindwurm seine Hinterbeine Richtung Maul, bis er den Knopf greifen konnte. Nachdem er ihn geschickt zwischen seine Krallen geklemmt hatte, hielt er ihn sich vor die Augen und studierte ihn von allen Seiten. Mit einem lauten Zwitschern rollte er sich herum, warf Linus noch einen kurzen Blick zu und breitete die Flügel aus. Unbeholfen nahm er Anlauf, wäre fast wieder gestolpert, schaffte es aber im letzten Moment doch noch, sich in die Luft zu erheben und Richtung Haus zu fliegen.

»Wo will er hin?«, fragte Linus schwach.

»Er bringt ihn zu seinem restlichen Schatz«, erklärte Talia. »Den Sie niemals finden werden, denken Sie also gar nicht daran. Ein Lindwurm verteidigt seinen Schatz bis aufs Blut und wird jeden verstümmeln, der versucht, ihn ihm wegzunehmen.« Sie dachte kurz nach. »Er ist unter dem Sofa im Wohnzimmer versteckt. Gehen Sie doch mal hin und sehen Sie ihn sich an.«

»Aber du sagtest doch gerade ... Ah, verstehe.«

Unschuldig sah sie zu ihm hoch.

»Eigentlich sollte er uns doch bei der Suche nach Calliope helfen«, hielt er ihr vor.

»Ach ja? Habe ich nie gesagt. Ich wollte nur sehen, was Sie ihm geben. Warum haben Sie überhaupt Knöpfe in Ihren Taschen? Da gehören die nicht hin.« Sie warf ihm einen prüfenden Blick zu. »Das wissen Sie doch, oder?«

»Ich weiß, wohin ...« Linus schüttelte den Kopf. »Nein. Nein, das werde ich nicht tun. Ich werde meine Katze finden, ob nun mit oder ohne deine Hilfe. Und wenn ich dafür quer durch deinen gesamten Garten stiefeln muss, dann werde ich das tun.«

»Das würden Sie nicht *wagen*.«

»Ach nein?«

Talia rümpfte die Nase. »Phee.«

»Gesundheit.«

»Was? Ich habe nicht geniest. Ich habe ... Phee!«

»Ja, ja«, ertönte eine neue Stimme, »ich habe dich schon beim ersten Mal gehört.«

Linus fuhr herum.

Hinter ihnen stand ein vielleicht zehnjähriges, ziemlich schmutziges Mädchen. Der Dreck in ihrem Gesicht verdeckte fast die Sommersprossen auf ihrer hellen Haut. Mit einem gezielten Atemstoß pustete sie sich eine feuerrote Haarsträhne aus der Stirn. Sie trug Shorts, ein Tanktop und keine Schuhe, weshalb auch unter ihren Zehennägeln jede Menge Schmutz klebte.

Doch es waren vor allem die zarten Flügel an ihrem Rücken, die Linus' Aufmerksamkeit auf sich zogen. Durchsichtig waren sie und von feinen Adern durchzogen, sie schmiegten sich dicht an ihre Schultern. Sie waren wesentlich größer, als man es bei ihrer Statur erwartet hätte.

Das Mädchen war ein Elementargeist wie Ms. Chapelwhite, allerdings gab es deutliche Unterschiede. Die Kleine verströmte einen satten, erdigen Duft, der Linus an die Fahrt unter den mächtigen Bäumen erinnerte, die ihn zum Haus geführt hatte. Möglicherweise waren diese Bäume ihr zu verdanken.

Ein Waldelementar.

Linus war bisher nur einer Handvoll Elementargeistern begegnet. Sie waren eher Einzelgänger, und je jünger sie waren, desto gefährlicher waren sie auch, da sie ihre Magie dann noch nicht voll unter Kontrolle hatten. Einmal hatte Linus gesehen, welche Folgen das haben konnte: Ein junger Seeelementar hatte sich durch eine Gruppe Menschen in einem Boot bedroht gefühlt. Der Wasserspiegel war um fast zwei Meter angestiegen, und von dem Boot war nicht mehr übrig geblieben als ein paar Trümmer auf dem tosenden See.

Er wusste nicht, was aus dem Elementar geworden war, nachdem er seinen Bericht eingereicht hatte. Solche Informationen überstiegen seine Gehaltsklasse.

Diese Elementare hier - Phee - hatte eine gewisse Ähnlichkeit mit dem Seeelementar von vor vielen Jahren. Sie musterte ihn voller Misstrauen und zuckte nervös mit den Flügeln. »Ist er das?«, fragte sie. »Macht ja nicht gerade viel her.«

»Leichtgläubig ist er jedenfalls nicht, das muss man ihm zugutehalten«, verkündete Talia. »Er hat eine Katze mitgebracht, die ihm weggelaufen ist.«

»Dann hoffen wir mal, dass Lucy sie nicht findet. Du weißt, was er mit ihr anstellen würde.«

Linus musste die Kontrolle über die Situation zurückgewinnen. Immerhin waren das nur Kinder. »Mein Name ist Linus Baker. Und *ihr* Name ist Calliope. Ich bin …«

Ohne ihm die geringste Beachtung zu schenken, marschierte

Phee so dicht an ihm vorbei, dass ihr linker Flügel hart gegen sein Gesicht schlug. »Im Wald ist sie nicht«, erklärte sie an Talia gewandt.

Die seufzte. »Dachte ich mir schon, wollte aber trotzdem vorsichtshalber nachfragen.«

»Ich muss mich erst mal sauber machen«, fuhr Phee fort. »Falls ihr sie noch nicht gefunden habt, wenn ich fertig bin, komme ich und helfe euch.« Sie warf Linus einen kurzen Seitenblick zu, dann ging sie in Richtung Haus davon.

»Sie mag Sie nicht«, stellte Talia fest. »Aber machen Sie sich nichts draus, sie mag die meisten Menschen nicht. Das ist vermutlich nichts Persönliches. Ihr wäre es einfach lieber, wenn Sie nicht hier wären. Oder lebendig.«

»Ganz bestimmt«, erwiderte Linus steif. »Also, wenn du mir jetzt vielleicht zeigen könntest, wo ...«

Talia klatschte in die Hände. »Das ist es! Jetzt weiß ich, wo wir nachsehen müssen! Sie sollten alles für Sie vorbereiten, und ich wette, Sal hat sie gefunden. Er kann gut mit Streunern.«

Sie watschelte einmal quer durch den Pavillon und rief mit einem kurzen Blick über die Schulter: »Na los! Oder wollen Sie Ihre Katze nicht zurückhaben?«

Doch, das wollte Linus.

Also folgte er ihr.

Talia führte ihn durch den Garten zu der Seite des Hauses, die von der Einfahrt aus nicht zu sehen gewesen war. Es wurde immer dunkler, und am Himmel tauchten die ersten Sterne auf. Außerdem wurde es kühler, und Linus fröstelte leicht.

Talia hingegen machte ihn auf jede einzelne Blumensorte aufmerksam, an der sie vorbeikamen, nannte ihren Namen und erklärte, wann sie sie angepflanzt hatte. Und sie warnte ihn davor, sie anzurühren, da sie ihm sonst mit ihrem Spaten eins überbraten müsse.

Linus traute sich nicht, das auszutesten. Dieses Mädchen hatte ganz offensichtlich einen Hang zur Gewalt, was er sich für seinen Bericht merken musste. Diese Überprüfung fing nicht gerade gut an. Er hatte schon jetzt große Bedenken. Vor allem fand er es beunruhigend, dass diese Kinder offenbar überall verstreut waren.

»Wo ist eigentlich der Heimleiter?«, fragte er deshalb, als sie den Garten verließen. »Warum behält er dich nicht im Auge?«

»Arthur?«, fragte Talia erstaunt. »Warum in aller Welt sollte er das tun?«

»Mr. Parnassus«, korrigierte Linus sie. »Es ist eine Frage der Höflichkeit, ihn korrekt mit Namen anzusprechen. Und er sollte es *durchaus* tun, immerhin bist du noch ein Kind.«

»Ich bin zweihundertdreiundsechzig Jahre alt!«

»Und Gnome erreichen das Erwachsenenalter erst mit ungefähr fünfhundert Jahren«, konterte Linus. »Du magst mich für einen Dummkopf halten, doch das wäre ein Fehler.«

Sie brummte etwas, das Linus nun eindeutig für Gnomisch hielt. »Nachmittags von fünf bis sieben haben wir Zeit für unsere persönlichen Dinge. Arthur - oh, *Verzeihung*, Mr. Parnassus - findet, wir sollten auch ganz eigenen Interessen nachgehen.«

»Höchst ungewöhnlich«, murmelte Linus.

Talia sah ihn fragend an. »Wirklich? Tun Sie nach der Arbeit denn nicht das, was Ihnen gefällt?«

Na ja ... schon. Doch, das tat er. Aber er war ein Erwachsener, deshalb war das etwas anderes. »Und wenn sich nun einer von euch verletzt, während ihr diesen persönlichen Interessen nachgeht? Er kann sich doch nicht einfach auf die faule Haut legen, während ...«

»Er liegt nicht auf der faulen Haut!«, empörte sich Talia. »Er arbeitet mit Lucy und sorgt dafür, dass er nicht das Ende der Welt heraufbeschwört!«

Ungefähr jetzt spürte Linus, wie sein Gesichtsfeld sich wieder verengte, bei dem Gedanken an ... an dieses *Kind*. Diesen *Lucy*. Er konnte einfach nicht fassen, dass ein solches Wesen tatsächlich existierte, ohne dass er davon gewusst hatte. Ohne dass die Welt davon wusste. Oh, er verstand sehr wohl, warum so ein Geheimnis darum gemacht wurde, er verstand sogar, warum das nötig war. Doch die Tatsache, dass hier eine Massenvernichtungswaffe in Gestalt eines Sechsjährigen herumlief und die Welt in keinster Weise darauf vorbereitet war, blieb einfach schockierend.

»Sie sind ja ganz blass geworden«, stellte Talia mit schmalen Augen fest. »Und Sie schwanken ein bisschen. Sind Sie krank? Falls ja, sollten wir besser in den Garten zurückgehen, damit Sie da sterben können. Ich will Sie nicht den ganzen Weg zurückschleifen müssen. Sie scheinen ziemlich schwer zu sein.« Sie hob den Arm und pikte ihn in den Bauch. »Ganz weich.«

Seltsamerweise half diese kleine Geste Linus dabei, wieder einen klaren Blick zu bekommen. »Ich bin nicht krank«, fauchte er sie an. »Ich musste nur ... etwas verarbeiten.«

»Oh. Zu dumm. Aber Sie würden es mir doch sagen, wenn Sie Schmerzen im linken Arm bekommen, nicht wahr?«

»Warum sollte ich ... das ist ein Zeichen für einen Herzinfarkt, richtig?«

Sie nickte.

»Ich verlange, dass du mich sofort zu Mr. Parnassus bringst!«

Talia legte den Kopf schief. »Aber was ist mit Ihrer Katze? Möchten Sie die nicht finden, bevor sie aufgefressen wird und von ihr nichts mehr übrig ist außer dem Schwanz, weil der zu buschig ist, um ihn runterzuwürgen?«

»Das ist extrem beunruhigend und völlig irregulär. Wenn dieses Waisenhaus auf eine solche Art und Weise geführt wird, sehe ich mich gezwungen, sofortige Meldung an ...«

Er riss alarmiert die Augen auf, als sie plötzlich seine Hand packte und an ihm herumzerrte. »Uns geht es prima! Sehen

Sie? Alles super. Ich bin nicht tot, Sie sind nicht tot, niemand wurde verletzt! Und wir sind hier auf einer Insel, die man nur mit einer Fähre erreichen und wieder verlassen kann. Und im Haus gibt es Strom und funktionierende Toiletten, worauf wir sehr stolz sind! Was könnte uns hier also schon passieren? Außerdem hat Zoe immer ein Auge auf uns, wenn Mr. Parnassus mal anderweitig beschäftigt ist.«

»Zoe? Wer ist ...«

»Oh, ich meinte Ms. Chapelwhite«, korrigierte sich Talia hastig. »Sie ist toll. So fürsorglich. Das sagt jeder. Und außerdem eine entfernte Verwandte eines Elfenkönigs namens Dimitri, ist das zu fassen? Obwohl ... der ist nicht von hier.«

In Linus' Kopf schien ein Tornado ausgebrochen zu sein. »Was soll das heißen – *Elfenkönig*? Ich habe noch nie ...«

»Sie sehen also, es gibt absolut keinen Grund zur Sorge. Wir werden ständig überwacht, bei allem, was wir tun, Sie müssen also über gar nichts Meldung machen, nirgendwo. Und sehen Sie nur, da! Ich wusste ja, dass Sal Ihre Katze hat. Tiere lieben ihn einfach. Er ist der Beste. Sehen Sie? Calliope sieht doch furchtbar glücklich aus, oder?«

Allerdings, das tat sie. Sie rieb sich an den Beinen eines großen schwarzen Jungen, der auf der Veranda eines Häuschens saß, das ein ganzes Stück abseits vom Haupthaus lag. Dabei machte sie einen genüsslichen Buckel, während seine Finger über ihre Wirbelsäule glitten, und ihr Schwanz peitschte träge hin und her. Der Junge blickte lächelnd auf sie hinab, und Wunder über Wunder: Calliope öffnete das Maul und *miaute*. Linus konnte sich nicht daran erinnern, jemals einen solchen Laut von ihr gehört zu haben. Tief und rau klang das, und es hätte ihn beinahe mitten im Schritt innehalten lassen. Schnurren, ja, das kannte er – meistens ein ablehnendes –, aber sie hatte noch nie gesprochen.

»Ja«, sagte der Junge leise, »du bist ein braves Mädchen, nicht? Ja, das bist du. Und so ein schönes Mädchen.«

»Okay«, raunte Talia Linus verstohlen zu, »jetzt keine hastigen Bewegungen, klar? Sie wollen doch nicht …«

»Das ist meine Katze!«, rief Linus laut. »Du da, wie hast du sie dazu gebracht, dass sie das tut?«

»… dass er sich erschreckt«, beendete Talia mit einem Seufzer ihren Satz. »Was Sie soeben geschafft haben.«

Als er Linus' Stimme hörte, blickte der Junge ängstlich hoch. Seine breiten Schultern krümmten sich, und er schien völlig in sich zusammenzufallen. Im einen Moment saß dort ein hübscher Junge mit dunklen Augen, im nächsten landete seine Kleidung auf den Verandastufen, als wäre der Körper, der sie gerade eben noch getragen hatte, spurlos aus dieser Welt verschwunden.

Linus blieb stehen. Seine Kinnlade sank herab.

Doch da geriet der Kleiderhaufen in Bewegung. Weißes Fell blitzte auf, und die Kleidung wurde beiseitegeschoben.

Sal, der kräftige Junge, der mindestens siebzig Kilo wiegen musste, war verschwunden.

Aber nicht vollständig.

Denn er hatte sich in einen ungefähr zwei Kilo schweren Zwergspitz verwandelt. Einen sehr flauschigen, zwei Kilo schweren Zwergspitz. Rund um seinen Kopf war das Fell weiß und ging dann in einen rostigen Orangeton über, der sich über Rücken und Beine ausbreitete. Ein fluffiger Schwanz ringelte sich über seinem Hinterteil. Noch bevor Linus verarbeiten konnte, dass er gerade Zeuge der Verwandlung eines waschechten Gestaltwandlers geworden war, stieß Sal ein hohes Kläffen aus, wirbelte herum und verschwand in dem Gästehaus.

»Du meine Güte«, hauchte Linus. »Das war …« Er wusste nicht, wie er fortfahren sollte.

»Ich habe Ihnen gesagt, dass Sie ihn nicht erschrecken sollen«, meinte Talia zornig. »Er hat ein sehr dünnes Nervenkostüm, wissen Sie? Er mag keine Fremden und keinen Lärm, und dann kommen Sie daher – beides in einer Person.«

Calliope schien ganz ihrer Meinung zu sein, denn sie starrte Linus bitterböse an, bevor sie die Stufen hochsprang und ebenfalls im Inneren des Hauses verschwand.

Das Gästehaus war winzig, sogar noch kleiner als Linus' Eigenheim. Auf der Veranda wäre nicht einmal Platz für einen Schaukelstuhl gewesen, doch es sah trotzdem sehr hübsch aus: Unter den Fenstern an der Vorderseite wuchsen jede Menge Blumen, und ein warmes, einladendes Licht fiel durch die Scheiben. Ähnlich wie das Haupthaus war es aus Ziegeln erbaut, doch dieses Häuschen hatte keine so bedrohliche Aura, wie Linus sie bei seiner Ankunft wahrgenommen hatte.

Drinnen ertönte lautes Gebell. Es wurde mit hohen, wirren Lauten erwidert, die sich irgendwie anhörten, als würde wieder und wieder ein nasser Schwamm auf den Boden geworfen.

»Chauncey ist auch da«, freute sich Talia. »Wahrscheinlich hat er Ihr Gepäck für Sie geholt, während wir im Garten waren. Er ist sehr gastfreundlich, müssen Sie wissen. Wenn er groß ist, will er Hotelpage werden. Mit Uniform und Hütchen und allem Drum und Dran.« Sie riss die Augen auf und blickte voller Unschuld zu ihm hoch. Sofort war Linus auf der Hut. »Meinen Sie, er wäre ein guter Page, Mr. Baker?«

Und da Linus an die Kraft des positiven Denkens glaubte, antwortete er: »Ich wüsste nicht, was dagegenspricht.« Auch wenn er sich gleichzeitig fragte, was Chauncey wohl sein mochte.

Talias süßliches Lächeln verriet, dass sie ihm kein Wort glaubte.

Das Innere des Häuschens war ebenso reizend wie sein Äußeres. Es gab ein Wohnzimmer mit einem gemütlich aussehenden Sessel vor einem gemauerten Kamin, und in einer Nische am Fenster stand ein kleiner Tisch. Das Gebell hallte durch einen schmalen Flur, was Linus für einen Moment verwirrte, denn anscheinend gab es hier keine ...

»Wo ist denn die Küche?«, fragte er.

Achselzuckend erklärte Talia: »Gibt keine. Der frühere Hausbesitzer hat offenbar gedacht, dass alle zusammen im Haupthaus essen sollten. Sie werden mit uns essen. Ist wahrscheinlich besser so, dann können Sie gleich sehen, dass wir nur gesunde Sachen essen, und mit guten Tischmanieren und so.«

»Aber es ...«

»Sir!«, rief eine irgendwie feucht klingende, hohe Stimme hinter ihm. »Darf ich Ihnen den Mantel abnehmen?«

Linus drehte sich um und sah ...

»Chauncey!« Talia klang hellauf begeistert.

In dem schmalen Flur stand (oder saß?) ein formloser grüner Blob mit hellroten Lippen. Und schwarzen Zähnen. Und Augen an langen Stielen, die oben aus seinem Kopf herausragten und sich offenbar unabhängig voneinander bewegten. Anstelle von Armen hatte er Tentakel, die mit winzigen Saugnäpfen besetzt waren. Er war nicht wirklich durchsichtig, allerdings konnte Linus schon den vagen Umriss von Sal erkennen, der sich hinter ihm versteckt hatte und hin und wieder nervös an ihm vorbeispähte.

»Ich trage keinen Mantel«, hörte Linus sich sagen, obwohl er seinem Gehirn keinerlei Anweisung dazu gegeben hatte.

Chauncey verzog das Gesicht. »Oh. Das ist ... eine Enttäuschung.« Seine Augen wackelten ein wenig herum, und seine Miene schien sich aufzuhellen. Im wahrsten Sinne des Wortes, denn sein gesamter Körper schimmerte nun in einem helleren Grün. »Macht nichts! Ich habe mich bereits um Ihr Gepäck gekümmert, Sir! Es wurde auf Ihr Zimmer gebracht, ebenso wie der barbarische Käfig, der, wie ich annehme, für Ihre Katze war, die momentan auf Ihrem Kopfkissen liegt und schläft.« Er streckte einen seiner Tentakel aus.

Linus starrte stumm darauf.

»Ähem.« Chauncey räusperte sich und wackelte zweimal mit der Tentakelspitze.

»Sie müssen bezahlen«, zischte Talia von hinten.

Wieder vollkommen ohne aktive Gehirnbeteiligung zog Linus sein Portemonnaie aus der Gesäßtasche. Er öffnete es, fand einen Schein und reichte ihn weiter. Er war sofort durchnässt, als Chauncey seinen Tentakel darum schloss. »Wow«, flüsterte der, zog das Geld zu sich heran und krümmte die Augenstiele, um sich den Schein genauer anzusehen. »Ich habe es geschafft. Ich bin ein richtiger Page!«

Bevor Linus sich dazu äußern konnte, ertönte eine Furcht einflößende Stimme, die von überall zu kommen schien – aus der Luft, dem Boden, sogar aus den Wänden ringsum.

»Ich bin das leibhaftige Böse«, verkündete die hämische Stimme. »Ich bin das Pestgeschwür im Gewebe dieser Welt. Und ich werde sie in die Knie zwingen. Bereitet euch vor auf das Ende aller Tage! Eure Zeit ist gekommen! Die Flüsse werden überfließen vom Blut der Unschuldigen!«

Talia seufzte genervt. »Er ist so eine Drama Queen.«

SECHS

Auf seine Weise lagen Linus Baker die Kinder, die unter seiner Beobachtung standen, sehr wohl am Herzen. Seiner Meinung nach konnte man das, was er tat, nicht tun, wenn es einem an Mitgefühl mangelte, weshalb ihm auch völlig unbegreiflich war, wie eine Ms. Jenkins vor ihrer Beförderung als Sachbearbeiterin hatte tätig sein können.

Und so tat Linus, obwohl alles aus dem Gleichgewicht zu geraten schien, im Angesicht einer möglichen Gefahr das Einzige, wozu er fähig war: Er stellte sich schützend vor die Kinder.

Talia quäkte zornig, als er sie hinter sich schob, zu Sal und Chauncey. »Was soll das?«

Er ignorierte sie. Das Summen, das seit seiner Ankunft auf der Insel in seinen Ohren dröhnte, entwickelte sich nun zu einem Brüllen. Langsam schob er sich einen Schritt auf die offene Haustür zu; er hätte schwören können, dass die Dunkelheit dort draußen irgendwie noch dunkler geworden war. Wenn er jetzt auf die Veranda hinaustrat, würden die Sterne am Himmel erlöschen, und es gäbe nichts mehr außer ewiger Finsternis.

»Was ist los?«, flüsterte Chauncey hinter ihm.

»Keine Ahnung«, antwortete Talia gereizt.

Sal stieß ein nervöses, hohes Bellen aus.

»Wahrscheinlich«, nickte Talia.

Linus ging zur Tür. Ihm hätte klar sein müssen, dass er mit diesem Auftrag seinen eigenen Untergang besiegelte. Hatte

Lucy Mr. Parnassus und wer (oder was) auch immer sich sonst noch mit ihm im Haupthaus aufgehalten hatte, schon ausgeschaltet? Er konnte schließlich nicht sicher sein, ob das Allerhöchste Management ihm nicht noch mehr vorenthalten hatte. Falls der Weg frei war, könnte er die Kinder vielleicht zum Auto schaffen. Irgendwie müsste er auch Calliope wieder in ihre Kiste sperren, aber er schlug sich lieber mit einer wütenden Katze herum als mit einem Teufel. Zwar wusste er nicht, wie er sie anschließend von der Insel runterkriegen sollte, aber ...

Er trat auf die Veranda hinaus.

Ja, es war dunkler. Vielleicht dunkler als jemals zuvor. Er konnte gerade noch die Blumen erkennen, die direkt vor der Veranda wuchsen. Alles andere hatte die Dunkelheit verschluckt. Als wäre die Nacht lebendig und hätte die gesamte Welt verschlungen. Linus spürte ein elektrisches Kribbeln auf der Haut.

»Hallo«, sagte ein zartes Stimmchen neben ihm.

Linus keuchte vor Schreck und drehte langsam den Kopf.

Am seitlichen Rand der Veranda stand ein Kind.

Lucy sah ganz genauso aus wie auf dem Foto: Das schwarze Haar war vom Wind zerzaust, die Augen rot mit einem blauen Rand. So klein wirkte er, aber sein Gesicht war zu einem höhnischen Grinsen verzerrt, und seine Finger zuckten leicht, als könnte er sich kaum davon abhalten, sie auszustrecken und Linus zu zerfetzen.

»Es freut mich, Sie kennenzulernen«, trällerte Lucy, dann kicherte er. »Ich wusste, dass Sie kommen würden, Mr. Baker. Wenn ich mit Ihnen fertig bin, werden Sie sich allerdings wünschen, Sie hätten es nicht getan.« Sein Grinsen wurde so breit, dass es den Anschein hatte, sein Gesicht würde in zwei Hälften gerissen. In seinem Rücken loderten Flammen auf, die allerdings nicht auf das Haus übersprangen, und Linus spürte auch keine Hitze von ihnen ausgehen. »Ich werde es in einem Maße genießen, das Sie sich nicht einmal vorstellen ...«

»Das reicht jetzt, Lucy.«

Und einfach so war alles vorbei.

Lucy stöhnte genervt, und die Röte verschwand aus seinen Augen. Die Flammen lösten sich auf. Die Finsternis schwand, und die letzten Sonnenstrahlen glühten wieder am Horizont. Helle Sterne funkelten am Himmel, und Linus konnte auch wieder das Haupthaus jenseits des Weges erkennen.

»Ich hab doch nur ein bisschen Spaß gemacht«, beschwerte sich Lucy und trat mit dem Fuß gegen eine Verandadiele. »Ich bin das Höllenfeuer. Ich bin die Finsternis der tiefsten …«

»Trotzdem musst du nach dem Abendessen in die Badewanne«, unterbrach ihn die Stimme, die Linus' Herzschlag kurz aus dem Takt brachte. »Vielleicht könnten wir uns das Höllenfeuer und die Finsternis der tiefsten Tiefen für morgen aufheben.«

Lucy zuckte mit den Schultern. »Okay.« Damit rannte er an Linus vorbei in das Gästehaus und rief aus vollem Hals nach Talia und Chauncey. »Habt ihr gesehen, was ich gemacht habe? Er hatte *solchen Schiss!*«

Linus blickte von der Veranda hinunter.

Unten auf dem Rasen stand ein Mann.

Ein Mann, der anders war als alle Menschen, denen Linus je begegnet war. Er war spindeldürr. Sein helles Haar stand wirr vom Kopf ab. An den Schläfen war es von ersten grauen Strähnen durchzogen. Seine dunklen Augen strahlten und schimmerten in der Dämmerung. Er hatte eine Adlernase mit einem leichten Huckel, als wäre sie vor langer Zeit einmal gebrochen gewesen und nie gerichtet worden. Lächelnd stand er da, die Hände vor dem Körper gefaltet. Lange, schlanke Finger hatte er, seine Daumen kreisten langsam umeinander. Er trug einen grünen Kolani, dessen Kragen er aufgestellt hatte, wohl um sich vor dem Wind zu schützen, der vom Meer herüberwehte. Seine Hose war eindeutig zu kurz für seine langen Beine, sie endete ein gutes Stück über den Knöcheln. Rote Socken leuchteten darunter hervor. An den Füßen trug er schwarz-weiße Lederschuhe mit Lochmuster.

»Hallo, Mr. Baker«, grüßte Arthur Parnassus leicht belustigt. »Willkommen auf Marsyas.« Seine Stimme war heller, als Linus vermutet hatte, und ihr schien eine ganz eigene, musikalische Melodie innezuwohnen. »Ich hoffe, Sie hatten eine angenehme Reise. Das Meer ist bei der Überfahrt manchmal etwas rau. Und Merle ist ... Merle. Immerhin stammt er aus dem Dorf.«

Linus war vollkommen baff. Er hatte noch das verschwommene Foto aus der Akte vor Augen. Auf dem Bild hatte Mr. Parnassus vor einem blauen Hintergrund gestanden, und er hatte nicht gelächelt. Doch seine Augenbrauen hatten diesen fröhlichen Schwung gehabt, und Linus hatte das Foto vermutlich um einiges länger angestarrt, als es angemessen war.

In der Realität sah er jünger aus, wesentlich jünger, als man bei einem Fünfundvierzigjährigen erwartet hätte. Er wirkte so unverbraucht wie die jungen Leute, die immer bei der BBMM auftauchten, mit ihren blütenweißen Abschlusszeugnissen und ihren Vorstellungen davon, wie alles gemacht werden *sollte*, was nichts damit zu tun hatte, wie die Dinge nun einmal waren. Doch sie lernten schnell, sich anzupassen. Idealismus hatte in einer Behörde einfach keinen Platz.

Linus schüttelte den Kopf, um diese Gedanken zu vertreiben. Wie unangebracht für jemanden in seiner Position, hier herumzustehen und den Leiter eines Waisenhauses anzugaffen! Linus Baker war durch und durch ein Profi, und er hatte einen Job zu erledigen.

»Werden Gäste bei Ihnen häufig mit der Androhung von Tod und totaler Vernichtung begrüßt, Mr. Parnassus?«, fragte er streng, um die Kontrolle über die Situation zurückzugewinnen.

Mr. Parnassus lachte leise. »Normalerweise nicht, wobei aber nicht unerwähnt bleiben sollte, dass wir nicht oft Gäste haben. Bitte, nennen Sie mich Arthur.«

Linus lauschte angespannt auf die fröhlichen Stimmen, die hinter ihm aus dem Haus drangen. Jemanden wie Lucy in seinem Rücken zu wissen – wo er ihn nicht sehen konnte –, machte ihn nervös. »Ich denke, Mr. Parnassus ist durchaus ausreichend. So wie ich während meines Aufenthaltes hier mit Mr. Baker angesprochen werden möchte, von Ihnen und von den Kindern.«

Mr. Parnassus nickte mit kaum verhohlener Freude. Dabei war Linus sich nicht ganz sicher, was an der momentanen Situation eine solche Reaktion rechtfertigte. Der Verdacht, möglicherweise verspottet zu werden, ließ eine heiße Woge des Zorns in ihm aufsteigen. Schnell schob er das Gefühl beiseite, bevor es sich in seinem Gesicht abzeichnen konnte.

»Dann also Mr. Baker. Bitte entschuldigen Sie, dass ich Sie bei Ihrer Ankunft nicht persönlich begrüßt habe.« Mr. Parnassus sah kurz über Linus' Schulter zum Haus, bevor er seinen Blick wieder auf ihn richtete. »Ich war noch mit Lucy beschäftigt, obwohl ich den leisen Verdacht habe, dass er Ihre Anwesenheit vor mir verbergen wollte.«

Wieder war Linus völlig verblüfft. »So ... So etwas kann er?«

Achselzuckend erklärte Mr. Parnassus: »Er kann eine ganze Menge, Mr. Baker. Doch ich denke, das werden Sie selbst herausfinden. Schließlich sind Sie ja aus genau diesem Grund hier, nicht wahr? Phee hat uns darüber informiert, dass Sie da sind, woraufhin Lucy beschlossen hat, Sie auf seine ganz eigene Art willkommen zu heißen.«

»Eigen«, wiederholte Linus schwach. »So nennen Sie das also.«

Mr. Parnassus kam einen Schritt näher. »Dies ist ein ungewöhnlicher Ort, an dem Sie auf viele Dinge stoßen werden, die Ihnen so noch nicht begegnet sind. Es wäre besser, wenn Sie sämtliche vorgefassten Meinungen hinter sich lassen, Mr. Baker. Das würde Ihren Aufenthalt hier um einiges vergnüglicher machen.«

Wie empörend. »Ich bin nicht zu meinem Vergnügen hier, Mr. Parnassus. Dies ist kein Urlaub. Ich bin auf Anordnung der Behörde für die Betreuung Magischer Minderjähriger hier, um festzustellen, ob das Marsyas Waisenhaus in seinem jetzigen Zustand verbleiben kann oder ob anderweitige Maßnahmen eingeleitet werden müssen. Das sollten Sie nicht vergessen. Und die Tatsache, dass die Kinder hier ohne jede Aufsicht einfach Amok laufen konnten, war sicherlich kein sonderlich gelungener Auftakt.«

Das schien Mr. Parnassus nicht weiter zu beunruhigen. »Amok, sagen Sie? Faszinierend. Und mir ist durchaus bewusst, aus welchem Grund Sie hier sind. Allerdings weiß ich nicht, ob man das von Ihnen auch behaupten kann.«

»Was soll das nun wieder heißen?«

Dieser Mann sagte Hü, wo Linus ein Hott vermutet hätte. »Sie haben Theodore einen Knopf geschenkt.«

Linus blinzelte verwirrt. »Wie bitte?«

Inzwischen stand Mr. Parnassus am Fuß der Verandatreppe, obwohl Linus sich nicht erinnern konnte, dass er sich bewegt hätte. »Einen Knopf«, wiederholte er betont langsam. »Aus Messing. Sie haben ihn Theodore gegeben.«

»Nun ja, es war das Erste, was sich in meiner Tasche finden ließ.«

»Wo ist er hergekommen?«

»Was meinen Sie damit?«

»Der Knopf, Mr. Baker. Wo ist dieser Knopf hergekommen?«

Linus trat einen Schritt zurück. »Ich … Mir ist nicht ganz klar, was Sie damit sagen wollen.«

Mr. Parnassus nickte. »Es sind die kleinen Dinge. Kleine Schätze, auf die wir unvermutet stoßen, ohne zu wissen, woher sie stammen. Und stets dann, wenn wir am wenigsten damit rechnen. Eigentlich wunderschön, wenn man einmal darüber nachdenkt. Er liebt ihn heiß und innig. Das war sehr freundlich von Ihnen.«

»Mir wurde quasi befohlen, ihn ihm zu geben!«

»Tatsächlich? Wie eigenartig.« Jetzt stand er direkt vor Linus, oben auf der Veranda. Er war groß, viel größer, als er unten auf dem Rasen gewirkt hatte. Linus musste den Kopf in den Nacken legen, um ihm ins Gesicht sehen zu können. Unter seinem linken Auge hatte er eine Sommersprosse, die beinahe wie ein Herz geformt war. Eine Haarsträhne lockte sich über seiner Stirn.

Linus zuckte zurück, als Mr. Parnassus die Hand ausstreckte. Erst nachdem er sie einen Moment angestarrt hatte, gelang es ihm, sich zusammenzureißen und sie zu ergreifen. Er spürte kühle, trockene Haut unter seinen Fingern, und tief in seinem Inneren loderte angenehme Wärme auf. »Es freut mich, Sie kennenzulernen«, sagte Mr. Parnassus. »Ganz unabhängig davon, warum Sie hier sind.«

Als Linus seine Hand zurückzog, kribbelte sie leicht. »Ich verlange nichts weiter, als dass Sie mich ungehindert meinen Pflichten nachkommen lassen.«

»Für die Kinder.«

»Ja«, betonte Linus, »für die Kinder. Schließlich sind sie das Wichtigste.«

Mr. Parnassus musterte ihn eingehend, wobei Linus keine Ahnung hatte, wonach er eigentlich suchte. Schließlich sagte er: »Gut. Es freut mich, dass wir einen so wundervollen Start hatten. Das ist ein gutes Vorzeichen für diesen hoffentlich erhellenden Monat, der vor uns liegt.«

»Also, wundervoll würde ich das nicht gerade ...«

»Kinder!« Mr. Parnassus bückte sich und hob geschickt Sals vergessene Kleidung auf. »Kommt ihr, bitte?«

Hinter Linus wurden trappelnde Schritte laut, manche schwer, andere eher schmatzend. Er wurde ein wenig herumgeschubst, als sie an ihm vorbeirannten.

Sal war der Erste, noch immer als winziger Zwergspitz. Er winselte nervös und machte einen großen Bogen um Linus, bevor er mit wedelndem Schwanz vor Mr. Parnassus herumzuhüpfen begann. »Hallo, Sal«, begrüßte der ihn. Dann stieß Mr. Parnassus erstaunlicherweise ein helles Kläffen aus. Sal antwortete mit längerem Gebell, bevor er in Richtung Haus davonraste. »Sie haben eine Katze mitgebracht?«

Fassungslos starrte Linus ihn an. »Sie können mit ...«

»Sal sprechen? Selbstverständlich kann ich das. Er ist einer meiner Schützlinge. Es ist wichtig, dass ... ah, Talia. Vielen Dank, dass du unseren Gast herumgeführt hast. Das war sehr nett von dir. Und Chauncey. Es hat wohl nie einen besseren Pagen auf der Welt gegeben.«

»Wirklich?« Chaunceys Augen wackelten wild auf ihren Stielen. »Auf der ganzen Welt nicht?« Stolz reckte er die Brust. Oder zumindest sah es so aus. Linus war nicht ganz sicher, ob er überhaupt eine Brust hatte. »Hast du das gehört, Talia? Auf der ganzen Welt nicht!«

Talia schnaubte nur. »Hab ich gehört. Bevor du dich versiehst, hast du dein eigenes Hotel.« Sie schaute zu Linus hoch und strich sich nachdenklich über den Bart. »Sie müssen sich nicht dafür bedanken, dass ich Ihnen nicht mit meinem Spaten den Schädel eingeschlagen habe, als ich die Chance dazu hatte.« Das Gnomenmädchen zuckte kurz zusammen, als Mr. Parnassus anfing, leise, kehlige Laute auszustoßen. Es klang ein wenig so, als hätte er sich verschluckt.

Es dauerte einen Moment, bis Linus begriff, dass er Gnomisch sprach.

Mit einem melodramatischen Seufzer versuchte Talia es noch einmal: »Tut mir leid, Mr. Baker. Ich verspreche, Ihnen nicht mit meinem Spaten den Schädel einzuschlagen. Für heute.«

Zusammen mit Chauncey stieg sie die Verandatreppe hinab und wanderte Richtung Haupthaus.

Linus lief es eiskalt den Rücken herunter, als hinter ihm die Bodendielen quietschten. Plötzlich stand Lucy bei ihnen und schenkte Linus ein manisch anmutendes Grinsen. Er schien kein einziges Mal zu blinzeln.

»Ja?«, presste Linus mühsam hervor. »Kann ich dir irgendwie helfen?«

»Nö.« Lucys Grinsen wurde breiter. »Können Sie nicht. Niemand kann das. Ich bin der Vater der Schlangen, der Abgrund in …«

»Genug davon«, unterbrach Mr. Parnassus ihn unbekümmert. »Lucy, du hast heute Küchendienst bei Ms. Chapelwhite. Und du bist schon spät dran. Ab mit dir.«

Der Junge stieß einen tiefen Seufzer aus und fiel in sich zusammen. »Ach Mann, ernsthaft?«

»Ernsthaft.« Mr. Parnassus klopfte ihm sanft auf die Schulter. »Los jetzt. Du weißt genau, dass sie es nicht ausstehen kann, wenn du dich um deine Pflichten drückst.«

Leise vor sich hin meckernd, hüpfte Lucy die Stufen hinunter. Unten angekommen, schaute er noch einmal zu Linus zurück. Der bekam sofort weiche Knie.

»Alles nur Show«, versicherte Mr. Parnassus. »In Wahrheit liebt er den Küchendienst. Ich denke, das inszeniert er jetzt speziell für Sie. Ein richtiger kleiner Entertainer.«

»Ich denke, ich muss mich setzen.« Linus fühlte sich ziemlich überfahren.

»Natürlich«, sagte Mr. Parnassus freundlich. »Sie hatten einen langen Tag.« Er schob seinen Jackenärmel zurück und warf einen Blick auf die erstaunlich große Armbanduhr, die darunter zum Vorschein kam. »Abendessen gibt es erst um halb acht, Sie haben also noch ein wenig Zeit, um sich einzurichten. Ms. Chapelwhite hat ein Festmahl vorbereitet, um Sie auf Marsyas willkommen zu heißen. Angeblich gibt es Kuchen zum Dessert. Ich liebe Kuchen.« Er griff noch einmal nach Linus' Hand und drückte sie sanft. Linus sah ihn an. »Ich weiß, wieso Sie hier sind«, sagte er leise. »Und ich weiß, welche Macht Sie über uns haben. Ich bitte Sie lediglich darum, offen an die Sache heranzugehen, Mr. Baker. Würden Sie das mir zuliebe tun?«

Linus fühlte sich etwas aus dem Konzept gebracht und zog schnell seine Hand zurück. »Ich werde tun, was ich tun muss.«

Mr. Parnassus nickte. Er schien noch etwas sagen zu wollen, schüttelte dann aber nur den Kopf. Schließlich wandte er sich ab, trat in die Dämmerung hinaus und folgte seinen Schützlingen.

Er blickte nicht zurück.

Linus wusste kaum, wie er es schaffte, sich Richtung Schlafzimmer zu schleppen. Er fühlte sich in einem merkwürdigen Traum gefangen, ohne zu wissen, wie er ihm entkommen sollte. Dieser Eindruck verstärkte sich noch, als er an einem winzigen Badezimmer vorbeikam und sah, dass seine Toilettenartikel ordentlich auf dem Regalbrett unter dem Spiegel aufgereiht waren.

»Was ...?«, fragte er niemand Bestimmten.

Das Schlafzimmer am Ende des Flures war klein, aber ausreichend. An dem Fenster mit Blick über Klippe und Meer stand ein Schreibtisch mit Stuhl, und neben einer Tür, die wohl zu einem Einbauschrank gehörte, fand sich eine kleine Kommode. An der gegenüberliegenden Wand stand ein Bett mit einem überdimensionierten Quilt. Calliope hatte sich ordentlich auf dem Kissen zusammengerollt und öffnete ein Auge, als er hereinkam, um jede seiner Bewegungen verfolgen zu können.

Er wollte gerade anfangen, ihr zu berichten, als ihm das Wort im Halse stecken blieb.

Sein Koffer lag auf dem Bett - offen und leer.

Hastig stürzte er darauf zu. »Wo sind meine Sachen?«

Calliope gähnte und drückte das Gesicht auf die Pfoten. Ihre tiefen Atemzüge verrieten, dass sie sofort einschlief.

Die Akten über die Kinder und Mr. Parnassus befanden sich noch immer sicher in einer Seitentasche, der Reißverschluss war geschlossen. Sie waren offenbar nicht angerührt worden. Aber seine Kleidung war verschwunden und auch ...

Hektisch sah er sich um.

Auf dem Boden neben dem Schreibtisch standen Calliopes Näpfe. Der eine war mit Wasser gefüllt worden, der andere mit Trockenfutter; die Tüte stand neben dem Tisch. Auf der Tischplatte ruhte sein Exemplar der *VORGABEN UND VERORDNUNGEN.*

Er ging zum Einbauschrank und riss die Tür auf.

Hemden, Krawatten und Anzughosen waren ordentlich aufgehängt. Auch der Mantel, den er mitgenommen hatte, ohne sicher zu sein, ob er ihn überhaupt brauchen würde, hing im Schrank.

Auf dem Boden standen seine Ersatzslipper.

Ohne die Schranktür zu schließen, wandte er sich der Kommode zu. In der obersten Schublade lagen sorgsam gestapelt Socken und Unterwäsche.

In der zweiten fand er seinen Pyjama und die Freizeitkleidung, die er eingepackt hatte - eine Hose und ein Poloshirt.

Linus wich von der Kommode zurück, bis er mit den Waden gegen die Bettkante stieß. Langsam ließ er sich auf den Quilt sinken und starrte fassungslos auf Schrank und Kommode.

»Ich glaube«, sagte er zu Calliope, »das wächst mir schon jetzt über den Kopf.«

Sie hatte keine Meinung dazu.

Kopfschüttelnd griff er nach seinem Koffer, holte die Akten heraus und legte sie sich in den Schoß.

»Dumm«, murmelte er. »Beim nächsten Mal musst du vorher wissen, worauf du dich einlässt.«

Er holte tief Luft und schlug die erste Akte auf.

»Oh«, hauchte er nur, während er alles über einen Lindwurm namens Theodore las.

»Was?«, stieß er hervor, als er die Akte eines vierzehnjährigen Jungen namens Sal aufschlug.

Zu Talia brachte er keinen Ton mehr heraus, allerdings liefen ihm feine Schweißperlen über die Brauen.

Bei Phee hatte er richtiggelegen: eine Waldelementare, und eine sehr mächtige noch dazu.

Was er über einen Jungen namens Chauncey las, ließ ihn zurückschrecken. Er war zehn Jahre alt, und beim Eintrag *Mutter* stand nur: *UNBEKANNT*. Ebenso beim Vater. Und bei der Spezies. Anscheinend wusste niemand so genau, was Chauncey eigentlich war. Und auch Linus, der ihm live gegenübergestanden hatte, konnte es nicht sagen.

Das Allerhöchste Management hatte recht behalten.

Diese Kinder waren anders als alles, womit er es bislang zu tun gehabt hatte.

Er überlegte ernsthaft, die Einladung zum Abendessen auszuschlagen, sich einfach den schweren Quilt über den Kopf zu ziehen und diese merkwürdige Welt auszublenden, in der er sich plötzlich befand. Ein wenig Schlaf, vielleicht ergab dann beim Aufwachen plötzlich alles einen Sinn.

Aber sein Magen knurrte und machte Linus klar, wie hungrig er war.

Sehr hungrig sogar.

Er pikte sich in den nicht unbeträchtlichen Bauch. »Musst du wirklich?«

Wieder knurrte er.

Linus seufzte.

Und so stand er wenig später vor der Tür des Haupthauses und redete sich gut zu. »Das ist auch nicht anders als andere Aufträge. Du kennst Situationen wie diese. Pack's an, alter Junge. Du schaffst das.«

Er griff nach dem Türklopfer und schlug ihn dreimal gegen das Holz.

Dann wartete er.

Eine Minute später klopfte er noch einmal.

Noch immer keine Antwort.

Er wischte sich den Schweiß von der Stirn, trat einen Schritt zurück und ließ seinen Blick am Haus entlangwandern. Es schimmerte Licht durch die Fenster, aber offenbar war niemand auf dem Weg zur Tür.

Kopfschüttelnd baute er sich wieder vor der Tür auf. Nach kurzem Zögern packte er den Knauf. Er ließ sich mühelos drehen, also drückte Linus.

Die Tür öffnete sich.

Drinnen erwartete ihn eine Eingangshalle mit einer breiten Treppe, die in den ersten Stock hinaufführte. Das Holz des Treppengeländers schimmerte warm. An der Decke hing ein riesiger Kronleuchter mit funkelnden Kristallen. Linus streckte den Kopf durch die Tür und lauschte. Er hörte ... Musik? Ganz leise, aber eindeutig. Er konnte nicht genau erkennen, welches Lied es war, doch es klang vertraut.

»Hallo?«

Keine Antwort.

Linus betrat das Haus und schloss die Tür hinter sich.

Rechter Hand lag ein Wohnzimmer mit einer dick gepolsterten Couch und einem Kamin, in dem aber kein Feuer brannte. Über dem Kamin hing ein Gemälde mit wirren, schnörkeligen Wirbeln. Kurz sah es so aus, als hätten sich die Rüschen am unteren Rand der Couch bewegt, aber Linus konnte nicht ganz sicher sein. Vielleicht war es auch nur ein Schatten gewesen.

Vor ihm befand sich die Treppe.

Links entdeckte er ein formell wirkendes Esszimmer, das aber offenbar nicht oft benutzt wurde. Der kleine Kronleuchter an der Decke brannte nicht, und der Tisch war größtenteils mit Büchern bedeckt. Alten Büchern, so wie es aussah.

»Hallo?«, rief er noch einmal.

Wieder keine Antwort.

Also tat er das Einzige, was ihm übrig blieb.

Er folgte der Musik.

Je näher er ihrer Quelle kam, desto voller wurde ihr Klang: leise, scharf gellende Trompeten; weicher Gesang eines Mannes, der behauptete, dass sie irgendwo jenseits des Meeres auf ihn warte.

Linus besaß diese Schallplatte. Und er liebte sie.

Während Bobby Darin erklärte, am goldenen Strand nach Schiffen Ausschau zu halten, bewegte Linus sich vorwärts wie in einem Traum. Vorsichtig strich er über die Bücher auf dem Tisch. Die Titel nahm er kaum wahr, so gefangen war er in dem typischen, leicht kratzigen Klang einer sich auf dem Teller drehenden Schallplatte.

Dann stand er vor einer Schwingtür mit kleinen Bullaugen.

Er stellte sich auf die Zehenspitzen und spähte hindurch.

Die Küche war hell erleuchtet und sehr weitläufig. Eine größere hatte Linus noch nie gesehen. In diesem Raum ließe sich bestimmt das gesamte Gästehaus unterbringen, und dann wäre immer noch Platz übrig. Die Deckenlampen hatten kugelrunde Schirme, die an Goldfischgläser erinnerten. Neben einem Herd, der einer Restaurantküche zu entstammen schien, stand ein gigantischer Kühlschrank. Die Granitoberflächen waren makellos sauber, und ...

Linus fiel die Kinnlade runter.

Ms. Chapelwhite schwebte durch die Küche, ihre Füße berührten kaum den Boden. Die Flügel an ihrem Rücken glitzerten noch stärker, als Phees es getan hatten. Bei jedem ihrer Schritte flatterten sie leise.

Doch nicht sie hatte Linus' Aufmerksamkeit auf sich gezogen.

Lucy stand auf einem Tritthocker vor einer der Arbeitsflächen. Er hielt ein Plastikmesser in der Hand und schnitt Tomaten. Die fertigen Stücke ließ er in eine rosafarbene Schüssel fallen, die links von ihm stand.

Und er tanzte dabei zu Bobby Darin. Als das Orchester in der Mitte des Songs anschwoll, die Trommeln dröhnten, die

Trompeten schallten, schüttelte er seinen gesamten Körper im Takt der Musik. Bobby setzte wieder ein und verkündete, dass sein Herz ihm ohne jeden Zweifel den Weg weisen werde.

Und Lucy legte den Kopf in den Nacken und grölte den Text mit, während er tanzte und tanzte.

Ms. Chapelwhite sang ebenfalls mit und wirbelte durch die Küche, hin und her, sodass Linus sie manchmal aus den Augen verlor.

Linus wurde von einem Gefühl der Unwirklichkeit mitgerissen, einer misstönenden Welle, die ihn in die Tiefe zu ziehen drohte. Er bekam keine Luft mehr.

»Was tun Sie da?«, flüsterte jemand.

Mit einem erstickten Schrei fuhr er herum und entdeckte Phee und Talia, die hinter ihm aufgetaucht waren. Phee hatte sich gewaschen; ihr rotes Haar leuchtete nun wie Feuer, und ihre Sommersprossen traten deutlicher hervor. Ihre Flügel lagen ordentlich gefaltet an ihrem Rücken an.

Auch Talia hatte sich umgezogen, obwohl dieses neue Outfit dem vorherigen ziemlich ähnlich war, allerdings fehlte nun die Mütze. Ihr Haar reichte ihr bis zur Schulter, und es erstrahlte in einem ebenso leuchtenden Weiß wie ihr Bart.

Die beiden musterten ihn voller Misstrauen.

Linus wusste nicht, was er sagen sollte. »Ich habe …«

»Spioniert?«, schlug Phee vor.

Sofort richtete sich Linus steif auf. »Ganz sicher nicht!«

»Wir mögen hier keine Spione«, verkündete Talia unheilvoll. »Der letzte Spion, der versucht hat, sich in unser Haus einzuschleichen, ist spurlos vom Erdboden verschwunden.« Sie beugte sich vor und kniff die Augen zusammen. »Weil wir ihn gekocht und zum Abendessen verspeist haben.«

»Ihr habt nichts dergleichen getan.« Wie aus dem Nichts tauchte Mr. Parnassus auf. Linus fing an zu begreifen, dass das wohl so seine Art war. Er hatte seine Jacke abgelegt und trug nun einen dicken Pullover, dessen Ärmel bis über die Handgelenke reichten. »Denn uns war nie das Glück beschieden, einen Spion unter uns zu haben. Der Begriff Spion bezeichnet jemanden, dem es gelingt, andere zu unterwandern, ohne dabei seine Absichten preiszugeben. Doch zu uns kommen immer nur Menschen, die ihre Absichten ganz klar äußern. Nicht wahr, Mr. Baker?«

»Ja«, antwortete der, »genau.«

Mr. Parnassus lächelte. »Außerdem würden wir unseren Gästen nie ein Leid zufügen. Und schon gar nicht so weit gehen, sie zu ermorden. Das wäre doch extrem unhöflich.«

Irgendwie fühlte Linus sich dadurch nicht besser.

Beyond the Sea verklang, und nun sang Bobby davon, wie sehr er sich ein Mädchen an seiner Seite wünschte, um nicht mehr alleine träumen zu müssen.

»Sollen wir?«, fragte Mr. Parnassus.

Linus nickte.

Alle starrten ihn an.

Es dauerte einen Moment, bis er begriff, dass er die Tür blockierte. Er trat beiseite. Phee und Talia marschierten in die Küche. Mr. Parnassus rief über die Schulter: »Theodore! Abendessen!«

Aus dem Wohnzimmer drang ein lautes Poltern herüber. Linus blickte an Mr. Parnassus vorbei und sah gerade noch, wie Theodore unter dem Sofa hervorschoss und dabei über die eigenen Flügel stolperte. Knurrend kullerte er über den Boden und knallte mit dem Schwanz auf die Dielen. Dann blieb er einen Moment schnaufend auf dem Rücken liegen.

»Immer mit der Ruhe, Theodore«, mahnte Mr. Parnassus freundlich. »Wir würden doch nicht ohne dich anfangen.«

Theodore stieß einen Seufzer aus (vermutete Linus zumindest, wissen konnte er es nicht) und richtete sich auf. Zwitschernd stemmte er sich auf die Hinterbeine und faltete dann ganz vorsichtig die Flügel auf dem Rücken - erst den rechten, dann den linken. Hoch konzentriert machte er einen Schritt.

Seine Krallen rutschten kurz über den Boden, bevor er schließlich genügend Halt fand.

»Eigentlich fliegt er immer überallhin«, raunte Mr. Parnassus Linus zu, »aber wenn wir zum Essen gehen, möchte ich, dass er läuft.«

»Warum?«

»Weil er sich daran gewöhnen muss, seine Füße auf dem Boden zu gebrauchen. Er kann sich nicht die ganze Zeit nur auf seine Flügel verlassen. So ermüdet er schnell, vor allem, da er noch so jung ist. Falls er einmal in Gefahr gerät, muss er seine Beine ebenso gebrauchen können wie seine Flügel.«

Das überraschte Linus. »Gefahr? Aber warum sollte er ...«

»Wie viele Lindwürmer existieren noch auf dieser Welt, Mr. Baker?«

Darauf wusste Linus nichts zu erwidern. Natürlich konnte er es nicht genau sagen, aber die Antwort lautete auf jeden Fall: wenige.

Mr. Parnassus nickte nur. »Ganz genau.«

Theodore stakste vorsichtig auf sie zu, den Kopf zur Seite geneigt. Als er vor ihren Füßen stand, blickte er zu Mr. Parnassus hinauf, zwitscherte und spreizte die Flügel.

»Ja, ja«, sagte der, beugte sich runter und strich mit einem Finger über die lange Schnauze des Lindwurms. »Sehr beeindruckend. Ich bin stolz auf dich, Theodore.«

Der faltete seine Flügel wieder, warf Linus einen kurzen Blick zu und biss dann sanft in seinen Schuh.

Mr. Parnassus sah Linus auffordernd an.

Linus wusste nicht ganz, was von ihm erwartet wurde.

»Er bedankt sich für den Knopf.«

Zwar wäre es Linus lieber gewesen, als Zeichen der Dankbarkeit nicht angenagt zu werden, aber dafür war es nun zu spät. »Oh. Nun ja. Äh ... gern geschehen?«

Theodore zwitscherte kurz und stakste dann durch die Schwingtür, die Mr. Parnassus für ihn aufhielt.

»Sollen wir?«, fragte er wieder.

Linus nickte und betrat die Küche.

Am hinteren Ende der Küche stand ein Tisch, der wesentlich öfter in Gebrauch zu sein schien als der im Esszimmer. Er war mit einem etwas abgewetzten Tischtuch bedeckt, das von zusätzlichen Platzdeckchen beschwert wurde: drei Gedecke auf der einen Seite, vier auf der anderen, eines davon allerdings ohne Besteck. Dazu noch jeweils ein Gedeck an jedem Tischende. Brennende Kerzen standen auf dem Tisch.

Und in der Mitte türmte sich das Essen. Linus entdeckte überbackene Kartoffeln, Brot und irgendein Fleisch, das er nicht kannte. Ein großer Salat stand dort. Die von Lucy geschnittenen Tomaten sahen zwischen den grünen Blättern aus wie rote Käfer. Vielleicht lag das aber auch am flackernden Kerzenlicht.

Ein Festmahl zu seinen Ehren, hatte es geheißen.

Linus fragte sich, ob es möglicherweise mit Gift versetzt war.

Die Kinder saßen schon fast alle am Tisch. Chauncey hatte den Mittelplatz, mit Phee und Talia neben sich. Gegenüber von ihnen kletterte Theodore gerade auf seinen Stuhl (an dem Platz ohne Besteck), der neben dem von Ms. Chapelwhite stand. Es folgte ein leerer Stuhl, dann kam Sal. Der sah sich nach Linus um, bemerkte, dass er beobachtet wurde, und drehte sich hastig wieder nach vorne. Mit gesenktem Kopf zupfte er an der Tischdecke herum.

Mr. Parnassus nahm am einen Tischende Platz.

Was bedeutete, dass der Platz am anderen Tischende als einziger freiblieb, da Linus ja wohl nicht neben Sal sitzen sollte. Der arme Junge bekam sonst sicher keinen Bissen runter.

Schweigen schlug ihm entgegen, als er an den Tisch trat. Er zog seinen Stuhl heraus, dessen Beine hörbar über den Boden schabten. Linus fuhr kurz zusammen, räusperte sich und nahm Platz. Wie schön wäre es gewesen, wenn Bobby mit seinem Gesang die Anspannung vertrieben hätte, aber der Plattenspieler war nirgendwo zu sehen.

Er nahm die Stoffserviette, die ordentlich gefaltet neben seinem Teller lag, und breitete sie über seinen Schoß. Alle starrten ihn an. Nervös rutschte er auf seinem Stuhl herum.

Plötzlich stand Lucy neben ihm, so unvermittelt, dass Linus heftig zusammenzuckte. »Oje«, flüsterte er.

»Mr. Baker«, begann Lucy liebenswürdig. »Darf ich Ihnen etwas zu trinken holen? Saft vielleicht? Tee?« Er beugte sich vor und fuhr mit gesenkter Stimme fort: »Das Blut eines Neugeborenen, zur Welt gekommen auf einem Friedhof in einer Vollmondnacht?«

»Lucy«, mahnte Mr. Parnassus.

Der starrte weiterhin Linus an. »Ich kann Ihnen geben, was immer Sie wollen«, flüsterte er.

Linus hüstelte. »Wasser. Wasser wäre schön.«

»Ein Wasser. Kommt sofort!« Er griff nach dem leeren Glas, das neben Linus' Teller stand, ging damit zur Spüle, kletterte auf seinen Tritthocker. Hoch konzentriert (durch die Lücke zwischen seinen Schneidezähnen lugte seine Zungenspitze hervor) drehte er den Wasserhahn auf und füllte das Glas. Dann hielt er es mit beiden Händen fest, während er vom Hocker stieg. Ohne auch nur einen Tropfen zu verschütten, überreichte er Linus das Wasser.

»Hier, bitteschön! Und ich denke nicht mal daran, Ihre Seele in die ewige Verdammnis zu schicken oder so!«

»Vielen Dank«, brachte Linus mühsam hervor. »Das ist wirklich sehr freundlich von dir.«

Lucy lachte – ein Geräusch, das Linus sicher bis ans Ende seiner Tage verfolgen würde –, dann ging er zu dem letzten freien Stuhl hinüber. Sal zog ihn für ihn heraus, sodass die Sitzerhöhung darauf zum Vorschein kam. Lucy kletterte darauf, und Sal schob ihn an den Tisch heran. Dabei hob er nicht ein einziges Mal den Blick.

Mr. Parnassus sah die Kinder lächelnd an. »Wunderbar. Wie ihr ja alle wisst – auch wenn ein gewisser Jemand seine Ankunft vor mir geheim halten wollte –, haben wir einen Gast.«

Lucy sackte trotz Sitzerhöhung ein wenig in sich zusammen.

»Mr. Baker soll sich davon überzeugen, dass ihr alle gesund und glücklich seid«, fuhr Mr. Parnassus fort. »Ich erwarte von euch, dass ihr ihn auf dieselbe Art und Weise behandelt, wie ihr mich oder Ms. Chapelwhite behandelt. Also mit Respekt. Sollte ich herausfinden, dass einer von euch ein ... unangebrachtes Verhalten an den Tag legt, wird das den Verlust gewisser Privilegien zur Folge haben. Haben das alle verstanden?«

Die Kinder nickten, sogar Theodore.

»Gut.« Noch einmal schenkte Mr. Parnassus ihnen ein stilles Lächeln. »Und nun, bevor wir essen: eine Sache, die wir heute gelernt haben. Phee?«

»Ich habe gelernt, wie ich das Laub an den Bäumen dichter wachsen lassen kann«, erzählte Phee. »Es hat eine Menge Konzentration gebraucht, aber ich habe es geschafft.«

»Wunderbar. Ich wusste, dass du es kannst. Chauncey?«

Die Stielaugen stießen kurz aneinander. »Ich kann ganz alleine Koffer auspacken! *Und* ich habe ein Trinkgeld bekommen!«

»Sehr beeindruckend. Ich nehme an, es wurde noch nie ein Koffer so ordentlich ausgepackt wie von dir heute. Talia, bitte.«

Talia strich sich über den Bart. »Wenn ich ganz still stehe, halten mich merkwürdige Männer für eine Statue.«

Linus hätte sich beinahe an seiner Zunge verschluckt.

»Wie erhellend.« Mr. Parnassus' Augen funkelten. »Theodore?«

Er zwitscherte und knurrte, dann legte er den Kopf auf die Tischplatte.

Alle lachten.

Alle außer Linus, der nicht sicher war, was das zu bedeuten hatte.

»Er hat gelernt, dass Knöpfe die schönste Sache der Welt

sind«, erklärte ihm Ms. Chapelwhite mit einem liebevollen Blick zu Theodore. »Und ich habe gelernt, dass ich die Menschen noch immer nach ihrem Erscheinungsbild beurteile, obwohl ich es eigentlich besser wissen müsste.«

An wen *das* gerichtet war, begriff Linus sofort. Vermutlich kam das bei ihr einer Entschuldigung gleich.

»Manchmal trüben unsere Vorurteile unsere Wahrnehmung, wenn wir am wenigsten damit rechnen«, stellte Mr. Parnassus fest. »Wenn wir das erkennen und daraus lernen, können wir zu besseren Menschen werden. Lucy?«

Linus hatte einen ganz trockenen Hals. Er griff nach seinem Wasserglas.

Lucy richtete den Blick zur Decke und sagte mit monotoner Stimme: »Ich habe gelernt, dass ich der Bote des Todes bin, der Zerstörer aller Welten.«

Eine Wasserfontäne spritzte aus Linus' Mund und ergoss sich über den Tisch.

Nach und nach wandten sich sämtliche Köpfe in seine Richtung.

»Verzeihung«, murmelte er hastig. Er zog die Serviette von seinem Schoß und wischte damit seinen Teller ab. »Habe mich verschluckt.«

»Allerdings«, sagte Mr. Parnassus. »Fast so, als hätte es jemand geplant. Lucy? Wollen wir es noch einmal versuchen?«

Lucy seufzte. »Ich habe wieder einmal gelernt, dass ich mehr bin als die Summe meiner Teile.«

»Ganz genau. Du bist mehr als das. Sal?«

Sals Blick huschte zu Linus, dann starrte der Junge wieder vor sich auf die Tischplatte. Seine Lippen bewegten sich, aber Linus verstand nicht, was er sagte.

Mr. Parnassus ging es offenbar ähnlich. »Lauter, bitte. Damit es alle hören können.«

Sal sackte in sich zusammen. »Ich habe gelernt, dass ich mich immer noch vor Leuten fürchte, die ich nicht kenne.«

Mr. Parnassus streckte die Hand aus und drückte seinen Arm. »Und das ist überhaupt nicht schlimm, denn selbst die Tapfersten unter uns haben hin und wieder Angst. Wir dürfen nur nicht zulassen, dass wir von der Angst beherrscht werden.«

Sal nickte, sah aber nicht hoch.

Mr. Parnassus lehnte sich wieder zurück und blickte über die Länge des Tisches hinweg zu Linus hinüber. »Ich für meinen Teil habe heute gelernt, dass schöne Gaben in jeder Gestalt und Größe an uns herangetragen werden können, und meist dann, wenn wir am wenigsten damit rechnen. Mr. Baker? Was haben Sie heute gelernt?«

Linus rutschte auf seinem Stuhl herum. »Oh, ich denke nicht, dass ich ... Ich bin als reiner Beobachter hier, da wäre es nicht angebracht, wenn ich ...«

»Bitte, Mr. Baker?«, bettelte Chauncey nass-feucht. Einer seiner Tentakel kroch über den Tisch, blieb mit den Saugnäpfen am Stoff hängen und zog Falten in das Tischtuch. »Sie müssen wirklich!«

»Ja, Mr. Baker«, forderte Lucy noch immer vollkommen monoton. »Sie müssen wirklich. Ich möchte gar nicht daran denken, was passieren könnte, wenn Sie sich weigern. Wer weiß, vielleicht würde das eine Heuschreckenplage auslösen. Das wollen Sie doch sicher nicht, oder?«

Linus spürte, wie ihm das Blut in die Wangen stieg.

»Kinder«, mahnte Mr. Parnassus, während Ms. Chapelwhite sich offenbar ein Lächeln verkneifen musste. »Lasst ihn ausreden. Und Lucy: Wir haben über die Sache mit der Heuschreckenplage gesprochen. So etwas ist nur unter strenger Aufsicht gestattet. Mr. Baker?«

Erwartungsvoll sahen sie ihn an.

Anscheinend kam er aus der Nummer nicht mehr raus. Also sagte er das Erste, was ihm durch den Kopf schoss: »Ich ... ich habe gelernt, dass es Dinge auf dieser Welt gibt, die selbst die kühnste Vorstellungskraft übersteigen.«

»Dinge?« Talia kniff die Augen zusammen. »Und was für *Dinge* wären das bitte?«

»Der Ozean«, sagte Linus hastig. »Ja, der Ozean. Ich hatte ihn noch nie gesehen. Dabei wollte ich es immer. Er ist ... er ist größer, als mir vorher bewusst war.«

»Oh.« Talia rümpfte die Nase. »Das ist ... unglaublich öde. Können wir jetzt essen? Ich verhungere gleich.«

»Ja.« Mr. Parnassus sah noch immer zu Linus hinüber. »Natürlich. Das habt ihr euch wirklich verdient.«

So merkwürdig die Situation für Linus auch war, das Abendessen verlief relativ ruhig. Zumindest in den ersten zehn Minuten. Während er lustlos in seinem Salat herumstocherte (und dem Ruf der Kartoffeln widerstand, wie laut er auch sein mochte), nahm das aber ein abruptes Ende.

Natürlich fing es mit Talia an.

»Mr. Baker?«, fragte sie ganz unschuldig. »Möchten Sie denn nicht noch etwas anderes essen als den Salat?«

»Nein, danke. Alles in Ordnung so.«

Sie brummte leise. »Sind Sie sicher? Ein Mann von Ihrem Umfang kann doch nicht nur von Hasenfutter leben.«

»Talia«, schaltete sich Mr. Parnassus ein, »lass Mr. Baker ...«

»Es ist gerade wegen meines Umfangs«, fiel Linus ihm ins Wort. Er wollte nicht, dass schon wieder jemand in seinem Namen sprach. Immerhin hatte er hier eine Funktion inne. Und je eher sie das begriffen, desto besser.

»Was stimmt denn nicht damit?«, wollte Talia wissen.

Er wurde rot. »Er ist zu umfangreich.«

Verwirrt runzelte sie die Stirn. »Es ist doch nichts Schlechtes, etwas rundlich zu sein.«

Linus spießte eine Tomate auf. »Ich bin nicht ...«

»*Ich* bin rundlich.«

»Nun ja, schon. Aber du bist auch ein Gnom. Ihr sollt rundlich sein.«

Sie musterte ihn mit schmalen Augen. »Und warum dann Sie nicht?«

»Das ist nicht … da ist auch der gesundheitliche Aspekt … ich kann nicht …«

»Ich wäre gerne rundlich«, verkündete Lucy. Und dann war er es. Im einen Moment war er noch der magere kleine Junge auf der Sitzerhöhung, im nächsten blähte er sich auf wie ein Ballon, sein Brustkorb weitete sich, die Knochen knackten bedrohlich. Seine Augen traten so weit aus den Höhlen, dass Linus sicher war, sie würden gleich auf den Tisch fallen. »Schaut mal!«, presste er zwischen gespitzten Lippen hervor, »ich bin ein Gnom oder Mr. Baker!«

»Warum haben Sie vorher noch nie das Meer gesehen?«, erkundigte sich Phee bei Linus, während der entsetzt den aufgeblähten Lucy anstarrte. »Es ist doch immer da. Es geht nirgendwohin. Weil es ja auch viel zu groß ist, um sich zu bewegen.«

Lucy schrumpfte zusammen, seine Knochen schoben sich zurecht, und er war wieder ein normal großer Sechsjähriger. »Das stimmt«, nickte er, als wäre er nicht gerade zu dreifacher Größe angeschwollen. »Ich habe es versucht.«

»Das war ein komischer Tag«, stellte Chauncey fest und schob sich mit dem Tentakel ein Stück Kartoffel in den Mund. Linus sah, wie es in seinem durchsichtigen grünen Körper nach unten rutschte. Dann fing es an, sich in winzige Partikel zu zersetzen. »Da sind so viele Fische gestorben. Und dann hast du sie wieder zum Leben erweckt. Zumindest die meisten.«

»Ich hatte einfach … nie Zeit dafür«, erklärte Linus leicht benommen. »Ich … zu viele Verpflichtungen. Ich habe einen wichtigen Job und …«

Theodore machte sich mit einem unterdrückten Knurren über das Fleisch her, das Ms. Chapelwhite auf seinen Teller legte.

»Arthur sagt, für die Dinge, die man gerne macht, sollte

man sich immer Zeit nehmen«, verkündete Talia. »Wenn wir das nicht tun, vergessen wir vielleicht, wie man glücklich ist. Sind Sie nicht glücklich, Mr. Baker?«

»Ich bin voll und ganz glücklich.«

»Aber Sie sind nicht glücklich mit Ihrer Rundlichkeit«, widersprach Phee. »Sie können also nicht *voll und ganz* glücklich sein.«

»Ich bin nicht *rundlich* ...«

»Was genau ist Ihr Job, Mr. Baker?«, fragte Chauncey mit hüpfenden Augen. »Arbeiten Sie in der Stadt?«

Plötzlich hatte Linus keinen Hunger mehr. »Ich ... ja. In der Stadt.«

Chauncey seufzte voller Dramatik. »Ich liebe die Stadt. So viele Hotels, die alle Pagen brauchen. Das klingt, als wäre es das Paradies.«

»Du warst aber noch nie in der Stadt«, hielt Lucy ihm vor Augen.

»Na und? Ich kann auch etwas lieben, das ich nur von Bildern kenne. Mr. Baker liebt das Meer, und er hat es auch heute erst zum ersten Mal gesehen!«

»Wenn er es so sehr liebt, warum heiratet er es dann nicht?«, fragte Phee.

Theodore zwitscherte mit vollem Maul. Die Kinder lachten. Sogar Sal schmunzelte verstohlen.

Bevor Linus fragen konnte, erklärte Ms. Chapelwhite: »Theodore hofft, dass Sie mit dem Meer glücklich werden.«

»Ich werde doch nicht *das Meer* heiraten ...«

»Oooooh!« Talia riss die Augen auf, und ihr Bart zuckte. »Weil Sie schon verheiratet sind, stimmt's?«

»Sie sind verheiratet?« Phee wollte alles wissen: »Wer ist Ihre Frau? Steckt sie noch in Ihrem Koffer? Warum haben Sie sie dort reingepackt? Ist sie etwa ein Schlangenmensch?«

»Sind Sie mit Ihrer Katze verheiratet?«, überlegte Lucy. »Ich mag Katzen, aber sie mögen mich nicht.« Das rote Leuchten kehrte in seine Augen zurück. »Sie befürchten, dass ich sie essen könnte. Fairerweise muss man sagen, dass ich noch nie eine gegessen habe, ich weiß also nicht, ob sie lecker sind. Ist Ihre Frau lecker, Mr. Baker?«

»Wir essen keine Haustiere, Lucy«, betonte Mr. Parnassus und wischte sich elegant den Mund ab.

Sofort verschwand der rote Schimmer aus Lucys Augen. »Stimmt. Weil Haustiere unsere Freunde sind. Und weil Mr. Bakers Katze seine Frau ist, ist das wie eine *beste* Freundin.«

»Ganz genau«, lobte Mr. Parnassus leicht belustigt.

»Nein«, protestierte Linus, »*nicht* ganz genau. Ich würde doch nie ...«

»Ich bin gerne rundlich«, erklärte Talia. »Das bedeutet nämlich, dass mehr von mir da ist, das man liebhaben kann.«

»Ich hab dich lieb, Talia.« Chauncey legte eines seiner Augen auf ihre Schulter. Dann drehte sich das Auge so, dass es zu Linus hinüberblickte. »Können Sie mir mehr von der Stadt erzählen? Ist es dort nachts sehr hell? Wegen der vielen Lichter?«

Linus schwirrte der Kopf. »Ich ... ich denke schon, aber ich bin nachts nicht gerne unterwegs.«

»Weil in der Dunkelheit so vieles darauf lauert, Ihnen die Knochen aus dem Leib zu reißen?«, fragte Lucy, der sich gerade ein Stück Brot in den Mund gestopft hatte.

»Nein.« Nun wurde Linus leicht flau im Magen. »Weil ich einfach am liebsten zu Hause bin.« Was jetzt noch mehr der Wahrheit entsprach als jemals zuvor.

»Zuhause ist der Ort, wo man ganz man selbst ist«, sagte Ms. Chapelwhite. Dem konnte Linus nur zustimmen. »Bei uns ist das doch auch so, nicht wahr, Kinder? Zu Hause können wir ganz wir selbst sein.«

»Mein Garten ist hier«, nickte Talia.

»Der beste aller Gärten«, betonte Mr. Parnassus.

»Und meine Bäume«, ergänzte Phee.

»Die prachtvollsten Bäume überhaupt«, stimmte Mr. Parnassus zu.

Theodore zwitscherte, woraufhin Ms. Chapelwhite seinen Flügel streichelte. »Und dein Knopf, ja. Der ist auch hier.«

»Was für ein wundervolles Geschenk.« Mr. Parnassus musterte den Lindwurm lächelnd.

»Und wo sonst kann ich üben, um ein richtiger Page zu werden?«, fragte Chauncey. »Man muss ja üben, wenn man richtig gut in etwas werden will.«

»Übung macht den Meister«, nickte Mr. Parnassus.

»Und das hier ist der einzige Ort auf der Welt, wo ich mir keine Sorgen machen muss, dass Priester mir irgendwelche Kreuze ins Auge rammen oder versuchen, meine Seele in die Tiefen der Hölle zu verbannen«, verkündete Lucy und stopfte sich lachend noch mehr Brot in den Mund.

»Wirklich lästig, diese Priester«, nickte Mr. Parnassus.

»Werden Sie uns unser Zuhause wegnehmen?«

Stille breitete sich am Tisch aus.

Linus blinzelte überrascht. Als er sich umsah, erkannte er, dass die Frage von Sal gekommen war. Von Sal, der noch immer auf seinen Teller starrte und krampfhaft die Fäuste ballte. Er hatte die Lippen zusammengepresst, und seine Schultern bebten.

Mr. Parnassus streckte den Arm aus und umschloss die Faust des Jungen mit seinen Fingern. Er tippte sanft auf die Innenseite seines Handgelenks und sagte: »Das ist nicht Mr. Bakers Absicht. Ich glaube nicht, dass er möchte, dass so etwas passiert. Bei niemandem.«

Linus überlegte, ob er widersprechen sollte, hielt es aber für keine gute Idee. Vor allem nicht, wenn man bedachte, wie traumatisiert dieses Kind war. Außerdem hatte Mr. Parnassus damit ja nicht unbedingt unrecht; aber Linus mochte es nun einmal nicht, wenn andere für ihn sprachen.

Mr. Parnassus fuhr fort: »Sein Job besteht darin sicherzustellen, dass *ich meinen* Job richtig mache. Und was ist mein Job?«

»Uns zu beschützen«, riefen die Kinder. Sogar Sal.

»Ganz genau. Und ich bilde mir ein, ich wäre recht gut darin.«

»Weil du so viel geübt hast?«, erkundigte sich Chauncey.

Mr. Parnassus lächelte. »Genau, weil ich viel geübt habe. Und wenn es nach mir geht, wird man euch niemals voneinander trennen.«

Eine klare Herausforderung, was Linus überhaupt nicht schmeckte. »Ich halte es für falsch …«

»Wer möchte Nachtisch?«, fragte Ms. Chapelwhite.

Die Kinder begannen zu jubeln.

SIEBEN

Mr. Parnassus führte Linus durch einen langen Flur im ersten Stock. »Die Zimmer der Kinder«, erklärte er und deutete mit dem Kopf auf die Türen rechts und links. An jeder hing ein Schild mit den Namen der Kinder: Chauncey und Sal rechts, Phee und Talia links. Dann zeigte er zu einer Luke in der Decke, auf der ein Lindwurm aufgemalt war. »Theodores Nest befindet sich im Turm. Er hat dort oben auch einen kleinen Schatz gehortet, sein Lieblingsplatz ist allerdings unter dem Sofa.«

»Ich würde sie mir gerne ansehen«, erklärte Linus, der sich gedanklich schon einmal den Grundriss einprägte.

»Das dachte ich mir. Wir können das morgen in Angriff nehmen, denn jetzt machen sich die Kinder bald bettfertig. Entweder zeigt Ihnen Ms. Chapelwhite die Zimmer, während die Kinder Unterricht haben, oder wir machen das vorher, damit Sie uns beim Unterricht Gesellschaft leisten können.«

»Was hat es eigentlich mit Ms. Chapelwhite auf sich?«, fragte Linus und musterte im Vorbeigehen den filigranen Baum, der in Phees Zimmertür geschnitzt war.

»Sie war bereits lange vor uns hier«, erklärte Mr. Parnassus. »Dies ist ihre Insel. Wir borgen sie uns nur. Sie lebt tief im Wald, auf der anderen Seite der Insel.«

Linus hatte so viele Fragen zu dieser Insel, diesem Haus. Diesem Mann. Doch eine drängte sich gerade besonders auf, denn er hatte die Türen gezählt. Am Ende des Flurs blieben noch vier: Hinter einer lag das Badezimmer der Mädchen, hinter der zweiten das der Jungen. Die dritte trug den Schriftzug ARTHURS BÜRO. »Und Lucy? Wo schläft er?«

Mr. Parnassus blieb vor dem Büro stehen und deutete mit dem Kopf auf die letzte verbliebene Tür. »In meinem Zimmer.«

Linus' Augen wurden schmal. »Sie teilen sich das Zimmer mit einem kleinen Jungen …«

»Und es verbirgt sich nichts Anstößiges dahinter, das kann ich Ihnen versichern.« Die Andeutung schien ihn in keinster Weise zu treffen. »Das Zimmer verfügte über einen großen, begehbaren Kleiderschrank, den ich in ein Zimmer für Lucy umgewandelt habe, als er zu uns kam. Es ist … besser für ihn, wenn ich in seiner Nähe bin. Früher hatte er schreckliche Albträume. Heute auch noch manchmal, allerdings sind sie nicht mehr ganz so grausam wie damals. Ich bilde mir gerne ein, dass ihm seine Zeit hier bei uns geholfen hat. Er hält sich am liebsten in meiner Nähe auf und entfernt sich nur weiter von mir, wenn es sich nicht vermeiden lässt, obwohl ich auch versuche, ihn zur Selbstständigkeit zu erziehen. Er ist … sozusagen ein Kunstwerk im Schaffensprozess.«

Mr. Parnassus öffnete die Tür zu seinem Büro. Es war kleiner als erwartet und so vollgestopft, dass es beinahe klaustrophobisch wirkte. In der Mitte des Raums stand ein Schreibtisch, umgeben von Bücherstapeln, die sich teils gefährlich neigten. Das einzige Fenster bot einen weiten Ausblick über das Meer. Jetzt, in der Dunkelheit, schien es wahrhaft endlos zu sein. Weit in der Ferne sah Linus das kurze Aufblitzen eines einsamen Leuchtturms.

Mr. Parnassus schloss die Tür hinter ihnen und bedeutete Linus, sich zu setzen. Der nahm das Angebot an und zog den kleinen Notizblock hervor, den er stets bei sich trug. Darauf vermerkte er alles, was seine jeweiligen Fälle betraf. Hier war er dieser Pflicht bislang nicht nachgekommen, da dieser ganze Ort ihn ziemlich aus der Bahn geworfen hatte, aber das war nicht länger hinnehmbar. Schließlich war er immer stolz gewesen auf seine umfangreichen Notizen, außerdem musste er wöchentliche Berichte an das Allerhöchste Management schicken, und er würde dafür sorgen, dass es die besten Berichte wurden, die er je verfasst hatte.

»Darf ich?« Er zeigte auf einen kleinen Bleistift, der auf dem Schreibtisch lag.

»Selbstverständlich«, sagte Mr. Parnassus. »Was mein ist, ist auch dein.«

In Linus' Magengrube flatterte es leise. Bestimmt hatte er etwas Falsches gegessen. Er schlug den Notizblock auf und befeuchtete mit der Zungenspitze den Bleistift - eine alte Angewohnheit, die er nie hatte abschütteln können.

»Nun denn. Lassen Sie uns über ...«

»Sal ist unser jüngster Neuzugang«, begann Mr. Parnassus, als hätte Linus überhaupt nichts gesagt. Er nahm hinter dem Schreibtisch Platz und stützte das Kinn auf die Fingerspitzen. »Er kam vor drei Monaten zu uns.«

»Aha. Ich glaube, das habe ich schon in seiner Akte gelesen. Er scheint sehr nervös zu sein, obwohl Teenager das ja oft sind im Beisein der Obrigkeit.«

Mr. Parnassus schnaubte leise. »Nervös. Ja, so kann man es wohl auch nennen. Stand in Ihrer Akte auch, dass er, seit er sieben Jahre alt war, an keinem Ort auch nur drei Monate lang geblieben ist?«

»Ich ... nein. Ich denke, so weit bin ich nicht gekommen. Ich wurde abgelenkt durch ... nun ja. Das ungewöhnliche Ausmaß dieses Auftrages.«

Mr. Parnassus lächelte mitfühlend. »Die haben Ihnen nicht gesagt, was auf Sie zukommt, richtig? Das Allerhöchste Management. Zumindest nicht, bevor Sie bereits hier waren.«

Linus rutschte verlegen auf seinem Stuhl herum. »Nein. Nur, dass es der Geheimhaltung unterliegt.« Und dass die Kinder problematisch seien, aber er wusste nicht, ob er das laut sagen sollte.

»Sicher verstehen Sie nun, warum das so ist.«

»Allerdings«, nickte Linus. »Man trifft ja nicht alle Tage auf den Antichrist.«

Das brachte ihm einen strengen Blick von Mr. Parnassus ein. »Dieses Wort benutzen wir hier nicht. Ich habe Verständnis dafür, dass Sie hier eine Aufgabe zu erfüllen haben, Mr. Baker, aber Sie befinden sich in meinem Haus, und das bedeutet, dass Sie sich an meine Regeln halten werden. Ist das klar?«

Linus nickte langsam. Mit einer so strengen Zurechtweisung hatte er nicht gerechnet, vor allem nicht von jemandem, der so viel Ruhe ausstrahlte wie der Mann, der ihm gerade gegenübersaß. Offenbar hatte er Mr. Parnassus unterschätzt. Diesen Fehler durfte er nicht noch einmal machen. »Ich wollte nicht respektlos erscheinen.«

Sofort entspannte sich Mr. Parnassus. »Nein, sicher wollten Sie das nicht. Und wie hätten Sie es auch wissen sollen? Sie kennen ihn nicht. Sie kennen uns nicht. Natürlich haben Sie die Akten, aber in denen finden sich ja höchstens die grundlegenden Fakten, nicht wahr? Mr. Baker, was in diesen Akten steht, ist nicht mehr als ein nacktes Skelett. Und wir alle bestehen ja aus so viel mehr als bloß Knochen, richtig?« Er unterbrach sich kurz. »Mal abgesehen von Chauncey, denn der hat ja überhaupt keine Knochen. Trotzdem wissen Sie, worauf ich hinauswill.«

»Was ist er?«, platzte es aus Linus heraus. Dann fügte er schnell hinzu: »Oje, das klingt furchtbar. Ich wollte nicht unhöflich sein. Aber ich habe einfach noch nie ... So etwas – *jemanden* – wie ihn habe ich einfach noch nie gesehen.«

»Was zu erwarten war«, meinte Mr. Parnassus. Er wandte sich einem Bücherstapel zu seiner Rechten zu und überflog die Titel. Ungefähr auf halber Höhe schien er fündig zu werden. Vorsichtig tippte er gegen den Buchrücken, bis die Kanten aus dem Stapel hervorragten. Der Bücherturm geriet ins Wanken. Mit zwei Fingern packte Mr. Parnassus das gewünschte Buch und zog. Es rutschte heraus, die obere Hälfte des Stapels landete sauber auf der unteren. Ohne Linus' fassungslosen Blick zu bemerken, legte er das Buch auf den Tisch und fing an, darin zu blättern. »Wir sind uns auch nicht ganz sicher, was Chauncey ist, wir wissen nicht einmal genau, wo er herkommt. Es ist ein Rätsel, obwohl ich glaube ... Aha! Hier haben wir es.« Er drehte das Buch in Linus' Richtung und tippte auf die Seite.

Linus beugte sich vor. »*Medusozoa*? Das ist ... eine Qualle.«

»Korrekt!« Mr. Parnassus strahlte. »Und ich denke, er ist etwas in der Art, zumindest zum Teil. Er sticht nicht, und er verfügt auch über keinerlei Gift. Vermutlich ist auch irgendwo ein bisschen Seegurke mit drin, allerdings erklärt das nicht seine Gliedmaßen.«

»Es erklärt *überhaupt nichts*«, stellte Linus vollkommen ratlos fest. »Wo ist er denn hergekommen?«

Mr. Parnassus holte sich das Buch zurück und klappte es zu. »Das weiß niemand, Mr. Baker. Es gibt Rätsel, die sich niemals lösen lassen, egal wie oft wir es auch versuchen. Und wenn wir uns zu angestrengt um eine Lösung bemühen, entgeht uns vielleicht das, was wir direkt vor Augen haben.«

»So läuft das aber nicht in der wirklichen Welt, Mr. Parnassus«, beharrte Linus. »Es gibt für alles eine Erklärung. Alles hat seinen Grund. Das steht schon im ersten Absatz der *VORGABEN UND VERORDNUNGEN* der Behörde für die Betreuung Magischer Minderjähriger.«

Mr. Parnassus zog skeptisch eine Augenbraue hoch. »Diese Welt ist ein merkwürdiger und wundervoller Ort. Warum müssen wir da für alles eine Erklärung finden? Nur zu unserer persönlichen Befriedigung?«

»Weil Wissen Macht bedeutet.«

Mr. Parnassus schnaubte abfällig. »Ah, Macht. So spricht ein wahrer Vertreter der BBMM. Warum überrascht es mich nicht, dass Sie Ihr Regelbuch auswendig kennen? Sie sollten vielleicht wissen, dass Sie Chauncey irgendwann vermutlich unter Ihrem Bett vorfinden werden.«

Das brachte Linus aus dem Konzept. »Was? Wieso?«

»Weil er, bevor er hierherkam, lange Zeit nur als Monster bezeichnet wurde, selbst von Menschen, die es hätten besser wissen müssen. Man hat ihm Geschichten von dem Monster unter dem Bett erzählt, dessen Lebensaufgabe allein darin besteht, andere zu erschrecken. Er dachte, er müsse auch so sein. Dass es sein Job wäre, Menschen Angst zu machen - weil man ihm eingetrichtert hatte, dass er zu mehr nicht in der Lage sei. Erst als er hierherkam, wurde ihm bewusst, dass er auch etwas vollkommen anderes sein kann.«

»Also entschied er sich dafür, ein Page zu werden«, folgerte Linus leicht benommen.

»Exakt. Er hat es in einem Film gesehen, den wir uns vor ein paar Monaten angesehen haben. Und er war sofort von dieser Vorstellung begeistert, aus welchem Grund auch immer.«

»Aber er wird doch niemals ...« Linus konnte gerade noch verhindern, dass die Worte seinen Mund verließen.

Doch Mr. Parnassus wusste auch so, was er sagen wollte. »Er wird niemals ein Page sein können, weil kein Hotel jemanden wie ihn einstellen würde?«

»Das ist nicht ...« Ja, was genau war es denn nicht? Fair? Richtig? Gerecht? Nichts von alldem? Linus konnte es nicht sagen. Es gab *Gründe* für diese Gesetze, und auch wenn Linus sie nie wirklich verstanden hatte, konnte er doch nichts dagegen tun. Linus wusste, dass die Menschen oft das fürchteten, was sie nicht verstanden. (Auch wenn sein Gefühl ihm sagte, dass der Begriff *Furcht* in diesem Fall für etwas ganz anderes stand.) Die Registrierungsbehörde war aus der Notwendigkeit heraus entstanden, jene zu schützen, die sich von der Norm abhoben. Anfangs waren die Kinder aus ihren Familien gerissen und in spezielle Schulen gesteckt worden, deren Bezeichnung allerdings vollkommen irreführend war. Es handelte sich dabei eher um so etwas wie Gefängnisse, auch wenn es keine Gitter an den Fenstern gab. Die BBMM war gegründet worden, um jene zu beschwichtigen, die gegen eine solche Behandlung protestierten. Und als klar wurde, dass es auch viele Waisen dieser Art gab, hatte man die Sachbearbeiter in zwei Gruppen aufgeteilt: jene, die in Zusammenarbeit mit der Registrierungsbehörde die registrierten Familien betreuten, und jene, die mit den Waisen in den Waisenhäusern arbeiteten.

Nein, das war wirklich nicht sehr gerecht.

»Ist es nicht«, stimmte auch Mr. Parnassus dem Unausgesprochenen zu. »Aber ich lasse ihm seine Träume, weil er nun mal noch ein Kind ist, und wer weiß schon, was die Zukunft bringt? Oft werden Veränderungen durch ein leises Flüstern ausgelöst. Gleichgesinnte lassen es zu einem Aufschrei werden. Was mich zurück zu Sal führt. Darf ich ganz offen mit Ihnen sein, Mr. Baker?«

Linus fühlte sich, als hätte er einen Schlag an den Kopf bekommen. »Ich erwarte nichts anderes von Ihnen.«

»Gut«, nickte Mr. Parnassus. »Sie machen ihm Angst.«

Linus blinzelte überrascht. »Ich? Ich glaube nicht, dass ich schon jemals irgendjemandem Angst gemacht hätte.«

»Das bezweifle ich doch stark. Immerhin arbeiten Sie für die BBMM.«

»Was hat das denn damit zu tun, ob …«

»Und es liegt auch nicht an Ihnen als Person. Es ist vielmehr das, wofür Sie stehen. Sie sind ein Sachbearbeiter, Mr. Baker. Die meisten unserer Kinder haben nur eine vage Vorstellung davon, was das heißt, aber Sal hat eine Menge Erfahrung mit Ihresgleichen. Das hier ist sein zwölftes Waisenhaus.«

Linus' Magen zog sich schmerzhaft zusammen. »Das *zwölfte*? Unmöglich. Man hätte …«

»Man hätte was?«, unterbrach ihn Mr. Parnassus. »Man hätte ihn schon längst in eine dieser behördlich geführten Schulen gesteckt, von denen man bei der BBMM heutzutage so begeistert ist? Denn dort kommen die Kinder doch hin, wenn Sie mit ihnen fertig sind, oder?«

Langsam kam Linus ins Schwitzen. »Ich… da… das weiß ich nicht mit Sicherheit. Aber… ich tue nur das, was in meiner Position erforderlich ist, mehr nicht.«

»Mehr nicht?«, wiederholte Mr. Parnassus. »Wie bedauerlich. Haben Sie jemals eine dieser Schulen besucht, Mr. Baker? Haben Sie jemals nachverfolgt, was aus einem der Kinder geworden ist, nachdem Sie den Fall abgeschlossen hatten?«

»Nein, das… das gehört zu den Aufgaben der höheren Ränge. Da ist die Oberaufsicht zuständig. Ich bin nur Sachbearbeiter.«

»Ich denke nicht, dass Sie in irgendeiner Hinsicht *nur* sind. Warum sind Sie Sachbearbeiter? Warum sind Sie nie aufgestiegen?«

»Weil es das ist, was ich kenne.« Feine Schweißtröpfchen rannen Linus' Nacken hinunter. Er hatte keine Ahnung, wie sich das Gespräch so hatte verkehren können, ohne dass er es auch nur bemerkt hatte. Er musste die Kontrolle zurückgewinnen.

»Sind Sie denn gar nicht neugierig?«

Linus schüttelte den Kopf. »Das kann ich mir nicht erlauben.«

Überrascht fragte Mr. Parnassus: »Warum das denn?«

»Es tut mir nicht gut. Fakten, Mr. Parnassus. Ich arbeite mit Fakten. Neugierde führt zu Phantastereien, und ich kann es mir nicht erlauben, mich ablenken zu lassen.«

»Ein solches Leben kann ich mir nicht einmal vorstellen«, sagte Mr. Parnassus leise. »Es klingt wie ein Leben, das nie gelebt wird.«

»Das ist gut, denn ich lege auf Ihre Meinung in dieser Angelegenheit auch keinen Wert«, fauchte Linus.

»Ich wollte nicht…«

»Ich bin hier, um sicherzustellen, dass dieses Waisenhaus den Richtlinien entspricht. Um die Vorgänge hier unter die Lupe zu nehmen und herauszufinden, ob sie den von der BBMM festgelegten Kriterien entsprechen, durch die gewährleistet werden soll, dass die Ihnen zur Verfügung gestellten finanziellen Mittel ordnungsgemäß verwendet…«

Mr. Parnassus schnaubte höhnisch. »Finanzielle Mittel? Ich hätte nicht gedacht, dass Sie so viel Humor besitzen. Wie erfrischend.«

Mit Mühe behielt Linus die Fäden in der Hand. »Nur weil Sie hier Kinder untergebracht haben, die etwas ... spezieller sind, heißt das nicht, dass ich mich von dem Grund meines Aufenthaltes ablenken lasse. Es geht um die Kinder, Mr. Parnassus. Um nichts anderes.«

Sein Gegenüber nickte. »Das respektiere ich. Und auch wenn wir vielleicht etwas unkonventionell sind, werden Sie sicherlich bald merken, dass ich alles tun würde, um sie zu schützen. Wie ich bereits sagte: Diese Welt ist ein merkwürdiger und wundervoller Ort, aber das heißt nicht, dass er nicht seine Tücken hat. Und er schnappt immer dann zu, wenn man es am wenigsten erwartet.«

Linus wusste nicht, was er damit anfangen sollte. »Sie verlassen niemals die Insel. Oder zumindest die Kinder nicht.«

»Wie kommen Sie darauf?«

»Der Van vor dem Haus. Die Räder sind mit Unkraut und Blumen überwuchert.«

Mr. Parnassus ließ sich in seinen Stuhl zurückfallen. Ein undefinierbares Lächeln huschte über sein Gesicht. »Gut beobachtet. Natürlich könnte das auch an Phee oder Talia liegen. Sie lieben es, Dinge wachsen zu lassen. Aber das würden Sie mir vermutlich nicht glauben.«

»Nein, würde ich nicht. Warum also sieht es so aus, als wäre der Wagen lange nicht mehr bewegt worden?«

»Sicherlich sind Sie auf dem Weg hierher durchs Dorf gefahren.«

»Ich ... ja. Mit Ms. Chapelwhite.« Er zögerte. Was hatte sie noch gleich gesagt, als sie durch den Ort gefahren waren?

Die Bewohner von Marsyas mögen unseresgleichen nicht sonderlich.

Sie mögen keine Elementargeister?

Überhaupt keine magischen Wesen, Mr. Baker.

Mr. Parnassus nickte, als hätte er Linus' Gedanken gelesen. »Ich kann nicht sagen, dass wir nicht willkommen wären, aber es wird allgemein davon ausgegangen, dass es für alle am besten ist, wenn wir bleiben, wo wir sind. Gerüchte verselbstständigen sich bekanntlich schnell, und sich ihnen entgegenstellen zu wollen ist wie der Versuch, einen Buschbrand auf einem trockenen Feld einzudämmen. Obwohl es vermutlich hilfreich ist, dass die Regierung die Dorfbewohner dafür bezahlt, dass nichts über die Existenz dieses Hauses nach außen dringt. Und es schadet wohl auch nicht, dass mit den Zahlungen stets kaum verhüllte Drohungen bezüglich möglicher Strafverfolgung einhergehen. Es ist also einfacher für alle, wenn wir uns hier nicht wegbewegen. Zum Glück ist die Insel größer, als es den Anschein hat, und bietet uns alles, was die Kinder brauchen könnten. Unsere Vorräte stockt Ms. Chapelwhite durch wöchentliche Fahrten ins Dorf auf. Man kennt sie dort – soweit das möglich ist.«

Linus schwirrte der Kopf. Er hatte nicht gewusst, dass die Einwohner hier dafür bezahlt wurden, den Mund zu halten, auch wenn das wahrscheinlich sogar einer ziemlich verdrehten Logik folgte. »Sie gehen niemals weg?«

Mr. Parnassus zuckte mit den Schultern. »Ich bin glücklich, wo ich bin, weil sie glücklich sind, wo sie sind. Vermutlich könnten wir uns überlegen, Orte zu besuchen, die jenseits des Dorfes von Marsyas liegen, aber das Thema ist nie aufgekommen. Zumindest bisher nicht. Eines Tages werden wir uns vermutlich damit auseinandersetzen müssen.«

Kopfschüttelnd griff Linus wieder zu Notizblock und Stift. »Sal. Verwandelt sich in einen Hund.«

»Einen Zwergspitz, wenn man es genau nimmt.«

»Und Sie sagen, er war nirgendwo länger als hier?«

»Allerdings.«

»Es gibt Kinder, die nicht viel anders sind als er, aber nicht der Geheimhaltung unterliegen. Ich bin einmal einem Kind begegnet, das sich in ein Reh verwandeln konnte. Warum ist er also hier?«

Mit einem wachsamen Blick erklärte Mr. Parnassus: »Weil er seine Verwandlungsfähigkeit durch seinen Biss weitergeben kann.«

Das trieb Linus sämtliche Luft aus den Lungen. »Ernsthaft?«

Mr. Parnassus nickte. »Ja. Es hat da einen ... Vorfall gegeben. In einem seiner früheren Waisenhäuser. Eine der Küchenkräfte hat ihn geschlagen, weil er sich einen Apfel nehmen wollte. Er hat sich auf die einzige Art zur Wehr gesetzt, die er kannte. In der Woche darauf hat sie sich das erste Mal verwandelt.«

Irgendwie hatte der Raum angefangen, sich um Linus zu drehen. »Ich habe nie ... Dass so etwas möglich ist, wusste ich nicht. Ich dachte immer, das wäre eine genetische Sache.«

»Ich denke, Sie werden bald feststellen, dass das Unmögliche hier wesentlich greifbarer ist, als sie bislang angenommen haben.«

»Und Talia?«

»Gehörte zu meinen Ersten. Ihre Familie kam auf höchst tragische Weise ums Leben, als ihr Garten abbrannte. Manche behaupteten, er wäre absichtlich in Brand gesteckt worden, allerdings schien sich niemand sonderlich dafür zu interessieren.«

Linus zuckte mitfühlend zusammen. Plötzlich musste er an die Plakate auf den Bussen denken: SEHEN – MERKEN – MELDEN. »Sie sprechen Gnomisch.«

»Ich spreche viele Sprachen, Mr. Baker. Neue Dinge zu lernen macht mir Spaß. Und es hilft mir, Nähe zu meinen Schützlingen herzustellen.«

»Und warum unterliegt sie der Geheimhaltung?«

»Ist Ihnen schon jemals ein weiblicher Gnom begegnet, Mr. Baker?«

Nein. Was irgendwie seltsam war, auch wenn er noch nie darüber nachgedacht hatte. Schnell machte sich Linus eine Notiz. »Und dann wäre da noch Phee.«

Mr. Parnassus lachte leise. »Extrem unabhängig, dieses Mädchen. Sie ist hier, weil es nie zuvor eine Elementare gab, die so jung schon über so viel Macht verfügt hat. Bei dem Versuch, sich aus einer äußerst ... grässlichen Situation zu befreien, hat sie drei Männer in Bäume verwandelt. Eine andere, wesentlich ältere Elementare hat es schließlich geschafft, sie zurückzuverwandeln. Doch es hat gedauert. Zu meinem großen Glück unterstützt Ms. Chapelwhite sie auf eine Art und Weise, wie ich es niemals könnte. Sie hat sie unter ihre Fittiche genommen, und unter Ms. Chapelwhites Führung hat Phee sich hervorragend entwickelt. Sie ist regelrecht aufgeblüht. Wir haben großes Glück, dass sie uns ihre Unterstützung angeboten hat.«

»Und warum hat sie das getan? Dies ist ihre Insel. Elementargeister gelten als extrem territorial. Warum hat sie Ihnen überhaupt gestattet hierzubleiben?«

Wieder zuckte Mr. Parnassus mit den Schultern. »Zum Wohle aller, nehme ich an.«

Jetzt sprach er wie ein Elementarer, in vagen, ziellosen Andeutungen. Linus gefiel das nicht. »Das was genau wäre?«

»Damit Kinder, die sonst niemand haben will, wachsen und gedeihen können. Sie wissen doch ebenso gut wie ich, dass die Bezeichnung *Waisenhaus* mehr als irreführend ist, Mr. Baker. Hier kommt niemand her, um sich nach einer Adoption zu erkundigen.«

Nein, vermutlich nicht, da das Waisenhaus von Marsyas ja vor den Augen der Welt verborgen wurde. Aber spielte das überhaupt eine Rolle? War jemals eines der Kinder in diesen Waisenhäusern adoptiert worden? Ihm wollte kein einziges einfallen. Warum war ihm das vorher nie aufgefallen? »Theodore?«

»Steht das nicht in Ihren Akten, Mr. Baker?«

Nein, dort stand nichts. Überhaupt kam Linus zu der Erkenntnis, dass Mr. Parnassus mit dem Bild der reinen Skelette vollkommen recht gehabt hatte. »Es ist immer am besten, die Informationen direkt von der Quelle zu bekommen. Das geschriebene Wort erfasst nie alle Nuancen.«

»Er ist nicht einfach nur ein Tier«, stellte Mr. Parnassus klar.

»Das habe ich auch nie behauptet.«

Sein Gegenüber seufzte. »Nein, vermutlich nicht. Verzeihen Sie mir. Aber ich hatte es schon öfter mit Ihresgleichen zu tun, und manchmal vergesse ich, dass man Sie nicht alle über einen Kamm scheren darf. Obwohl ich mir noch nicht ganz sicher bin, was ich von Ihnen halten soll.«

Plötzlich fühlte Linus sich irgendwie nackt. »Das ist bei mir nicht weiter schwierig: Was Sie hier vor sich sehen, bin ich. Mehr gibt es da nicht.«

»Oh, das bezweifle ich doch stark. Theodore ist … speziell. Ich weiß, dass Ihnen bekannt ist, wie selten die Vertreter seiner Art geworden sind.«

»Ja.«

»Er ist noch sehr jung, auch wenn sein genaues Alter uns nicht bekannt ist. Er … denkt anders als wir, und auch wenn wir einander durchaus verstehen, geschieht das doch eher auf eine abstrakte Art und Weise, nicht sehr spezifisch. Ergibt das irgendeinen Sinn?«

»Nicht den geringsten.«

»Sie werden es noch verstehen«, versicherte ihm Mr. Parnassus. »Immerhin werden Sie ja einen ganzen Monat bei uns bleiben. Womit nun nur noch ein Kind übrig wäre, was sicherlich kein Zufall ist. Ms. Chapelwhite hat mir berichtet, dass schon allein der Gedanke an dieses Kind Ihnen das Bewusstsein geraubt hat.«

Linus schoss das Blut in die Wangen, und er räusperte sich verlegen. »Es kam … unerwartet.«

»Was ein wirklich guter Begriff ist, um Lucy zu beschreiben.«

»Ist er…« Linus zögerte. »Ist es wahr? Ist er tatsächlich der Anti… ich meine, der Sohn des Teufels?«

»Ich glaube es zumindest«, sagte Mr. Parnassus. Linus stockte der Atem. »Obwohl die Vorstellung dessen, was jemand wie er zu sein hat, mehr auf Fiktion denn auf Fakten beruht.«

»Wenn es wahr ist, wird er das Ende der Welt heraufbeschwören!«, rief Linus.

»Er ist sechs Jahre alt.«

»Er hat sich selbst als Höllenfeuer und ewige Finsternis bezeichnet, als er mich bedroht hat!«

Mr. Parnassus lachte entspannt. »Das war lediglich seine Art, Sie zu begrüßen. Für jemanden seines Alters hat er einen sehr morbiden Sinn für Humor. Was recht charmant sein kann, wenn man sich erst daran gewöhnt hat.«

Fassungslos starrte Linus ihn an.

Seufzend beugte Mr. Parnassus sich zu ihm vor. »Sehen Sie, Mr. Baker, ich verstehe ja, dass es… nicht leicht zu verdauen ist, aber ich habe Lucy nun seit einem Jahr bei mir. Es gab Pläne, ihn… nun ja. Sagen wir einfach, es war die letzte Möglichkeit. Unabhängig von seiner Herkunft ist und bleibt er ein *Kind.* Und ich weigere mich zu glauben, dass der Weg eines Menschen unverrückbar in Stein gemeißelt ist. Ein Mensch definiert sich nicht allein dadurch, von wem er abstammt.«

»Er ist mehr als die Summe seiner Teile.«

Mr. Parnassus nickte. »Ganz genau. Lucy mag dem Großteil der Welt dort draußen furchtbare Angst machen, doch mir nicht. Ich habe gesehen, wozu er imstande ist. Hinter diesen Augen und dem Dämon in seiner Seele ist er charmant, witzig und unglaublich intelligent. Und ich werde für ihn genauso kämpfen wie für jedes andere meiner Kinder.«

Das erregte bei Linus einen gewissen Widerwillen. »Aber es sind nicht Ihre Kinder. Sie sind der Heimleiter, nicht ihr Vater. Sie sind Ihre Schützlinge.«

Mit einem angespannten Lächeln erwiderte Mr. Parnassus:

»Selbstverständlich, das war nur so dahergesagt. Es war ein langer Tag, und morgen wird es wohl ähnlich werden. Doch es ist das alles wert.«

»Ist es das?«

»Natürlich. Ich könnte mir nicht vorstellen, etwas anderes zu machen. Sie vielleicht?«

»Wir sprechen hier nicht über mich, Mr. Parnassus«, betonte Linus.

Ergeben spreizte Mr. Parnassus die Hände. »Warum eigentlich nicht? Sie scheinen alles über uns zu wissen. Und was Sie nicht wissen, können Sie ja in einer Ihrer sicher tadellosen Akten nachlesen.«

»Nicht alles.« Linus klappte den Notizblock zu. »Zum Beispiel scheint es kaum Informationen über *Sie* zu geben. Ihre Akte war extrem dünn. Wie kommt das?«

Als wieder einmal diese stille Belustigung über Mr. Parnassus' Gesicht huschte, fragte sich Linus, was ihm wohl entgangen war. »Sollten Sie diese Frage nicht lieber dem Allerhöchsten Management stellen? Schließlich haben die Sie doch hergeschickt.«

Womit er natürlich recht hatte. Es war befremdlich, wie wenige Informationen es gab. Aus Arthur Parnassus' Akte ließ sich nicht mehr ablesen als sein Alter und seine Ausbildung. Und ganz am Ende hatte ein kryptischer Vermerk gestanden: *Mr. Parnassus wird den problematischeren Fällen, die in seine Obhut gegeben werden, aufgrund seiner Fähigkeiten ein Beispiel sein können.* Damit hatte Linus rein gar nichts anfangen können, und auch jetzt, wo er ihm direkt gegenübersaß, stellten sich ihm nur immer neue Fragen. »Mein Bauchgefühl sagt mir, dass ich dort auch nicht mehr erfahren werde.«

»Mit dieser Annahme werden Sie vermutlich richtigliegen.«

Linus stand auf. »Ich erwarte bei dieser Überprüfung uneingeschränkte Transparenz und Kooperation von Ihnen.«

Mr. Parnassus lachte. »Dann nennen wir es jetzt also nicht mehr nur *Besuch*?«

»Das war Ihre Umschreibung, Sir, nicht meine. Wir wissen beide, was das hier ist. Die BBMM hätte mich nicht hergeschickt, wenn es keinerlei Grund zur Sorge gäbe. Und ich sehe nun auch, wo dieser Grund zu finden ist. Sie beherbergen ein Pulverfass unter Ihrem Dach, mit mehr Sprengkraft, als es überhaupt geben dürfte.«

»Dann wird ihm nun also schon vorgeworfen, dass er überhaupt existiert? Inwiefern hatte er da denn eine Wahl?«

Diese Diskussion würde Linus erst führen, wenn er wieder alle Sinne beisammenhatte. Oder vielleicht auch gar nicht. Schon bei dem Gedanken daran, was das nach sich ziehen konnte, wurde ihm wieder schwindelig. »Ich bin hier, um zu prüfen, ob weitere Maßnahmen ergriffen werden sollten.«

»Weitere Maßnahmen.« Zum ersten Mal schlich sich eine gewisse Frustration in Mr. Parnassus' Tonfall. »Sie haben niemanden, Mr. Baker. Mich allein, sonst niemanden. Denken Sie ernsthaft, die BBMM würde jemanden wie Lucy in eine ihrer Schulen aufnehmen? Und überlegen Sie sich Ihre Antwort gut!«

»Das tut nichts zur Sache«, erwiderte Linus steif.

Mr. Parnassus hob den Blick Richtung Decke. »Aber natürlich. Denn es geschieht ja, nachdem Sie Ihre Arbeit beendet haben, und ist für Sie damit nicht mehr von Belang.« Er schüttelte den Kopf. »Wenn Sie wüssten.«

»Wenn es nichts zu beanstanden gibt, haben Sie auch keinen Grund zur Sorge. Sie mögen mich für herzlos halten, Mr. Parnassus, aber ich versichere Ihnen, dass dem nicht so ist. Ich wäre nicht in dieser Position, wenn die Kinder mir nicht am Herzen lägen.«

»Ich bin überzeugt davon, dass Sie das glauben.« Er sah Linus durchdringend an. »Ich muss mich entschuldigen, Mr. Baker. Ja, Sie werden Ihren Job machen, so oder so. Aber ich denke, wenn Sie Ihre Augen öffnen, werden Sie das sehen, was sich direkt vor Ihrer Nase befindet – und nicht in einer Akte.«

Linus spürte, wie ein kalter Schauer über seine Haut kroch. Er musste aus diesem Büro raus. Die Wände schienen immer näher zu kommen. »Vielen Dank für Ihre Gastfreundschaft, auch wenn man Ihnen keine Wahl gelassen hat. Ich werde mich nun für die Nacht zurückziehen. Es war ein ereignisreicher Tag, und morgen wird es wohl ähnlich werden.«

Damit wandte er sich ab und öffnete die Tür. Bevor er sie hinter sich zuzog, hörte er noch ein leises: »Gute Nacht, Mr. Baker.«

Calliope wartete direkt hinter der Tür, als er in das Gästehaus zurückkehrte. Seit er Parnassus' Büro verlassen hatte, war er niemandem mehr begegnet, doch er hatte Stimmen hinter den geschlossenen Zimmertüren gehört. Er hatte sich zwingen müssen, nicht im Laufschritt zur Haustür zu hetzen.

Calliope warf ihm nur einen flüchtigen Blick zu, bevor sie durch die offene Tür verschwand, um ihr Geschäft zu erledigen. Es war kühl geworden, und während er wartete, blickte er zum Haupthaus hinüber. Im ersten Stock waren mehrere Fenster erleuchtet, und er glaubte eine Bewegung hinter den geschlossenen Vorhängen zu erahnen. Wenn er sich richtig an den Grundriss erinnerte, war das dort Sals Zimmer.

»Zwölf verschiedene Waisenhäuser«, murmelte er. »Etwas Derartiges hätte in seiner Akte stehen müssen. Warum in aller Welt wurde er nicht an einer Schule eingeschrieben?«

Calliope kehrte zurück und strich ihm schnurrend um die Beine. Linus schloss die Tür und verriegelte sie vorsichtshalber, obwohl er sich sagte, dass jeder, der wirklich eindringen wollte, es auch so schaffen würde.

Im Schlafzimmer fiel ihm dann wieder ein, was Mr. Parnassus über Chaunceys Angewohnheit gesagt hatte, sich unter Betten zu verkriechen, um die Leute zu erschrecken. Da der Quilt auf dem Bett beinahe bis zum Boden hing, war der dunkle Spalt darunter nicht einsehbar.

Müde fuhr er sich mit der Hand durch das Gesicht. »Ich mache mir zu viele Gedanken. Natürlich ist er nicht dort unten. Das ist ja lächerlich.«

Damit ging er ins Bad, um sich bettfertig zu machen.

Er hatte seine Zähne schon halb geputzt und einen Klecks Zahnpasta auf sein üppiges Kinn gespuckt, als er sich umdrehte und wieder ins Schlafzimmer marschierte. Er kniete sich hin, hob den Quilt an und spähte unter das Bett.

Unter dem sich keinerlei Monster (ob kindlich oder nicht) versteckt hielten.

»Na also«, nuschelte er mit Zahnpasta im Mund. »Siehst du? Alles bestens.«

Fast konnte er das auch glauben.

Als er seinen Pyjama angezogen hatte und ins Bett gekrochen war, war er sich sicher, dass er den Rest der Nacht kein Auge zumachen würde. An fremden Orten schlief er nie gut, und die Erfahrungen des heutigen Tages waren auch keine große Hilfe. Er versuchte, ein wenig in den *VORGABEN UND VERORDNUNGEN* zu lesen (denn egal, was Mr. Parnassus behauptete, er kannte sie natürlich *nicht* auswendig), doch seine Gedanken wanderten immer wieder zu dunklen Augen und einem stillen Lächeln. Und irgendwann war alles weiß.

ACHT

Am nächsten Morgen schlug er blinzelnd die Augen auf.

Warmes Licht fiel durch das Fenster herein. Salzige Luft kitzelte ihn in der Nase.

Es fühlte sich an wie ein herrlicher Traum.

Aber dann brach die Realität über ihn herein, und ihm wurde bewusst, wo er sich befand.

Und was er erlebt hatte.

»Oje«, murmelte er rau, setzte sich im Bett auf und fuhr sich mit der Hand über das Gesicht.

Calliope lag zusammengerollt am Fußende des Bettes, die Augen geschlossen, der Schwanz träge in Bewegung.

Gähnend schob Linus die Decke zurück und stellte die Füße auf den Boden. Streckte sich, bis es im Rücken knackte. Er konnte sich nicht daran erinnern, je so gut geschlafen zu haben wie in der vergangenen Nacht – das musste er trotz der ganzen Situation hier zugeben. Nahm man das, die strahlende Morgensonne, das leise Rauschen der Wellen draußen … fast könnte er sich einreden, dies sei nur ein lang verdienter Urlaub, den er …

Etwas Nasses, Kaltes schloss sich um seinen Knöchel.

Mit einem lauten Schrei riss Linus die Füße hoch. Die Angst ließ ihn allerdings seine Kraft völlig falsch einschätzen, und so flogen seine Beine hoch über seinen Kopf, und er machte eine Rolle rückwärts quer über das Bett. Der Aufprall auf dem Boden schoss vibrierend in seinen Rücken, und ihm wurde mit einem betäubenden Schlag die Luft aus der Lunge gepresst.

Vorsichtig drehte er den Kopf und blickte unter das Bett.

»Hallo.« Chaunceys Augen tanzten auf ihren Stielen. »Eigentlich habe ich gar nicht versucht, Sie zu erschrecken. Das Frühstück ist gleich fertig. Es gibt Eier!«

Linus starrte an die Decke und wartete darauf, dass sein Puls sich wieder normalisierte.

BEHÖRDE FÜR DIE BETREUUNG
MAGISCHER MINDERJÄHRIGER
FALLBERICHT #1, WAISENHAUS MARSYAS
LINUS BAKER, SACHBEARBEITER BY78941

Hiermit schwöre ich, dass die Schilderungen der in diesem Bericht erwähnten Vorgänge präzise und in vollem Umfang der Wahrheit entsprechen. Ich handele in dem Bewusstsein, dass die Richtlinien der BBMM die Zensur möglicher Unwahrheiten vorsehen, welche eine sofortige Entlassung nach sich ziehen können.

Dieser sowie die noch folgenden Berichte geben die Beobachtungen wieder, die ich in der jeweiligen Woche meiner Überprüfung machen konnte.

Die Insel von Marsyas und das hiesige Waisenhaus entsprechen in keinster Weise meinen Erwartungen.

An dieser Stelle sei angemerkt, dass die Akten, die mir zu diesem Auftrag ausgehändigt wurden, bedauerlicherweise höchst unvollständig waren und sachdienliche Informationen vermissen ließen, die mich meiner Ansicht nach besser auf den Gegenstand dieser Untersuchung hätten vorbereiten können. Entweder fehlen Teile der Akten, oder sie wurden gekürzt. Ersteres käme einer ernsthaften Pflichtverletzung gleich. Letzteres liefe meiner temporären Sicherheitsfreigabe zuwider. Ich empfehle eine Überarbeitung des Protokolls für zukünftige Aufträge mit Geheimhaltungsstufe 4, um sicherzustellen, dass die Sachbearbeiter nicht mehr ohne die nötigen Vorkenntnisse in eine solche Lage geraten.

Sollte dies anmaßend erscheinen, entschuldige ich mich aufrichtig. Ich denke einfach, es wäre mehr vonnöten gewesen.

Das Waisenhaus von Marsyas ist anders, als ich es erwartet hatte. Das Haus selbst wirkt ein wenig bedrohlich, scheint aber gut instand gehalten zu werden. Es ist geräumig und nicht unbedingt ordentlich, verströmt dadurch aber die Atmosphäre eines belebten Heims, nicht die eines chaotischen Sammlers. Wobei natürlich der angesammelte Schatz des Lindwurms Theodore nicht berücksichtigt werden kann. Woraus genau dieser besteht, muss ich allerdings noch herausfinden.

Jedes der Kinder hat ein eigenes Zimmer. Folgende konnte ich in den ersten Tagen besichtigen: das von Gnomin Talia (Die Wände scheinen mit mehr Blumen geschmückt zu sein, als unten in ihrem Garten wachsen.); das von Elementargeist Phee (Ich glaube, ihr Bett besteht aus einem lebenden Baum, der durch den Boden wächst, auch wenn ich mir nicht vorstellen kann, wie das möglich sein soll.); das von … Chauncey (Der Boden ist mit einer Salzwasserschicht bedeckt, doch mir wurde versichert, dass es einmal in der Woche aufgewischt und erneuert wird.) und das von Theodore (Er hat sich ein Nest auf dem Speicher gebaut, welches ich nur besichtigen durfte, nachdem ich ihm noch einen Knopf geschenkt hatte. Da ich keinen losen Knopf mehr hatte, musste ich einen von einem meiner Hemden abschneiden. Ich gehe davon aus, dass er mir ersetzt werden wird.).

Das Zimmer von Sal habe ich noch nicht gesehen. Er vertraut mir nicht, scheint sogar Angst vor mir zu haben, woran er jedoch keinerlei Schuld hat. In meiner Gegenwart bringt er kaum ein Wort über die Lippen, was bei seiner Historie aber auch verständlich ist. Auch hier sei angemerkt, dass mir die Vorgeschichte des Jungen unbekannt war, da seine Akte sich lediglich mit seiner Verwandlungsfähigkeit befasst (und den wichtigsten Teil dabei auslässt). Selbstverständlich ein faszinierender Aspekt, meiner Meinung nach jedoch nicht ausreichend. Mir wurde gesagt, dies sei sein zwölftes Waisenhaus. Wäre ich darüber informiert gewesen, hätte ich schon bei meiner Ankunft ein grundlegenderes Verständnis für ihn entwickeln können.

Auch Lucys Zimmer habe ich nicht überprüft. Ich habe nicht danach gefragt. Er hat es mir mehrmals angeboten. Einmal flüsterte er mir zu, dass ich meinen Augen nicht trauen würde, aber ich denke nicht, dass ich schon dazu bereit bin, es mir anzusehen. Ich werde es jedoch vor meiner Abreise auf jeden Fall noch tun. Sollte es das Letzte sein, was ich jemals tue, so ist mein Testament in der Personalabteilung hinterlegt. Sollten ausreichend sterbliche Überreste verbleiben, sorgen Sie bitte dafür, dass sie eingeäschert werden.

Des Weiteren sei erwähnt, dass außer den Kindern auch noch eine Inselelementare mit dem Namen Zoe Chapelwhite hier lebt. Dass ich erst bei meiner Ankunft von ihr erfahren habe, ist höchst ungewöhnlich. Wie Sie sicherlich wissen, sind Elementare äußerst territorial. Ich kam also auf eine Insel, die als die ihre betrachtet wird, ohne jedoch von ihr eingeladen worden zu sein. Es wäre durchaus rechtens gewesen, wenn sie mir den Zutritt verweigert hätte – oder Schlimmeres. Diese Tatsache legt nahe, dass die BBMM entweder keine Kenntnis von ihr hatte oder es nicht für nötig hielt, mich über ihre Existenz aufzuklären.

Was mich zu Mr. Parnassus bringt. Seine Akte bestand aus einer einzigen Seite, die mir rein gar nichts über den Heimleiter des Marsyas Waisenhauses verraten hat. Das geht nun wirklich nicht. Mir ist bewusst, dass ich ihn jederzeit direkt zu seiner Person befragen kann, doch ich würde diese Informationen in gedruckter Form einem Gespräch vorziehen. Ich bin hier, um zu beobachten und zu berichten. Die Tatsache, dass ich zu diesen Pflichten nun auch noch Konversation betreiben muss, ist höchst ärgerlich.

Er – also Mr. Parnassus – hat etwas an sich, das ich nicht ganz benennen kann. Seine Kompetenz scheint außer Frage zu stehen: Die Kinder wirken glücklich und gedeihen offenbar gut. Mr. Parnassus verfügt über die erstaunliche Fähigkeit, stets zu wissen, wo sich die Kinder gerade aufhalten und was sie tun, auch wenn sie sich nicht in seinem Blickfeld befinden. Er unterscheidet sich grundlegend von allen Menschen, denen ich je begegnet bin.

Vielleicht wird es doch nicht so problematisch, sich mit ihm zu unterhalten. Und ich werde es tun müssen. Denn egal wie glücklich die Kinder auch wirken mögen, das Haus scheint am Rande des Chaos zu stehen. Bei meiner Ankunft trieben sich die Kinder unbeaufsichtigt auf der Insel herum. Zwar sagte man mir, ihnen werde jeden Tag etwas Zeit zugestanden, in der sie eigenen Interessen nachgehen könnten, doch es erscheint mir … unklug, diese besonderen Kinder über einen längeren Zeitraum unbeaufsichtigt zu lassen. Schließlich wurde bereits eingehend dokumentiert, dass magische Minderjährige ihre jeweiligen Kräfte noch nicht vollständig unter Kontrolle haben, manche sogar noch weniger als andere.

An dieser Stelle sei gesagt, dass mir die Notwendigkeit der Geheimhaltung aufgrund der Besonderheit dieser Kinder durchaus bewusst ist, ich jedoch zugeben muss, dass ich sie für etwas übertrieben halte. Unabhängig von ihrem jeweiligen Hintergrund handelt es sich bei ihnen schließlich immer noch um Kinder.

Welche größeren Probleme könnten sich daraus schon ergeben, da in den *VORGABEN UND VERORDNUNGEN* doch entsprechende Richtlinien festgehalten sind?

»Feuer und Asche!«, brüllte Lucy, der mit großen Schritten auf und ab tigerte. »Tod und Zerstörung! Ich, der Bote des Unheils, werde Seuchen und Pest über die Völker dieser Erde bringen. Das Blut der Unschuldigen wird mich nähren, und ihr werdet auf die Knie sinken und meinen Segen empfangen, denn ich bin euer *Gott.*«

Er verbeugte sich.

Die Kinder und Mr. Parnassus applaudierten höflich. Theodore drehte sich zwitschernd im Kreis.

Linus stand der Mund offen.

»Das war eine hübsche Geschichte, Lucy«, sagte Mr. Parnassus. »Besonders gut hat mir gefallen, dass du so viele Metaphern eingebaut hast. Zwar sind Seuchen und Pest sinngemäß dasselbe, wodurch es gegen Ende hin etwas repetitiv wurde, aber abgesehen davon war es wirklich eindrucksvoll. Gut gemacht.«

Sie befanden sich im Salon des Haupthauses, der in ein Klassenzimmer umgewandelt worden war: sechs kleine Tische in ordentlichen Reihen vor einem größeren. Am Fenster stand eine alte grüne Tafel, die so aussah, als wäre sie gerade erst abgewischt worden. In einer Schachtel in Bodennähe lagen dicke Kreidestücke, an einer Wand hing eine Weltkarte, und auf einem Metallständer in der Ecke stand ein Projektor. Und ganz ähnlich wie in Mr. Parnassus' Büro gab es auch hier viele Bücherregale an den Wänden, auf denen sich Enzyklopädien,

Romane und Sachbücher über griechische Götter oder die wissenschaftlichen Bezeichnungen von Flora und Fauna stapelten. Linus meinte auf einem Buchrücken sogar den in Gold geschriebenen Titel *Eine Geschichte der Gnome: Kulturelle Relevanz und ihr Platz in der Gesellschaft* gesehen zu haben. Die Abhandlung schien mindestens tausend Seiten zu umfassen, und Linus konnte es kaum erwarten, sie in die Finger zu bekommen.

Lucy setzte sich mit zufriedener Miene wieder auf seinen Platz. Er hatte als Vorletzter seinen Vortrag gehalten. Gerade fand eine Unterrichtseinheit statt, die Mr. Parnassus als *freie Rede* bezeichnete: Die Kinder sollten sich vor die Klasse stellen und eine Geschichte zum Besten geben, entweder eine wahre oder eine erfundene. Talia hatte eine pointierte Anekdote über einen Eindringling zum Besten gegeben, der auf eine Insel kam und dort spurlos verschwand. Theodore hatte (laut Mr. Parnassus) einen fröhlichen Limerick gedichtet, der allen (außer Linus) die Lachtränen in die Augen trieb. Phee sprach über einen bestimmten Baum im Wald, den sie gerade wachsen ließ, und was sie sich für sein Wurzelwerk erhoffte. Chauncey erfreute alle mit einer Darstellung der Geschichte des Hotelpagentums. (Linus glaubte, hier ein gewisses Muster zu erkennen.)

Und dann war Lucy an der Reihe gewesen.

Er hatte sich auf Mr. Parnassus' Pult gestellt, die kleinen Fäuste über den Kopf gereckt und mit glühenden Augen dem gesamten Planeten mit Vernichtung gedroht.

Durch die freie Rede sollten die Kinder laut Mr. Parnassus Selbstvertrauen entwickeln. Linus wusste nur zu gut, welchen Schrecken es mit sich brachte, vor Publikum sprechen zu müssen. Zweimal in der Woche wurde hier also von den Kindern verlangt, vor anderen über ein Thema ihrer Wahl zu sprechen. Neben der Möglichkeit, so den Vortrag vor Publikum zu üben, sah Mr. Parnassus darin auch eine Möglichkeit für sie, ihrer

Kreativität freien Lauf zu lassen. »Der kindliche Geist ist ein Wunderwerk«, erklärte er Linus, als sie den anderen in den Salon folgten. »Manchmal stößt er auf Dinge, die selbst die kühnste Vorstellungskraft übersteigen.«

Linus verstand voll und ganz, was er damit meinte. Und er war absolut überzeugt davon, dass Lucy zu all dem in der Lage war, was er vom Pult herabgebrüllt hatte.

Er saß ganz hinten im Klassenzimmer. Natürlich hatte man ihm einen Platz weiter vorne angeboten, aber er hatte kopfschüttelnd abgelehnt und erklärt, seine Beobachtungen besser mit etwas Abstand vornehmen zu können. Notizblock und Stift lagen griffbereit auf seiner Ausgabe der *VORGABEN UND VERORDNUNGEN*. (Anfangs hatte er das Buch im Gästehaus lassen wollen, sich dann aber doch umentschieden. Man sollte stets vorbereitet sein, falls ein Blick in das Regelwerk nötig wurde.) Doch schon als das erste Kind nach vorne trat, war beides schnell vergessen. Er musste sich zwischendurch wieder in Erinnerung rufen, dass er nur anhand gründlicher Notizen auch einen umfassenden Bericht erstellen konnte, vor allem da in den *VORGABEN UND VERORDNUNGEN* nichts erwähnt wurde, was sich auf Kinder anwenden ließ, die sich in einer solchen Art und Weise ausdrückten.

Und nun, nachdem Lucy fertig war, hatten sich bereits fünf Kinder frei ausgedrückt.

Blieb nur noch ...

»Sal?«, fragte Mr. Parnassus. »Du bist dran.«

Sal sackte auf seinem Stuhl zusammen, als wollte er sich so klein machen wie möglich. Bei seiner Größe mutete das beinahe komisch an. Er warf einen verstohlenen Blick über die Schulter, riss den Kopf aber sofort wieder herum, als er merkte, dass Linus ihn beobachtete. Dann murmelte er etwas, das Linus nicht verstand.

Mr. Parnassus stand an Sals Tisch und tippte dem Jungen sanft auf die Schulter. »Die Dinge, die wir am meisten fürchten, geben uns oft den geringsten Anlass dazu. Es ist vollkommen irrational, aber das ist es, was uns menschlich macht. Und wenn wir es schaffen, diese Ängste zu besiegen, gibt es nichts, was wir nicht schaffen können.«

Theodore, der auf seinem Tisch hockte, flatterte kurz mit den Flügeln und zwitscherte.

»Theodore hat recht«, behauptete Phee und stützte das Kinn in die Hände. »Du schaffst das, Sal.«

Chaunceys Augen tanzten. »Ja! Du schaffst das!«

»Innen drin bist du aus hartem Holz geschnitzt«, verkündete Talia. »Und das Innere zählt.«

Lucy legte den Kopf in den Nacken und starrte an die Decke. »Mein Inneres ist schleimig und verrottet wie eine eitrige, schwelende Wunde.«

»Siehst du?«, sagte Mr. Parnassus an Sal gewandt. »Wir alle glauben an dich. Jetzt musst du nur noch an dich selbst glauben.«

Wieder huschte Sals Blick zu Linus, der versuchte, ihm ein (hoffentlich) ermutigendes Lächeln zu schenken. Offenbar gelang es ihm nicht so ganz, denn Sal verzog das Gesicht. Doch er hatte nun entweder Mut gefasst oder sich einfach damit abgefunden, dass er sich nicht drücken konnte, denn er klappte sein Pult auf und holte einen Zettel daraus hervor. Ganz langsam stand er auf. Ging mit steifen Schritten nach vorne. Mr. Parnassus setzte sich auf die Tischkante. Seine Hose war auch heute wieder zu kurz und enthüllte grell orangefarbene Socken.

Sal stellte sich vor die Klasse und blickte starr auf den Zettel in seiner Hand. Das Blatt zitterte leicht. Linus saß still wie eine Statue da, denn er war sich sicher, dass Sal schon bei der kleinsten Regung von ihm die Flucht ergreifen würde.

Sals Lippen bewegten sich, und kaum hörbare Laute verließen seinen Mund.

»Etwas lauter«, bat Mr. Parnassus freundlich. »Wir alle wollen dich hören. Projektion, Sal. Deine Stimme ist eine Waffe, vergiss das nicht.«

Die Finger des Jungen schlangen sich noch fester um das Blatt. Linus befürchtete schon, er würde es zerreißen.

Sal räusperte sich und begann noch einmal.

»Ich bin nichts weiter als Papier, brüchig und dünn. Hält man mich ins Licht, scheint es durch mich hindurch. Schreibt man auf mir, kann ich nie wieder benutzt werden. Kratzer, die eine Geschichte bilden. Eine Geschichte sind. Geschichten, die von Dingen erzählen, Geschichten, die gelesen werden. Aber jeder sieht nur die Worte, nicht das, worauf sie geschrieben wurden. Ich bin nichts weiter als Papier, und auch wenn es viele gibt wie mich, sind wir nicht gleich. Ich bin trockenes Pergament. Ich habe Falten. Ich habe Löcher. Macht man mich nass, löse ich mich auf. Hält man mich an eine Flamme, verbrenne ich. Packt man mich zu rau an, zerknülle ich. Ich reiße. Ich bin nichts weiter als Papier, brüchig und dünn.«

Hastig lief er zu seinem Platz zurück.

Alle jubelten.

Linus starrte ihn stumm an.

»Wundervoll«, stellte Mr. Parnassus beifällig fest. »Vielen Dank dafür, Sal. Mir hat besonders das Bild von den Kratzern gefallen, die eine Geschichte bilden. Es hat mich wirklich angesprochen, denn wir haben alle eine Geschichte, auch wenn sie bei jedem anders ist, wie du ja so treffend geschrieben hast. Gut gemacht.«

Linus hätte schwören können, dass ein Lächeln über Sals Gesicht huschte, doch es verschwand so schnell, dass er es nicht mit endgültiger Sicherheit sagen konnte.

Mr. Parnassus klatschte in die Hände. »Nun denn. Sollen wir weitermachen? Heute ist Dienstag, was bedeutet, dass wir den Tag mit Mathematik beginnen.«

Allgemeines Stöhnen. Theodore rammte seinen Kopf mehrmals auf die Tischplatte.

»Und doch werden wir es angehen«, erklärte Mr. Parnassus belustigt. »Phee, würdest du bitte die Bücher austeilen? Heute kehren wir in die wilde und wunderbare Welt der Algebra zurück. Für manche ein neuer Schritt, für andere die Gelegenheit, ihre Kenntnisse aufzufrischen. Ist das nicht ein Glück?«

Jetzt stöhnte selbst Linus.

Als Linus nach der Mittagspause das Gästehaus verließ, um im Salon einer hoffentlich angeregten Diskussion über die Magna Charta beizuwohnen, tauchte wie aus dem Nichts Ms. Chapelwhite auf. Er bekam einen solchen Schreck, dass er fast rücklings auf die Veranda gefallen wäre.

»Warum tun Sie das?« Er fasste sich keuchend an die Brust. Sicher würde sein armes Herz bald explodieren. »Mein Blutdruck ist auch so schon hoch genug! Wollen Sie mich umbringen?«

»Wenn ich Sie umbringen wollte, stünden mir eine Menge andere Mittel und Wege zur Verfügung«, erwiderte sie gelassen. »Sie müssen mich begleiten.«

»Ich werde nichts dergleichen tun. Ich habe Kinder zu beobachten und einen Bericht fertigzustellen, der noch kaum angefangen wurde. Außerdem besagen die *VORGABEN UND VERORDNUNGEN* ganz klar, dass ein Sachbearbeiter sich niemals von seinem Auftrag ablenken lassen darf, und …«

»Es ist wichtig.«

Das ließ ihn aufhorchen. »Warum das?«

Ihre Flügel flatterten leicht. Und auch wenn es unmöglich war, schien es, als würde sie wachsen, bis sie bedrohlich über ihm aufragte. »Ich bin die Elementare von Marsyas. Dies ist meine Insel. Sie sind nur hier, weil ich es Ihnen gestatte. Das sollten Sie besser nicht vergessen, Mr. Baker.«

»Ja, ja, natürlich«, wiegelte er hastig ab. »Was ich eigentlich sagen wollte, war: Selbstverständlich folge ich Ihnen, wohin auch immer Sie wollen.« Er schluckte. »Solange es im Rahmen bleibt.«

Schnaubend trat Ms. Chapelwhite einen Schritt zurück. »Ihr Mut kennt keine Grenzen.«

Das ging Linus gegen den Strich. »Also, hören Sie mal, nur weil ...«

»Haben Sie noch andere Schuhe dabei?«

Er warf einen kurzen Blick auf seine Slipper. »Ja. Aber die sind ganz ähnlich wie die hier. Warum?«

Achselzuckend erklärte sie: »Wir gehen durch den Wald.«

»Oh. Nun ja. Vielleicht sollten wir das auf ein andermal verschieben ...«

Doch sie hatte sich bereits abgewandt und war losmarschiert. Linus überlegte kurz, ob er sie einfach ignorieren und in das relativ sichere Haupthaus zurückkehren sollte, bis ihm wieder einfiel, dass sie ihn ja tatsächlich von der Insel verbannen konnte, wenn sie das wollte.

Und ein Teil von ihm - wenn auch ein sehr kleiner - war neugierig, was sie ihm zeigen wollte. Es war ziemlich lange her, dass er echte Neugier verspürt hatte.

Außerdem war es ein herrlicher Tag. Vielleicht würde ein wenig frische Luft ihm ganz guttun, bei dem vielen Sonnenschein.

Zehn Minuten später wünschte er sich, er wäre tot.

Wäre Talia mit ihrem Spaten gekommen, hätte er sie wohl nicht davon abgehalten.

Wäre Lucy mit glühenden Augen in einem Flammenmeer vor ihm aufgetaucht, hätte er ihn mit offenen Armen empfangen.

Alles, nur nicht weiter durch den Wald.

»Ich glaube«, begann er keuchend, während er sich den Schweiß abwischte, der in Strömen über seine Stirn lief, »dass eine kleine Pause angebracht wäre. Wie klingt das für Sie? Ganz herrlich, würde ich meinen.«

Stirnrunzelnd schaute Ms. Chapelwhite über die Schulter zu ihm zurück. Sie schien nicht im Mindesten aus der Puste zu sein. »Es ist nicht mehr weit.«

»Oh«, presste Linus hervor. »Großartig. Großartig! Das ist ... großartig.« Er stolperte über eine Wurzel, konnte sich aber Gott sei Dank noch abfangen. »Und ich hoffe mal, Elementargeister messen Zeit und Entfernung auf dieselbe Art wie Menschen, sodass *nicht mehr weit* auch das ist, wonach es klingt?«

»Sie gehen wohl nicht viel raus, wie?«

Wieder fuhr er sich mit dem Ärmel über die Stirn. »Ich gehe so viel raus, wie es für jemanden in meiner Position nötig ist.«

»Raus in die Natur, meinte ich.«

»Oh. Dann nicht, nein. Ich bevorzuge die gemütliche und, ich möchte auch sagen, *sichere* Umgebung meines Heims. Lieber sitze ich im Sessel und höre Musik, danke.«

Sie bog einen dicken Ast beiseite, damit er durchkam. »Sie wollten doch immer das Meer sehen.«

»Träume sind genau das – Träume. Dazu bestimmt, eine Fantasie zu sein. Es ist nicht zwingend notwendig, dass sie wahr werden.«

»Und doch sind Sie jetzt hier, am Meer, weit weg von Ihrem Sessel zu Hause.« Sie blieb stehen und streckte das Gesicht dem Himmel entgegen. »Musik gibt es überall, Mr. Baker. Sie müssen nur lernen, sie zu erkennen.«

Er folgte ihrem Blick. Über ihnen schwankten die Baumwipfel im Wind, und die Blätter rauschten leise. Äste knarrten. Vögel zwitscherten. Er glaubte, sogar das Keckern eines Eichhörnchens zu hören. Und untermalt wurde das Ganze vom Gesang des Ozeans, den an den Strand gleitenden Wellen, dem Geruch nach Salz, der die Luft durchtränkte.

»Das ist schön«, gab er zu. »Also, nicht der Marsch hierher. Auf den könnte ich ehrlich gesagt verzichten. Ziemlich unangenehm für jemanden wie mich.«

»Sie tragen eine Krawatte. Mitten im Wald.«

»Weil ich nicht *geplant* hatte, mich mitten im Wald wiederzufinden«, protestierte er. »Eigentlich sollte ich jetzt im Haus sein und mir Notizen machen.«

Ms. Chapelwhite setzte sich wieder in Bewegung; ihre Füße schienen kaum den Boden zu berühren. »Für Ihre Überprüfung.«

»Jawohl, für meine Überprüfung. Und falls sich herausstellen sollte, dass Sie mich in irgendeiner Form daran hindern wollen ...«

»Geben Sie Mr. Parnassus Ihre Berichte zum Lesen, bevor Sie sie abschicken?«

Linus kniff misstrauisch die Augen zusammen, während er über einen mit Moos bewachsenen Baumstamm kletterte. Zwischen den Bäumen waren für einen Moment weißer Sand und das Meer zu sehen. »Ganz sicher nicht. Das wäre unangemessen. Ich würde niemals ...«

»Gut.«

Das brachte ihn kurz aus dem Konzept. »Ach ja?«

»Ja.«

»Warum?«

Sie drehte sich zu ihm um. »Weil Sie das hier sicher in Ihren Bericht mit aufnehmen werden, und ich möchte nicht, dass er etwas davon erfährt.« Damit trat sie auf den Strand hinaus.

Linus sah ihr einen Moment lang verwirrt hinterher, dann folgte er ihr.

In Slippern einen Strand entlangzulaufen war nicht besonders vergnüglich. Linus versuchte zu entscheiden, ob er sie nicht besser ausziehen sollte, ebenso die Socken, und einfach die Zehen in den Sand bohren, vergaß das aber schnell, als er sah, was am Strand auf sie wartete.

Es war nachlässig zusammengezimmert, dieses Floß: vier Holzplanken, die mit dicker gelber Schnur zusammengebunden waren. Und dann hatte es noch einen kleinen Mast, an dem so etwas Ähnliches wie eine Flagge hing.

»Was ist das?« Linus ging näher heran, sodass seine Füße im nassen Sand einsanken. »Ist noch jemand auf der Insel? Für einen Erwachsenen ist das Ding aber nicht groß genug. Ein Kind etwa?«

Ms. Chapelwhite schüttelte grimmig den Kopf. »Nein. Das wurde vom Dorf rübergeschickt. Jemand hat es von einem Boot aus abgesetzt. Bestimmt sollte es vorne am Anleger ankommen, wie das letzte, aber die Strömung hat es hierhergetragen.«

»Wie das letzte?«, hakte Linus verblüfft nach. »Wie viele gab es denn schon?«

»Das ist das dritte.«

»Aber warum in aller Welt sollte jemand ... oh. Oje.«

Ms. Chapelwhite hatte das Banner ausgebreitet, das am Mast hing. Darauf stand in groben Buchstaben: HAUT AB. SO WAS WIE EUCH WOLLEN WIR HIER NICHT.

»Ich habe Mr. Parnassus nichts davon gesagt«, sagte sie leise. »Aber es würde mich nicht überraschen, wenn er es trotzdem weiß. Er ist ... sehr aufmerksam.«

»Und gegen wen richtet sich das? Die Kinder? Mr. Parnassus? Sie?«

»Gegen uns alle, denke ich, auch wenn ich schon wesentlich länger hier bin als die anderen.« Sie ließ das Banner sinken, sodass es wieder schlaff am Mast herabhing. »Und wenn es nur um mich ginge, würden sie sich das nicht trauen.«

Dieser beunruhigende Gedanke ließ Linus die Stirn runzeln. »Warum tut jemand so etwas? Es sind doch nur Kinder. Ja, sie sind ... anders als die meisten anderen, aber das sollte doch keine Rolle spielen.«

»Sollte es nicht.« Sie trat einen Schritt zurück und wischte sich die Finger ab, als hätte das Banner sie irgendwie beschmutzt. »Tut es aber. Ich habe Ihnen von den Dorfbewohnern erzählt, Mr. Baker. Und Sie haben mich gefragt, warum sie sind, wie sie sind.«

»Worauf Sie mir keine eindeutige Antwort geben wollten. Ich erinnere mich.«

Sie presste die Lippen zusammen. Ihre Flügel funkelten in der Sonne. »Sie sind nicht dumm, soviel steht fest. Sie sind, wie sie sind, weil wir anders sind. Selbst Sie haben mich schon wenige Minuten nach unserer ersten Begegnung gefragt, ob ich registriert sei.«

»Das ist Nötigung«, verkündete Linus steif und versuchte, diese letzte Spitze zu ignorieren. »Schlicht und einfach Nötigung. Vielleicht wissen die Menschen in diesem Dorf gar nicht so genau, wer hier auf dieser Insel lebt, was wahrscheinlich auch besser ist. Doch selbst, wenn es so ist: Niemand hat es verdient, von anderen so niedergemacht zu werden.« Gereizt runzelte er die Stirn. »Vor allem nicht, wenn sie von der Regierung auch noch für ihr Schweigen bezahlt werden. Das verstößt doch sicher irgendwie gegen diese Vereinbarung.«

»Es sind nicht nur die Dorfbewohner, Mr. Baker. Nur weil derlei Vorurteile nicht zu Ihrem Alltag gehören, heißt das nicht, dass das für uns andere ebenso gilt.«

SEHEN – MERKEN – MELDEN hatte auf dem Plakat an dem Bus gestanden. Und nicht nur dort, richtig? Man sah es in letzter Zeit immer häufiger: an Bussen, in Zeitungen, auf Plakatwänden. Sogar Radiospots gab es. Du meine Güte, er hatte diese Worte sogar schon auf Supermarkttüten gelesen!

»Nein«, sagte Linus langsam, »vermutlich nicht.«

Ms. Chapelwhite sah ihn an. Die Blumen in ihrem Haar sahen aus, als wären sie frisch erblüht. Plötzlich war Linus sich sicher, dass es so war. »Und trotzdem werden diese Kinder von ihren Altersgenossen ferngehalten.«

»Natürlich nur, um die Sicherheit anderer zu gewährleisten …«

»Oder ihre eigene Sicherheit.«

»Ist das nicht dasselbe?«

Sie schüttelte den Kopf. »Nein. Und ich denke, das wissen Sie auch.«

Er wusste nicht, was er darauf erwidern sollte, also sagte er vorsichtshalber gar nichts.

Ms. Chapelwhite seufzte. »Ich wollte, dass Sie es mit eigenen Augen sehen. Damit Sie mehr erfahren als das, was in Ihren Akten steht. Die Kinder wissen nichts davon, und es wäre besser, wenn das auch so bleibt.«

»Wissen Sie denn, wer es geschickt hat?«

»Nein.«

»Und Mr. Parnassus?«

Ein Achselzucken, mehr nicht.

Plötzlich wurde Linus unruhig. Er sah sich um. »Denken Sie, sie sind in Gefahr? Könnte jemand auf die Insel kommen und versuchen, ihnen etwas anzutun?« Schon beim Gedanken daran wurde ihm ganz anders. Das durfte nicht sein. Gewalt gegen Kinder war falsch, ganz egal, wozu diese in der Lage waren. Einmal hatte er miterlebt, wie ein Heimleiter einen Jungen ins Gesicht geschlagen hatte, nur weil der Junge ein Stück Obst in ein Eis verwandelt hatte. Dieses Waisenhaus war umgehend geschlossen und der Heimleiter unter Anklage gestellt worden.

Am Ende war er mit einem Klaps auf die Finger davongekommen.

Linus wusste nicht, was mit dem Jungen geschehen war.

Auf Ms. Chapelwhites Gesicht breitete sich ein freudloses Lächeln aus. Nein, dachte Linus, es war eher bedrohlich. »Das würden sie nicht wagen«, sagte sie. Viel zu viele Zähne wurden durch dieses Lächeln sichtbar. »Wer meine Insel mit der Absicht betritt, jemanden in diesem Haus wehzutun, wird sie nicht lebend verlassen.«

Er glaubte ihr. Nachdem er einen Moment lang angestrengt nachgedacht hatte, sagte er: »Vielleicht sollten wir ihnen eine Antwort schicken.«

Sie warf ihm einen abschätzenden Blick zu. »Würde das nicht gegen Ihre Vorgaben und Verordnungen verstoßen?«

Er konnte ihr nicht ins Gesicht sehen. »Ich denke nicht, dass es einen Paragrafen für Situationen wie diese gibt.«

»Was hatten Sie sich denn vorgestellt?«

»Sie sind eine Inselelementare.«

»Wirklich erstaunlich, über welch eine Beobachtungsgabe Sie doch verfügen.«

»Was auch bedeutet, dass die Strömungen rund um Ihre Insel Ihrer Kontrolle unterliegen, richtig? Ebenso wie der Wind.«

»Sie scheinen eine ganze Menge über magische Wesen zu wissen, Mr. Baker.«

»Ich bin sehr gut in meinem Job«, erwiderte er verschnupft. Dann holte er seinen Stift aus der Tasche. »Würden Sie das Banner bitte für mich hochhalten?«

Nach kurzem Zögern folgte sie seiner Aufforderung.

Es dauerte einige Minuten. Er musste jeden einzelnen Buchstaben mehrmals übermalen, bis die Worte lesbar waren. Als er schließlich fertig war, hatte Ms. Chapelwhites Lächeln deutlich an Schärfe verloren. Vermutlich hatte sie sich ihm noch nie so unverstellt gezeigt wie in diesem Augenblick.

»Ich hätte nicht gedacht, dass Sie zu so etwas fähig sind, Mr. Baker«, stellte sie mit unverhüllter Schadenfreude fest.

»Ich ebenfalls nicht«, murmelte er, während er sich den Schweiß von der Stirn wischte. »Und es wäre besser, wenn wir es nie wieder erwähnen.«

Er half ihr dabei, das Floß zurück ins Wasser zu schieben, auch wenn er ziemlich sicher war, dass sie ihm damit nur einen Gefallen tun wollte. Wahrscheinlich hätte sie keinerlei Unterstützung von ihm gebraucht. Als das Floß schließlich mit wehendem Banner davonglitt, waren seine Slipper durchnässt, seine Socken trieften, und er atmete schwer.

Und doch fühlte er sich irgendwie befreit. Als würde er nicht länger mit der Wand verschmelzen.

Er fühlte sich echt.

Präsent.

Fast so, als würde er von anderen wahrgenommen.

Der Wind frischte auf und schob das Floß auf die gerade noch auszumachende Küste zu.

Linus wusste nicht, ob es gefunden werden würde. Vielleicht fiel es schon während der Überfahrt auseinander.

Und selbst wenn sie es fanden, würden sie es vermutlich einfach ignorieren.

Aber eigentlich war das gar nicht so wichtig.

HAUT AB. SO WAS WIE EUCH WOLLEN WIR HIER NICHT stand auf der einen Seite des Banners.

NEIN DANKE stand auf der anderen.

Sie standen noch eine ganze Weile zusammen am Strand und ließen sich den Sand um die Füße spülen.

NEUN

An seinem ersten Freitag auf der Insel erhielt Linus Baker eine Einladung. Er hatte nicht damit gerechnet, und als sie ausgesprochen wurde, war er nicht sicher, ob er sie annehmen wollte. Ihm fielen spontan sechs, sieben oder auch hundert Dinge ein, die er lieber tun würde. Mit einer gewissen Strenge führte er sich vor Augen, dass er aus einem bestimmten Grund auf der Insel weilte, und wie wichtig es war, alle Seiten dieses Waisenhauses kennenzulernen.

Den Auftakt zu dieser Einladung bildete ein Klopfen an der Tür des Gästehauses. Linus versuchte gerade, seinen ersten Bericht über die Zeit auf der Insel fertigzustellen. Morgen würde ihn die Fähre aufs Festland bringen, damit er ihn per Post an die BBMM schicken konnte. Für das Schreiben dieses Berichts brauchte es volle Konzentration, denn er war sehr darauf bedacht, pro Seite nicht mehr als einen Tadel über das Fehlen der erforderlichen Transparenz von Seiten des Allerhöchsten Managements vor seiner Entsendung auf die Insel einfließen zu lassen. Fast machte er ein Spiel daraus, seine Reaktionen auf diese Verfehlungen so subtil wie möglich zu formulieren. So war er dankbar, durch das Klopfen unterbrochen zu werden, als er bei der Feststellung angelangt war, dass... *allein die Vorstellung, das Allerhöchste Management könnte gegenüber seinen Sachbearbeitern zu Verschleierungstaktiken oder regelrechter Täuschung greifen, nahezu barbarisch anmutet.*

Vermutlich war es besser, wenn er diesen letzten Satz noch einmal überarbeitete.

Angenehm überrascht stellte er fest, dass es Mr. Parnassus war, der dort vor seiner Tür stand, leicht zerzaust und erhitzt durch die Nachmittagssonne - ein Anblick, an den Linus sich inzwischen nicht nur gewöhnt hatte, sondern der auch stets Freude in ihm auslöste. Er sagte sich, das läge daran, dass Mr. Parnassus ein fröhlicher Geselle sei, der draußen in der wirklichen Welt vielleicht ein Freund hätte sein können. Von denen hatte Linus nicht gerade viele. Mehr war es nicht.

Dabei spielte es keine Rolle, dass Mr. Parnassus offenbar keine einzige passende Hose besaß. Immer schienen sie für seine langen Beine zu kurz zu sein. Heute trug er blaue Socken mit kleinen Wölkchen. Linus wehrte sich standhaft dagegen, das charmant zu finden.

Was ihm auch beinahe gelungen wäre.

Als Mr. Parnassus dann allerdings seine Einladung aussprach, spürte Linus, wie ihm die Kehle eng wurde und seine Zunge so trocken wie verbrannter Toast. »Pardon?«, presste er mühsam hervor.

Mr. Parnassus schenkte ihm ein wissendes Lächeln. »Ich sagte, es wäre vielleicht keine schlechte Idee, wenn Sie an einer meiner Einzelsitzungen mit Lucy teilnehmen, damit Sie sich ein wirklich vollständiges Bild von unserem Alltag hier auf der Insel machen können. Vermutlich erwartet das Allerhöchste Management von Ihnen, dass Sie auch hiervon möglichst umfassend berichten, oder nicht?«

In der Tat. Tatsächlich hegte Linus inzwischen den Verdacht, dass das Allerhöchste Management sich für Lucy um einiges mehr interessierte als für die restlichen Bewohner der Insel. Natürlich stand das nicht explizit so in den Akten, aber Linus machte diese Arbeit nun schon eine ganze Weile und war wesentlich scharfsichtiger, als die meisten seiner Mitmenschen vermuteten.

Was allerdings nicht hieß, dass er eine solche Einladung freudestrahlend annahm.

Während der ersten paar Tage hier auf der Insel hatte er nur Teilfortschritte verzeichnen können: Sal hatte noch immer Angst vor ihm, und Phee war äußerst ablehnend ihm gegenüber, aber Talia drohte ihm inzwischen nur noch ein- bis zweimal täglich damit, ihn in ihrem Garten zu verscharren, und Chauncey schien sowieso mit allem und jedem zufrieden zu sein (vor allem, wenn er Linus frische Bettwäsche oder Handtücher bringen und sich mit einem höflichen Räuspern ein Trinkgeld sichern konnte). Theodore hielt Linus inzwischen für eine Art Gott, was dem nicht so zu Herzen hätte gehen dürfen, wie es der Fall war. Es war doch nur ein Knopf! (Nun gut, eigentlich waren es vier; Linus hatte beschlossen, dass eines seiner Hemden in den Ruhestand verabschiedet werden konnte, und schnitt jeden Morgen einen weiteren ab.) Dass nach dem ersten nur noch Plastik und kein Messing mehr gekommen war, schien Theodore nicht im Geringsten zu stören.

Lucy allerdings war ihm noch immer ein Rätsel. Ein Furcht einflößendes Rätsel, ganz sicher - schließlich war er der Antichrist -, aber dennoch ein Rätsel. Erst am Tag zuvor hatte sich Linus die Bibliothek oben im Haupthaus angesehen, einen altmodisch eingerichteten Raum im ersten Stock, der mit hohen, bis zum Rand gefüllten Bücherregalen ausgestattet war. Während er neugierig an den Regalen entlangschlenderte, glaubte er im Augenwinkel eine Bewegung auszumachen. Doch als er sich umdrehte, war nichts zu sehen.

Erst als er den Blick hob, entdeckte er Lucy: Der Junge hockte auf einem der Bücherregale und starrte mit funkelnden Augen und einem unheimlichen Lächeln zu ihm hinunter.

Linus' Herz begann zu rasen.

»Hallo, Mr. Baker«, sagte Lucy. »Sie sollten nicht vergessen, dass die Seelen Sterblicher für mich nichts weiter sind als billiger Flitterkram.« Kichernd sprang er von dem Regal herab und landete sicher auf den Füßen. Er sah zu Linus hoch und flüsterte: »Ich liebe billigen Flitterkram.« Dann rannte er aus der Bibliothek. Eine Stunde später sah Linus ihn in der Küche sitzen, wo er einen Haferkeks mit Rosinen mampfte und fröhlich mit dem Kopf wippte, während The Coasters davon sangen, wie sie ihr Mädchen finden, es über-überall suchen würden.

Kurz gesagt: Nein, Linus war nicht unbedingt entzückt über diese Einladung.

Aber er hatte eine Aufgabe zu erfüllen.

Deshalb war er hier.

Und je mehr er über Lucy erfuhr, desto besser war er vorbereitet, wenn er dem Allerhöchsten Management Bericht erstatten musste.

(Wobei ihm keinesfalls in den Sinn kam, dass er so auch Mr. Parnassus ein wenig besser kennenlernen konnte. Und selbst wenn: Die Akte über den Heimleiter war in keinster Weise aussagekräftig, und er musste schließlich gründlich sein. So war es in den *VORGABEN UND VERORDNUNGEN* festgelegt – Seite 138, Abschnitt 6 –, die er natürlich strikt einzuhalten gedachte.)

»Weiß er, dass ich dabei sein werde?« Linus wischte sich den Schweiß von der Stirn.

Mr. Parnassus lachte leise. »Es war sogar seine Idee.«

»Oje«, murmelte Linus schwach.

»Dann kann ich ihm also sagen, dass Sie kommen werden?«

Nein. Nein, besser nicht. Viel besser wäre es, wenn Mr. Parnassus Lucy sagen würde, dass Linus krank geworden war und den Rest des Abends im Bett bleiben müsse. Dann könnte Linus sich seinen Pyjama anziehen, das kleine Radio im Wohnzimmer einschalten und so tun, als wäre es ein normaler Freitagabend zu Hause. Gut, ein Plattenspieler war es nicht, aber zur Not ging es auch so. »Ja«, sagte er jedoch. »Ich werde kommen.«

Ein breites Lächeln erschien auf Mr. Parnassus' Zügen. Linus spürte, wie sich bei diesem Anblick seine Wangen röteten. »Wunderbar. Ich denke, Sie werden überrascht sein. Fünf Uhr,

Mr. Baker. Pünktlich.« Damit drehte er sich um und ging, ein fröhliches Liedchen pfeifend, zurück zum Haupthaus.

Linus schloss die Tür und ließ sich gegen das Holz sinken. »Tja, alter Junge, das hast du dir jetzt hübsch selbst eingebrockt, nicht wahr?«

Calliope saß auf dem Fensterbrett und blinzelte träge in die Sonne hinaus.

Linus Baker war nie sonderlich religiös gewesen. Es störte ihn nicht, wenn andere ihren Glauben auslebten, aber für ihn war das nichts. Seine Mutter war keine rasend fromme Frau gewesen, aber doch beinahe. Sonntags schleppte sie ihn in die Kirche, wo er dann in einem frisch gestärkten und schrecklich kratzigen Hemd saß, wenn er sitzen durfte, aufstand, wenn er aufstehen sollte, kniete, wenn er knien sollte. Die Lieder gefielen ihm, obwohl er selbst nicht einmal dann einen Ton traf, wenn man ihm eine Stimmgabel ins Ohr steckte. Aber mehr auch nicht. Irgendwie hielt er das Ganze für grotesk: Feuer und Schwefel, Sünder in die Hölle, alle anderen in den Himmel. Dabei war das mit den Sünden doch eine höchst subjektive Angelegenheit. Natürlich, Mord war schlimm, anderen etwas anzutun generell - aber ließ sich das denn wirklich damit vergleichen, wenn man als Neunjähriger im Laden an der Ecke einen Schokoriegel klaute? Denn falls dem so war, hatte sich Linus bereits eine Ewigkeit in der Hölle eingebrockt durch den Schoko-Karamell-Riegel, den er in seiner Tasche hatte verschwinden lassen und abends im Bett heimlich unter der Decke verschlungen hatte.

Als er das Alter erreicht hatte, in dem sich einem die Macht des Wörtchens *Nein* erschließt, waren ihm weitere Kirchenbesuche erspart geblieben. *Nein*, hatte er seiner Mutter erklärt, *ich denke nicht, dass ich mitkommen möchte.*

Natürlich war sie außer sich gewesen, voller Sorge um sein Seelenheil. Er beschreite damit einen Pfad ohne Wiederkehr, hatte sie verkündet. Einen Pfad, der zu Drogen, Alkohol und *Mädchen* führe, und am Ende würde sie die Scherben aufsammeln müssen, denn das täten Mütter nun einmal (begleitet von dem Satz *Ich habe es dir ja gleich gesagt*, dachte er bei sich).

Allerdings stellte sich heraus, dass Drogen nie zum Problem wurden, und auch wenn Linus sich einmal im Monat ein Glas Wein zum Essen gönnte, ging es nicht darüber hinaus.

Und was die Mädchen betraf ... da hätte seine Mutter sich gar keine Sorgen machen müssen. Zu diesem Zeitpunkt hatte Linus längst bemerkt, dass sein gesamter Körper zu kribbeln begann, wenn der siebzehnjährige Timmy Wellington von nebenan beim Rasenmähen sein T-Shirt auszog. Nein, Mädchen würden wohl kaum zum Niedergang des Linus Baker führen.

Alles in allem ließ sich also sagen, dass Linus bislang kein sonderlich religiöser Mensch gewesen war.

Doch da hatte er auch noch nicht gewusst, dass der Antichrist in Gestalt eines Sechsjährigen auf der Insel von Marsyas lebte. Zum ersten Mal in seinem Leben wünschte sich Linus, er hätte ein Kruzifix oder eine Bibel oder irgendetwas, womit er sich schützen konnte, falls Lucy zu dem Schluss gelangte, dass ein Opfer erforderlich war, um seine Kräfte endgültig zu entfesseln.

Auf dem Weg zum Haupthaus kam er an Phee und Talia vorbei, die jeden seiner Schritte verfolgten. Was auch nicht gerade hilfreich war. »So gut wie tot«, verkündete Talia ausdruckslos. »Dieser Mann ist so gut wie tot.«

Phee täuschte einen Hustenanfall vor, der klar als Lachen zu erkennen war.

»Guten Tag«, grüßte Linus steif.

»Guten Tag, Mr. Baker«, erwiderten Phee und Talia freundlich, aber Linus durchschaute sie.

Sie tuschelten hinter seinem Rücken, während er auf die Veranda des Haupthauses trat. Als er sich zu ihnen umdrehte, winkten sie frech.

Merkwürdigerweise hätte dieser Anblick ihm beinahe ein Lächeln ins Gesicht gezaubert.

Stattdessen runzelte er mahnend die Stirn.

Er betrat das Haus. Aus der Küche drang Ms. Chapelwhites Gesang zu ihm herüber. Seit ihrem Ausflug zum Strand war sie ihm gegenüber regelrecht aufgetaut, was bedeutete, dass sie seine Anwesenheit nun mit einem Nicken zur Kenntnis nahm, das von flüchtig zu beinahe herzlich aufgestiegen war.

Als er die Haustür hinter sich zuzog, hörte er ein Zwitschern. Ein Blick zum Sofa vor dem Kamin zeigte ihm, dass ein schuppiger Schwanz darunter hervorlugte. »Hallo, Theodore.«

Der Schwanz verschwand, und stattdessen erschien Theodores schmale Schnauze mit der neugierig tastenden Zunge. Diesmal klang sein Zwitschern wie eine Frage. Linus musste des Lindwurm'schen nicht mächtig sein, um das zu verstehen. »Ich habe dir heute Morgen erst einen gegeben. Je mehr du bekommst, desto weniger wirst du sie wertschätzen.« Ein wenig albern kam er sich bei diesen Worten schon vor, da die Plastikknöpfe ja eigentlich keinerlei Wert hatten, aber es schien ihm wichtig zu sein, diesen Grundsatz zu vermitteln.

Theodore seufzte traurig und zog sich grummelnd unter das Sofa zurück.

Linus ging die Treppe hinauf, deren Stufen unter seinem Gewicht unheilvoll knarrten. Die Wandleuchten schienen zu flackern, was aber natürlich nur daran lag, dass es sich um ein altes Haus handelte, dessen Leitungen einmal überholt werden müssten. So erklärte es sich Linus zumindest. Er machte sich eine gedankliche Notiz, sich im nächsten Bericht nach den Zuschüssen zu erkundigen, die das Waisenhaus von Marsyas bezog. Zwar schien die Vorstellung finanzieller Zuschüsse für Mr. Parnassus ziemlich abwegig gewesen zu sein, aber Linus war sich sicher, dass hier ein Irrtum vorliegen musste.

Die Türen im Korridor im ersten Stock waren geschlossen, einzig die von Chaunceys Zimmer stand offen. Als Linus daran vorbeiging, blieb er kurz stehen, da er Chaunceys Stimme hörte. Vorsichtig spähte er durch den Türspalt und sah, wie Chauncey in einer Salzwasserlache vor einem Ganzkörperspiegel am Fenster stand, ein Pagenhütchen zwischen die Augenstiele geklemmt. »Wie geht es Ihnen heute, Mr. und Mrs. Worthington?«, fragte er, hob mit einem seiner Tentakel das Hütchen an und verbeugte sich tief. »Wie schön, Sie wieder im *Everland Hotel* begrüßen zu können! Darf ich mich um Ihr Gepäck kümmern? Oh, vielen Dank, dass Sie es bemerkt haben, Mrs. Worthington! Ja, ich habe tatsächlich eine neue Uniform. Für das *Everland* nur das Beste! Genießen Sie Ihren Aufenthalt!«

Linus ging weiter.

Wäre es übertrieben, Chauncey eine Jacke zu besorgen, um sein Kostüm zu vervollständigen? Vielleicht ließe sich so etwas ja im Dorf finden …

Nein. Deswegen war er nicht hier. Er war hier, um zu beobachten, nichts weiter. Er durfte keinerlei Einfluss nehmen auf das Waisenhaus. Das wäre unangebracht. In dieser Hinsicht ließen die *VORGABEN UND VERORDNUNGEN* keinerlei Spielraum.

Hinter Sals Tür glaubte er Geräusche zu hören, doch sie war fest geschlossen. Sicher war es besser, ihm nicht Hallo zu sagen. Linus wollte den armen Jungen nicht zusätzlich ängstigen.

Doch nicht nur Sals Zimmer hatte er noch nicht gesehen, auch durch die letzte Tür in diesem Korridor war er bis jetzt noch nicht gegangen. Mr. Parnassus hatte ihn bis heute nicht zu sich eingeladen – ganz anders als Lucy, der das zu Linus' Verdruss schon mehrmals versucht hatte. Ihm war klar, dass er beide Zimmer vor seiner Abreise noch inspizieren musste, hatte es in der ersten Woche aber vor sich hergeschoben. Vermutlich hätte er das nicht tun sollen.

Nun blieb er einen ausgedehnten Augenblick lang vor der

Tür stehen, dann holte er tief Luft und hob zitternd die Hand, um anzuklopfen.

Doch bevor seine Faust das Holz berührte, klickte der Riegel, und die Tür öffnete sich einen Spalt weit.

Linus wich zurück. Keinerlei Licht schien aus dem Zimmer zu dringen.

Er räusperte sich nervös. »Hallo?«

Keine Antwort.

Linus wappnete sich und schob die Tür auf.

Als er das Haus betreten hatte, war er von goldener Nachmittagssonne begleitet worden, eine warme Meeresbrise hatte ihn umspielt. Doch das Innere dieses Zimmers versetzte ihn schlagartig zurück in die Stadt, so dunkel, kalt und trüb, wie es hier war. Er trat ein. Ging einen Schritt.

Noch einen Schritt.

Die Tür knallte hinter ihm zu.

Mit wild pochendem Herzen wirbelte er herum. Während er nach der Türklinke tastete, leuchteten um ihn herum mehrere Kerzen auf. Ihre Flammen schossen fast einen Meter weit in die Höhe.

»Willkommen in meinem Herrschaftsbereich«, ertönte eine kindliche Stimme hinter ihm, »den zu betreten Sie meine Erlaubnis haben.« Die Stimme lachte rau. »Werden Sie Zeuge meiner unendlichen Macht! Ich bin Luzifer! Ich bin Beelzebub, der Prinz der Dämonen! Ich bin ...«

»... um ein paar Privilegien ärmer, falls du so weitermachen möchtest«, schaltete sich Mr. Parnassus ein.

Die Kerzen erloschen.

Die Dunkelheit schwand.

Sonnenlicht strömte durch das Fenster herein.

Linus blinzelte in der plötzlichen Helligkeit.

Mr. Parnassus saß in einem Lehnstuhl am Fenster, hatte die Beine übereinandergeschlagen und die Hände im Schoß gefaltet. Seine Belustigung war nicht zu übersehen. Ihm gegenüber stand ein zweiter Stuhl, der sicher für den Jungen gedacht war, der rücklings auf dem weichen Teppich fläzte.

»Er hat Ihre Schritte auf der Treppe gehört«, erklärte Mr. Parnassus achselzuckend. »Ich habe ihn gewarnt, aber da er diese Zeit nutzen darf, wie er möchte, fand ich es nicht angebracht, es zu unterbinden.«

Lucy blickte zu Linus hoch, der sich noch immer starr an die Zimmertür presste. »So bin ich nun einmal.«

»Absolut«, stieß Linus beinahe quiekend hervor. Nur mit Mühe schaffte er es, sich von der Tür zu lösen.

Das Zimmer war äußerst geräumig. An der gegenüberliegenden Wand stand ein Himmelbett aus dunklem Holz, das an den Bettpfosten mit geschnitzten Ranken und Blättern verziert war. Der Schreibtisch schien um einiges älter zu sein als das restliche Mobiliar des Hauses und verschwand beinahe unter Papier- und Bücherstapeln. Gegenüber vom Bett befand sich ein Kamin. Hätte Linus nicht unter den Nachwirkungen des Schocks gelitten, wäre ihm sicher der Gedanke gekommen, wie herrlich es sein musste, hier in kalten Winternächten an einem prasselnden Feuer zu sitzen.

»Möchtest du Mr. Baker dein Zimmer zeigen?«, wandte sich Mr. Parnassus an Lucy. »Sicher möchte er es gerne sehen. Nicht wahr, Mr. Baker?«

Nein. Nein, eigentlich nicht. Überhaupt nicht gerne. »Ja...«, antwortete Linus gedehnt. »Das scheint mir... machbar zu sein.«

Lucy rollte sich auf den Bauch und stützte das Kinn in die Hände. »Sind Sie sicher, Mr. Baker? Es klingt nämlich nicht so.«

»Ich bin sicher«, verkündete Linus standhaft.

Daraufhin sprang Lucy vom Boden auf. »Tja, sagen Sie hinterher nicht, ich hätte Sie nicht gewarnt.«

Mr. Parnassus seufzte. »Du weckst ganz falsche Vorstellungen bei Mr. Baker, Lucy.«

»Und was für Vorstellungen wären das?«

»Das weißt du genau.«

Frustriert riss Lucy die Arme hoch. »Ich versuche doch nur, etwas Spannung aufzubauen. Erwartet das Unerwartete! Du hast selbst gesagt, dass man sich vom Leben stets überraschen lassen sollte. Und ich versuche, ihn zu überraschen.«

»Ich denke, damit wirst du dir nur eine Enttäuschung einhandeln.«

Lucys Augen wurden schmal. »Und wessen Schuld ist das? Hättest du meine Vorschläge befolgt, als es um die Einrichtung ging, wäre jetzt gar kein Platz für Enttäuschungen. Dann gäbe es nichts als Freude.« Sein Blick huschte kurz zu Linus. »Na ja, zumindest für mich.«

Mr. Parnassus hob beschwichtigend beide Hände. »Ich denke, abgetrennte Köpfe an den Wänden sind weder deinem Schlaf noch Mr. Bakers geistiger und körperlicher Gesundheit zuträglich. Auch dann nicht, wenn sie aus Pappmaché bestehen.«

»Abgetrennte Köpfe?«, presste Linus mit erstickter Stimme hervor.

Lucy seufzte. »Nur sinnbildhafte Vertreter meiner Feinde – der Papst, Evangelikale mit ihren Riesenkirchen … Sie wissen schon, wie jeder normale Mensch sie eben hat.«

Linus glaubte nicht, dass Lucy auch nur ansatzweise wusste, was *normal* eigentlich bedeutete, schaffte es aber, diesen Gedanken nicht auszusprechen. »Also keine Köpfe?«

»Kein einziger«, bestätigte Lucy betrübt. »Nicht einmal der Tierschädel aus dem Wald – den ich *bloß gefunden* habe, ohne diesem Tier ein Haar gekrümmt zu haben!« Er warf Mr. Parnassus einen finsteren Blick zu.

»Was habe ich dir zum Thema Tiere gesagt?«, fragte der.

Lucy stapfte zu einer geschlossenen Tür in der Nähe der Treppe. »Dass ich sie nicht töten darf, weil nur Serienkiller so etwas tun, und wenn sie bereits tot sind, darf ich nicht mit ihren Überresten spielen, weil ich anschließend stinke.«

»Und?«

»Und weil es falsch ist.«

»Beim nächsten Mal sollte das an erster Stelle stehen«, entschied Mr. Parnassus. »Vielleicht klingt es dann etwas menschlicher.«

»Meine Kreativität wird hier total erstickt«, murmelte Lucy. Dann legte er eine Hand an den Türknauf und drehte sich zu Linus um. Die finstere Miene verschwand und wurde von dem honigsüßen Lächeln verdrängt, das Linus immer eisige Schauer über den Rücken jagte. »Kommen Sie, Mr. Baker?«

Linus wollte die Füße vom Boden heben, aber die schienen wie festgewachsen zu sein. »Wird Mr. Parnassus uns begleiten?«, fragte er.

Der schüttelte den Kopf. »Ich denke, er sollte sie selbst herumführen, wie die anderen Kinder es auch getan haben.« Nach einer kurzen Pause fügte er hinzu: »Bei Sal bleibe ich dran.«

»Großartig«, stieß Linus hervor. »Das ist ... das ist gut.«

»Warum schwitzen Sie so?« Lucys Grinsen wurde breiter. »Stimmt etwas nicht, Mr. Baker?«

»Nein, nein. Mir ist nur ... etwas warm. Dieses gemäßigte Klima ... das bin ich von der Stadt nicht gewöhnt.«

»Ach, na klar«, nickte Lucy. »Das muss es sein. Kommen Sie, Mr. Baker. Ich will Ihnen etwas zeigen.«

Linus schluckte angestrengt, hielt sich aber gleichzeitig vor Augen, wie albern das war: Schließlich war Mr. Parnassus ja hier bei ihnen, und Lucy würde es in seinem Beisein sicher nicht wagen, etwas Unangemessenes zu tun.

Das Problem war nur, dass Linus' Gehirn eben diesen Moment wählte, um die Frage aufzuwerfen, ob eigentlich vor ihm schon einmal ein Sachbearbeiter diese Insel besucht hatte. Und was aus dem geworden war. Es musste doch jemanden gegeben haben, oder? Unmöglich konnte er der erste sein. Allein der Gedanke war schon absurd.

Und *wenn* es andere vor ihm gegeben hatte, was war mit

denen geschehen? Hatten sie vielleicht ebenfalls Lucys Zimmer besucht und waren danach nie wieder gesehen worden? Wenn er Lucy nun durch diese Tür folgte, würde er die Leichen seiner Vorgänger dann an der Decke über dem Bett gehängt vorfinden? Linus konnte durchaus streng sein, wenn es nötig wurde, aber seine Konstitution war nicht die Beste, und beim Anblick von Blut wurde ihm schwindelig. Er hatte nicht die leiseste Ahnung, was der Anblick feucht glänzender Girlanden aus menschlichen Eingeweiden bei ihm auslösen würde.

Mr. Parnassus nickte ihm aufmunternd zu. Was Linus kein bisschen beruhigte. Wer konnte denn wissen, ob Mr. Parnassus nicht ebenso böse war wie Lucy, grellbunte Socken und wundervolles Lächeln hin oder her?

Der Gedanke *wundervolles Lächeln* brachte ihn kurz aus dem Konzept.

Hastig schob er ihn beiseite.

Er würde das schaffen.

Er würde das *schaffen.*

Ein Kind, nichts weiter.

Nachdem er ein freundliches Lächeln aufgesetzt hatte (das knapp an einer Grimasse vorbeigeschrappt war), sagte er: »Ich würde mir sehr gerne dein Zimmer ansehen, Lucy. Hoffentlich ist es schön aufgeräumt. Unordnung im Zimmer lässt auf Unordnung im Geiste schließen. Es ist immer besser, alles in Ordnung zu halten.«

Lucys Augen funkelten fröhlich. »Ist das so, Mr. Baker? Na, dann schauen wir uns doch mal an, wie es in meinem Geist aussieht.«

Linus war sich absolut sicher, dass dies einer der Stressfaktoren war, vor denen sein Arzt ihn gewarnt hatte. Wogegen er jetzt so rein gar nichts tun konnte.

Er ging zu Lucy hinüber.

Blickte auf ihn runter.

Lucy grinste. Linus glaubte, dabei mehr Zähne zu entdecken, als in einem menschlichen Gebiss sein sollten.

Er drehte den Knauf.

Drückte gegen die Tür.

Quietschend schwang sie auf und …

… gab den Blick frei auf ein Zimmerchen mit einem schmalen Bett an der Wand, ordentlich gemacht mit weißer Tagesdecke und Kissen. Daneben war noch Platz für eine Kommode und nicht viel mehr. Auf der Kommode lag eine Sammlung schimmernder, von Quarzadern durchzogener Steine.

Und an den Wänden hingen Vinylschallplatten. Sie waren sorgsam befestigt worden, wurden von Reißzwecken gehalten, die nur das Loch in der Mitte durchstachen. Es gab Little Richard, The Big Bopper, Frankie Lymon and the Teenagers, Ritchie Valens und Buddy Holly. Von Buddy Holly hing sogar deutlich mehr an der Wand als von allen anderen.

Linus war von diesem Anblick schockiert. Die meisten Platten erkannte er sofort, denn sie waren auch in seinem Heim in der Stadt zu finden. Unzählige Abende hatte er mit *Peggy Sue*, *That'll Be the Day* und *Chantilly Lace* verbracht.

Doch abgesehen von Little Richard und Frankie Lymon hatten sie alle noch etwas anderes gemeinsam. Es war ein wenig morbid, wenn er darüber nachdachte. Aber irgendwie auch logisch.

Er hatte nicht einmal bemerkt, dass Lucy die Tür hinter ihnen geschlossen hatte. »*The day the music died*«, sagte der Junge.

Linus fuhr zu ihm herum. Lucy lehnte mit dem Rücken an der geschlossenen Zimmertür. »Wie bitte?«

Mit einer Hand zeigte Lucy zu den Platten hinüber. »Buddy Holly und Richie Valens und The Big Bopper.«

»Der Flugzeugabsturz«, sagte Linus leise.

Lucy nickte und löste sich von der Tür. »Ritchie und Bopper sollten eigentlich gar nicht in der Maschine sitzen, wussten Sie das?«

Ja, das wusste er. Und sagte: »Ich glaube schon, ja.«

»Bopper war krank und hat den Platz eines anderen übernommen.«

Den von Waylon Jennings, ergänzte Linus in Gedanken, schwieg aber.

»Und Ritchie hatte seinen Platz durch einen Münzwurf gewonnen. Buddy wollte nicht ewig mit dem Bus fahren, weil es so kalt war und sie bis nach Montana mussten.« Mit einer Hand strich Lucy über *Chantilly Lace*; eine beinahe ehrfürchtige Geste. »Der Pilot hatte falsche Wetterdaten bekommen, und die Maschine verfügte nicht über die nötigen Instrumente für einen solchen Flug. Schon komisch, oder?« Er sah Linus lächelnd an. »Ich mag Musik, die mich glücklich macht. Und ich mag den Tod. Seltsam, wie die Menschen beides miteinander vermischen können. Sie sind alle durch einen Zufall gestorben, und hinterher haben andere darüber gesungen. Diese Lieder gefallen mir auch, aber nicht so sehr wie die von toten Sängern.«

Linus räusperte sich. »Ich … bin auch ein Musikliebhaber. Einige dieser Schallplatten habe ich zu Hause.«

Das schien Lucy zu interessieren. »Musik von toten Menschen?«

Achselzuckend stellte Linus fest: »Nun … sieht ganz so aus. Je älter die Musik ist, desto größer ist die Wahrscheinlichkeit, dass der Sänger bereits tot ist.«

»Ja«, hauchte Lucy. Der rote Schimmer flackerte in seinen Augen auf. »Das ist wahr. Der Tod ist großartig für die Musik. Er lässt die Sänger wie Geister klingen.«

Nun hielt Linus den Zeitpunkt für gekommen, sich weniger morbiden Themen zuzuwenden. »Mir gefällt dein Zimmer.«

Als Lucy sich umsah, verschwand der rote Glanz aus seinen Augen. »Es ist perfekt. Es gefällt mir, ein eigenes Zimmer zu haben. Arthur sagt, es ist wichtig, unabhängig zu sein.« Sein Blick huschte für einen Moment zu Linus, der Stein und Bein geschworen hätte, *Unsicherheit* darin zu erkennen. »Er darf nur nicht zu weit weg gehen.« Lucy riss die Augen auf. »Aber ich bin kein Baby oder so! Ich komme sehr gut allein zurecht! Eigentlich bin ich sowieso ständig allein!«

Linus zog eine Augenbraue hoch. »*Ständig?* Oh nein. Nein, nein, nein, das geht so aber nicht. Wenn das der Fall ist, werde ich ein ernstes Wort mit Mr. Parnassus reden müssen. Ein Kind deines Alters sollte keinesfalls *ständig* sich selbst überlassen werden ...«

»So habe ich das nicht gemeint!«, rief Lucy. »Eigentlich wollte ich sagen, dass ich *nie* allein bin. Absolut niemals! Wo ich auch hingehe, er ist immer da! Wie ein Schatten ist er. Das ist *so* nervig.«

»Nun, wenn du das sagst.«

Lucy nickte inbrünstig. »Absolut. Genau das sage ich. Und deshalb müssen Sie auch nicht mit Arthur reden oder es in einen Bericht schreiben und schlimme Dinge über mich sagen.« Er setzte ein engelsgleiches Lächeln auf. »Ich schwöre, ich bin ein guter Mensch.« Das Lächeln verblasste. »Und Sie müssen auch nicht unter mein Bett schauen. Und falls Sie es doch tun ... das Vogelskelett da unten gehört mir nicht, und ich habe keine Ahnung, wer es dort hingelegt hat, aber derjenige sollte hart bestraft werden, denn das ist falsch.« Schon strahlte er wieder.

Stumm sah Linus ihn an.

»Okay!« Der Junge griff nach Linus' Hand. »Das ist es also! Das ist mein Zimmer! Mehr gibt es nicht zu sehen!« Er zog Linus zur Tür und riss sie auf. »Arthur! Er hat sich mein Zimmer angesehen, und er sagt, es sieht alles gut aus, ganz und gar nichts Schlimmes drin, und ich bin ein guter Mensch. Und er mag die gleiche Musik wie ich! Tote-Leute-Musik!«

Mr. Parnassus blickte von dem Buch auf, das in seinem Schoß lag. »Ist das so? Tote-Leute-Musik?«

Ohne seine Hand loszulassen, blickte Lucy zu Linus hoch. »Wir mögen tote Sachen, nicht wahr, Mr. Baker?«

Dazu fiel Linus absolut nichts mehr ein.

Lucy ließ ihn los und warf sich wieder auf den Teppich zu Mr. Parnassus' Füßen, wo er auch gelegen hatte, als Linus gekommen war. Er verschränkte die Hände auf dem Bauch und starrte zur Decke hinauf. »Mein Gehirn ist voller Spinnen, die ihre Eier in meinen grauen Zellen ablegen. Bald werden sie schlüpfen und mich von innen auffressen.«

Linus hatte keine Ahnung, was er davon halten sollte.

Zum Glück schien das bei Mr. Parnassus anders zu sein. Er klappte sein Buch zu und legte es auf ein Tischchen neben seinem Stuhl. Dann stupste er Lucys Schulter mit der Schuhspitze an. »Welch eindrucksvolles Bild. Wir reden gleich noch darüber. Aber erst mal zu etwas anderem: Mr. Baker würde uns gerne zusehen. Ist das für dich in Ordnung?«

Lucy gönnte Linus einen kurzen Blick, bevor er wieder an die Decke starrte. »Das ist okay. Er mag tote Sachen ja fast so gerne wie ich.«

Was nicht im Geringsten der Wahrheit entsprach.

»Oh ja«, Mr. Parnassus signalisierte Linus, in dem freien Lehnstuhl Platz zu nehmen. »Welch ein Glücksfall. Wo waren wir stehengeblieben, als Mr. Baker kam?«

Linus setzte sich und holte Notizblock und Stift hervor. Warum nur zitterten seine Finger?

»Kategorischer Imperativ«, sagte Lucy. »Kant.«

»Ach ja, richtig. Vielen Dank für die Gedächtnisstütze«, nickte Mr. Parnassus. Wobei Linus das starke Gefühl hatte, dass keinerlei Stütze nötig gewesen wäre. »Und was sagte Kant über den Kategorischen Imperativ?«

Lucy seufzte. »Dass er das oberste Moralprinzip ist. Eine Zielvorgabe. Ein rational notwendiges und unabdingbares Prinzip, das wir stets befolgen müssen, auch wenn unsere natürlichen Neigungen oder Wünsche ihm zuwiderlaufen.«

»Und hatte Kant recht damit?«

»Dass jede unmoralische Handlung irrational ist?«

»Ja.«

Angestrengt runzelte Lucy die Stirn. »Nein?«

»Und wieso nicht?«

»Weil der Mensch nicht nur schwarz und weiß ist. Egal wie sehr man es auch versucht, man kann nicht ohne jede Abweichung einem bestimmten Weg folgen. Das heißt aber nicht, dass man ein schlechter Mensch ist.«

Mr. Parnassus nickte. »Auch nicht, wenn man Spinnen im Gehirn hat?«

Achselzuckend erwiderte Lucy: »Vielleicht. Aber Kant hat damit normale Menschen gemeint. Ich bin nicht normal.«

»Warum bist du nicht normal?«

Der Junge tippte auf seinen Bauch. »Das liegt daran, wo ich herkomme.«

»Und woher kommst du?«

»Aus einer Vagina, die von einem Penis penetriert wurde.«

»Lucy«, rügte Mr. Parnassus milde, während Linus sich beinahe verschluckte.

Lucy verdrehte die Augen. Er rutschte angespannt auf dem Teppich herum. »Ich komme von einem Ort, wo die Dinge nicht so gut liefen.«

»Und läuft es jetzt besser?«

»Größtenteils.«

»Woran liegt das deiner Meinung nach?«

Wieder schaute Lucy kurz zu Linus hinüber, bevor er sich Mr. Parnassus zuwandte. »Weil ich hier mein eigenes Zimmer habe. Und meine Platten. Und dich und die anderen, auch wenn Theodore mir immer noch nicht seinen Schatz zeigt.«

»Und die Spinnen?«

»Sind noch da.«

»Aber?«

»Aber ich kann ruhig Spinnen im Gehirn haben, solange ich nicht zulasse, dass sie mich auffressen und ich der Welt die totale Vernichtung bringe.«

Linus bekam kaum noch Luft.

Mr. Parnassus schien keinerlei Probleme dieser Art zu haben. Er lächelte. »Ganz genau. Es ist nur menschlich, vom Weg abzukommen, ob nun irrational oder nicht. Und auch wenn manche Fehler gravierender sind als andere: Solange wir aus ihnen lernen, werden wir durch sie zu besseren Menschen. Selbst wenn wir Spinnen im Gehirn haben.«

»Ich bin ruchlos.«

»Behaupten manche, ja.«

Lucy verzog das Gesicht, als würde er angestrengt nachdenken. »Arthur?«

»Ja?«

»Wusstest du, dass dein Name ein Berg ist?«

Mr. Parnassus blinzelte, als hätte er damit nun nicht gerechnet. »Ja, das wusste ich. Woher weißt du es denn?«

Lucy zuckte mit den Schultern. »Ich weiß viele Dinge, weiß aber nicht immer, woher. Ergibt das Sinn?«

»Irgendwie schon.«

»Der Berg Parnass war Apollo geweiht.«

»Ich weiß.«

»Und kennst du auch Linos von Thrakien?«

Mr. Parnassus rutschte auf seinem Stuhl herum. »Ich … denke nicht, nein.«

»Oh! Na ja, Apollo hat Linos mit seinem Bogen erschossen wegen einem musikalischen Wettstreit. Wirst du Mr. Baker jetzt auch töten?« Ganz langsam wandte Lucy den Kopf in Linus' Richtung. »Und falls du es tust, kannst du dann bitte auch Pfeil und Bogen benutzen? Er soll schließlich nicht lochlos bleiben. Verstehst du? *Ruch*los – *loch*los.«

Er brach in sein gruseliges Lachen aus.

Mr. Parnassus seufzte schwer, während Linus wieder einmal nach Luft schnappte. »Hast du diese ganze Geschichte etwa nur erzählt, um diesen müden Witz reißen zu können?«

»Ja!« Lucy wischte sich die Augen. »Weil du doch mal gesagt hast, wer nicht über sich selbst lachen kann, macht etwas falsch.« Verwirrt runzelte er die Stirn. »Aber habe ich es jetzt doch falsch gemacht? Außer mir lacht nämlich keiner.«

»Ich fürchte, Humor ist eine sehr subjektive Angelegenheit«, meinte Mr. Parnassus.

»Wie blöd.« Lucy starrte wieder an die Decke. »Menschlich zu sein ist seltsam. Wenn wir nicht lachen, weinen wir oder rennen um unser Leben, um nicht von Monstern gefressen zu werden. Und diese Monster müssen nicht einmal *real* sein. Sie können auch einfach nur in unseren Köpfen existieren. Ist das nicht merkwürdig?«

»Das ist es wohl. Aber das ist mir immer noch lieber als die Alternative.«

»Die wäre?«

»Überhaupt nichts zu empfinden.«

Linus wandte den Blick ab.

Lucy war begeistert, als Mr. Parnassus ihre Stunde um Viertel nach sechs frühzeitig beendete und ihm erklärte, er könne nun in die Küche gehen und nachsehen, ob Ms. Chapelwhite seine Hilfe bräuchte. Er sprang auf, drehte sich einmal um die eigene Achse und stampfte mit den Füßen, bevor er zur Tür rannte. Dabei rief er Linus über die Schulter zu, er hoffe, ihre gemeinsame Zeit sei erhellend für ihn gewesen.

Linus war nicht sicher, ob *erhellend* der passende Ausdruck war.

Sie blieben schweigend sitzen, während Lucy mit mehr Lärm die Treppe hinunterpolterte, als ein Junge seiner Größe hätte hervorzubringen imstande sein sollen. Es klang, als würde er auf jede freie Fläche hüpfen, die sich auf dem Weg ins Erdgeschoss finden ließ.

Linus wusste, dass Mr. Parnassus auf eine Reaktion von ihm wartete, und er nutzte die Gelegenheit, um seine Gedanken bestmöglich zu sortieren. Sein Notizblock war erschreckend leer geblieben. Er hatte nicht daran gedacht, auch nur eine einzige Beobachtung festzuhalten. Für jemanden in seiner Position war das ganz und gar nicht gut, andererseits war er der Meinung, dass er nach allem, was er seit seiner Ankunft auf der Insel gesehen und erlebt hatte, ein wenig Nachsicht erwarten konnte.

»Er ist nicht, was ich erwartet hatte«, sagte er schließlich mit leerem Blick.

»Nicht?«

Linus schüttelte den Kopf. »Er bringt ja ... gewisse Konnotationen mit, dieser Name: Antichrist.« Er warf Mr. Parnassus einen entschuldigenden Blick zu. »Wenn ich ganz ehrlich sein soll.«

»Ach ja?«, erwiderte Mr. Parnassus trocken. »Ist mir nie aufgefallen.«

»Ich werde mich nicht dafür entschuldigen.«

»Was ich auch nicht von Ihnen erwarte.« Mr. Parnassus blickte auf seine Hände hinab. »Darf ich Ihnen ein Geheimnis anvertrauen?«

Das überraschte Linus. Bisher hatte er den Eindruck gewonnen, dass der Heimleiter von Marsyas mit seinen Geheimnissen eher geizte. Was frustrierend, aber auch verständlich war. »Ja? Selbstverständlich.«

»Ich war auch ein wenig beunruhigt, als ich hörte, dass er zu uns auf die Insel geschickt werden sollte.«

Irritiert starrte Linus ihn an. »Sie waren *beunruhigt*?«

Mr. Parnassus zog fragend eine Braue hoch. Linus musste sich wieder einmal bewusst vor Augen führen, dass dieser Mann laut seiner Akte fünf Jahre älter war als er selbst. Irgendwie wirkte er immer so jung. Woran das lag, konnte Linus nicht sagen, doch er richtete sich in seinem Stuhl auf, und wenn er dabei den Bauch ein wenig einzog, so war das ganz allein seine Sache. »Was stört Sie daran?«

»Ich bin *beunruhigt*, wenn der Bus Verspätung hat. Ich bin

beunruhigt, wenn ich meinen Wecker verschlafe. Ich bin *beunruhigt*, wenn ich samstags zum Einkaufen gehe und die Avocados überteuert sind. *Das* sind Gründe, beunruhigt zu sein, Mr. Parnassus.«

»Das sind Alltagssorgen«, korrigierte Mr. Parnassus ihn freundlich. »Die Fallstricke des normalen Lebens. Woran nichts Falsches ist. Ich sagte beunruhigt, weil dieser Begriff meine Gefühle am besten zum Ausdruck bringt. Ich war beunruhigt, weil er ganz allein auf der Welt war, aber so geht es mir mit all diesen Kindern. Ich war beunruhigt, weil ich nicht wusste, wie er sich mit den anderen verstehen würde, die bereits hier waren. Ich war beunruhigt, weil ich ihm vielleicht nicht das bieten konnte, was er braucht.«

»Und sein ureigenstes Wesen?«, hakte Linus nach. »Waren sie deshalb ebenfalls beunruhigt? Mir scheint, das hätte so ziemlich an erster Stelle dessen stehen müssen, was Sie *beunruhigte*.«

Mr. Parnassus zuckte mit den Schultern. »Natürlich, aber es hatte nicht mehr Gewicht als der Rest. Der Ernst der Lage war mir durchaus bewusst, Mr. Baker. Aber das durfte nicht zum zentralen Punkt werden. Denn bis dahin hatte er ja nichts anderes gekannt, war nur von Menschen umgeben gewesen, die sich den Kopf darüber zerbrachen, was er ist, wozu er fähig ist. Und diese Sorge war nichts anderes als ein Deckmäntelchen für Angst und Abscheu. Und Kinder sind wesentlich aufmerksamer, als wir es ihnen immer zugestehen. Wenn er in mir nichts anderes sehen konnte als in allen anderen – welche Hoffnung bliebe dann noch?«

»Hoffnung?« Linus kam sich dumm vor.

»Hoffnung«, wiederholte Mr. Parnassus. »Denn genau die müssen wir ihm schenken. Ihm und ihnen allen. Hoffnung, Führung und einen Ort, den sie als Zuhause betrachten können, ein Heim, in dem sie einfach sie selbst sein können, ohne Repressalien fürchten zu müssen.«

»Verzeihen Sie mir, aber ich halte es für kurzsichtig, Lucy mit den anderen gleichzusetzen. Er ist nicht wie sie. Oder irgendjemand sonst.«

»Dasselbe gilt für Talia«, erwiderte Mr. Parnassus scharf. »Oder Theodore. Oder Phee, Sal oder Chauncey. Sie sind hier, weil sie eben *nicht* so sind wie alle anderen. Was aber nicht heißt, dass es immer so bleiben muss.«

»Jetzt klingen Sie ziemlich naiv.«

»Ich bin *frustriert*«, korrigierte Mr. Parnassus ihn. »Diese Kinder werden ständig mit vorgefassten Meinungen konfrontiert, jeder glaubt zu wissen, wer sie sein müssten. Dann wachsen sie heran und werden zu Persönlichkeiten, die nichts anderes kennen. Sie haben es doch selbst gesagt: Lucy war nicht, was Sie erwartet hatten, was bedeuten muss, dass Sie bereits eine feste Vorstellung von ihm im Kopf hatten. Wie können wir gegen Vorurteile ankämpfen, wenn wir nichts tun, um sie zu verändern? Wenn wir ihnen erlauben, immer weiter zu schwelen, wo ist dann der Sinn?«

»Und doch bleiben Sie hier auf Ihrer Insel«, hielt Linus ihm vor. »Sie verlassen sie nicht. Sie gestatten *ihnen* nicht, sie zu verlassen.«

»Ich schütze sie vor einer Welt ohne Verständnis. Ein Schritt nach dem anderen, Mr. Baker. Wenn ich ihnen Selbstvertrauen vermitteln kann, ein ungetrübtes Bewusstsein dessen, was sie sind, gibt ihnen das hoffentlich das Rüstzeug in die Hand, das sie in der Welt dort draußen brauchen werden, vor allem, da es für sie dadurch nicht weniger schwer werden wird. Und da ist es nicht sonderlich hilfreich, wenn die BBMM jemanden wie Sie schickt, um sich einzumischen.«

»Jemanden wie mich? Was soll das denn nun wieder …«

Mr. Parnassus stieß gereizt den Atem aus. »Ich muss mich entschuldigen, das war nicht fair. Ich weiß, dass Sie hier nur Ihren Job machen.« Mit einem schwachen Lächeln fügte er hinzu: »Ihren Arbeitgeber mal außer Acht gelassen, bin ich durchaus der Meinung, dass Sie dazu fähig sind, über Akteneinträge und Titulierungen hinauszublicken.«

Linus war nicht sicher, ob das nun eine Beleidigung oder ein Kompliment gewesen war. »Gab es noch andere? Vor mir? Sachbearbeiter, meine ich.«

Mr. Parnassus nickte zögernd. »Einen, ja. Damals hatte ich nur Talia und Phee, allerdings hatte Zoe - Ms. Chapelwhite - mir bereits ihre Unterstützung angeboten. Es gab Gerüchte über die anderen, doch nichts Konkretes. Ich machte aus diesem Haus ein Heim für diejenigen, die da waren, behielt aber auch im Blick, dass eventuell mehr kommen könnten. Ihr Vorgänger war ... er hat sich verändert. Er war wirklich reizend, und ich dachte, er würde bleiben. Aber dann veränderte er sich.«

Linus hörte auch das, was nicht ausgesprochen wurde. Nun verstand er, warum Ms. Chapelwhite seine verlegene Frage nach ihr und Mr. Parnassus so lustig gefunden hatte. Und obwohl es ihn natürlich rein gar nichts anging, fragte er: »Was ist mit ihm geschehen?«

»Er wurde befördert«, antwortete Mr. Parnassus leise. »Erst in die Oberaufsicht, und dann - nach allem, was ich gehört habe - ins Allerhöchste Management. Wie er es immer gewollt hatte. Damals habe ich eine ziemlich bittere Lektion gelernt: Manche Wünsche sollten nicht laut ausgesprochen werden, da sie sonst nicht in Erfüllung gehen.«

Linus blinzelte überrascht. Meinte er etwa ...? »Nicht der Mann mit den Hängebacken.«

Mr. Parnassus lachte leise. »Nein.«

»Oder der mit der Brille.«

»Nein, Mr. Baker. Nicht der Mann mit der Brille.«

Blieb nur der Attraktive mit dem leicht gewellten Haar - Mr. Werner. Der Mann, der Linus erklärt hatte, es gäbe *Bedenken* bezüglich der Befähigung von Arthur Parnassus. Linus war schockiert, ohne genau zu wissen, warum. »Aber er ist so ... *so* ...«

»So?«, hakte Mr. Parnassus nach.

Linus sprach das Erste aus, was ihm durch den Kopf ging: »Er verteilt trockenen Schinken beim Weihnachtsessen! Der ist *grässlich.*«

Mr. Parnassus starrte ihn einen Moment lang an, dann brach er in schallendes Gelächter aus. Linus empfand seinen Klang als überraschend warm und rau, wie eine Welle, die sich an einem glatten Felsen bricht. »Oh, mein lieber Mr. Baker. Sie versetzen mich immer wieder in Erstaunen.«

Merkwürdigerweise machte das Linus stolz. »Ich tue mein Bestes.«

»Allerdings, ja.« Mr. Parnassus wischte sich die Lachtränen aus den Augen.

Eine Weile saßen sie schweigend da, und Linus stellte fest, dass er sich seit seiner Ankunft auf der Insel noch nie wohler gefühlt hatte wie jetzt. Zwar wagte er es nicht, das Gefühl genauer zu untersuchen, da er dann Dinge sehen könnte, für deren Betrachtung er nicht bereit war, aber es war eindeutig da. Und wie alles im Leben war es vergänglich. Seine Zeit hier war - wie seine Zeit auf Erden überhaupt - begrenzt. Etwas anderes zu glauben wäre unerhört.

Schließlich fragte er, ohne nachzudenken: »Kant, Arthur? Ernsthaft? Ausgerechnet Kant?«

Mr. Parnassus' Augen funkelten im trüber werdenden Sonnenlicht. »Er hatte seine Schwachpunkte.«

»Die größte Untertreibung, die ich je gehört habe. Schopenhauer sagte ...«

»*Schopenhauer?* Ich nehme jedes nette Wort über dich zurück, das mir je über die Lippen gekommen ist, Linus. Hiermit wirst du von der Insel verbannt. Verschwinde sofort.«

»Einige seiner Abhandlungen waren äußerst pointiert! Und seine Kritik diente letztlich dazu, Kants Arbeit zu untermauern!«

Mr. Parnassus schnaubte abfällig. »Untermauerung war nicht das, was Kant ...«

»Mein guter Mann, jetzt bist du aber wirklich auf dem Holzweg.«

Und so ging es immer weiter und weiter.

ZEHN

Die Fähre wartete bereits am Anleger, als Ms. Chapelwhite das Auto abbremste. Linus entdeckte Merle oben an Deck. Er winkte sie mit finsterer Miene heran. »Nicht gerade mit Geduld gesegnet, der Kerl, oder?«, stellte Linus fest, während sich die Luke der Fähre senkte.

»Sie haben ja keine Ahnung«, murmelte Ms. Chapelwhite. »Tut immer so, als würde er dringend woanders gebraucht. Dabei ist Mr. Parnassus der Einzige, der überhaupt für die Nutzung dieser schäbigen Schüssel bezahlt, und das weiß er ganz genau. Wir bräuchten es nicht einmal, tun es aber trotzdem, um des lieben Friedens willen.«

»Wie wollen Sie denn ohne ... Warten Sie. Nein, ich will es gar nicht wissen. Sollen wir?«

Sie seufzte schwer. »Wenn es denn sein muss.«

»Ich fürchte, es muss sein«, erwiderte Linus weise.

Sie warf ihm einen Seitenblick zu, legte den Gang ein und ließ den Wagen langsam vorwärtsrollen. Eigentlich hatte Linus mit einer Antwort gerechnet, aber sie schwieg. Unwillkürlich fragte er sich, ob er zu viel hineinprojizierte.

Die Fähre schaukelte leicht, als der Wagen an Bord rollte, und Linus spürte ein gewisses Zwicken im Magen, aber es war lange nicht so schlimm wie bei seiner Ankunft vor einer Woche. Dieser Gedanke ließ ihn kurz innehalten. War das wirklich erst eine Woche her? Er war an einem Samstag hier angekommen, und ... ja, genau eine Woche. Aber warum überraschte ihn das so? Er litt noch immer unter Heimweh, aber es war zu einem dumpfen Druck irgendwo in seinem Bauch zusammengeschrumpft.

Was vermutlich kein gutes Zeichen war.

Ms. Chapelwhite stellte den Motor ab, und die Luke hinter ihnen hob sich. Irgendwo über ihnen tönte das Signalhorn, dann fuhren sie los. Linus streckte eine Hand aus dem Fenster und ließ den Wind zwischen seinen Fingern hindurchgleiten.

Es vergingen nur wenige Minuten, bis Merle auftauchte. »Haben Sie mein Geld?«, forderte er. »Und denken Sie dran: Der Preis hat sich verdoppelt.«

Mit einem höhnischen Schnauben erwiderte Ms. Chapelwhite: »Habe ich nicht vergessen, Sie alter Zausel.« Sie beugte sich zum Handschuhfach hinunter.

Linus wurde kurz von Panik erfasst. »Wer steuert denn jetzt die Fähre?«

Stirnrunzelnd sah Merle ihn an. »Die Dinger kommen weitgehend allein zurecht. Computer, wer hätte das gedacht?«

»Oh.« Ohne nachzudenken fügte Linus hinzu: »Und wozu werden Sie dann noch gebraucht?«

Merles Blick wurde eisig. »Was haben Sie gesagt?«

»Das Fahrgeld«, verkündete Ms. Chapelwhite zuckersüß und drückte ihm einen Umschlag in die Hand. »Und Mr. Parnassus hat mich gebeten, Ihnen etwas auszurichten: Er hofft sehr, dass sich Ihre Gebühren in absehbarer Zeit nicht noch einmal verdoppeln werden.«

Merles Hand zitterte leicht, als er sich den Umschlag schnappte. »Darauf wette ich. Geschäft ist eben Geschäft. Schwierige Wirtschaftslage zurzeit.«

»Tatsächlich? Ist mir gar nicht aufgefallen.«

Ein grausamer Zug schlich sich in Merles Grinsen. »Natürlich nicht. Solche wie Sie halten sich ja sowieso für was Besseres ...«

»Sie sollten sich besser in Zurückhaltung üben«, riet ihm Linus, »und aufpassen, dass Sie dieses Geld nicht sofort für

Schnaps auf den Kopf hauen. Wie sollen Sie denn sonst diese harte Wirtschaftslage überstehen?«

Merle warf ihm einen bösen Blick zu, fuhr auf dem Absatz herum und stapfte zurück zum Ruderhaus.

»Mistkerl«, brummte Linus. Als er sich zu Ms. Chapelwhite umdrehte, stellte er fest, dass sie ihn wortlos musterte. »Was ist?«

Kopfschüttelnd meinte sie: »Sie ... ach, nicht weiter wichtig.«

»Raus mit der Sprache, Ms. Chapelwhite.«

»Wollen wir uns nicht duzen? Ich heiße Zoe. Das mit der Ms. Chapelwhite wird langsam anstrengend.«

»Zoe«, wiederholte Linus zögernd. »Ich denke ... das geht in Ordnung.«

»Und du bist Linus, richtig?«

»Mir ist schleierhaft, warum das so wichtig sein sollte«, brummte er, lehnte ihr Angebot aber auch nicht ab.

Sie setzte ihn vor dem Postamt ab und zeigte die Straße hinunter zu einem Lebensmittelladen. »Komm rüber, wenn du hier fertig bist. Ich werde mich beeilen. Ich will schnell zurück auf die Insel, damit wir nicht zu spät kommen.«

»Zu spät wozu?«, erkundigte er sich, eine Hand bereits am Türgriff, die andere um einen großen, flachen Umschlag gelegt.

Sie grinste ihn an. »Heute ist der zweite Samstag im Monat.«

»Und?«

»Abenteuertag für die Kinder. Das hat bei uns Tradition.«

Das klang für Linus gar nicht gut. »Was für Abenteuer genau?«

Zoe musterte ihn von Kopf bis Fuß. »Ich werde noch ein paar Sachen für dich besorgen müssen. Diese Kleidung geht gar nicht, und ich denke nicht, dass du viel anderes mitgebracht hast. Welche Hosengröße trägst du?«

Das ging nun wirklich zu weit. »Ich denke nicht, dass dich das irgendetwas angeht!«

Sie schubste ihn einfach aus dem Wagen. »Ich kann es mir vorstellen. Überlass alles mir. Wir sehen uns dann im Laden!«

Mit quietschenden Reifen fuhr sie davon. Einige Passanten starrten ihn an, als der Qualm von der Straße aufstieg. Hustend wedelte Linus ihn fort. »Guten Tag«, grüßte er ein Pärchen, das Arm in Arm an ihm vorbeispazierte. Die beiden wandten sich hochnäsig ab und überquerten hastig die Straße.

Linus blickte an sich herab. Er trug eine legere Hose, Anzughemd und Krawatte, sein übliches Outfit. Und er war sich nicht sicher, ob er überhaupt wissen wollte, was Ms. Chapelwhite - Zoe - für ihn plante. Auch egal. Er würde ein paar Takte mit ihr reden, wenn sie sich gleich wiedersahen.

Genau wie der Rest des Dorfes wirkte das Postamt hell und sonnig. Die Wände waren in warmen Pastelltönen gestrichen und mit übergroßen Muschelreihen verziert. An einem Infobrett hing das vertraute Plakat: SEHEN - MERKEN - MELDEN! REGISTRIERUNG HILFT UNS ALLEN!

Hinter dem Schalter stand ein Mann, der Linus wachsam beobachtete. Er hatte kleine Augen, und aus seinen Ohren wuchs büschelweise krauses Haar hervor. Sein Gesicht war braun und wettergegerbt. »Kann ich helfen?«

»Ich denke schon.« Linus trat an den Schalter. »Ich muss das hier an die Behörde für die Betreuung Magischer Minderjähriger schicken.« Er gab dem Mann den Umschlag mit seinem ersten Wochenbericht. Er war ziemlich ausführlich geraten, vermutlich umfangreicher als nötig, aber Linus hatte nicht viel an den siebenundzwanzig handgeschriebenen Seiten verändert.

»BBMM also?« Der Mann musterte den Umschlag mit unverhohlener Neugier, was Linus etwas nervös machte. »Hab schon gehört, dass die jemanden hergeschickt haben. Wurde verdammt noch mal auch Zeit, wenn Sie mich fragen.«

»Habe ich aber nicht«, erwiderte Linus steif.

Der Mann achtete gar nicht darauf. Er legte den Umschlag auf die Waage, bevor er sich wieder Linus zuwandte. »Ich hoffe mal, Sie werden das Richtige tun.«

Fragend sah Linus ihn an. »Und das wäre?«

»Den Laden dichtmachen. Der ist eine echte Gefahr.«

»Inwiefern?« Linus war stolz darauf, wie ruhig seine Stimme klang.

Der Mann beugte sich vor. Sein Atem roch klebrig süß nach Holunderbonbons. Mit gesenkter Stimme erklärte er: »Es gibt da gewisse Gerüchte, verstehen Sie?«

Linus musste sich zusammenreißen, um nicht angewidert zurückzuweichen. »Nein, tue ich nicht. Was für Gerüchte?«

»Üble Sachen«, behauptete der Mann. »Finstere Dinge. Das sind keine Kinder. Das sind Monster, die monströse Sachen anstellen. Es sind schon Leute rüber auf die Insel gefahren und nie wieder zurückgekehrt.«

»Welche Leute?«

Ein Achselzucken. »Sie wissen schon, Leute eben. Fahren da raus, und man hört nie wieder von ihnen. Und dann dieser Parnassus. Eine Schwuchtel, wie sie im Buche steht. Gott allein weiß, was der mit denen treibt, so ganz allein da draußen.« Nach einer kurzen Pause fügte der Mann hinzu: »Ich habe ein paar von denen gesehen.«

»Von den Kindern?«

Er schnaubte höhnisch. »Wenn man es so nennen kann, ja.«

Linus musterte ihn fragend. »Klingt fast so, als hätten Sie sie genau im Auge behalten.«

»Oh ja. Jetzt kommen sie nicht mehr her, aber als sie noch kamen, habe ich sie allerdings im Auge behalten, da können Sie drauf wetten.«

»Interessant. Es wäre kein Problem, meinem Bericht an die BBMM hinzuzufügen, dass ein Mann Ihres Alters ein ungesundes Interesse an Waisenkindern zeigt. Wäre das angemessen?

Vor allem, wo man Sie doch dafür bezahlt, Stillschweigen zu bewahren, wozu Sie ja offenbar nicht in der Lage sind.«

Der Mann wich einen Schritt zurück und riss entsetzt die Augen auf. »Das wollte ich damit nicht …«

»Ich bin nicht hier, weil ich an Ihrer Meinung interessiert wäre, Sir. Ich bin hier, um diesen Umschlag zu verschicken. Mehr wird von Ihrer Seite nicht verlangt.«

Nun wurden die Augen des Mannes schmal. »Drei fünfundzwanzig.«

»Ich brauche eine Quittung«, erklärte Linus, während er bezahlte. »Für die Erstattung. Geld wächst schließlich nicht auf Bäumen.«

Wortlos knallte der Mann die Quittung auf den Tresen. Linus unterschrieb, nahm seinen Durchschlag entgegen und hatte sich bereits abgewandt, als der Mann plötzlich fragte: »Sind Sie Linus Baker?«

Er drehte sich um. »Ja.«

»Habe eine Nachricht für Sie.«

»Wenn diese Nachricht dem ähnelt, was Sie mir gerade schon mitgeteilt haben, interessiert sie mich nicht.«

Der Mann schüttelte den Kopf. »Seien Sie nicht albern. Sie ist nicht von mir, auch wenn Sie besser auf mich hören sollten, wenn Sie nicht auch spurlos verschwinden wollen. Ist ein offizielles Schreiben. Von der BBMM.«

Eigentlich erwartete Linus nichts Derartiges, zumindest jetzt noch nicht. Er wartete geduldig, während der Mann in einer Kiste herumkramte, einen kleinen Umschlag hervorholte und ihn ihm überreichte. Er kam tatsächlich von der BBMM, wie der Mann gesagt hatte – mit offiziellem Siegel und allem Drum und Dran.

Linus wollte ihn schon aufreißen, als er den Blick des Mannes auf sich spürte.

Plötzlich kam ihm ein Gedanke. »Sagen Sie mal, Sie kennen sich nicht zufällig im Floßbau aus, oder?«

Verwirrt starrte der Mann ihn an. »Floßbau, Mr. Baker?«

Linus lächelte verkniffen. »Vergessen Sie's.« Damit verließ er das Postamt.

Draußen auf der Straße öffnete er den Umschlag. Er enthielt nur ein einziges Blatt.

Linus faltete es auf und las:

BEHÖRDE FÜR DIE BETREUUNG
MAGISCHER MINDERJÄHRIGER
BÜRO DES ALLERHÖCHSTEN MANAGEMENTS

Mr. Baker:

Wir sehen Ihren Berichten mit Spannung entgegen. Nur zur Erinnerung: Wir erwarten von Ihnen, dass Sie nichts auslassen.

Absolut gar nichts.

Mit freundlichen Grüßen

Charles Werner

Charles Werner
Allerhöchstes Management

Linus starrte die wenigen Zeilen lange an.

Er fand Zoe im Lebensmittelladen, genau wie sie es gesagt hatte. Ihr vollgepackter Einkaufswagen stand vor der Fleischtheke, wo sie offenbar gerade in eine Diskussion mit dem Metzger verstrickt war. Auf der Theke lag ein großes, bereits eingewickeltes Stück Fleisch. »Alles klar?«, fragte Linus, als er zu ihr trat.

»Bestens«, murmelte Zoe und warf dem Metzger einen finsteren Blick zu. »Wir feilschen nur.«

»Nix feilschen«, wehrte der Metzger mit einem holprigen Akzent ab, den Linus nicht ganz zuordnen konnte. »Nix feilschen. Alles teurer jetzt!«

Misstrauisch kniff Zoe die Augen zusammen. »Für jeden?«

»Ja!«, beharrte der Fleischer. »Für jeden!«

»Das glaube ich Ihnen nicht.«

»Dann nehme ich Fleisch zurück.«

Blitzschnell streckte Zoe die Hand aus und schnappte sich das Fleisch. »Nein, schon gut. Aber das werde ich mir merken, Marcel. Glauben Sie nicht, dass ich das so schnell vergesse.«

Der Mann hinter der Theke zuckte zusammen, sagte aber nichts mehr. Zoe ließ das Fleischpaket in den Wagen fallen und ging weiter. Linus folgte ihr.

»Was war das gerade?«

Sie lächelte verkniffen. »Nichts, was ich nicht regeln könnte. Hast du deinen Bericht abgeschickt?«

»Ja.«

»Und vermutlich wirst du mir nicht verraten, was drinsteht.«

Empört sah er sie an. »Selbstverständlich nicht! Es handelt sich dabei um eine vertrauliche Mitteilung, die einzig und allein für ...«

Zoe winkte ab. »Einen Versuch war es wert.«

»... des Weiteren wird auf Seite 519 der *VORGABEN UND VERORDNUNGEN* in Paragraf 12 eindeutig festgelegt, dass ...«

Zoe seufzte schwer. »Das habe ich mir jetzt wohl selbst eingebrockt.«

Kurz überlegte Linus, ob er Zoe (äußerst merkwürdig, sie mit ihrem Vornamen anzusprechen; in höchstem Maße unüblich war das) erzählen sollte, was der Mann im Postamt gesagt hatte. Doch er entschied sich dagegen, auch wenn er nicht genau sagen konnte warum. Vielleicht, weil er das Gefühl hatte, das alles wäre nicht neu für sie. Außerdem schien die Sonne, es war ein herrlicher Tag. Den sollten sie sich nicht mit dem Gefasel eines Fanatikers verderben.

Der herrliche Tag wurde kurz nach ihrer Rückkehr auf die Insel ganz von selbst verdorben.

Also wirklich. Eigentlich hätte er es wissen müssen.

Merle hatte nicht viel von sich gegeben außer gemurmelten Beschwerden darüber, wie lange sie gebraucht hatten. Das ignorierten sie einfach. Während der Überfahrt beobachtete Linus eine Möwe, die der Fähre folgte, und musste plötzlich an sein Mauspad in der BBMM denken; an das Bild vom Strand mit der Frage, ob er sich dorthin wünsche.

Nun war er dort. Hier. Er war tatsächlich hier.

Und das war ein gefährlicher Gedanke. Denn dies war keine Urlaubsreise, keine verdiente Auszeit nach all der harten Arbeit. Er war noch immer bei der Arbeit, egal wo er sich gerade befand, das durfte er nicht vergessen. Schon jetzt hatte er die ihm vertrauten Grenzen weit überschritten – die Duzerei mit Zoe und Arthur war wirklich nicht sehr professionell –, aber nun lagen nur noch drei Wochen vor ihm. Dann wartete wieder sein Häuschen auf ihn, mit seinen Sonnenblumen. Calliope wollte bestimmt wieder nach Hause, auch wenn sie hier oft stundenlang reglos im Garten in der Sonne lag. Gut, dann hatte sie eben zum ersten Mal für ihn miaut, als er ihr neulich vorsichtig den Kopf gestreichelt hatte (mit der leisen Befürchtung, gleich eine Hand zu verlieren). Und? Das hatte rein gar nichts zu bedeuten.

Linus hatte ein Leben.

Ein Leben, das unglücklicherweise darauf aus zu sein schien, die Grenzen seiner geistigen Gesundheit zu strapazieren.

Nun stand er im Gästehaus vor dem Spiegel und betrachtete sich. »Oje.«

Zoe hatte ihm eine Tüte in die Hand gedrückt und erklärt, sie hätte ihm ein Outfit für das geplante Abenteuer am Nachmittag besorgt. Dann hatte sie die restlichen Einkäufe aus dem Wagen gehoben, als wären sie schwerelos, und hatte in keinster Weise auf seinen Protest geachtet. Schließlich hatte sie ihn einfach in der Auffahrt stehen lassen.

Ursprünglich hatte er die Tüte gar nicht auspacken wollen.

Wenn er sie im Gästehaus liegen ließ und so tat, als gäbe es sie nicht, musste er auch nicht hineinsehen.

Um sich abzulenken, räumte er die frisch gewaschene Kleidung weg, die er auf seinem Bett vorgefunden hatte, versehen mit einem Zettel: *Ihr wöchentlicher Wäschereiservice ist erfolgt. Wir bedanken uns für Ihren Aufenthalt auf der Insel Marsyas! Ihr Page Chauncey.* Dass Chauncey offenbar seine gesamte Kleidung (inklusive Unterwäsche) gewaschen hatte, war untragbar. Linus würde ein ernstes Gespräch über das Thema Grenzen mit ihm führen müssen. Bestimmt wollte er auch ein Trinkgeld dafür.

Während er seine Krawatten ordentlich aufhängte, wurde ihm bewusst, dass erst drei Minuten vergangen waren. Und dass er immer noch an die Tüte dachte.

»Nur ein kleiner Blick«, murmelte er.

Er riskierte einen kleinen Blick.

»Was zum ...?«, fragte er in den leeren Raum hinein. »Ganz sicher nicht. Das ist höchst unangemessen. Also, ich ... niemals. Für wen hält sie sich eigentlich? Elementargeister - wirklich zu nichts zu gebrauchen.«

Er verschloss die Tüte wieder und warf sie zurück auf den Boden, ganz hinten in die Ecke.

Dann setzte er sich auf die Bettkante. Vielleicht sollte er mal wieder einen Blick in die *VORGABEN UND VERORDNUNGEN* werfen, um sein Gedächtnis etwas aufzufrischen. Eine solche Neujustierung hatte er offenbar nötig. Er wurde viel zu ... vertraulich mit den Leuten hier. Ein Sachbearbeiter musste stets eine gewisse Distanz wahren. Nur so konnte er objektiv bleiben und verhindern, dass seine Ansichten beeinflusst oder verfälscht wurden. So etwas konnte einem Kind zum Nachteil gereichen. Er musste professionell bleiben.

Fest entschlossen stand er auf. Vielleicht könnte er ja auf der Veranda in der Sonne lesen. Das klang wirklich gut.

Doch zu seiner großen Überraschung griff er nicht nach dem dicken Wälzer, sondern nach der Tüte. Öffnete sie, blickte hinein. Ihr Inhalt war unverändert.

»Passt wahrscheinlich sowieso nicht«, brummte er. »Als ob sie nach einem kleinen Blick meine Größe erraten könnte. Sie sollte mich überhaupt gar nicht so taxieren. Das ist unhöflich.«

Und nun war es ihm natürlich ein Bedürfnis zu beweisen, dass sie falschgelegen hatte. So würde er Zoe bei ihrer nächsten Begegnung (irgendwann, und ganz sicher nicht nach irgendeinem albernen Abenteuer) raten können, besser nicht den Beruf des persönlichen Einkäufers für sich in Betracht zu ziehen, da sie ja offensichtlich schlecht darin war.

Genau. So würde er es machen.

Er zog die Kleider an.

Sie passten perfekt.

Fassungslos betrachtete er sich im Spiegel.

Er sah aus, als wollte er in den Weiten der Serengeti oder im brasilianischen Urwald auf Safari gehen: khakifarbene Shorts, dazu ein farblich passendes Hemd mit Kragen. Die obersten Knöpfe waren entfernt (so wie es aussah *abgerissen*) worden, weshalb es nun am Hals offen stand und seine weiche, blasse Haut zeigte. Linus konnte sich nicht daran erinnern, überhaupt jemals so viel Haut gezeigt zu haben; seine Beine waren geisterhaft bleich. Noch schlimmer wurde das Ganze durch die braunen, bis halb unter die Knie reichenden Socken und die festen, unbequemen Stiefel, die offenbar nie zuvor getragen worden waren.

Aber am schrecklichsten war der Tropenhelm, der das Outfit abrundete. Er fühlte sich merkwürdig an auf seinem Kopf.

Während er sich so im Spiegel betrachtete, stellte er sich die Frage, warum er nicht aussah wie die Forscher in den Abenteuergeschichten, die er als Kind gelesen hatte (sehr zum Verdruss seine Mutter, weshalb er sie unter seinem Bett versteckt und nur nachts mithilfe einer Taschenlampe verschlungen hatte), sondern eher wie ein braunes Ei mit Gliedmaßen.

»Nein.« Entschieden schüttelte er den Kopf. »Sicher nicht. Das mache ich nicht. Auf keinen Fall mache ich das. Das ist lächerlich. Das alles ist…«

Ein lautes Pochen an der Haustür unterbrach sein Selbstgespräch.

Stirnrunzelnd wandte er sich vom Spiegel ab.

Wieder klopfte es.

Linus seufzte schwer. Natürlich, sein Glück mal wieder.

Er ging zur Tür, holte einmal tief Luft und öffnete sie.

Auf der Veranda standen fünf Kinder in ähnlich abenteuerlichen Forscheroutfits. Selbst Theodore trug eine Art khakifarbene Weste mit Schlitzen für seine Flügel. Er richtete sich auf und zwitscherte laut, bevor er sich aufgeregt um die eigene Achse drehte.

»Boah.« Talia musterte ihn eingehend. »Sie sind ja *wirklich* rund. So wie ich!«

Phee beugte sich mit flatternden Flügeln vor und studierte kritisch seine Knie. »Warum sind Sie so blass? Gehen Sie denn nie nach draußen? Sie sind ja beinahe so durchscheinend wie Chauncey.«

Chaunceys Augen tanzten fröhlich auf ihren Stielen. »Hallo! Hoffentlich haben Sie Ihre korrekt gereinigte Wäsche gefunden. Sollte etwas fehlen, liegt das daran, dass ich es verloren habe, was mir wirklich furchtbar leidtut. Bitte geben Sie mir trotzdem eine positive Bewertung.« Er streckte einen Tentakel aus.

Linus sah ihn nur mahnend an.

Seufzend zog Chauncey den Tentakel zurück. »Ach, Mensch.«

Lucy grinste Linus über einen falschen Schnurrbart hinweg an, der einige Nummern zu groß war für sein Gesicht. Er hatte ebenfalls ein Forscherkostüm angelegt, allerdings war seines rot, und aus Gründen, die Linus lieber gar nicht näher beleuchten wollte, trug er eine Augenklappe. »Hallo, Mr. Baker. Ich bin der Leiter dieser Expedition, auf der wir den

Schatz der Inselelementaren finden wollen. Ich freue mich, dass Sie sich dafür entschieden haben, sich uns anzuschließen! Höchstwahrscheinlich werden Sie eines schrecklichen Todes sterben durch die Hände und Zähne von Kannibalen, die Sie sicherlich bei lebendigem Leib am Spieß braten und die Säfte auflecken werden, die aus Ihrer aufplatzenden Haut tropfen. Wenn Sie Glück haben, erliegen Sie vorher der nekrotisierenden Fasziitis, die Sie sich durch einen Insektenbiss zuziehen. Dann wird Ihr Körper um Sie herum verfaulen, bis Sie nicht mehr sind als ein Haufen Knochen und blutiger Schleim. Es wird einfach herrlich!«

Fassungslos starrte Linus ihn an.

»Kinder, lasst Mr. Baker doch noch Platz zum Atmen, ja?«, schaltete sich eine weitere Stimme ein.

Als Linus den Blick hob, sah er Arthur vor dem Gästehaus stehen. Sal hatte sich halb hinter ihm versteckt und spähte nervös zu Linus hinüber. Der Junge war genauso verkleidet wie die restlichen Kinder. Als er Linus' Blick bemerkte, versuchte er, seinen massigen Körper noch weiter hinter Arthur zu schieben. Ein zum Scheitern verurteiltes Unterfangen, da er selbst ziemlich breit und Arthur schmal wie ein Zaunpfahl war.

Linus bekam einen Kloß im Hals, als er registrierte, wie schneidig Arthur in seinem Forscheroutfit aussah. Im Gegensatz zu den khakifarbenen Ensembles der anderen waren bei ihm Hose und Hemd schwarz, und er trug eine rote Schärpe über der Brust. Außerdem meinte Linus, eine Schwertscheide mit einer Art Machete an seiner Hüfte zu erkennen. In seinem Gesicht prangte wie bei Lucy ein Schnurrbart, allerdings mit einer wesentlich weniger lächerlichen Wirkung. Der Bart zuckte kurz, als Arthur ihm ein Lächeln schenkte. Linus wurde rot und wandte den Blick ab. Plötzlich war ihm ganz heiß. Nun war er ein erhitztes, rundes Ei mit bleichen Gliedmaßen.

Bislang hatte er sich nie sonderlich viele Gedanken um sein Aussehen gemacht. Und jetzt musste er auch ganz sicher nicht damit anfangen. Dieser Besuch unterschied sich in keinster Weise von den bisherigen seiner Laufbahn.

Überprüfung, rief er sich ins Gedächtnis.

Nicht Besuch.

Er setzte dazu an, die Einladung auszuschlagen, die in gewisser Weise an ihn herangetragen worden war (und zwar nicht, weil er wirklich an die Geschichte mit den Kannibalen glaubte, obwohl man sich da bei Lucy wohl nicht ganz sicher sein konnte).

Doch bevor er auch nur ein Wort sagen konnte, sprang Lucy von der Veranda und warf sich mit in die Hüften gestemmten Händen in Pose. »Lasset das Abenteuer beginnen!«, rief er. Dann stolzierte er im Stechschritt auf das Dickicht zu.

Die anderen Kinder folgten ihm. Theodore schwang sich in die Luft und schwebte dicht über ihren Köpfen. Nach einem ängstlichen Blick zu Linus rannte Sal hinter den anderen her.

»Kommst du, Linus?«, fragte Arthur.

»Dein Schnurrbart sieht albern aus«, brummte der, stieg die Verandastufen hinab und stapfte hinter den Kindern her.

Und tat angestrengt so, als hätte er das leise Lachen hinter sich nicht gehört.

»Okay.« Lucy blieb am Waldrand stehen und drehte sich mit weit aufgerissenen Augen zur Gruppe um. »Wie ihr alle wisst, gibt es hier einen boshaften Elementargeist …«

»Hey!«, protestierte Phee sofort.

»Lucy, wir bezeichnen andere nicht als boshaft«, mahnte Arthur, während Theodore sich auf seiner Schulter niederließ. »Das ist unhöflich.«

Lucy verdrehte die Augen. »Also schön, ich nehme es zurück. Es gibt hier einen *mordlüsternen* Elementargeist …« Er unterbrach sich, als warte er auf weitere Einwände. Es kamen keine. Selbst Phee schien voll freudiger Erwartung zu sein. Linus hatte das Gefühl, dass die eigentliche Lektion völlig verpufft war, hielt es aber für klüger, nichts zu sagen. »Einen mordlüsternen Elementargeist, der tief im Wald einen Schatz versteckt hat, welchen wir uns nun holen werden. Ich kann nicht versprechen, dass ihr überlebt. Denn selbst wenn wir es bis zu dem Schatz schaffen, werde ich euch höchstwahrscheinlich aufs Scheußlichste hintergehen, euch an die Krokodile verfüttern und lachen, wenn sie eure Knochen zermalmen ...«

»Lucy«, mahnte Arthur wieder.

Der Junge seufzte. »Diesmal bin ich der Anführer«, verkündete er schmollend. »Du hast gesagt, ich kann das so machen, wie ich es will.«

»Das stimmt«, bestätigte Arthur, »aber heimtückischer Verrat ist nicht inbegriffen.«

»Aber ich bin insgeheim doch ein Bösewicht!«

»Vielleicht könnten wir ja alle Bösewichte sein«, schlug Chauncey feuchtklebrig vor.

»Du weißt doch gar nicht, wie man böse ist«, widersprach Talia. »Du bist viel zu nett dafür.«

»Nein, ich kann böse sein! Sieh her!« Er ließ wild die Augen tanzen und richtete sie dann auf Linus. »Mr. Baker! Nächste Woche werde ich Ihre Wäsche nicht machen! Ha, ha, ha!« Panisch flüsternd fügte er hinzu: »War nur Spaß. Ich werde sie machen. Bitte lassen Sie mich Ihre Wäsche machen. Nehmen Sie mir das nicht weg.«

»Ich will ein Bösewicht sein«, beschloss Phee. »Vor allem, weil wir es hier mit einem mordlüsternen Elementargeist zu tun bekommen. Falls ihr es noch nicht wisst: Ich bin *auch* ein Elementargeist, da sollte ich also auch mordlüstern sein.«

»Ich wollte schon immer mal jemanden umbringen.« Talia strich sich zufrieden über den Bart. »Reicht die Zeit noch, damit ich zurückgehen und meinen Spaten holen kann?«

Theodore fletschte die Zähne und fauchte grimmig.

»Sal?«, fragte Lucy mürrisch. »Willst du etwa auch ein Bösewicht sein?«

Sal spähte über Arthurs Schulter. Nach kurzem Zögern nickte er.

»Na schön!« Frustriert riss Lucy die Arme hoch. »Dann sind wir eben *alle* böse.« Mit einem fiesen Grinsen musterte er die Gruppe. »Und vielleicht kann ich doch noch Verrat an euch allen üben, indem ich insgeheim *gut* bin und …« Mit angewiderter Miene streckte er die Zunge heraus. »Nein, das klingt schrecklich. Kotz. Igitt. Würg.«

Linus hatte ein wirklich mieses Gefühl bei der Sache.

Lucy ging voran und krakeelte so laut, dass die Vögel mit verärgerten Schreien aus den Bäumen aufflogen. Er fragte Arthur, ob er seine Machete benutzen dürfe, um sich einen Weg durch die dichten Ranken zu bahnen, die von den Bäumen herabhingen – sehr zu Linus' Schrecken. So war er erleichtert, als Arthur mit der Begründung ablehnte, Gerätschaften dieser Art sollten nur von älteren Kindern benutzt werden.

Und es schien auch nicht notwendig zu sein. Wann immer sie an eine Stelle kamen, wo der dichte Wuchs des Waldes ihnen den Durchgang verwehrte, trat Phee in Aktion. Mit leise zitternden, funkelnden Flügeln hob sie die Hände, woraufhin die Ranken an den Baumstämmen in die Höhe krochen und den weiteren Weg freigaben.

Die Kinder schrien begeistert, und Phee grinste selbstzufrieden. Linus kam der Gedanke, dass sie den Weg vielleicht überhaupt erst so hatte zuwuchern lassen, damit ihre Hilfe nötig wurde. Selbst auf Sals Gesicht zeigte sich ein Lächeln, als die Ranken eilig in den Baumkronen verschwanden.

Linus, der in der vergangenen Woche zwar mehr Frischluftaktivität durchgestanden hatte als im gesamten letzten Jahr, musste schnell erkennen, dass er deshalb noch lange nicht fit war. Nicht einmal annähernd. Bald schon keuchte und schnaufte er, und der Schweiß lief ihm in Strömen über das Gesicht. Er bildete zusammen mit Arthur die Nachhut, und er war unglaublich dankbar, dass dieser offenbar nichts gegen ein entspanntes Tempo einzuwenden hatte.

»Wohin gehen wir?«, fragte er nach gefühlt mehreren Stunden, die in Wahrheit nicht einmal eine gewesen waren.

Arthur – der nicht einmal aus der Puste zu sein schien – zuckte gelassen mit den Schultern. »Ich bin vollkommen ahnungslos. Ist das nicht herrlich?«

»Offenbar haben du und ich sehr unterschiedliche Vorstellungen vom Begriff *herrlich*. Liegt diesem Ausflug überhaupt irgendein Plan zugrunde?«

Arthur lachte. Beunruhigt stellte Linus fest, wie sehr ihm das gefiel. »Tag für Tag leben sie nach einem festen Plan: Frühstück um acht, danach Unterricht. Abendessen um halb acht, Schlafenszeit um neun. Meiner Meinung nach tut es der Seele unglaublich gut, wenn die Routine hin und wieder durchbrochen wird.«

»Laut den *VORGABEN UND VERORDNUNGEN* sollten Kinder keinesfalls ...«

Arthur kletterte mühelos über einen mit Moos bewachsenen Baumstamm, der quer über dem Weg lag. Dann drehte er sich um und streckte die Hand aus. Linus zögerte, griff dann aber zu. Bei ihm sah das Ganze wesentlich weniger elegant aus, aber Arthur verhinderte zumindest, dass er auf die Nase fiel. Als die Kinder nach ihnen riefen, ließ er Linus' Hand los. »Offenbar lebst du nach diesem Buch.«

Das konnte Linus nicht auf sich sitzen lassen. »Das tue ich *nicht*. Und selbst wenn, würde es sicher nicht schaden. Es schafft den richtigen Rahmen, um glückliche und gesunde Kinder großzuziehen.«

»Ist das so?«

Linus meinte einen gewissen Spott zu erkennen, dem aber jede Boshaftigkeit fehlte. Er bezweifelte, dass Arthur Parnassus überhaupt zu irgendeiner Form von Grausamkeit fähig war. »Es wurde aus einem bestimmten Grund geschrieben,

Arthur. Es ist ein Leitfaden für die Welt der magischen Minderjährigen. Experten aus unterschiedlichen Bereichen haben ihren Beitrag …«

»Menschliche Experten.«

Linus blieb stehen, stützte sich an einem Baum ab und versuchte, wieder zu Atem zu kommen. »Was?«

Arthur hob sein Gesicht den Baumwipfeln entgegen. Ein Sonnenstrahl drang durch das Blattwerk und tauchte ihn in goldenes Licht. Für einen Moment schien er nicht von dieser Welt zu sein. »Menschliche Experten«, wiederholte er. »An der Entstehung dieses Wälzers hat kein einziges magisches Wesen mitgewirkt. Jedes einzelne Wort entstammt dem Gehirn und der Hand eines Menschen.«

Linus war irritiert. »Also … das ist … das kann nicht stimmen. Ganz sicher hat irgendjemand aus der Gemeinschaft der Magischen etwas beigesteuert.«

Arthur sah ihn an. »Aus welcher Position heraus denn? Kein wichtiger Posten wurde je mit einem magischen Wesen besetzt. Weder in der BBMM noch in der Regierung. Sie werden gar nicht erst zugelassen. Werden zu einer Randgruppe gemacht, ganz unabhängig von ihrem Alter.«

»Aber … es gibt *Ärzte* unter ihnen. Und … Anwälte! Genau, *Anwälte*. Ich persönlich kenne eine sehr nette Todesfee, die Anwältin ist. Sehr seriöse Person.«

»Und in welchem Rechtsgebiet ist sie tätig?«

»Sie arbeitet mit magischen Wesen, die gerichtlich gegen … ihre Registrierung … vorgehen möchten …«

»Ah, verstehe. Und die Ärzte?«

Ein unschöner Druck machte sich in Linus' Magengrube breit. »Die behandeln nur magische Wesen.« Durch ein Kopfschütteln versuchte er, seine Gedanken zu ordnen; sie waren erschreckend wirr. »Alles hat seinen Grund, Arthur. Schon unsere Vorgänger wussten, dass es nur eine Möglichkeit gibt, um magischen Personen die Anpassung an unsere Kultur zu ermöglichen: indem man strenge Regeln aufstellt, die für einen gelungenen Übergang sorgen.«

Eine gewisse Härte schlich sich in Arthurs Miene. »Und wer sagt, dass sie sich überhaupt anpassen müssen? Hat man ihnen denn eine Wahl gelassen?«

»Nun ja … nein. Wohl eher nicht. Aber es dient doch dem Allgemeinwohl!«

»Wessen Wohl genau? Was passiert denn, wenn sie erwachsen werden, Linus? Es ist doch nicht so, als würde sich bis dahin irgendetwas ändern. Sie werden immer noch registriert werden. Man wird sie immer noch überwachen. Ständig wird ihnen jemand über die Schulter schauen, wird jeden ihrer Schritte beobachten. Das wird nicht enden, nur weil sie von hier fortgehen. Es wird immer dasselbe bleiben.«

Linus seufzte. »Ich möchte mich nicht mit dir darüber streiten.«

Arthur nickte. »Natürlich nicht. Denn wenn wir uns darüber streiten, hieße das ja, dass wir beide gedanklich so festgefahren sind, dass uns jede Bereitschaft fehlt, die Sache aus einem anderen Blickwinkel zu betrachten. Und ich weiß, dass ich nicht so verbohrt bin.«

»Ganz genau«, sagte Linus erleichtert. Dann: »Hey!«

Doch Arthur war bereits weitergegangen. Linus holte noch einmal tief Luft, wischte sich die Stirn und folgte ihm.

»Letztlich läuft es wieder auf Kant hinaus«, meinte Arthur, nachdem Linus ihn eingeholt hatte.

»Aber natürlich«, brummte der. »Einfach lächerlich, wenn du mich fragst.«

Arthur lachte leise. »Ob er recht hatte oder nicht, steht auf einem ganz anderen Blatt, aber er schafft doch eine interessante neue Perspektive bei der Frage, was Sitte und Moral eigentlich sind.«

»Die grundlegende Definition von Sittenlosigkeit ist die Sündhaftigkeit«, behauptete Linus.

»Das stimmt. Aber wer entscheidet, was was ist?«

»Millionen Jahre an biologischer Entwicklung. Wir strecken nicht die Hand ins Feuer, weil wir uns dann verbrennen. Und wir bringen uns nicht gegenseitig um, weil es falsch ist.«

Mit einem fröhlichen Lachen widersprach Arthur: »Und trotzdem tun die Leute noch immer beides. In meiner Jugend kannte ich einmal einen Phönix, der es liebte, das Feuer auf seiner Haut zu spüren. Und die Menschen bringen sich tagtäglich gegenseitig um.«

»Das kann man doch nicht gleichsetzen!«

»Hast du aber soeben getan«, konterte Arthur freundlich. »Ich vertrete hier denselben Standpunkt wie bei meinen Sitzungen mit Lucy: Die Allgemeinheit sieht alles am liebsten nur in Schwarz und Weiß, unterscheidet nur zwischen moralisch und unmoralisch. Aber es gibt jede Menge Grauzonen. Und nur weil jemand fähig ist, Böses zu tun, heißt das nicht automatisch, dass er diese Fähigkeit auch in die Tat umsetzen wird. Hinzu kommt noch die subjektive Vorstellung von Unmoral: Ich bezweifle stark, dass Chauncey je auch nur daran denken würde, seine Tentakel gewaltsam gegen jemanden zu erheben, nicht einmal, um sich zu verteidigen. Und doch reicht ein Blick aus, und die Menschen entscheiden, dass er ein Monster ist, allein aufgrund seines Aussehens.«

»Das ist ungerecht«, gab Linus zu. »Auch wenn ich ihn alle drei Tage morgens unter meinem Bett vorfinde.«

»Was nur daran liegt, dass er noch immer hin und her gerissen ist zwischen dem, was man ihm eingeredet hat, und dem, was er tatsächlich ist.«

»Aber nun hat er seinen Platz gefunden.« Linus duckte sich unter dem Ast hinweg.

Arthur nickte. »Ja, das hat er. Doch er wird ihn nicht für immer behalten können. Die Insel ist keine Dauerlösung, Linus. Selbst wenn du in deiner unendlichen Weisheit beschließt, dass bei uns alles beim Alten bleiben darf, wird er eines Tages in die

Welt hinausgehen müssen. Allein. Und ich kann nichts anderes tun, als ihn bestmöglich darauf vorzubereiten.«

»Aber wie kannst du ihn darauf vorbereiten, wenn du ihn nie von der Insel runter lässt?«

Wütend fuhr Arthur zu Linus herum. »Er ist kein Gefangener.«

Linus wich einen Schritt zurück. »Ich wollte nicht… das habe ich nicht… das weiß ich doch. Es tut mir leid, wenn das so rübergekommen ist.«

»Ich bereite sie darauf vor«, betonte Arthur noch einmal. »Aber in gewisser Weise schirme ich sie auch ab, ja. Sie… Trotz allem, was sie sind und wozu sie fähig sind… sie sind auch sehr zerbrechlich. Verloren sind sie, Linus. Sie alle. Sie haben nur einander, sonst niemanden.«

»Und dich«, ergänzte Linus leise.

»Und mich.« Arthur nickte. »Ich kann deinen Standpunkt ja verstehen, aber hoffentlich begreifst du auch meinen. Ich weiß, wie die Welt dort draußen funktioniert. Ich kenne ihre scharfen Krallen, weiß, dass sie dich immer dann erwischt, wenn du am wenigsten damit rechnest. Ist es da wirklich so schlimm, wenn ich versuche, ihnen das so lange wie möglich zu ersparen?«

Linus war sich nicht sicher, und das sagte er auch: »Aber je länger sie sich hier verstecken, desto schwieriger wird es, wenn die Zeit gekommen ist. Dieser Ort hier… diese Insel. Du hast es selbst gesagt: Das kann kein Dauerzustand sein. Jenseits des Meeres wartet eine ganze Welt auf sie, und auch wenn es keine gerechte Welt ist, müssen sie doch wissen, was sie dort draußen erwartet. Das hier kann nun einmal nicht alles sein.«

»Das ist mir bewusst.« Mit undurchdringlicher Miene starrte Arthur in den Wald hinein. »Aber manchmal tue ich gerne so als ob. Und an manchen Tagen fühlt es sich beinahe so an, als wäre es eben doch möglich.«

In Linus' Ohren klang das gar nicht gut. Das klang beinahe…

verdrossen. »Wie dem auch sei: Ich hätte nie gedacht, dass ich einmal mitten im Wald in Khakishorts moralphilosophische Diskussionen führen würde.«

Arthur lachte laut auf. »Ich finde dich einfach faszinierend.«

Wieder spürte Linus, wie ihm warm wurde. Und schob es auf die körperliche Anstrengung. Er schluckte. »Du hast also einmal einen Phönix gekannt?«

Arthur musterte ihn wissend, doch er wollte Linus offenbar nicht drängen. »Oh ja. Er war ... sehr wissbegierig. Obwohl ihm so einiges zugestoßen ist, hat er nie den Kopf in den Sand gesteckt. Ich denke oft daran, zu was für einem Mann er geworden ist.« Arthur schenkte ihm ein angespanntes Lächeln, und Linus wusste, dass das Gespräch damit beendet war.

Sie marschierten weiter in den Wald hinein.

Schließlich kamen sie am Strand auf der anderen Seite der Insel heraus. Ein schmaler Streifen nur, der aus weißen und braunen Steinen bestand. Jedes Mal, wenn die Wellen über ihn hinwegrollten, klapperten die Steine fröhlich.

»Langsam, Männer«, befahl Lucy und ließ den Blick suchend über den Strand gleiten. »Es riecht nach Ärger.«

»Wir sind nicht alle *Männer*«, stellte Talia gereizt fest. »Mädchen können auch Entdecker sein. Wie Gertrude Bell.«

»Und Isabella Bird«, ergänzte Phee.

»Und Mary Kingsley.«

»Und Ida Laura Pfeiffer.«

»Und Robyn ...«

»Okay, okay«, brummte Lucy, »schon verstanden. Mädchen können alles, was Jungs auch können. Oh, Mann.« Mit einem teuflischen Grinsen drehte er sich zu Linus um. »Mögen Sie Mädchen, Mr. Baker? Oder Jungs? Oder beides?«

Sämtliche Kinder wandten sich ihm zu und starrten ihn an.

»Ich mag eigentlich jeden«, brachte Linus mühsam hervor.

»Öde«, brummte Talia.

»Ich bin ein Junge!«, rief Chauncey. Dann verzog er kurz das Gesicht. »Glaube ich.«

»Du bist, wer du sein möchtest«, erklärte Arthur und tätschelte ihn zwischen den Augenstielen.

»Könnten wir bitte zu unserer Aufgabe zurückkehren?«, forderte Lucy. »Wir werden noch alle grausam abgeschlachtet, wenn ihr so weiterfaselt.«

Sal sah sich nervös um. Theodore hockte auf seiner Schulter und hatte seinen Schwanz locker um seinen Hals geschlungen. »Von wem?«

»Keine Ahnung.« Lucy blickte wieder am Strand entlang. »Aber wie ich bereits sagte: Es riecht nach Ärger!«

Die Kinder reckten schnüffelnd die Nasen. Selbst Theodore hob den Kopf und blähte die Nüstern.

»Also, ich rieche hier nichts außer Mr. Baker«, entschied Phee schließlich. »Weil er so schwitzt.«

»Ich bin derlei Anstrengungen nicht gewöhnt«, wehrte sich Linus empört.

»Genau«, sprang Talia ihm bei. »Ist ja nicht seine Schuld, dass er rundlich ist. Stimmt's, Mr. Baker? Wir Rundlichen müssen zusammenhalten.«

Dadurch fühlte Linus sich nicht unbedingt besser, doch er nickte. »Ganz genau.«

Talia strahlte.

Lucy hingegen verdrehte genervt die Augen. »*Ihr* könnt das gar nicht riechen. Nur ich, weil ich der Anführer bin. Es kommt von da.« Er zeigte auf ein Gehölz, das direkt hinter dem Strand begann. Ein dunkles, bedrohliches Gehölz.

»Und was ist es, Lucy?«, fragte Chauncey. »Sind es die Kannibalen?« Die Vorstellung schien ihn nicht besonders zu begeistern.

»Vermutlich. Vielleicht kochen sie gerade jemanden, während wir hier rumquatschen. Wir sollten definitiv hingehen und nachsehen. Ich wollte immer schon wissen, wie ein Mensch aussieht, der gerade gekocht wird.«

»Oder wir bleiben einfach hier«, schlug Talia vor. Sie griff nach Linus' Hand. Der schaute kurz zu ihr runter, versuchte aber nicht, sie ihr zu entziehen. »Ist vielleicht das Beste.«

Lucy schüttelte den Kopf. »Abenteurer kneifen nicht. Vor allem die weiblichen nicht.«

»Das stimmt«, bestätigte Phee grimmig. »Selbst bei Kannibalen nicht.«

Theodore versteckte jaulend den Kopf unter seinem Flügel. Sal streichelte beruhigend seinen Schwanz.

»Tapferkeit ist eine Tugend«, meinte Arthur. »In Zeiten der Not scheidet sie die Starken von den Schwachen.«

»Oder die Dummen von den Schlauen«, murmelte Talia und packte Linus' Hand noch fester. »Jungs sind dämlich.«

Da musste Linus ihr zustimmen, behielt das aber lieber für sich.

Lucy reckte stolz die Brust. »Ich bin tapfer! Und weil ich der Anführer bin, lautet mein tapferer Befehl, dass Arthur vorausgeht, um herauszufinden, ob es sicher ist. Wir anderen warten hier.«

Alle nickten.

Auch Linus.

Arthur sah ihn an und zog spöttisch eine Augenbraue hoch.

»Der Junge hat recht«, wehrte sich Linus. »Tapferkeit ist eine Tugend und so.«

Arthurs Mundwinkel zuckten. »Wenn ich muss.«

»Du musst«, bestimmte Lucy. »Und wenn es wirklich Kannibalen sind, ruf ganz laut, wenn sie anfangen, dich zu essen, damit wir noch weglaufen können.«

»Und wenn sie meinen Mund als Erstes verspeisen?«

Nachdenklich schaute Lucy zu ihm hoch. »Hm. Versuch, das zu verhindern.«

Arthur richtete sich auf, zog seine Machete und sprang auf einen Felsen, der von der Brandung umspült wurde. Nun sah er wahrhaft schneidig aus, wie ein Held aus alten Zeiten. Er zeigte mit seiner Machete auf das dunkle Gehölz. »Zum Wohle der Expedition!«, rief er.

»Zum Wohle der Expedition!«, brüllten die Kinder zurück.

Arthur zwinkerte Linus kurz zu, sprang von dem Felsen und rannte auf das Wäldchen zu. Die Schatten verschluckten ihn ... und er war fort.

Sie warteten.

Nichts geschah.

Sie warteten weiter.

Immer noch nichts.

»Oh-oh«, flüsterte Talia schließlich. »Ich glaube, sie haben doch mit seinem Mund angefangen.«

»Sollen wir zurückgehen?« Chaunceys Augen wackelten nervös.

»Weiß nicht.« Lucy blickte zu Linus hoch. »Ich bin froh, dass Sie hier sind.«

Linus war gerührt. »Vielen Dank, Lucy ...«

»Wenn die Kannibalen Jagd auf uns machen, werden sie Sie zuerst entdecken. Wir sind klein, und Sie haben jede Menge Fleisch auf den Rippen, was heißt, dass wir leichter entkommen können. Ihr baldiges Opfer wird dankend angenommen.«

Linus seufzte.

»Was sollen wir tun?«, fragte Phee besorgt.

»Ich denke, wir sollten ihm folgen«, entschied Sal.

Alle drehten sich zu ihm um.

Der Junge sah Linus einen Moment in die Augen, bevor er den Blick senkte. Seine Lippen verzogen sich, und er atmete einmal tief durch. »Er würde das auch für uns tun.«

Theodore zwitscherte leise und drückte seine Schnauze an Sals Ohr.

»Er hat recht«, nickte Lucy. »Arthur würde uns zu Hilfe kommen. Ich habe einen Beschluss gefasst: Wir werden Arthur folgen. Mr. Baker geht als Erster.«

»Deine Stärke als Anführer liegt offenbar mehr im Delegieren als im Führen«, stellte Linus trocken fest.

Lucy zuckte mit den Schultern. »Ich bin erst sechs. Na ja, zumindest dieser Körper hier. Eigentlich bin ich uralt, aber das tut jetzt nichts zur Sache.«

Linus spürte, wie der Boden leise bebte, ließ sich dadurch aber nicht aus dem Konzept bringen. »Wenn du darauf bestehst.«

»Das tue ich.« Lucy klang erleichtert. »Und wie ich darauf bestehe.«

Talia ließ Linus' Hand los, watschelte um ihn herum und fing an, von hinten gegen seine Waden zu drücken. »Gehen Sie. Los, los, los! Arthur könnte gerade gefressen werden, und Sie stehen hier nur rum!«

Wieder entkam Linus ein schwerer Seufzer. »Ich gehe ja schon.«

Natürlich war es albern. Es gab keine Kannibalen auf der Insel. Das war nur eine Geschichte, die Lucy sich ausgedacht hatte. Und sie war nicht einmal besonders gut.

Trotzdem brach Linus erneut der Schweiß aus, als er auf das Wäldchen zustapfte. Die Bäume hier sahen anders aus als in dem Wald, durch den sie hergekommen waren. Sie schienen um einiges älter zu sein, dichter. Und auch wenn es keine Kannibalen gab – Linus konnte verstehen, warum sie sich ausgerechnet dieses Wäldchen ausgesucht hätten, wenn sie existieren würden. Dies schien der perfekte Ort zu sein, um menschliches Fleisch zu verzehren.

Die Kinder bewiesen unglaublichen Mut. Sie folgten ihm, dicht aneinandergedrängt, mit weit aufgerissenen Augen. Und ungefähr fünfzehn Schritten Abstand.

Bei ihrem Anblick wollten in Linus so gar keine warmen Gefühle aufkommen.

Er hatte das Wäldchen erreicht. »Hallo, Arthur!«, rief er laut. »Bist du da drin?«

Keine Antwort.

Gereizt runzelte Linus die Stirn. Arthur nahm dieses Spiel eindeutig zu ernst.

Er rief noch einmal.

Wieder nichts.

»Oh-oh«, meldete sich Lucy hinter ihm zu Wort. »Wahrscheinlich haben sie ihn schon ausgeweidet.«

»Was bedeutet das?«, wollte Chauncey wissen. »Gibt es hier Weidenbäume? Mir gefallen die Kätzchen.«

»Es bedeutet, dass sie ihn aufgeschlitzt haben«, erklärte Talia. »Und seine Gedärme rausholen.«

»Oh. Das gefällt mir überhaupt nicht.«

Nun wurde es ihm zu dumm. Hier gab es keine Kannibalen. Linus holte tief Luft und betrat den Wald.

Es war … kühler hier drin. Kühler als der Schatten allein hätte sein sollen. Die schwüle Hitze war verschwunden, Linus fröstelte sogar. Vor ihm wand sich ein schmaler Pfad zwischen den Bäumen hindurch. Es sah nicht so aus, als wäre hier irgendetwas zerhackt oder aufgeschlitzt worden (weder Gestrüpp noch Arthur). Linus hielt das für ein gutes Zeichen.

Er wagte noch ein paar Schritte, drehte sich dann aber noch einmal kurz um. Die Kinder standen am Waldrand; offenbar hatte sie beschlossen, nicht weiterzugehen.

Phee reckte ermutigend beide Daumen.

Lucy rief: »Sie sind nicht tot!« Seine Enttäuschung war nicht zu überhören.

»Anführer arbeiten mit positiver Verstärkung«, erklärte ihm Talia.

»Oh. Sie sind nicht gestorben! Gut gemacht!«

»Das war besser«, lobte Talia.

Chauncey zog die Augenstiele ein, bis seine Augen direkt auf seinem Kopf klebten. »Das gefällt mir nicht.«

»Kommt mit«, sagte Sal. Theodore knabberte an seinem Ohr. »Wir gehen alle zusammen.« Er betrat den Wald, und die Kinder folgten ihm, noch immer dicht zusammengedrängt.

Linus spürte, wie ihm das Herz aufging.

Abrupt wandte er sich ab und setzte eine ausdruckslose Miene auf. Was war nur los mit ihm? So war das nicht gedacht. Er sollte eigentlich nicht ...

Auf dem Pfad vor ihm brach mit einem lauten Knall ein Baum aus dem Erdreich hervor und schoss in einer Staubwolke in die Höhe.

Linus stieß einen Schrei aus und sprang zurück.

Die Kinder schrien.

Über das Ächzen des Baumes hinweg erhob sich eine Stimme: »Wer wagt es, meinen Wald zu betreten?«

Linus erkannte schon nach wenigen Worten, dass es Zoe war. Er atmete auf. Später würde er ein ernstes Wort mit ihr und Arthur reden müssen.

Die Kinder stürmten los, scharten sich um Linus und sahen mit großen Augen zu ihm hoch.

»Wer ist das?«, flüsterte Lucy. »Sind das die Kannibalen?«

»Ich weiß nicht.« Linus sah ihn an. »Könnte sein. Und obwohl ich eine ganze Mahlzeit abgebe, könnte es auch sein, dass sie nach Arthur schon ziemlich satt sind und sich nur noch für ... einen kleinen Snack interessieren.«

Talia keuchte entsetzt. »Aber ... aber ... ich bin ein kleiner Snack.«

»Wie wir alle«, stöhnte Phee.

»Oh nein!« Chauncey versuchte mit mäßigem Erfolg, sich zwischen Linus Beine zu quetschen.

Sal hingegen musterte mit schmalen Augen die Bäume ringsum. Theodore hatte seinen Kopf unter Sals T-Shirt geschoben. »Wir müssen tapfer sein«, entschied Sal.

»Er hat recht.« Lucy baute sich neben ihm auf. »Die Tapfersten überhaupt.«

»Ich bin von hier aus tapfer«, erklärte Chauncey irgendwo unter Linus.

»Ich hätte meinen Spaten mitbringen sollen«, murmelte Talia. »Dann hätte ich diesen dämlichen Kannibalen eins überbraten können.«

»Was sollen wir tun?«, wollte Phee wissen. »Angreifen?«

Lucy schüttelte den Kopf und schrie: »Ich verlange zu wissen, wer hier haust!«

Obwohl Zoe mit extrem tiefer Stimme antwortete, hörte Linus doch das Grinsen heraus. »Wer bist du, dass du es wagst, Forderungen an mich zu stellen, Junge?«

»Ich bin Kommandant Lucy, der Anführer dieser Expedition! Zeige dich, und ich verspreche, dass dir kein Leid geschieht. Aber wenn ihr angreift und immer noch hungrig seid, hat Mr. Baker hier angeboten, sich zu opfern, damit wir anderen weiterleben können.«

»Ich habe nichts dergleichen *angeboten* …«

»*Der* Kommandant Lucy?«, fragte Zoes hallende Stimme. »Oje, von dir habe ich schon gehört.«

Lucy blinzelte verwirrt. »Echt?«

»Ja, natürlich. Du bist berühmt.«

»Bin ich? Ich meine: Oh ja, das bin ich! Ich bin der berühmte Kommandant Lucy!«

»Was begehrest du von mir, Kommandant Lucy?«

Er drehte sich zu den anderen um.

»Den Schatz«, entschied Phee.

»Und Arthur«, ergänzte Chauncey.

»Und wenn wir nur eins von beidem nehmen können?«, fragte Talia, die wieder Linus' Hand umklammerte.

»Dann wählen wir Arthur«, verkündete Sal mit mehr Selbstsicherheit, als Linus je an ihm bemerkt hatte.

»Äh … wirklich?« Lucy schob seinen Fuß über den Boden. »Aber … aber … der *Schatz!*«

»Arthur«, verlangte Sal. Unter seinem Shirt drang ein zustimmendes Zwitschern hervor. Linus wusste gar nicht, seit wann er diese Laute eigentlich verstehen konnte.

Lucy seufzte gequält. »Na schön.« Er wandte sich wieder dem Baum zu. »Wir begehren von dir Arthur Parnassus!«

»Ist das alles?«, dröhnte Zoe.

»Na ja, ich meine, zu dem Schatz würde ich auch nicht Nein sagen …«

»Lucy!«, zischte Chauncey.

Der Junge stöhnte. »Nur Arthur!«

»So sei es!«

Blitzartig zog sich der Baum wieder ins Erdreich zurück.

Der Weg war frei.

»Möchtest du vorangehen, Kommandant Lucy?«, fragte Linus.

Der schüttelte den Kopf. »Sie haben das wirklich hervorragend gemacht, und offenbar sagt man Ihnen das auch nicht oft genug. Da möchte ich Ihnen das nicht nehmen.«

Linus betete stumm um Nervenstärke, während er mit Talia an der Hand voranging. Die anderen Kinder drückten sich hinter ihnen herum, während Sal und Theodore die Nachhut bildeten.

Weit mussten sie nicht laufen, denn der Pfad endete schon bald auf einer kleinen Lichtung. Und auf dieser Lichtung stand ein Haus – einstöckig, aus Holz gebaut und von Efeu überwuchert. Es schien uralt zu sein, dichtes Gras schmiegte sich an das Fundament. Die Tür stand offen. Linus musste an die Märchen seiner Kindheit denken; an böse Hexen, die Kinder in ihr Haus locken. Doch diese Hexen waren keine Kannibalen.

Na ja. Überwiegend keine Kannibalen.

In diesem Moment begriff er, wem dieses Haus gehören musste und welch eine Ehre das für ihn war. Für einen erwachsenen Elementargeist gab es kein wertvolleres Gut als seine Behausung, sein Heim, das all seine Geheimnisse in sich barg. Elementare waren berühmt dafür, dass sie extrem zurückgezogen lebten. Eines Tages würde Phee zweifellos auch so sein, obwohl Linus hoffte, dass sie sich noch hin und wieder an ihre Zeit auf der Insel zurückerinnern würde. Dann würde sie nicht so allein sein.

Linus entging also nicht, wie bedeutsam es war, dass Zoe Chapelwhite sie hiermit in ihr Haus einlud. Ob Arthur wohl schon einmal hier gewesen war? (Linus glaubte schon, dass dem so war.) Und warum hatte Zoe überhaupt zugelassen, dass Linus auf ihre Insel kam? Und wem gehörte eigentlich das Haus, in dem das Waisenhaus untergebracht war? Viele Fragen, auf die er keine Antwort hatte.

Stand es ihm zu, diese Fragen zu stellen? Er war nicht sicher. Eigentlich hatte das ja nichts mit den Kindern zu tun, oder?

»Wow«, hauchte Lucy. »Seht euch das an.«

Zwischen den dichten Efeuranken an den Hauswänden tauchten bunte Blüten auf. Es sah aus, als würden sie direkt aus dem Haus hervorsprießen. Rosa, Gold, Rot und das strahlende Himmelblau des Meeres leuchteten an den Zweigen auf. Sekunden später war das gesamte Haus von ihnen bedeckt, selbst vom Dach strahlten sie herab.

Phee seufzte verträumt. »So schön.«

Linus musste ihr zustimmen. Etwas Derartiges hatte er noch nie gesehen. Im Vergleich dazu mussten seine Sonnenblumen daheim fahl und blass wirken. Wie hatte er nur jemals denken können, sie wären prachtvoll?

Seine Heimkehr würde ein ziemlicher Schock werden.

In der offenen Haustür erschien eine Gestalt.

Die Kinder drängten sich dichter um Linus zusammen.

Zoe trat ins Sonnenlicht hinaus. Sie trug ein weißes Kleid, das sich wundervoll von ihrer dunklen Haut abhob. Die Blumen in ihrem Haar passten zu den Blüten an ihrem Haus. Sie hatte die Flügel weit gespreizt und begrüßte sie mit einem Lächeln: »Willkommen, Abenteurer! Ich freue mich, dass ihr den Weg zu mir gefunden habt!«

»Ich *wusste* es!« Lucy riss die Hände in die Luft. »Es gab gar keine Kannibalen, das war alles nur Zoe!« Kopfschüttelnd verkündete er: »Ich hatte ja keine Angst, aber die anderen schon. Alles Babys.«

An den empörten Schreien der restlichen Kinder ließ sich ablesen, dass sie seine Einschätzung so gar nicht teilen wollten.

»Arthur lebt also noch?«, fragte Chauncey besorgt. »Er wurde nicht gefressen oder so?«

»Er wurde nicht gefressen«, bestätigte Zoe. Sie trat beiseite und zeigte auf die offene Tür. »Er ist dort drin und wartet auf euch. Vielleicht mit einem Mittagessen. Das eventuell auch Kuchen umfasst. Aber das müsst ihr selbst herausfinden.«

Bei der Aussicht auf Kuchen schwand auch noch das letzte bisschen Furcht, und sie stürmten alle erwartungsvoll ins Haus – sogar Sal. Theodore klammerte sich mit einem erschrockenen Quäken an seiner Schulter fest.

Linus rührte sich nicht vom Fleck, unsicher, was er nun tun sollte. Zoe hatte zwar eine Einladung ausgesprochen, aber die hatte den Kindern gegolten. Ob sie ihn miteinschloss, wusste er nicht.

Zoe kam auf ihn zu. Wo immer sie ihren Fuß hinsetzte, spross zartes grünes Gras aus der Erde. Dicht vor ihm blieb sie stehen und musterte ihn neugierig.

»Zoe.« Linus nickte grüßend.

Das schien sie zu amüsieren. »Linus. Wie ich hörte, hast du ein echtes Abenteuer hinter dir.«

»Allerdings. Weit außerhalb meiner Komfortzone.«

»So fühlen sich wohl die meisten Entdecker, wenn sie zum ersten Mal die einzige Welt verlassen, die ihnen vertraut ist.«

»Du greifst häufig auf Doppeldeutigkeiten zurück, oder?«

Sie grinste fröhlich. »Ich habe keine Ahnung, was du meinst.«

Was er ihr mal so gar nicht glaubte. »Geht es Arthur gut?«

Für einen Moment wurden ihre Augen schmal. »*Arthur* schon.«

Linus nickte bedächtig. »Weil er vermutlich nicht zum ersten Mal hier ist.«

»Möchtest du mich vielleicht etwas fragen, Linus?«

Wenn das mal ausreichte. »Nein. Ich ... betreibe lediglich Konversation.«

»Worin du nicht sonderlich gut bist.«

»Das höre ich ehrlich gesagt nicht zum ersten Mal.«

Ihre Miene wurde weich. »Ja, das glaube ich dir. Und: Ja, er ist nicht zum ersten Mal hier.«

»Aber das gilt nicht für die Kinder?«

Zoe schüttelte den Kopf. »Für die Kinder ist es das erste Mal.«

»Warum jetzt?«

In ihrem Blick schimmerte etwas, das Linus nicht ganz erfassen konnte. »Diese Insel gehört ihnen ebenso wie mir. Es wurde einfach Zeit.«

Stirnrunzelnd hakte er nach: »Hoffentlich nicht meinetwegen.«

»Nein, Linus, nicht deinetwegen. Das wäre auch geschehen, wenn du nicht hier wärst. Möchtest du reinkommen?«

Sein Versuch, sich seine Überraschung nicht anmerken zu lassen, scheiterte kläglich. »Es ist nicht meine Insel.«

Zoe zögerte kurz. »Nein. Aber ich kann dich auch nicht ganz allein draußen stehen lassen. Immerhin könnten sich hier Kannibalen herumtreiben.«

»Möglich wäre es«, nickte er. Nach kurzem Schweigen fügte er hinzu: »Danke.«

»Wofür?«

Das wusste er selbst nicht so genau. »Für eine Menge Dinge, schätze ich.«

»Wie allumfassend.«

»Das ist meiner Meinung nach immer besser, so kann man nichts vergessen.«

Der Klang ihres Lachens ließ die Blüten am Haus und ihrem

Haar noch kräftiger leuchten. »Du bist wirklich herzig, Linus Baker: harte, leicht gesprungene Oberfläche, unter der sich das brodelnde Leben verbirgt. Wahrlich rätselhaft.«

Linus wurde rot. »Das wäre mir neu.«

»Ich habe euren philosophischen Disput im Wald belauscht. Arthur hat sich offenbar gut amüsiert.«

Nun fehlten Linus endgültig die Worte. »Das ist ... ich denke, wir ... das war doch nichts.«

»Eigentlich war das sogar eine ganze Menge.« Damit ging Zoe ins Haus und ließ einen sprachlosen Linus auf der Lichtung zurück.

Das Innere des Hauses schien eine Erweiterung dessen zu sein, was einen schon draußen erwartete. Das bloße Erdreich bildete den Fußboden, bedeckt von einem dichten Grasteppich. An der Decke hingen Töpfe voller Pflanzen, an den Wänden konnte man winzige blaue Krabben und Schnecken mit grünen und goldenen Häusern entdecken. Die Fenster standen offen, und Linus hörte das ferne Meeresrauschen. Inzwischen kam ihm dieses Geräusch vollkommen selbstverständlich vor. Er würde es vermissen, wenn er die Insel verließ.

Auf einem hölzernen Tresen stand Essen für sie bereit. Die Kinder hielten große Muschelschalen in den Händen, auf denen sie ihre Portionen aufhäuften. Es gab Sandwiches, Kartoffelsalat und Erdbeeren, die so leuchtend rot waren, dass Linus sie für künstlich hielt, bis Theodore in eine hineinbiss und genüsslich die Augen verdrehte.

Arthur Parnassus saß in einem alten Sessel, die Hände entspannt im Schoß verschränkt, und beobachtete mit leiser Belustigung, wie die Kinder sich – entgegen aller Warnungen von Zoe, nicht so zu schlingen – mit Essen vollstopften. Forschungsarbeit machte hungrig; Linus' Magen knurrte ebenfalls.

»Es freut mich, dass du noch am Leben bist«, stellte Linus fest, als er leicht verlegen neben den Sessel trat.

Arthur legte den Kopf in den Nacken, um ihn anzusehen. »Ja, das war äußerst mutig von mir.«

Linus schnaubte belustigt. »Allerdings. Man wird Epen über dich verfassen.«

»Ich denke, das könnte mir gefallen.«

»Das glaube ich gern.«

Feine Fältchen bildeten sich um Arthurs Augen. »Bevor man sich auf die Beute stürzte, wurde mir noch mitgeteilt, dass du dich in meiner Abwesenheit als Betreuer ganz gut geschlagen hast.«

Linus schüttelte den Kopf. »Da hat Lucy sich wahrscheinlich über dich lustig gemacht.«

»Das kam von Sal.«

Linus blinzelte überrascht. »Wie bitte?«

»Sal meinte, du hättest Talias Hand gehalten, ohne dass sie darum bitten musste. Und dass du allen zugehört und zugelassen hast, dass sie ihre eigenen Entscheidungen fällen.«

Verlegen erklärte Linus: »Das war nicht... ich habe einfach nur mitgespielt.«

»Wie dem auch sei: Ich danke dir. Du kannst dir ja denken, dass so etwas aus Sals Mund ein besonderes Lob ist.«

Ja, das war Linus bewusst. »Wahrscheinlich gewöhnt er sich langsam an mich.«

Arthur schüttelte den Kopf. »Das ist es nicht. Es ist... Er sieht gewisse Dinge. Vielleicht mehr als wir anderen. Das Gute in den Menschen. Und das Schlechte. Ihm ist in seinem kurzen Leben schon eine Menge untergekommen. Und er nimmt Dinge wahr, die andere nicht wahrnehmen.«

»Ich bin einfach nur ich«, erklärte Linus, dem nicht ganz klar war, worauf das hinauslaufen sollte. »Ich weiß nicht, wie ich anders sein sollte. Ich bin, wie ich bin. Und so war ich schon immer. Viel ist es nicht, aber ich versuche, das Beste daraus zu machen.«

Tiefe Traurigkeit spiegelte sich in Arthurs Augen, als er nach

Linus' Hand griff, sie kurz drückte und dann wieder freigab. »Ich denke, mehr kann man sich nicht wünschen.« Lächelnd erhob er sich aus dem Sessel; doch es war nicht so strahlend wie sonst. »Wie gefällt euch eure Beute, ihr Abenteurer?«

»Gut!« Chauncey verschluckte in einem Rutsch ein ganzes Sandwich. Es sank ein Stück ab und fing an, sich aufzulösen.

»Es wäre aber schon besser, wenn es ein richtiger Schatz wäre«, grummelte Lucy.

»Und wenn der Schatz darin bestünde, dass bestehende Freundschaften durch den gemeinsam gegangenen Weg gefestigt wurden?«, hakte Arthur nach.

Lucy verzog das Gesicht. »Dann wäre das der blödeste Schatz der Welt. Sie waren vorher doch auch schon meine Freunde. Ich will Rubine!«

Theodore hob den Kopf und zwitscherte fragend.

»Nein«, erklärte Talia undeutlich, da ihr Mund voller Kartoffelsalat war. In ihrem Bart klebten Eibröckchen und Senf. »Keine Rubine.«

Traurig ließ der Lindwurm die Flügel hängen.

»Aber es gibt Kuchen«, verkündete Zoe. »Extra für euch gebacken.«

Lucy seufzte theatralisch. »Wenn ich muss.«

»Du musst«, entschied Arthur. »Und ich denke, du wirst ebenso viel Freude daran haben wie an Rubinen.« Er wandte sich an Linus: »Bist du hungrig, mein werter Abenteurer?«

Linus nickte und schloss sich den anderen an.

Mitten während des Essens (bei dem Chauncey kopfüber in seinem Kuchen landete), das mit viel Gelächter einherging (da Chauncey alles mit Kuchenbröckchen bespuckte, nachdem Lucy einen ziemlich obszönen Witz zum Besten gegeben hatte, der für sein Alter absolut unpassend war), bemerkte Linus plötzlich, wie Zoe und Phee sich davonstahlen. Arthur und die anderen Kinder waren abgelenkt (»Chauncey!«, schrie

Lucy entzückt, »ich habe deinen Kuchen sogar in der *Nase*!«), und Linus wurde von dem merkwürdigen Drang gepackt herauszufinden, was die beiden Elementaren vorhatten.

Er fand sie hinter dem Haus, wo sie unter den Bäumen am Rand der Lichtung zusammenstanden. Zoe hatte Phee eine Hand auf die Schulter gelegt, und die Flügel der beiden schickten funkelnde Lichtstrahlen in das Blätterdach über ihren Köpfen hinauf.

»Und was hast du gespürt?«, fragte Zoe gerade. Die beiden schauten nicht in seine Richtung, trotzdem glaubte Linus zu wissen, dass sie seine Anwesenheit bemerkt hatten. Die Zeiten, in denen er sich lautlos hatte bewegen können, gehörten schon lange der Vergangenheit an.

»Das Erdreich«, antwortete Phee, ohne zu zögern. Ihr Haar leuchtete wie Feuer. »Die Bäume. Ihr Wurzelwerk unter dem Sand und der Erde. Es war, als ob ... als ob es auf mich warten würde. Lauschen würde.«

Das schien Zoe zu freuen. »Ganz genau. Unter dem, was wir mit den Augen wahrnehmen, verbirgt sich noch eine ganz andere, eigene Welt. Die meisten begreifen nicht, was es mit dieser Welt auf sich hat. Ich empfinde das als großes Glück: Wir können etwas spüren, das anderen entgeht.«

Phee blickte mit flatternden Flügeln in den Wald hinein. »Ich mag die Bäume. Ich mag sie lieber als die meisten Menschen.«

Linus konnte sich ein Lachen nicht verkneifen. Zwar versuchte er noch schnell, es zu unterdrücken, doch es war bereits zu spät. Langsam wandten sich die beiden Köpfe in seine Richtung.

»Tut mir leid«, entschuldigte er sich hastig. »Tut mir wirklich leid. Das war nicht ... ich hätte euch nicht unterbrechen dürfen.«

»Möchtest du uns irgendetwas mitteilen?«, fragte Zoe – nicht zornig, aber doch mit einer gewissen Schärfe in der Stimme.

Er wollte den Kopf schütteln, ließ es dann aber bleiben und erklärte: »Es ist nur … Ich habe Sonnenblumen. Zu Hause bei mir, in der Stadt.« Ein stechender Schmerz schien sich in seine Rippen zu bohren, doch er rieb sich die Brust, bis er wieder verschwand. »Ziemlich groß sind sie, und sie tun nicht immer, was ich von ihnen will, aber ich habe sie selbst eingepflanzt und gepflegt, während sie herangewachsen sind. Die sind mir meistens auch lieber als Menschen.«

Phee kniff die Augen zusammen. »Sonnenblumen.«

Linus wischte sich die Stirn. »Ja. Sie sind nicht … Na ja. Natürlich sind sie nicht mit Talias Garten vergleichbar, oder mit diesen Bäumen hier, aber zumindest bringen sie etwas Farbe in die graue Welt aus Stahl und Regen.«

Nachdenklich sah Phee ihn an. »Und Sie mögen diese Farbe?«

»Oh ja«, versicherte Linus. »Es ist nur eine Kleinigkeit, aber ich denke, auch Kleinigkeiten können von großer Bedeutung sein.«

»Alles fängt klein an.« Zoe tätschelte Phees roten Scheitel. »Doch wenn wir uns um diese Kleinigkeiten kümmern, können sie zu einer Größe heranwachsen, die wir uns nie erträumt hätten. Ist es nicht so, Linus?«

»Ganz genau.« Linus war bewusst, dass die beiden jedes seiner Worte ernst nahmen. Deshalb sollte er zumindest ehrlich zu ihnen sein. »Ich muss zugeben, dass ich meine Sonnenblumen mehr vermisse, als ich erwartet hatte. Das ist schon komisch, oder?«

»Nein.« Phee schüttelte entschieden den Kopf. »Wenn ich von hier fortmüsste, würde ich diesen Ort auch vermissen.«

Oje. Diese Richtung hatte er eigentlich nicht einschlagen wollen. Das hatte er nun davon. »Ja, das verstehe ich gut.« Er blickte in die Baumkronen hinauf. »Es ist aber auch wirklich schön hier.«

»*Populus tremuloides*«, sagte Phee.

Verwirrt blinzelte Linus sie an. »Wie bitte?«

Zoe drückte eine Hand an den Mund, um nicht zu lachen.

»*Populus tremuloides*«, wiederholte Phee. »Ich habe in einem Buch etwas über sie gelesen. Zitterpappeln. Sie wachsen stets in großen Hainen, ihre Stämme sind beinahe weiß, die Blätter leuchtend gelb, beinahe golden. Wie die Sonne.« Wieder wanderte ihr Blick in die Tiefen des Waldes hinein. »Fast wie Sonnenblumen.«

»Das klingt herrlich«, meinte Linus, der nicht ganz wusste, was er darauf sagen sollte.

»Sie sind herrlich«, nickte Phee. »Aber entscheidend ist das, was darunter liegt. Diese Haine können aus Tausenden von Bäumen bestehen, manchmal sogar Zehntausenden. Jeder von ihnen sieht anders aus, doch sie haben ein Geheimnis: Sie sind alle identisch.«

Überrascht fragte Linus: »Wie das?«

Phee ging in die Hocke und strich mit den Fingern über die lose Erde. »Sie sind Klone, Ausprägungen eines einzigen Organismus', der durch ein weit verzweigtes Wurzelsystem unter der Erde gesteuert wird. Genetisch betrachtet sind all diese Bäume identisch, auch wenn jeder von ihnen eine eigene Persönlichkeit hat, wie das bei Bäumen oft der Fall ist. Doch bevor sie überhaupt wachsen, verharrt ihr Wurzelwerk manchmal jahrzehntelang in Ruhestellung und wartet ab, bis die richtigen Bedingungen herrschen. Zeit ist der Schlüssel. Angeblich ist einer dieser Klone fast achtzigtausend Jahre alt und damit vermutlich das älteste noch existierende Lebewesen.«

Linus nickte bedächtig. »Verstehe.«

»Wirklich? Denn selbst wenn Sie den Hain auslöschen würden, jeden einzelnen Baum fällen würden, die Wurzeln aber im Boden belassen, könnten sie alle wiedergeboren werden und wieder zu dem heranwachsen, was sie vorher waren. Vielleicht wäre es nicht ganz dasselbe, aber letztlich hätten sie wieder weiße Stämme, und ihre Blätter würden sich golden verfärben. Eines Tages möchte ich sie mir ansehen. Ich glaube, sie haben mir viel zu erzählen.«

»Ganz bestimmt«, meinte Zoe. »Mehr als du dir vorstellen kannst. Ihr Erinnerungsvermögen reicht sehr, sehr weit zurück.«

»Hast du sie schon gesehen?«, fragte Linus.

»Möglicherweise.«

»Elementare«, murmelte Linus kaum hörbar, bevor er fragte: »Aber wenn sie alle gleich sind, wie kann man sie dann voneinander unterscheiden?«

»Man muss unter die Oberfläche schauen.« Phee grub ihre Finger in die Erde. »Und man muss sich die Zeit nehmen, die Unterschiede zu erkennen. Das dauert eine Weile, aber dafür wurde die Geduld erschaffen. Ihre Wurzeln können sich endlos weit ausbreiten, und immer warten sie auf den richtigen Zeitpunkt.« Stirnrunzelnd musterte sie die Erde vor ihren Füßen. »Ich frage mich, ob ich …«

Plötzlich ächzte sie, als wäre sie verwundet worden, und Linus ging automatisch einen Schritt auf sie zu. Doch Zoe schüttelte warnend den Kopf, also hielt er inne. Die Luft um sie herum schien sich zu verändern, schien irgendwie schwerer zu werden. Phees Flügel flatterten wild und überzogen alles mit schimmernden Regenbögen. Sie bohrte beide Hände bis zum Unterarm in den Boden. Schweiß tropfte von ihrer Nasenspitze. Ihre Brauen waren konzentriert zusammengezogen. Schließlich zog sie mit einem Seufzer die Hände aus dem Erdreich.

Vollkommen verblüfft musterte Linus den grünen Schössling, der sich durch die Erdkruste schob. Lange, zarte Blätter entrollten sich. Phee hielt die ausgestreckten Hände über ihn, und er schwankte sacht hin und her. Ihre Finger zitterten. Fasziniert beobachtete Linus, wie eine gelbe Blüte aus ihm hervorwuchs und die hellen Blütenblätter sich öffneten. Das Pflänzchen wuchs noch ein paar Zentimeter in die Höhe, dann ließ Phee die Hände sinken.

»Es ist keine Sonnenblume«, erklärte sie leise. »Ich denke, die würden hier nicht lange überleben, egal wie sehr sie sich anstrengen. Das hier ist eine Strauchmargarite.«

Linus bekam kaum ein Wort heraus. »Hast du ... war das ... hast du sie gerade tatsächlich *sprießen lassen*?«

Nervös trat Phee von einem Fuß auf den anderen. »Es ist nicht viel, ich weiß. Talia hat ein besseres Händchen für Blumen. Ich bevorzuge Bäume. Die leben länger.«

»Nicht viel?«, wiederholte Linus fassungslos. »Phee, das ist einfach wundervoll!«

Überrascht sah das Mädchen zwischen Linus und Zoe hin und her. »Wirklich?«

Linus stürmte los und hockte sich neben das Pflänzchen. Mit zitternden Fingern strich er vorsichtig über die Blütenblätter, als müsste er sich davon überzeugen, dass sie wirklich echt waren und nicht nur eine optische Täuschung. Mit einem leisen Seufzer rieb er das weiche Blättchen. So ein kleines, zartes Ding, doch es war hier. Es wuchs, wo einen Augenblick vorher noch rein gar nichts gewesen war. Er hob den Kopf und sah zu Phee hoch, die angespannt auf ihrer Unterlippe herumkaute. »Das hier«, betonte er nachdrücklich, »ist durch und durch wundervoll. So etwas habe ich noch nie gesehen. Ich würde sogar behaupten, dass es besser ist als die Sonnenblumen.«

»Das geht dann wohl doch etwas zu weit«, brummte Phee, doch es sah so aus, als würde sie angestrengt ein Lächeln unterdrücken.

»Wie hast du das gemacht?«, wollte er wissen, eine Hand noch immer an der Blüte.

Achselzuckend erklärte sie: »Ich habe der Erde gelauscht. Sie singt. Das ist den meisten Leuten gar nicht klar. Man muss ihr mit voller Konzentration zuhören. Manche werden es niemals hören, egal wie sehr sie es versuchen. Aber ich kann sie ebenso gut hören, wie ich Sie hören kann. Sie hat für mich gesungen, und ich habe versprochen, mich gut um sie zu kümmern, wenn sie mir gibt, was ich erbitte.« Ihr Blick huschte noch einmal zu dem Pflänzchen. »Gefällt es Ihnen wirklich?«

»Ja«, flüsterte Linus. »Sehr sogar.«

Phee grinste. »Gut. Sie müssen wissen, ich habe es Linus getauft. Fühlen Sie sich geehrt.«

»Das bin ich.« Absurderweise war Linus tatsächlich gerührt.

»Der Name passt perfekt«, fuhr Phee fort. »Es ist etwas schwach auf der Brust, kein besonders spektakulärer Anblick, und es wird vermutlich eingehen, wenn man sich nicht regelmäßig darum kümmert.«

Linus seufzte. »Aha. Verstanden.«

»Gut«, sagte Phee wieder, noch immer breit grinsend. Als sie das Pflänzchen noch einmal musterte, wurde sie ernst. »Aber bei genauerer Betrachtung ist es trotzdem schön. Erst war es nicht da, nun ist es da. Langfristig gesehen ist es doch nur das, was zählt.«

»Du kannst aus dem Nichts etwas erschaffen«, fasste Linus zusammen. »Das ist sehr beeindruckend.«

»Nicht aus dem Nichts«, wehrte sie sanft ab. »Es war nur … versteckt. Ich wusste, wonach ich suchen musste, weil ich gut zugehört habe. Wer gut zuhört, erfährt Dinge, mit denen er anfangs nie gerechnet hätte. Und jetzt entschuldigen Sie mich – ich werde mir nun Kuchen in den Mund schieben, bis ich keine Luft mehr bekomme. Und dann esse ich weiter und weiter. Ich schwöre: Wenn Lucy mir nichts übrig gelassen hat, werde ich Bäume aus seinen Ohren wachsen lassen!«

Damit lief sie mit flatternden Flügeln zum Haus zurück.

Linus blickte ihr hinterher. »Das war mal eine … beeindruckende Drohung.«

Zoe lachte. »Ja, nicht wahr?«

»Sie ist wirklich tüchtig.«

»Das sind sie alle, wenn man erst mal von den hübschen Blüten an der Oberfläche zu den Wurzeln vordringt.«

»Der war jetzt aber ziemlich platt.«

»Mag sein. Aber irgendetwas sagt mir, dass man mit subtilen Anspielungen bei dir nicht weit kommt.« Zoe ging Richtung Haus, wobei sie genau in Phees Fußstapfen trat. »Kommst du? Ich denke, nach dieser Lektion hast du dir noch ein Stück Kuchen verdient.«

»Ja, gleich.« Während Zoe im Haus verschwand, widmete sich Linus noch einmal dem Pflänzchen. Vorsichtig drückte er seinen Zeigefinger auf die offene Blüte. Als er ihn anhob, klebte gelber Pollenstaub daran. Ohne nachzudenken schob er sich den Finger in den Mund. Der Blütenstaub schmeckte wild, bitter und nach purem Leben.

Linus schloss die Augen und atmete tief ein.

ELF

BEHÖRDE FÜR DIE BETREUUNG
MAGISCHER MINDERJÄHRIGER
FALLBERICHT #2, WAISENHAUS MARSYAS
LINUS BAKER, SACHBEARBEITER BY78941

Hiermit schwöre ich, dass die Schilderungen der in diesem Bericht erwähnten Vorgänge präzise und in vollem Umfang der Wahrheit entsprechen. Ich handele in dem Bewusstsein, dass die Richtlinien der BBMM die Zensur möglicher Unwahrheiten vorsehen, welche eine sofortige Entlassung nach sich ziehen können.

Meine zweite Woche im Waisenhaus Marsyas hat mir zu neuen Erkenntnissen in Bezug auf seine Bewohner verholfen. Wo zuvor reines Chaos zu herrschen schien, erkenne ich nun eine merkwürdige, aber klare Struktur. Dies hat weniger mit hastig herbeigeführten Änderungen kurz vor meiner Ankunft zu tun (von denen es sicher einige gegeben hat, denn so etwas geschieht häufig, bevor ein Sachbearbeiter das Haus betritt), sondern ist eher der Tatsache zuzuschreiben, dass ich mich nun in die hiesigen Abläufe hineingefunden habe.

Ms. Chapelwhite kümmert sich, obwohl sie nicht auf der Gehaltsliste der BBMM steht, um diese Kinder, als wären es ihre eigenen. Bedenkt man die Tatsache, dass sie ein Elementargeist ist, erscheint das doch überraschend, da diese ja als beinahe eremitische Einzelgänger bekannt sind, die das Land in ihrer Obhut um jeden Preis gegen Außenstehende verteidigen. Ich meine sogar, nie zuvor einem Elementargeist begegnet zu sein, der nicht mit allen Mitteln seine Privatsphäre geschützt hätte. Und auch wenn Ms. Chapelwhite nicht übermäßig entgegenkommend ist, so arbeitet sie doch Hand in Hand mit dem Heimleiter daran, das Wohl der Kinder zu gewährleisten. Oft bereitet sie in der Küche die Mahlzeiten zu, oder sie betreut die Lerngruppen, in denen das vertieft wird, was Mr. Parnassus im Unterricht durchgenommen hat. Sie ist recht bewandert in verschiedensten Themengebieten, und unter ihrer Anleitung können die Kinder das Gelernte weiter verinnerlichen. Dieses Wissen scheint frei von jeder Meinungsmache vermittelt zu werden, was aber vielleicht auch meiner Anwesenheit hier zuzuschreiben ist.

Inzwischen habe ich auch Lucys Zimmer inspiziert und an einer seiner Sitzungen mit Mr. Parnassus teilgenommen. Lässt man einmal beiseite, was über diesen Jungen bekannt ist – wer er angeblich sein soll –, so bleibt letztlich ein neugieriges Kind, das in seinen Äußerungen mehr auf eine schockierende Wirkung denn auf Ernsthaftigkeit abzielt. Der Junge ist fast schon erschreckend intelligent und äußerst eloquent. Wäre sich die BBMM nicht so sicher, dass er der Antichrist ist – ein Begriff, der im Waisenhaus von Marsyas übrigens nicht in den Mund genommen wird –, würde ich sagen, er ist nicht mehr als ein Junge, der in der Lage ist, erschreckende Bilder zum Leben zu erwecken. Andererseits würde er wohl wollen, dass ich genau das denke. Ich tue also gut daran, wachsam zu bleiben. Dass er wie ein Kind in Erscheinung tritt, bedeutet nicht zwangsläufig, dass er nicht auch großes Unheil heraufbeschwören kann.

Sein Zimmer ist klein, es handelt sich um einen umgebauten begehbaren Kleiderschrank in Mr. Parnassus' eigenem Zimmer. Anfangs schien er mir sein Refugium nur widerstrebend zu zeigen, doch durch seine Liebe zur Musik konnte ich eine Verbindung zu ihm herstellen. Ich denke, dass er – mit der entsprechenden Anleitung – zu einem nützlichen Mitglied der Gesellschaft heranwachsen kann. Zumindest solange er nicht seiner wahren Natur nachgibt. Zwangsläufig führt dies zu der Frage nach dem Einfluss von Herkunft und Erziehung: Gibt es das grundlegende Böse in der Welt, und kann es durch eine entsprechend angepasste Erziehung überwunden werden? Kann der Junge rehabilitiert werden? Assimiliert werden? Das bleibt abzuwarten.

In Sals Zimmer bin ich noch nicht gewesen, allerdings denke ich, dass er langsam Zutrauen zu mir fasst. Mit ihm muss ich vorsichtig umgehen. Der Junge erinnert mich an ein nervöses Fohlen. Jedoch habe ich ihn am gestrigen Tag mehr sprechen hören als während meines gesamten bisherigen Aufenthaltes hier. Wohlgemerkt nicht mit mir, sondern quasi um mich herum, was meiner Meinung nach aber keine entscheidende Rolle spielt. Er ist wie eine Sonnenblume: Mit der richtigen Pflege kann man sicher seine wahre Farbkraft hervorkitzeln.

Der Lindwurm Theodore hat einen Schatz gehortet, der mir bisher noch nicht gezeigt wurde, aber mindestens ein Dutzend Knöpfe von mir beinhalten muss. Möglicherweise werde ich ihn nie zu Gesicht bekommen, was bislang aber kein Anlass zur Sorge ist. Immerhin sind es nur Knöpfe. Natürlich werde ich Augen und Ohren offenhalten, falls es Anzeichen geben sollte, dass er schändlichere Dinge zusammengetragen hat.

Das größte Problem, das ich zurzeit erkennen kann, ist die Isolation. Zwar ist die Insel recht groß, doch die Kinder verlassen sie nicht. Dafür gibt es einen konkreten Grund, der mir Sorge bereitet. Es wäre hilfreich gewesen, wenn ich bereits vor meiner Ankunft hier gewusst hätte, dass die Dorfbewohner von der Regierung für ihr Schweigen bezahlt werden. Details wie diese sind wichtig, und die Tatsache, dass ich keinerlei Kenntnis davon hatte, lässt mich unprofessionell aussehen. Auch stellt sich mir die Frage nach der Herkunft dieser Gelder. Stammen sie aus zweckgebundenen Mitteln für dieses spezielle Waisenhaus? Sollte dies der Fall sein, würde ein Buchprüfer sicher daran Anstoß nehmen.

Im nahe gelegenen Dorf scheint man den Bewohnern des Waisenhauses mit Ablehnung zu begegnen. Meiner Meinung nach tut sich die BBMM keinen Gefallen damit, gemeinsame Kampagnenarbeit mit der Registrierungsbehörde zu betreiben. Hier im Dorf hängen die Sehen – Merken – Melden-Plakate nahezu an jeder Ecke, ganz ähnlich wie in der Stadt, nur in wesentlich gehäufterer Form. Wenn die Kinder sich in der wirklichen Welt so unwillkommen fühlen, wie wollen wir sie dann jemals in diese Gesellschaft einbinden?

Ein Tagesausflug wäre vielleicht keine schlechte Idee. Um das Terrain zu sondieren. Natürlich werde ich das zunächst mit Mr. Parnassus besprechen müssen. Den Kindern würde es sicherlich guttun, und die Dorfbewohner hätten hoffentlich die Möglichkeit einzusehen, wie unbegründet ihre Ängste sind. Sollte Arthur es ablehnen, werde ich mich dem wohl fügen müssen.

Ein merkwürdiger Kerl, dieser Arthur. Die Kinder liegen ihm wirklich am Herzen, das ist nicht zu übersehen. Zwar hält er sich nicht in allem an die *VORGABEN*

UND VERORDNUNGEN (vermutlich eher gar nicht), doch ich denke, seine Methode hat einen ganz eigenen Wert. Die Kinder hängen sehr aneinander, was wohl nicht zuletzt auch Arthur zu verdanken ist.

Trotzdem bleibt er rätselhaft. So viel ich auch inzwischen über diesen Ort in Erfahrung gebracht habe, bleibt das Gefühl, Arthur Parnassus nicht wirklich besser kennengelernt zu haben. Das werde ich wohl noch ändern müssen.

Natürlich nur zum Wohle der Kinder.

Talia hat mir heute noch mehr von ihrem Garten gezeigt. Gnome sind sehr fähig, was den Gartenbau betrifft, aber sie scheint selbst die Besten unter ihnen in den Schatten zu stellen, und ...

Am Dienstag von Linus' zweiter Woche auf der Insel beschloss Calliope, sich wieder einmal jagen zu lassen, und das nach einem schweren Diebstahl.

Linus hatte nicht die geringste Lust dazu. Das Mittagessen war gerade vorbei, und er saß gemütlich dösend auf der Veranda in der Sonne. Ihm blieb noch etwas Zeit, bis er im Haupthaus am Unterricht der Kinder teilnehmen musste, und er wusste diese Minuten weise zu nutzen.

Überhaupt, die Vorstellung, einer Katze hinterherzujagen. Linus mochte es, bei all seinen Vorzügen, grundsätzlich nicht, irgendetwas zu jagen. Jagen implizierte stets rennen, und Linus hatte schon vor langer Zeit entschieden, dass rennen nicht zu den Dingen gehörte, die er gerne tat. Noch nie hatte er verstanden, wie manche Menschen vor Sonnenaufgang aufstehen, sich schicke, teure Turnschuhe anziehen und *mit voller Absicht* durch die Gegend rennen konnten. Äußerst merkwürdig.

Aber dann kam Calliope mit gesträubtem Fell und weit aufgerissenen Augen aus dem Gästehaus gestürmt, wie Katzen das aus unerfindlichen Gründen manchmal tun. Mit wildem Blick starrte sie ihn an, reckte den Schwanz in die Höhe und grub ihre Krallen in die Bodendielen.

In ihrem Maul hing eine seiner Krawatten.

Linus runzelte die Stirn. »Was hast du ...?«

Mit einem Satz sprang Calliope von der Veranda und rannte Richtung Garten.

Linus sprang so hastig auf, dass er wohl allein durch göttliche Fügung davon verschont blieb, auf der Nase zu landen. Calliope preschte noch immer durch den Garten und zog die schwarze Krawatte wie ein Banner hinter sich her. »Hey! Was machst du denn, dämliche Katze? Bleib sofort stehen!«

Was sie nicht tat. Stattdessen verschwand sie hinter einer Hecke.

Kurz überlegte Linus, sie einfach laufen zu lassen. War schließlich nur eine Krawatte. Diese Woche hatte er sowieso noch keine getragen. Es war einfach zu warm dafür, außerdem hatte Phee ihn gefragt, wozu er eigentlich immer eine umhatte. Als er ihr erklärt hatte, dass es für jemanden in seiner Position nun einmal angemessen sei, Krawatte zu tragen, hatte sie ihn nur stumm angesehen und war dann kopfschüttelnd gegangen.

Doch es hatte natürlich *absolut gar nichts* mit Phee zu tun, dass er am Sonntag zum ersten Mal beschlossen hatte, die Krawatte wegzulassen. Dann kam der Montag, und er hatte entschieden, dass es eigentlich nicht wirklich notwendig sei, zumindest hier nicht. Wenn er wieder in die Stadt zurückkehrte, musste er natürlich eine tragen, aber jetzt?

Schließlich stand er ja nicht unter Beobachtung.

Wer würde schon davon erfahren?

(Phee bemerkte es anscheinend, denn sie grinste vielsagend.)

Trotzdem. Diese Krawatte hatte ihn unverschämt viel Geld gekostet, und nur weil er sie *jetzt* nicht tragen wollte, hatte Calliope noch lange nicht das Recht, sie ihm wegzunehmen. Wenn er nach Hause kam, würde er sie schließlich wieder brauchen.

Also jagte er seiner Katze hinterher.

Bis er im Garten ankam, war er in Schweiß gebadet. Für einen Mann seiner Form und Größe wurde rennen allein durch den Luftwiderstand schon um einiges schwieriger. Na gut, wirklich gerannt war er nicht, aber joggen war schon schlimm genug.

Mit lauten Rufen forderte er Calliope auf, sich zu zeigen, während er in den Garten hineinging. Natürlich tat sie das nicht, denn sie war eine Katze und hörte deshalb sowieso auf niemanden. Linus spähte unter Hecken und in Blumenbeete, da er sicher war, dass sie hier irgendwo hockte und mit zuckendem Schwanz seine Krawatte zerbiss.

»Ich habe keine Ahnung, warum das Leben auf der Insel so etwas aus dir gemacht hat«, verkündete er laut, während er sich wieder hochstemmte. »Aber ich verspreche dir: Wenn wir nach Hause kommen, wird sich einiges ändern. Das ist inakzeptabel.«

Inzwischen war er so weit in den Garten hineinspaziert, dass er einen Teil erreichte, der ihm völlig unbekannt war. Er zog sich an der Hausseite entlang und war wesentlich dichter bewachsen als das, was Talia ihm bisher gezeigt hatte. Die Blumen hier schienen wilder zu sein, ihre Blüten leuchteten fast schon erschreckend intensiv. Da die Sonne hinter dem Haus stand, zogen sich viele Schatten über den Boden. Hier gab es jede Menge Verstecke für eine Katze.

Linus ging um einen alten Baum mit knorrigen Ästen herum, an dem eingerollte Blätter hingen.

»Da bist du ja.« Er atmete auf. »Was ist nur in dich gefahren?«

Calliope saß aufrecht im Gras, die Krawatte lag vor ihren Pfoten. Mit wissendem Blick sah sie ihn an. Als sie miaute, wurde Linus wieder bewusst, dass er sich noch immer nicht an diese Laute gewöhnt hatte.

»Das ist mir egal«, erwiderte er. »Du kannst nicht einfach meine Sachen klauen. Das ist sehr unhöflich, und ich mag es nicht, wenn ich ... hinter dir ... herhetzen muss.«

Er verstummte.

Direkt hinter Calliope ragte etwas aus dem Fundament des Hauses hervor, das wie eine Kellerluke aussah. Sie bestand aus dickem Holz, das in eine Steinfassung eingelassen war. Stirnrunzelnd trat Linus vor und musterte die Rußflecken an der Luke, die darauf hinwiesen, dass es dahinter wohl früher einmal gebrannt hatte. Er versuchte sich daran zu erinnern, ob ihm gegenüber jemals erwähnt worden war, dass dieses Haus einen Keller hatte. Nein, soweit er wusste, nicht. Und bis gerade eben war er davon ausgegangen, mit Ausnahme von Sals Zimmer das gesamte Haus gezeigt bekommen zu haben. Falls dies tatsächlich ein Keller war, gab es im Inneren des Hauses keinen Zugang dazu.

An der Luke hing ein verrostetes Vorhängeschloss. Was auch immer sich dort unten befand – falls da überhaupt etwas war –, blieb ihm also verborgen. Linus überlegte kurz, ob er sich einen von Talias Spaten holen und damit die Luke aufstemmen sollte, doch er verwarf den Gedanken sofort wieder. Dieses Schloss hing aus einem bestimmten Grund dort. Höchstwahrscheinlich, damit die Kinder nicht hinuntergingen. Sollte es in dem Keller tatsächlich gebrannt haben, könnte es gefährlich sein. Vermutlich hatte Arthur das Schloss selbst angebracht. Doch offenbar war schon sehr lange niemand mehr hier gewesen. Der Weg zu der Kellertür war mit Unkraut überwuchert, was so gar nicht zum Rest von Talias Garten passen wollte.

»Wahrscheinlich bloß ein Kohlenkeller«, murmelte Linus. »Das würde auch die Rußflecken erklären. Und weil man heutzutage keine Kohlen mehr braucht, sind sie auf Nummer sicher gegangen.«

Er bückte sich nach seiner Krawatte.

Calliope musterte ihn mit funkelnden Augen.

»Die gehört mir«, stellte er klar. »Stehlen ist böse.«

Die Katze leckte sich die Pfote und wusch sich damit das Gesicht.

»Tja, trotzdem.«

Linus musterte noch einmal kurz die Kellerluke, bevor er sich auf den Rückweg machte.

Wenn sie das nächste Mal unter vier Augen waren, musste er Arthur danach fragen.

Dieser Umstand trat allerdings, zu Linus' wachsendem Verdruss, nicht ein. Warum er deswegen solchen Verdruss empfand, verstand er zwar nicht, aber so war es. Linus fand heraus, dass die Gefühle, die Arthur Parnassus in ihm weckte (welcher Art sie auch sein mochten), temporärer Natur waren und durch Nähe entstanden. Er hatte nicht viele Freunde – nun gut, wenn er ganz ehrlich war, eigentlich gar keine –, und die Vorstellung, Arthur Parnassus zum Freund zu haben, war schön. Nicht praktikabel, aber schön. Sie konnten keine Freunde werden. Linus war in seiner Eigenschaft als Sachbearbeiter der BBMM hier. Arthur war der Leiter eines Waisenhauses. Dies war eine *Überprüfung*, und mit einem an einer solchen Überprüfung Beteiligten zu vertraut zu werden war ungehörig. So stand auch klipp und klar in den *VORGABEN UND VERORDNUNGEN*: *Ein Sachbearbeiter hat stets objektiv zu bleiben. Objektivität ist von größer Wichtigkeit für die Gesundheit und das Wohlergehen der magischen Minderjährigen. Keinesfalls darf es dazu kommen, dass sie sich auf einen Sachbearbeiter stützen, denn der Sachbearbeiter ist NICHT IHR FREUND.*

Linus hatte einen Job zu erledigen, und deshalb konnte er nicht herumsitzen und darauf hoffen, dass es zu einem Gespräch mit Arthur kam, das nicht von kleinen Öhrchen belauscht wurde. Und auch wenn er Arthurs und Lucys Sitzungen höchst faszinierend fand, durfte er seine Zeit auch nicht ausschließlich mit diesen beiden verbringen. Es galt auch noch fünf weitere Kinder zu berücksichtigen. Keinesfalls durfte es so aussehen, als würde er jemanden bevorzugen.

Und so ging er mit Talia in ihren Garten und lauschte ihren Ausführungen über die vielen (wirklich sehr, sehr vielen) Vorzüge der Arbeit im Dreck.

Er folgte Zoe und Phee in den Wald, wo Zoe erläuterte, wie wichtig es war, der Erde und der Natur um sie herum zu *lauschen* – den Bäumen, dem Gras, den Vögeln.

Chauncey hatte seine volle Aufmerksamkeit, wenn er Geschichten über berühmte Hotelpagen zum Besten gab (von denen die meisten nach Linus' Ansicht erfunden waren): wie sie Türen aufhielten, Koffer schleppten, Juwelendiebstähle und andere Verbrechen aufklärten oder das Essen aufs Zimmer brachten. Einmal zog er sogar ein dickes Buch unter seinem Bett hervor (fast so ein Wälzer wie die *VORGABEN UND VERORDNUNGEN*), das sorgfältig in knisterndes Plastik eingeschlagen war, damit es nicht nass wurde. Ächzend stemmte er es hoch, damit Linus den Titel lesen konnte: *Die Geschichte der Hotelpagen im Wandel der Zeiten.*

»Ich habe es schon viereinhalbmal gelesen«, verkündete Chauncey stolz.

»Tatsächlich?«

»Oh ja. Ich muss doch sichergehen, dass ich genau weiß, was ich tue.«

»Wieso?«

Chauncey blinzelte langsam – erst mit dem rechten Auge, dann mit dem linken. »Wieso was?«

»Wieso willst du unbedingt Page werden?«

Chauncey grinste. »Weil sie den Leuten helfen.«

»Und das möchtest du tun?«

Das Lächeln verblasste etwas. »Mehr als alles in der Welt. Ich weiß, dass ich …«, er biss die schwarzen Zähne aufeinander, »… anders bin.«

Betroffen versicherte Linus: »Nein, das wollte ich damit nicht … Mit dir ist alles vollkommen in Ordnung.«

»Ich weiß. Anders bedeutet nicht schlecht. Arthur sagt, manchmal sei es sogar besser, anders zu sein als die anderen.« Chauncey starrte auf das Buch in seinen Tentakeln. »Wenn die Leute in einem Hotel ankommen, sind sie meistens erschöpft. Dann möchten sie, dass ihnen jemand mit dem Gepäck hilft. Und ich kann das wirklich gut. Talia fragt mich ständig, ob ich schwere Sachen für sie hebe, damit ich Übung bekomme.« Noch immer blickte er starr auf das Buch. »Nur weil ich so aussehe, wie ich aussehe, heißt das nicht, dass ich den Menschen nicht helfen kann. Ich weiß, dass manche mich für gruselig halten, aber das bin ich nicht, ganz ehrlich!«

»Natürlich bist du das nicht«, sagte Linus leise. Er deutete mit dem Kopf auf das Buch. »Dann mal los. Lass uns etwas über Pagen im Wandel der Zeiten hören. Das wird sicher sehr faszinierend.«

Chaunceys Augen hüpften freudig. »Ja, das ist es! Wussten Sie, dass der Begriff *Hotelpage* zum ersten Mal im Jahr 1897 gebraucht wurde? Man nannte sie auch Portier oder Dienstmann. Ist das nicht erstaunlich?«

»Allerdings. Es gehört vermutlich zu den erstaunlichsten Dingen, die ich je gehört habe.«

Theodore leistete er bei seinem Nest Gesellschaft (niemals *in*, weil er nicht gebissen werden wollte), während der Lindwurm ihm zwitschernd seine kleinen Schätze präsentierte: einen Knopf, eine Silbermünze, noch einen Knopf, einen gefalteten Zettel mit Sals Handschrift darauf (was er geschrieben hatte, konnte Linus nicht erkennen), und noch einen Knopf.

Und er fragte jeden von ihnen, ob sie glücklich seien. Ob sie irgendwelche Sorgen plagten. Ob es auf der Insel etwas gäbe, das ihnen Angst machte.

Fragen dieser Art hatte er auch schon in anderen Waisenhäusern gestellt, und er bemerkte sofort, wenn die Kinder dazu gedrängt worden waren, das zu sagen, was er vermutlich hören wollte. Dann haftete ihren strahlenden Beschreibungen von Glückseligkeit und Freude immer etwas Künstliches an. *Nein, Mr. Baker, bei uns ist wirklich aaaalles in Ordnung. Ich bin ja sooo glücklich.*

Hier war das anders. Hier brachten ihm diese Fragen einen misstrauischen Blick von Talia ein, die sofort wissen wollte, warum er das frage. Ob sie ihren Spaten holen müsse? Hier entgegnete Phee nur lachend, es gäbe keinen Ort, an dem sie lieber wäre, weil hier doch *ihre* Bäume und *ihre* Leute seien. Hier grinste Lucy ihn breit an und antwortete: *Oh ja, Mr. Baker, eines Tages möchte ich irgendwo anders hingehen.* Aber nur, wenn die anderen mitkämen und sich mit seinen Weltherrschaftsplänen einverstanden erklärten. Hier ließ Chauncey fröhlich seine Augen tanzen und versicherte ihm, er wäre schrecklich gern auf der Insel, allerdings fände er es schön, wenn es ein Hotel gäbe, wo er das Gepäck tragen könne. Hier stolperte Theodore jedes Mal vor Freude über seine eigenen Flügel, wenn er Arthur erblickte. Selbst wenn Arthur nur ein paar Minuten fort gewesen war.

Und hier tauchte Sal am Donnerstag der zweiten Woche nachmittags um halb fünf auf der Veranda des Gästehauses auf und knabberte nervös an seiner Unterlippe herum.

Linus öffnete auf sein Klopfen und stellte überrascht fest, dass Sal allein gekommen war. Er streckte den Kopf durch die Tür, um sicherzugehen, dass sich keines der anderen Kinder draußen versteckt hatte. Nein.

Da war nur Sal.

Um den Jungen nicht zu verschrecken, setzte Linus schnell eine ausdruckslose Miene auf. »Hallo, Sal.«

Sofort riss Sal die Augen auf und wich einen Schritt zurück. Der kurze Blick über seine Schulter verriet Linus, dass Arthur ihn wohl von irgendwoher im Auge behielt, auch wenn er nicht zu sehen war. Woher er das wusste, konnte er nicht sagen, aber bisher hatte Linus den Eindruck gewonnen, dass auf der Insel kaum etwas vorging, ohne dass Arthur davon erfuhr.

Sal drehte sich wieder zu Linus um und blickte zu Boden. Seine Hände waren zu Fäusten geballt, und er atmete schwer. Linus fing schon an, sich Sorgen zu machen, als plötzlich Calliope zwischen seinen Beinen hindurchspazierte, zu Sal hinüberging und sich an seinen Schienbeinen rieb. Dabei miaute sie laut, machte einen genüsslichen Buckel und spitzte die Ohren.

Sal schenkte der Katze ein sanftes Lächeln und schien sich ein wenig zu entspannen.

»Sie ist eine gute Katze«, sagte Linus unbeschwert. »Hin und wieder macht sie mir etwas Ärger, aber nichts, was sich nicht regeln ließe.«

»Ich mag Katzen«, erklärte Sal so leise, dass es kaum zu hören war. »Aber die meisten mögen mich nicht. Wegen der Hundesache.«

»Calliope ist da anders. Sie mag dich.«

Sal hob den Kopf. »Wirklich?«

Achselzuckend meinte Linus: »Hörst du nicht, wie sie mit dir spricht?«

Der Junge nickte.

»Das habe ich bei ihr noch nie erlebt. Klar, sie schnurrt, wie alle anderen Katzen auch. Aber sie hat nie miaut. Nicht, bevor wir hierherkamen. Und bis sie dir begegnet ist.«

Das schien Sal geradezu zu schockieren. »Wow.« Wieder musterte er die Katze zu seinen Füßen. »Warum ist das wohl so?«

»Ich denke, das liegt daran, dass sie ein guter Menschenkenner ist. Weil sie in dir etwas spürt, das ihr das Sprechen ermöglicht. Katzen sind in diesen Dingen sehr schlau. Wenn sie spüren, dass jemand ein schlechter Mensch ist, meiden sie ihn, oder sie greifen ihn sogar an.«

»Mich hat sie noch nie angegriffen«, meinte Sal.

»Ich weiß. Sie mag dich.«

Nachdenklich kratzte sich Sal im Nacken. »Ich mag sie auch.«

»Gut. Denn ebenso wie Katzen uns eine Menge über die Menschen verraten können, kann man einen Menschen auch immer danach beurteilen, wie er mit Tieren umgeht. Sind sie grausam zu ihnen, sollte man ihnen auf jeden Fall aus dem Weg gehen. Zeigen sie Freundlichkeit, ist das meiner Meinung nach ein Zeichen dafür, dass sie eine gute Seele haben.«

»Ich bin freundlich zu Tieren«, erklärte Sal lebhafter, als Linus ihn je gesehen hatte. »Und sie scheinen mich auch alle zu mögen.«

»Sieh mal einer an.« Linus schmunzelte. »Es freut mich wirklich, das zu hören.«

Sal lief rot an und wandte hastig den Blick ab. Dann bewegten sich seine Lippen, und er murmelte etwas, das Linus allerdings nicht verstand.

»Könntest du das bitte wiederholen? Ich habe es leider nicht richtig gehört.«

Sal atmete einmal tief durch. »Ich habe mich gefragt, ob Sie sich vielleicht mein Zimmer ansehen möchten.«

Obwohl das einen unerwarteten Freudenschauer in Linus auslöste, antwortete er möglichst gelassen: »Das würde ich sehr gerne tun.« Dann zögerte er. »Wurdest du von jemandem dazu gedrängt? Denn ich möchte nicht, dass du etwas tust, wozu du nicht selbst bereit bist.«

Mit einem verlegenen Achselzucken erklärte Sal: »Arthur hat vor Ihrer Ankunft mal erwähnt, dass Sie unsere Zimmer werden sehen wollen. Danach hat er es nie wieder angesprochen.«

Linus war erleichtert. »Und von den anderen Kindern hat auch niemand …?«

Sal schüttelte den Kopf. »Nein. Ich meine, ich weiß natürlich, dass Sie sich ihre Zimmer schon angeschaut haben, aber … sie haben nichts gesagt.«

Natürlich lag Linus die Frage auf der Zunge, warum es ausgerechnet jetzt so weit war, aber er stellte sie nicht. Er wollte den Jungen nicht noch stärker unter Druck setzen. »Dann wäre es mir eine Freude.«

»Kann Calliope mitkommen?«, platzte es aus Sal heraus. »Wenn das okay ist. Ich will niemandem Umstände machen ...«

Beschwichtigend hob Linus die Hand. »Aber natürlich. Allerdings müssen wir das ihr überlassen. Wenn sie uns folgt – womit ich eigentlich rechne –, dann ist das in Ordnung.«

»Okay.«

»Sollen wir?«

Noch einmal kaute Sal auf seiner Unterlippe herum, dann nickte er knapp.

Linus zog die Tür des Gästehauses hinter sich zu.

Wie Linus es sich gedacht hatte, kam Calliope mit. Sie spazierte an Sals Seite und lief höchstens mal ein paar Schritte voraus, bevor sie kehrtmachte und zu ihm zurückkam. Diese so offensichtliche Hingabe löste in Linus beinahe so etwas wie Missmut aus, aber da er ja ein Mann von vierzig Jahren und kein trotziger Teenager war, nahm er es wortlos hin. Außerdem, so sagte er sich, war ihr Verhalten ja hilfreich, wogegen Linus sicher nicht protestieren würde.

Im Garten kamen sie an Talia vorbei, die aber nur kurz winkte, bevor sie sich wieder ihren Pflanzen widmete. Chauncey war bei ihr und lobte ihre Blumen als die prachtvollsten, die er je gesehen habe. Ob es ihr etwas ausmachen würde, wenn er ein paar davon verspeise? Phee und Zoe waren im Wald. Lucy war mit Arthur in seinem Zimmer. Als sie das Haus erreichten und gerade die Treppe hinaufsteigen wollten, hörte Linus ein Zwitschern. Theodore hing an einem der freiliegenden Deckenbalken wie eine Fledermaus. Auf ein zweites Zwitschern hin antwortete Sal: »Ist schon okay, Theodore. Ich habe ihn eingeladen.« Daraufhin zwitscherte der Lindwurm ein drittes Mal und schloss die Augen, während Linus hinter Sal die Treppe hinaufging.

Vor der Zimmertür des Jungen blieben sie stehen. Sal, der eigentlich immer etwas nervös wirkte, legte eine zitternde Hand auf den Knauf.

»Wenn du noch nicht so weit bist, dann bist du eben noch nicht so weit«, sagte Linus zu ihm. »Ich werde dich nicht drängen, Sal. Bitte tu das nicht nur meinetwegen.«

Stirnrunzelnd sah Sal ihn an. »Aber das ist doch nur Ihretwegen.«

Leicht perplex erwiderte Linus: »Nun ja... da hast du wohl recht. Aber wir haben alle Zeit der Welt.« Was natürlich nicht stimmte. Linus' Aufenthalt auf der Insel war schon halb vorbei. Eine Erkenntnis, die ihn leicht schockierte.

Sal schüttelte den Kopf. »Ich... mir wäre es lieber, es jetzt zu tun.«

»Wie du willst. Ich werde deine Sachen nicht anfassen, falls dir das irgendwie hilft. Und wenn es etwas gibt, das du mir zeigen möchtest, freue ich mich schon darauf, es zu sehen. Ich bin nicht hier, um ein Urteil über dich zu fällen, Sal. Ganz und gar nicht.«

»Warum sind Sie dann hier, wenn Sie kein Urteil fällen?«

Linus geriet ins Stocken. »Ich... nun ja. Ich bin hier, um sicherzustellen, dass euer Heim eben das ist: ein Heim. Ein Ort, an dem ihr meiner Meinung nach sicher und gut aufgehoben seid.«

Sal ließ die Hand wieder sinken und drehte sich vollständig zu Linus um. Calliope hatte sich neben ihm niedergelassen und ließ ihn nicht aus den Augen. So nah war Linus dem Jungen noch nie gekommen. Er war ebenso groß wie Linus, und auch wenn dieser dicker war, strahlte Sal eine gewisse Wucht aus, eine Kraft, die in krassem Widerspruch zu seinen ständigen Versuchen stand, sich so klein wie möglich zu machen.

»Werden Sie mich von hier wegholen?«, fragte er mit düsterer Miene.

Linus zögerte. Noch nie hatte er ein Kind angelogen. Wenn die Wahrheit verdreht werden musste, sagte er lieber gar nichts. »Ich möchte nichts tun, was deinen eigenen Wünschen widerspricht«, antwortete er langsam. »Und ich denke auch nicht, dass jemand anders so etwas tun sollte.«

Sal musterte ihn prüfend. »Sie sind nicht wie die anderen.«

»Welche anderen?«

»Die anderen Sachbearbeiter.«

»Oh. Nein, wohl eher nicht. Ich bin Linus Baker. Und einen Linus Baker hast du bisher noch nicht gekannt.«

Sal starrte ihn noch einen Moment an, dann wandte er sich wieder der Tür zu. Er öffnete sie und trat beiseite. Als er wieder anfing, auf seiner Lippe herumzukauen, hätte Linus ihn am liebsten ermahnt, sich nicht selbst wehzutun. Doch stattdessen fragte er: »Darf ich?«

Sal nickte unsicher.

Der Raum hatte nichts Außergewöhnliches an sich. Eigentlich schien es dort überhaupt nichts zu geben, was Linus mit Sal in Verbindung gebracht hätte. Die anderen Kinder hatten ihren Zimmern einen persönlichen Stempel aufgedrückt, im Guten wie im Schlechten. Hier waren die Wände kahl. Das Bett war ordentlich gemacht. Auf den Holzdielen lag zwar ein Teppich, aber der war fade und grau. Dann war da noch die Tür zum Einbauschrank ... und das war's.

Beinahe.

In einer Ecke ragte ein Bücherstapel auf, der Linus gleich an Arthurs Büro denken ließ. Ein Blick auf die Titel verriet ihm, dass es sich um Klassiker der Literatur handelte: Shakespeare und Poe, Dumas und Sartre. Letzterer ließ Linus erstaunt eine Braue lupfen. Das Konzept des Existenzialismus hatte sich ihm nie wirklich erschlossen.

Doch abgesehen davon war dieser Raum wie eine leere

Leinwand, die darauf wartete, von einem Künstler mit Leben erfüllt zu werden. Da er den Grund dafür zu kennen glaubte, stimmte das Linus ziemlich traurig.

»Es ist schön«, sagte er, während er sich demonstrativ umsah. Aus dem Augenwinkel registrierte er, wie Sal durch die Tür hereinlinste und jeden seiner Schritte verfolgte. »Ziemlich geräumig. Und dieser Ausblick! Von hier aus kann man ja beinahe bis zum Dorf sehen. Wirklich eine herrliche Aussicht.«

»Nachts kann man die Lichter des Dorfes sehen«, erklärte Sal von der Tür aus. »Sie funkeln. Ich stelle mir gerne vor, dass es Schiffe auf dem Meer sind.«

»Ein hübscher Gedanke.« Linus trat vom Fenster weg und ging Richtung Wandschrank. »Wäre es in Ordnung, wenn ich dort einen Blick reinwerfe?«

Kurzes Zögern, dann: »Okay.«

Der Wandschrank war größer als erwartet. Eine Kommode stand darin, und daneben ein kleiner Schreibtisch mit einem Bürostuhl. Auf dem Schreibtisch stand eine Schreibmaschine, eine alte Underwood. Es war sogar schon ein leeres Blatt eingespannt. »Was haben wir denn hier?«, fragte Linus fröhlich.

Als er keine Antwort bekam, warf er einen Blick über die Schulter. Sal stand neben dem Bett und sah vollkommen verloren aus. Gerade sprang Calliope auf die Decke und rieb sich an seiner Hand. Seine Finger spreizten sich, und er hielt sich an ihrem Fell fest.

»Sal?«

»Da schreibe ich«, platzte es aus Sal heraus. Ängstlich riss er die Augen auf. »Ich ... ich schreibe gerne. Also ... nicht sehr gut ... wahrscheinlich sollte ich nicht ...«

»Oh ja, ich erinnere mich. Letzte Woche im Unterricht hast du uns etwas vorgetragen. Das hast du geschrieben?«

Sal nickte.

»Das war sehr gut. Viel besser als alles, was ich zustande bringen würde, fürchte ich. Wenn ein Bericht ausgefüllt werden muss, bin ich dein Mann. Aber weiter reicht meine Kreativität im Umgang mit dem geschriebenen Wort leider nicht. Kein Computer?«

»Das Licht tut mir in den Augen weh. Und mir gefällt das Geräusch, das die Schreibmaschine macht.«

Linus lächelte. »Ich verstehe. Ja, das Klappern ihrer Tasten hat einen Zauber, den kein Computer der Welt hervorbringen kann. Ich weiß, wovon ich rede. Im Büro sitze ich ständig vor so einem Ding. Nach einer Weile tun meine Augen von der Arbeit am Bildschirm auch weh, und deine Sehkraft ist sicher noch um einiges schärfer als meine.«

»Ich möchte nicht über das sprechen, was ich schreibe«, sagte Sal hastig.

»Selbstverständlich«, beschwichtigte ihn Linus gelassen. »Das ist privat. Ich würde dich niemals bitten, etwas mit mir zu teilen, was du für dich behalten möchtest.«

Das schien Sal ein wenig zu beruhigen. »Es ist nur ... manchmal ergibt es gar keinen Sinn. Meine Gedanken. Ich versuche, sie alle aufzuschreiben, um Ordnung hineinzubringen, aber ...« Offenbar fiel es ihm schwer, die richtigen Worte zu finden.

»Es ist persönlich«, half ihm Linus aus. »Und du wirst diese Ordnung finden, wenn du so weit bist. Wenn deine anderen Schriften so sind wie das, was du vorgelesen hast, sind sie sicherlich sehr bewegend. Wie lange schreibst du schon?«

»Zwei Monate. Beinahe.«

Also erst, seit er hier auf Marsyas war. »Vorher nicht?«

Sal schüttelte den Kopf. »Ich konnte nie ... Man hat mich nicht gelassen. Erst als ich hierherkam.«

»Arthur?«

Verlegen bohrte Sal seine Schuhspitze in den Teppich. »Er hat mich gefragt, was ich mir mehr wünsche als alles andere auf der Welt. Jede Woche hat er mich das gefragt, den ganzen ersten Monat hindurch, und hat mir versichert, wenn ich eine

Antwort gefunden hätte, würde er alles tun, was möglich ist, um meinen Wunsch zu erfüllen.«

»Und du hast dir eine Schreibmaschine gewünscht?«

»Nein.« Sal starrte zu Calliope hinunter. »Ich habe ihm gesagt, dass ich nicht wieder umziehen wolle. Dass ich hierbleiben möchte.«

Plötzlich spürte Linus ein Brennen in den Augen und blinzelte hektisch. Nachdem er sich geräuspert hatte, fragte er: »Und was hat er geantwortet?«

»Dass er tun würde, was in seiner Macht steht, um das möglich zu machen. Und *danach* habe ich ihn um eine Schreibmaschine gebeten. Zoe hat sie mir am nächsten Tag gebracht. Die anderen haben auf dem Speicher den Schreibtisch entdeckt und ihn hergerichtet. Talia meinte, sie hätte ihn so lange poliert, dass sie schon befürchtet hat, von den ganzen Chemikalien würde ihr der Bart ausfallen. Und dann haben sie mich damit überrascht.« Ein Lächeln huschte über sein Gesicht. »Das war ein schöner Tag. Fast als hätte ich Geburtstag.«

Linus verschränkte die Arme vor der Brust, weil seine Hände plötzlich zitterten. »Und du hast ihn im Schrank aufgestellt? Vor dem Fenster sähe er doch bestimmt auch hübsch aus.«

Sal zuckte mit den Schultern. »Das ist so ... der Schrank hat mir dabei geholfen, mich klein zu fühlen. Ich war noch nicht bereit, größer zu sein.«

»Ich frage mich, ob du jetzt wohl dazu bereit bist«, spekulierte Linus laut. »Dein Zimmer ist zwar größer als der Wandschrank, aber doch nicht so groß, dass man die Wände nicht mehr spüren würde. Das ist ein bisschen wie mit dem Dorf bei Nacht: Du kannst sie sehen, aber sie dich nicht, obwohl ihr so weit voneinander entfernt seid. Eine Frage der Perspektive, denke ich.«

Sal senkte den Blick. »Ich ... na ja ... so habe ich das nie gesehen.«

»Bloß ein Vorschlag. Wenn er dir dort gefällt, steht der Schreibtisch am perfekten Ort. Er muss nicht bewegt werden, bis du so weit bist, oder auch gar nicht. Wer weiß, vielleicht wäre der Blick aus dem Fenster auch nur eine Ablenkung.«

»Haben Sie in Ihrem Büro ein Fenster?«

Linus schüttelte den Kopf. Diese Frage zu beantworten war gefährlich, da sie seine Person betraf. Aber wem konnte das schon schaden? »Nein. Die BBMM ist nicht ... nun ja. Ich denke, dort mag man keine Fenster.«

»Die BBMM«, fauchte Sal angewidert. Linus verfluchte sich innerlich. »Die ... die ... ich ...«

»Dort arbeite ich nun einmal«, sagte Linus ruhig. »Das wusstest du. Und du hast selbst gesagt, dass ich anders bin als die anderen.«

Sal hatte wieder die Fäuste geballt. »Ich könnte mich geirrt haben.«

»Möglich«, gab Linus zu. »Und ich verstehe, warum du so denkst, nach allem, was du durchgemacht hast. Aber bitte vergiss nicht, dass du mir rein gar nichts beweisen musst. Im Gegenteil, ich muss dir etwas beweisen: dass ich nur dein Bestes will.«

»Arthur ist ein guter Mensch«, betonte Sal. »Bei ihm ... Er ist nicht wie diese anderen ... die anderen Heimleiter. Er ist nicht ... *gemein*.«

»Das weiß ich.«

»Aber Sie haben gesagt, Sie würden ihn überprüfen.«

Linus runzelte die Stirn. »Das habe ich nur in einem vertraulichen Gespräch erwähnt. Woher weißt du ...«

»Ich bin ein Hund«, fuhr Sal ihn an. »Mein Gehör ist sehr scharf. Ich konnte euch hören. Sie haben gesagt, das hier wäre kein Besuch, sondern eine Überprüfung. Ich wollte nicht ... ich wollte euch nicht belauschen, aber genau das haben die anderen auch immer gesagt: eine Überprüfung. Deshalb dekoriere ich mein Zimmer nicht so, wie Talia oder Lucy es tun.

Weil es ja doch immer vorübergehend ist. Jedes Mal, wenn ich dachte, ich wäre endlich irgendwo angekommen, hat man mich wieder von dort fortgeholt.«

Nicht zum ersten Mal stieß Linus innerlich einen Fluch aus. »Das war nicht für deine Ohren bestimmt.« Sal kauerte sich zusammen als hätte Linus Anstalten gemacht, ihn zu schlagen. »Nein«, rief der schnell, »das habe ich nicht so gemeint… Was ich sagen wollte, ist, dass ich mir besser hätte überlegen sollen, was ich sage. Ich hätte mehr auf meine Wortwahl achten sollen.«

»Dann wollen Sie Arthur also gar nicht überprüfen?«

Linus wollte schon den Kopf schütteln, hielt dann aber inne. Mit einem schweren Seufzer erklärte er: »Es geht dabei nicht um Arthur, Sal. Oder zumindest nicht *nur* um Arthur. Mehr um das Waisenhaus insgesamt. Ich weiß, dass du in der Vergangenheit viele… unschöne Erfahrungen gemacht hast, aber ich schwöre dir: Diesmal ist es anders.« Linus wusste nicht, ob er seinen eigenen Worten Glauben schenken konnte.

Sal musterte ihn wachsam. »Und wenn Sie nun entscheiden, dass wir wegmüssen? Sind Sie dann nicht doch genauso wie die anderen?«

»Ich weiß es nicht«, antwortete Linus leise. »Ich hoffe einfach, dass ihr die Gründe für eine solche Entscheidung nachvollziehen könntet, falls sie nötig sein sollte.«

Sal schwieg.

Für Linus war klar, dass er hier im Moment nicht mehr erwünscht war. Er trat von der offenen Schranktür zurück. Als Calliope ihm einen bösen Blick zuwarf, konnte er ihr das nicht einmal übelnehmen. Das alles war nicht so verlaufen wie erhofft. Und auch wenn er Sal vorhin gesagt hatte, sie hätten alle Zeit der Welt, so war das doch weit entfernt von der Wahrheit. Wie immer verging die Zeit schneller als erwartet. In zwei Wochen würde er die Insel verlassen und seine Empfehlung abgeben müssen. Mit möglichst viel Abstand ging er an Sal vorbei Richtung Tür. (Sehr viel war das in diesem Raum bei zwei großen Menschen allerdings nicht.) Er verabschiedete sich mit einem Lächeln und wollte gerade auf den Korridor hinaustreten, als Sal fragte: »Würden Sie mir helfen?«

»Natürlich«, sagte Linus sofort. »Wobei?«

Sals Blick hing an Calliope, die noch nicht genügend Aufmerksamkeit eingefordert hatte und laut schnurrte, während er sie hinter den Ohren streichelte. Wieder huschte dieses feine Lächeln über sein Gesicht. Dann sah er Linus an. »Mit meinem Schreibtisch. Wahrscheinlich könnte ich ihn auch alleine verrücken, aber ich will hinterher keine zerkratzten Wände oder Böden in meinem Zimmer haben.«

Mit möglichst neutraler Miene erwiderte Linus: »Wenn du das möchtest.«

Anstatt zu antworten, zuckte Sal nur gleichmütig mit den Schultern. Doch Linus war gut in seinem Job, er blickte mühelos hinter diese Fassade.

Er knöpfte seine Hemdsärmel auf und krempelte sie bis zu den Ellbogen hoch. »Da du ihn dort reingebracht hast, wird er wohl durch die Schranktür passen, nehme ich an.«

Sal nickte. »Knapp, ja. Wir müssen vorsichtig sein. Chauncey war so aufgeregt, dass er eine Ecke ramponiert hat. Das hat ihm schrecklich leidgetan, aber ich habe ihm gesagt, dass es nicht schlimm sei. Manchmal bekommen Dinge ein paar Kratzer ab oder gehen kaputt, aber dadurch werden sie nicht schlechter.«

»Es verleiht ihnen Charakter«, nickte Linus. »Und eine Erinnerung wird damit verknüpft. Bist du so weit?«

Ja, das war Sal. Er ging in den Wandschrank, zog den Stuhl unter dem Tisch heraus und stellte vorsichtig die Schreibmaschine auf den Sitz. Dann rollte er ihn nach hinten vor die Kommode. Nachdem er sich an ein Ende des Tisches gestellt hatte, wartete er auf Linus. Es war kein sonderlich großer Tisch, aber alt. Deshalb rechnete Linus damit, dass er schwerer sein würde, als er aussah.

Er bückte sich, Sal zählte bis drei, und schon wurde sein Verdacht bestätigt. Das Ding *war* schwer. Plötzlich hatte Linus die Stimme seiner Mutter im Ohr: *Aus den Knien heben, Linus, also wirklich!* Ein Ziehen im Rücken erinnerte ihn daran, dass er nicht jünger wurde; dass Sal scheinbar keinerlei Mühe mit dem Gewicht hatte, hätte ihm beinahe ein klägliches Grinsen entlockt. Wahrscheinlich hätte der Junge den Tisch tatsächlich auch allein an seinen neuen Platz bringen können.

Ganz vorsichtig bugsierten sie den Schreibtisch durch die schmale Schranktür. Während er langsam rückwärts schlurfte, sah Linus die abgesprungene Ecke, die Chaunceys Eifer geschuldet war. Die Tischplatte ließ wirklich nur wenige Zentimeter Spielraum auf beiden Seiten.

»Dorthin«, schnaufte Linus mühsam, »genau dorthin. Vor das Fenster.«

Noch immer vorsichtig stellten sie den Tisch ab, ohne sich die Finger einzuklemmen. Mit einem theatralischen Stöhnen richtete Linus sich auf und drückte die Hände ins Kreuz. Sals leises Lachen nahm er zwar wahr, ließ sich aber nichts anmerken. Es war ein schönes Geräusch, das er gerne öfter hören würde.

Linus trat zurück und betrachtete kritisch ihr Werk. Er stemmte die Hände in die Hüften, legte den Kopf schief und stellte fest: »Da fehlt etwas.«

Verwirrt sah Sal ihn an. »Ach ja?«

»Ja.« Er ging zurück in den Schrank und rollte den Stuhl heraus. Dann nahm er die Schreibmaschine und stellte sie auf den Tisch vor dem Fenster. Ordentlich schob er den Stuhl unter den Tisch. »So. Jetzt ist es fertig. Und? Wie gefällt es dir?«

Sal streckte die Hand aus und strich beinahe liebevoll über die Tasten. »Es ist perfekt.«

»Das denke ich auch. Der inspirierende Einfluss des Fensters wird deine Kreativität erst recht zum Erblühen bringen. Und sollte es sich doch als zu große Ablenkung entpuppen, können wir ihn jederzeit an seinen alten Platz zurückbringen. Das ist überhaupt nicht schlimm, solange du nicht vergisst, dass es dort draußen eine große, weite Welt gibt.«

Sal sah ihn an. »Wissen Sie das mit der Frau? In der Küche?«

Es hat da einen ... Vorfall gegeben. In einem seiner früheren Waisenhäuser. Eine der Küchenkräfte hat ihn geschlagen, weil er sich einen Apfel nehmen wollte. Er hat sich auf die einzige Art zur Wehr gesetzt, die er kannte. In der Woche darauf hat sie sich das erste Mal verwandelt.

Linus wurde wieder vorsichtig. »Ja.«

Sal nickte und starrte auf seine Schreibmaschine. »Ich wollte das nicht.«

»Ich weiß.«

»Ich ... ich wusste nicht, was passieren würde.«

»Auch das weiß ich.«

Der Junge holte mühsam Luft. »Ich habe es seitdem nicht mehr getan. Und ich werde es auch nicht wieder tun. Das verspreche ich Ihnen.«

Linus legte ihm eine Hand auf die Schulter und drückte sie, wie er es schon oft bei Arthur gesehen hatte. Auch etwas, das er nicht hätte tun sollen, aber dieses eine Mal war ihm egal, was die *VORGABEN UND VERORDNUNGEN* dazu sagten. »Ich glaube dir.«

Sal lächelte – noch ein wenig zittrig, aber dadurch nicht weniger strahlend.

ZWÖLF

Später am Abend klopfte jemand an die Tür des Gästehauses. Stirnrunzelnd sah Linus von seinem Bericht auf und warf einen Blick auf die Uhr. Es war fast zehn, und eigentlich hatte er für heute Schluss machen wollen. Der Bericht war zwar fast fertig, aber er schielte schon vor Müdigkeit, und beim letzten Gähnen hätte er sich beinahe den Kiefer ausgerenkt. Deshalb hatte er beschlossen, den Bericht morgen fertigzustellen, da er ihn erst am Tag darauf zur Post bringen musste.

Er stand auf. Calliope lag auf dem Fensterbrett und beachtete ihn gar nicht. Mit einem trägen Blinzeln schob sie das Gesicht unter die Pfoten.

Müde rieb sich Linus die Augen, als er zur Tür ging. Zum Glück hatte er seinen Pyjama noch nicht angezogen. Auch am späten Abend war es unangemessen, einen Gast in Schlafbekleidung zu begrüßen, es sei denn, dieser Gast blieb über Nacht. Als er die Tür öffnete, fand er Arthur auf der Veranda vor, der sich fest in seinen Kolanimantel gewickelt hatte. Die Nächte wurden langsam kühler, und der Wind vom Meer war beinahe schneidend. Arthurs Haar war völlig zerzaust. Linus fragte sich, wie es sich wohl anfühlen würde hindurchzustreichen.

»Guten Abend«, grüßte Arthur leise.

Linus nickte. »Arthur. Gibt es ein Problem?«

»Ganz im Gegenteil.«

»Ach? Was ist …«

»Darf ich?« Arthur deutete mit dem Kopf auf die offene Tür. »Ich habe dir etwas mitgebracht.«

Verwirrt sah Linus ihn an. »Wirklich? Ich habe doch gar nichts verlangt.«

»Ich weiß. Das würdest du nicht tun.«

Bevor Linus ihn fragen konnte, was das nun wieder heißen sollte, bückte sich Arthur und hob eine Holzkiste auf, die vor ihm auf dem Boden stand. Linus trat einen Schritt zurück, und Arthur ging an ihm vorbei ins Haus.

Linus schloss die Tür hinter ihm, während Arthur sich im Wohnzimmer umsah. Sein Blick streifte auch den Bericht, der offen auf dem Sessel lag, doch er machte keinerlei Anstalten, darin zu lesen. »Noch bei der Arbeit?«

»Ja. Eigentlich wollte ich gerade Schluss machen. Hoffentlich bist du nicht gekommen, um mich zu fragen, was ich geschrieben habe. Du weißt, dass ich dir das nicht sagen darf. Die Berichte werden dir nach Abschluss der Überprüfung zugänglich gemacht werden, wie es auch in …«

»Ich bin nicht wegen deiner Berichte gekommen.«

Das brachte Linus ziemlich aus dem Konzept. »Ach nein? Warum denn dann?«

»Wie gesagt: Ich habe dir etwas mitgebracht. Ein Geschenk. Hier, ich zeige es dir.« Er stellte die Holzkiste auf das Tischchen neben Linus' Sessel. Seine schlanken Finger hoben den Deckel ab.

Linus war ehrlich gespannt. Er wusste gar nicht mehr, wann er das letzte Mal ein Geschenk bekommen hatte. Im Büro wurden zu den Geburtstagen nur Glückwunschkarten unter den Sachbearbeitern herumgereicht, auf denen jeder mit einem verlogenen *Alles Gute!* unterschrieb. Es waren billige, unpersönliche Karten, aber es war wohl der Gedanke, der zählte. Und abgesehen von dem durch das Allerhöchste Management angesetzten Weihnachtsessen – das ja nun wirklich kein Geschenk war – hatte Linus schon sehr lange von niemandem mehr etwas bekommen. Seine Mutter war vor einigen Jahren gestorben, und zu ihren Lebzeiten hatte sie ihm nur Socken,

Wollmützen oder irgendwelche alten Hosen geschenkt, in die er laut ihrer Ansicht eben reinwachsen müsse, *sind ja noch gut, und Geld wächst nicht auf Bäumen, Linus.*

»Was ist es?«, fragte er nun so eifrig, dass es ihn selbst überraschte. Mit einem verlegenen Husten ergänzte er: »Ich meinte natürlich: Ich brauche nichts.«

Arthur zog eine Augenbraue hoch. »Hierbei geht es doch nicht um *brauchen*, Linus. Das ist nicht Sinn und Zweck eines Geschenks. Es geht um die Freude darüber, dass jemand an dich gedacht hat.«

Linus spürte, wie ihm warm wurde. »Du ... hast also an mich gedacht?«

»Das tue ich ständig. Allerdings gebührt das Lob in diesem Fall nicht mir. Es war Lucys Idee.«

»Oje«, hauchte Linus. »Ich weiß nicht, ob ich ein totes Tier oder etwas Ähnliches haben möchte.«

Schmunzelnd blickte Arthur auf die offene Kiste hinunter. »Das freut mich. Hättest du dir ein totes Tier gewünscht, wäre ich hiermit wohl völlig auf dem Holzweg. So kann ich dir aber voller Freude mitteilen, dass dieses Ding niemals lebendig war, auch wenn es nicht so klingen mag.«

Linus war nicht sicher, ob er einen Blick in die Kiste werfen wollte. Obwohl er so schmal war, wurde sie bislang noch von Arthurs Körper verdeckt, und auch wenn er keine merkwürdigen Gerüche oder Geräusche wie das Quieken einer überdimensionierten Ratte wahrnahm, blieb Linus vorsichtig. »Also gut. Was ist es?«

»Wieso kommst du nicht einfach her und siehst es dir an?«

Also atmete Linus einmal tief durch und ging langsam zu Arthur hinüber. Warum war dieser Mann auch so groß? So würde er sich dicht neben ihn stellen müssen, um sehen zu können, was sich in der Kiste befand.

Linus ärgerte sich über sich selbst. Sicherlich würde Arthur es Lucy niemals erlauben, etwas Ungehöriges dort hineinzupacken. Beim Abendessen hatte Lucy ihn zwar die ganze Zeit angegrinst, aber auch wenn es wie immer ein wenig teuflisch gewirkt hatte, hatte Linus es doch nicht als bösartig empfunden. Andererseits war Lucy nun einmal im wahrsten Sinne des Wortes die Brut des Teufels und hatte wohl schon vor langer Zeit gelernt, die perfekte Unschuld zu mimen.

Hoffentlich explodierte es nicht. Linus war kein Fan von Explosionen, vor allem nicht, wenn er direkt danebenstehen musste.

Doch es war keine Bombe. Auch keine Ratte und kein verwesender Kadaver.

Es war ein alter, tragbarer Plattenspieler. Auf der Innenseite des Deckels prangte der Name *ZENITH*, dessen Z wie ein Blitz geformt war.

Linus schnappte nach Luft. »Sieh dir das an! Er ist wundervoll. So ein Ding habe ich seit einer Ewigkeit nicht mehr gesehen, und auch damals immer nur im Schaufenster! Mein Victrola zu Hause ist viel zu groß. Der Klang dieser kleinen Tragbaren ist nicht ganz so toll, das ist mir klar, aber ich habe mich immer gefragt, wie es wohl wäre, seine Musik überallhin mitnehmen zu können. Vielleicht zu einem Picknick oder so.« Er plapperte unkontrolliert vor sich hin, und er hatte keine Ahnung warum. Also schloss er so abrupt den Mund, dass seine Zähne hörbar aufeinanderschlugen.

Arthur lächelte. »Lucy hatte gehofft, dass du so reagierst. Ursprünglich wollte er selbst kommen und ihn dir überreichen, hat dann aber entschieden, dass es besser wäre, wenn ich das mache.«

Linus schüttelte den Kopf. »Was für ein unglaublich durchdachtes Geschenk. Bitte richte ihm meinen Dank – nein, das kann ich morgen selbst tun. Als Allererstes. Beim Frühstück!« Dann kam ihm noch ein Gedanke. »Oh, aber ich habe gar keine Platten dafür dabei. Ich habe nicht daran gedacht, welche mitzunehmen. Und selbst wenn, wäre es vermutlich zu riskant gewesen. Sie sind sehr zerbrechlich, und es hätte mir leidgetan, wenn sie kaputtgegangen wären.«

»Ah!« Artur schmunzelte. »Auch daran hat Lucy gedacht.« Er drückte mit dem Daumen auf einen kleinen Hebel an der Unterseite des Deckels, woraufhin sich ein schmales Fach öffnete. Darin befand sich eine unbeschriftete weiße Hülle mit einer Schallplatte.

»Welch ein Wunderwerk.« Es juckte Linus in den Fingern, er musste die Kiste unbedingt berühren. »Wo habt ihr ihn her? Er sieht aus, als wäre er brandneu.«

»Ich kann dir versichern, dass er das nicht ist. Eigentlich ist er sogar ziemlich alt. Als du dir Theodores Nest angesehen hast, sind dir doch bestimmt die vielen Kisten auf dem Speicher aufgefallen.«

Ja, die hatte er bemerkt. Sie waren ganz hinten in einer dunklen Ecke aufgestapelt gewesen. Leicht verwundert hatte Linus das der Tatsache zugeschrieben, dass ein altes Haus eben viel Leben in sich ansammelte. Materielle Habseligkeiten hatten die Tendenz, sich unvermindert zu vermehren, wenn man es am wenigsten erwartete. »Sind sie, ja.«

Arthur nickte. »Er war seit einer Ewigkeit in einer der Kisten ganz hinten verräumt. Da wir bereits drei Plattenspieler haben, brauchten wir ihn nicht. Lucy hat ihn ausgegraben, als er wieder einmal dort oben herumgeschnüffelt hat. Das tut er gerne. Er war völlig verstaubt und musste dringend poliert werden, aber Lucy war ganz vorsichtig. Sal hat ihm geholfen.« Mit einem nachdenklichen Blick auf den Plattenspieler fügte er hinzu: »Es wäre wohl besser gewesen, wenn wir ihn getestet hätten, bevor ich ihn hergebracht habe. Ich bin mir nicht ganz sicher, ob das alte Ding überhaupt noch funktioniert.«

»Und die Schallplatte?«

Achselzuckend erklärte Arthur: »Lucy wollte sie mir nicht zeigen. Sal meinte, es solle eine Überraschung werden, dass sie dir aber sicher gefallen würde.«

Das machte Linus wieder ein wenig nervös, allerdings um einiges weniger als zu Beginn seiner Zeit auf der Insel. »Nun, dann sollten wir wohl herausfinden, ob er recht hat.«

Arthur trat einen Schritt zurück. »Würdest du das gerne übernehmen?«

»Natürlich.« Linus stellte sich auf Arthurs Platz und griff in das Fach hinein. Vorsichtig holte er die Schallplatte hervor und befreite sie aus ihrer Hülle. Auch sie war nicht beschriftet, kein Bild zierte das Etikett in der Mitte. Linus legte die Hülle beiseite und die Platte auf den Plattenteller, aus dessen Mitte der kleine Stift der Achse aufragte. Dann legte er den Schalter an der Seite um und sah entzückt zu, wie die Platte anfing, sich zu drehen. Ein leises Knacken war zu hören. »Ich denke, wir sind im Geschäft«, murmelte er.

»Sieht ganz so aus«, stimmte Arthur ihm zu.

Linus ließ den Tonarm auf die Platte sinken. Das knackende Geräusch wurde lauter. Und dann ...

Ein Mann begann zu singen: *»Darling you send me, I know you send me ...«*

»Sam Cooke«, hauchte Linus. Seine Hand sank herab. »Oh. Oh. Das ist wunderschön.«

Er hob den Kopf und bemerkte, dass Arthur ihn eindringlich ansah. Und Sam sang davon, wie er geglaubt habe, es sei nur eine Schwärmerei, doch nun dauerte es schon so lange an.

Linus trat einen Schritt zurück.

Lächelnd fragte Arthur: »Sollen wir uns setzen?«

Linus nickte beklommen. Unsicherheit hatte ihn gepackt, was für ihn nun wirklich nichts Neues war. Außerdem war es furchtbar stickig hier drin, irgendwie fühlte er sich leicht benommen. Wahrscheinlich die Müdigkeit. Es war ein langer Tag gewesen.

Er nahm seinen Bericht vom Sessel, legte ihn neben den Plattenspieler und setzte sich. Sam umwarb weiter seine Liebste. Arthur nahm auf dem Stuhl Platz. Ihre Füße standen so dicht beieinander… Linus müsste sein Bein nur ein wenig ausstrecken, dann würden sich ihre Schuhspitzen berühren.

»Ich habe heute Abend etwas Merkwürdiges gehört«, begann Arthur schließlich.

Krampfhaft hoffend, dass Arthur ihm seine Gedanken nicht ansehen konnte, hob Linus den Kopf. »Und was?«

»Ich habe den Kindern Gute Nacht gesagt. Das mache ich der Reihe nach, wobei Lucy immer als Letzter dran ist, weil sein Zimmer ja ein Teil von meinem ist. Der Vorletzte ist Sal. Und als ich an seine Tür klopfen wollte, drang da dieses neue, beglückende Geräusch an meine Ohren, mit dem ich so gar nicht gerechnet hatte.«

Verlegen rutschte Linus auf seinem Platz herum. »Nun, das ist sicherlich ganz normal. Immerhin ist er ein Teenager, ein Junge. Es ist ganz natürlich, dass er ein wenig… experimentiert. Solange du ihm verdeutlichst, dass…«

»Du meine Güte, nein!« Arthur unterdrückte ein Lächeln. »Nein, das war es nicht.«

Linus riss die Augen auf. »Oje. Das ist… ich wollte nicht… um Himmels willen, was ist nur los mit mir?«

Nun konnte sich Arthur das Lachen nicht mehr verkneifen, tarnte es aber mit einem Husten. »Es freut mich, dass du so aufgeschlossen bist.«

Linus ahnte, dass er knallrot angelaufen war. »Ich kann nicht glauben, dass ich das gesagt habe.«

»Ich auch nicht, wenn ich ehrlich bin. Wer hätte gedacht, dass Linus Baker so… du sein kann.«

»Tja, ich wäre jedenfalls dankbar, wenn das diese vier Wände nicht verlässt. Wenn es Zoe nicht zu Ohren käme. Und *vor allem* nicht den Kindern. Sal mag alt genug sein, um solche Dinge zu verstehen, aber ich denke, Chaunceys Unschuld würde ernsten Schaden nehmen.« Stirnrunzelnd fügte er hinzu: »Wobei ich mir gar nicht sicher bin, ob er überhaupt… hat er denn… oh nein. Nein, nein, nein.«

Arthur schnaufte belustigt. »Lucy ist jünger als Chauncey. Meinst du nicht, wir sollten uns auch um seine Unschuld Gedanken machen?«

Das entlockte Linus nur ein dramatisches Augenrollen. »Wir wissen doch beide, dass das bei ihm kein Problem darstellt.«

»Auch wieder richtig. Aber, wie du ja nun weißt, habe ich nicht … *das* gemeint.« Er beendete den Satz mit genüsslich gesenkter Stimme, als würde sich das kleine Wörtchen an seine Zunge schmiegen, bevor es seinen Mund verließ. Linus brach der Schweiß aus. »Ich meinte das Klappern von Schreibmaschinentasten.«

Linus blinzelte kurz. »Oh. Das … ist eigentlich logisch, wenn man so darüber nachdenkt.«

»Nicht wahr? Trotzdem hat es mich überrascht – nicht das Geräusch an sich, sondern die Tatsache, dass es viel lauter war als sonst. Bisher war es immer stark gedämpft, da er ja in seinem Wandschrank geschrieben hat, bei geschlossener Tür.«

Endlich begriff Linus, worauf er hinauswollte. »Ich wollte nicht … Sollte ich damit meine Kompetenzen überschritten haben, tut es mir leid.«

Arthur hob beschwichtigend die Hand und schüttelte energisch den Kopf. »Ganz und gar nicht. Es war … mehr, als ich zu hoffen gewagt hatte. Für mich ist das ein Zeichen seiner Heilung. Und du warst daran beteiligt.«

Linus starrte auf seine Hände. »Oh, ich denke nicht, dass es so war. Er brauchte lediglich …«

»… jemanden, der es laut ausspricht«, fiel Arthur ihm ins Wort. »Und es hätte von keinem Besseren kommen können.«

Ruckartig hob Linus den Kopf. »Das stimmt nun absolut nicht. Es hätte von dir kommen sollen.« Sofort zuckte er zusammen. »Das war nicht als Kritik gemeint. Ich wollte nur sagen, dass es mir nicht zusteht, so etwas vorzuschlagen.«

Arthur sah ihn nachdenklich an. »Und warum nicht?«

»Weil ich nicht ... ich sollte keinen Einfluss nehmen. Zumindest nicht im persönlichen Bereich.«

»Das widerspricht deinen *VORGABEN UND VERORDNUNGEN*.«

Linus nickte. Sam Cooke wurde von The Penguins abgelöst, die ihren *Earth Angel* besangen. Sein Herz machte einen schmerzlichen Satz. »So ist es.«

»Und warum ist das so? Was meinst du?«

»Das wird nun einmal von jemandem in meiner Position erwartet. Nur so kann ich neutral bleiben. Unvoreingenommen.«

Arthur schüttelte den Kopf. »Wir reden hier von Kindern, nicht von Tieren. Du bist nicht auf einer Safari, wo man alles mit großem Abstand durch ein Fernglas beobachtet. Wie sollst du die Kinder denn einschätzen können, wenn du dir nicht einmal die Zeit nimmst, sie kennenzulernen? Sie sind menschliche Wesen, Linus. Auch wenn einige von ihnen nicht so aussehen.«

Empört erwiderte Linus: »Ich habe nie das Gegenteil behauptet.«

Arthur seufzte schwer. »Das ... Ich muss mich entschuldigen. Das war zu vereinfacht ausgedrückt. Aber ich habe schon sehr lange mit diesen Vorurteilen zu tun, da vergesse ich manchmal, dass nicht alle so denken. Mir geht es einfach nur darum, dass du etwas ganz Erstaunliches für einen Jungen getan hast, der nichts kannte außer Hohn und Spott, bis er zu uns kam. Er hat dir zugehört, Linus. Er hat von dir gelernt, eine Lektion verinnerlicht, die er dringend nötig hatte. Ich weiß nicht, ob er sich dafür einen besseren Lehrer hätte wünschen können.«

»Das sehe ich nicht so«, erwiderte Linus steif. »Ich habe einfach nur das getan, was ich für richtig hielt. Dabei kann ich mir nicht einmal ansatzweise vorstellen, was er durchlitten hat. Und du ebenso, als Heimleiter hier. Vor allem mit diesen ganz speziellen Schützlingen.«

»Ja ...« In Arthurs Stimme schwang ein Unterton mit, den Linus nicht ganz einordnen konnte. »Als Heimleiter hier, natürlich. Das ist wohl auch der Grund, warum ich – wie hast du es kurz nach deiner Ankunft hier noch gleich genannt? Sie nicht gehen lasse?«

»Das hätte ich anders ausdrücken sollen«, gab Linus zu. »Insbesondere nach allem, was ich jetzt weiß.«

»Nein, das wäre gar nicht möglich gewesen. Es hat den Kern der Sache getroffen. Und Direktheit ist der Verschleierung meiner Meinung nach stets vorzuziehen. Sonst geht immer etwas verloren. Deshalb kannst du mir eines glauben: Wenn ich dir sage, dass du Sal geholfen hast, dann meine ich das auch so. Ich habe ihn nicht gefragt, warum er den Tisch umgestellt hat. Ich habe ihn nur gefragt, ob ihm jemand dabei geholfen hat. Er sagte ja, das seist du gewesen. Danach war es leicht, sich den Rest zusammenzureimen.«

»Es war nur ein Vorschlag«, betonte Linus, dem das Lob unangenehm war. »Ich habe ihm gesagt, dass es völlig okay ist, sich klein fühlen zu wollen, dass er dabei aber nicht vergessen soll, dass er auch groß sein kann, wenn er das möchte. Ich hoffe, ich bin dabei nicht zu weit vorgeprescht.«

»Das denke ich nicht. Ich denke, es waren die richtigen Worte zur richtigen Zeit. Wie gesagt - meiner Meinung nach verheilen seine Wunden nach und nach. Und mit dieser Heilung kehrt das Vertrauen zurück, auch wenn es natürlich verdient sein will. Du bist da auf dem richtigen Weg.«

»Wenn das so ist, fühle ich mich geehrt.«

»Tatsächlich? Das klingt aber schrecklich unangemessen. Die *VORGABEN UND VERORDNUNGEN* haben da sicher ...«

Linus verzog spöttisch das Gesicht. »Ja, ja, ich hab's verstanden.«

Lächelnd erwiderte Arthur: »Tatsächlich? Das finde ich schön. Vielen Dank.«

»Wofür?«

Ein Achselzucken. »Für was auch immer du tust.«

»Das ist sehr ... vage. Woher willst du denn wissen, ob ich dieses Waisenhaus in meinem Bericht nicht für unzureichend erkläre, und dich gleich mit?«

»Tust du das denn?«

Linus zögerte. »Nein. Was aber nicht bedeutet, dass ich nicht noch gewisse Zweifel habe. Oder bereits einen Entschluss gefasst hätte.«

»Selbstverständlich nicht.«

»Aber das erinnert mich an eine gewisse Sache. Falls dir Direktheit immer noch lieber ist.«

Arthur verschränkte die Hände im Schoß. »Ich wüsste sie sehr zu schätzen.«

»Du weiß ja noch gar nicht, was ich sagen will.«

»Nein, weiß ich nicht. Aber du. Und ich bin mir sicher, dass du es nicht ansprechen würdest, ohne es vorher gründlich durchdacht zu haben. Also, raus mit der Sprache.«

Linus blickte zum Plattenspieler hinüber, der zu Buddy Holly überging. »*You and I, by and by, will know true love ways*«, sang er. Dass es sich schon wieder um ein Liebeslied handelte, war Linus gar nicht bewusst. Ihn machte vor allem die Tatsache stutzig, dass diese Sänger alle auf derselben Platte vertreten waren. Von einer solchen Kompilation hatte er noch nie gehört.

»Ich denke, wir sollten mit den Kindern einen Ausflug außerhalb der Insel machen.«

Einen Moment lang sang Buddy Holly in absolute Stille hinein. Dann: »Wir?«

Linus zuckte verlegen mit den Schultern. »Du und Zoe. Ich könnte natürlich mitkommen und es mir ansehen. Das würde ihnen bestimmt guttun. Damit sie nicht ganz so ...« Sein Blick huschte zu seinem Bericht hinüber. »... isoliert sind.«

»Und wohin würdest du mit ihnen gehen?«

Linus beschloss, das Spiel mitzuspielen, obwohl Arthur sich im Dorf natürlich wesentlich besser auskannte als er. »Letzte Woche habe ich im Ort eine Eisdiele gesehen. Das wäre doch eine nette Belohnung für sie. Es gab auch noch ein Kino, aber das wäre wohl nichts für Sal mit seinem empfindlichen Gehör. Bei seiner Lage direkt am Meer ist das Dorf ja sicher ein Touristenziel. Aber die Saison ist vorbei, es dürfte also nicht allzu voll werden. Vielleicht könnten wir auch mit ihnen ins Museum gehen, falls es hier eines gibt. Ihnen etwas Kultur vermitteln.«

Arthur starrte ihn wortlos an.

Das gefiel Linus nicht sonderlich. »Was ist?«

»Kultur.«

»Nur so eine Idee.« Sofort fühlte sich Linus in die Defensive gedrängt. Er mochte Museen. In der Nähe seines Hauses gab es ein historisches Museum, und er versuchte, es mehrmals im Jahr zu besuchen. Am Wochenende natürlich. Er konnte in den alten Dingen immer auch etwas Neues entdecken.

Zum ersten Mal, seit er ihn kannte, wirkte Arthur verunsichert. »Ich will nicht, dass ihnen etwas zustößt.«

»Das will ich doch auch nicht«, betonte Linus. »Und wenn du es gestattest, bin ich ja mit dabei. Ich bin gar kein so schlechter Beschützer, wenn es nötig ist.« Er klopfte sich auf den Bauch. »Bei mir braucht es eine Menge, um mich auszuschalten.«

Arthurs Blick glitt an Linus hinunter bis zu seinen Fingern. Hastig ließ Linus die Hand in den Schoß fallen.

Nun sah Arthur ihm wieder ins Gesicht. »Ich weiß von dem Floß.«

Damit hatte Linus nicht gerechnet. »Ach … ja? Wie das? Zoe meinte …«

»Das tut nichts zur Sache. Was du als Antwort zurückgeschickt hast … Ich weiß das zu schätzen. Vermutlich sogar mehr, als du ahnst. Ich werde mit den Kindern sprechen. Vielleicht am übernächsten Samstag, das wäre dein letzter ganzer Samstag hier. Danach bietet sich ja keine Gelegenheit mehr. Dann bist du nicht mehr da.«

Nein, dann war er nicht mehr da. Die Zeit blieb niemals stehen, auch wenn sie oft dehnbar zu sein schien. »So wird es wohl sein.«

Arthur erhob sich. »Vielen Dank.«

Linus stand ebenfalls auf. »Jetzt sagst du das schon wieder, und ich weiß immer noch nicht, womit ich es verdient habe.«

Nun berührten sich ihre Schuhspitzen tatsächlich. Ihre Knie stießen aneinander. Trotzdem wich Linus nicht aus. Ebenso wenig wie Arthur.

»Ich weiß, dass du das nicht glaubst«, sagte Arthur leise. »Aber ich sage nie etwas, das ich nicht so meine. Dafür ist das Leben zu kurz. Tanzt du gerne?«

Linus hielt den Atem an, als er zu Arthur aufblickte. The Moonglows besangen gerade die zehn Gebote der Liebe.

»Ich ... weiß nicht. Ehrlich gesagt habe ich zwei linke Füße.«

»Das bezweifle ich.« Arthur hob die Hand, als wollte er Linus' Wange berühren, ballte sie dann aber zusammen und trat einen Schritt zurück. Mit einem angespannten Lächeln verabschiedete er sich. »Gute Nacht, Linus.«

Dann war er fort, einfach so. Als wäre er nie da gewesen. Linus hörte kaum, wie die Tür hinter ihm zufiel.

Er stand in einem leeren Haus, während die Platte sich langsam drehte und Lieder über Liebe und Sehnsucht aussandte.

Gerade als er sich umdrehen und sie ausschalten wollte, meinte er draußen ein orangefarbenes Licht zu sehen.

Er lief zum Fenster und spähte in die Dunkelheit hinaus.

Der schattenhafte Umriss der Bäume, des Haupthauses, des Gartens.

Sonst nichts.

Vermutlich war er einfach müde. Seine Augen hatten ihm einen Streich gespielt.

Und während er den Plattenspieler ausschaltete und sich bettfertig machte, fiel ihm nicht einmal auf, dass er Arthur nicht nach der Kellerluke gefragt hatte.

Er war immer noch etwas durcheinander, als Zoe ihn zwei Tage später ins Dorf fuhr. Merle war nicht sonderlich gesprächig gewesen, wofür Linus dankbar war. Die abfälligen Bemerkungen des Fährmannes hätte er an diesem Tag nur schwer ertragen. Doch es gestattete Linus auch, ganz in seine Gedanken zu versinken. Wie genau die aussahen, konnte er dabei gar nicht sagen, denn in seinem Kopf wirbelte alles wild herum wie in einer Wasserhose, die aus den Tiefen des Meeres aufsteigt.

»Du bist so still.«

Er sackte in sich zusammen und sah zu Zoe hinüber. Heute waren die Blumen in ihrem Haar einheitlich golden gefärbt. Dazu trug sie ein weißes Strandkleid, war aber weiterhin barfuß. »Tut mir leid. Ich habe nur ... nachgedacht.«

Sie schnaufte spöttisch. »Worüber?«

»Ganz ehrlich ... ich weiß es nicht genau.«

»Warum kann ich das nur nicht glauben?«

Linus warf ihr einen finsteren Blick zu. »Es spielt keine Rolle, ob du mir glaubst oder nicht. Es ist einfach, wie es ist.«

Nun brummte Zoe leise, bevor sie feststellte: »Männer sind dumme Geschöpfe.«

»Hey!«

»Es stimmt. Ich weiß auch nicht, warum das so ist. Stur, unbelehrbar und dumm. Es könnte richtig liebenswert sein, wenn es nicht so frustrierend wäre.«

»Ich habe absolut keine Ahnung, wovon du sprichst.«

»*Das* glaube ich sofort. Bedauerlicherweise.«

»Fahr einfach, Zoe«, murmelte Linus gereizt, als die Luke vor ihnen sich absenkte. Merle winkte ihnen missmutig nach. Diesmal brüllte er nicht einmal, dass sie sich beeilen sollten.

Der Mann im Postamt war noch genauso rüpelhaft wie in der Woche zuvor. Mit einem Grunzen nahm er den Umschlag mit dem Bericht von Linus entgegen. Linus zahlte das Porto und fragte, ob Post für ihn gekommen sei.

»Ja«, brummelte der Mann. »Liegt hier schon ein paar Tage. Wären Sie nicht die ganze Zeit auf dieser Insel da draußen, hätten Sie sie schon früher kriegen können.«

»Würden sie die Post auch auf die Insel liefern, wie Sie sie sicherlich sonst überall ausliefern, müssten wir dieses Gespräch nicht führen«, giftete Linus zurück.

Der Mann grummelte etwas Unverständliches, gab Linus dann aber einen schmalen, an ihn adressierten Umschlag.

In einem Anflug wagemutiger Rachsucht verzichtete Linus darauf, sich zu bedanken. Ja, er verabschiedete sich nicht einmal, als er das Postamt verließ. Wirklich skandalös.

»Dem habe ich es gezeigt«, sagte er zu sich selbst, als er auf den Bürgersteig trat. Sofort wurde er von dem Drang gepackt, umzukehren und sich zu entschuldigen, doch er schaffte es irgendwie, ihn zu unterdrücken. Stattdessen öffnete er vorsichtig den Umschlag und zog den einseitigen Brief hervor.

BEHÖRDE FÜR DIE BETREUUNG
MAGISCHER MINDERJÄHRIGER
BÜRO DES ALLERHÖCHSTEN MANAGEMENTS

Mr. Baker:

Vielen Dank für den ersten Bericht. Er hat uns ganz neue Einblicke in die Arbeit des Marsyas-Waisenhauses verschafft. Wie immer haben Sie sich der Untersuchung mit höchster Gründlichkeit angenommen.

Wir möchten Sie jedoch vor persönlicher Meinungsbildung warnen. Natürlich ist es verständlich, dass das, was sie als Informationsknappheit empfinden, eine gewisse Frustration in Ihnen auslöst, doch wir erinnern nochmals daran, dass wir es in diesem Fall nicht mit gewöhnlichen Kindern zu tun haben. Und dass jemand in Ihrer Position gut daran tut, die Entscheidungen des Allerhöchsten Managements nicht infrage zu stellen.

Des Weiteren hegen wir gewisse Bedenken in Bezug auf Zoe Chapelwhite. Zwar hatten wir Kenntnis von ihrer Anwesenheit auf der Insel (also wirklich, Mr. Baker), doch wir wussten nicht, dass sie einen direkten Einfluss auf das Leben der Kinder hat. Besteht zwischen ihr und Mr. Parnassus eine Beziehung romantischer Natur? Verbringt sie unbeaufsichtigt Zeit mit den Kindern? Ein heranwachsender Elementargeist wie das Kind Phee kann zwar sicher von einem älteren Artgenossen lernen, wir raten jedoch dringend zur Vorsicht, falls Ms. Chapelwhite mehr tut als das. Sie ist nicht registriert. Damit mag sie sich momentan außerhalb unseres Zuständigkeitsbereiches befinden, doch das gilt nicht für das Waisenhaus. Schon der kleinste Fehltritt könnte katastrophale Folgen nach sich ziehen. Sollten sich in diesem Haus ungehörige Dinge abspielen, müssen sie dokumentiert werden. Um die Sicherheit der Kinder zu gewährleisten, natürlich.

Eine abschließende Bitte: Ihr Bericht enthielt viele Details über die Kinder des Waisenhauses. In Bezug auf Mr. Parnassus fanden wir ihn jedoch etwas dürftig. Sollte Ihr zweiter Bericht nicht mehr Informationen über den Heimleiter enthalten, erwarten wir, dass der dritte Bericht diesen Mangel ausgleicht – unter strenger Wahrung der Objektivität, versteht sich. Seien Sie vorsichtig, Mr. Baker. Arthur Parnassus verbindet eine lange Geschichte mit Marsyas, er kennt diese Insel wie seine Westentasche. Halten Sie die Augen offen. Selbst die charmantesten Individuen haben ihre Geheimnisse.

Wir erwarten Ihre nächsten Berichte.

Mit freundlichen Grüßen

Charles Werner

Charles Werner
Allerhöchstes Management

Linus stand in der goldenen Herbstsonne und starrte lange Zeit reglos auf das Blatt in seiner Hand.

So lange, dass er irgendwann durch das Hupen eines Autos aufgeschreckt wurde. Als er hochblickte, stand Zoes Wagen direkt vor ihm am Straßenrand, und sie spähte durch die Windschutzscheibe zu ihm hinaus. Auf der Rückbank lagen mehrere volle Einkaufstaschen. Während Linus sich nicht einen Schritt vom Postamt entfernt hatte, hatte sie all ihre Einkäufe erledigt und war zu ihm zurückgefahren.

»Alles klar?«, fragte sie, als er um den Wagen herumging.

»Wundervoll.« Bevor er die Beifahrertür öffnete, faltete er den Brief zusammen und schob ihn zurück in den Umschlag. »Alles wundervoll.« Er stieg ein. Alles war so wundervoll, dass er ihr nicht ins Gesicht sehen konnte. Stattdessen blickte er starr nach vorne.

»Sieht aber nicht so aus.«

»Kein Grund zur Sorge«, versicherte er übertrieben fröhlich. »Fahren wir einfach nach Hause, ja?«

»Nach Hause«, pflichtete sie ihm leise bei und fuhr los. Sie verließen das Dorf.

Plötzlich sagte Linus: »Arthur.«

»Was ist mit ihm?«

»Er ist ... anders.«

Obwohl er Zoes Blick spürte, starrte er entschlossen weiter geradeaus. »Ach ja?«

»Ich denke schon. Und ich denke, du weißt es.«

»Er ist wie niemand sonst«, stimmte sie ihm zu.

»Kennst du ihn schon lange?«

»Lange genug.«

»Elementare«, murmelte Linus, um dann hinzuzufügen: »Er wusste von dem Floß.«

Aus dem Augenwinkel sah er, wie sich ihre Finger fester um das Lenkrad schlossen. »Natürlich wusste er davon.«

»Du scheinst nicht überrascht zu sein.«

»Nein«, erwiderte sie gedehnt, »vermutlich bin ich das auch nicht.«

Er wartete auf weitere Erklärungen.

Die nicht kamen.

Linus klammerte sich an seinen Briefumschlag. »Was steht heute auf der Tagesordnung?«, fragte er schließlich, um die spürbare Anspannung im Wagen zu vertreiben. »Wieder so ein Abenteuer wie letzten Samstag? Ich könnte mich vermutlich dazu überreden lassen, das Kostüm noch einmal anzuziehen. Es war zwar nicht mein Lieblingsoutfit, aber es hat mich dann doch weniger gestört als erwartet.«

»Nein.« Zoes Haar flatterte im Wind. »Heute ist der dritte Samstag im Monat.«

»Bedeutet was?«

Zoe grinste ihn an, doch es fiel nicht ganz so strahlend aus wie sonst. »Bedeutet Picknick im Garten.«

Linus blinzelte überrascht. »Oh, das klingt gar nicht so …«

»Diesmal darf Chauncey das Menü festlegen. Er bevorzugt normalerweise rohen Fisch und versucht sich gerne an experimentellen Rezepten.«

Linus seufzte. »Aber natürlich.« Doch er ertappte sich dabei, wie ein Lächeln über sein Gesicht huschte. Und als sie wieder auf der Fähre zur Insel hinüberschipperten, konnte nicht einmal Merle seine gute Laune trüben. Der Brief des Allerhöchsten Managements war komplett aus seinen Gedanken verschwunden. Hoffentlich gab es keinen Kugelfisch. Er hatte irgendwo gehört, dass der giftig sein solle.

DREIZEHN

BEHÖRDE FÜR DIE BETREUUNG
MAGISCHER MINDERJÄHRIGER
FALLBERICHT #3, WAISENHAUS MARSYAS
LINUS BAKER, SACHBEARBEITER BY78941

Hiermit schwöre ich, dass die Schilderungen der in diesem Bericht erwähnten Vorgänge präzise und in vollem Umfang der Wahrheit entsprechen. Ich handele in dem Bewusstsein, dass die Richtlinien der BBMM die Zensur möglicher Unwahrheiten vorsehen, welche eine sofortige Entlassung nach sich ziehen können.

Dieser Bericht umfasst die Beobachtungen, die ich während meiner dritten Woche auf der Insel machen konnte.

Bezug nehmend auf meinen vorhergehenden Bericht, habe ich Mr. Parnassus gezielt auf das Problem der offenkundigen Isolation der Kinder auf der Insel von Marsyas angesprochen. Ich kann seine zögerliche Haltung nachvollziehen: Wie in Bericht #2 erwähnt, scheint die Haltung der Dorfbewohner von starken Vorurteilen geprägt zu sein. Diese scheinen konzentrierter aufzutreten als etwa, sagen wir, in der Stadt, was meiner Meinung nach aber direkt mit der räumlichen Nähe zur Insel zusammenhängt.

Ich versuche, mich in die Lage der Dorfbewohner zu versetzen. Sie leben in der Nähe einer Insel, auf der ein altes Haus steht, in dem magische Minderjährige aufwachsen. Da diese aber stets von ihnen ferngehalten werden, können die Gerüchte über sie natürlich die wildesten Blüten treiben. Und auch wenn einige der Kinder sicher weit von der Norm abweichen, sollte es ihnen doch gestattet sein, sich im Dorf aufzuhalten, wenn sie das wünschen.

Mr. Parnassus hat diesbezüglich zurückhaltend reagiert, mir aber versichert, darüber nachzudenken. Seine Bindung zu den Kindern ist faszinierend. Sie hängen wirklich sehr an ihm und sehen in ihm meiner Meinung nach eine Vaterfigur. Da ich selbst nie ein Waisenhaus geleitet habe, kann ich nicht aus eigener Erfahrung sagen, wie viel Kraft es wohl kostet, einem solchen Haushalt vorzustehen. Sicherlich ist es ungewöhnlich, doch in diesem Fall scheint es zu funktionieren.

Was den Kindern langfristig gesehen allerdings auch zum Nachteil gereichen kann. Da sie die Insel eines Tages werden verlassen müssen, können sie sich nicht unbegrenzt auf Mr. Parnassus stützen. Mein Erfahrungsspektrum im Umgang mit verschiedenen Waisenhausleitern umfasst alles von höflichem Desinteresse bis hin zu unverhohlener Grausamkeit. Selbstverständlich respektiere ich die *VORGABEN UND VERORDNUNGEN*, finde aber, es sollte dazu gesagt werden, dass es sich mehr um einen *Leitfaden* handelt als um strikte Gesetze. Hinzu kommt, dass dieses Regelwerk vor Jahrzehnten erstellt und nie überarbeitet wurde. Wie sollen wir denn etwas umsetzen, das niemals dem Wandel der Zeiten angepasst wurde?

Man hat mich gebeten, weitere Details über Mr.

Parnassus in meinen Bericht einfließen zu lassen. Es folgt das, was ich in Erfahrung bringen konnte:

Phee ist eine Waldelementare, die hin und wieder von Zoe Chapelwhite geschult wird. Ich denke, es ist dieser Tatsache zu verdanken, dass Phee ihre Kräfte zunehmend kontrolliert anwenden kann – wesentlich kontrollierter als jeder andere jugendliche Elementargeist, dem ich bisher begegnet bin, auch wenn das zugegebenermaßen nicht viele waren. So ist sie, auch wenn es einige Zeit braucht, in der Lage, Bäume und Blumen wachsen zu lassen, wie ich bislang noch keine gesehen habe. Ich denke, dass Ms. Chapelwhite ihr in dieser Hinsicht eine große Hilfe ist.

Theodore ist ein Lindwurm, und wenn wir an seinesgleichen denken, sehen wir (ja, *wir*) in ihnen trotz ihrer Seltenheit doch immer nur Tiere. Ich kann dem Allerhöchsten Management versichern, dass dies nicht der Fall ist. Theodore ist zu ebenso komplexen rationalen und emotionalen Vorgängen fähig wie ein Mensch. Er ist intelligent und einfallsreich. Als ich mich gestern von einer leichten Lebensmittelvergiftung erholte – hervorgerufen durch den Genuss von rohem Fisch –, kam er ganz allein zu mir ins Gästehaus und fragte mich, ob er mir einen Teil seines Schatzes zeigen dürfe. Zu beachten ist hier der Begriff *fragen*, denn er spricht eindeutig eine eigene Sprache, auch wenn sie stark von dem abweicht, was unser Ohr gewöhnt ist. Und obwohl ich noch nicht lange hier bin, war ich bereits in der Lage, einen Teil der Zwitscherlaute zu entschlüsseln.

Talia ist ein eher missmutiges Kind, was ich allerdings der Tatsache zuschrieb, dass sie ein Gnom ist – zumindest anfangs, da es dem entspricht, was ich über ihre Art gelernt hatte. Meiner Meinung nach wird unsere Wahrnehmung durch das beeinflusst, was man uns beibringt. Schon als Kinder lernen wir, wie die Welt auszusehen hat und welche Regeln in ihr gelten. Dass die Dinge sind, wie sie sind. Und zu diesen Dingen gehört eben auch, dass Gnome übellaunig sind und einem mit ihrem Spaten den Schädel einschlagen, sobald sie einen sehen. Diese Beschreibung mag oberflächlich betrachtet zwar auf Talia zutreffen, gleichzeitig könnte man aber anführen, dass dies für so ziemlich jedes vorpubertäre Mädchen gilt. Das hat nichts mit der Spezies zu tun, sondern ausschließlich mit dem Hormonhaushalt. Man muss nur ein wenig Zeit mit ihr verbringen, um hinter die Fassade dieser Prahlerei zu blicken und festzustellen, dass sie sich mit Hingabe um alles sorgt, was ihr wichtig ist. Herkömmlicherweise leben Gnome, soweit wir wissen, in einer Sippe zusammen. Zumindest war dies der Fall, als ihre Zahl noch größer war. Talia hat sich hier ihre Sippe erschaffen.

Chauncey ist einfach aufgrund dessen hier, was er ist. Und da wir nicht genau wissen, *was* das ist, brauchte die BBMM einen Ort, wo sie ihn hinstecken konnte. Ich denke – beruhend auf meiner Erfahrung, was wohl nicht als persönliche Meinungsbildung zu werten sein dürfte –, dass er allein aufgrund seines Erscheinungsbildes der Geheimhaltungsstufe 4 unterliegt. Immer wieder wurde ihm gesagt, er wäre ein Monster: von anderen Kindern, Heimleitern, Menschen in Positionen, wo sie es hätten besser wissen müssen. Je öfter man einen Hund schlägt, desto schneller kauert er sich zusammen, sobald man nur die Hand hebt. Und obwohl Chauncey vor seiner Zeit in Marsyas verbal ständig geschlagen wurde (körperlich eher nicht, denke ich, doch Worte können einen ebenso großen Schaden anrichten), ist er ein schlaues und warmherziges Kind.

Er hat Träume. Ich frage mich, ob das irgendjemandem bewusst war. Er träumt von einer Zukunft, die er so nie haben wird. Und auch wenn es für uns unbedeutende Träume sein mögen, sind es doch ganz und gar die seinen.

Sal ist der Zurückhaltendste in der Gruppe. Er *wurde* körperlich misshandelt, bevor er auf die Insel kam. Das ist eindeutig dokumentiert, auch wenn darüber in den mir überlassenen Akten nichts zu finden ist. Mr. Parnassus hat mir Einblick in die von der BBMM abgezeichneten Berichte zu den jeweiligen Vorfällen gewährt. Dass es überhaupt geschehen konnte, ist unfassbar. Dass es einem so schüchternen, ruhigen Jungen passierte, ist schlichtweg inakzeptabel. Sal ist von allen am kürzesten hier und wird meiner Einschätzung nach noch eine ganze Weile brauchen, um sich vollständig zu erholen. Doch er wird es schaffen, denn auch wenn er bislang noch beim kleinsten Geräusch zusammenzuckt, kann ich doch jeden Tag sehen, welche Fortschritte er macht. Er schreibt leidenschaftlich gerne, und ich hatte das Glück, einen Teil seiner Arbeit lesen zu dürfen. Von diesem Jungen können wir sicher noch Großes erwarten, wenn sich ihm die Gelegenheit bietet. Auch wenn mir dieser Vergleich keine Freude macht: Ein Hund wird sich stets zusammenkauern, solange er es aushält. Er muss ermutigt werden, nicht weiter verängstigt.

Sicherlich fragen Sie sich, was das alles mit Mr. Parnassus zu tun haben soll. Direkt eigentlich gar nichts. Doch all diese Dinge sind nur seinetwegen möglich. Dieses Haus ist nicht einfach nur ein Waisenhaus. Es ist ein Ort der Heilung, der meiner Meinung nach dringend gebraucht wird. Die Dichterin Emma Lazarus schrieb einst: »Überlasst mir eure müden, eure armen, eure gedrängten Massen, die sich nach Freiheit sehnen.«

Ihnen ist sicher nicht entgangen, dass Lucy bisher unerwähnt geblieben ist.

Seit ich diesen Bericht begonnen habe, sind zwei Tage vergangen. Ich habe mir viel Zeit gelassen, da es mir von höchster Wichtigkeit zu sein scheint, die richtigen Worte dafür zu finden. Letzte Nacht kam es zu einem Vorfall. Ich wurde durch höchst merkwürdige Umstände aus dem Schlaf gerissen …

Was wohl noch untertrieben war.

Linus schnappte nach Luft und setzte sich ruckartig im Bett auf, eine Hand an das wild rasende Herz gepresst. Einen Moment lang fehlte ihm jede Orientierung, und er wusste nicht, was vor sich ging. Selbst nachdem seine Augen sich an die Dunkelheit gewöhnt hatten, dauerte es noch etwas, bis er verstand, was er vor sich sah.

Das Haus schien zu schrumpfen.

Die Decke über ihm war um einiges näher als zu dem Zeitpunkt, als er ins Bett gegangen war.

»Was zum …?«, rief er.

Irgendwo unter ihm miaute es. Ein Blick über den Bettrand zeigte ihm, dass er sich geirrt hatte – das Haus schrumpfte nicht. Die Decke war nun so viel näher, weil das Bett ungefähr eineinhalb Meter über dem Boden schwebte.

»Oje.« Linus hielt sich an seiner Bettdecke fest, während Calliope mit funkelnden Augen und zuckendem Schwanz zu ihm hochstarrte.

Für Linus war es die erste Erfahrung mit einem schwebenden Bett. Er zwickte sich, um sicherzugehen, dass er nicht träumte.

Nein, es war kein Traum.

»Oje«, murmelte er noch einmal.

Dann drang von draußen ein gedämpftes, grollendes Brüllen zu ihm herein.

Das Bett schaukelte leicht, und Linus zog sich die Decke bis unters Kinn. Das schien ihm die sicherste Option zu sein.

Calliope rief noch einmal zu ihm hoch.

»Ich weiß«, presste er hervor, nur schwer verständlich wegen der dicken Decke. »Wahrscheinlich ist es nichts, oder? Ich sollte einfach weiterschlafen. Wäre das Beste für alle. Wer weiß, vielleicht passiert so etwas hier ja ständig.«

Das Bett kippte plötzlich nach rechts, und Linus konnte gerade noch erschrocken aufschreien, bevor er auf dem Boden aufschlug. Kissen und Decken regneten auf ihn herunter.

Stöhnend rollte er sich auf den Rücken.

Calliope leckte sein schütteres Haar. Er hatte noch nie verstanden, warum Katzen das tun.

»Tja, jetzt, wo ich schon einmal auf bin«, er warf einen finsteren Blick zu seinem Bett hinauf, »kann ich genauso gut nachsehen, was da los ist. Vielleicht ist es ja nur ... ein Erdbeben. Genau. Ein Erdbeben, das schon so gut wie vorbei ist.«

Er stemmte sich hoch und stieß sich prompt den Kopf an der Unterseite des Bettrahmens. Brummend rieb er sich die Stirn. Dann machte er sich auf die Suche nach seinen Schuhen, die glücklicherweise noch der Schwerkraft zu gehorchen schienen. Er zog sie an und verließ das Schlafzimmer. Calliope blieb ihm dicht auf den Fersen.

Der Sessel im Wohnzimmer schwebte ebenfalls und drehte sich dabei träge um die eigene Achse. Der tragbare Plattenspieler schaltete sich ständig ein und aus. Die Lampen flackerten.

»Also, ich komme ja mit einer Menge klar«, flüsterte Linus der Katze zu, »aber bei Geistern ist Schluss. Die Vorstellung, es mit Spukgestalten zu tun zu bekommen, gefällt mir so gar nicht.«

Wieder ertönte dieses Grollen, und nun spürte Linus die Vibration auch im Fußboden. Doch das Geräusch schien nicht aus dem Haus zu kommen. Also öffnete Linus, auch wenn es ihm zutiefst widerstrebte, die Haustür.

Oben im Haupthaus gingen die Lichter flackernd an und aus. Plötzlich musste er wieder an dieses orangefarbene Licht denken, das er vor ein paar Tagen gesehen hatte, kurz nachdem Mr. Parnassus gegangen war. Doch das hier war anders. Diesmal sah es eher so aus, als würde im Inneren des Hauses irgendein Aufruhr herrschen. Und auch wenn er am liebsten die Haustür zugeschlagen und so getan hätte, als wäre nie etwas geschehen, trat Linus von der Veranda hinunter ins feuchte Gras.

Und stieß einen entsetzten Schrei aus, als er plötzlich eine Hand auf seiner Schulter spürte.

Er fuhr herum und sah Zoe hinter sich. Sie schien besorgt zu sein.

»Warum tust du das immer?«, motzte er sie an. »Willst du mich mit Absicht in mein frühes Grab schicken? Fast scheint es so, als würde es dir Spaß machen, mich zu erschrecken!«

»Das ist Lucy«, sagte sie leise. Ihre Flügel schimmerten im silbernen Mondlicht. Sie sah aus, als stamme sie nicht von dieser Welt. »Er hat einen Albtraum. Du musst mitkommen.«

Die Kinder hatten sich im Erdgeschoss des Haupthauses versammelt und blickten geschlossen zur Decke hinauf. Sie hatten sich um Sal geschart, der besorgt die Stirn runzelte. Als sie Linus und Zoe sahen, atmeten sie erleichtert auf.

»Geht es allen gut?«, fragte Linus. »Niemand verletzt?«

Sie schüttelten die Köpfe.

»Das passiert manchmal.« Phee verschränkte abwehrend die Hände vor der schmalen Brust. »Wir wissen, was dann zu tun ist, auch wenn das letzte Mal schon Monate her ist.«

»Das heißt aber nicht, dass er böse ist!«, platzte es leicht klebrig aus Chauncey hervor. Seine Augen zuckten hektisch in alle Richtungen. »Er lässt nur ... alles beben. Unsere Zimmer ... eigentlich das ganze Haus.«

»Und dass er das gesamte Haus beben lassen kann, heißt noch lange nicht, dass er uns irgendetwas antun will«, erklärte Talia mit einem misstrauischen Blick.

Theodore steuerte von Sals Schulter aus ein zustimmendes Zwitschern bei.

»Wir wissen, dass er uns niemals etwas antun würde«, sagte Sal leise. »Das mag vielleicht gruselig aussehen, aber es ist nicht seine Schuld. Er kann nichts dafür, dass er ist, was er ist.«

Linus brauchte einen Moment, bis er begriff: Sie dachten, dass er das gegen Lucy auslegen würde. Gegen sie alle. Diese Erkenntnis traf ihn unerwartet tief, obwohl er sie verstehen konnte. Auch wenn sie langsam angefangen hatten, ihm zu vertrauen, blieb er doch der Sachbearbeiter der BBMM. Er war immer noch wegen einer Überprüfung hier. Und das hier – was auch immer es sein mochte – sah gar nicht gut aus.

»Ich bin froh, dass euch nichts passiert ist«, stellte Linus klar, ohne auf den stechenden Schmerz in seinem Inneren zu achten. »Das ist das Wichtigste.«

Phee sah ihn besorgt an. »Natürlich ist uns nichts passiert. Lucy würde uns niemals etwas tun.«

»Das weiß ich«, versicherte Linus.

Es sah nicht so aus, als würden sie ihm glauben.

Wieder hallte ein Brüllen durch das Haus. Es hörte sich an, als wäre dort oben ein Monster erwacht.

Linus seufzte. Wieso kam er gerade jetzt auf die Idee, seinen Mut unter Beweis stellen zu müssen? »Bleibst du hier bei ihnen?«, fragte er Zoe.

Die schien protestierten zu wollen, nickte dann aber. »Wenn du es so willst.«

Nein, Linus *wollte* jetzt schlafend im Bett liegen, aber diese Option kam nun einmal nicht infrage. Also sagte er: »Ja, bitte. Meinst du, sie sollten aus dem Haus geschafft werden?« Er warf einen wachsamen Blick auf die herumschwebenden Möbel.

»Nein. Er wird ihnen kein Leid zufügen.«

Aus ihm unerfindlichen Gründen vertraute Linus ihr. Ihnen allen.

Er schenkte den Kindern noch ein schwaches Lächeln, bevor er sich zur Treppe wandte.

»Mr. Baker!«

Linus schaute über die Schulter zurück.

Chauncey winkte ihm zu. »Mir gefällt Ihr Pyjama!«

»Äh ... danke. Das ist sehr ... Würdest du bitte den Arm wegnehmen? Für Komplimente gibt es kein Trinkgeld!«

Seufzend ließ Chauncey seinen Tentakel sinken.

Talia strich sich über den Bart. »Vergessen Sie nicht, wenn Sie irgendwas ... Merkwürdiges sehen, ist das nur eine Halluzination.«

Linus schluckte. »Oh. Das ist ein ... wirklich guter Rat. Vielen Dank.«

Sie strahlte ihn stolz an.

Das Treppengeländer schien unter seinen Fingern zu vibrieren, als er Stufe um Stufe hinaufstieg. An den Wänden drehten sich die Fotografien und Gemälde träge. Immer wieder dröhnte laute Musik zu Linus herab – Fetzen von bestimmt einem Dutzend Liedern, die er alle kannte. Big Band, Jazz, Rock 'n' Roll, und wie ein Echo umspielten ihn die legendären Drei: The Big Bopper, Buddy Holly und Ritchie Valens ließen ihre geisterhaften Stimmen erklingen.

Schließlich erreichte er das obere Ende der Treppe. Im Korridor standen sämtliche Türen offen, nur ganz hinten nicht. Sobald Linus einen Schritt in den Flur hineinmachte, schlugen die Türen knallend zu. Erschrocken wich er zurück, als der Korridor anfing, sich zu winden und zu verdrehen. Die hölzernen Bodendielen ächzten. Linus schloss die Augen, zählte bis drei und öffnete sie wieder.

Alles war wie immer.

»Okay, alter Junge«, raunte er sich Mut zu. »Du schaffst das.«

Die Türen blieben geschlossen, als er an ihnen vorbeiging, doch hinter ihnen flackerten offenbar Lampen, denn immer wieder wurde der Flur von zuckendem Licht erhellt. Je weiter er sich der Tür am Ende des Korridors näherte, desto lauter wurde die Musik. Es klang, als würden sämtliche Schallplatten, die je aufgenommen worden waren, gleichzeitig abgespielt. Die wilde Kakophonie drang Linus dermaßen durch Mark und Bein, dass er Zahnschmerzen zu bekommen glaubte.

Als er vor der Tür stand, überkam ihn der absurde Drang anzuklopfen, doch er schüttelte abwehrend den Kopf. Stattdessen atmete er einmal tief durch, packte den Türknauf und drehte ihn.

Sobald sich die Tür öffnete, erstarb die Musik.

Linus glaubte im Augenwinkel wieder dieses orangefarbene Licht zu sehen, doch noch bevor er seinen Ursprung erfassen konnte, war es verschwunden.

Lucys Zimmertür stand sperrangelweit offen und hing schief in den Angeln.

Lucy selbst stand mitten im Raum, die Arme ausgebreitet wie Flügel, sämtliche Glieder krampfhaft gestreckt. Die Schallplatten, die seine Wände geschmückt hatten, schwebten langsam um ihn herum. Einige hatten Sprünge, oder es waren Teile abgeplatzt. Der Kopf des Jungen hing schlaff nach hinten, seine Augen waren geöffnet, aber starr und leer wie die eines Blinden. Sein Mund stand offen, und an seinem Hals traten die Muskeln hervor.

Arthur kniete vor ihm und umfasste mit einer Hand seinen Nacken. Als er Linus sah, weiteten sich seine Augen kurz, doch dann konzentrierte er sich wieder auf Lucy. Er flüsterte Worte, die Linus nicht verstehen konnte, doch sie klangen sanft und beruhigend. Dabei drückte er immer wieder vorsichtig das Genick des Jungen.

Linus wagte sich näher heran.

»... ich weiß, dass du Angst hast«, sagte Arthur gerade. »Und ich weiß, dass du hinter deinen geschlossenen Lidern manchmal Dinge siehst, die niemand sehen sollte. Aber in dir steckt auch Gutes, Lucifer, so unglaublich viel Gutes. Ich weiß es. Du bist etwas ganz Besonderes. Du bist wichtig. Nicht nur für die anderen, sondern für mich. Jemanden wie dich hat es noch nie zuvor gegeben, und ich kann sehen, was alles in dir steckt, und was nicht. Komm nach Hause. Ich möchte nur, dass du nach Hause kommst.«

Lucys Körper krampfte sich zusammen, als hätte er einen elektrischen Schlag bekommen. Sein Mund öffnete sich, immer weiter und weiter, und wieder drang dieses Brüllen aus seiner Kehle. Finster klang es, böse, und aus Lucys rot glühenden Augen blickte etwas Uraltes hervor, das Linus einen kalten Schauer über den Rücken jagte.

Doch Arthur hielt ihn weiter fest.

Schließlich entspannte sich der Junge und sackte kraftlos in sich zusammen. Arthur fing ihn auf.

Die Schiebefenster hörten auf zu klappern.

Die Schallplatten fielen zu Boden, wo einige von ihnen in tausend Stücke zersprangen, die haltlos über die Holzbohlen rutschten.

»Arthur?«, fragte Lucy mit kraftloser Stimme. »Arthur? Was ist passiert? Wo bin ... Oh. Oh, Arthur.«

»Ich bin da.« Arthur zog ihn an sich. Lucy vergrub das Gesicht an seiner Schulter und fing an zu schluchzen. Sein kleiner Körper zitterte heftig. »Ich bin da.«

»Es war so schlimm«, weinte Lucy. »Ich wusste den Weg nicht mehr, und da waren überall Spinnen. Ich konnte dich nicht finden. Ihre Netze waren so groß, und ich wusste den Weg nicht mehr.«

»Aber dann hast du mich gefunden«, erklärte Arthur ruhig. »Denn du bist hier. Und Mr. Baker ist auch hier.«

»Ist er?« Lucy zog die Nase hoch und schaute Richtung Tür. Sein Gesicht war verquollen und nass von seinen Tränen.

»Hallo, Mr. Baker. Tut mir leid, wenn ich Sie aufgeweckt habe. Das wollte ich nicht.«

Linus schüttelte den Kopf und suchte hastig nach den richtigen Worten. »Du musst dich nicht entschuldigen, mein Junge. Ich bin sowieso kein guter Schläfer.« Was absolut nicht stimmte. Seine Mutter hatte immer behauptet, selbst eine Herde panischer Pferde könne ihn nicht aufwecken. »Ich bin froh, dass es dir gut geht. Das ist das Wichtigste.«

Lucy nickte. »Manchmal träume ich schlimme Dinge.«

»Das passiert mir auch hin und wieder.«

»Wirklich?«

Achselzuckend erklärte Linus: »Ich denke, das ist ein Teil des Lebens. Aber wenn du einen schlimmen Traum hast, darfst du eines nicht vergessen: Es ist nicht mehr als das - ein Traum. Aus jedem Traum erwacht man irgendwann, und letztlich verflüchtigt er sich. Das Gefühl, aus einem bösen Traum zu erwachen, ist für mich die größte Erleichterung, die es überhaupt gibt. Denn das heißt ja, dass nichts von dem, was wir gesehen haben, real war.«

»Ich habe meine Platten zerstört«, stellte Lucy verbittert fest. Er löste sich aus Arthurs Umarmung und wischte sich das Gesicht ab. »Ich hatte sie so gern, und jetzt sind sie kaputt.« Mit jämmerlicher Miene musterte er die schwarzen Vinylscherben auf dem Boden.

»Aber wer wird denn gleich?«, mahnte Linus. »Das waren doch nur die, die du an die Wand gehängt hattest, oder?« Er ging zu Lucy hinüber, hockte sich neben ihn und sammelte eine der Scherben auf.

»Nicht alle. Manche habe ich mir auch angehört. Das waren sogar meine Liebsten.«

»Soll ich dir etwas sagen?«

Lucy nickte, ohne den Blick von seinen Platten zu lösen.

Vorsichtig hob Linus ein zweites Stück Vinyl auf. Es schien zu dem zu passen, das er bereits in der Hand hielt. Er hielt beide so, dass Lucy sie sehen konnte, und schob sie aneinander. Zusammen ergaben sie ein perfektes Ganzes. »Wenn etwas kaputtgeht, kann man es wieder reparieren. Mag sein, dass es sich nicht mehr ganz so zusammenfügt wie vorher, oder nicht mehr ganz so tadellos funktioniert, aber das heißt ja nicht, dass es nicht noch von Nutzen sein kann. Siehst du das hier? Mit ein wenig Klebstoff und etwas Glück ist sie bald wieder wie neu. Und wenn sie erst wieder an der Wand hängt, wirst du gar keinen Unterschied mehr bemerken.«

»Aber was ist mit denen, die ich angehört habe?«, fragte Lucy schniefend. »Die an der Wand waren ja sowieso schon zerkratzt.«

Linus zögerte. Doch bevor ihm eine passende Antwort einfiel, sprang Arthur ein.

»Im Dorf gibt es einen Plattenladen.«

Erstaunt sahen Linus und Lucy ihn an. »Wirklich?«, fragte der Junge.

Arthur nickte bedächtig. Seine Miene war nur schwer zu deuten. »Ja. Wir könnten hingehen, wenn du möchtest.«

Lucy wischte sich die Tränen aus den Augen. »Echt? Meinst du wirklich, das geht?«

»Ja.« Arthur erhob sich langsam. »Ich denke, das wird schön. Vielleicht machen wir einen Ausflug dorthin. Wir alle zusammen.«

»Mr. Baker auch?«

»Falls er offen für so etwas ist«, erklärte Arthur augenzwinkernd. »Vielleicht möchte er ja die neuen Platten mit dir aussuchen, nachdem ihr beide einen Hang zur Musik habt. Euer Geschmack übertrifft meinen bei Weitem.«

Sofort fuhr Lucy zu ihm herum und strahlte ihn an. Linus war verblüfft über so viel Widerstandskraft. »Kommen Sie mit, Mr. Baker? Bitte! Dann können wir uns zusammen Musik ansehen!«

Nach einem Moment der Sprachlosigkeit gelang es Linus,

eine Antwort hervorzupressen: »Ja-a … das wäre … sicherlich … machbar.«

»Warum sagst du nicht den anderen Bescheid, dass sie zurück ins Bett können?«, schaltete sich Arthur wieder ein. »Sie wollen bestimmt sehen, dass es dir gut geht, bevor sie wieder schlafen gehen.«

Lucy schenkte ihm ein so hinreißendes Lächeln, dass es Linus mitten ins Herz traf. »Okay!« Damit stürmte er aus der Tür und brüllte durch den Flur, dass er nicht tot sei und diesmal auch nichts in Brand gesteckt habe. Ob das nicht *phänomenal* sei?

Linus erhob sich mit knackenden Knien. »Ich werde alt«, murmelte er. Seltsamerweise war ihm das peinlich. »Aber das passiert wohl auch den Besten unter …«

»Er tut niemandem etwas zuleide«, unterbrach ihn Arthur mit harter Stimme.

Überrascht blickte Linus hoch. Arthur hatte die Stirn gerunzelt, und da war wieder dieser unergründliche Ausdruck in seinem Gesicht. Linus konnte absolut nichts aus seiner Miene ablesen. Und warum Arthurs Pyjama es ihm so schwer machte, bei der Sache zu bleiben, wusste er auch nicht. Er trug Shorts, unter denen seine blassen, knochigen Knie zu sehen waren. Sein Shirt war zerknittert. So wirkte er noch jünger als sonst. Und beinahe etwas verloren. »Das hört man gern.«

»Und ich weiß, dass du das wahrscheinlich in deinen Bericht aufnehmen musst«, fuhr Arthur so nahtlos fort, als hätte Linus nichts gesagt. »Das kann ich dir nicht zum Vorwurf machen, und ich werde auch nicht versuchen, dich daran zu hindern. Ich bitte dich lediglich, im Hinterkopf zu behalten, dass Lucy nie irgendjemandem wehgetan hat. Er ist … Ich habe das ernst gemeint. Er ist gut. In ihm steckt eine Menge Gutes. Aber ich glaube nicht, dass er an einem anderen Ort überleben könnte. Würde man unser Haus schließen, oder würde er irgendwo anders hingebracht … ich weiß nicht, ob er …«

Ohne nachzudenken griff Linus nach Arthurs Hand. Ihre

Finger schoben sich ineinander, bis die Handflächen sich berührten. Arthur drückte fest zu. »Ich verstehe, was du mir sagen willst.«

Erleichterung breitete sich auf Arthurs Gesicht aus.

Doch bevor er etwas erwidern konnte, musste Linus seinen Gedanken zu Ende führen: »Aber selbst wenn er keine Gefahr für andere darstellt - was ist mit ihm selbst?«

Arthur schüttelte abwehrend den Kopf. »Das ist nicht ...«

»Und doch behältst du ihn genau deswegen hier, so nah bei dir. Das stimmt doch, oder? Damit er immer in Reichweite ist, falls es nötig ist.«

»Ja.«

»Hat er sich je selbst verletzt?«

Arthur seufzte. »Nicht ... körperlich. Aber hinterher ist er immer ein Meister der Selbstgeißelung. Wenn irgendetwas kaputtgegangen ist, ganz egal, wem es gehört, schleppt er diese Schuld lange mit sich herum.«

»Irgendetwas sagt mir, dass dir das nicht ganz fremd ist.«

Ein Lächeln umspielte Arthurs Lippen. »Nicht ganz, ja.«

»Aber jetzt scheint es ihm doch gut zu gehen.«

»Was auch immer er sonst noch sein mag: Er ist ein Kind. Die erholen sich immer erstaunlich schnell. Ich denke, er kommt klar. Zumindest bis zum nächsten Mal.« Arthurs Augen wurden schmal. »Und auch dann werde ich für ihn da sein.«

Dem hatte Linus nichts entgegenzusetzen. Egal wie seine Empfehlung ausfallen würde, letztlich lag es in der Hand der BBMM. »Du meintest, das würde eher selten passieren. Seltener als früher zumindest. Und ich denke, etwas Derartiges wäre mir aufgefallen, wenn es während meines Aufenthaltes hier geschehen wäre.«

»Ich hatte gedacht ... *gehofft*, er wäre dem entwachsen.« Arthur klang frustriert.

»Was hat es denn ausgelöst? Weißt du das? Ist heute irgendetwas vorgefallen?«

Arthur schüttelte den Kopf. »Mir ist jedenfalls nichts aufgefallen. Ich denke ... auch wenn es grotesk klingen mag, aber vielleicht ist an der Sache mit den Spinnen in seinem Gehirn ja etwas dran. Wir wissen schließlich nicht wirklich, was es bedeutet, der Anti...«

»Ah!«, mahnte Linus und drückte Arthurs Hand. »Dieses Wort benutzen wir hier nicht.«

Schmunzelnd gab Arthur zu: »Nein, das tun wir nicht. Danke, dass du mich daran erinnerst. Jedenfalls stehen diese Spinnen, auch wenn es keine *echten* Spinnen sind, wohl für irgendetwas, das in seinem Kopf abläuft. Kleine Fasern der Finsternis, die mit seiner hellen Seite verwoben sind.«

»Teile des Ganzen«, nickte Linus. »Wir haben alle unsere Probleme. Ich habe einen Rettungsring von der Größe eines Autoreifens an den Hüften, sein Vater ist Satan. Nichts, was sich nicht ändern ließe, wenn man sich nur Mühe gibt.«

Arthur legte den Kopf in den Nacken und schloss die Augen. Sein Lächeln wurde breiter. »Ich mag dich genau so, wie du bist.«

Plötzlich war es Linus wieder viel zu warm. Bestimmt war seine Hand ganz schwitzig, aber irgendwie fehlte ihm die Kraft, sie zurückzuziehen. »Ich ... nun ja. Das ... ich denke mal ... das ist gut.«

»Denke ich auch.«

Jetzt sollte er schleunigst das Thema wechseln, bevor er noch etwas sagte, das er später bereuen würde. Eigentlich hatte er diese Schlacht bereits verloren, aber er durfte nicht aufgeben.

Deshalb ließ er Arthurs Hand los und sagte: »Ein Ausflug ins Dorf? Du hast dich also entschieden?«

Mit einem tiefen Seufzer öffnete Arthur die Augen und sah Linus an. »Du hattest recht. Vermutlich wird es langsam Zeit. Ich mache mir Sorgen, aber das wird wahrscheinlich immer so sein.«

»Bestimmt geht alles gut«, versicherte Linus. Er trat einen

Schritt zurück. »Und wenn nicht, werde ich mit meiner Meinung nicht hinter dem Berg halten, das versichere ich dir. Für Flegeleien fehlt es mir an Zeit und Geduld.« Ein merkwürdiges Gefühl der Leichtigkeit hatte ihn gepackt, als würde er völlig losgelöst außerhalb seines Körpers schweben. Vielleicht würde ihm das alles hier morgen wie ein Traum erscheinen. »Zeit fürs Bett, denke ich. Bevor wir uns versehen, zieht der Morgen herauf.«

Damit wandte er sich ab. Bestimmt war er knallrot im Gesicht. Er hatte es schon fast bis zur Tür geschafft, als Arthur seinen Namen rief.

Linus blieb stehen, drehte sich aber nicht um.

»Ich habe das ernst gemeint«, sagte Arthur leise.

»Was genau?«

»Dass ich dich genau so mag, wie du bist. Und ich glaube, ich bin noch nie jemandem begegnet, bei dem das so voll und ganz zugetroffen hätte wie bei dir.«

Linus' Finger schlossen sich etwas zu fest um den Türknauf. »Das ist … Danke. Es ist wirklich nett, dass du das sagst. Gute Nacht, Arthur.«

Arthur lachte leise. »Gute Nacht, Linus.«

Fluchtartig verließ Linus das Zimmer.

In dieser Nacht fand er keinen Schlaf mehr.

Nachdem er sein Bett wieder an seinen rechtmäßigen Platz im Schlafzimmer gerückt hatte, war er darauf zusammengebrochen – in der festen Überzeugung, nach diesem Aufruhr sofort im Nichts zu versinken.

Was nicht geschah.

Stattdessen lag er wach und dachte daran, wie es sich angefühlt hatte, Arthurs Hand in seiner zu spüren. Wie gut sie ineinandergepasst hatten. Das war dumm und wahrscheinlich sogar gefährlich, aber hier, in der Stille und der Dunkelheit, konnte ihm das niemand nehmen.

VIERZEHN

Merle stand auf seiner Fähre und bekam den Mund nicht mehr zu.

Linus lehnte sich aus dem offenen Beifahrerfenster. »Machen Sie jetzt langsam mal die Luke auf?«

Merle rührte sich nicht.

»Nutzloser Tropf«, brummte Linus. »Warum vertrauen wir ihm überhaupt das Kommando über ein so großes Boot an? Ich bin ehrlich überrascht, dass er noch niemanden umgebracht hat.«

»Werden wir irgendwo dagegenkrachen und im Meer versinken, sodass wir sterben könnten?«, fragte Chauncey. »Das wäre nett.«

Linus seufzte. Er musste wirklich lernen, seine Zunge im Zaum zu halten. Als er sich umdrehte und nach hinten blickte, zeichnete sich auf den Gesichtern der sechs Kinder unterschiedlich starkes Interesse an dem Thema Schiffskatastrophe und nasses Grab im Ozean ab – bei Lucy und Chauncey war es deutlich stärker ausgeprägt als bei den anderen.

Zoe, die in der dritten Reihe saß, zog nur stumm eine Augenbraue hoch – und stellte somit wortlos fest, dass er sich diesen Schlamassel selbst eingebrockt hatte und ihn deshalb auch selbst aus der Welt schaffen musste.

Hoffentlich würde er das später nicht bereuen.

Die Chancen standen eher schlecht.

»Wir werden nicht im Meer versinken und sterben«, erklärte er mit so viel Geduld, wie er aufbringen konnte. »Erwachsene sagen eben solche Sachen, weshalb Kinder wie ihr es besser nicht nachplappern solltet.«

Arthur, der hinter dem Steuer saß, schnaubte spöttisch, aber Linus ignorierte das. Seit dieser Nacht in seinem Zimmer war es zwischen Arthur und ihm irgendwie kompliziert geworden. Hatte Linus bisher keinerlei Probleme damit gehabt, ihm als Heimleiter seine Meinung mitzuteilen, lief er jetzt ständig rot an und stotterte herum wie ein Schuljunge. Einfach lächerlich.

»Denken Erwachsene denn oft über den Tod nach?«, fragte Lucy. Neugierig legte er den Kopf schief. »Dann muss ich wohl auch ein Erwachsener sein, denn ich denke ständig daran. Ich mag tote Dinge. Sie würde ich auch noch mögen, wenn Sie tot sind, Mr. Baker. Vielleicht sogar mehr als jetzt.«

Zoe hob eine Hand an den Mund, um ihr Schmunzeln zu verbergen, und drehte den Kopf zum Fenster.

Nutzlos. Sie und Arthur, alle beide.

»Erwachsene denken nicht oft über den Tod nach«, antwortete er streng. »Eigentlich denken sie so gut wie nie daran. Mir kommt dieser Gedanke nie in den Kopf.«

»Warum schreiben Erwachsene dann so viele Bücher über die Sterblichkeit?«, wollte Phee wissen.

»Ich ... das liegt daran ... Das tut jetzt nichts zur Sache! Was ich eigentlich zu sagen versuche, ist, dass ich nichts mehr von Tod und Sterben hören will!«

Talia nickte weise und strich sich über den Bart. »Ganz genau. Es ist ja auch besser, nicht zu wissen, ob wir sterben werden. So müssen wir nicht jetzt schon anfangen zu schreien. Es wird eine Überraschung. Schreien können wir dann immer noch.«

Theodore zwitscherte besorgt und schob den Kopf unter seine Flügel. Er saß auf Sals Schoß. Sal streichelte beruhigend seinen Rücken.

»Ich kann euch sagen, wann ihr sterben werdet«, verkündete

Lucy. Er legte den Kopf in den Nacken und starrte an das Wagendach. »Ich glaube, ich könnte in die Zukunft sehen, wenn ich mir genug Mühe gebe. Mr. Baker? Soll ich für Sie nachsehen, wann Sie sterben werden? Ooooh, ja, jetzt überkommt es mich. Ich kann es sehen! Sie werden in einer schrecklichen ...«

»Das will ich *nicht*«, fauchte Linus. »Und ich sage es noch einmal: Wenn wir erst im Dorf sind, darfst du nicht losziehen und den Leuten anbieten, ihnen ihr künftiges Schicksal zu verraten!«

Lucy seufzte schwer. »Wie soll ich denn neue Freunde finden, wenn ich ihnen nicht sagen darf, wie sie zu Tode kommen werden? Was soll das Ganze dann?«

»Eis und Schallplatten«, warf Arthur ein.

»Oh. Okay!«

Das war eine wirklich blöde Idee.

»Findet ihr, ich sehe gut aus?«, fragte Chauncey zum ungefähr hundertsten Mal. »Ich weiß nicht, ob ich das Outfit richtig hinbekommen habe.«

Er trug einen winzigen Trenchcoat und hatte einen Zylinder zwischen seine Augenstiele geklemmt. Das entsprach seiner Vorstellung von Tarnung, allerdings half es nicht sonderlich viel. Chauncey war selbst auf diese Idee gekommen, und Linus hatte sich nicht streiten wollen - vor allem nicht, nachdem Chauncey lauthals verkündet hatte, er könne jawohl nicht *nackt* ins Dorf fahren, auch wenn er auf der Insel selten anders herumlief. Bis heute hatte Linus das nie so gesehen. Und jetzt konnte er es nicht mehr anders sehen.

»Du siehst gut aus«, versicherte er ihm nun. »Fast schon schneidig.«

»Wie ein in den Schatten verborgener Spion, der bald ein großes Geheimnis lüften wird«, erklärte Sal.

»Oder wie ein Perverser, der gleich den Mantel lüftet«, murmelte Talia.

»Hey! Das würde ich niemals tun! Nur, wenn ihr darum bittet!«

Nun versuchte Zoe gar nicht mehr, ihr Lachen zu verbergen.

Linus drehte sich wieder nach vorne und blickte durch die Windschutzscheibe. Merle gaffte sie immer noch an.

»Kommen dir vielleicht Zweifel?«, fragte Arthur. Linus musste ihn gar nicht erst ansehen, um zu wissen, dass er grinste.

»Nein. Selbstverständlich nicht. Das wird großartig. Es wird … Herrgott, Mann! Machen Sie die verdammte Luke auf!«

»Oooooh«, hauchten die Kinder hinter ihm.

»Mr. Baker hat geflucht«, flüsterte Talia beeindruckt.

Ja, es würde großartig werden.

»Wir kommen im Laufe des Nachmittags zurück«, erklärte Arthur an Merle gewandt, als sie die Fähre verließen. »Das ist doch hoffentlich kein Problem? Ich werde dafür sorgen, dass Sie einen kleinen Bonus bekommen.«

Merle nickte, noch immer fassungslos. »Das … das ist … schon okay, Mr. Parnassus.«

»Davon bin ich ausgegangen. Es war schön, Sie mal wiederzusehen.«

Merle floh zurück auf seine Fähre.

»Seltsamer Typ, nicht wahr?«, wunderte sich Arthur. Dann fuhr er Richtung Dorf.

Der September neigte sich dem Ende zu, die Nebensaison hatte begonnen und im Dorf Marsyas ging es um einiges ruhiger zu als sonst. Als Linus drei Wochen zuvor angekommen war, hatten sich noch Menschenmengen auf den Bürgersteigen gedrängt und waren an den Schaufenstern der Läden stehen geblieben, oder Kinder in Badesachen waren hinter ihren Eltern hergedackelt, die mit Flip-Flops an den bleichen Füßen und schwer bepackt mit Sonnenschirmen, Handtüchern und Kühltaschen dem Strand zustrebten.

Wirklich ausgestorben war die Stadt jetzt auch nicht, aber doch stiller, was Linus ein wenig aufatmen ließ. Er wollte, dass alles möglichst reibungslos verlief, damit sie solche Ausflüge fortführen konnten, wenn er nicht mehr da war. Über die Tatsache, dass er bei solchen Überlegungen den Fortbestand des Waisenhauses in seiner jetzigen Form automatisch voraussetzte, machte er sich keine Gedanken. Damit würde er sich später beschäftigen.

Allerdings wurden sie von den Menschen, die noch auf den Straßen unterwegs waren, ganz unverhohlen angegafft.

Talia, die einen Fensterplatz hatte, winkte, als sie an einer Frau mit zwei Kindern vorbeifuhren.

Die Kinder winkten zurück.

Sofort packte die Frau sie und zog sie zu sich heran, als hätte sie Angst, sie könnten ihr entrissen werden.

Chauncey, der am gegenüberliegenden Fenster saß, drückte das Gesicht gegen die Scheibe und ließ aufgeregt seine Augen herumwandern. »Da ist das Hotel! Ich kann es sehen! Schaut es euch an! Schaut doch ... Oh. Mein. Gott. Da ist ein Page. Ein richtiger, echter Page! Seht doch! Seht!«

Tatsächlich war ein schmächtiger Mann gerade dabei, einer älteren Dame mit übertrieben viel Pelz an der Kleidung aus einem teuren Wagen zu helfen. Chauncey stieß einen schrillen Schrei aus, und als Linus sich umdrehte, drückte er seinen Mund gegen das Fenster und atmete so heftig aus, dass sein Kopf sich aufblähte.

Die alte Dame taumelte leicht und presste eine Hand an den Hals. Durch einen schnellen Satz gelang es dem Pagen, sie aufzufangen, als sie umkippte.

»Wow.« Chauncey löste sich von der Scheibe. »Pagen können einfach *alles*.«

Ja, es würde großartig werden.

Ganz bestimmt.

Arthur fuhr zu einem Parkplatz, der normalerweise für

Strandbesucher reserviert war. Außerhalb der Saison war er so gut wie leer, und die Hütte der Parkaufsicht war verlassen und verriegelt. Er parkte den Van in der ersten freien Lücke und schaltete den Motor aus. »Kinder«, sagte er ruhig, »aussteigen und Paare bilden, bitte.«

Selbst eine Herde schwangerer, auf Angriff gepolter Rhinozerosse wäre leiser gewesen als die Kinder in diesem Moment.

Hastig hielt Linus den Bericht auf seinem Schoß fest, als der Van ins Schaukeln geriet. Wie immer war auch sein dritter Bericht in einen ordentlichen Umschlag verpackt, adressiert an: *Allerhöchstes Management, Behörde für die Betreuung Magischer Minderjähriger.* Kurz überlegte er, zuerst zum Postamt zu gehen, hielt es dann aber für besser, damit zu warten, bis sie fertig waren. Weitere Ablenkungen waren nicht wünschenswert. Also legte er den Umschlag auf das Armaturenbrett.

»Alles klar?«, fragte Arthur leise.

Als Linus ihn ansah, spürte er wieder ihre ineinander verschlungenen Hände, und wandte hastig den Blick ab. Welch leichtfertiges Gedankenspiel. »Es geht mir gut«, antwortete er rau. »Alles großartig.«

»Das ist dann wohl dein Mantra für den heutigen Tag. Du hast es ja schon oft genug gesagt.«

»Na ja, je öfter ich es sage, desto eher wird es sich erfüllen. Vielleicht.«

Arthur berührte kurz seine Schulter. »Die Kinder werden sich von ihrer besten Seite zeigen.«

»Sie bereiten mir kein Kopfzerbrechen«, gab Linus zu.

»Ich erinnere mich da an einen Mann, der verkündet hat, er würde keinerlei Flegeleien dulden. Ein wahrhaft ehrfurchtgebietender Anblick. Ich war ehrlich beeindruckt.«

»Wenn du das schon beeindruckend fandst, kommst du eindeutig zu selten vor die Tür.«

Arthur lachte. »Du bist herrlich. Und sieh nur! Ich bin vor

die Tür getreten. Hier und jetzt. Sollen wir sehen, was uns erwartet? Wir können ja nicht ewig in diesem Van sitzen bleiben.«

Nein, das konnten sie nicht, auch wenn Linus es gerne getan hätte. Natürlich war es albern, aber in seinem Bauch hatte sich ein ungutes Gefühl breitgemacht, gegen das er einfach nicht ankam. Das alles war seine Idee gewesen, er hatte darauf gedrängt, aber nun, wo sie hier waren …

Er starrte durch die Windschutzscheibe. An der Hauswand vor ihnen hing ein Werbeplakat von Klumpy Cola – *Die mit den echten Klumpen!* –, und darunter war ein Banner befestigt mit der Aufforderung SEHEN – MERKEN – MELDEN.

»Hast du ihre Papiere dabei?«, fragte Linus leise.

»Habe ich.«

»Okay.«

Linus öffnete die Beifahrertür und stieg aus.

Die Kinder hatten sich in Zweierreihen hinter dem Wagen aufgestellt: Lucy und Talia, Sal und Theodore, Phee und Chauncey. Sie hatten sich ganz allein zu diesen Paaren zusammengefunden, und auch wenn Linus sich schon gedacht hatte, dass Sal und Theodore zusammen gehen würden, jagte ihm die Vorstellung eines Bündnisses zwischen Lucy und Talia kalte Schauer über den Rücken. Diese beiden ergänzten sich viel zu gut. Vorhin hatte er Talia schon überdeutlich klarmachen müssen, dass sie ihren Spaten nicht mitnehmen durfte – was ihr gar nicht gefallen hatte.

Aus diesem Grund zuckte Linus erschrocken zusammen, als Arthur nun verkündete: »Phee und Chauncey, ihr geht mit Ms. Chapelwhite. Sal und Theodore, ihr bleibt bei mir. Lucy und Talia, für euch ist Mr. Baker zuständig.«

Ganz langsam und vollkommen synchron drehten sich die beiden zu ihm um. Das Lächeln auf ihren Gesichtern sorgte für den nächsten kalten Schauer auf Linus' Rücken.

Er wollte protestieren. »Vielleicht sollten wir … ich meine, das muss doch wirklich nicht... ich denke, es wäre besser... oje.«

»Was ist denn los, Mr. Baker?«, fragte Lucy unschuldig.

»Ja, Mr. Baker«, stimmte Talia mit ein. »Was ist los?«

»Alles gut«, sagte er schnell. »Alles ist *großartig*. Aber ich denke, es wäre besser, wenn wir alle zusammenbleiben würden.«

»Soweit das möglich ist«, erwiderte Arthur gelassen. Wieder einmal trug er Hosen, die viel zu kurz für ihn waren. Heute waren seine Socken violett. Linus blickte seinem Untergang entgegen. »Allerdings fürchte ich, der Plattenladen wird für die meisten eher langweilig sein, und wer könnte Lucy besser bei der Auswahl seiner Musik beraten als du? Kinder, habt ihr daran gedacht, euer Taschengeld mitzunehmen?«

Alle nickten, nur Chauncey schrie entsetzt auf: »Nein! Das habe ich vergessen! Ich war so mit meinem Outfit beschäftigt! Jetzt habe ich nichts dabei, ich bin mittellos!«

»Zu deinem Glück habe ich mir schon gedacht, dass es so kommen würde«, beruhigte ihn Arthur. »Deshalb habe ich Zoe dein Geld gegeben.«

Sofort war Chauncey wieder fröhlich und blickte hingebungsvoll zu Arthur auf.

Der warf einen Blick auf seine Uhr. »Falls sich unsere Wege trennen sollten, treffen wir uns um halb drei an der Eisdiele, okay?«

Alle waren einverstanden.

»Dann mal los!«, rief Arthur fröhlich.

Sofort stellten sich Lucy und Talia rechts und links von Linus auf und packten seine Hände.

»Meinen Sie, es gibt hier einen Friedhof, Mr. Baker?«, fragte Lucy. »Falls ja, würde ich mir den gerne ansehen.«

»Ich wusste doch, dass ich besser meinen Spaten mitgenommen hätte«, murrte Talia. »Wie soll ich denn ohne Spaten Leichen ausbuddeln?«

Vielleicht würde Linus es später doch bereuen.

Trotz Linus' hartnäckiger Bemühungen verloren sich die Gruppen nach ungefähr drei Minuten und sechsundzwanzig Sekunden aus den Augen. Wie das passieren konnte, war ihm schleierhaft. Im einen Moment waren sie noch alle zusammen, im nächsten stieß Talia einige gnomische Grunzlaute aus, die offenbar extreme Freude ausdrücken sollten, und zog ihn in ein Geschäft. Das Glöckchen über der Tür bimmelte schrill, als die Tür hinter ihnen zufiel.

»Was …?« Hilflos blickte Linus über seine Schulter und sah noch, wie die anderen weiter die Straße hinunterspazierten. Arthur zwinkerte ihm verschmitzt zu, bevor er aus seinem Blickfeld verschwand. »Moment mal, vielleicht sollten wir …«

Aber Talia ließ sich nicht beirren. Sie entzog Linus ihre Hand und stapfte los, wobei sie auf Gnomisch vor sich hin murmelte.

»Oh nein«, stöhnte Lucy. »Von allen erdenklichen Orten hat sie den schrecklichsten überhaupt rausgepickt.«

Verwirrt sah Linus sich um.

Sie befanden sich in einer Eisenwarenhandlung.

Und Talia lief vor einem Regal mit Gartengeräten auf und ab, strich sich den Bart und inspizierte sorgfältig jede einzelne Kelle, Schaufel und Hacke. Schließlich blieb sie stehen und schnappte hörbar nach Luft. »Das ist der neue B.L. Mack! Ich wusste gar nicht, dass der schon im Handel ist!« Sie nahm einen etwas seltsam geformten Spaten aus dem Regal, dessen Griff mit dekorativen Blumen bedruckt war. Begeistert drehte sie sich zu Linus um und streckte ihm das Ding entgegen. »Der ist in *Gerätschaften für Gärtner* mit Bestnoten bewertet worden! Aber ich dachte, er würde erst nächstes Frühjahr auf den Markt kommen! Wissen Sie, was das heißt?«

Linus hatte nicht die leiseste Ahnung. »Jaaa …?«

Talia nickte vehement. »Ganz genau! Stellen Sie sich das nur vor! Ich kann ihn kaufen, und dann gehen wir zum Friedhof, wie Lucy es wollte. Mit diesem Ding kann ich so ziemlich *alles* ausgraben!«

»Sag das nicht so laut«, zischte Linus, aber sie ignorierte ihn einfach und ging dazu über, Probegrabungen in der Luft vorzunehmen, um ein Gefühl für den Spaten zu bekommen.

Nun schien sogar Lucys Interesse geweckt zu sein. »Der ist aber ziemlich klein«, merkte er zweifelnd an. »Wie willst du denn mit diesem Miniteil ein ganzes Grab ausheben?«

»Es kommt nicht auf die Größe an«, rügte ihn Talia. »Sondern darauf, was man damit macht. Das stimmt doch, Mr. Baker, oder?«

Linus hustete verlegen. »Ich ... ja, ich denke, das ist korrekt.«

»Außerdem bin ich ein *Gnom*, Lucy. Du weißt, wie gut ich graben kann.«

Lucy nickte erleichtert. »Gut. Denn wir werden mindestens drei oder vier Leichen ausgraben müssen ...«

»Hier werden überhaupt keine Leichen ausgegraben«, schimpfte Linus. »Das solltet ihr euch mal ganz schnell aus dem Kopf schlagen.«

»Ach nein?« Talia blickte auf den Spaten in ihrer Hand. »Aber wozu dann das Ganze?«

»Wozu was? Was meinst du mit *das Ganze*?«

»Der Besuch auf dem Friedhof«, klärte Lucy ihn auf und zerrte ungeduldig an seiner Hand.

»Wir werden nicht auf den Friedhof gehen!«

Talia warf ihm einen fragenden Blick zu. »Aber Sie haben doch gesagt, wir dürfen hin.«

»Oh nein«, ächzte Lucy. »Wird er vielleicht senil? Er ist so alt, er verliert schon den Verstand! Hilfe! Kann uns bitte jemand helfen? Dieser Mann, der eigentlich auf uns aufpassen sollte, wird senil, und ich befürchte, er könnte etwas Dummes anstellen!«

Aus einem der Gänge kam eine untersetzte Frau, die Linus und die Kinder besorgt musterte. Sie hatte einen Schmutzfleck auf der Stirn, trug robuste Handschuhe und hielt eine Gartenschere in der Hand. »Du meine Güte, was ist denn hier los? Ist ... alles ... in Ordnung?«

Sie blieb abrupt stehen, als sie Talia mit dem Spaten entdeckte. Dann wanderte ihr Blick langsam zu Lucy hinüber, der bei seinem Grinsen wieder einmal erstaunlich viele Zähne präsentierte.

Unwillkürlich wich sie einen Schritt zurück. »Ihr seid von der Insel.«

»Ja«, erwiderte Talia nüchtern. »Und ich würde mich gerne mit Ihnen über den B.L. Mack unterhalten. Wann ist er reingekommen? Ist er wirklich so gut, wie es in den Besprechungen hieß? Er kommt mir erstaunlich leicht vor.«

»Wir gehen gleich auf den Friedhof«, ergänzte Lucy mit unheilvoll gesenkter Stimme. »Sterben hier viele Leute? Ich hoffe doch ja.«

Die Frau riss die Augen auf.

»Nein, das werden wir *nicht* tun«, versicherte Linus hastig. »Unsere Talia hier hat einen wunderschönen Garten, um den sie sich hingebungsvoll kümmert. Ich kann mir nicht vorstellen, dass sie jemals einen so makellos gepflegten Garten gesehen haben!«

Zwar schien das die Frau nicht sonderlich zu beruhigen, aber Talia strahlte voller Stolz. »Vielen Dank, Mr. Baker!« Sie drehte sich zu der Frau um. »Man mag es kaum glauben, so wie er sich kleidet, aber Mr. Baker hat wirklich einen guten Geschmack. Manchmal.«

Mit sichtlicher Mühe rang sich die Frau ein Nicken ab. »Das ist ... schön.« Sie räusperte sich. »Ein Garten, sagten Sie? Auf der Insel? Ich dachte, sie wäre ...« Plötzlich wich die Farbe aus ihrem Gesicht.

Fragend schaute Talia zu ihr hoch. »Was dachten Sie?«

»Dass ... ähm. Nicht so wichtig.« Ihr Blick huschte kurz zu Linus, dann zwang sie sich zu einem Lächeln. »Erzähl mir doch ein bisschen was über deinen Garten, und anschließend sehe ich nach, ob ich das Richtige für dich habe.«

»Oh nein«, stöhnte Lucy, »jetzt findet sie kein Ende mehr.«

Ohne ihn zu beachten setzte Talia zu einer detaillierten Beschreibung ihres Gartens an - so detailliert, als wolle sie jeden Quadratzentimeter einzeln abarbeiten. Und während er Lucy im Stillen recht gab, behielt Linus vor allem die Ladenbesitzerin im Auge, um herauszufinden, ob sie Talia vielleicht nur bei Laune halten wollte, während sie gleichzeitig nach einem Weg suchte, sie loszuwerden.

Anfangs schien das tatsächlich der Fall zu sein, doch irgendwann entspannte sich die Frau und unterbrach Talia sogar hin und wieder, um sie nach dem pH-Wert des Bodens zu fragen, oder danach, welche Pflanzen sie denn in ihrem Garten anbaue. Und sie schien ehrlich beeindruckt zu sein von Talias Wissen und dem, was sie erschaffen hatte.

Schließlich erklärte sie: »Der B.L. Mack gilt zwar als erstklassig, aber ich habe die Erfahrung gemacht, dass er sich ziemlich schnell abnutzt. Jemandem wie dir«, sie räusperte sich kurz, »der solche Fachkenntnisse mitbringt, ist mit einem Foxfaire vermutlich besser gedient. Der ist robuster und kostet auch nicht ganz so viel. Ich benutze ihn selbst, sowohl hier im Laden als auch zu Hause.«

Beinahe ehrfürchtig stellte Talia den Spaten zurück ins Regal. »Foxfaire? Aber in *Gerätschaften für Gärtner* hieß es ...«

»*Gerätschaften für Gärtner?*«, mokierte sich die Frau. »Mein liebes Kind, *Gerätschaften für Gärtner* ist heutzutage das *Gärtners Handwerkszeug.* Nichts geht über *Gärtners Handwerkszeug.* Das lesen alle ernstzunehmenden Gärtner zurzeit.«

Talia war völlig baff. »Wirklich?« Sie schaute zu Linus hinüber. »Warum wusste ich nichts davon? Was hat man mir sonst noch vorenthalten?«

Mit einem hilflosen Achselzucken gestand Linus: »Ich habe keine Ahnung, was hier gerade passiert.«

Prüfend sah die Frau ihn an. »Geht es Ihnen gut, Sir? Sind Sie vielleicht senil?«

Linus' schwerer Seufzer konnte nicht Lucys teuflisches Lachen übertönen.

Die Summe, die am Ende herauskam, war überwältigend. Linus hatte während seines gesamten Lebens nicht so viel Geld für Gartengeräte ausgegeben.

Mit einem freundlichen Lächeln sah Talia die Frau an. »Würden Sie mich für einen Moment entschuldigen?«

Die Frau nickte.

Sobald Talia sich abgewandt hatte, verschwand das Lächeln aus ihrem Gesicht und machte nackter Panik Platz. Sie packte Linus' Hand und zog so lange daran, bis er sich zu ihr hinunterbeugte. »Mein Geld reicht nicht«, flüsterte sie. »Aber wir können sie auch nicht einfach umhauen und die Sachen stehlen, oder? Denn das wäre falsch.«

»Wir können sie allerdings nicht umhauen und die Sachen stehlen«, bekräftigte Linus.

Lucy verdrehte die Augen. »Ich wusste, dass Sie das sagen würden.« Stirnrunzelnd griff er in seine Tasche und zog einige zerknitterte Scheine hervor. Er streckte sie Talia entgegen. »Meinst du, das reicht?«

Abwehrend schüttelte Talia den Kopf. »Nein, Lucy, das geht nicht. Das ist doch für deine Schallplatten.«

Achselzuckend erwiderte Lucy: »Ja, schon. Aber sie sind nicht alle zerbrochen. Und es war ja sowieso meine Schuld, dass sie kaputtgegangen sind. Du kannst es haben.«

»Steck dein Geld wieder ein«, befahl Linus leise. »Das gilt für euch beide.«

»Aber die Werkzeuge!«

Linus ging zum Verkaufstresen, ließ die Hände der Kinder los und zog seine Brieftasche. Mit einem schwachen Lächeln reichte er der Frau seine Kreditkarte, die er eigentlich nur im absoluten Notfall benutzte. Sie legte die Karte auf das Gerät, betätigte den Hebel und druckte den Beleg.

Leises Flüstern ließ Linus einen Blick über die Schulter werfen - nur um sicherzugehen, dass die beiden nicht doch noch einen Überfall planten. Aber Talia sah ihn einfach nur an, breit lächelnd und mit Tränen in den Augen, während Lucy ihr einen Arm um die Schultern legte.

Als die Frau sich räusperte, wandte Linus sich wieder ihr zu. Sie gab ihm die Kreditkarte zurück und fing an, die Einkäufe einzupacken. Linus spürte, wie Talia sich neben ihn schob, die Arme hob und auffordernd winkte, da sie nicht über den Tresen schauen konnte. Die Frau reichte ihr die Tüten.

Dann zögerte sie kurz und sagte: »Dein Garten ... er scheint ja wirklich traumhaft zu sein.«

»Das ist er«, bestätigte Talia ohne einen Hauch von Eigenlob.

»Wäre es ... Ich mache oft Fotos von den Gärten hier in Marsyas.« Die Frau zeigte auf eine Pinnwand, an der Bilder von verschiedenen Gärten hingen. »Sie gehören den Leuten, die hier einkaufen. Meiner Meinung nach ist jeder Garten anders. Sie spiegeln die Persönlichkeiten derjenigen wider, die sie pflegen.«

»Es gibt zwar keine Leichen in unserem Garten«, steuerte Lucy hilfsbereit bei, »aber ansonsten ist er eigentlich ganz genau wie Talia.«

»Das freut mich«, erwiderte die Frau schwach. Dann schüttelte sie den Kopf. »Vielleicht ... wenn euer Mr. Baker nichts dagegen hat ... vielleicht könnte ich dann irgendwann zu euch auf die Insel kommen und mir deinen Garten ansehen? Im Frühling, wenn alles blüht? Oder auch schon früher, wenn es euch recht wäre.«

»Ja.« Talias Augen funkelten. »Oh ja! Allerdings müssen Sie da nicht Mr. Baker fragen, sondern Arthur. Aber er hat bestimmt nichts dagegen. Mr. Baker sorgt nur dafür, dass wir nicht verhungern oder geschlagen oder in Käfige gesperrt werden. Er fährt bald wieder nach Hause.«

In einem stillen Stoßgebet wandte Linus den Blick zur Decke.
»Oh«, meinte die Frau. »Das ist … gut?«
Lucy nickte. »Absolut gut. Aber Mr. Baker ist gar nicht so übel. Ich meine, als er auf die Insel kam, habe ich versucht, ihn zu vergraulen, das stimmt schon, aber jetzt bin ich froh, dass er am Leben ist und nicht … nicht.«
Linus seufzte.
»Fantastisch«, sagte die Frau, wieder mit dieser etwas kraftlosen Stimme. »Das hört man doch gern. Ich werde bei Arthur nachfragen, wann ich kommen darf.«
Talia schenkte ihr ein strahlendes Lächeln. »Ich hoffe, Sie sind bereit für einen Knaller. Neben meinem Garten sehen die da an ihrer Bilderwand alle aus wie Dreck.«
Nun wurde es offensichtlich Zeit zu gehen. »Vielen Dank«, verabschiedete sich Linus steif, packte die Kinder und schleifte sie aus dem Laden.
»Wiedersehen, Pflanzenlady!«, schrie Lucy. »Wir sehen uns bald!«
Erst als sie draußen in der Sonne standen, konnte Linus wieder durchatmen. Doch bevor er zu einem Vortrag ansetzen konnte, spürte er, wie sich zwei Arme um sein rechtes Bein schlangen. Ein Blick nach unten zeigte ihm, dass Talia sich an ihm festklammerte. »Vielen Dank, Mr. Baker«, sagte sie leise. »Das war sehr lieb von Ihnen.«
Er zögerte einen Moment, aber dann tätschelte er vorsichtig ihren Kopf, beziehungsweise ihre Mütze. Noch vor wenigen Tagen hätte er sich das nicht getraut. »Nichts zu danken.«
»Er ist so wundervoll und großzügig!« Lucy wirbelte auf dem Gehsteig herum, die Arme weit ausgestreckt; ein für Linus vollkommen unverständliches Verhalten. »Und ich hoffe, er denkt daran, dasselbe für mich zu tun, damit ich nicht mein eigenes Geld ausgeben muss, mir nicht ausgeschlossen vorkomme und kein Tor zur Hölle öffnen muss, von dem das gesamte Dorf verschlungen wird! Denn das wäre wirklich babyeinfach.«

Während sie sich auf den Weg machten, blieb Linus kaum Zeit, um darüber nachzudenken, warum Lucys Drohungen ihm längst nicht mehr solche Angst machten wie früher.

»Total irre«, hauchte der Mann im Plattenladen. Seine Augen waren stark gerötet, sein Blick glasig. Die langen Haare reichten ihm bis auf die Schultern, und er sah aus, als könnte er dringend ein Bad gebrauchen.

Was natürlich bedeutete, dass Lucy vollkommen fasziniert von ihm war. »Total irre«, stimmte er zu. Irgendwie war es ihm gelungen, auf den Verkaufstisch zu klettern, wo er nun direkt vor dem Mann – »Nennt mich J-Bone, alles klar, Digga?« – auf den Knien hockte. Weiter hinten im Laden war noch ein Angestellter, der sie wachsam im Auge behielt. »Du bist wie …« J-Bone gab ein explosionsartiges Geräusch von sich und riss die Hände auseinander, um zu demonstrieren, was er meinte.

»Ja«, nickte Lucy. »So bin ich. Bumm.«

J-Bone – dem Linus schon allein deshalb misstraute, weil er einen solchen Namen hatte – warf einen Blick zu Talia hinunter, die summend auf dem Boden saß und ihre neuen Werkzeuge begutachtete. »Kleine da hat 'nen Bart. Und sie is'n *Mädchen.*«

»Er ist sehr weich«, erklärte Lucy. »Sie hat ganz viel verschiedene Seife dafür, die alle nach Blumen und Mädchenkram riechen.«

»Voll korrekt«, fand J-Bone. »Respekt, Alter.«

»Das ist eine Kelle«, erklärte ihm Talia. »Und sie gehört mir.«

»Cool.« Er wandte sich wieder Lucy zu, der so dicht vor ihm hockte, dass die beiden nur eine Handbreit voneinander trennte. »Was kann ich für dich tun, kleiner Kumpel?«

»Ich brauche Schallplatten«, verkündete Lucy. »Meine sind zerbrochen, nachdem ich einen Albtraum hatte, in dem ich von Spinnen gefressen wurde. Die muss ich jetzt ersetzen. Mr. Baker wird bezahlen, Geld spielt also keine Rolle.«

J-Bone nickte. »Keine Ahnung, was du da laberst, aber Schallplatten habe ich verstanden, und bei Schallplatten kann ich helfen.« Er deutete mit dem Kopf auf den anderen Mann weiter hinten im Laden. »Marty und ich können dich voll ausstatten.«

»Du riechst komisch.« Lucy beugte sich vor und sog die Luft durch die Nase ein. »Wie … Pflanzen, aber nichts, was Talia in ihrem Garten hat.«

»Oh, ja. Ich züchte und rauche mein eigenes …«

»Genug davon«, schaltete Linus sich ein. »Wir müssen nun wirklich nichts über Ihr Freizeitvergnügen wissen.«

»Wer ist der Spießer?«, raunte J-Bone.

»Mr. Baker«, antwortete Lucy, ebenfalls flüsternd. »Er ist hier, um sicherzustellen, dass ich nicht kraft meiner Gedanken Menschen bei lebendigem Leib verbrenne und die Seelen aus ihren qualmenden Leichen fresse.«

»Rock on, kleiner Kumpel.« J-Bone hob die Hand zum High Five, und Lucy schlug begeistert ein. »Ich meine, hoffentlich passiert mir das nicht, aber mach du ruhig dein Ding.« Er schob sich die Haare von der Schulter. »Was suchst du denn genau?«

»The Big Bopper, Ritchie Valens, Buddy Holly.«

»Wow. Old School.«

»Sie halten die Spinnen in meinem Kopf in Schach.«

»Is' klar. Stehst du auch auf den King?«

Lucy stieß ein höhnisches Schnauben aus, während er auf den Knien hüpfte. »Ob ich auf den King stehe? Natürlich stehe ich auf den King. Ich glaube, mein richtiger Dad ist ihm mal begegnet.«

Linus beschloss, besser nicht weiter nachzufragen.

»Dein richtiger Dad, hm?« J-Bone lehnte sich über den Tresen.

»Ja.« Lucys Blick wurde unruhig. »Er ist … nicht mehr da.«

»Hat dich sitzen lassen?«

»Könnte man sagen. Er hat eine Menge um die Ohren.«

»Oh Mann, das kenn ich. Mein Dad meint, ich verpfusche mein Leben. Dass ich mehr draus machen sollte, als nur 'nen Plattenladen aufzuziehen.«

Lucy war schockiert. »Aber … aber ein Plattenladen ist doch der beste Platz auf der ganzen Welt!«

»Nich' wahr? Aber er will, dass ich Schadensersatzanwalt werde wie er.«

Angewidert verzog Lucy das Gesicht. »Mein richtiger Dad kennt eine Menge Schadensersatzanwälte. Glaub mir, hier bist du besser dran.«

»Find ich auch. Schon mal von Santo & Johnny gehört?«

»*Sleep Walk* haut voll rein, Mann!«, rief Lucy. »Aber die Platte habe ich nicht.«

»Da hast du Glück, denn ich glaube, ich habe hinten noch eine. Schauen wir mal nach, ob wir sie finden.«

Lucy sprang vom Tresen, während J-Bone sich dahinter hervorschob. Die beiden marschierten in den hinteren Teil des Ladens. »Yo, Marty!«, rief J-Bone. »Hab hier 'nen kleinen Kumpel, der nach Golden Oldies sucht. Mal schauen, ob wir ihm helfen können.«

»Voll korrekt«, krähte Lucy und sah bewundernd zu J-Bone auf. »Goldie Oldies!«

Marty nickte stumm und verschwand noch tiefer im Laden.

Für Linus' Geschmack entfernten sich die beiden ein bisschen zu weit von ihm. Deshalb fragte er Talia: »Ich sehe nur schnell nach, ob bei denen alles in Ordnung ist. Wäre es okay, wenn ich dich kurz hier allein lasse?«

Sie verdrehte gereizt die Augen. »Ich bin zweihundertdreiundsechzig Jahre alt. Ich komme schon klar.«

»Du wirst nicht das Geschäft verlassen.«

Aber sie beachtete ihn gar nicht mehr, sondern streichelte weiter hingebungsvoll ihre neuen Werkzeuge.

Lucy, J-Bone und Marty waren nirgendwo zu sehen. Linus ging in die Richtung, in die sie verschwunden waren. In einer

Ecke ganz hinten im Laden stieß er auf eine Tür. Er versuchte sie zu öffnen, doch sie war verschlossen. Stirnrunzelnd drückte er noch einmal dagegen.

Nichts rührte sich.

Hinter der Tür ertönte erst ein Schrei, dann ein lautes Poltern.

Linus fackelte nicht lange, sondern warf sich mit seinem gesamten Gewicht gegen die Tür. Am Rahmen knackte etwas. Er ging ein paar Schritte zurück, stürmte los und rammte seine Schulter gegen die Tür.

Die brach aus dem Rahmen und kippte um.

Linus wäre es fast ebenso ergangen, doch er konnte sich im letzten Moment abfangen.

Drinnen hing Marty schlaff an der Wand. J-Bone hatte sich mit angewiderter Miene über ihm aufgebaut.

Lucy sah gelassen eine Kiste mit Schallplatten durch.

»Was ist passiert?«, wollte Linus wissen.

Achselzuckend hob Lucy den Kopf. »Oh, er hat angefangen, von Jesus zu reden und von Gott, und meinte, ich wäre eine abscheuliche Kreatur oder so etwas.« Dabei deutete er mit dem Kopf auf den bewusstlosen Marty. An dessen Hals hing eine Kette mit einem silbernen Kruzifix. »Er hat versucht, mir das ins Gesicht zu drücken.« Lucy schüttelte lachend den Kopf. »Denkt der etwa, ich wäre ein Vampir? Total dämlich. Ich *mag* Kreuze. Eigentlich nur zwei zusammengebundene Stöcke, aber sie haben für so viele Menschen eine so große Bedeutung. Einmal habe ich versucht, mit Eisstielen mein eigenes Symbol zu erfinden, um damit reich zu werden, aber Arthur meinte, das wäre falsch. Sieh mal, Linus! Chuck Berry! Voll korrekt!« Aufgeregt zog er eine der Schallplatten aus der Kiste.

»So was von nicht cool, Mann«, empörte sich J-Bone über den bewusstlosen Marty. »Echt jetzt. Musik ist für alle da.« Er trat Marty gegen das Bein. »Wow, total weggetreten. Kleiner Kumpel, du bist echt Hardcore.«

»So was von Hardcore«, nickte Lucy.

Linus sah sich Marty genauer an. Er atmete noch. Wenn er aufwachte, hatte er vermutlich einen ziemlichen Brummschädel, aber mehr auch nicht. Kurz überlegte er, ob er ihm durch einen gezielten Tritt noch eine zweite Beule verpassen sollte, aber seine Schulter tat weh, und fürs Erste hatte er sich genug verausgabt. »Hat er dir wehgetan?«

Lucy, der noch immer die Chuck-Berry-Platte bewunderte, hob den Kopf. »Warum klingst du so komisch?«

»Wie komisch?«

»Als wärst du wütend. Bist du wütend auf mich?« Verwirrt runzelte er die Stirn. »Ich hab doch gar nichts Schlimmes gemacht.«

»Hat er wirklich nicht«, bestätigte J-Bone. »Und Marty ist so was von gefeuert, das glaubst du nicht.«

Linus schüttelte den Kopf. »Ich bin ganz bestimmt nicht böse auf dich. Nicht wegen so etwas. Wenn ich wütend bin, dann nur auf diesen ... diesen *Mann*, aber nicht auf dich.«

»Oh. Weil du mich magst, richtig?«

Ja. Gott helfe ihm, ja. Und zwar sehr. Sie alle. »So etwas in der Art.«

Nickend wandte sich Lucy wieder der Kiste zu. »Ich habe sechs gefunden, die ich haben möchte. Darf ich sechs haben?«

»Sechs sind in Ordnung.«

Er ging zu Lucy hinüber und half ihm mit den Platten, damit er sie nicht fallen ließ. Sie ließen Marty liegen und gingen wieder nach vorne ...

... wo zwar die Tüte mit Talias Werkzeugen lag, aber ohne Talia.

Linus' Herz setzte einen Schlag aus. Da passte man eine Sekunde nicht auf, und schon ...

Schließlich fand er sie vorne am Schaufenster. Draußen auf dem Bürgersteig stand ein kleines Mädchen mit dunklen Zöpfen, vielleicht fünf oder sechs Jahre alt. Lächelnd drückte die Kleine eine Hand an die Scheibe. Talia tat an der Innenseite dasselbe. Ihre Hände waren gleich groß und passten perfekt aufeinander. Als Talia lachte, wurde das Lächeln des Mädchens noch breiter.

Was ein abruptes Ende fand, als eine Frau angelaufen kam und das Mädchen mit entsetzter Miene vom Schaufenster wegzerrte. Sie nahm die Kleine auf den Arm und drückte ihren Kopf gegen ihre Schulter. Dann starrte sie Talia böse an. »Wie kannst du es wagen?«, rief sie durch die Scheibe. »Lass gefälligst meine Tochter in Ruhe, du Freak!«

Empört trat Linus einen Schritt vor. »Erlauben Sie mal …«

Aber die Frau spuckte nur gegen die Scheibe und lief davon, das Mädchen weiter fest an sich gedrückt.

»Diese Frau war aber gemein«, raunte Lucy Linus zu. »Soll ich sie auch gegen eine Wand schleudern, wie Marty? Wäre das voll korrekt?«

»Nein, das wäre nicht *voll korrekt*. Das darfst du nur tun, wenn du dich selbst oder andere schützen musst. Sie war bösartig, aber nur mit Worten.«

»Worte können auch verletzend sein«, wandte Lucy ein.

»Ich weiß. Aber man sollte sorgsam überlegen, welche Schlachten man schlägt. Nur weil andere ein gewisses Verhalten an den Tag legen, bedeutet das nicht, dass wir uns ebenso verhalten müssen. Genau dadurch unterscheiden wir uns von ihnen. Genau das macht uns zu den Guten.«

»Der dicke Mann hat recht.« J-Bone war zu ihnen getreten. »Menschen sind scheiße, und manchmal müssen sie einfach in ihrer eigenen Scheiße ertrinken, ohne dass wir sie rausziehen.«

Linus war sicher, dass er das so absolut nicht gemeint hatte. Und sein neuer Spitzname gefiel ihm auch nicht.

Talia stand noch immer hinter der Scheibe. Der Speichel der Frau glitt an dem Glas hinunter. Besonders betroffen schien Talia nicht zu sein, aber das war bei ihr immer schwer zu sagen. Als Lucy und Linus neben ihr auftauchten, drehte sie sich überrascht zu den beiden um.

»Das war schräg, oder?«, fragte sie, um dann kopfschüttelnd festzustellen: »Die Menschen sind seltsam.«

»Geht es dir gut?«

Sie zuckte mit den Schultern. »Das Mädchen war nett. Sie hat gesagt, ihr gefällt mein Bart. Nur die alte Frau war eine Mistkuh.«

»Sie ... diese Frau war nicht ...«

»Ich weiß genau, was sie war und was sie nicht war«, erklärte Talia unbeeindruckt. »Ich erlebe so etwas nicht zum ersten Mal. Es ist grässlich, aber ich kann damit umgehen. Trotzdem ist es irgendwie komisch, oder?«

Linus konnte dieser Situation rein gar nichts Komisches abgewinnen. »Was denn?«

»Dass es immer noch Hoffnung gibt, auch wenn es gar nicht danach aussieht.«

Nun war er völlig baff. »Wie meinst du das?«

»Dieses Mädchen. Es hatte keine Angst vor mir. Die Kleine war richtig nett. Mein Aussehen war ihr völlig egal. Das bedeutet, dass sie sich selbst ein Urteil bilden kann. Diese Frau wird ihr vielleicht einreden, ich sei böse. Und vielleicht wird sie es sogar glauben. Aber vielleicht glaubt sie auch kein Wort davon. Arthur hat mir einmal gesagt, wer die Meinung aller ändern will, muss mit der Meinung Einzelner anfangen. Sie ist nur ein einzelner Mensch. Aber dasselbe gilt für die Frau.« Talia grinste breit. »Können wir jetzt zum Friedhof gehen? Ich will meinen neuen Spaten ausprobieren. Was hast du denn gekriegt, Lucy?«

»Chuck Berry«, verkündete Lucy stolz. »Und ich habe Marty gegen die Wand geschleudert!«

»Da is' sogar ein Riss im Putz«, ergänzte J-Bone lachend. »Echt krass.«

»Wow.« Talia zeigte sich angemessen beeindruckt. »Ist er tot? Müssen wir ihn begraben? Lasst mich nur schnell meine Werkzeuge holen, dann können wir ...«

»Nö, er ist nicht tot. Ich hab mir gedacht, dass Mr. Baker nicht so glücklich damit wäre, also durften seine Innereien da bleiben, wo sie hingehören.«

Talia seufzte enttäuscht. »War vermutlich besser so. Ich mag Chuck Berry. Kann es kaum erwarten, mir die Platte anzuhören.«

»Nicht wahr? Voll korrekt!« Lucy blickte zu Linus hoch. »Können wir die Platten jetzt bezahlen? Stehlen geht ja nicht, immerhin ist J-Bone kein Spießer. Stimmt's?« Es klang allerdings so, als hätte er trotz dieser Tatsache kein Problem damit, sie zu klauen.

»Das stimmt allerdings, er ist kein Spießer.« Innerlich schwor Linus sich, diesen Satz niemals wieder auszusprechen. »Also zahlen wir ...«

»Ach nö«, unterbrach ihn J-Bone. »Ich will euer Geld nicht. Du kriegst sie für umsonst, kleiner Kumpel. Und tut mir echt leid wegen dieser Exorzismus-Sache mit Marty. Dem werd' ich was erzählen!«

Lucy verzieh ihm nur allzu gern. »Linus! Ich kriege die Platten geschenkt! Das ist sogar noch besser, als sie zu stehlen!«

Linus seufzte schwer. »Das ist nicht ... Warum mache ich mir eigentlich die Mühe?«

»Echt voll der Spießer, dicker Mann«, murmelte Lucy, rammte Linus dabei aber die Schulter in die Hüfte, um zu zeigen, dass er es nicht so meinte.

Um halb drei trafen sie sich mit den anderen vor der Eisdiele. Die Menschen starrten sie ganz offen an und machten einen weiten Bogen um sie, doch das schien den Kindern gar nicht aufzufallen. Sie hörten alle gespannt Chauncey zu, der jetzt eine andere Kopfbedeckung trug. Er fuchtelte wild mit seinen Tentakeln herum, während Zoe und Arthur ihn schmunzelnd beobachteten.

»Da sind sie ja!«, rief Chauncey aufgeregt. »Lucy! Talia! Ihr werdet nie glauben, was passiert ist! Seht mal, was ich bekommen habe!« Er zog das neue Accessoire vom Kopf, und seine Augen reckten sich aufgeregt in die Höhe. Die Kappe, die er in den Tentakeln hielt, erinnerte stark an …

»Er hat sie mir geschenkt«, verkündete er lauthals. »Ich musste nicht einmal fragen! Ich habe ihm nur gesagt, dass ich Pagen für die tollsten Menschen der Welt halte, und dass ich genauso werden will wie er, wenn ich mal groß bin, und da hat er sie mir geschenkt, einfach so. Ist das zu fassen?« Er setzte die Mütze wieder auf. »Wie sehe ich aus?«

»Wirklich schneidig«, fand Linus. »Ich wünschte, ich hätte einen Koffer dabei, den du für mich tragen könntest.«

Mit einem freudigen Quieken fragte Chauncey: »Wirklich? Meinen Sie das ernst?«

»Es sieht toll aus.« Lucy tätschelte Kappe und Kopf. »Vielleicht können wir irgendwie eine passende Jacke dazu machen. Ich glaube, das Ding gefällt mir besser als dein anderer Hut, obwohl der auch schön ist.«

»Danke, Lucy! Stets zu Diensten!«

»Und was habt ihr mitgebracht?« Arthur ging in die Hocke, damit Talia und Lucy ihm ihre Schätze zeigen konnten. »Ah! Das ist aber ein hübscher Spaten! Und diese Schallplatten! Die müssen wir uns gleich anhören, wenn wir wieder auf der Insel sind.«

»Alles in Ordnung?«, fragte Zoe leise, solange die Kinder abgelenkt waren.

»Wenn du wissen willst, ob es zu Abscheulichkeiten gekommen ist … gewissermaßen. Aber nichts, womit ich nicht fertiggeworden wäre.«

»Irgendwas, das uns Sorgen machen müsste?«

Linus schüttelte den Kopf. »Wir besprechen das in Ruhe, wenn nicht so viele kleine Ohren mithören. Meiner Meinung nach müssen sie nicht unbedingt wissen, was Lucy …«

»Ich habe einen Mann namens Marty gegen eine Wand geschleudert, nachdem er in einem verschlossenen Kämmerchen versucht hat, mich zu exorzieren! Und hinterher hat J-Bone mir all diese Platten geschenkt! Ist das nicht voll korrekt?«

»Ooohhh«, staunten die übrigen Kinder.

Linus seufzte.

»Ich denke, wir haben uns ein Eis verdient«, folgerte Arthur.

Die Eisdiele war auf charmante Weise altmodisch. Es gab eine Theke mit roten Drehhockern, und aus den Lautsprechern drang Little Richards Klage über ein Mädchen namens Sue, tutti frutti, oh Rudy. Helles Licht ließ die kirschroten und rosafarbenen Wände strahlen. Über der Tür klingelte ein fröhliches Glöckchen, als sie eintraten.

Hinter der Theke, in der zwei Reihen bunter Eissorten warteten, stand ein Mann, der ihnen den Rücken zudrehte. Mit einem breiten Lächeln im Gesicht wandte er sich ihnen zu und sagte: »Willkommen! Was kann ich für Sie …« Das Lächeln erstarb. Seine Augen weiteten sich.

Die Kinder drängten sich vor der Theke zusammen, drückten die Hände an die Scheibe und bestaunten das viele Eis. »Wow«, seufzte Phee. »Ich will alle Sorten essen. Ich werde mich mit Eis vollstopfen, bis mir schlecht wird.«

»Jeder bekommt zwei Kugeln«, erklärte Arthur. »Mehr nicht. Ihr wollt euch doch nicht den Appetit aufs Abendessen verderben, oder?«

»Oh doch«, versicherte ihm Phee. »Das will ich unbedingt.«

»Ihr … ihr seid …«, stammelte der Mann hinter der Eistheke.

»Ganz recht«, sagte Linus zu ihm, »ich bin ich. Vielen Dank, dass es Ihnen aufgefallen ist. Kinder, stellt euch in einer Reihe auf. Einer nach dem anderen, damit der Herr nicht durcheinanderkommt.«

»Nein.« Der Mann schüttelte hektisch den Kopf. »Ganz sicher nicht. Ihr müsst gehen.«

Die Kinder verstummten.

Eine schreckliche Vorahnung erfasste Linus, der etwas erwidern wollte, aber Arthur war schneller. »Wie bitte?«

Das Gesicht des Mannes war rot angelaufen, und auf seiner Stirn pochte eine Ader. »Solche wie ihr werden hier nicht bedient.«

Zoe blinzelte langsam. »Wie war das?«

Stumm zeigte der Mann auf die Wand, wo das altbekannte Plakat hing. SEHEN – MERKEN – MELDEN!

»Ich behalte mir das Recht vor, den Service zu verweigern«, verkündete der Mann. »Und zwar *jedem*, bei dem ich es für richtig halte. Ich sehe, ich melde. Und ihr werdet von mir ganz bestimmt nichts bekommen.« Mit finsterer Miene starrte er Theodore an, der auf Sals Schulter hockte. »Ihr seid in meinem Laden nicht willkommen. Ihr seid in diesem *Dorf* nicht willkommen. Mir egal, wie viel Geld wir dafür bekommen, dass wir den Mund halten. Verschwindet zurück auf eure verdammte Insel!«

»Sie halten jetzt sofort ihr schändliches Lästermaul!«, fuhr Linus ihn an. »Sie haben kein Recht …«

»Oh doch!« Der Mann schlug mit beiden Händen auf den Tresen. Es knallte laut, und …

… Theodore stieß ein gereiztes Quäken aus, da sein Sitzplatz sich plötzlich in Luft auflöste. Sals Kleidung fiel in sich zusammen, als er die Gestalt eines Zwergspitzes annahm. Linus wusste noch genau, wie er das bei seiner Ankunft auf der Insel getan hatte. Damals war es aus Angst geschehen.

Dieser Mann hatte Sal eine solche Angst eingejagt, dass er sich in einen Hund verwandelt hatte.

Aus dem Kleiderhaufen war ein mitleiderregendes Fiepen zu hören, als Sal versuchte, sich aus den Stoffschichten zu befreien. Phee und Talia kamen ihm zu Hilfe, während Theodore zu Zoe hinüberflatterte. Chauncey hatte sich hinter Linus geschoben und spähte nun zwischen seinen Beinen hindurch;

seine neue Kappe hing so schief, dass sie jederzeit herunterfallen konnte.

Lucy musterte Sal, dessen Vorderpfoten sich in seinem Shirt verfangen hatten. Phee und Talia redeten flüsternd auf ihn ein und versicherten ihm, dass alles in Ordnung sei und dass er stillhalten solle, damit sie ihn befreien konnten. Schließlich wandte sich Lucy dem Mann hinter der Theke zu. »Sie hätten meinem Bruder keine Angst machen sollen«, sagte er ausdruckslos. »Ich kann Sie dazu zwingen, gewisse Dinge zu tun. Schreckliche Dinge.«

Der Mann setzte zu einer giftigen Antwort an, wurde aber von Arthur Parnassus unterbrochen, der leise sagte: »Lucy.«

Diesen Tonfall hatte Linus bei Arthur noch nie gehört. Kalt klang seine Stimme, kalt und rau, und obwohl es nur ein einziges Wort war, hatte er das Gefühl, als würde es über seine Haut schaben. Arthur starrte den Mann hinter der Theke an. Seine Augen waren schmal, und er ballte reflexartig die Fäuste.

Vor den Kindern schien der Mann keine Angst gehabt zu haben.

Doch er hatte Angst vor Arthur.

»Wie können Sie es wagen?«, fragte Arthur leise. In Linus' Kopf tauchte plötzlich das Bild eines Tigers auf, der sich an seine Beute heranpirscht. »Wie können Sie es wagen, so mit ihnen zu reden? Das sind *Kinder*.«

»Mir doch egal.« Der Mann wich einen Schritt zurück. »Missgeburten sind das. Ich weiß, wozu die fähig sind ...«

Arthur trat näher an die Theke heran. »Sie sollten sich eher Sorgen darum machen, wozu *ich* fähig bin.«

In der Eisdiele war es wärmer als noch einen Moment zuvor. Sehr viel wärmer.

»Arthur, nicht«, schaltete sich Zoe ein. »Nicht hier. Nicht vor den Kindern. Denk nach.«

Arthur beachtete ihren Einwand nicht. »Sie wollten nur ein Eis essen. Mehr nicht. Wir hätten für das Eis bezahlt, sie wären glücklich gewesen, dann wären wir gegangen. Wie können Sie es wagen, Sir!«

Mit einem schnellen Schritt schob sich Linus vor Arthur, drehte dem Mann hinter der Theke den Rücken zu und blickte hoch. Mit beiden Händen umfasste er Arthurs Gesicht. Es fühlte sich an, als würde der Mann von innen heraus verbrennen. »Auf diese Art lässt sich das nicht regeln.«

Arthur wollte sich aus seinem Griff befreien, aber Linus hielt ihn fest. »Er kann nicht ...«

»Doch, er kann«, sagte Linus leise. »Und das ist ungerecht. Extrem ungerecht. Aber vergiss nicht, wer du bist. Vergiss nicht, wer zu dir aufblickt. Wem deine Sorge gilt. Und was sie von dir denken werden. Denn was du hier und jetzt tust, wird für immer in ihrem Gedächtnis bleiben.«

Arthurs Augen flackerten, dann sackte er in sich zusammen. Er versuchte sich an einem Lächeln, das ihm auch beinahe gelungen wäre. »Du hast recht. Es ist nicht ...«

Das Glöckchen über der Tür bimmelte. »Was ist denn hier los?«

Linus ließ die Hände sinken und trat einen Schritt zurück.

»Helen!«, schrie der Mann hinter der Theke. »Diese ... diese *Dinger* wollen nicht gehen!«

»Tja. Wie es aussieht, haben sie ja auch noch kein Eis bekommen, Norman. Da wundert mich das nicht.«

Es war die untersetzte Frau aus der Eisenwarenhandlung. Auf ihrer Stirn klebte noch immer Schmutz, doch die Gartenhandschuhe hatte sie abgelegt. Und sie sah alles andere als erfreut aus. Linus konnte nur hoffen, dass ihnen nicht noch mehr Ärger ins Haus stand.

»Die bediene ich nicht«, knurrte Norman. »Nie und nimmer.«

Die Frau – Helen – rümpfte geziert die Nase. »Das ist nicht deine Entscheidung. Ich würde bei der nächsten Stadtratssitzung nur höchst ungern erwähnen, dass du potenzielle Kunden vergraulst. Steht bei dir im neuen Jahr nicht eine Pachtverlängerung an? Wäre doch eine Schande, wenn der Vertrag nicht erneuert würde, oder?«

Linus überlegte, wie lange es wohl noch dauern würde, bis die Ader an Normans Stirn platzte. »Das kannst du nicht machen.«

Helen zog eine Augenbraue hoch. »Möchtest du es wirklich darauf anlegen?«

»Ich mach das nicht!«

»Dann geh nach hinten und lass mich das regeln.«

»Aber …«

»Norman.«

Linus glaubte wirklich, dass Norman noch weiterdiskutieren würde. Doch der warf nur noch einen finsteren Blick auf die Kinder und Arthur, dann wirbelte er herum und verschwand durch eine Schwingtür. Die Türflügel knallten mit Wucht gegen die Wand.

Helen seufzte. »Was für ein dämlicher kleiner Drecksack.«

»Wenn ich mal groß bin, will ich genauso sein wie Sie«, hauchte Talia voller Bewunderung. Phee, die neben ihr stand, nickte zustimmend. Sie hielt Sal auf dem Arm, der den Kopf an ihren Hals drückte.

Helen zuckte kurz zusammen. »Oh nein, ignoriert das bitte. Das hätte ich nicht sagen sollen. Fluchen ist nicht gut, Kinder. Verstanden?«

Sie nickten zwar, aber Linus sah genau, wie Lucy lautlos die Worte *dämlicher kleiner Drecksack* mit den Lippen formte.

»Wer sind Sie?«, fragte Zoe misstrauisch.

Helen antwortete lächelnd: »Mir gehört das Eisenwarengeschäft hier im Ort, und Talia und ich hatten vorhin ein wundervolles Gespräch über die Kunst des Gärtnerns. Sie ist eine echte Expertin, muss ich sagen.«

»Helen ist außerdem die Bürgermeisterin von Marsyas«, fügte Arthur hinzu. Was auch immer in ihm gebrannt hatte, schien sich zurückgezogen zu haben. Er hatte sich wieder voll im Griff und wirkte gelassen wie eh und je.

»Das auch, ja«, gab Helen zu. »Arthur, es freut mich wirklich, dich mal wiederzusehen.«

»Die Bürgermeisterin?«, staunte Talia. »Machen Sie hier denn *alles*?«

Linus musste ihr zustimmen. Damit hatte er nicht gerechnet.

»Könnte man meinen«, schmunzelte Helen. Sie sah zu der noch immer herumschwingenden Tür zum Hinterzimmer hinüber. »Wozu offenbar auch gehört, hinter Kerlen mit Frustrationsproblemen herzuräumen. Also wirklich. Große Klappe hin oder her, meiner Erfahrung nach sind Männer zarter besaitet als eine Schneeflocke im Sommer.«

»Ich nicht«, erklärte Lucy ihr ernst. »Als sie gekommen sind, wollte ich ihn gerade glauben machen, seine Haut schmelze von seinen Knochen. Und ich bin auch ein Mann.«

Das brachte ihm einen erstaunten Blick von Helen ein, die sich aber schnell wieder fing. »Na, dann ist es ja gut, dass ich gekommen bin. Und es wird wohl noch eine Weile dauern, bis du ein Mann bist. Aber ich denke mal, aus dir wird ein besserer Mann werden als Norman. Zumindest bewegst du dich dafür in den richtigen Kreisen.«

Lucy grinste zu ihr hoch.

Helen klatschte in die Hände. »Eis! Seid ihr nicht deswegen hier?«

»Sie können auch Eis verkaufen?« Talia war hin und weg.

Mit einem Nicken trat Helen hinter die Eistheke und nahm Normans Platz ein. »Das war sogar mein allererster Job. Damals war ich siebzehn. Die Eisdiele sah zwar anders aus, aber ich hoffe mal, dass ich noch mit einem Eisportionierer umgehen kann. Daher kenne ich auch Arthur. Er kam immer her, als er noch ein Kind war.«

Jetzt hatte sie Linus' volle Aufmerksamkeit.

»Arthur war mal ein *Kind*?«, fragte Phee fassungslos.

»Wie kommst du darauf, dass es nicht so sein könnte?« Arthur nahm ihr Sal ab.

»Keine Ahnung. Ich... wahrscheinlich habe ich einfach gedacht, du hättest schon immer so ausgesehen.«

»Oh, damit liegst du absolut richtig«, bestätigte Helen. »Zumindest hat er sich genauso gekleidet: wie der kleinste Erwachsene der Welt. Immer höflich war er. Und wenn mich mein Gedächtnis nicht trügt, war seine Lieblingssorte Kirscheis.«

Alle drehten sich um und starrten Arthur an. Sogar Linus.

Arthur erklärte achselzuckend: »Ich mochte die rosa Farbe. Kinder, anstellen. Würdest du bitte Sal helfen, Linus? Ich denke, das wäre ihm recht so.«

Linus konnte nur stumm nicken. Seine Gedanken überschlugen sich, und er hatte so viele Fragen, dass er keine von ihnen zu fassen bekam. Chauncey reichte ihm Sals Kleidung. Er klemmte sie sich unter den Arm und nahm von Arthur Sal entgegen.

Der zitterte, kuschelte sich aber in Linus' Arm.

»Die Toilette ist dort hinten«, erklärte Helen, die von Lucy gerade mit der Frage traktiert wurde, ob im Pistazieneis zufällig auch Käfer enthalten seien. »Da hat er etwas mehr Privatsphäre.«

»Danke«, flüsterte Arthur und streichelte mit einem Finger Sals Rücken.

»Wofür?«, wunderte sich Linus.

Arthur sah ihm in die Augen. »Das weißt du genau. Ich hätte nicht zulassen dürfen, dass dieser Mann mich so aus der Fassung bringt.«

Linus schüttelte den Kopf. »Das war nicht... ich habe doch gar nichts getan.«

»Doch, das hast du. Auch wenn du es selbst vielleicht nicht glaubst. Mein Glaube reicht für uns beide aus. Du bist ein guter Mensch, Linus Baker. Und ich bin sehr froh darüber, dich zu kennen.«

Linus schluckte krampfhaft, bevor er Richtung Toilette davonging.

Es gab nur eine Kabine, nüchtern eingerichtet, mit einem Waschbecken. Linus legte Sals Kleidung auf den Boden und lehnte sich mit dem Rücken an die Wand.

»Alles okay«, sagte er zu dem zitternden Hündchen auf seinem Arm. »Ich weiß, dass die Welt einem manchmal furchtbare Angst machen kann. Aber ich weiß auch, dass Arthur und Zoe niemals zulassen würden, dass dir etwas passiert. Und Talia und Phee auch nicht. Und Theodore, Chauncey und Lucy. Ich denke, sie würden so ziemlich alles tun, damit du in Sicherheit bist. Hast du gehört, wie Lucy dich als seinen Bruder bezeichnet hat? Und die anderen Kinder denken sicher genauso.«

Sal winselte leise und drückte seine kalte Schnauze an Linus' Hals.

»Ja, es ist nicht fair.« Linus starrte ins Leere. »Es ist absolut nicht fair, wie manche Menschen sich verhalten. Aber wenn du auch weiterhin so aufrichtig und liebenswert bleibst, wie du nun einmal bist, spielt es letztlich überhaupt keine Rolle, was diese Menschen denken. Hass ist immer laut, aber bestimmt wirst du irgendwann erkennen, dass dem nur so ist, weil da wenige Menschen brüllen, die verzweifelt nach Aufmerksamkeit suchen. Du kannst ihre Ansichten vielleicht nicht ändern, aber solange dir bewusst ist, dass du nicht allein bist, wirst du es überstehen.«

Sal bellte.

»Ja, das war wirklich ein dämlicher kleiner Drecksack, nicht wahr? So, ich stelle mich jetzt draußen vor die Tür und warte, bis du dich zurückverwandelt und angezogen hast. Und dann holen wir uns ein Eis. Wobei ich wohl besser verzichten sollte – gar nicht gut für die Linie ist das. Aber das Minz-Schokochip-Eis sah schon köstlich aus. Und ich habe mir eine kleine Belohnung verdient, genau wie du übrigens. Klingt das gut?«

Sal wand sich in seinem Griff.

»Sehr schön, so ist's besser. Und bei der nächsten Schrecksekunde denk dran: Es ist keine Schande, wenn du dich verwandelst, solange du hinterher wieder zu uns zurückfindest.« Er setzte Sal auf den Boden. Der wedelte mit dem Schwanz. »Ich warte vor der Tür.«

Linus ging hinaus und schloss die Tür hinter sich. Er hörte etwas, das verdächtig nach knackenden Knochen klang, gefolgt von einem tiefen Seufzer. Im Laden hatten sich Lucy, Talia und Phee an einen Tisch gesetzt. Irgendwie hatte Lucy es bereits geschafft, sich Eis ins Haar zu schmieren. Chauncey war mit seinem Becher auf dem Weg zu ihnen, die Pagenmütze keck zwischen den Augenstielen. Neben dem Tisch stand Zoe und hielt Theodore den Löffel hin, der blitzschnell daran leckte und genüsslich die Augen verdrehte.

Arthur war vorne am Tresen und unterhielt sich leise mit Helen. Linus sah, wie sie die Hand ausstreckte und seine umschloss.

»Okay«, sagte eine Stimme hinter der Tür in seinem Rücken. »Ich bin fertig.«

»Gut.« Linus drehte sich um. »Dann zeig dich mal.«

Die Tür ging auf, und ein sich verlegen den Nacken reibender Sal kam heraus.

»Na siehst du, so gut wie neu«, stellte Linus fest.

Sal nickte, konnte ihm aber nicht in die Augen sehen. »Linus?«

»Ja?«

Sal ballte die Fäuste. »Was hat er damit gemeint?«

»Womit?«

Für eine Sekunde sah Sal ihn an, wandte den Blick aber sofort wieder ab. »Er hat gesagt … er hat gesagt, es wäre ihm egal, wie viel Geld er dafür bekäme, den Mund zu halten. Was hat er damit gemeint?«

Natürlich hatte Sal das aufgeschnappt, wie sollte es auch anders sein. Linus suchte nach den richtigen Worten. »Er …

Eigentlich ist es lächerlich. Aber ihr alle seid eben sehr besonders. Und wenn die Welt dort draußen wüsste, wie besonders, würde sie es vermutlich nicht verstehen. Das dient eurem Schutz.«

Sal nickte, schien aber noch immer beunruhigt zu sein. »Schweigegeld.«

Linus seufzte schwer. »So mag es wirken, aber letztlich ist es bedeutungslos. Überlass das einfach mir, okay? Du brauchst jetzt was zu essen.«

Helen war sichtlich überrascht, als sie Sal sah. Sie musterte ihn, sah kurz zur Toilette hinüber, dann wieder zu ihm. »Das warst *du*?«

Sofort zog Sal abwehrend die Schultern hoch.

»Das ist ja fantastisch!«, freute sie sich. »Und ich dachte, ich hätte schon alles gesehen. Für dich besser drei Kugeln. Ein Junge, der so kräftig wächst wie du, braucht das. Welche Sorten hättest du denn gerne?«

Überrascht drehte sich Sal zu Linus um. »Nur zu«, meinte der. »Drei Kugeln für dich.«

Leise flüsternd und mit großer Sorgfalt suchte sich Sal seine Sorten aus. Helen beriet ihn mit einer solchen Herzlichkeit bei seiner Wahl, dass sogar das ein oder andere Lächeln über sein Gesicht huschte, auch wenn er meistens auf seine Schuhe starrte. Als sie ihm seinen Becher reichte, bedankte er sich leise und ging zu den anderen an den Tisch. Die begrüßten ihn jubelnd und rückten zusammen, damit er sich setzen konnte. Er nahm neben Lucy Platz, legte dem Jüngeren einen Arm um die Schultern und zog ihn kurz an sich. Lucy sah lachend und mit strahlenden Augen zu ihm hoch. Während sie ihr Eis aßen, hielt Sal ihn die ganze Zeit im Arm.

»Ich habe Arthur gerade gefragt, wann ich mir Talias Garten ansehen darf«, erklärte Helen an Linus gewandt. »Das soll ja ein prachtvoller Anblick sein.«

»Er ist wunderschön«, bestätigte Linus. »Sie hat viel Arbeit reingesteckt, und bestimmt würde sie ihn Ihnen gerne präsentieren. Sie ist ja jetzt schon fest davon überzeugt, dass Sie über Wasser laufen können.«

Helen lachte. »Könnte sein.«

»Trotzdem muss ich Sie das fragen: Warum jetzt?«

Verwirrt sah sie ihn an. »Verzeihung?«

»Linus«, schaltete sich Arthur mahnend ein.

Der aber schüttelte den Kopf. »Nein, das ist eine berechtigte Frage. Immerhin gibt es das Waisenhaus nicht erst seit gestern. Einige der Kinder leben schon ziemlich lange dort. *Du selbst* scheinst schon ziemlich lange hier zu leben.« Er wandte sich wieder an Helen: »Warum jetzt? Warum sind Sie nicht schon früher hingegangen? Warum mussten Sie die Kinder erst hier erleben, um zu diesem Entschluss zu gelangen?«

Arthur sagte schnell: »Tut mir leid. Er ist sehr behütend, wenn ...«

Helen aber hob abwehrend die Hand. »Er hat recht, Arthur. Es ist eine berechtigte Frage.« Sie holte tief Luft. »Und ich kann keinerlei Entschuldigung vorbringen. Vielleicht habe ich zugelassen, dass sich mein Blick ... eintrübt. Oder vielleicht bin ich dem Motto ›aus den Augen, aus dem Sinn‹ gefolgt.«

»Oder dem Motto sehen – merken – melden«, murmelte Linus.

Stirnrunzelnd musterte Helen das Plakat an der Wand. »Oh ja, das. Das ist ... bedauerlich. Jeder von uns lebt in seiner eigenen kleinen Blase, und auch wenn die Welt ein geheimnisvoller, schrankenloser Ort ist, schottet unsere Blase uns dagegen ab. Sehr zu unserem Nachteil.« Sie seufzte. »Aber es ist auch hübsch einfach, denn Routinen wirken so schön beruhigend. Tag ein, Tag aus, immer das Gleiche. Wenn wir dort herausgerissen werden, wenn die Blase platzt, kann es schwierig sein zu begreifen, was wir alles verpasst haben. Möglicherweise macht es uns sogar Angst. Manche von uns setzen dann alles daran, die Blase zurückzubekommen. Und auch wenn ich sie sicher nicht wiederhaben will, habe auch ich in einer solchen Blase gelebt.« Mit einem reumütigen Lächeln betonte sie: »Die ihr zum Glück zum Platzen gebracht habt.«

»Es hätte nicht nötig sein sollen, dass ich das tue«, meinte Linus. »Dass *sie* das tun mussten.«

»Stimmt, hätte es nicht. Und auch wenn ich nur eine Einzelne bin, möchte ich dafür um Verzeihung bitten. Ich werde nicht zulassen, dass es sich wiederholt, darauf gebe ich Ihnen mein Wort.« Sie warf einen kurzen Blick über die Schulter, auf die Tür, hinter der Norman verschwunden war. »Ich werde mein Bestes geben, um sämtlichen Bewohnern dieses Ortes klarzumachen, dass die Kinder aus dem Waisenhaus immer und überall willkommen sind. Ich weiß zwar nicht, ob sie es sonderlich gut aufnehmen werden, aber ich kann sehr laut werden, wenn es sein muss.« Mit funkelnden Augen fügte sie hinzu: »Schließlich möchte ich nicht gegen eine Wand geschleudert werden.«

Linus zuckte kurz zusammen. »Marty?«

»Martin.« Helen verdrehte die Augen. »Ist gleich zu mir gerannt und hat mir alles erzählt. Mein Neffe ist ein Idiot. J-Bone hat ihn gefeuert, sobald er wieder bei Bewusstsein war. Und ich hätte dasselbe getan.«

»Da werde ich Ihnen nicht widersprechen.« Linus zögerte. »Meinen Sie, er wird zum Problem?« Wenn sich das herumsprach, konnte es gut sein, dass sich das Allerhöchste Management direkt einschalten wollte. Vielleicht würden sie Lucy einbestellen. So etwas war schon vorgekommen. Wobei Linus sich nicht sicher war, um wen er sich in diesem Fall mehr sorgen sollte: um Lucy oder um das Allerhöchste Management. Wenn er ganz ehrlich war, tendierte er zu Letzterem.

»Ach, machen Sie sich wegen Martin keinen Kopf. Um den werde ich mich persönlich kümmern.«

Was genau das heißen sollte, wollte er lieber gar nicht wissen. »Wird er denn auf Sie hören?«

Helen schnaubte abfällig. »Ich bin die Treuhänderin des Vermögens, das seine verstorbenen Eltern ihm hinterlassen haben. Er *wird* auf mich hören.«

»Warum?«, fragte Linus noch einmal. »Warum wollen Sie das alles tun?«

Sie griff nach seiner Hand. »Veränderung tritt nur dann ein, wenn die Menschen sie auch wollen, Mr. Baker. Und ich will Veränderung. Das verspreche ich Ihnen. Es mag eine Weile dauern, aber Sie werden es erleben. Heute habe ich einen ordentlichen Tritt in die Kehrseite bekommen.« Sie drückte kurz seine Hand, bevor sie sie losließ. »So, und welche Sorte möchten Sie haben?«

»Kirsch«, sagte Linus, ohne nachzudenken.

Helen lachte. »Aber natürlich. Zwei Kugeln, denke ich.« Leise summend machte sie sein Eis fertig.

Als Linus hochblickte, merkte er, dass Arthur ihn durchdringend musterte.

»Was ist?«, fragte er.

Mit einem Kopfschütteln antwortete Arthur: »Ich begreife nicht, warum du es nicht siehst.«

»Sehen? Was denn?«

»Dich. Dich mit all deinen Facetten.«

Verlegen trat Linus von einem Fuß auf den anderen. »Es ist nicht viel, aber ich versuche, das Beste daraus zu machen.« Einen Moment später fügte er hinzu: »Ich ... ich hätte nicht solchen Druck machen dürfen, damit ihr herkommt. Es wäre besser gewesen, wenn ich auf dich gehört hätte.«

Schmunzelnd antwortete Arthur: »Ich finde, es ist ganz gut gelaufen. Es gab ein paar Schlaglöcher auf dem Weg, aber damit kommen wir klar. Lucy hat niemanden umgebracht, also verbuche ich es als Erfolg.«

»Zwei Kugeln Kirscheis«, verkündete Helen. »Für jeden von euch.« Es war hellrosa, mit kleinen Fruchtstückchen. »Geht aufs Haus.«

»Oh, du musst wirklich nicht…«, setzte Arthur an, aber sie winkte ab. »Ich bitte dich, das ist das Mindeste, was ich tun kann. Und als Gegenleistung verlange ich lediglich, dass ich zu euch auf die Insel kommen und mir den Garten ansehen darf.«

»Sehr gern«, versicherte Arthur. »Wann immer du möchtest. Du könntest zum Mittagessen bleiben.«

Ein warmherziges Lächeln breitete sich auf Helens Gesicht aus. »Das klingt toll. Übernächste Woche vielleicht? Ich habe zwar eine Hilfskraft, aber die hat momentan Urlaub, deshalb bin ich ganz allein im Laden. Mit dir und Mr. Baker erwarten mich ja sicher zwei vollendete Gastgeber…«

»Du wirst leider nur mit mir und den Kindern vorliebnehmen müssen«, sagte Arthur, während er nach seinem Eis griff. In seiner Stimme schwang ein merkwürdiger Unterton mit. »Linus wird uns heute in einer Woche verlassen. Vielen Dank für das Eis, Helen. Und für dein Verständnis.« Damit wandte er sich ab und ging zum Tisch hinüber.

Linus war verwirrt. So abweisend hatte er Arthur noch nie erlebt.

»Sie reisen ab?«, hakte Helen verwundert nach. »Wieso das?«

Linus seufzte schwer. »Ich bin im Auftrag der BBMM hier. Mein Aufenthalt war von Anfang an vorübergehender Natur.«

»Aber Sie kommen doch wieder, oder?«

Linus wich ihrem Blick aus. »Warum sollte ich? Wenn ich meine Empfehlung abgegeben habe, wird dafür kein Bedarf mehr bestehen. Dann ist mein Job erledigt.«

»Ihr Job«, wiederholte sie. »Mehr ist es nicht für Sie? Nur ein Job?«

»Was sollte es denn sonst…«

Wieder griff Helen nach seiner Hand. Diesmal aber packte sie fest zu. »Tun Sie das nicht. Sich selbst können Sie belügen, so viel Sie wollen, Mr. Baker, aber versuchen Sie nicht, mich zu belügen. Da mache ich nicht mit. Sie zeichnen gerne ein gewisses Bild von sich, aber schon vorhin in meinem Laden habe ich diese Fassade durchschaut. Und wie Sie sich für die Kinder eingesetzt haben, bestätigt das nur noch. Sie wissen genau, was es sonst noch sein sollte.«

»Das hier ist nicht mein Zuhause«, erwiderte Linus leise. »Ich wohne in der Stadt.«

Helen schnaubte nur. »Zuhause ist nicht unbedingt das Haus, in dem man wohnt. Es können auch die Menschen sein, mit denen wir uns umgeben. Mag sein, dass Sie nicht auf dieser Insel wohnen, Mr. Baker, aber erzählen Sie mir nicht, sie wäre nicht Ihr Zuhause. Ihre Blase, Mr. Baker. Ihre Blase ist zerplatzt. Warum wollen Sie zulassen, dass sich eine neue bildet?«

Damit wandte sie sich ab und rief lauthals nach Norman. Wie erstarrt blickte Linus ihr hinterher, als sie durch die Schwingtür verschwand. Sein Eis fing an zu schmelzen.

Der Mann im Postamt nahm seine Anwesenheit kaum zur Kenntnis. Er grunzte nur, als Linus das Porto für seinen Bericht bezahlte.

»Ist etwas für mich da?«, fragte Linus, der dieses Schauspiels überdrüssig war.

Mit einem finsteren Blick wandte der Mann sich ab und durchwühlte eine Kiste voller Briefe. Diesmal zog er einen großen Umschlag hervor. Er war um einiges dicker als die bisherige Post, die Linus während seiner Zeit auf der Insel bekommen hatte. Deshalb musterte er den Brief mit leiser Sorge, als der Mann ihn ihm überreichte.

Er kam von der BBMM.

»Vielen Dank«, sagte Linus, war aber gar nicht mehr bei der Sache. Schwer und steif lag der Umschlag in seiner Hand. Er verließ das Postamt.

Draußen im hellen Sonnenlicht atmete er tief durch. Die

anderen warteten am Auto auf ihn. Natürlich wäre es besser, den Brief nicht jetzt zu öffnen, aber … er musste unbedingt wissen, was ihn erwartete.

Vorsichtig löste er die Umschlagklappe.

Er enthielt eine Akte, ähnlich wie jene, die man ihm bei seiner Reise auf die Insel mitgegeben hatte. Doch auf dieser Akte stand kein Name. Der Deckel war vollkommen leer.

Das Deckblatt entpuppte sich als Brief.

Linus nahm ihn heraus und blinzelte verwirrt, als dabei etwas aus dem Umschlag rutschte und neben seinem Fuß auf den Bürgersteig fiel.

Er sah es sich an.

Ein alter Schlüssel aus Metall.

Erstaunt bückte er sich danach und hob ihn auf. Er war weniger schwer, als er aussah.

In dem Brief stand:

BEHÖRDE FÜR DIE BETREUUNG
MAGISCHER MINDERJÄHRIGER
BÜRO DES ALLERHÖCHSTEN MANAGEMENTS

Mr. Baker,

vielen Dank für Ihren zweiten Bericht. Er war umfassend wie immer und äußerst aufschlussreich. Aus Ihren Beschreibungen des Alltags der Kinder konnten wir einiges ableiten.

Jedoch haben wir auch Bedenken.

Wie Ihnen sicher nicht entfallen ist, haben wir bereits über tiefergehende Informationen über die Person Arthur Parnassus gebeten. Die haben Sie uns zwar geliefert, jedoch kamen wir nicht umhin festzustellen, dass Sie weniger … objektiv zu sein scheinen als erwartet. In der Tat weicht Ihr gesamter

Bericht von dem ab, was Sie zuvor geschickt haben. Sie wurden unter anderem deswegen für diesen Auftrag ausgewählt, weil Sie in Ihrer Arbeit stets unparteiisch geblieben sind. Bisher ist es Ihnen selbst dann gelungen, Distanz zu den Kindern und zu überprüfenden Personen zu wahren, wenn dies auf starken Widerstand traf.

Dies scheint nun nicht mehr der Fall zu sein.

Eben davor möchten wir Sie warnen, Mr. Baker. Die Menschen sagen und tun, was immer ihnen möglich ist, um Vertretern der Macht Zugeständnisse abzuringen. Ein solches Verhalten ist eine Waffe, und sie wird mit viel Geschick eingesetzt. Wer gegen derlei nicht immun ist, wird dadurch zu ungehörigen Gedankengängen verleitet. Ihre Zeit in Marsyas wird bald beendet sein. Sie werden in die Stadt zurückkehren. Man wird Ihnen einen neuen Auftrag zuteilen, und alles wird von vorne beginnen. Schützen Sie Ihr Herz, Mr. Baker, denn darauf haben sie es immer als Erstes abgesehen. Auf keinen Fall dürfen Sie aus den Augen verlieren, worum es hier wirklich geht. Sie müssen objektiv bleiben. Wie Ihnen ja sicherlich bewusst ist, schreiben die *VORGABEN UND VERORDNUNGEN* eindeutig vor, dass jedwede Art von Beziehung im absolut professionellen Bereich verbleiben muss. Ihnen darf nicht ein Hauch von Befangenheit anzulasten sein, vor allen Dingen, falls die Sachlage es nötig machen sollte, ein Waisenhaus zu schließen, um die Kinder zu schützen.

Möglicherweise müssen wir uns eingestehen, Ihre Empfänglichkeit für die Aufmerksamkeiten eines Mr. Parnassus unterschätzt zu haben. Und wir verstehen, dass Sie als unverheirateter Mann möglicherweise in emotionale Verwirrung oder Konflikte geraten könnten. Auch in dieser Hinsicht möchten wir Sie daran erinnern, dass die BBMM und das Allerhöchste Management stets für Sie da sein werden. Ihr Wohlergehen liegt uns am Herzen. Nach Ihrer Rückkehr von der Insel werden Sie sich einer psychologischen Evaluation unterziehen – um Sie von möglichen seelischen Belastungen zu befreien, versteht sich. Das Wohlergehen unserer Sachbearbeiter hat für uns absolute Priorität. Sie sind das Herzblut der BBMM, ohne sie gäbe es kein Wir. Und es gäbe keine Hoffnung für die Kinder.

Sie sind von Bedeutung, Mr. Baker.

Um Ihnen dabei zu helfen, Ordnung in Ihre Gedanken zu bringen und vollständige Transparenz zu schaffen, haben wir Ihnen eine teilredigierte Akte über Arthur Parnassus beigelegt. Wie Sie bald sehen werden, ist er nicht das, wofür Sie ihn halten. Das Waisenhaus von Marsyas ist als eine Art Experiment zu sehen. Um herauszufinden, ob jemandem mit seinem … Gebaren eine Gruppe außergewöhnlicher Kinder anvertraut werden kann. Ob er dazu in der Lage ist, sie an einem Ort zu halten, um unsere Lebensordnung zu schützen. Die Insel ist ihm bestens vertraut, da er selbst dort aufgewachsen ist, in einem Waisenhaus, das seinetwegen geschlossen werden musste. Diese Akte ist nur für Ihre Augen bestimmt. Ihr Inhalt darf nicht mit Dritten erörtert werden, auch nicht mit Mr. Parnassus. Sie unterliegt Geheimhaltungsstufe 4.

Des Weiteren wurde diesem Schreiben ein Schlüssel beigelegt. Sollten die Schlösser nicht ausgetauscht worden sein, müssten Sie damit die verborgene Kellerluke im Garten öffnen können. Dort werden Sie mehr darüber erfahren, wozu Arthur Parnassus in Wahrheit imstande ist.

Nicht mehr lange, Mr. Baker. Nicht mehr lange, dann kommen Sie nach Hause.

Wir freuen uns bereits auf Ihren nächsten Bericht und das abschließende Treffen nach Ihrer Rückkehr.

Mit freundlichen Grüßen

Charles Werner

Charles Werner
Allerhöchstes Management

FÜNFZEHN

Obwohl er vor Neugier fast platzte, unterdrückte Linus sie.

Er unterdrückte sie, während er zum Wagen zurückging.

Er unterdrückte sie, während er einstieg.

Er unterdrückte sie, als Arthur ihn lächelnd begrüßte und fragte, ob er bereit sei für die Heimfahrt.

»Ja«, antwortete er ruhig, »ich bin so weit.«

Die Kinder waren völlig überdreht durch den Zucker und den aufregenden Ausflug und plapperten auf dem Weg zur Fähre in einer Tour. Merle warf ihnen finstere Blicke zu, während er die Luke herabließ, aber sie achteten nicht weiter darauf. Auf halbem Weg zur Insel waren die Kinder eingeschlafen, alle außer Sal. Theodore hatte sich auf seinem Schoß zusammengerollt und einen Flügel über die Augen gelegt, um sie vor der Sonne abzuschirmen.

»Hattest du Spaß?«, hörte Linus Zoe fragen.

»Ich denke schon«, antwortete Sal. »Mr. Baker hat mir geholfen. Er hat mir gesagt, dass es nicht schlimm ist, wenn ich Angst habe, dass ich aber nicht vergessen soll, wie viel mehr noch in mir steckt.« Er seufzte schwer. »Die Menschen können grausam sein und Dummes über mich denken, aber ich habe ja euch alle, und das ist das Wichtigste. Stimmt's, Mr. Baker?«

Linus erkannte, dass es viel zu spät war, um sein Herz noch zu schützen.

Die Kinder erwachten und sahen sich blinzelnd um, als Arthur den Van vor dem Haus parkte und den Motor abstellte. Lucy streckte sich gähnend, wobei er Talia aus Versehen den Ellbogen ins Gesicht rammte. Sie schubste ihn weg. »'tschuldigung«, nuschelte er.

»Vielleicht sollten wir heute etwas früher zu Abend essen«, schlug Arthur vor. »Manche von uns werden danach nicht mehr lange durchhalten. Vergesst nicht, eure Sachen mit reinzunehmen, und räumt sie ordentlich auf. Talia, du darfst noch zum Pavillon gehen, falls du deine neuen Werkzeuge dort unterbringen möchtest.«

Talia schüttelte den Kopf, während Zoe die Seitentür aufschob. »Heute Nacht behalte ich sie bei mir. Alte Gnomentradition. Die Werkzeuge müssen die erste Nacht in meinem Bett verbringen, damit sie wissen, dass sie zu mir gehören.«

Ein Lächeln huschte über Arthurs Gesicht. »Wie spannend. Davon habe ich noch nie etwas gehört.«

»Sehr, sehr alte Tradition. Großes Geheimnis. Ihr habt Glück, dass ich es euch überhaupt verrate.«

»Tatsächlich? Nun, ich werde es mir merken.« Damit öffnete er die Tür und stieg aus dem Wagen.

Linus brauchte einen Moment, um zu begreifen, dass er allein im Van saß. Er fuhr erschrocken zusammen, als die Tür auf seiner Seite aufgerissen wurde. Draußen stand Zoe und sah ihn fragend an. »Kommst du?«

Nickend griff er nach dem Umschlag mit der Akte. Dabei fiel ihm auf, wie Zoe seine Post stirnrunzelnd musterte.

Er stieg aus.

Während sie die Tür hinter ihm zuschlug, stellte sie fest: »Du warst auf der Heimfahrt schrecklich still.«

»War ein langer Tag.«

»Sonst nichts?«

Linus nickte. »Bin auch nicht mehr der Jüngste.«

»Nein«, meinte sie gedehnt, »vermutlich nicht. Kommst du mit rein?«

Mit einem müden Lächeln lehnte er ab: »Ich sollte nach Calliope sehen. Sichergehen, dass sie genug Futter und Wasser hat. Und ich brauche vor dem Essen noch etwas Ruhe.«

»Na klar. Ich schicke dann eines der Kinder, wenn das Abendessen fertig ist.« Zoe drückte kurz seinen Arm. »Du hast dich heute wacker geschlagen, Linus. Ohne dich hätten wir das wohl nicht geschafft. Danke.«

Zum ersten Mal, seit er auf die Insel gekommen war, schoss Linus der Gedanke durch den Kopf, dass er vielleicht benutzt wurde.

Und es tat weh. Mehr, als er erwartet hatte.

Lächelnd erwiderte er: »Ich weiß nicht, ob man das so sagen kann.«

Sie musterte ihn einen Moment lang stumm, dann sagte sie: »Bist du sicher, dass dir nichts fehlt?«

»Ich bin müde, das ist alles. Zu viel Sonne. Ich bin ja nur Regen gewöhnt.«

Zoe sah aus, als wollte sie noch etwas sagen, aber da rief Phee nach ihr, um ihr mitzuteilen, dass sie heute zum Essensdienst eingeteilt war und schon ein paar Ideen habe.

Und so ließ Zoe ihn stehen.

Er sah zu, wie sie ins Haus ging.

Nur Arthur war noch da. Als auch er ging, warf er einen Blick über die Schulter. »Wir sehen uns nachher?«

Linus konnte nur stumm nicken.

Unruhig wanderte er vor seinem Bett auf und ab und starrte immer wieder auf den Umschlag, den er dort abgelegt hatte.

»Es ist gar nichts, richtig?«, wandte er sich an Calliope, die ihn vom Fensterbrett aus beobachtete. »Höchstwahrscheinlich nur dummes Zeug. Warum haben sie mir diese Informationen denn nicht früher gegeben, wenn sie angeblich so wichtig sind? Und mir vorzuwerfen, ich hätte an Objektivität verloren. Ausgerechnet ich! Etwas so Lächerliches habe ich ja noch nie gehört. Die haben vielleicht Nerven da oben in ihrer Chefetage.«

Calliope kommentierte das mit einem Miauen.

»Ich weiß!«, rief er. »Es ist grotesk. Und selbst wenn dem nicht so wäre, steht es mir durchaus frei, die Qualitäten der Menschen hier zu würdigen. Das muss nichts heißen. Das bedeutet gar nichts.«

Calliopes Schwanz zuckte.

»Ganz genau! Und Arthur hat offensichtlich Geheimnisse. Wer hat die denn bitte nicht? Selbst ich habe Geheimnisse.« Er blieb stehen und runzelte die Stirn. »Nun ja, das stimmt so vielleicht nicht. Nur weil ich nichts gesagt habe, wird nicht gleich ein Geheimnis daraus. Aber ich *könnte* eines haben! Und das wäre dann ein Riesengeheimnis!«

Calliope gähnte.

»Du hast recht«, beschloss Linus. »Was spielt es überhaupt für eine Rolle? Es ist vermutlich gar nichts. Ein Einschüchterungsversuch, mehr nicht. Und selbst wenn nicht, ändert das rein gar nichts. Ich hege keinerlei unangemessene Gefühle für irgendwen, und in einer Woche werde ich von hier fortgehen, und irgendwann wird unser Aufenthalt hier nur noch eine nette Erinnerung sein, mehr nicht. Ganz sicher werden wir es nicht bereuen, nicht irgendwelche Gefühle angesprochen zu haben, die ohnehin nicht existieren!«

Calliope legte den Kopf auf die Pfoten und schloss die Augen.

Das war eine gute Idee. Vielleicht sollte Linus eine Nacht darüber schlafen. Oder zumindest ein Nickerchen machen. Es einfach bis morgen ausblenden. Schließlich hatte er nicht gelogen, als er Zoe gegenüber behauptet hatte, es sei ein langer Tag für ihn gewesen. Er war wirklich müde. Es war eine Menge passiert, und auch wenn nicht alles davon gut gewesen war, hatte es immerhin nicht in einer totalen Katastrophe geendet, bei der Lucy jemanden explodieren ließ oder Talia mit ihrem brandneuen Spaten irgendwelche Schädel einschlug.

»Genau«, sagte er zu sich selbst. »Eine Dusche und ein Nickerchen. Vielleicht schlafe ich sogar bis morgen früh durch.

Mir schadet es gewiss nicht, eine Mahlzeit ausfallen zu lassen, vor allem nicht nach diesem Kirscheis.« Er dachte kurz nach. »Das mir nicht einmal geschmeckt hat!«

Was gelogen war. Es war köstlich gewesen. Es hatte nach Kindheit geschmeckt.

Er machte auf dem Absatz kehrt, um ins Badezimmer zu gehen.

Stattdessen trugen ihn seine Füße zum Bett hinüber.

Er starrte auf die Akte. Auf den Schlüssel daneben.

Befahl sich, es sein zu lassen.

Wenn es irgendetwas zu wissen gab, konnte er einfach fragen.

Wie Arthurs Augen geflackert hatten.

Wie seine Haut geglüht hatte.

Dann dachte er an Arthurs Lächeln, sein Lachen, sein Leben hier auf der Insel, das ihm alles zu geben schien, was man sich von dieser Welt nur wünschen konnte. Und dann dachte er daran, dass sein eigenes Leben nur kalt und nass und grau gewesen war, bevor er hierherkam. Es fühlte sich an, als hätte er hier erst gelernt, die Welt in Farbe zu sehen.

»Wärst du nicht gerne hier?«, flüsterte er.

Oh ja. Ja, das war möglicherweise sein allergrößter Wunsch.

Was er unterbinden musste. Denn er könnte es nicht ertragen, wenn sich das alles als große Lüge entpuppte.

Er schlug die Akte auf. Der Anfang war wie bei der ersten.

<u>NAME:</u> ARTHUR PARNASSUS
<u>ALTER:</u> FÜNFUNDVIERZIG JAHRE
<u>HAARFARBE:</u> BLOND
<u>AUGENFARBE:</u> DUNKELBRAUN

Soweit stimmte sie mit der ersten Akte überein, deren Rest aus einer groben Beschreibung von Arthur Parnassus bestanden hatte, der kaum etwas über seine Person zu entnehmen war, außer der Tatsache, wie lange er bereits Heimleiter des Waisenhauses Marsyas war.

Bei dieser Akte sah das anders aus.

<u>MUTTER:</u> UNBEKANNT (MUTMASSLICH VERSTORBEN)
<u>VATER:</u> UNBEKANNT (MUTMASSLICH VERSTORBEN)

Was hatte Helen noch gleich gesagt?

Das war mein allererster Job. Damals war ich siebzehn. Die Eisdiele sah zwar anders aus, aber ich hoffe mal, dass ich noch mit einem Eisportionierer umgehen kann. Daher kenne ich auch Arthur. Er kam immer her, als er noch ein Kind war.

Dann las Linus die nächste Zeile, in der die MAGISCHE SPEZIFIZIERUNG angegeben war. Von diesem Moment an war alles anders.

Das Abendessen war, kurz gesagt, eine unbehagliche Angelegenheit.

»Haben Sie keinen Hunger, Mr. Baker?«, fragte Talia. »Sie essen ja gar nichts.«

Linus hätte sich fast an seiner Zunge verschluckt.

Alle starrten ihn an.

Er wischte sich mit der Serviette den Mund ab. »Offenbar bin ich noch satt von dem Eis.«

Lucy runzelte die Stirn. »Wirklich? Aber Sie haben doch so viel Platz im Bauch. Ich habe auch mein ganzes Eis aufgegessen, und bin *trotzdem* noch hungrig.« Was er dadurch beweisen wollte, dass er sich ein ganzes Schweinekotelett in den Mund zu schieben versuchte. Mit wenig Erfolg.

Linus lächelte verkniffen. »Es ist, wie es ist. Mag ja sein, dass ich … viel Platz habe, wie du sagst, aber das heißt ja nicht, dass ich ihn ausfüllen muss.«

Theodore spähte zu ihm herüber; ihm hing ein Fettstreifen aus der Schnauze.

»Sie sind aber auch schrecklich still«, behauptete Phee, die gerade versuchte, eine kleine Tomate aufzuspießen. »Liegt das daran, dass Lucy heute beinahe einen Mann getötet hätte?«

»Ich habe ihn nicht beinahe getötet! Ich habe es ja nicht einmal versucht. Wenn ich gewollt hätte, hätte ich ihn mit der Kraft meiner Gedanken in die Luft sprengen können.«

Dadurch ging es Linus zwar kein bisschen besser, doch es machte ihm auch wesentlich weniger Angst als noch vor ein paar Wochen. Vielleicht hatte das Allerhöchste Management ja das gemeint. Wider besseres Wissen fand er es beinahe entzückend. Kein gutes Zeichen.

»Du solltest keine Menschen töten«, fand Chauncey. Er trug noch immer seine Pagenmütze. Arthur hatte ihm ausnahmsweise erlaubt, sie beim Essen aufzubehalten, nur dieses eine Mal. »Menschen zu töten ist böse. Dafür kannst du ins Gefängnis kommen.«

Lucy machte sich erbarmungslos über sein Kotelett her. »Kein Gefängnis könnte mich halten. Ich würde ausbrechen und wieder herkommen. Und niemand würde es wagen, mich zu verfolgen, weil ich dann ihre Organe schmelzen lassen würde.«

»Man lässt keine Organe schmelzen«, mahnte Zoe geduldig. »Das ist unhöflich.«

Lucy schaffte es, trotz eines bis zum Platzen mit Fleisch gefüllten Mundes zu seufzen.

»Sie sollten etwas essen«, riet Sal Linus leise. »Jeder Mensch muss essen.«

Wenn es von Sal kam, konnte er nicht Nein sagen, oder? Betont sorgfältig nahm Linus einen großen Bissen von seinem Salat.

Das schien alle zu beruhigen. Fast alle. Arthur beobachtete ihn vom anderen Ende des Tisches aus. Linus wich seinem Blick beharrlich aus. Das schien ihm sicherer zu sein.

Denn er wusste ja nicht, wozu Arthur imstande war.

Linus entschuldigte sich direkt nach dem Essen und gab vor, er sei noch müder als erwartet. Lucy schien enttäuscht darüber zu sein, dass Linus sich nicht auch die Schallplatten anhören wollte, die sie gekauft hatten, aber Linus vertröstete ihn mit den Worten, dass morgen ja auch noch ein Tag sei.

»Du scheinst etwas erhitzt zu sein«, bemerkte Zoe. »Hoffentlich brütest du nichts aus.« Ein seltsames Funkeln trat in ihre Augen. »Vor allem, da es doch deine letzte Woche bei uns ist.«

Linus nickte. »Es ist bestimmt nichts.«

Sie nahm ihm seinen fast unberührten Teller ab. »Na, dann ruh dich aus, Linus. Wir wollen schließlich nicht, dass du krank wirst. Wir brauchen dich ja.«

Aha. War das so? War das wirklich so?

Linus war schon fast durch die Tür, als Arthur ihn rief.

Er schloss die Augen und hielt sich am Türknauf fest. »Ja? Was gibt's?«

»Falls du irgendetwas brauchst, musst du nur fragen.«

Beinahe glaubte er, der Knauf würde unter seinen Fingern zerplatzen. »Das ist sehr nett von dir, aber ich brauche nichts.«

Arthur legte ihm eine Hand auf die Schulter. »Bist du sicher?«

Ob es wohl schwer wäre, sich jetzt umzudrehen? Dem Mann ins Gesicht zu sehen, der sein Herz so aus dem Takt gebracht hatte? Dem Mann, der ihm ohne große Mühe so vieles vorenthalten hatte.

»Ich bin mir sicher«, flüsterte Linus.

Die Hand zog sich zurück. »Gehab dich wohl, Linus.«

So schnell er konnte, schob er sich durch die Tür und verschwand in die Nacht.

Er lag im Dunkeln, den Quilt bis unters Kinn gezogen, und starrte an die Decke. Schlaf war ein Ding der Unmöglichkeit. Dafür hatte diese verfluchte Akte gesorgt. Selbst jetzt spürte er sie noch, unter seiner Matratze, wo er sie vorhin vergraben hatte. So wollte er verhindern, dass Chauncey sie fand, wenn er seine Wäsche holte.

Dieser Gedanke ließ die nächste Welle heranrollen.

Wussten sie es? Wussten die Kinder, wer Arthur war? *Was* er war?

Obwohl er sich dagegen wehrte, stiegen Bilder vor seinem inneren Auge auf: Arthur im Unterrichtsraum, wie er den Kindern erzählte, dass ein Mann vom Festland zu ihnen kommen würde. Ein Mann, der sie begutachten würde, sie *überprüfen* würde. Ein Mann von der Behörde für die Betreuung Magischer Minderjähriger, der die Macht hatte, ihnen das alles wegzunehmen. Lucy würde natürlich sofort anbieten, dem Eindringling bei lebendigem Leib die Haut abzuziehen. Theodore könnte fressen, was übrig blieb, und es in ein Loch spucken, frisch ausgehoben von Talia. Anschließend würden sie das Loch auffüllen, und Phee würde einen Baum darauf wachsen lassen. Wenn dann jemand kam, um sich nach dem Eindringling zu erkundigen, würde Chauncey seine Koffer nehmen und Sal würde voller Ernsthaftigkeit versichern, dass sie niemals von einem Linus Baker gehört hätten.

Natürlich würde Arthur ihnen mit Nachdruck klarmachen, dass Mord keine Lösung war. Nein, flüsterte er in Linus' Gedanken, ihr müsst dafür sorgen, dass er euch gern hat. Ihr müsst ihn glauben lassen, dass er vielleicht zum ersten Mal in seinem Leben ein wahrhaftiges Heim gefunden hat.

Lächerlich, diese Vorstellung. Absolut lächerlich. Aber das sind die Gedanken, die uns nachts heimsuchen, wenn der Schlaf uns ein Schnippchen schlägt, ja immer. In der Dunkelheit hat es immer den Anschein, als könnten sie wahr sein.

Es war schon nach Mitternacht, als er sich schließlich im Bett aufsetzte. Calliope, die zu seinen Füßen lag, hob gähnend den Kopf.

»Und wenn es alles gelogen war?«, fragte er sie. »Wie konnte es so weit kommen, dass allein der Gedanke daran für mich so schwer zu ertragen ist?«

Sie antwortete nicht.

Früher war sein Leben banal und durchschnittlich gewesen. Er hatte gewusst, wo er in der Welt stand, auch wenn hin und wieder ein Sonnenstrahl in Form einer Frage zwischen den dunklen Wolken hervorgelugt hatte. Einer Frage, über deren Antwort er kaum nachzudenken wagte.

Wärst du nicht gerne hier?

Mehr als alles auf der Welt.

Und dann tauchte ein neuer Gedanke in seinem Kopf auf, so fremdartig, dass er ihn kaum erfassen konnte. Er lag so weit außerhalb dessen, was Linus für möglich hielt, dass er wie ein Schreckgespenst in seinem Geist herumspukte.

Was, dachte er, wenn nicht Arthur der Lügner war? Wenn nicht die Kinder ihn belogen?

Was, wenn die BBMM der Lügner war?

Es musste eine Möglichkeit geben, das zu beweisen.

Ja, es gab eine.

»Nein.« Er legte sich wieder hin. »Ganz sicher nicht.«

Calliope fing an zu schnurren.

»Ich werde jetzt schlafen, und in sechs Tagen fahren wir nach Hause, und dann spielt das alles keine Rolle mehr. Wie haben die mich in ihrem Brief genannt? Empfänglich? Pah. Eine lächerliche Vorstellung.«

So, nun ging es ihm besser.

Er schloss die Augen.

Und sah vor sich, wie Chauncey sich am ersten Morgen unter seinem Bett versteckt hatte, wie Talia in dem Plattenladen auf dem Boden gesessen und mit ihren neuen Werkzeugen gespielt hatte, wie Theodore jeden einzelnen Knopf an sich genommen hatte, als wäre er ein kostbarer Schatz, wie Phee den zitternden Sal aus seinem Kleidungshaufen gehoben hatte, wie Lucy um seine zerbrochenen Schallplatten geweint hatte, wie Zoe ihn in ihrem Heim willkommen geheißen hatte.

Und natürlich Arthurs Lächeln. Dieses stille, wundervolle Lächeln, das in Linus dasselbe Gefühl auslöste wie sein erster Blick auf den Ozean.

Linus Baker öffnete die Augen.

»Oje.«

Die Nacht war kühl, um einiges kühler als bei seiner Ankunft. Am dunklen Himmel funkelten die Sterne wie kleine Eissplitter, der Mond war kaum mehr als eine fahle Sichel. Schaudernd wickelte sich Linus in seinen Mantel, den er sorgsam über seinen Pyjama gezogen hatte. Dann tastete er nach dem Schlüssel in seiner Tasche.

Er war noch da.

Linus trat von der Veranda.

Im Haupthaus war alles dunkel, wie es zu dieser späten Stunde auch sein sollte. Sicher lagen die Kinder in ihren Betten und schliefen.

Beinahe lautlos ging er in den Garten hinüber. Für einen Mann seines Umfangs konnte er erstaunlich leichtfüßig sein, wenn es nötig war. Die Luft roch nach Salz und klebte schwer an seiner Haut.

Er folgte dem Pfad, der durch den Garten führte. Dabei überlegte er, wie Helen ihn wohl finden würde, wenn sie herkam. Bestimmt war sie beeindruckt. Hoffentlich. Talia hatte es verdient. Sie hatte so hart gearbeitet.

Linus ging um das Haus herum. Einmal stolperte er über eine Wurzel, konnte sich aber auf den Beinen halten.

Dort vorne war die Kellerluke.

Nun erschloss sich ihm auch der schreckliche Sinn hinter den Brandflecken.

Sein Kehlkopf knirschte, als er schluckte. Natürlich könnte er einfach kehrtmachen und das alles vergessen. Er könnte sich wieder ins Bett legen, während der kommenden sechs Tage professionelle Distanz wahren und nur das tun, wozu er hergekommen war. Danach würde er ein letztes Mal die Fähre besteigen, und am Bahnhof würde ein Zug auf ihn warten, der ihn nach Hause brachte. Die Sonne würde wieder hinter dunklen Wolken verschwinden, und schließlich würde der Regen einsetzen. Dieses Leben kannte er. Dieses Leben passte zu einem Mann wie Linus. Es war düster und grau, aber es war nun einmal das Leben, das er viele, viele Jahre lang geführt hatte. Der vergangene Monat, diese kurze Farbexplosion, wäre dann nichts weiter als eine Erinnerung.

Er holte den Schlüssel aus der Tasche.

»Wahrscheinlich passt er gar nicht ins Schloss«, murmelte er. »Das ist doch bestimmt ausgetauscht worden.«

War es nicht. Der Schlüssel glitt problemlos in das verrostete Vorhängeschloss.

Er drehte ihn.

Mit einem leisen Klicken sprang das Schloss auf.

Es fiel ins Gras.

»Letzte Chance«, hielt er sich vor Augen. »Letzte Chance, diese Torheit zu vergessen.«

Die Luke war schwerer als erwartet, er bekam sie kaum aufgestemmt. Ächzend zerrte er daran, bis seine Arme schmerzten. Sobald es geschafft war, erkannte er den Grund dafür. Während die Luke an der Außenseite aus Holz war, hing an der Innenseite eine dicke Metallplatte, als wäre sie extra verstärkt worden.

Und das Licht der Sterne zeigte ihm die feinen Kratzer, die sich durch das Metall zogen.

Er hob die Hand und legte seine Finger auf die Rillen. Fünf Stück, dicht nebeneinander. Als hätten kleine Hände von innen an der Luke gekratzt.

Linus lief es eiskalt den Rücken herunter.

Vor ihm führte eine steinerne Treppe in die Dunkelheit

hinab. Während er darauf wartete, dass seine Augen sich an das fehlende Licht gewöhnten, wünschte er sich, er hätte an eine Taschenlampe gedacht. Oder auf Tageslicht warten können.

Er ging die Treppe hinunter.

Linus stützte sich mit einer Hand an der Wand ab; sie bestand aus glattem Stein. Er zählte die Stufen. Bei dreizehn kam er unten an. Er sah die Hand vor Augen nicht. Blind tastete er sich an der Wand entlang und hoffte so auf einen Lichtschalter zu stoßen. Mit einem dumpfen Knall lief er gegen etwas, das ungefähr kniehoch war. Der Schmerz schoss von den Schienbeinen bis in die Oberschenkel hinauf. Er verzog das Gesicht, streckte die Hand aus ...

Da.

Ein Schalter.

Linus legte ihn um.

In der Mitte des Raums flammte eine nackte Glühbirne auf.

Blinzelnd blickte Linus in das trübe Licht.

Der Keller war kleiner als erwartet. Sein Schlafzimmer drüben im Gästehaus war größer, aber nicht viel. Wände und Decke bestanden aus Stein, und sie schienen fast vollständig mit Ruß bedeckt zu sein. Ein Blick auf seine Hände zeigte Linus, dass sie nun ebenfalls schwarz waren. Als er die Finger aneinander rieb, rieselten Ascheflöckchen zu Boden.

Angehauen hatte er sich an einem Schreibtisch, der neben dem Lichtschalter an der Wand stand. Er war teilweise verbrannt, das geschwärzte Holz wies tiefe Risse auf. Außerdem gab es ein Doppelbett mit verbogenem Metallrahmen. Keine Matratze, was Linus aber irgendwie logisch vorkam. Die konnte zu leicht Feuer fangen. Stattdessen entdeckte er einige dicke Planen, die vermutlich feuerfest waren.

Das war alles.

Mehr gab es in diesem Keller nicht.

»Oh nein«, flüsterte er. »Nein, nein, nein.«

Etwas anderes erregte seine Aufmerksamkeit. Das Licht der Glühbirne reichte bei Weitem nicht aus, um alle Schatten zurückzudrängen, und er sah es nur aus dem Augenwinkel. Er ging zur gegenüberliegenden Wand. Als er näher kam, spürte er, wie ihm die Knie weich wurden.

Zählstriche.

In die Wand waren Zählstriche eingeritzt.

Jeweils vier senkrechte, durchgestrichen mit dem fünften.

»Fünf«, begann er, »zehn, fünfzehn, zwanzig, fünfundzwanzig.«

Bei sechzig hörte Linus auf zu zählen. Das war einfach zu viel. Vermutlich waren sie dazu gedacht gewesen, die Tage zu zählen, und allein bei der Vorstellung zog sich in seinem Inneren alles schmerzhaft zusammen.

In seiner Kehle hatte sich ein dicker Kloß gebildet. Die Ungerechtigkeit des Ganzen drohte ihn zu ersticken.

Die BBMM hatte nicht gelogen.

In der Akte hatte nichts als die Wahrheit gestanden.

»Ich war seit Jahren nicht mehr hier unten«, stellte eine Stimme hinter ihm fest.

Linus schloss die Augen. »Ja, das hatte ich mir gedacht.«

»Du kamst mir etwas ... abwesend vor«, sagte Arthur leise. »Seit du aus dem Postamt gekommen bist, warst du anders. Ich konnte es nicht genau benennen, aber es war da. Als du meintest, du wärst erschöpft, wollte ich dir das glauben, aber beim Essen hast du den Eindruck gemacht, als hättest du einen Geist gesehen.«

»Ich habe versucht, mir nichts anmerken zu lassen«, gestand Linus. »Was mir offenbar nicht sonderlich gut gelungen ist.«

Arthur lachte leise, doch es klang traurig. »Du bist ausdrucksstärker, als du meinst. Das ist eines der Dinge, die ich ... egal. Das tut nichts zur Sache. Zumindest für den Moment.«

Linus ballte die Hände zu Fäusten, damit sie nicht zitterten. »Dann ist es also wahr?«

»Was genau?«

»Was ich gelesen habe. In der Akte, die die BBMM mir geschickt hat.«

»Das kann ich dir nicht sagen. Ich habe meine Akte nie gelesen. Ich gehe davon aus, dass sie gespickt ist mit Halbwahrheiten und Lügen. Vielleicht ist aber auch alles korrekt. Bei der BBMM weiß man nie.«

Linus drehte sich um und öffnete langsam die Augen.

Arthur stand am Fuß der Treppe. Er trug Schlafkleidung, also nur Shorts und ein dünnes T-Shirt. Linus wurde von dem widersinnigen Impuls gepackt, ihm seinen Mantel anzubieten. Für einen solchen Aufzug war es viel zu kalt. Arthur trug nicht einmal Socken. Oder Schuhe. Seine nackten Füße ließen ihn schrecklich verwundbar wirken.

Er beobachtete Linus, doch in seinem Blick war keinerlei Zorn zu entdecken. Wenn überhaupt wirkte er leicht betroffen, aber auch da war Linus sich nicht sicher.

»Er hat dir einen Schlüssel gegeben«, stellte Arthur fest.

Linus nickte. »Es war ein Schlüssel dabei, ja. Ich ... Moment mal. Wen meinst du mit *er*?«

»Charles Werner.«

»Woher ...« Linus verstummte und holte tief Luft.

Ich machte aus diesem Haus ein Heim für die meinen, behielt aber auch im Blick, dass eventuell mehr kommen könnten. Ihr Vorgänger war ... er hat sich verändert. Er war wirklich reizend, und ich dachte, er würde bleiben. Aber dann veränderte er sich.

Was ist mit ihm geschehen?

Er wurde befördert. Erst in die Oberaufsicht, und dann - nach allem, was ich gehört habe - ins Allerhöchste Management. Wie er es immer gewollt hatte. Damals habe ich eine ziemlich bittere Lektion gelernt: Manche Wünsche sollten nicht laut ausgesprochen werden, da sie sonst nicht in Erfüllung gehen.

»Es tut mir leid«, sagte Linus hilflos.

»Was tut dir leid?«

Das wusste Linus selbst nicht genau. »Ich ...« Er schüttelte den Kopf. »Ich verstehe nicht, was er damit bezweckt.«

»Oh, ich schon.« Arthur entfernte sich von der Treppe und strich über die verbrannte Platte des Schreibtischs. »Vermutlich hat er in deinen Berichten etwas entdeckt, das ihm Sorge bereitet. Und auf diese Weise greift er in das Geschehen ein.«

»Warum?«

»Weil er einfach so ist. Die Menschen können sich leicht in einem gewissen Licht darstellen, und wenn man dann meint, sie zu kennen, wenn man sicher ist, in ihnen gefunden zu haben, wonach man gesucht hat, enthüllen sie, wer sie wirklich sind. Er hat mich wohl einfach benutzt. Um zu bekommen, was er wollte. Um dorthin zu gelangen, wo er hinwollte.« Arthur rieb seine Hände aneinander. »Damals war ich jung. Verliebt. Dumm, auch wenn man mir das niemals hätte klarmachen können. Ich hielt es für Liebe. Heute weiß ich, dass es keine war.«

»Er sagte, es wäre ein Experiment«, platzte es aus Linus heraus. »Um zu sehen, ob ... ob jemand wie du in der Lage ist ...«

Arthur zog eine Augenbraue hoch. »Jemand wie ich?«

»Du weißt, was ich meine.«

»Warum kannst du es dann nicht sagen?«

Linus holte tief Luft. »Ein magisches Wesen.«

»Okay.«

»Vielleicht das seltenste von allen.«

»So hat es den Anschein.«

»Du bist ...«

»Sag es. Bitte. Sprich es aus. Ich will es aus deinem Mund hören.«

Du hast also einmal einen Phönix gekannt?

Oh ja. Er war ... sehr wissbegierig. Obwohl ihm so einiges zugestoßen ist, hat er nie den Kopf in den Sand gesteckt. Ich denke oft daran, zu was für einem Mann er geworden ist.

Linus Baker sagte: »Du bist ein Phönix.«

»Das bin ich«, bestätigte Arthur schlicht. »Der Letzte meiner Art, glaube ich. Ich habe meine Eltern nicht gekannt und bin auch sonst nie jemandem begegnet, der so war wie ich.«

Linus bekam kaum noch Luft.

»Ich konnte es nicht kontrollieren«, erklärte Arthur, den Blick starr auf seine Hände gerichtet. »Zumindest als Kind nicht. Der Heimleiter damals gehört zu den Menschen, an die ich lieber nicht zurückdenke, wenn es sich vermeiden lässt. Er war grausam und brutal, und er schlug uns öfter, als dass er uns ansah. Er hasste uns für das, was wir waren. Ich habe nie verstanden warum. Vielleicht war ihm oder seiner Familie vor seiner Zeit hier etwas zugestoßen. Oder vielleicht hatte er den Menschen dort draußen zugehört, und ihre Worte hatten sich wie ein Gift in ihm festgesetzt. Damals war es noch anders, auch wenn es nur schwer vorstellbar ist. Schlimmer für unsereins. Heute gibt es gewisse Gesetze, die damals noch nicht existierten und die verhindern sollen, dass ... nun ja. Im Dorf war es nicht so schlimm, aber ... das war nur ein winziger Ort in einer großen, großen Welt. Er stand für Kirscheis von einem hübschen Mädchen. Und er weckte in mir den Gedanken, dass diese Insel vielleicht nicht Anfang und Ende von allem sein könnte. Und so machte ich einen schwerwiegenden Fehler.«

»Du hast nach Hilfe gesucht.«

Arthur nickte. »Ich habe einen Brief an die BBMM geschickt, oder habe es zumindest versucht. Habe geschrieben, wie schrecklich wir behandelt wurden. Welche Qualen wir durch die Hände dieses Mannes erleiden mussten. Es gab noch andere Kinder hier, auch wenn er gegen mich einen ganz besonderen Rachefeldzug zu führen schien, sodass ich den Großteil abbekam. Aber ich fand das sogar gut, denn je mehr er sich auf mich konzentrierte, desto weniger befasste er sich mit den anderen. Doch selbst mir wurde es irgendwann zu viel. Ich begriff, dass ich etwas unternehmen musste, und zwar schnell, da ich sonst jemanden verletzen würde.«

Je öfter man einen Hund schlägt, desto schneller kauert er sich zusammen, sobald man nur die Hand hebt. Bedrängt man ihn zu sehr, wird er schnappen und zubeißen, und sei es nur, um sich zu schützen.

»Ich hielt die Idee mit dem Brief für sehr clever. Ich habe ihn sogar im Hosenbund versteckt rausgeschmuggelt. Aber irgendwie hat er es herausgefunden, während wir im Dorf waren. Und obwohl ich versucht habe, mich heimlich zum Postamt zu schleichen, hat er mich erwischt. Er hat mir den Brief abgenommen.« Arthur wandte den Blick ab. »In jener Nacht war ich das erste Mal hier unten. Danach habe ich gebrannt. Lichterloh habe ich gebrannt.«

Linus wurde übel. »Das ist nicht … das ist so unfair. Er hatte keinerlei Recht, dir das anzutun. Er hätte niemals die Hand gegen dich erheben dürfen.«

»Oh, heute weiß ich das. Aber damals? Ich war noch ein Kind.« Arthur streckte die Hand aus, bewegte kurz die Finger, und in seiner Handfläche erschien eine Flamme, zart und bunt wie eine Blume. Linus, der in seinem Leben schon so manche wundervolle Merkwürdigkeit gesehen hatte, war fasziniert. »Damals dachte ich, ich hätte es nicht anders verdient, weil ich eben war, was ich war. Das hatte er mir so lange eingebläut, bis mir gar keine andere Wahl blieb, als es selbst zu glauben.« Die Flamme setzte sich in Bewegung und kroch langsam seinen Arm hinauf. Als sie den Ärmel seines Shirts erreichte, ging Linus fest davon aus, dass es anfangen würde zu brennen.

Was nicht geschah.

Stattdessen streckte sich die Flamme, wuchs, fing an zu knistern und zu zischen. Immer höher erhob sie sich hinter Arthur in der Luft, wurde breiter, bis Linus endlich begriff, was er da vor sich sah.

Flügel.

Arthur Parnassus hatte Flügel aus Feuer.

Und sie waren wunderschön. Linus erkannte rote und orangefarbene Feuerfedern, und plötzlich fiel ihm wieder ein, wie an jenem Abend dieses orangefarbene Licht aufgeflackert war, kurz nachdem Arthur das Gästehaus verlassen hatte. Als die Flügel sich so weit gestreckt hatten, wie der kleine Raum es zuließ, schätzte Linus ihre Spannweite auf mindestens drei Meter. Und auch wenn sie eine spürbare Hitze abstrahlten, war diese nicht beißend. Wenn sie sich bewegten, hinterließen sie einen goldenen Schleier in der Luft. Über Arthurs Scheitel glaubte Linus den Umriss eines Vogelkopfes zu erkennen, mit einem scharfen, spitzen Schnabel.

Arthur schloss die Finger über der Flamme in seiner Handfläche.

Der Phönix schrumpfte zusammen, zog die Flügel ein. Das Feuer erlosch und hinterließ nur dicken Rauch. In dem trüben Halbdunkel tanzte das Abbild des großen Vogels noch einen Moment vor Linus' Augen.

»Ich habe versucht, mir einen Weg frei zu brennen«, flüsterte Arthur. »Aber der Heimleiter hatte seine Vorkehrungen getroffen: Metallplatten an der Luke, Wände aus Stein. Wie ich herausfand, kann Stein enormer Hitze standhalten. Es wurde schnell klar, dass ich durch den Rauch ersticken würde, lange bevor ich frei war. Also habe ich das Einzige getan, was ich noch tun konnte: Ich blieb. Er war nicht dumm. Er ist nie selbst gekommen, um mir Essen zu bringen und den Toiletteneimer zu leeren. Immer hat er eines der Kinder dazu gezwungen, da er wusste, dass ich ihnen niemals etwas antun würde.«

Obwohl Linus es eigentlich gar nicht wissen wollte, fragte er: »Wie lange warst du hier unten?« Er brachte es einfach nicht über sich, noch einmal zu den Zählstrichen an der Wand hinüberzusehen.

Mit gequälter Miene antwortete Arthur: »Als ich schließlich ging, dachte ich, es wären ein paar Wochen gewesen. Wie sich herausstellte, waren es sechs Monate. Wenn man ständiger Dunkelheit ausgesetzt ist, wird Zeit irgendwann ... ungreifbar.«

Linus fehlte die Kraft, um ihn anzusehen.

»Irgendwann kam jemand. Entweder hatten sie Verdacht geschöpft, oder man hielt den Zeitpunkt für eine Routinekontrolle für gekommen. Hinterher habe ich erfahren, dass der Heimleiter versucht hatte, ihnen Ausreden für mein Fehlen aufzutischen, aber eines der Kinder war mutig genug, die Wahrheit zu sagen. Sie fanden mich, und das Waisenhaus wurde geschlossen. Mich hat man auf eine der BBMM-Schulen geschickt, wo es mir nur geringfügig besser ging. Aber zumindest konnte ich dort an die frische Luft gehen und meine Flügel ausstrecken.«

»Ich verstehe dich nicht«, gab Linus offen zu. »Warum bist du überhaupt an diesen Ort zurückgekehrt? Nach allem, was man dir hier angetan hat?«

Arthur schloss die Augen. »Weil das hier meine persönliche Hölle war. Und ich durfte nicht zulassen, dass es so blieb. Dieses Haus war nie ein Heim für mich gewesen, und ich dachte, das könnte ich doch ändern. Als ich der BBMM vorschlug, das Waisenhaus auf Marsyas wieder zu eröffnen, sah ich sofort die Gier in ihren Augen. Hier konnten sie mich im Auge behalten. Und sie konnten andere herschicken, die sie für gefährlich hielten. Also haben sie mir Charles zugeteilt, mit der Begründung, er werde mir dabei helfen, alles zu regeln. Was er auch tat, allerdings mit ganz eigenen Hintergedanken. Zoe hat versucht, mich zu warnen, aber ich wollte ihr nicht glauben.«

Nun kochte Wut in Linus hoch. »Und wo war sie damals? Warum in aller Welt hat sie dir nicht geholfen?«

Achselzuckend erklärte Arthur: »Weil sie es nicht wusste. Sie hat sich versteckt gehalten, weil sie Repressalien fürchtete. Sie war das größte Geheimnis dieser Insel, und sie hätten mit Sicherheit versucht, sie an die Kette zu legen. Vor meiner Zeit im Keller war ich ihr nur ein einziges Mal begegnet, rein zufällig, draußen im Wald. Sie hätte mich beinahe umgebracht, bevor sie erkannte, was ich war. Dann ist sie lieber geflohen.

Nach meiner Rückkehr auf die Insel kam sie zu mir und sagte mir, wie leid es ihr tue, dass ich das alles hätte durchmachen müssen. Dass sie mir gestatte zu bleiben, und dass sie mir helfen würde, wenn es nötig wäre.«

»Das ist nicht ...«

»Sie kann nichts dafür«, unterbrach Arthur ihn scharf und öffnete die Augen. »Ich mache ihr keinen Vorwurf. Sie hätte rein gar nichts tun können, ohne dabei selbst in Gefahr zu geraten.«

»Jetzt wissen sie von ihr«, gestand Linus. »Ich habe sie in meinem Bericht erwähnt.«

»Das ist uns klar. Wir haben diese Entscheidung bewusst getroffen, nachdem die BBMM die Ankündigung geschickt hat, dass ein Sachbearbeiter kommen würde. Sie war es leid, sich zu verstecken. Und die Kinder sind ihr wichtig, deshalb ist sie das Risiko eingegangen. Sie wollte dir zeigen, dass sie sie nicht kampflos ziehen lassen wird.«

Linus war fassungslos. »Ich kann nicht ... Warum hat die BBMM dir das hier gestattet? Warum haben sie dir überhaupt die Kinder anvertraut?« Er wurde blass und fügte hastig hinzu: »Natürlich bist du bestens dafür geeignet, aber es ist nun einmal ...«

»Schuld kann ein sehr mächtiges Druckmittel sein«, erklärte Arthur. »Sollte jemals publik werden, was ich hier erlitten hatte, würde es auf die BBMM zurückfallen. Und sie dachten, damit hätten sie mich in der Hand. Als Preis für mein Schweigen überließen sie mir dieses Haus. Natürlich auch, um mich kontrollieren zu können, aber letztlich sahen sie die Insel vor allem als einen einsamen, abgeschiedenen Ort - nur ein kleines Dorf in der Nähe, das man mit finanziellen Mitteln leicht manipulieren konnte. Ein Ort, an den sie all jene schicken konnten, die sie für ... zu extrem hielten. Das war ihr großes Experiment. Mit mir als ihrer Spielfigur.«

»Dabei hast du die ganze Zeit dein eigenes Spiel gespielt«,

flüsterte Linus. »Überlasst mir eure müden, eure armen, eure gedrängten Massen, die sich nach Freiheit sehnen.«

Arthur lächelte. »Oh ja. Ich habe ihre gedrängten Massen genommen und ihnen ein Heim geschaffen, in dem sie frei atmen können, ohne Vergeltung fürchten zu müssen.« Das Lächeln verschwand aus seinem Gesicht. »Ich dachte, ich hätte alles perfekt geplant. Dabei habe ich vielleicht auch Fehler gemacht. Zum Beispiel die Kinder so vollständig auf der Insel festzuhalten. Das war meiner Angst geschuldet. Ich sagte mir, sie hätten genug durchgemacht. Dass die Insel, Zoe und ich ihnen alles geben könnten, was sie brauchen. Ich liebe sie mehr als irgendetwas sonst auf dieser Welt. Und ich habe mir eingeredet, diese Liebe würde ausreichen, um sie zu stützen. Doch mit einem hatte ich nicht gerechnet.«

»Womit?«

Arthur sah ihn an. »Mit dir. Du warst die größte Überraschung überhaupt.«

Verblüfft starrte Linus ihn an. »Ich? Aber *wieso*?«

»Weil du bist, wer du bist. Ich weiß, dass dir das nicht bewusst ist, Linus. Aber ich sehe es ganz deutlich, so deutlich, dass es für uns beide reicht. Du gibst mir das Gefühl, von innen heraus zu verbrennen.«

Das konnte Linus einfach nicht glauben. »Ich bin nur ein Mensch, nicht mehr. Ich bin nur ich.«

»Ich weiß. Und du bist ein wundervoller Mensch.«

Das konnte doch alles nicht wahr sein. »Du hast sie ausgetrickst. Die BBMM. Um zu bekommen, was du wolltest.«

Wachsam kniff Arthur die Augen zusammen. »Ja.«

Es kostete Linus viel Kraft weiterzusprechen. »Dasselbe könntest du jetzt mit mir machen. Um zu bekommen, was du willst. Damit ich … damit ich in meinen Berichten das schreibe, was *du* willst.«

Arthur schnappte nach Luft. »Oh. Oh, Linus. Denkst du wirklich so schlecht von mir?«

»Ich weiß nicht, was ich denken soll«, brauste Linus auf. »Du bist nicht der, für den ich dich gehalten habe! Du hast mich belogen!«

»Ich habe dir die Wahrheit vorenthalten«, korrigierte ihn Arthur leise.

»Gibt es da einen Unterschied?«

»Ich denke ...«

»Wissen sie über dich Bescheid? Die Kinder, meine ich.«

Ganz langsam schüttelte Arthur den Kopf. »Ich habe schon früh gelernt, es vor so ziemlich allen zu verbergen.«

»Warum?«

»Weil ich ihnen nicht den Glauben an das Gute in der Welt nehmen wollte. Als man sie mir geschickt hat, waren sie gebrochen, innerlich zerstört. Je weniger sie über mich wussten, desto besser. Sie mussten sich auf ihre eigene Heilung konzentrieren. Und ich war ...«

»Es hätte ihre Verbundenheit zu dir stärken können«, hielt Linus dagegen. »Sie hätten ...«

»Und ich hatte Anweisung von der BBMM, es niemals jemandem zu verraten.«

Linus trat einen Schritt zurück und lief prompt gegen die Wand. »Was?«

»Das war Teil der Vereinbarung. Eine ihrer Bedingungen für meine Rückkehr hierher. Ich durfte Marsyas wiedereröffnen, aber wer – oder *was* – ich bin, musste ein Geheimnis bleiben.«

»Wieso?«

»Du kennst den Grund, Linus. Phönixe sind ... wir ... *ich* kann ungezügelt brennen, so unglaublich heiß. Nicht einmal ich selbst weiß, ob es eine Grenze gibt. Ich denke, ich könnte sogar den Himmel verbrennen, wenn ich mich nur genügend anstrenge. Und wenn sie schon keinen Weg fanden, diese Kraft zu kontrollieren, mussten sie mir wenigstens einen Maulkorb anlegen. Furcht und Hass erwachsen aus fehlendem Verständnis ...«

»Das ist keine Entschuldigung«, empörte sich Linus. »Dass du Dinge bewirken kannst, zu denen kein anderer in der Lage ist, macht dich doch nicht zu etwas Schändlichem.«

Arthur zuckte verlegen mit den Schultern. »Auf diese Art wollten sie mir wohl zeigen, dass sie mich immer noch in der Hand haben, egal welche Zugeständnisse sie mir machen. Eine kleine Erinnerung daran, dass sie mir das alles jederzeit wieder wegnehmen können. Als Charles ging – das war kurz nach Talias und Phees Ankunft auf der Insel –, hat er mir explizit gesagt, dass ich das niemals vergessen solle. Und dass er – falls er jemals erfahren sollte, dass ich mein Versprechen gebrochen hätte, oder er auch nur den *Verdacht* habe, es könnte so sein – jemanden schicken würde, um mich zu überprüfen. Um, falls nötig, das Waisenhaus schließen zu lassen. Sicherlich ist ihnen hin und wieder der Gedanke gekommen, dass ich auf dieser Insel nicht nur ein friedliches Leben mit ihren Verstoßenen führen, sondern stattdessen eine persönliche Armee heranziehen könnte. Was natürlich vollkommen lächerlich ist. Ich wollte nie mehr als ein Heim, das allein mir gehört.«

»Das ist nicht fair.«

»Nein, das ist es nicht. Aber das Leben ist selten fair. Trotzdem versuchen wir, das Beste daraus zu machen. Und wir gestatten uns zu hoffen. Denn ein Leben ohne Hoffnung ist kein richtiges Leben.«

»Du musst es ihnen sagen. Sie müssen erfahren, wer du bist.«

»Warum?«

»Weil sie sehen sollen, dass sie nicht allein sind!«, schrie Linus und schlug mit der flachen Hand gegen die Wand. »Dass Magie existiert, wo wir sie am wenigsten erwarten. Dass sie später einmal alles sein können, was sie wollen!«

»Können sie das denn?«

»Ja! Auch wenn es jetzt vielleicht noch nicht danach aussieht ... die Dinge ändern sich. Talia hat mir gesagt, du hättest ihr erklärt, wer die Meinung aller ändern will, muss mit der Meinung einzelner anfangen.«

Arthur schmunzelte. »Hat sie das?«

»Ja.«

»Und ich dachte, sie hätte gar nicht zugehört.«

»Natürlich hören sie dir zu«, widersprach Linus ihm gereizt. »Sie hören jedes einzelne deiner Worte. Sie blicken zu dir auf, denn du bist ihre *Familie*. Du bist ihr ...« Schwer atmend hielt Linus inne. Er sollte das nicht sagen. Es war nicht richtig. Nichts davon war richtig. Es war nicht ... »Du bist ihr Vater, Arthur. Du hast gesagt, du liebst sie mehr als das Leben selbst. Dir muss doch klar sein, dass sie für dich dasselbe empfinden. Selbstverständlich tun sie das. Wie könnte es auch anders sein? Sieh dich doch an. Sieh dir an, was du hier geschaffen hast. Du bist das Feuer, und sie müssen wissen, dass du brennst. Nicht nur, weil du bist, was du bist. Sondern auch, weil sie das aus dir gemacht haben.«

Arthurs Miene erstarrte, dann fiel er in sich zusammen. Er ließ den Kopf hängen. Seine Schultern bebten.

Linus wollte ihn trösten, wollte ihn in den Arm nehmen und ihn fest an sich drücken, aber er schaffte es nicht, sich vom Fleck zu rühren. Er war völlig verwirrt, in seinem Kopf tobte ein Wirbelsturm, der all seine Gedanken durcheinanderfegte. Also hielt er sich an dem einen fest, was ihm geblieben war. »Und wenn ... wenn ich fort bin ... wenn ich die Insel verlasse ... werde ich alles tun, damit das Allerhöchste Management genau das auch erfährt. Dass diese Insel ...«

Ruckartig hob Arthur den Kopf. »Wenn du die Insel verlässt?«

Linus wich seinem Blick aus. »Meine Zeit hier war von Anfang an begrenzt. Das Abreisedatum stand immer fest. Und auch wenn es schneller herangekommen ist, als ich erwartet hatte, habe ich doch ein Zuhause. Ein Leben. Einen Job. Der nun umso wichtiger geworden ist, denke ich. Du hast mir die

Augen geöffnet, Arthur. Ihr alle. Dafür werde ich euch immer dankbar sein.«

»Dankbar«, wiederholte Arthur dumpf. »Natürlich. Verzeih mir. Ich weiß nicht, was ich mir gedacht habe.« Als Linus ihn ansah, lächelte er, wenn auch etwas zittrig. »Was auch immer du tun kannst, um uns zu unterstützen, wäre ein Segen. Du ... du bist ein guter Mensch, Linus Baker. Es war mir eine Ehre, deine Bekanntschaft zu machen. Wir müssen auf jeden Fall dafür sorgen, dass deine letzte Woche auf der Insel unvergesslich wird.« Er wollte sich abwenden, zögerte aber. »Und ich verspreche dir: Es ist mir zu keinem Zeitpunkt auch nur in den Sinn gekommen, dich in irgendeiner Form für meine Zwecke zu missbrauchen. Du bist so kostbar, dass ich es nicht in Worte fassen kann. Ich denke ... es ist wie mit Theodores Knöpfen. Wenn du ihn fragen würdest, warum sie so wertvoll für ihn sind, würde er dir sagen: Weil es sie gibt.«

Damit stieg er die Treppe hinauf und verschwand in der Dunkelheit.

Linus blieb unten im Keller zurück und starrte an die Stelle, wo Arthur gerade noch gestanden hatte. Die Luft war dort noch warm, und er hätte schwören können, dass er ein leises Knistern hörte.

SECHZEHN

Hätte Linus in einem Drama gelebt, so wäre die letzte Woche seines Aufenthaltes auf der Insel Marsyas kalt und regnerisch gewesen, mit düsteren Wolken am Himmel, passend zu seiner Stimmung. Aber natürlich schien die Sonne. Das Meer war so strahlend blau wie der Himmel.

Am Montag nahm Linus am Unterricht der Kinder teil und lauschte morgens ihrer Diskussion über die Magna Carta, nachmittags ihren Erörterungen der *Canterbury Tales*. Sal zeigte sich regelrecht erbost darüber, dass die Geschichten unvollendet waren, weshalb Arthur schließlich noch *Das Geheimnis des Edwin Drood* ins Spiel brachte. Sal schwor, den Roman zu lesen und ein eigenes Ende dazu zu schreiben. Linus hielt das für eine fantastische Idee, fragte sich aber, ob er es je würde lesen können.

Dienstag saß er in den Nachmittagsstunden zwischen fünf und sieben mit Talia in ihrem Garten. Sie war nervös und überlegte immer wieder, was Helen bei ihrem Besuch in der kommenden Woche wohl davon halten würde. Vielleicht gefiel ihr ja nicht, was Talia gepflanzt hatte? »Was, wenn es nicht gut genug ist?«, murmelte sie auf Gnomisch. Linus stellte beiläufig fest, dass er sie problemlos verstand.

»Ich denke, du wirst feststellen, dass es mehr als ausreichend ist«, antwortete er.

Sie warf ihm einen bösen Blick zu. »Mehr als ausreichend. Oh Mann, Linus. Vielen Dank auch. Da fühle ich mich doch gleich viel besser.«

Sanft tätschelte er ihren Kopf. »Wir wollen doch nicht, dass das Ego mit uns durchgeht, oder? Du hast rein gar nichts zu befürchten.«

Zweifelnd sah sich Talia in ihrem Garten um. »Wirklich?«

»Wirklich. Das ist der schönste Garten, den ich je gesehen habe.«

Sie errötete bis unter die Bartspitzen.

Den Mittwochmorgen verbrachte er mit Phee und Zoe im Wald - ohne Krawatte und mit offenem Hemdkragen. Seine nackten Füße glitten über das weiche Gras. Während glänzende Sonnenstrahlen durch die Baumwipfel schimmerten, erklärte Zoe ihrem Schützling, dass es nicht nur darum ginge, Neues wachsen zu lassen, sondern auch darum, das zu hegen, was bereits vorhanden war. »Etwas zu erschaffen ist nur eine Seite«, sagte sie leise, während unter ihren Händen zahllose Blumen aufblühten. »Man muss der Erde Liebe und Sorgfalt entgegenbringen. Die Absicht ist entscheidend. Sie wird deine Absichten erkennen, und wenn sie gut und rein sind, gibt es nichts, was du nicht schaffen könntest.«

Nachmittags ging er in Chaunceys Zimmer und wurde überschwänglich begrüßt: »Willkommen im *Everland Hotel*, Sir! Gestatten Sie, dass ich mich um Ihr Gepäck kümmere?« Woraufhin Linus antwortete: »Vielen Dank, guter Mann, das wäre wundervoll.« Er reichte ihm eine leere Tasche, die Chauncey sich eifrig über die Schulter hängte. Auf seinem Kopf saß leicht schief sein Pagenhütchen. Am Ende gab Linus ihm ein üppiges Trinkgeld. So gehörte sich das schließlich, wenn man in den Genuss von erstklassigem Service kam. Das Salzwasser auf dem Zimmerboden war angenehm warm.

Später an diesem Nachmittag wurde Linus von leiser Panik ergriffen, von der drückenden Ahnung, dass etwas nicht stimmte. Dass er vielleicht einen Fehler machte.

Eigentlich hatte er packen wollen, sein Koffer lag offen auf dem Bett. Immerhin würde er in wenigen Tagen abreisen, da war es sinnvoll, schon einmal anzufangen. Aber nun stand er reglos im Zimmer und starrte den Koffer an. Neben dem Bett lag sein Exemplar der *VORGABEN UND VERORDNUNGEN* auf dem Boden. Er wusste gar nicht mehr, wann er das Buch das letzte Mal in der Hand gehabt hatte. Warum war es ihm eigentlich immer so wichtig erschienen?

Wer weiß, wie lange er noch so dagestanden wäre, wenn es nicht plötzlich am Fenster geklopft hätte.

Linus blickte hoch.

Draußen saß Theodore, die Flügel ordentlich angelegt, mit fragend geneigtem Kopf. Wieder tippte er mit der Schnauze gegen die Scheibe.

Linus ging zum Fenster und öffnete es. »Hallo, Theodore.«

Der Lindwurm zwitscherte grüßend, während er ins Zimmer hoppelte. Er spreizte die Flügel und landete mit einem flatternden Sprung neben Calliope auf dem Bett. Nachdem er die Katze mit schmalen Augen gemustert hatte, schnappte er warnend nach ihr. Sie erhob sich langsam und streckte sich ausgiebig. Dann ging sie zu Theodore hinüber und schlug ihm mit der Pfote ins Gesicht, bevor sie gähnend vom Bett sprang.

Leicht benommen schüttelte der Lindwurm den Kopf.

»Das hast du verdient«, rügte Linus ihn milde. »Ich hatte dir gesagt, dass du dich nicht mit ihr anlegen sollst.«

Theodore grummelte vor sich hin, dann zwitscherte er fragend.

Linus blinzelte überrascht. »Mitkommen? Wohin denn?«

Wieder ein Zwitschern.

»Eine Überraschung? Ich bin kein großer Freund von Überraschungen. Glaube ich.«

Aber Theodore wollte nichts davon hören. Er flog auf Linus' Schulter und knabberte so lange an seinem Ohr, bis er klein beigeben musste. »Ganz schön frech«, murmelte Linus. »Du kannst die Leute nicht einfach beißen, damit sie tun, was du … aua! Ich komme ja schon!«

Die warme Nachmittagssonne strich über Linus' Gesicht, als er aus dem Gästehaus trat. Theodore plapperte leise auf seiner Schulter, über ihm schrien die Möwen. Am Fuß der Klippe brachen sich rauschend die Wellen. Ein scharfer, bittersüßer Schmerz breitete sich in Linus aus.

Sie betraten das Haupthaus. Die Stille konnte zweierlei bedeuten: Entweder waren alle mit ihren eigenen Angelegenheiten beschäftigt, oder Lucy führte etwas Schreckliches im Schilde, das mit Zerstörung und Tod enden würde.

Theodore sprang von Linus' Schulter und glitt mit gespreizten Flügeln zu Boden. Als er zum Sofa laufen wollte, verfing er sich in ihnen und kullerte über die Dielen. Schließlich kam er auf dem Rücken liegend zum Stillstand und blinzelte zu Linus hinauf.

Der musste ein Lächeln unterdrücken. »Du wirst in sie hineinwachsen. Und sicher nicht zu knapp.«

Der kleine Lindwurm rollte sich herum und stellte sich auf die Füße. Dann schüttelte er sich in ganzer Länge, von der schmalen Schnauze bis zur Schwanzspitze. Nachdem er noch einmal zu Linus hochgesehen hatte, zwitscherte er kurz und verschwand unter dem Sofa.

Fassungslos sah Linus ihm hinterher. Er konnte nicht glauben, was er gerade gehört hatte. Zwar hatte er schon Teile des Schatzes gesehen, die Theodore oben im Turm hortete … aber das hier war um einiges bedeutsamer.

Unter dem Sofa drang ein ungeduldiges Zwitschern hervor.

»Bist du sicher?«, fragte Linus vorsichtig.

Ja, er sei sicher, antwortete Theodore.

Ganz langsam ließ sich Linus auf Hände und Knie sinken und kroch Richtung Sofa. Dass er nicht darunterpasste, war offensichtlich, aber wenn er die Stoffblende anhob, würde er problemlos alles sehen können.

Also tat er das.

Flach auf dem Bauch liegend, eine Wange an den Boden gedrückt, spähte er unter das Sofa – in Theodores geheimen Hort.

Auf der rechten Seite entdeckte er eine weiche Decke, die zu einem Nest zurechtgeschoben worden war. Obendrauf lag ein kleines Kissen, das etwa so groß war wie Linus' Hand. Und rings um das Nest war Theodores Schatz ausgebreitet: verschiedene Münzen, einige von Quarzadern durchzogene Steine (ganz ähnlich wie die in Lucys Zimmer) und eine hübsche, rot-weiße Muschel mit einem Riss in der Mitte.

Doch das war längst nicht alles.

Dort lag ein Stück Papier, auf dem Linus einzelne Worte entzifferte: *... brüchig und dünn. Hält man mich ...*

Dort lag eine getrocknete Blume; diese Art hatte er draußen im Garten gesehen.

Dort lag ein Blatt von einem Baum, so leuchtend grün, dass es nur von einem Elementargeist erschaffen worden sein konnte.

Dort lag ein Stück von einer zerbrochenen Schallplatte.

Dort lag ein offenbar aus einer Zeitschrift stammendes Bild von einem lächelnden Pagen, der einer Dame mit ihrem Gepäck half.

Dort lag ein Foto von einem sichtlich jüngeren Arthur, schon leicht gewellt an den Ecken.

Und daneben, liebevoll aufgestapelt: Knöpfe.

So viele Knöpfe.

Es sind die kleinen Dinge. Kleine Schätze, auf die wir unvermutet stoßen, ohne zu wissen, woher sie stammen. Und stets dann, wenn wir am wenigsten damit rechnen. Eigentlich wunderschön, wenn man einmal darüber nachdenkt.

Linus musste blinzeln; seine Augen brannten.

»Er ist wunderschön«, flüsterte er.

Natürlich sei er das, zwitscherte Theodore. Dann tapste

er zu dem Knopfhaufen und wühlte mit der Schnauze darin herum, als würde er etwas suchen. Sein Schwanz schlug auf den Boden, als er schließlich den Kopf hob.

In seinem Maul schimmerte ein Messingknopf, der Linus mehr als bekannt vorkam.

Er drehte sich um und kroch Richtung Sofakante.

Linus beobachtete, wie der Lindwurm die Kiefer zusammenpresste und fest auf den Knopf biss, bevor er ihn fallen ließ.

In dem Metall waren nun deutlich die Abdrücke seiner Fangzähne zu sehen.

Theodore schob den Knopf in Linus' Richtung. Dann sah er ihn an und zwitscherte.

»Für mich?«, fragte Linus verblüfft. »Du willst, dass ich ihn nehme?«

Theodore nickte.

»Aber das ...« Linus seufzte schwer. »Er gehört doch dir.«

Wieder schob Theodore den Knopf zu ihm hinüber.

Also tat Linus das Einzige, was ihm übrig blieb - er nahm den Knopf.

Dann richtete er sich auf und lehnte sich mit dem Rücken an das Sofa. Versonnen starrte er auf den Knopf in seiner Hand und strich mit dem Finger über die Zahnabdrücke. Der kleine Lindwurm schob den Kopf unter dem Sofa hervor und zwitscherte.

»Vielen Dank«, sagte Linus leise. »Das ist das schönste Geschenk, das mir je gemacht wurde. Ich werde ihn immer in Ehren halten.«

Theodore legte den Kopf auf Linus' Oberschenkel.

Stumm blieben sie sitzen und sahen zu, wie die Abendsonne über die Wände wanderte.

Es war Donnerstagmorgen, als der geballte irdische Zorn über sie hereinbrach.

Linus war mit Zoe und Lucy in der Küche. Letzterer untermalte lauthals den zarten Gesang von Bobby Darin. Linus schmunzelte und lachte, obwohl sein Herz wie ein Glassplitter in seiner Brust drückte. Gerade hatten sie eine Ladung Zimtbrötchen in den Ofen geschoben, und wenn er sich konzentrierte und angestrengt lauschte (was Lucy allerdings mit aller Kraft zu erschweren versuchte), konnte er die Geräusche der anderen oben im Haus hören.

»Es sind so viele Pekannüsse übrig geblieben«, meinte Zoe. »Wir hätten vermutlich gar nicht ...«

Linus zuckte erschrocken zusammen, als sie die Schüssel, die sie gerade abwusch, ins Spülbecken fallen ließ. Das Seifenwasser spritzte bis auf den Boden.

Steif richtete sie sich auf. Ihre Finger zuckten, und ihre Flügel begannen zu schwirren wie die eines Kolibris.

»Zoe?«, fragte er vorsichtig. »Geht es dir gut? Was ist los?«

»Nein«, flüsterte sie, während Lucy ahnungslos weitersang. »Nein, nicht jetzt. Das können sie nicht tun. Das können sie *nicht tun.*«

Nun war auch Lucy aufgeschreckt. »Was? Wen meinst du?«

Zoe fuhr so ruckartig herum, dass sich kleine Seifenblasen von ihren Fingern lösten und zu Boden schwebten. In ihren Augen lag ein Glanz, den Linus nie zuvor gesehen hatte, eine Art überirdisches Leuchten. Sie funkelten wie gesprungenes Glas. Noch in keinem Moment ihrer Bekanntschaft hatte Linus sich vor ihr gefürchtet, und das tat er auch jetzt nicht. Doch er war nicht so dumm zu vergessen, dass sie ein sehr alter und mächtiger Elementargeist war - und er nur ein Gast auf ihrer Insel.

Ganz langsam ging er auf sie zu. Er wollte sie auf keinen Fall erschrecken, falls sie vergessen haben sollte, dass er da war. Doch bevor er sie erreicht hatte, kam Arthur in die Küche gestürmt. Seine Augen waren zusammengekniffen. Schlagartig wurde es noch wärmer im Raum, und Linus glaubte, eine

Flamme auflodern zu sehen. Das konnte aber auch nur eine Spiegelung der Sonne gewesen sein.

»Was ist los?«, fragte er. »Was ist passiert?«

»Die Dorfbewohner«, antwortete Zoe leise, beinahe verträumt. Jedes Wort klang wie Musik. »Sie versammeln sich am Ufer des Festlandes.«

»Was?«, wunderte sich Lucy. »Wieso? Wollen sie etwa herkommen?« Stirnrunzelnd musterte er die Pekannüsse, die auf der Arbeitsfläche bereitlagen. »Also, meine Zimtbrötchen kriegen sie aber nicht. Ich habe sie genau so gemacht, wie ich sie mag. Ja, ich weiß, man soll mit anderen teilen, aber heute bin ich nicht in Geberlaune.« Fragend sah er Linus an. »Muss ich meine Zimtbrötchen mit ihnen teilen?«

»Natürlich nicht«, antwortete Linus ruhig. »Wenn sie welche wollen, sollen sie selbst welche backen.«

Lucy grinste breit, es wirkte jedoch etwas angespannt. »Für Sie habe ich zwei gemacht, Mr. Baker. Ich will ja nicht, dass Sie vom Fleisch fallen.«

»Lucy, würdest du die anderen bitte im Klassenzimmer versammeln?«, bat Arthur. »Es wird Zeit für euren Unterricht.«

Lucy seufzte schwer. »Aber ...«

»Lucy.«

Leise nörgelnd sprang der Junge von seinem Tritthocker. In der Küchentür blieb er noch einmal stehen und blickte zu den drei Erwachsenen zurück. »Stimmt etwas nicht?«

»Aber nein«, versicherte Arthur, »es ist alles in bester Ordnung. Und jetzt geh bitte, Lucy.«

Nach kurzem Zögern ging der Junge hinaus und fing an, nach den anderen zu rufen. Er erklärte ihnen lauthals, dass sein Plan, ihnen durch Zimtbrötchen den Unterricht zu ersparen, wohl fehlgeschlagen sei.

Arthur ging zu Zoe hinüber und packte sie an den Schultern. Ihr Blick wurde wieder klar, und sie blinzelte mehrmals. »Du hast es auch gespürt.«

Arthur nickte. »Setzen sie schon über?«

»Nein, sie ... haben angehalten. Am Hafen. Ich weiß nicht warum. Aber die Fähre hat das Dorf nicht verlassen.« Mit unerbittlicher Härte in der Stimme fügte sie hinzu: »Sie wären schön dumm, wenn sie es versuchen.«

Linus lief es eiskalt den Rücken herunter. »Wer ist es?«

»Keine Ahnung«, erklärte sie. »Aber es sind ziemlich viele.« Wieder starrte sie an Arthur vorbei ins Nichts. »Sie sind wütend. Es ist wie ein Sturm.«

Arthur ließ die Hände sinken und trat einen Schritt zurück. »Du bleibst hier bei den Kindern. Halt dich an den normalen Ablauf. Sag ihnen, dass alles in Ordnung ist. Ich werde mich selbst darum kümmern. Ich komme zurück, sobald ich kann.«

Zoes Hand schloss sich um seinen Unterarm. »Du solltest das nicht tun müssen, Arthur. Nicht, nachdem ... lass mich gehen. Ich werde ...«

Betont langsam schob sich Arthur rückwärts von ihr fort. »Nein. Wenn sie es doch irgendwie auf die Insel schaffen, brauchen dich die Kinder hier dringender. Du kannst sie besser beschützen als ich. Bring sie in dein Haus, falls es so weit kommt. Verschließe den Wald hinter euch, damit nichts durchkommt. Schotte die gesamte Insel ab, wenn es sein muss. Wir haben das alles besprochen, Zoe. Wir wussten immer, dass so etwas passieren kann.«

Offenbar lag ihr ein Protest auf der Zunge, doch als sie Arthurs Gesicht sah, gab sie nach. »Ich will nicht, dass du allein gehst«, sagte sie aber noch.

»Das wird er nicht«, meldete sich Linus zu Wort.

Die beiden drehten sich so überrascht zu ihm um, als hätten sie vollkommen vergessen, dass er da war.

Linus zog den Bauch ein, streckte die Brust raus und stemmte die Hände in die Hüften. »Ich weiß zwar nicht genau, was los ist, aber ich kann es mir vorstellen. Und wenn das irgendwie mit den Dorfbewohnern zusammenhängt, wird es höchste Zeit, dass ich denen mal meine Meinung sage.« Vermutlich sah er ziemlich lächerlich aus, und seinen Worten mangelte es eindeutig an Durchschlagskraft, doch er sah die beiden unnachgiebig an.

Schließlich meinte Arthur: »Ich möchte nicht, dass du dich in Gefahr begibst, Linus. Es wäre besser, wenn du …«

»Ich kann ganz gut auf mich aufpassen«, unterbrach Linus ihn verkniffen. »Mag sein, dass ich nicht nach viel aussehe, aber ich versichere dir, der Schein trügt. Wenn es nötig ist, kann ich äußerst resolut sein. Und ich bin ein Vertreter der Regierung. Die Erfahrung hat gezeigt, dass die Menschen oft auf solche Autoritäten hören.« Letzteres war nur teilweise richtig, aber dieses kleine Detail behielt Linus lieber für sich.

Arthur ließ die Schultern hängen. »Du dummer, tapferer Kerl. Ich weiß doch, was in dir steckt. Aber trotzdem solltest du …«

»Dann wäre das ja geklärt«, fiel Linus ihm erneut ins Wort. »Gehen wir. Ich mag Zimtbrötchen nur, solange sie warm sind, wir sollten das also schnell aus der Welt schaffen.« Er war bereits auf dem Weg zur Tür, als ihm plötzlich ein Gedanke kam. »Wie sollen wir eigentlich übersetzen, wenn die Fähre nicht hier ist?«

»Fang.«

Gerade noch rechtzeitig drehte er sich zu Zoe um, die ihm einen Schlüsselbund zuwarf. Ungeschickt fing er ihn auf, bevor er auf dem Boden landete. Stirnrunzelnd stellte er fest, dass es sich um die Schlüssel für ihr albernes kleines Auto handelte. »Vielen Dank für das Angebot, aber ich wüsste nicht, wie uns das weiterhelfen sollte. Zwischen uns und dem Dorf befindet sich eine ziemliche Menge Wasser. Solange sich dein Auto also nicht in ein U-Boot verwandeln kann, wird das wohl kaum von Nutzen sein.«

»Es ist besser, wenn ich es dir nicht erkläre«, versicherte sie ihm. »Du würdest dich nur aufregen.«

»Oje«, seufzte Linus leise. »Das klingt so gar nicht gut.«

Zoe stellte sich auf die Zehenspitzen und hauchte einen Kuss auf Arthurs Wange. »Wenn sie dich sehen ...«

Arthur schüttelte den Kopf. »Dann sehen sie mich eben. Es wird Zeit, ins Licht zu treten. Ich habe mich viel zu lange in den Schatten herumgedrückt.« Er sah kurz zu Linus hinüber. »Das hat mir ein äußerst weiser Mann klargemacht.«

Sie ließen Zoe allein in der sonnendurchfluteten Küche zurück, wo die Zimtbrötchen duftend im Ofen aufgingen.

Das Auto hüpfte über die ungepflasterte Straße, was daran liegen konnte, dass Linus das Gaspedal so fest durchtrat, wie er es wagte. Sein Herz raste, sein Mund war völlig ausgetrocknet, aber er sah so klar wie nie zuvor. Die Bäume rechts und links schienen grüner zu sein, die Blumen am Straßenrand strahlender. Ein Blick in den Seitenspiegel zeigte ihm, dass der Wald sich hinter ihnen mit einem leisen Ächzen verschloss und dicke Äste über die Fahrbahn wucherten. Wer nicht wusste, wonach er suchen musste, hätte hier niemals einen Durchgang vermutet.

Arthur saß mit im Schoß gefalteten Händen auf dem Beifahrersitz. Seine Augen waren geschlossen, und er atmete tief und gleichmäßig: durch die Nase ein, durch den Mund aus.

Sie erreichten ohne Zwischenfälle den Landungssteg der Insel. Das Meer war ruhig, es schob sich in kleinen, mit Schaumkrönchen besetzten Wellen an den Strand. Drüben am Festland konnte Linus die Fähre erkennen, die bewegungslos am Dock lag. Mit quietschenden Bremsen brachte er das Auto zum Stehen.

Arthur öffnete die Augen.

»Und was nun?«, fragte Linus nervös. Seine verschwitzten Hände waren krampfhaft um das Lenkrad geschlungen. »Sollte dieser Wagen nicht wirklich eine U-Boot-Funktion haben, sehe ich keine Möglichkeit hinüberzukommen. Und falls doch, sollte ich dir mitteilen, dass ich keinerlei Erfahrung in der Steuerung eines solchen Gefährts vorzuweisen habe, weshalb wir dann vermutlich ein feuchtes Grab auf dem Meeresgrund finden werden.«

Arthur lachte leise. »Darum müssen wir uns wohl eher nicht sorgen. Vertraust du mir?«

»Ja, natürlich. Wie könnte ich nicht?«

Arthur sah ihn an. »Dann fahr, mein lieber Linus. Fahr los und finde heraus, wohin dieses Vertrauen dich führen kann.«

Linus blickte durch die Windschutzscheibe auf das Wasser hinaus.

Er holte tief Luft.

Nahm den Fuß von der Bremse.

Der Wagen setzte sich in Bewegung.

Er drückte auf das Gaspedal.

Sofort wurde das Auto schneller.

Obwohl seine Finger das Lenkrad so fest umklammerten, dass die Knöchel weiß hervortraten, lenkte Linus den kleinen Wagen von der Straße herunter auf den weißen Sand. Seine Kehle war wie zugeschnürt, als er nur noch Wasser vor sich sah. »Arthur ...«

»Hab Vertrauen. Ich würde niemals zulassen, dass dir etwas geschieht.« Arthur legte eine Hand auf Linus' Bein und drückte es sanft.

Linus gab weiter Gas.

Fuhr immer weiter.

Das Rauschen des Ozeans schien überlaut zu werden, als aus dem trockenen Sand nasser wurde und die erste Gischt sein Gesicht traf. Ihm blieb keine Zeit mehr, einen warnenden Schrei auszustoßen, denn das Meer war bereits vor ihnen, knisternd und zitternd wogte es heran, hob und senkte sich, als wollte etwas unter der Oberfläche hervorbrechen. Linus schloss panisch die Augen; gleich würden die Wellen über sie hereinbrechen und sie in die Tiefe ziehen, ganz sicher.

Der Wagen ächzte, das Lenkrad ruckelte unter seinen Fingern. Stumm schickte Linus ein Stoßgebet an jeden, der ihm vielleicht zuhörte.

»Öffne die Augen«, flüsterte Arthur plötzlich.

»Das möchte ich eigentlich lieber nicht tun«, presste Linus mühsam hervor. »Meiner Meinung nach sollte man dem Tod nicht ins Gesicht sehen, das wird eindeutig überschätzt.«

»Dann ist es ja umso besser, dass wir nicht sterben werden. Zumindest nicht heute.«

Linus öffnete die Augen.

Vollkommen verblüfft stellte er fest, dass sie sich auf dem Meer befanden. Als er sich umdrehte, sah er, dass die Insel hinter ihnen immer kleiner wurde. Fassungslos schnappte er nach Luft. »Was zum ...?«

Mit einem Ruck wandte er sich wieder nach vorne. Vor ihrem Wagen zog sich eine weiße, kristallartige Bahn über das Wasser, die sich offenbar direkt aus dem Meer materialisierte. Ein Blick aus dem Seitenfenster zeigte ihm, dass dieser Weg ungefähr doppelt so breit war wie das Auto. Es knirschte und krachte, aber es hielt.

»Salz«, erklärte Arthur mit unüberhörbarer Belustigung. »Es ist das Salz aus dem Meerwasser. Und es wird halten.«

»Wie ist das möglich?«, fragte Linus erstaunt, nur um die Frage dann selbst zu beantworten: »Zoe.«

Arthur nickte. »Sie ist zu einer ganzen Reihe von Dingen in der Lage, selbst ich weiß nicht von allem. Das hier habe ich bislang nur ein einziges Mal miterlebt. Wir haben schon vor langer Zeit beschlossen, die Fähre zu benutzen, um die Menschen im Dorf nicht zu verschrecken. Es ist immer noch besser, sich mit Merle herumzuschlagen, als Furcht und Schrecken zu verbreiten, indem wir mit dem Auto über das Meer fahren.«

Linus verkniff sich ein Lachen, das sicher hysterisch ausgefallen wäre. »Ja, natürlich. Eine Straße aus Salz, die über den Ozean führt. Warum bin ich da nicht selbst draufgekommen?«

»Weil dir nicht bewusst war, dass es eine Möglichkeit darstellt«, antwortete Arthur ruhig. »Doch wer sich das Unmögliche erträumt, weiß auch, wie weit seine Möglichkeiten reichen, wenn der Druck groß genug ist.«

»Nun ja.« Linus seufzte leise. »Dann wollen wir doch mal sehen, wie es ihnen gefällt, wenn wir auf den Druck reagieren.«

Entschlossen trat er das Gaspedal durch, und der Wagen schoss dröhnend über die funkelnde Salzbahn.

Am Fähranleger hatte sich eine Menschentraube gebildet. Einige hatten die Arme hochgerissen und schüttelten die Fäuste. Der Motorenlärm des Autos und das Meeresrauschen übertönten ihre Stimmen, aber ihre Münder waren wütend verzogen, und sie hatten die Augen zusammengekniffen. Manche trugen improvisierte Schilder mit Botschaften wie ICH SEHE – ICH MELDE, ICH BIN ANTI-ANTICHRIST oder – die absurde Variante – MIR IST KEIN SCHLAUER SPRUCH EINGEFALLEN.

Das unverständliche Gebrüll der Menge verstummte, als die Menschen das heranrasende Auto entdeckten. Linus konnte ihnen nicht übel nehmen, dass sie schockiert waren. Würde er dort am Strand stehen und sehen, wie ein Auto über die Meeresoberfläche fuhr, würde ihn das vermutlich ähnlich aus der Fassung bringen.

Die Salzbahn endete am Strand neben dem Fähranleger. Nachdem sie auf den Sand gerollt waren, brachte Linus den Wagen zum Stehen und schaltete den Motor aus, der noch eine Weile leise tickte.

Dann breitete sich Stille aus.

Zumindest bis ein Mann ganz vorne in der Menge – es war der Eisverkäufer (Norman, erinnerte sich Linus mit leiser Verachtung) – brüllte: »Sie benutzen *Magie!*«

Sofort setzte das Gezeter der Menge wieder ein.

Oben am Fähranleger stand Helen. Sie hatte sich vor der Menge aufgebaut, als wollte sie den Leuten den Zugang zur Fähre verweigern. Wieder einmal hatte sie Schmutzflecken im Gesicht, was aber nichts daran änderte, dass sie fuchsteufelswild zu sein schien. Neben ihr stand Merle, die Arme vor der Brust verschränkt, wie üblich mit finsterer Miene.

Linus und Arthur stiegen aus und knallten die Wagentüren zu. Erleichtert stellte Linus fest, dass die Menschenmenge kleiner war, als es zunächst den Anschein gehabt hatte. Helen und Merle mitgerechnet, hatte sich ungefähr ein Dutzend Leute versammelt. Wenig überraschend war auch Marty aus dem Plattenladen unter ihnen, nun angetan mit einer medizinischen Halskrause. Auf seinem Schild stand: JAWOHL, ICH WURDE VOM SOHN SATANS ANGEGRIFFEN. WOLLT IHR WISSEN WIE? Neben ihm entdeckte Linus den Mann aus dem Postamt. Auch das war keine große Überraschung. Diesen Kerl hatte er von Anfang an nicht ausstehen können.

Das Geschrei der Menge ließ nach, als Linus und Arthur die Stufen zum Anleger hinaufstiegen, doch es verstummte nicht ganz.

»Was hat das zu bedeuten?«, wollte Linus wissen, sobald sie oben ankamen. »Mein Name ist Linus Baker, ich bin Angestellter der Behörde für die Betreuung Magischer Minderjähriger. Jawohl, Sie haben richtig gehört: ein *Regierungsvertreter*. Und wenn ein Regierungsvertreter Antworten verlangt, sollte er diese auch schnellstmöglich bekommen.«

»Die haben versucht, meine Fähre zu stürmen«, erklärte Merle, der seine abfälligen Blicke nun gerecht zwischen der Horde und Arthur aufteilte. »Sie meinten, sie wollten rüber auf die Insel. Was ich aber nicht zugelassen habe.«

»Vielen Dank, Merle.« So viel Besonnenheit hatte Linus dem Fährmann gar nicht zugetraut. »Ich hätte nicht gedacht, dass ...«

»Die wollten nicht bezahlen«, empörte sich Merle. »Und für lau mach ich gar nichts.«

Linus verkniff sich eine Erwiderung.

»Ihr hättet nicht kommen müssen«, wandte sich nun Helen an Arthur. »Ich habe alles unter Kontrolle. Ich werde nicht zulassen, dass dir oder den Kindern etwas geschieht.« Sie warf ihrem Neffen, der unauffällig versuchte, sich in der Menge zu verstecken, einen finsteren Blick zu. »Manche Leute wissen einfach nicht, wann sie besser den Mund halten sollten. Oh ja, Martin Smythe, du kannst ruhig versuchen, dich zu verkriechen, ich sehe dich trotzdem. Und wie ich dich sehe. Euch alle. Und ich habe ein wirklich ausgezeichnetes Gedächtnis.«

»Ich habe keinen Zweifel daran, dass du die Lage im Griff hast«, versicherte Arthur ihr ruhig. »Aber es kann doch nie schaden, ein paar Verbündete auf seiner Seite zu haben.«

Linus baute sich vor dem Mob auf. Die Sonne brannte, und er fing sofort an zu schwitzen. Trotzdem musterte er die Menge mit finsterer Miene. Sehr zu seinem Leidwesen hatte er noch nie sonderlich einschüchternd auf seine Mitmenschen gewirkt, aber er würde keinesfalls zulassen, dass diese Leute mit dem durchkamen, was sie sich in den Kopf gesetzt hatten. »Was hat das zu bedeuten?«, fragte er noch einmal.

Mit diebischer Freude stellte er fest, dass der Mob geschlossen einen Schritt zurückwich.

»Also? Bei unserer Ankunft schienen Sie kein Problem damit zu haben, sich zu artikulieren. Und jetzt ist plötzlich niemand mehr bereit, den Mund aufzumachen?«

Doch, Norman war dazu bereit. Was Linus nicht überraschte. »Sie sollen weg«, knurrte er. »Die Kinder, das Waisenhaus, die ganze Insel. Alles eben.«

Fassungslos starrte Linus ihn an. »Und wie genau wollen Sie bitteschön eine komplette Insel wegschaffen?«

Ein zorniges Rot flammte in Normans Gesicht auf. »Das ... also ... das ist nicht der Punkt!«

Frustriert riss Linus beide Arme hoch. »Und was ist bitteschön der Punkt?«

Norman schnappte wütend nach Luft, dann platzte es aus ihm heraus: »Dieser kleine Antichrist. Er hätte Marty fast umgebracht!«

Hinter ihm wurde zustimmendes Gemurmel laut, was Norman nachdrücklich nicken ließ. »Ja, genau. Der arme Marty hat niemandem etwas getan, und dann, dann kam dieses ... Ding in unser Städtchen und bedroht sein Leben! Schleudert den armen Kerl einfach so gegen die Wand, als wäre das nichts. Er hat einen dauerhaften Schaden davongetragen. Dass er überhaupt noch laufen kann, grenzt an ein Wunder!«

Helen schnaubte empört. »Dauerhaften Schaden, ja genau.«

»Sehen Sie sich doch nur seine Halskrause an!«, rief der Kerl vom Postamt. »Wer trägt denn bitte eine Halskrause, wenn er nicht ernsthaft verletzt ist?«

»Richtig«, nickte Helen. »Komischerweise sieht die ganz genauso aus wie die Halskrause, die ich zu Hause in meinem Kleiderschrank hatte, noch von meinem Autounfall vor ein paar Jahren.«

»Das stimmt nicht!«, rief Marty. »Ich war beim Arzt, und der hat sie mir gegeben. Mein Rückgrat ist beinahe pulverisiert worden, hat er gesagt. Und dass ich Glück hätte, überhaupt noch am Leben zu sein!«

»Dass du kein Rückgrat hast, glaube ich sofort«, murmelte Linus.

Helen verdrehte nur die Augen. »An dem Ding ist ein Schildchen dran, Martin. Mit meinen Initialen drauf. Offenbar hast du vergessen, es abzureißen, denn wir können es alle sehen!«

»Oh.« Martin dachte kurz nach. »Na ja, das ... könnte aber auch Zufall sein, oder?«

»Das ist sowieso unwichtig«, schaltete sich Norman wieder

ein. »Wir haben einstimmig beschlossen, dass diese Kinder eine Bedrohung sind. Sie stellen für uns alle eine Gefahr dar. Und wir haben uns lange genug mit diesem Frevel herumgeschlagen. Was ist denn, wenn sie es jetzt auf uns alle abgesehen haben, so wie auf den armen Marty?«

»Hat er Ihnen denn auch erzählt, dass er versucht hat, sich mit einem kleinen Jungen in einem Kämmerchen einzusperren und einen Exorzismus an ihm durchzuführen?«, hielt Linus dagegen. »Was meines Wissens nach einer Kindesentführung und versuchten Körperverletzung gleichkommt, was gesetzeswidrig ist – ganz egal, um wen es sich bei dem Kind handelt.«

Ganz langsam drehte sich der Mob zu Marty um.

Der entdeckte plötzlich etwas wahnsinnig Interessantes auf dem Boden vor seinen Füßen.

Kopfschüttelnd stellte Norman fest: »Seine Handlungen mögen etwas fehlgeleitet gewesen sein, doch das ändert nichts an den Tatsachen. Warum sollten wir uns nicht schützen dürfen? Sie sagen, das wären Kinder. Aber wir müssen uns um das Wohl unserer eigenen Kinder kümmern.«

»Das ist aber seltsam.« Helen hatte sich neben Linus aufgebaut. »Wo doch kein einziger von euch Kinder *hat*.«

Schon war Norman wieder auf hundertachtzig. »Das liegt nur daran, dass die mit Kindern sich alle nicht hergetraut haben!«

»Dann nenn mir einen«, forderte Helen.

»Oh nein«, wehrte sich Norman, »ich lasse mich von dir nicht austricksen. Mir ist schon klar, dass du das nicht siehst, Helen, selber schuld. Aber wir werden nicht zulassen, dass unser aller Leben in Gefahr gerät, weil ...«

Linus lachte laut auf. »Euer Leben gerät in Gefahr? Wodurch denn bitte? Hat euch hier irgendjemand bedroht? Abgesehen von mir?«

»Und wie sie das haben!«, kreischte eine Frau ganz hinten in der Menge. »Schon dass die überhaupt existieren, ist eine Bedrohung!«

»Ich glaube Ihnen kein Wort«, erwiderte Linus. »Ich habe einen ganzen Monat mit ihnen verbracht, und in dieser Zeit habe ich nicht einmal den Hauch einer Bedrohung wahrgenommen. Überhaupt habe ich – abgesehen von Martys unkluger Attacke gegen ein Kind – nur eine einzige Gefahr bemerkt, und zwar hier und jetzt, ausgehend von Ihnen allen. Sagen wir mal, Sie hätten es auf die Insel geschafft. Was hätten Sie dann getan? Wären Sie handgreiflich geworden? Hätten Sie die Kinder geschlagen? Angegriffen? Sie verletzt?«

Norman wurde blass. »Natürlich hätten wir nicht ...«

»Was hätten Sie denn dann getan? Irgendeinen Plan müssen Sie doch gehabt haben. Immerhin haben Sie sich hier versammelt und sich richtig schön in Rage geredet. Dieses Gruppendenken ist das reinste Gift, da will ich lieber nicht wissen, was alles passiert wäre, wenn Sie es tatsächlich auf die Insel geschafft hätten. Ich hätte nie gedacht, dass ich das einmal sage, aber ich danke Gott dafür, dass Merle hier war und Ihnen die Überfahrt auf seiner Fähre verweigert hat.«

»Jawohl«, bestätigte Merle. »Ich habe euch gesagt, dass ihr bezahlen müsst, aber ihr wolltet ja nicht!«

»Ganz ehrlich, Merle«, seufzte Helen, »warum hältst du nicht einfach mal die Klappe, wenn du schon unverdient Lob kassierst?«

»Sie werden jetzt nach Hause gehen«, verlangte Linus. »Sonst werde ich alles in meiner Macht Stehende tun, um ...«

Er konnte nicht sehen, woher es kam. Irgendwo aus der Mitte der Menge. Wohl nicht von Marty, aber es geschah viel zu schnell. Eine Hand hob sich, eine Hand mit einem großen Stein. Sie holte aus, schoss nach vorne, und schon flog der Stein auf sie zu. Linus blieb keine Zeit, um zu überlegen, wer das Ziel sein sollte, aber Helen stand mitten im Weg des Geschosses. Er schob sich vor sie, mit dem Rücken zur Menge, und schirmte sie ab. Mit geschlossenen Augen wartete er auf den Aufprall.

Der nicht kam.

Stattdessen fühlte es sich an, als wäre die Sonne auf die Erde herabgestürzt. Die Luft erhitzte sich schlagartig, wurde immer wärmer, bis sie zu brennen schien. Als Linus die Augen öffnete, sah er Helens Gesicht direkt vor sich. Aber sie schien ihn gar nicht zu bemerken, denn sie blickte wie gebannt über seine Schulter nach oben. In ihren Augen spiegelte sich eine wahre Feuersbrunst.

Ganz langsam drehte Linus sich um.

Zwischen ihm und der Menge stand Arthur Parnassus, doch er war nicht mehr derselbe.

Der Phönix hatte sich erhoben.

Arthur hatte die Arme gespreizt, und rechts und links von ihm entfalteten sich die nun mindestens drei Meter breiten Flügel, auf die Linus in dem dunklen Keller einen kurzen Blick erhascht hatte. Flammen tanzten über seine Arme und Schultern. Über ihm erhob sich der gereckte Kopf des Phönix; in seinem Schnabel schimmerte der abgefangene Stein. Ein kurzer Druck, und der Stein zerfiel in feine Splitter, die vor Arthur zu Boden rieselten.

Die Menschen dort vor ihnen hatten Angst, ja, noch immer hatten sie Angst, die durch eine solche Vorstellung natürlich nicht gemindert wurde, so atemberaubend sie auch sein mochte. Aber in vielen Gesichtern spiegelte sich außerdem die staunende Faszination, die Linus in Helens Blick gesehen hatte, und die sich bestimmt auch in seiner Miene abzeichnete.

Die Flügel zuckten, das Feuer knisterte.

Der Phönix nahm den Kopf zurück und stieß einen gellenden Schrei aus, der Linus mit einer wohligen Wärme erfüllte.

Linus ließ Helen stehen, duckte sich unter den Flügeln hindurch und ging einmal langsam um Arthur herum. Die Wärme des Feuers streifte seinen Rücken.

Arthur blickte starr geradeaus, in seinen Augen loderten

Flammen. Als der Phönix mit den Flügeln schlug, lösten sich zarte Feuerzungen aus seinem Gefieder. Der Vogelkopf neigte sich leicht, schaute zu Linus hinunter und blinzelte langsam.

Ohne jeden bewussten Gedanken hob Linus die Hände und umfasste Arthurs Gesicht. Seine Haut war heiß, aber Linus wusste, dass er sich nicht verbrennen, dass seine Finger keinen Schaden nehmen würden. Das würde Arthur niemals zulassen.

Mit einem sanften Kitzeln glitt das Feuer über seine Handrücken. »Schön, schön«, sagte Linus leise. »Ich denke, das reicht jetzt. Du hast deinen Standpunkt mehr als deutlich gemacht.«

Das Feuer in Arthurs Augen erlosch.

Die Flügel lösten sich auf.

Mit einer fließenden Bewegung senkte der Phönix den Kopf, und Linus hielt unwillkürlich den Atem an, als der große Vogel für einen Moment den Schnabel gegen seine Stirn drückte, bevor auch er sich in einer dicken schwarzen Rauchwolke verlor.

»Du hast es also tatsächlich getan«, flüsterte er.

»Es wurde Zeit«, erklärte Arthur. Sein Gesicht war bleich, und auf seiner Stirn funkelten Schweißperlen. »Geht es dir gut?«

»Aber ja. Ich vermeide es grundsätzlich, mir von Steinen den Kopf einschlagen zu lassen, deshalb kam mir das höchst gelegen.« Plötzlich wurde ihm bewusst, dass sie noch immer Zuschauer hatten, und er ließ die Hände sinken. Linus war wütend. So wütend war er schon lange nicht mehr gewesen. Deshalb wollte er sich umdrehen und diesen Menschen ordentlich die Meinung geigen, wollte ihnen zeigen, was es hieß, richtig bedroht zu werden, aber Arthur hielt ihn mit einem Kopfschütteln zurück. »Du warst bereits dran. Lass mich.«

Linus nickte steif, hielt sich aber dicht an Arthurs Seite. Finster starrte er in die Menge, damit ja niemand auf die Idee kam, noch einmal mit Steinen zu werfen.

Aber die wütende Aggression war verschwunden. Linus sah

nun blasse Gesichter vor sich, die Menschen starrten sie aus großen Augen an. Ihre Schilder lagen vergessen auf der Erde. Marty hatte sogar seine Halskrause abgenommen, wohl weil er sonst nicht den Kopf hätte heben können, um den entfesselten Phönix zu sehen.

Arthur begann: »Ich kenne Sie alle nicht so gut, wie es mir lieb wäre. Und Sie kennen mich nicht. Würden Sie mich kennen, hätten Sie gewusst, dass es niemals ratsam ist, mir oder den Meinen Schaden zufügen zu wollen.«

Linus spürte, wie ihm wieder heiß wurde, obwohl der Phönix doch gar nicht mehr da war.

Der Mob wich noch einen Schritt zurück.

Plötzlich stieß Arthur einen tiefen Seufzer aus und ließ die Schultern hängen. »Ich ... ich weiß eigentlich gar nicht, was ich hier tue. Oder was ich sagen soll. Für mich sieht es nicht so aus, als ob Worte allein eine Veränderung in Ihren Herzen oder Köpfen bewirken könnten, vor allem nicht, wenn sie von mir stammen. Sie fürchten das, was Sie nicht verstehen. Sie sehen in uns das Chaos, das Ihre geordnete Welt bedroht. Und ich habe nicht sonderlich viel getan, um dagegen anzugehen, sondern habe die Kinder abgeschirmt auf der Insel festgehalten. Wenn ich vielleicht ...« Er schüttelte den Kopf. »Wir alle machen Fehler. Immer und immer wieder. Eben das macht uns menschlich, auch wenn wir uns sonst stark voneinander unterscheiden. Sie betrachten uns als etwas, das es zu fürchten gilt. Und ich habe in Ihnen lange Zeit nichts anderes gesehen als Geister aus einer Vergangenheit, die ich unbedingt vergessen wollte. Aber dies ist unsere Heimat, und sie gehört uns allen. Ich werde nicht bitten und betteln. Und wenn es hart auf hart kommt, werde ich tun, was nötig ist, um die Sicherheit meiner Schützlinge zu gewährleisten. Doch ich hoffe sehr, dass es nicht so weit kommen muss. Stattdessen möchte ich Sie bitten zuzuhören, anstatt blind ein Urteil zu fällen über das, was Sie nicht verstehen.«

Er sah zu Marty hinüber, der sich unwillkürlich duckte. »Lucy wollte Ihnen nicht ernsthaft wehtun«, versicherte er ihm freundlich. »Wäre das seine Absicht gewesen, hätte er Sie von innen nach außen gestülpt.«

»Etwas zu viel«, murmelte Linus, als die Menge geschlossen keuchte.

»Du hast recht«, raunte Arthur, um dann laut fortzufahren: »Was er natürlich niemals tun würde. Er wollte einfach nur ein paar Schallplatten. Er liebt sie heiß und innig. Ganz egal, was er sonst noch sein mag, in erster Linie ist er ein Kind. Sie alle sind Kinder. Und hat nicht jedes Kind unseren Schutz verdient? Sollte nicht jedes Kind geliebt und umsorgt werden, damit es heranwachsen und aus dieser Welt einen besseren Ort machen kann? In dieser Hinsicht unterscheiden sie sich nicht von den Kindern hier im Dorf oder irgendwo sonst. Doch genau das wird Ihnen eingeredet - von Menschen wie Ihnen ebenso wie von den Menschen, die sie und unsere Welt regieren. Menschen, die Regeln und Gesetze aufstellen, durch die sie von anderen getrennt und abgeschirmt werden. Ich weiß nicht, was alles nötig ist, um daran etwas zu ändern. Doch die Veränderung nimmt ihren Anfang nicht oben an der Spitze. Nein, sie beginnt bei uns.«

Nun musterte ihn die Menge mit einem gewissen Argwohn.

Arthur seufzte. »Ich weiß nicht, was ich noch sagen soll.«

»Ich schon.« Helen trat vor. Sie war noch immer wütend, was sich an ihren geballten Fäusten ablesen ließ. »Ihr habt das Recht, euch friedvoll zu versammeln. Ihr habt das Recht, eure Meinung kundzutun. Aber sobald die Grenze zur Gewalt überschritten wird, wird es ein Fall für die Justiz. Magische Minderjährige sind durch das Gesetz geschützt, ebenso wie alle anderen Kinder. Und wer ihnen in irgendeiner Form Schaden zufügt, hat mit Konsequenzen zu rechnen. Wer die Hand gegen ein Kind erhebt - sei es nun magisch oder nicht -, wird sich wünschen, es nie getan zu haben, dafür werde ich sorgen, mit allen Mitteln, die mir zur Verfügung stehen. Ihr denkt jetzt vielleicht, was Linus und Arthur gesagt haben, könne man mit einem Achselzucken abtun. Aber eines kann ich euch versichern: Wenn mir auch nur das leiseste Gerücht darüber zu Ohren kommt, dass hier weiter Zwietracht gesät wird, werde ich euch zeigen, dass mit mir nicht zu spaßen ist. Und zwar mit Nachdruck.«

Norman war der Erste, der auf ihre Worte reagierte.

Er schob sich leise murmelnd durch die Menge und stürmte davon.

Als Nächster ging der Mann vom Postamt, der sich allerdings noch ein paarmal bestürzt umsah.

Einige andere folgten. Auch Marty versuchte, sich zu verdrücken, wurde aber von Helen aufgehalten: »Martin Smythe! Du bleibst hier. Wir beide werden nun ein ausführliches Gespräch darüber führen, wie man sich seinen Mitmenschen gegenüber korrekt verhält und welche Strafen einem blühen, wenn man andere belügt. Und falls ich herausfinden sollte, dass du diesen Stein geworfen hast, werde ich deinen Treuhandfond auflösen und das gesamte Geld an wohltätige Einrichtungen spenden.«

»Das kannst du nicht machen!«, jaulte Marty.

»Oh doch«, versicherte Helen gelassen. »Ich bin die Treuhänderin. Das wäre mir ein Leichtes.«

Die Menge zerstreute sich. Überrascht sah Linus mit an, wie einige Leute sich bei Arthur entschuldigten, wenn auch mit einem gewissen Sicherheitsabstand. Was sie hier gesehen hatten, würde sich vermutlich wie ein Lauffeuer im gesamten Ort verbreiten. Am Ende würde die Geschichte wahrscheinlich so aussehen, dass Arthur sich in einen Monstervogel verwandelt und gedroht habe, ihnen die Haut von den Knochen zu brennen und das gesamte Dorf abzufackeln.

Auch Merle kam zu ihnen: »Ich bringe Sie zurück zur Insel, wenn Sie wollen. Zum halben Preis.«

Linus schnaubte spöttisch. »Ich denke, wir kommen auch so zurecht, Merle. Trotzdem danke für das großzügige Angebot.« Nach kurzem Zögern fügte er noch hinzu: »Das war ehrlich gemeint.«

Marle brummte etwas über Salzbahnen, die ihn aus dem Geschäft drängen würden, und ging zu seiner Fähre hinüber.

Arthur hingegen beobachtete die Menschen, die Richtung Dorf liefen. »Meinst du, sie werden auf dich hören?«, fragte er Helen.

Die runzelte kurz die Stirn. »Ich weiß es nicht. Natürlich hoffe ich es, aber ich erhoffe mir so einiges, was letzten Endes niemals eintritt.« Beinahe schüchtern sah sie ihn an. »Deine Federn waren wunderschön.«

Arthur lächelte. »Vielen Dank, Helen. Für alles, was du getan hast.«

Kopfschüttelnd wehrte sie ab: »Gib mir etwas Zeit, Arthur. Gib uns allen etwas Zeit. Ich werde tun, was ich kann.« Dann drückte sie kurz seine Hand, bevor sie sich Linus zuwandte: »Sie werden uns bald verlassen, nicht wahr? Am Samstag?«

Linus blinzelte verwirrt. Bei der ganzen Aufregung hatte er völlig vergessen, dass seine Reise so gut wie beendet war. »Ja«, sagte er schließlich. »Am Samstag.«

»Verstehe.« Ihr Blick wanderte zwischen Arthur und Linus hin und her. »Ich hoffe, Ihr Weg führt Sie eines Tages wieder einmal zu uns zurück, Linus Baker. Es ist auf jeden Fall äußerst … ereignisreich mit Ihnen. Gute Reise.«

Damit ging sie den Anleger hinunter, packte Marty am Ohr und zog ihn trotz seiner empörten Gegenwehr mit sich fort.

Linus stellte sich neben Arthur. Ihre Hände berührten sich kurz. »Wie hat es sich angefühlt?«, wollte er wissen.

»Was genau?«

»Deine Flügel auszubreiten.«

Arthur hob das Gesicht der Sonne entgegen. Seine Lippen zuckten kaum merklich. »Als wäre ich zum ersten Mal seit langer Zeit wirklich frei. Komm, mein lieber Linus, lass uns nach Hause fahren. Zoe hat sicher alle Hände voll zu tun. Ich fahre.«

»Nach Hause.« Linus war sich nicht mehr so sicher, wo das eigentlich war.

Sie gingen zum Auto. Wenig später rollten sie wieder über die Salzbahn und spürten den Wind in den Haaren, während das himmelblaue Meer die Reifen umspülte.

SIEBZEHN

Freitagnachmittag klopfte es an der Tür des Gästehauses.

Linus blickte von seinem abschließenden Bericht auf, an dem er bereits den ganzen Tag gearbeitet hatte. Nach der standardisierten Einleitung hatte er es gerade mal auf einen einzigen Satz gebracht.

Nun stand er auf und ging zur Tür.

Überraschenderweise erwarteten ihn auf der Veranda sämtliche Kinder des Waisenhauses Marsyas. Sie waren wieder in ihre Abenteureroutfits gekleidet.

»Ich bin zurückgekehrt!«, krähte Kommandant Lucy. »Für eine letzte Expedition. Mr. Baker, ich möchte Sie bitten, uns zu begleiten. Große Gefahren lauern auf uns, und ich kann nicht versprechen, dass Sie es überleben werden. Man hat mir zugetragen, dass wir es mit menschenfressenden Schlangen und Insekten zu tun bekommen, die sich in Ihre Haut graben, um anschließend von innen heraus Ihre Augäpfel zu mampfen. Doch für den Fall, dass Sie doch überleben, erwartet Sie eine Belohnung, die selbst Ihre kühnsten Träume übersteigt. Nehmen Sie die Herausforderung an?«

»Ich weiß nicht«, antwortete Linus gedehnt. »Menschenfressende Schlangen, sagst du? Das klingt gefährlich.«

Lucy schaute sich kurz nach den anderen um, dann beugte er sich vor und flüsterte: »Die sind nicht echt. Ich tue nur so als ob. Aber verraten Sie es nicht den anderen.«

»Ah, verstehe. Nun, zufälligerweise bin ich ein Experte für menschenfressende Schlangen – vor allem beherrsche ich die

Kunst, ihnen aus dem Weg zu gehen. Ich sollte wohl besser mitkommen, um sicherzugehen, dass euch nichts zustößt.«

»Oh, Gott sei Dank«, seufzte Chauncey. »Ich wollte heute wirklich so gar nicht gefressen werden.«

»Ziehen Sie sich um!« Talia schob Linus zurück ins Haus. »In diesen Sachen können Sie nicht mitkommen!«

»Ach nein? Was stimmt denn nicht mit…« Linus wurde steif wie ein Brett und sackte dann in sich zusammen. »Oh nein! Ich fürchte, ich kann nicht mehr gehen! Sind das diese fleischfressenden Insekten?«

»Warum müssen Sie sich so aufführen?«, schimpfte Talia. »Phee! Hilf mir mal!«

Mit einem Kampfschrei stürmte Phee los und warf sich mit ihrem ganzen Fliegengewicht gegen Linus. Der taumelte schnaufend Richtung Schlafzimmer. »Schon viel besser, danke. Ich bin gleich zurück.«

Während er ins Schlafzimmer ging, lauschte er den aufgeregten Überlegungen der Kinder bezüglich der anstehenden Abenteuer. Dann schloss er die Tür hinter sich, lehnte sich dagegen und schloss die Augen.

»Du schaffst das«, flüsterte er. »Komm schon, alter Junge. Ein letztes Abenteuer.«

Damit stieß er sich von der Tür ab und ging zum Wandschrank.

Nahm sein Abenteureroutfit heraus.

Zog es an.

Er sah darin immer noch absolut lächerlich aus.

Doch dieses eine Mal war ihm das völlig egal.

Die Abenteurer bahnten sich fröhlich einen Weg durch den Dschungel. Sie wehrten Kannibalen ab, die sie mit Speeren und Pfeilen attackierten und ziemlich unverhohlen damit drohten, ihre Milz zu essen. Sie schlichen sich an menschenfressenden Schlangen vorbei, die wie dicke Lianen von den Bäumen herabhingen. Kommandant Lucy wurde von Insekten angegriffen, die sich in seine Augenhöhlen bohren wollten. Keuchend und ächzend taumelte er herum und brach schließlich an einem Baum zusammen. Die Zunge hing ihm aus dem Mund. Allein dank seiner tapferen Truppe konnte er im letzten Moment wiederbelebt werden, um seinen unermüdlichen Kampf fortzuführen.

Irgendwann erreichten sie vertrautes Territorium, und Linus entdeckte in der Ferne einen Hain, in dem sich das Haus einer Inselelementaren verbarg. Gerade als sie den Wald verließen und auf den Strand hinaustraten, ertönte ihre dröhnende Stimme: »Ihr seid zurückgekehrt! Welch Narren ihr doch seid! Wo ihr doch schon beim letzten Mal nur knapp mit heiler Haut entkommen konntet!«

»Hör gut zu!«, schrie Kommandant Lucy prompt. »Uns wirst du nie besiegen! Wir fordern, dass du all deine Schätze herausgibst. Ein Nein als Antwort lassen wir nicht gelten!«

»Wirklich nicht?«

»Nein!«, brüllten die Kinder.

»Nein«, bestätigte Linus wesentlich leiser.

»Oh. Na ja, wenn das so ist. Dann sollte ich wohl besser gleich aufgeben. Ihr seid einfach viel zu stark für unsereins.«

»Ich hab's gewusst.« Lucy schnaubte triumphierend und riss beide Arme in die Höhe. »Männer!« Sein Blick streifte Talia und Phee. »Und auch Frauen! Folgt mir! Wir holen uns unseren gerechten Lohn!«

Was sie auch taten. Natürlich folgten sie ihm. Sie würden ihm überallhin folgen.

Ebenso wie Linus.

Also stürmten die Kinder über den Strand zu den Bäumen hinüber.

Linus seufzte. Er würde nichts und niemanden stürmen. Seine stürmischen Tage waren vorbei. Stattdessen wischte er sich den Schweiß von der Stirn und stapfte gemächlich zu der Baumgruppe hinüber.

Als er in ihren Schatten trat, runzelte er irritiert die Stirn. Es war merkwürdig still hier. Sechs Kinder hätten eigentlich einen ziemlichen Lärm machen müssen. Vor allem diese Kinder. Zögernd ging er weiter.

An den Ästen der Bäume hingen Papierlampions. Es waren dieselben, die sonst im Pavillon hingen. Linus hob die Hand und strich über eine der Laternen. In ihrem Inneren schimmerte ein helles Licht, doch er glaubte nicht, dass es von einer Kerze oder einer Glühbirne stammte.

Sie warteten bereits auf ihn, als er das Haus auf der Lichtung erreichte: Talia und Phee, Sal, Theodore, Chauncey und Lucy. Zoe, mit grünen und goldenen Blumen im Haar.

Und natürlich Arthur. Immer wieder Arthur.

Sie hielten ein langes Transparent zwischen sich, auf dem geschrieben stand: WIR WERDEN SIE VERMISSEN, MR. BAKER!!! Dazwischen prangten bunte Handabdrücke - drei kleine von Talia, Phee und Lucy, ein größerer von Sal. Der breite Strich stammte vermutlich von Chaunceys Tentakeln. Und was wie Farbspritzer aussah, waren sicher Theodores Krallen.

Leicht zittrig holte Linus Luft. »Das ... das hatte ich nicht erwartet. So etwas Wundervolles habt ihr für mich gemacht. Seht euch das nur an. Seht euch nur an!«

»Das war meine Idee«, verkündete Lucy.

Talia stieg ihm mit voller Wucht auf den Fuß.

Er zuckte kurz zusammen, dann räumte er ein: »Na gut, hauptsächlich meine. Die anderen haben geholfen. Ein bisschen.« Dann strahlte er wieder: »Wissen Sie was?«

»Was?«

»Es gab gar keinen Schatz! Das war nur eine Lüge, um Sie für die Party herzulocken!«

»Oh, verstehe. Der Schatz besteht also darin, dass unsere Freundschaft durch den gemeinsam gegangenen Weg gefestigt wurde?«

»Ihr Typen seid echt übel«, murmelte Lucy. »Richtig übel.«

Und was für eine Party es wurde! Es gab Essen, so viel Essen, dass Linus befürchtete, der Tisch würde unter der Last zusammenbrechen: Braten, frisch gebackene Brötchen und Gurkensalat, der bei jedem Bissen knackte. Es gab Kuchen und Torte und saure Himbeeren mit Schlagsahne.

Und Musik! So viel Musik. Auf dem Küchentresen war ein Plattenspieler aufgebaut, und Ritchie, Buddy und The Big Bopper ließen den Raum mit ihrem Gesang erstrahlen. Lucy hatte das Ruder übernommen, und er war ja immer für eine Überraschung gut.

Wie sie lachten an diesem Tag. Oh, wie sie lachten! Auch wenn es ihm das Herz in der Brust zerriss, lachte Linus, bis ihm die Augen tränten, lachte, bis es wehtat. Die Sonne ging langsam unter, die Lampions strahlten, und sie lachten und lachten.

Linus wischte sich die Augen (nur Freudentränen, redete er sich ein), als wieder einmal ein neues Lied einsetzte.

Er erkannte es, noch bevor Nat King Cole anfing zu singen.

Plötzlich stand Arthur Parnassus vor ihm und streckte ihm die Hand entgegen.

Vielen Dank.

Jetzt sagst du das schon wieder, und ich weiß immer noch nicht, womit ich es verdient habe.

Ich weiß, dass du das nicht glaubst. Aber ich sage nie etwas, das ich nicht so meine. Dafür ist das Leben zu kurz. Tanzt du gerne?

Ich… weiß nicht. Ehrlich gesagt habe ich zwei linke Füße.

Das bezweifle ich.

Und Linus Baker gestattete sich einen Moment des puren Egoismus. Nur dieses eine Mal.

Er nahm Arthurs Hand und stand langsam auf, während Nat ihm riet weiterzulächeln, auch wenn es ihm das Herz zerriss.

Arthur zog ihn zu sich heran, und sie wiegten sich langsam auf der Stelle.

»*Smile and maybe tomorrow, you'll see the sun come shining through for you*«, sang Arthur dicht an seinem Ohr.

Linus legte den Kopf an Arthurs Brust. Er spürte die Hitze, die in seinem Inneren brannte.

Und sie tanzten.

Es schien eine Ewigkeit zu dauern, obwohl Linus wusste, dass dieses Lied nicht sonderlich lang war. Er lauschte auf Arthurs flüsternden Gesang. Und er war von sich überrascht: Anscheinend hatte er doch keine zwei linken Füße.

Doch wie alles Magische ging auch dieses Lied irgendwann zu Ende.

Um sie herum war es still geworden. Linus blinzelte, als würde er aus einem Traum erwachen. Er hob den Kopf. Arthur sah zu ihm hinunter. In seinen Augen flackerte ein sanftes Feuer. Schnell trat Linus einen Schritt zurück.

Zoe saß in einem Sessel, Phee und Talia hatten sich in ihren Schoß gekuschelt. Theodore hockte wie so oft auf Sals Schulter. Lucy und Chauncey lagen auf dem Boden, an die Beine des älteren Jungen geschmiegt. Müde sahen die Kinder aus. Glücklich, aber müde. Lucys Grinsen wurde durch ein Gähnen entstellt, bevor er fragte: »Hat Ihnen Ihr Schatz gefallen, Mr. Baker?«

Noch einmal sah Linus zu Arthur hoch. »Ja«, flüsterte er. »Mehr als alles auf der Welt.«

Zoe trug Phee und Talia auf dem Arm, als sie zum Haupthaus zurückwanderten. Talia schnarchte wie ein Holzfäller.

Sal hatte Theodore unter sein Shirt geschoben, sodass der Kopf des Lindwurms oben am Halsausschnitt hervorlugte.

Arthur hielt Chauncey am Tentakel.

Linus bildete das Schlusslicht, mit einem sehr verschlafenen Lucy auf dem Arm.

Er wünschte sich, es würde niemals enden.

Und kaum einen Moment später war es vorbei.

Er ging zum Gute-Nacht-Sagen. Erst bei Talia, dann bei Phee, dann bei Sal und Theodore. Er verlagerte Lucy auf den anderen Arm, beugte sich runter und tätschelte Chaunceys Kopf.

Arthur sah ihn fragend an, doch Linus schüttelte den Kopf. »Ich mache das.«

Mit einem kurzen Nicken wandte sich Arthur den anderen zu und ermahnte sie, das Zähneputzen nicht zu vergessen.

Nachdem er Lucy in Arthurs Zimmer getragen hatte, stellte Linus den Jungen auf die Füße und sagte leise: »Zieh deinen Schlafanzug an.«

Nickend ging Lucy in seinen umgebauten Schrank und zog die Tür hinter sich zu.

Völlig verunsichert blieb Linus im Zimmer stehen. Er hatte gedacht, er wüsste, wie der Hase läuft. Wie es auf der Welt zuging. Wo sein Platz war.

Jetzt war er sich da nicht mehr so sicher.

Als Lucy zurückkehrte, trug er eine Pyjamahose und ein weißes T-Shirt. Seine Haare waren so zerzaust, als hätte er mit beiden Händen darin herumgewühlt. Er war barfuß, und seine nackten Füße sahen unglaublich klein aus.

»Geh jetzt Zähneputzen«, wies Linus ihn sanft an.

Der Junge warf ihm einen misstrauischen Blick zu. »Sie sind aber schon noch da, wenn ich zurückkomme?«

Linus nickte. »Versprochen.«

Damit ging Lucy in den Flur hinaus. Chauncey beschwerte sich lautstark darüber, dass Theodore wieder die Zahnpasta esse, woraufhin Theodore empört zwitscherte, das sei nicht wahr.

Linus fuhr sich mit beiden Händen über das Gesicht.

Als Lucy wenig später frisch gewaschen zurückkam, hatte er sich wieder einigermaßen im Griff. Mit einem Gähnen gestand der Junge: »Ich bin so müde!«

»So ein Abenteuer ist eben anstrengend.«

»Aber es war ein gutes Abenteuer.«

»Das Beste«, versicherte Linus.

Er nahm Lucys Hand und brachte ihn in sein Zimmer hinüber. An der Wand hingen die Schallplatten, die sie akribisch wieder zusammengeklebt hatten. (Obwohl ein Stück von einer Buddy-Holly-Platte unauffindbar geblieben war – anscheinend hatte Theodore verdammt schnell zugeschlagen.) Linus schlug das Bett auf, Lucy kroch hinein und kuschelte sich unter die Decke. Nachdem er sich auf seinem Kissen zurechtgelegt hatte, decke Linus ihn zu. Lucy drehte sich auf die Seite und schaute zu Linus hoch. »Ich will nicht, dass Sie gehen.«

Linus schluckte mühsam und hockte sich dann neben das Bett. »Ich weiß. Und es tut mir ja auch leid. Aber meine Zeit hier ist nun einmal beendet.«

»Warum?«

»Weil ich Verpflichtungen habe.«

»Warum?«

»Weil ich ein Erwachsener bin. Und Erwachsene haben Jobs.«

Lucy verzog das Gesicht. »Ich will nie erwachsen werden. Das klingt langweilig.«

Linus strich ihm eine Haarsträhne aus der Stirn. »Meiner Meinung nach wird aus dir mal ein toller Erwachsener werden, auch wenn es bis dahin noch eine ganze Weile dauern wird.«

»Sie werden aber nicht zulassen, dass man uns von hier wegholt, oder?«

Entschieden schüttelte Linus den Kopf. »Nein. Ich werde alles tun, was in meiner Macht steht, um sicherzustellen, dass das nicht passiert.«

»Wirklich?«

»Ja, Lucy.«

»Oh. Das ist lieb von Ihnen.« Nach einer kurzen Pause fügte er hinzu: »Wenn ich aufwache, werden Sie nicht mehr da sein.«

Linus wich seinem Blick aus, sagte aber nichts.

Plötzlich spürte er Lucys Hand an seiner Wange. »Die anderen wissen es nicht, aber ich schon. Manchmal sehe ich Dinge. Keine Ahnung warum. Sie. Arthur. Er brennt. Wussten Sie das?«

Linus schnappte überrascht nach Luft. »Hat er dir das gesagt?«

»Nein. Ich glaube, das darf er nicht. Aber wir wissen es. Wir wissen es alle. Und wir wissen auch, was ihr neulich gemacht habt, als ihr zusammen weggefahren seid. Er ist einer von uns. Und Sie auch.«

»Ich fürchte, mir mangelt es extrem an Magie.«

»Das stimmt nicht, Mr. Baker. Arthur hat gesagt, auch in etwas ganz Gewöhnlichem kann sich Magie verbergen.«

Linus blickte auf Lucy hinunter.

Dem Jungen waren die Augen zugefallen, und er atmete tief und gleichmäßig.

Er stand auf.

»Ich danke dir«, flüsterte er.

Als er hinausging, achtete er darauf, die Tür einen Spalt weit offen zu lassen, damit der schmale Lichtstrahl alle Albträume vertreiben konnte, die sich dem schlafenden Jungen nähern wollten.

Die Türen der anderen waren alle geschlossen. Er berührte jede einzelne von ihnen, während er den Flur hinunterging.

Einzig unter Sals Tür drang noch Licht hervor.

Linus überlegte, ob er klopfen sollte.

Er tat es nicht.

An der Treppe blieb er kurz stehen.

Holte einmal tief Luft.

Dann ging er hinunter.

Im Erdgeschoss fand gerade eine geflüsterte Debatte statt. Linus zögerte, da er nicht wusste, ob er sich bemerkbar machen sollte. Zwar konnte er nicht verstehen, was gesagt wurde, aber es war eindeutig nicht für seine Ohren bestimmt.

Zoe stand vorne an der Haustür und bohrte Arthur gerade ihren Zeigefinger in die Brust. Ihre Stirn war gerunzelt, und sie hatte die Augen zusammengekniffen – dass sie nicht gerade glücklich war, sah man sofort. Wütend schien sie allerdings auch nicht zu sein ... trotzdem stimmte etwas nicht mit ihr. Als die unterste Treppenstufe unter Linus' Fuß ächzte, verstummte sie abrupt.

Die beiden drehten sich zu ihm um.

»Lucy schläft«, erklärte er und rieb sich verlegen den Nacken.

»Männer«, fauchte Zoe nur. »Völlig nutzlos, einer wie der andere.« Sie zog sich von Arthur zurück und warf Linus einen bohrenden Blick zu. »Dann also Morgen, in aller Frühe?«

Linus nickte. »Mein Zug geht um Punkt sieben. Merle erwartet uns um Viertel nach sechs.«

»Und du musst diesen Zug unbedingt nehmen, ja?«

Er antwortete nicht.

»Na schön«, murmelte Zoe. »Ich werde da sein. Lass mich bloß nicht warten.« Sie fuhr auf dem Absatz herum und stürmte wortlos hinaus. Die Tür ließ sie offen stehen.

Arthur sah ihr mit verkniffener Miene hinterher.

»Alles in Ordnung?«

»Nein, wohl eher nicht.«

Plötzlich bekam Linus Kopfschmerzen. »Falls ihr euch Sorgen macht wegen meines Abschlussberichts, kann ich dir versichern, dass ...«

»Es geht nicht um den verdammten Bericht.«

»Okay ...« Linus fragte sich kurz, ob er Arthur jemals hatte fluchen hören. »Worum geht es dann?«

Arthur schüttelte nur den Kopf.

»Sturer Bock«, murmelte Linus, hörte aber selbst, wie liebevoll es klang. Da er nicht wusste, was er jetzt tun sollte, entschied er sich für das einzig Mögliche.

Er ging zur Tür.

Eigentlich dachte er, es würde irgendetwas passieren, als er sich an Arthur vorbeischob. Was, wusste er nicht. Doch es geschah nichts. Er war ein Feigling.

»Dann gute Nacht«, presste er hervor. Und machte noch einen Schritt Richtung Tür.

Und dann sagte Arthur: »Bleib.«

Abrupt blieb Linus stehen. Er schloss die Augen, fragte mit zitternder Stimme: »Wie bitte?«

»Bleib hier. Bei uns. Bleib bei mir.«

Linus schüttelte den Kopf. »Du weißt, dass ich das nicht kann.«

»Nein, das weiß ich nicht. Das weiß ich ganz und gar nicht.«

Langsam drehte Linus sich zu ihm um und öffnete die Augen.

Arthur war blass geworden, er hatte die Lippen fest zusammengepresst. Linus glaubte schattenhafte, lodernde Flügel hinter ihm zu sehen, aber das konnte auch am gedämpften Licht liegen. »Es sollte nie von Dauer sein«, sagte er. »Ich gehöre hier nicht hin.«

»Wenn du nicht hierhin gehörst, wohin denn dann?«

»Ich habe ein Leben«, wandte Linus ein. »Ein Zuhause. Ich habe …«

Zuhause ist nicht unbedingt das Haus, in dem man wohnt. Es können auch die Menschen sein, mit denen wir uns umgeben. Mag sein, dass Sie nicht auf dieser Insel wohnen, Mr. Baker, aber erzählen Sie mir nicht, sie wäre nicht Ihr Zuhause. Ihre Blase, Mr. Baker. Ihre Blase ist zerplatzt. Warum wollen Sie zulassen, dass sich eine neue bildet?

»Ich habe einen Job zu erledigen«, fuhr er wenig überzeugend fort. »Man verlässt sich auf mich. Nicht nur … nicht nur hier. Es gibt auch noch andere Kinder, die mich vielleicht brauchen. Die sich in einer ähnlichen Lage befinden könnten wie du einst. Sollte ich nicht alles tun, um ihnen zu helfen?«

Arthur nickte knapp, dann wandte er den Blick ab. »Natürlich. Natürlich, das ist wichtig. Vergib mir. Ich wollte damit nicht sagen, dass das nicht wichtig ist.« Als er sich Linus wieder zuwandte, wirkte sein Gesicht sanft, beinahe ... leer. Er deutete eine Verbeugung an. »Vielen Dank, Linus. Für alles. Dafür, dass du dir die Mühe gemacht hast, uns so zu sehen, wie wir wirklich sind. Du wirst auf dieser Insel immer willkommen sein. Ich weiß, dass die Kinder dich vermissen werden.« Seine so beherrschte Miene bekam für einen Moment einen Riss. »Ich weiß, dass ich dich vermissen werde.«

Linus öffnete den Mund, brachte aber keinen Laut hervor. Und er hasste sich selbst dafür. Hier stand dieser Mann, dieser wundervolle Mann, und legte ihm sein Herz zu Füßen. Linus musste ihm dafür etwas zurückgeben, egal wie unbedeutend.

Er versuchte es noch einmal und sagte: »Wenn ... wenn die Dinge anders lägen, dann ... Du musst das doch wissen, Arthur. Du weißt es. Dieser Ort, die Kinder. *Du.* Wenn ich nur ...«

Arthur lächelte ruhig. »Ich weiß. Gute Nacht, Linus. Ich wünsche dir eine gute Heimreise. Pass auf dich auf.«

Damit schloss er die Haustür und ließ Linus allein auf der dunklen Veranda zurück.

Linus saß auf der Verandatreppe. Im Osten zeigte sich ein erster Lichtschimmer. Die Sterne leuchteten. Sein Koffer stand neben ihm, außerdem Calliope in ihrer Kiste, auch wenn sie gar nicht begeistert gewesen war, so früh geweckt zu werden. Was Linus ihr gut nachfühlen konnte, nachdem er selbst keine Minute Schlaf gefunden hatte.

Er holte tief Luft. Feiner Nebel stieg aus seinem Mund auf. »Ich denke, es wird Zeit.«

Er stand auf, nahm Koffer und Kiste und ging die Stufen hinunter.

Wie versprochen wartete Zoe an ihrem kleinen Auto. Wortlos nahm sie ihm den Koffer ab und verstaute ihn.

Linus setzte sich auf den Beifahrersitz und stellte die Katzenkiste auf seinen Schoß.

Zoe stieg ein und startete den Wagen.

Sie fuhren los.

Linus hielt den Blick starr auf den Seitenspiegel gerichtet und sah zu, wie das Haus hinter ihnen zurückblieb.

Merle wartete am Anleger. Im Licht der Scheinwerfer war seine griesgrämige Miene gut zu erkennen. Er ließ die Luke herunter. »Um diese Uhrzeit doppelter Fahrpreis«, verkündete er.

»Halten Sie die Klappe, Merle.« Damit überraschte Linus sich sogar selbst.

Merle riss die Augen auf.

Linus sah ihn unverwandt an.

Schließlich gab Merle zuerst auf. Grummelnd ging er zurück zum Steuerhaus.

Die Überfahrt verlief problemlos. Auf dem Wasser war kaum eine Bewegung auszumachen. Langsam wurde es heller. Zoe sprach kein Wort. Sobald sie am Dorf ankamen, ließ Merle die Luke herunter, ohne sie eines Blickes zu würdigen. »Ich erwarte, dass Sie sofort zurückkommen«, sagte er, als sie von der Fähre rollten. »Ich habe heute eine Menge zu tun und ...«

Zoe trat aufs Gaspedal, und was auch immer Merle noch zu sagen hatte, blieb ungehört.

Der Zug war noch nicht da, als sie am Bahnhof ankamen. Inzwischen ging die Sonne auf, und die Sterne verschwanden. Linus hörte das leise Raunen der Brandung, nachdem Zoe den Motor abgestellt hatte. Krampfhaft drückte er die Hände auf seine Knie.

»Zoe, ich ...«

Sie stieg aus und ging um den Wagen herum. Linus hörte, wie sie den Kofferraum öffnete. Seufzend stieß er die Beifahrertür auf. Es war ein wenig knifflig, aber schließlich gelang es ihm auszusteigen, ohne Calliopes Kiste fallen zu lassen. Zoe stellte seinen Koffer auf dem Bahnsteig ab, kehrte zum Wagen zurück und knallte den Kofferraumdeckel zu.

»Schon kapiert«, sagte er.

Sie stieß ein freudloses Lachen aus. »Ach ja? Da wäre ich mir nicht so sicher.«

»Ich erwarte nicht, dass du das verstehst.«

Sie schüttelte den Kopf. »Das ist gut. Denn ich verstehe es nicht.«

»Ich kann nicht einfach hierbleiben. Es gibt Regeln. Vorgaben, die ...«

»Zur Hölle mit deinen Vorgaben und Verordnungen!«

Fassungslos starrte er sie an. Dann sagte er, weil ihm nichts anderes einfallen wollte: »Das Leben ... das funktioniert nun einmal nicht so.«

»Warum denn nicht?«, fauchte sie. »Warum kann das Leben nicht einfach genau so funktionieren, wie wir es wollen? Wo ist denn bitte der Sinn in einem Leben, in dem man sich immer nur nach dem richtet, was andere wollen?«

»Man muss eben das Beste daraus machen.«

Zoe schnaubte höhnisch. »Das ist also das Beste, was du daraus machen kannst? Das hier?«

Linus blieb ihr eine Antwort schuldig. In einiger Entfernung ertönte das Pfeifen des Zuges.

»Ich sage dir jetzt mal etwas, Linus Baker.« Zoe hielt krampfhaft den Rand der Fahrertür umklammert. »Es gibt Momente im Leben, in denen sich Chancen bieten. Chancen, die einfach ergriffen werden müssen. Das ist Furcht einflößend, weil sie immer das Risiko des Scheiterns in sich tragen. Glaub mir, das weiß ich nur allzu gut. Denn ich habe eine solche Chance ergriffen, habe alles auf einen Mann gesetzt, den ich zuvor im Stich gelassen hatte. Ich hatte Angst. Riesige Angst. Ich dachte, ich würde alles verlieren. Aber die Zeit davor, das war kein

Leben. Ich habe existiert, mehr nicht. Und ich werde es niemals bereuen, diese Chance ergriffen zu haben. Denn das hat mich zu ihnen geführt. Zu ihnen allen. Ich habe meine Wahl getroffen. Und nun musst du die deine treffen.« Sie zog die Tür weiter auf und stieg in den Wagen. Der Motor sprang an. Zoe drehte sich noch einmal zu ihm um und fragte: »Wäre es dir nicht lieber, die Dinge lägen anders?«

»Wärst du nicht gerne hier?«, flüsterte er, doch das konnte sie gar nicht mehr hören. Denn noch bevor er die Frage ausgesprochen hatte, war sie schon fort und hinterließ nichts außer einer sandigen Staubwolke.

Während er auf den Zug wartete, starrte er auf das orangefarbene Telefon neben dem Bahnsteig. Es wäre so einfach: Hörer nehmen und einen Anruf machen. Demjenigen, der abnahm, sagen, dass er nach Hause kommen wollte.

»Sie sind allein?«, fragte der Schaffner fröhlich, als er aus dem Zug stieg. »So spät im Jahr reist hier nur selten noch jemand ab.«

»Ich fahre nach Hause«, murmelte Linus, während er ihm seine Fahrkarte reichte.

»Ach ja«, nickte der Schaffner. »Trautes Heim, Glück allein, sagt man. Ich persönlich bin ja gerne unterwegs. Was ich auf der Schiene nicht alles zu sehen bekomme!« Er prüfte den Fahrschein. »Zurück in die Stadt! Da soll gerade ein ziemliches Unwetter wüten, habe ich gehört. Regnet wohl schon seit Ewigkeiten!« Grinsend gab er Linus das Ticket zurück. »Soll ich Ihnen mit dem Gepäck helfen, Sir?«

Linus' Augen brannten plötzlich, und er blinzelte hektisch. »Ja, gerne. Danke. Ich nehme die Kiste. Sie ist kein besonderer Menschenfreund.«

Der Schaffner spähte in die Kiste hinein. »Ah, verstehe. Ja. Dann nehme ich den Koffer. Ihr Wagen ist gleich dort drüben, Sir. Und Sie haben Glück, er ist leer. Keine Menschenseele drin. So können Sie etwas schlafen, falls Sie müde sind.«

Pfeifend nahm er den Koffer und trug ihn zum Zug.

Linus beugte sich über die Kiste. »Bereit für die Heimreise?«

Calliope wandte sich ab und präsentierte ihm ihr Hinterteil.

Linus seufzte.

Zwei Stunden später fielen die ersten Regentropfen vom Himmel.

ACHTZEHN

Über der Stadt ging ein wahrer Sturzregen nieder, als er aus dem Zug stieg.

Er wickelte sich in seinen Mantel und blickte zum bleigrauen Himmel hinauf.

Calliope fauchte, als das Wasser durch die Schlitze der Kiste tropfte.

Er griff nach seinem Koffer und ging zur Bushaltestelle.

Der Bus hatte Verspätung.

Natürlich.

Er zog den Mantel aus und deckte damit Calliopes Kiste ab.

Das würde reichen. Vorerst.

Er nieste.

Hoffentlich wurde er nicht krank. Das wäre ja wieder einmal typisch, oder?

Zwanzig Minuten später hielt der Bus mit spritzenden Reifen vor ihm.

Die Türen öffneten sich.

Vollkommen durchnässt stieg Linus ein.

»Hallo«, grüßte er den Fahrer.

Der grunzte nur, während Linus mühsam seine Karte durchzog.

Der Bus war fast leer. Ganz hinten saß ein Mann, der den Kopf gegen das Fenster drückte, außerdem war da noch eine Frau. Sie musterte Linus misstrauisch.

Er suchte sich einen Platz, der von beiden möglichst weit entfernt war.

»Gleich sind wir zu Hause«, flüsterte er Calliope zu.

Sie antwortete nicht.

Er starrte aus dem Fenster und sah zu, wie der Bus den Bahnhof hinter sich ließ.

Plötzlich fiel ihm ein Plakat ins Auge.

Eine Familie beim Picknick im Park. Strahlender Sonnenschein. Alle sitzen auf einer Decke, zwischen sich einen überquellenden Korb mit Käse, Trauben und Sandwiches ohne Kruste. Die Mutter lacht. Der Vater lächelt. Sohn und Tochter blicken hingebungsvoll zu den Eltern auf.

Und darüber der Schriftzug: SCHÜTZEN SIE IHRE FAMILIE! SEHEN – MERKEN – MELDEN!

Linus wandte sich ab.

Er musste einmal umsteigen, und als er den zweiten Bus verließ, war es bereits fünf Uhr nachmittags. Der Wind hatte zugelegt, es war kalt und trostlos. Drei Blocks trennten ihn noch von zu Hause. Eigentlich hatte er erwartet, in diesem Moment Erleichterung zu spüren.

Doch so war es nicht, nicht wirklich.

Verschnupft griff er nach Koffer und Kiste.

Fast geschafft.

In seiner Straße rührte sich nichts.

Die Laternen brannten, feine Regentropfen klebten am Glas.

Im Hermes Way 86 war alles dunkel. Zwar war der Plattenweg zum Haus noch immer derselbe, ebenso der Rasen, aber irgendwie fühlte es sich ... düster an. Es dauerte einen Moment, bis er begriff, dass der eine kleine Farbklecks – seine Sonnenblumen – nicht mehr da war.

Reglos starrte er das Haus an.

Dann schüttelte er den Kopf.

Darüber würde er sich morgen Gedanken machen.

Er ging zum Haus, trat auf die Veranda und stellte den Koffer ab, um nach seinen Schlüsseln zu suchen. Der Schlüsselbund rutschte ihm aus der Hand, und er bückte sich brummend.

Durch den Regen drang eine Stimme zu ihm herüber: »Sind Sie das, Mr. Baker?«

Seufzend richtete er sich auf. »Jawohl, Mrs. Klapper. Ich bin wieder da. Wie geht es Ihnen?«

»Ihre Blumen haben es nicht überlebt. Sind ertrunken, ist das zu fassen? Ich habe einen Jungen dafür bezahlt, dass er sie ausreißt. Waren schon ganz modrig. Senkt ja gleich die Immobilienpreise der ganzen Gegend, wenn ein Haus so heruntergekommen aussieht. Ich habe mir eine Quittung geben lassen. Das werden Sie mir erstatten.«

»Natürlich, Mrs. Klapper. Vielen Dank.«

Sie trug noch denselben Frotteebademantel und hatte dieselbe Pfeife im Mund. Ihre Haare waren auftoupiert. Alles war wie immer. Bis ins kleinste Detail.

Gerade als er den Schlüssel ins Schloss steckte, meldete sie sich wieder zu Wort: »Sind Sie dauerhaft zurückgekommen?«

Am liebsten hätte Linus laut geschrien. »Ja, Mrs. Klapper.«

Sie musterte ihn skeptisch aus der Ferne. »Sieht so aus, als hätten Sie etwas Sonne abbekommen. Sind nicht mehr ganz so blass wie früher. Und Sie haben abgenommen. Muss ja ein toller Urlaub gewesen sein.«

Ja, seine Kleidung saß tatsächlich etwas lockerer als früher, aber zum ersten Mal seit Langem war ihm das vollkommen gleichgültig. »Es war kein Urlaub. Ich habe Ihnen doch gesagt, dass ich beruflich unterwegs war.«

»Mh-hm. Das haben Sie gesagt. Ist ja auch nicht schlimm, wenn man im Büro durchdreht, den Kollegen mit Mord droht und dann auf eine spezielle Kur geschickt wird.«

»So war das keineswegs!«

Sie winkte ab. »Geht mich ja auch nichts an. Sie sollten allerdings wissen, dass die Geschichte schon überall in der Nachbarschaft rum ist.« Mit einem finsteren Blick fügte sie hinzu: »Nicht gut für die Immobilienpreise.«

Krampfhaft hielt er sich am Türknauf fest. »Haben Sie denn vor, Ihr Haus zu verkaufen?«

Verblüfft blinzelte sie ihn an. Der Rauch zog in dichten Schwaden um ihr faltiges Gesicht. »Natürlich nicht. Wo sollte ich denn bitte hin?«

»Warum in aller Herrgotts Namen scheren Sie sich dann überhaupt um die verdammten Immobilienpreise?«

Stumm starrte sie ihn an.

Er starrte zurück.

Schließlich zog sie an ihrer Pfeife. »Ich habe Ihre Post reingeholt. War fast nur Werbung. Offenbar bekommen Sie nicht viel persönliche Post. Die Rabattcoupons habe ich eingelöst. Wusste ja, dass Ihnen das nichts ausmacht.«

»Ich werde sie morgen abholen.«

Obwohl er sicher war, dass nun eigentlich nichts mehr kommen konnte, fuhr sie fort: »Sie sollten wissen, dass Sie Ihre Chance verpasst haben! Mein Enkel hat einen netten jungen Mann kennengelernt, während Sie weg waren. Einen Kinderarzt. Ich rechne fest damit, dass sie im Frühjahr heiraten werden. Kirchlich natürlich, immerhin sind sie beide gottesfürchtige Männer.«

»Schön für die beiden.«

Nickend schob sie sich die Pfeife zwischen die Zähne. »Willkommen zu Hause, Mr. Baker. Halten Sie dieses Mistvieh von meinem Garten fern. Die Eichhörnchen hatten jetzt einen Monat lang Ruhe. Und so soll es auch bleiben.«

Er machte sich nicht die Mühe, sich zu verabschieden. Sehr unhöflich, ja, aber er war erschöpft. Wortlos ging er ins Haus und schlug mit einem lauten Knall die Tür hinter sich zu – als kleine Zugabe.

Drinnen war es stickig, der Mief eines unbewohnten Hauses hing in der Luft. Er stellte Koffer und Kiste ab und schaltete das Licht ein.

Alles unverändert. Nur vielleicht etwas staubiger.

Dort stand sein Sessel. Seine Victrola. Seine Bücher.

Alles wie immer.

Er bückte sich und öffnete die Katzenkiste.

Calliope schoss mit erhobenem Schwanz durch die Klappe. Ihr Fell war feucht, und sie schien nicht sonderlich erfreut zu sein. Sofort verschwand sie in der Waschküche, wo ihr Katzenklo stand.

»Schön, wieder zu Hause zu sein«, flüsterte er.

Wie oft würde er das wohl noch sagen müssen, bis er es auch glaubte?

Er stellte den Koffer neben dem Bett ab.

Er entledigte sich der nassen Sachen.

Er zog seinen Pyjama an.

Er fütterte Calliope.

Er versuchte etwas zu essen, war aber nicht besonders hungrig.

Er setzte sich in seinen Sessel.

Er erhob sich aus seinem Sessel.

»Musik«, beschloss er. »Vielleicht sollte ich Musik hören.«

Er entschied sich für Ol' Blue Eyes. Frank machte ihn immer fröhlich.

Also holte er die Schallplatte aus ihrer Hülle und klappte die Victrola auf. Legte die Platte auf den Plattenteller. Schaltete den Plattenspieler an, lauschte auf das Knistern der Lautsprecher. Schließlich setzte er die Nadel auf die Platte und schloss die Augen.

Doch aus den Lautsprechern tönte nicht Frank Sinatra.

Offenbar hatte er die Hüllen vertauscht, bevor er abgereist war.

Heller Trompetenklang setzte ein.

Eine weiche Männerstimme begann zu singen.

Bobby Darin und seine Liebste jenseits des Ozeans.

Sofort musste er daran denken, wie Lucy in der Küche herumgesprungen war und lauthals mitgegrölt hatte.

Er schlug die Hände vor das Gesicht.

Bobby sang weiter, und Linus' Schultern bebten.

Er ging ins Bett.

Kissen und Decke rochen muffig, aber er war zu müde, um sich ernsthaft daran zu stören.

Lange Zeit starrte er im Dunkeln an die Decke.

Irgendwann schlief er ein.

Und träumte von einer Insel im himmelblauen Ozean.

Am Sonntag machte er klar Schiff. Er riss die Fenster auf, um das Haus durchzulüften, auch wenn es regnete. Er schrubbte den Fußboden. Er wischte die Wände ab. Er putzte die Oberflächen. Er bezog sein Bett frisch. Er kratzte mit einer Zahnbürste den Dreck aus den Fugen im Bad. Er fegte, er wischte.

Als er fertig war, tat ihm der Rücken weh. Da der Nachmittag bereits angebrochen war, überlegte er, sich Mittagessen zu machen, doch in seinem Magen schien ein Klumpen zu liegen, schwer wie Blei.

Wäsche. Er musste Wäsche machen.

Und er musste auch noch seinen abschließenden Bericht fertigstellen.

Er ging zu seinem Koffer, der noch immer neben dem Bett stand. Er legte ihn hin und öffnete die Schließen. Hob den Deckel an und erstarrte.

Dort, ganz oben, auf seiner sorgfältig gefalteten Kleidung, auf den Akten, auf den *VORGABEN UND VERORDNUNGEN* lag ein brauner Briefumschlag.

Den er dort nicht hingelegt hatte.

Zumindest glaubte er das.

Vorsichtig nahm er den Umschlag in die Hand. Er fühlte sich steif an.

Drei Worte standen auf dem Umschlag, in schwarzen Druckbuchstaben geschrieben: GEGEN DAS VERGESSEN.

Er öffnete den Umschlag.

Er enthielt eine Fotografie.

Seine Augen brannten, als er sich das Bild ansah.

Zoe musste es gemacht haben. Er konnte sich nicht daran erinnern, sie auch nur einmal mit einer Kamera gesehen zu haben. Es stammte von dem ersten Abenteuer, bei dem sie durch den Wald zu ihrem Haus marschiert waren. Lucy und Talia, laut lachend; Sal mit Theodore auf dem Schoß; Chauncey und Phee im Kampf um das letzte Brötchen. Arthur und Linus zusammensitzend. Linus' belustigter Blick galt den Kindern.

Und Arthur sah Linus an, mit diesem stillen Lächeln auf den Lippen.

In diesem Moment überkam Linus die Trauer, dort in seinem Haus im Hermes Way. Unverhüllte, reinste Trauer, wie er sie noch nie zuvor verspürt hatte. Wie Papier war er, brüchig und dünn. Krampfhaft drückte er das Foto an seine Brust, hielt sich daran fest.

Später - um einiges später - saß er in seinem Sessel, mit dem Abschlussbericht auf dem Schoß. Noch immer bestand er, von der Einleitung abgesehen, aus nur einem Satz.

Seiner Meinung nach war das ausreichend.

Er legte den Bericht beiseite.

Die entspannenden Klänge des Big Bopper hüllten ihn ein, und irgendwann drifteten seine Gedanken ab, verloren sich in einem Meer mit sanft plätschernden Wellen, in dem er sich vollkommen heimisch fühlte.

Draußen strömte der Regen vom Himmel.

Am Montagmorgen klingelte in aller Frühe der Wecker.

Er stand auf.

Er fütterte die Katze.

Er duschte.

Er zog Anzug und Krawatte an.

Er nahm seine Aktentasche.

Er dachte daran, einen Schirm mitzunehmen.

Im Bus war es voll. Man konnte kaum stehen, von Sitzplätzen mal ganz abgesehen.

Die Leute ringsum sahen ihn nicht an, warfen ihm höchstens böse Blicke zu, wenn er sie aus Versehen anrempelte. Noch während er sich entschuldigte, wandten sie sich wieder ihren Zeitungen zu.

Niemand grüßte, als er das Büro bei der BBMM betrat.

Er ging durch die Reihen, doch niemand sagte: »Willkommen zurück, Linus. Wir haben dich vermisst.«

In Reihe L, Tisch 7 hingen keine Luftschlangen, keine Ballons, keine Lampions.

Er setzte sich und stellte seine Aktentasche ab.

Mr. Tremblay von Reihe L, Tisch 6 warf ihm einen kurzen Blick zu. »Ich dachte, Sie wären gefeuert worden.«

»Nein«, erwiderte Linus so ruhig wie möglich. »Ich hatte einen Auftrag.«

Irritiert runzelte Mr. Tremblay die Stirn. »Sind Sie sicher? Ich hätte schwören können, dass Sie gefeuert wurden.«

»Ja, ich bin sicher.«

»Oh!« Als er die Erleichterung im Gesicht des Mannes sah, fühlte Linus sich etwas besser. Vielleicht war er ja doch vermisst worden. »Das heißt dann wohl, dass Sie Ihre Fälle wieder selbst bearbeiten können. Gott sei Dank. Ich hatte absolut keine Zeit dafür, Sie werden also einiges nacharbeiten müssen. Ich werde sie gleich mal für Sie raussuchen.«

»Das ist äußerst freundlich«, stellte Linus verkniffen fest.

»Ich weiß, Mr. Barkly.«

»Ich heiße Baker, Sie Schwachkopf. Es wäre besser, wenn ich Ihnen das nicht noch einmal sagen müsste.«

Fassungslos starrte Mr. Tremblay ihn an.

Linus klappte seine Tasche auf und holte die Akten und seinen Abschlussbericht hervor. Nach kurzem Zögern nahm er auch noch den letzten Gegenstand heraus, der sich in der Tasche befand.

Dann stellte er das gerahmte Foto neben den Computer.

»Was ist das?« Mr. Tremblay verrenkte sich fast den Hals. »Ist das etwa *persönliche* Dekoration? Sie wissen doch, dass so etwas nicht erlaubt ist!«

»Vielleicht kümmern Sie sich ausnahmsweise mal um Ihre eigenen Angelegenheiten«, fauchte Linus, ohne ihn anzusehen.

»Wie Sie meinen«, murmelte Mr. Tremblay. »Aber erwarten Sie bloß keine Nettigkeiten mehr von mir.«

Ohne ihn zu beachten rückte Linus das Foto zurecht, bis es genau im richtigen Winkel stand.

Dann schaltete er seinen Computer ein und machte sich an die Arbeit.

»Mr. *Baker*!«

Linus stöhnte innerlich. Heute war doch alles ... na ja, irgendwie gelaufen. Er blickte nicht hoch, als das Klicken der Absätze näher und näher kam.

Ein Schatten fiel über seinen Tisch.

Das Tastengeklapper ringsum verstummte, als seine Kollegen gebannt anfingen zu lauschen. Vermutlich war das hier das Spannendste, was im gesamten letzten Monat passiert war.

Ms. Jenkins ragte über ihm auf, wie üblich mit verdrießlicher Miene. Und natürlich stand Gunther mit seinem unvermeidlichen Klemmbrett hinter ihr. Er bedachte Linus mit einem ekelhaft süßlichen Lächeln.

»Hallo, Ms. Jenkins«, grüßte Linus pflichtschuldigst. »Es freut mich, Sie zu sehen.«

»Davon gehe ich doch aus«, erwiderte sie abfällig. »Sie sind also zurück.«

»Und noch immer ist Ihre Beobachtungsgabe unübertroffen.«

Ihre Augen wurden schmal. »Wie bitte?«

Linus hustete kurz und räusperte sich dann. »Ich meinte: Ja, ich bin zurück.«

»Von Ihrem Auftrag.«

»Jawohl.«

»Ihrem *geheimen* Auftrag.«

»So sieht es wohl aus.«

Unter ihrem linken Auge begann es zu zucken. »Nur weil das Allerhöchste Management so nett war, Sie uns für einen Monat vom Hals zu schaffen, bedeutet das nicht, dass sich hier irgendetwas geändert hätte.«

»Das sehe ich.«

»Ich erwarte, dass Sie Ihren Arbeitsrückstand bis Ende der Woche aufgeholt haben.«

Was vollkommen unmöglich war, aber das wusste sie natürlich. »Jawohl, Ms. Jenkins.«

»Ihre laufenden Fälle werden Ihnen bis heute Mittag wieder zugeführt.«

»Jawohl, Ms. Jenkins.«

Sie beugte sich vor und stemmte beide Hände auf seinen Schreibtisch. Ihre Fingernägel waren schwarz lackiert. »Sie sind wohl scharf auf eine Beförderung, wie? Glauben Sie wirklich, Sie haben das Zeug zur Oberaufsicht?«

Er lachte. Eigentlich wollte er es gar nicht, aber es passierte einfach.

Ms. Jenkins war sichtlich empört.

Gunther war so schockiert, dass er das Lächeln vergaß.

»Nein«, brachte Linus schließlich heraus. »Ich bin nicht auf eine Beförderung aus. So wie ich das sehe, bin ich ganz und gar nicht geeignet für die Oberaufsicht.«

»Zumindest in diesem Punkt sind wir uns einig«, stellte Ms. Jenkins gehässig fest. »Ich wüsste niemanden, der weniger dazu geeignet wäre als Sie. Sie haben Glück, dass Sie überhaupt noch einen Schreibtisch hier haben. Wäre es nach mir gegangen, dann ... wären ... Sie ... Mr. *Baker*! Was ist *das*?«

Ein schwarzer Fingernagel zeigte auf das Foto.

»Das gehört mir«, sagte er nur. »Es ist meins, und ich finde es schön.«

»Das ist verboten«, kreischte sie. »Laut der *VORGABEN UND VERORDNUNGEN* sind persönliche Gegenstände am Arbeitsplatz eines Sachbearbeiters nur gestattet, wenn sie durch die Oberaufsicht abgesegnet wurden!«

Linus sah sie an. »Dann segnen Sie es doch ab.«

Sie wich einen Schritt zurück und hob eine Hand an den Hals. Gunther schrieb hektisch auf sein Klemmbrett.

»Was haben Sie gesagt?«, fragte sie drohend.

»Segnen Sie es ab«, wiederholte Linus.

»Das werde ich *nicht* tun. Und Sie bekommen einen Eintrag in Ihre Personalakte! Wie können Sie es wagen, so mit mir zu reden! Gunther! Strafpunkte! Strafpunkte für Mr. Baker!«

Sofort war Gunthers Lächeln wieder da. »Selbstverständlich. Wie viele?«

»Fünf! Nein, zehn! *Zehn* Strafpunkte!«

Unter den Sachbearbeitern ringsum brach wildes Getuschel aus.

»Zehn Strafpunkte«, wiederholte Gunther schadenfroh. »Jawohl. Welch weise Entscheidung, Ms. Jenkins. Welch Sachverstand.«

»Dieses ... dieses *Ding* ist bis heute Abend verschwunden«, fuhr Ms. Jenkins fort. »Eines wollen wir doch mal absolut klarstellen, Mr. Baker: Sollte dem nicht so sein, werde ich dafür sorgen, dass Sie gar nicht mehr hier aufzutauchen brauchen.«

Linus schwieg.

Das passte ihr gar nicht. »Haben Sie mich verstanden?«

»Ja«, presste er zähneknirschend hervor.

»Ja *was*?«

»Ja, Ms. Jenkins.«

Empört rümpfte sie die Nase. »Schon besser. Frechheiten werden nicht geduldet. Mir ist bewusst, dass Sie im letzten Monat ... wo auch immer waren, aber die Regeln haben sich nicht geändert. Das sollten Sie besser nicht vergessen.«

»Selbstverständlich, Ms. Jenkins. Kann ich sonst noch etwas für Sie tun?«

Ihre Worte waren das reinste Gift, als sie antwortete: »Jawohl. Man hat Sie einbestellt. Beim Allerhöchsten Management. *Schon wieder*. Morgen früh, Punkt acht Uhr. Kommen Sie nicht zu spät. Oder vielleicht doch, dann ersparen Sie mir Arbeit.«

Damit fuhr sie auf dem Absatz herum. »Was glotzen Sie denn alle so? Gehen Sie an die Arbeit!«

Sofort begannen die Sachbearbeiter wieder eifrig zu tippen.

Ms. Jenkins warf Linus noch einen finsteren Blick zu, bevor sie davonstöckelte, dicht gefolgt von Gunther.

»Wen ich wohl als neuen Tischnachbarn bekomme?«, fragte sich Mr. Tremblay.

Linus ignorierte ihn.

Stattdessen starrte er auf das Foto.

Direkt davor lag das Mauspad mit dem verblassten Bild eines weißen Sandstrandes am blauesten Ozean der Welt.

Und natürlich mit der Aufschrift: WÄRST DU NICHT GERNE HIER?

Bis zum Mittagessen stapelten sich die Akten auf seinem Tisch. Dutzende Akten. Er schlug die oberste auf und fand Notizen in seiner eigenen Handschrift. Sie waren während des letzten Monats nicht angerührt worden. Seufzend klappte er die Akte wieder zu.

Als er an diesem Abend um kurz vor neun das Büro verließ, war niemand mehr da. Er packte das Foto in seine Aktentasche und machte sich auf den Heimweg.

Es regnete.

Der Bus hatte Verspätung.

Auf seiner Veranda fand er eine Plastiktüte mit seiner Post. Alles Rechnungen. Obenauf lag ein Zettel von Mrs. Klapper – die Quittung für die Massakrierung seines Blumenbeets.

Er holte das Foto aus seiner Aktentasche und stellte es auf seinen Nachttisch. Er starrte es an, bis er einschlief.

Um Viertel vor acht am nächsten Morgen drückte Linus im Fahrstuhl auf den goldenen Knopf mit der 5.

Alle starrten ihn an.

Er starrte zurück.

Sie gaben zuerst auf.

Nach und nach leerte sich der Fahrstuhl, bis nur noch er übrig blieb.

ALLERHÖCHSTES MANAGEMENT
ZUTRITT NUR MIT TERMIN

Er drückte den Knopf neben dem Metallgitter.

Rasselnd öffnete es sich.

Ms. Kaugummiblase blähte eine pinke Kugel auf und ließ sie geziert platzen, bevor alles wieder zwischen ihren Zähnen verschwand. »Kann ich helfen?«

»Ich habe einen Termin.«

»Bei wem?«

Das musste sie doch wissen. »Beim Allerhöchsten Management. Mein Name ist Linus Baker.«

Sie musterte ihn scharf. »Ich erinnere mich an Sie.«

»O…kay?«

»Ich dachte, Sie wären tot oder so.«

»Nein. Bis jetzt noch nicht.«

Nachdem sie kurz auf ihrer Tastatur herumgehackt hatte, sah sie wieder zu ihm hoch. »Haben Sie den Abschlussbericht dabei?«

Linus klappte die Aktentasche auf. Seine Finger streiften kurz den Bilderrahmen, bevor er fand, was er suchte. Er zog den Hefter heraus und schob ihn unter der Scheibe durch.

Stirnrunzelnd nahm sie ihn entgegen. »Ist das alles?«

»Das ist alles.«

»Warten Sie einen Moment.«

Das Gitter wurde krachend heruntergelassen.

»Du schaffst das, alter Junge«, flüsterte er.

Diesmal dauerte es länger, bis Ms. Kaugummiblase zurückkam. Es dauerte sogar so lange, dass Linus bereits glaubte, man habe ihn vergessen. Ihm kam der Gedanke, dass er vielleicht einfach gehen sollte, aber seine Füße wollten sich nicht in Bewegung setzen. Sie schienen wie festgewachsen zu sein.

Mehrere Minuten vergingen. Mindestens zwanzig.

Gerade als er der Versuchung nachgeben und einen Blick auf das Foto in seiner Aktentasche werfen wollte, fuhr das Metallgitter ratternd in die Höhe.

Ms. Kaugummiblase verkündete stirnrunzelnd: »Man wird Sie jetzt empfangen.«

Linus nickte.

»Sie sind … nicht erfreut.«

»Nein, das hatte ich auch nicht erwartet.«

Sie machte eine Blase, die mit einem lauten Knall platzte. »Sie sind ein sehr seltsamer Mann.«

Ein Summer ertönte, und die hölzernen Türen öffneten sich.

Ms. Kaugummiblase führte ihn wortlos an dem Brunnen vorbei zu der schwarzen Tür mit dem goldenen Schild. Sie öffnete sie und trat beiseite.

Ohne sie anzusehen, trat Linus durch die Tür und schloss sie hinter sich. Die Lämpchen im Boden flammten auf und wiesen ihm den Weg. Er folgte ihnen, bis sie sich zu einem Kreis erweiterten. In der Mitte des Kreises stand ein Rednerpult. Darauf lag sein Bericht. Linus schluckte.

Über ihm wurde es hell.

Und da waren sie, blickten von der hohen Mauer auf ihn herab: das Allerhöchste Management.

Die Frau, Hängebacke, der Mann mit der Brille.

Und Charles Werner.

»Mr. Baker«, begann er mit seidenweicher Stimme. »Willkommen zurück.«

»Vielen Dank.« Nervös trat Linus von einem Fuß auf den anderen.

»Ihre Berichte waren ... nun ja. Sie haben für eine Menge Gesprächsstoff gesorgt.«

»Tatsächlich?«

Hängebacke hustete röchelnd. »So könnte man es nennen.«

»Sie wissen doch, was ich von Euphemismen halte«, schaltete sich der Mann mit der Brille stirnrunzelnd ein.

»Mr. Baker.« Die Frau ergriff das Wort. »Handelt es sich bei dem, was Sie dort vor sich sehen, um Ihren Abschlussbericht?«

»Ja.«

»Wirklich?«

»Ja.«

Sie lehnte sich in ihrem Stuhl zurück. »Erstaunlich. Im Vergleich zu Ihren anderen Berichten ist er recht dürftig. Extrem dürftig sogar.«

»Ich denke, ich bin einfach direkt auf den Punkt gekommen«, hielt Linus dagegen. »Worum Sie mich ja schließlich auch gebeten hatten. Ich habe nach einmonatiger Beobachtung meine Empfehlung ausgesprochen. Bin ich nicht deswegen hier?«

»Vorsicht, Mr. Baker.« Hängebacke musterte ihn mit schmalen Augen. »Mir gefällt Ihr Ton nicht.«

Linus verkniff sich eine Antwort - noch vor wenigen Wochen wäre das bei ihm gar nicht nötig gewesen. »Verzeihung. Ich finde nur ... meiner Ansicht nach habe ich lediglich getan, was von mir verlangt wurde.«

Charles lehnte sich ein wenig vor. »Warum lesen Sie uns den Bericht nicht vor? Wenn die Worte laut ausgesprochen werden, erschließt sich uns vielleicht ein Sinn, der in Schriftform verloren gegangen sein könnte.«

Na schön. Er würde ihr Spiel mitspielen. Immerhin hatte er das jahrelang getan, immer ganz der brave Angestellte. Linus schlug den Hefter auf und beugte sich darüber. »Hiermit schwöre ich, dass die Schilderungen der in diesem Bericht erwähnten Vorgänge präzise und ...«

»Diesen Teil kennen wir, Mr. Baker«, unterbrach ihn der Mann mit der Brille ungeduldig. »Alle Berichte beginnen mit diesen Worten. Das ist bei jedem gleich. Wir interessieren uns mehr für das, was danach kommt.«

Linus blickte hoch. »Sie wissen doch, was da steht.«

Charles grinste ihn an. »Lesen Sie es vor, Mr. Baker.«

Also las Linus: »Meine Empfehlung lautet, das Waisenhaus von Marsyas weiter zu betreiben und die Kinder auch weiterhin in der Obhut von Arthur Parnassus zu belassen.«

Das war alles. Mehr hatte er nicht geschrieben.

Er klappte den Hefter zu.

»Hmmm.« Charles wandte sich an seine Kollegen: »Also, mir hat sich nichts Neues erschlossen. Hat vielleicht sonst jemand neue Erkenntnisse gewonnen?«

Hängebacke schüttelte den Kopf.

Der Mann mit der Brille lehnte sich zurück.

Die Frau verschränkte die Finger.

»Das dachte ich mir«, fuhr Charles fort. »Mr. Baker, vielleicht könnten Sie etwas mehr ins Detail gehen. Was genau hat Sie zu diesem Schluss geführt?«

»Meine Beobachtungen bezüglich der Kinder und ihres Verhaltens untereinander und gegenüber Arthur Parnassus.«

»Vage«, kritisierte Hängebacke. »Ich verlange mehr.«

»Warum?«, fragte Linus. »Was genau wollen Sie denn?«

»Wir sind nicht hier, um Ihre Fragen zu beantworten, Mr. Baker«, erwiderte die Frau mit scharfer Stimme. »Sie sind hier, um unsere zu beantworten. Vergessen Sie nicht, wo ...«

»... mein Platz ist?« Linus schüttelte den Kopf. »Wie könnte ich, wo ich doch ständig daran erinnert werde? Ich mache diesen Job jetzt seit siebzehn Jahren. Ich habe nie etwas verlangt. Habe nie auch nur einen Wunsch geäußert. Vollkommen klaglos habe ich alles getan, was mir aufgetragen wurde. Und nun stehe ich hier vor Ihnen, und Sie wollen *mehr*. Was könnte ich Ihnen denn bitte noch mehr geben?«

»Die Wahrheit«, erwiderte der Mann mit der Brille. »Die Wahrheit über das ...«

Linus schlug mit beiden Händen auf das Rednerpult. Das laute Klatschen hallte durch den ganzen Raum. »Sie haben die Wahrheit von mir bekommen. In jedem meiner wöchentlichen Berichte haben Sie nichts anderes vorgefunden als die Wahrheit. Bei jedem meiner Aufträge war ich rückhaltlos ehrlich, selbst wenn es schmerzvoll für mich war.«

»Objektivität«, forderte Hängebacke. »Wie schon in den *VORGABEN UND VERORDNUNGEN* steht, hat ein Sachbearbeiter stets ...«

»Das weiß ich. Und ich war objektiv. Ich erinnere mich an sie alle. An jeden Einzelnen von ihnen. An all ihre Namen. Die Namen Hunderter Kinder, die ich untersucht habe. Und ich habe stets Distanz gewahrt. Habe eine Mauer errichtet. Können Sie von sich dasselbe behaupten? Wie lauten die Namen der Kinder auf dieser Insel? Ohne erst in Ihren Notizen nachsehen zu müssen – wie lauten ihre Namen?«

Hängebacke hustete wieder. »Das ist lächerlich. Selbstverständlich kennen wir ihre Namen. Da ist der Antichrist …«

»Nennen Sie ihn nicht so«, fauchte Linus. »Denn das ist er nicht.«

Mit einem überheblichen Grinsen antwortete Charles: »Sein Name ist Lucy. Ein wirklich alberner Spitzname für das, was er ist.«

»Und?«, hakte Linus nach. »Die anderen fünf?«

Schweigen.

»Talia«, schleuderte Linus ihnen entgegen. »Ein Gnomenmädchen, das gerne gärtnert. Sie ist grimmig, lustig und mutig. Ein bisschen reizbar, aber darunter verbirgt sich eine atemberaubende Loyalität. Und trotz allem, was sie durchgemacht hat, trotz allem, was ihr genommen wurde, kann sie sich noch immer selbst an den kleinsten Dingen erfreuen.«

Die Frau wollte ihn unterbrechen: »Mr. Baker, Sie sollten …«

»Phee! Die Waldelementare. Sie gibt sich kaltschnäuzig und distanziert, aber eigentlich wollte sie nie mehr als ein richtiges Zuhause. Sie war völlig vernachlässigt, als man sie fand, weil ihresgleichen ohne jede Unterstützung ausgesondert wurde. Wussten Sie das? Haben Sie sich ihre Fallakte überhaupt angesehen? Ich schon. Ihre Mutter ist vor ihren Augen verhungert. Phee selbst wäre ebenfalls beinahe gestorben, und trotzdem ist es ihr gelungen, die Männer, die in ihr Lager kamen und sie von ihrer toten Mutter wegzerren wollten, mit letzter Kraft in Bäume zu verwandeln. Die Wälder auf der Insel sind dank ihr beinahe undurchdringlich, und sie würde einfach alles tun, um die Ihren zu schützen. Sie hat mir viel beigebracht über Wurzeln – wie sie im Verborgenen abwarten, bis der richtige Moment gekommen ist, um dann aus der Erde hervorzubrechen und ganze Landschaften zu verändern.«

Das Allerhöchste Management schwieg, während Linus anfing, mit großen Schritten auf und ab zu laufen.

»Theodore! Ein Lindwurm, einer der wenigen, die noch existieren. Wussten Sie, dass er sprechen kann? Hat einer von Ihnen das gewusst? Ich wusste es jedenfalls nicht. Man hat es mir nie gesagt. Keinem von uns. Aber er kann es. Oh, natürlich spricht er nicht unsere Sprache, aber trotzdem spricht er. Und wenn Sie lange genug zuhören, wenn Sie ihm Zeit lassen, fangen Sie irgendwann an, ihn zu verstehen. Er ist kein Tier. Er ist kein räuberisches Biest. Er hat komplexe Gedanken und Gefühle und *Knöpfe*. So viele Knöpfe!« Linus schob die Hand in seine Manteltasche und tastete nach dem Messingknopf, nach den Abdrücken scharfer Zähne.

»Chauncey! Ein ... nun ja, niemand weiß, was er ist, aber das spielt keine Rolle! Es spielt keine Rolle, weil er vielleicht menschlicher ist als wir alle zusammen. Sein Leben lang hat man ihm gesagt, er sei ein Monster. Das Monster unter dem Bett. Ein Wesen aus einem Albtraum. Nichts könnte weiter von der Wahrheit entfernt sein. Er ist ein neugieriger kleiner Junge mit einem Traum. Und was für ein Traum das ist, so herrlich einfach. So bezaubernd, dass es einem den Atem verschlägt. Er will ein Page sein. Er möchte in einem Hotel arbeiten, Gäste begrüßen und Koffer tragen. Mehr nicht. Aber würde einer von Ihnen das zulassen? Würde auch nur einer von Ihnen ihm die Chance dazu geben?«

Niemand antwortete.

»Sal«, fuhr Linus beinahe knurrend fort. »Missbraucht und vernachlässigt. Ohne jede Rücksicht auf sein Wohlergehen herumgereicht, einzig aufgrund dessen, wozu er fähig ist. Ja, er hat eine Frau gebissen, und ja, sie hat sich daraufhin verwandelt, aber sie hatte ihn zuvor geschlagen. Sie hat *ein Kind geschlagen*. Droht man ihnen nur lange genug, werden sie sich wegducken. Aber hin und wieder schlagen sie auch zurück, einfach weil ihnen nichts anderes übrig bleibt. Er ist schüchtern. Still. Und sorgt sich um andere immer mehr als um sich selbst. Außerdem schreibt er. So wundervolle Worte fügt er zusammen. Das ist Poesie. Eine wahre Sinfonie. Seine Worte haben mich stärker bewegt als alles, was ich je zuvor gehört habe.«

»Und was ist mit dem Anti... dem letzten Kind?«, fragte die Frau leise.

»Lucy. Sein Name ist Lucy. Und er hat Spinnen im Gehirn. Er träumt von Tod, Feuer und Zerstörung, und es zerreißt ihn innerlich. Aber wissen Sie, was ich dort vorgefunden habe? Ich habe einfach nur einen Jungen vorgefunden, einen sechsjährigen Jungen, der gerne auf Abenteuertour geht. Der eine unglaubliche Vorstellungskraft hat. Der tanzt. Singt. Musik ist sein Ein und Alles, und sie ist ein Teil von ihm wie das Blut in seinen Adern.«

»Auch wenn Sie das nicht gerne hören«, wandte Hängebacke ein, »er ist nun einmal, was er ist. Daran lässt sich nichts ändern.«

»Ach nein?«, erwiderte Linus. »Ich weigere mich, das zu glauben. Wir werden nicht durch Geburt zu dem, was wir sind, sondern durch die Entscheidungen, die wir in unserem Leben treffen. Es lässt sich nicht alles auf Schwarz und Weiß reduzieren, denn es gibt noch so viel dazwischen. Man kann etwas nicht einfach als gut oder böse abtun, ohne die Facetten dahinter zu berücksichtigen.«

»Er ist böse«, behauptete der Mann mit der Brille. »Mag sein, dass er nicht darum gebeten hat, aber so ist es nun einmal. Seine Abstammung macht das unumgänglich. Er trägt das Böse in sich. Schon per definitionem.«

»Und warum sollten Sie das entscheiden dürfen?«, fragte Linus gepresst. »Wer sind Sie denn schon? Sie sind dem Jungen nie begegnet. Moral ist immer relativ. Nur weil Sie etwas verabscheuungswürdig finden, muss es das noch lange nicht sein.«

Die Frau runzelte irritiert die Stirn. »Es gibt viele Dinge, die allgemein als verabscheuungswürdig angesehen werden. Was sagten Sie? Wovon träumt er? Tod, Feuer und Zerstörung? Wenn ich mich richtig an Ihren letzten Bericht erinnere, haben sich seine Albträume tatsächlich manifestiert. Dabei hätte jemand verletzt werden können.«

»Hätte können«, stimmte Linus ihr zu. »Doch es wurde niemand verletzt. Und das alles hatte nichts damit zu tun, dass *er* jemandem hätte wehtun wollen. Er ist ein Kind, das der Finsternis entsprungen ist. Deshalb muss er sich aber nicht weiterhin so entwickeln. Und das wird er auch nicht. Nicht in diesem Umfeld.«

»Würden Sie die anderen Kinder denn bei ihm lassen?«, hakte Hängebacke nach. »Ohne Aufsicht, in einem verschlossenen Raum?«

»Ja«, antwortete Linus prompt. »Jederzeit, ohne zu zögern. Ich selbst würde mit ihm in einem verschlossenen Raum allein bleiben. Weil ich ihm vertraue. Weil ich weiß, dass er mehr ist als das Etikett, das Sie ihm verpasst haben, ganz egal, woher er stammt.«

»Und was wird geschehen, wenn er heranwächst?«, fragte Charles. »Was passiert, wenn er erwachsen ist? Was, wenn er beschließt, dass die Welt nicht so ist, wie er sie gerne hätte? Sie wissen doch, wer sein Vater ist.«

»Ja, das weiß ich«, sagte Linus. »Sein Vater ist Arthur Parnassus. Und er ist verdammt noch mal der beste Vater, den Lucy haben könnte – und was mich betrifft, auch der einzige.«

Das Allerhöchste Management keuchte entsetzt.

Linus achtete gar nicht darauf. Er kam nun erst richtig in Fahrt. »Und was ist mit Arthur? Denn ich vermute mal, er ist der wahre Grund, warum ich hier bin, richtig? Wegen dem, was er ist. Sie haben diese Kinder als Bedrohung der Geheimhaltungsstufe 4 eingestuft, während sie doch eigentlich nicht anders sind als alle anderen Kinder, magisch oder nicht. Aber es ging ja auch nie wirklich um sie, oder? Es ging immer nur um Arthur.«

»Nehmen Sie sich in Acht, Mr. Baker«, warnte Charles. »Ich sagte Ihnen bereits, dass ich nicht gerne enttäuscht werde, und Sie sind gerade kurz davor, sich als große Enttäuschung zu entpuppen.«

»Nein«, widersprach Linus, »ich werde mich *nicht* in Acht nehmen. Es mag ja sein, dass er nicht durch Ihre Hand gelitten hat, aber auf jeden Fall durch Ihre Ideale. Durch die Ideale der BBMM. Durch das Idealbild der Registrierung. Durch die Vorurteile, die ihnen entgegenschlagen. Sie lassen zu, dass diese Vorurteile immer weiter vor sich hin schwelen – Sie und alle, die vor Ihnen auf Ihrem Platz saßen. Sie halten sie vom Rest der Gesellschaft fern, weil sie anders sind als wir. Die Menschen *fürchten* sie, weil es ihnen so beigebracht wird. Sehen, merken, melden. Das erzeugt Hass.« Mit schmalen Augen sah er zu Charles Werner hinauf. »Sie denken, Sie könnten sie kontrollieren. Sie denken, Sie könnten *ihn* kontrollieren. Ihn benutzen, um zu bekommen, was Sie wollen. Ihn zusammen mit Ihren anderen schmutzigen Geheimnissen einfach unter den Teppich kehren. Aber da irren Sie sich. Sie alle irren sich.«

»Das reicht jetzt«, fauchte der Mann mit der Brille. »Sie begeben sich auf verdammt dünnes Eis, Mr. Baker, und offenbar hören Sie nicht einmal, wie es unter Ihren Füßen knackt.«

»So ist es«, bestätigte die Frau. »Hinzu kommt die wenig hilfreiche Tatsache, dass uns der Bericht eines besorgten Bürgers vorliegt, laut dem es zu einer Auseinandersetzung zwischen Arthur Parnassus und …«

Linus knirschte frustriert mit den Zähnen. »Besorgt ist er also, ja? Verraten Sie mir eines: Als dieser Bürger seine Besorgnis zum Ausdruck gebracht hat, hat er da zufällig auch erwähnt, warum er und seine besorgten Mitbürger überhaupt am Fährhafen waren? Was sie vorhatten? Denn nach allem, was ich dort gesehen habe, waren sie die Aggressoren. Ich will mir lieber nicht vorstellen, was passiert wäre, wenn Arthur Parnassus nicht eingegriffen hätte. Ganz egal, was er und die Kinder sind oder wozu sie in der Lage sind – niemand hat das Recht, ihnen ein Leid anzutun. Oder ist da vielleicht jemand anderer Meinung?«

Wieder antwortete ihm nichts als Schweigen.

»Das dachte ich mir schon.« Linus legte eine Hand auf seinen Abschlussbericht. »Ich stehe zu meiner Empfehlung. Das Waisenhaus *muss* weiter betrieben werden. Zum Wohle der Kinder. Und auch zu Ihrem Wohl. Ich verspreche Ihnen, dass ich alles tun werde, was in meiner Macht steht, um das möglich zu machen. Sie können mich rauswerfen. Sie können versuchen, mich mundtot zu machen. Aber ich werde weitermachen. Veränderung beginnt bei wenigen Einzelnen. Ich werde einer dieser wenigen sein, weil die Bewohner dieser Insel mir gezeigt haben, was das heißt. Und ich weiß, dass ich nicht allein bin.« Er atmete einmal tief durch, dann fügte er hinzu: »Und wo wir gerade beim Thema Euphemismen waren: Hören Sie um Himmels willen auf, diese Einrichtungen als Waisenhäuser zu bezeichnen. Dieser Begriff impliziert etwas, das hier nie eintreten wird. Es sind Heime. Es waren immer Heime. Manche gut, andere schlecht, weshalb ich hin und wieder auch zu Schließungen geraten habe. Aber nicht in diesem Fall. Niemals. Diese Kinder brauchen kein neues Heim, denn sie haben bereits eines, ob es Ihnen nun gefällt oder nicht.«

»Ah«, seufzte Charles, »und da ist sie, die Enttäuschung. So beißend, so umfassend.«

Linus schüttelte den Kopf. »Sie haben mir gesagt, dass Sie ein persönliches Interesse an dem hätten, was ich herausfinden würde. Das habe ich Ihnen geglaubt, allerdings dachte ich damals, dass vor allem Angst dahintersteckte. Jetzt glaube ich Ihnen das nicht mehr. Sie wollen nur das von mir hören, was Sie sich vorher schon zurechtgelegt haben. Alles andere ist in Ihren Augen unzulänglich. Daran kann ich nichts ändern.

Ich kann nur eines tun: Ihnen zeigen, dass uns der Pfad, den unsere Welt dank Ihrer Mithilfe eingeschlagen hat, vom richtigen Kurs abgebracht hat. Und ich kann nur hoffen, dass auch Sie eines Tages erkennen, wohin er wirklich führt.«

Trotzig sah er zu Charles hinauf. »Nur weil es nicht so ist, wie Sie es erwartet haben, muss es noch lange nicht falsch sein. Die Dinge haben sich geändert, Mr. Werner, und zwar zum Besseren, da bin ich mir sicher. *Ich* habe mich verändert. Und das hat rein gar nichts mit Ihnen zu tun. Was auch immer Sie in dem Scherbenhaufen zu finden gehofft hatten, den Sie auf dieser Insel zurückgelassen haben - mir ist das einerlei. Ich weiß, was aus ihnen geworden ist. Ich habe ihnen allen ins Herz gesehen, und ihre Herzen schlagen mit ungeheurer Kraft, trotz allem, was sie erleiden mussten. Entweder durch Sie oder durch andere.« Inzwischen keuchte Linus regelrecht, doch in seinem Kopf herrschte absolute Klarheit.

»Ich denke, wir sind hier fertig, Mr. Baker«, erwiderte Charles kühl. »Wir dürften nun eine deutliche Vorstellung davon haben, wo Sie stehen. Sie hatten recht: Ihr Bericht sagt alles.«

Linus fror, obwohl er gleichzeitig spürbar schwitzte. Sein Kampfeswille war aufgebraucht, zurück blieb nichts als Erschöpfung. »Ich ... ich wollte nur ...«

»Das genügt«, unterbrach ihn die Frau. »Sie haben ... das genügt. Wir werden uns über Ihre Empfehlung beraten und in den kommenden Wochen eine verbindliche Entscheidung fällen. Gehen Sie jetzt, Mr. Baker. Sofort.«

Er nahm seine Aktentasche. Dabei hörte er, wie der Bilderrahmen im Inneren klapperte. Dann blickte er noch einmal zum Allerhöchsten Management hinauf, drehte sich um und verließ fluchtartig den Raum.

Mr. Kaugummiblase wartete draußen auf ihn. Ihre Augen waren weit aufgerissen, und sie starrte ihn mit offenem Mund an.

»Was ist?«, fragte Linus gereizt.

»Gar nichts«, brachte sie mühsam heraus. »Absolut nichts. Sie waren sehr ... äh... laut.«

»Nun ja, manchmal muss man die Lautstärke etwas erhöhen, um in verbohrte Schädel vorzudringen.«

»Wow«, flüsterte sie. »Ich muss sofort ... jemanden anrufen. Sie müssen nicht wissen, wen. Sie finden ja sicher allein raus, nicht wahr?«

Damit verschwand sie eilig in ihrem Kämmerchen und schloss die Tür hinter sich.

Linus ging langsam hinaus. Als er die Büros des Allerhöchsten Managements verließ, hörte er in dem kleinen Kabuff ihre aufgeregte Stimme, konnte aber nicht genau verstehen, was sie sagte.

Ihm kam der Gedanke, dass er vielleicht gehen sollte. Einfach ... alles zurücklassen.

Er tat es nicht.

Er fuhr nach unten und kehrte an seinen Schreibtisch zurück.

Sobald er das Großraumbüro betrat, verstummte das wilde Getuschel.

Alle starrten ihn an.

Ohne sich darum zu kümmern, ging er zu Reihe L, Tisch 7. Er entschuldigte sich nicht einmal, als seine ausladenden Hüften gegen Dinge stießen.

Dutzende Menschen verfolgten jeden seiner Schritte, was ihm durchaus bewusst war, doch er ging hocherhobenen Hauptes weiter. Nach allem, was er durchgemacht hatte, nach allem, was er gesehen und erlebt hatte, kümmerte es ihn nicht im Geringsten, was seine Kollegen von ihm dachten.

Als er schließlich seinen Platz erreichte, setzte er sich hin und klappte seine Aktentasche auf. Er holte das gerahmte Foto heraus und stellte es auf seinen Schreibtisch.

Niemand sagte etwas.

Ms. Jenkins stand vor ihrem Büro und warf ihm giftige Blicke zu. Gunther kritzelte etwas auf sein Klemmbrett. Sollte der sich seine Strafpunkte doch sonst wo hinschieben.

Dann nahm Linus eine Akte vom Stapel und machte sich wieder an die Arbeit.

NEUNZEHN

Drei Wochen später hatte sich nicht viel geändert.

Oh ja, er hatte vom Ozean geträumt, von einer Insel mit weißen Stränden. Von einem Garten, von einem Wäldchen, in dem sich ein kleines Haus verbarg. Von einer rußgeschwärzten Kellertür, von der Musik der legendären Drei, von Lucys Lachen. Von Talias leise gebrummtem Gnomisch. Von Sal, der so groß war und sich so klein angefühlt hatte auf seinem Arm. Von Chauncey vor seinem Spiegel: Hallo, Sir, willkommen, willkommen, willkommen. Wie er sich an die Pagenmütze tippte. Von Phees Flügeln, funkelnd im Sonnenlicht. Von Knöpfen und einem Lindwurm namens Theodore. Von Zoe, die mit wehenden Haaren über sandige Straßen raste.

Und natürlich von Arthur. Immer von Arthur. Von loderndem Feuer, von orange und golden glänzenden, mächtigen Flügeln. Von seinem stillen Lächeln, von der Art, wie er den Kopf neigte, wenn er sich amüsierte.

Oh ja, er träumte.

Jeden Morgen fiel es ihm schwerer, sich aus dem Bett zu hieven. Immer regnete es. Immer war der Himmel bleigrau. Er fühlte sich wie Papier: brüchig und dünn. Er zog sich an. Er fuhr mit dem Bus zur Arbeit. Er saß an seinem Schreibtisch und arbeitete eine Akte nach der anderen durch. Mittags aß er welken Salat. Dann ging er wieder an die Arbeit. Er fuhr mit dem Bus nach Hause, setzte sich in seinen Sessel und lauschte Bobby Darin, der so sicher war, dass irgendwo jenseits des Meeres jemand auf ihn wartete.

Er dachte über sein Leben nach. Wie hatte er nur je glauben können, das wäre genug?

Himmelblau waren seine Gedanken.

Jeden Tag ging er zur Arbeit, und jeden Tag nahm er sich die Zeit, das Foto zu betrachten, das nun auf seinem Schreibtisch stand. Niemand wagte es, etwas dagegen zu sagen. Selbst Ms. Jenkins riss sich zusammen, und auch wenn Linus einen Strafpunkt nach dem anderen kassierte (alle von Gunther voller Freude auf seinem Klemmbrett notiert), sagte sie kein Wort. Man ignorierte ihn einfach. Linus konnte damit gut leben. Er vermutete, dass Ms. Kaugummiblase etwas damit zu tun hatte, die alte Klatschtante.

Doch es gab nicht nur Regen und trüben Himmel. Linus ließ sich Zeit, ging seine alten Fälle durch, arbeitete sich durch die Berichte zu jedem der Waisenhäuser, die er geprüft hatte. Er machte sich Notizen dazu, bereitete sich auf eine verschwommen vor ihm auftauchende Zukunft vor, die nicht ganz greifbar war. Einiges von dem, was er damals geschrieben hatte, ließ ihn heute zurückschrecken (okay, wenn er ganz ehrlich war das meiste), doch er hielt es für wichtig. Veränderung begann mit den Stimmen einzelner, hielt er sich vor Augen. Vielleicht würde nie etwas dabei herauskommen, aber das konnte er nur herausfinden, indem er es versuchte. Und zumindest konnte er den Weg einiger Kinder nachverfolgen, die er bei diesen Prüfungen kennengelernt hatte; herausfinden, wo sie heute waren. Wenn alles so verlief, wie er es sich erhoffte, musste er sie nicht allein und vergessen zurücklassen.

Weshalb er irgendwann anfing, Berichte aus dem Büro zu schmuggeln. Jeden Tag nahm er ein paar mit. Als er zum ersten Mal einen in seiner Aktentasche verschwinden ließ, hatte das einen heftigen Schweißausbruch zur Folge: Bestimmt würde jeden Moment jemand seinen Namen rufen, fragen, was er denn da tat. Besonders schlimm wurde es, als er anfing, auch die Berichte anderer Sachbearbeiter mitzunehmen.

Aber niemand sagte etwas.

Es sollte sich nicht so berauschend anfühlen, gegen das Gesetz zu verstoßen. Eigentlich hätte es ihm Magenschmerzen bereiten sollen, Herzrasen verursachen, und vielleicht gab es sogar ein wenig von beidem. Aber das war gar nichts im Vergleich zu seiner Entschlossenheit. Ihm waren die Augen geöffnet worden, und die kurzen Momente des Hochgefühls ließen das Wissen um den Gesetzesverstoß von Tag zu Tag weiter in den Hintergrund treten.

Am dreiundzwanzigsten Tag nach seiner Rückkehr von der Insel verstummte wieder einmal die Geräuschkulisse aus Tastenklappern und leisem Gemurmel, da jemand in der Tür des Großraumbüros erschien: Ms. Kaugummiblase, mit knallendem Kauaccessoire und einer Akte, die sie fest an die Brust drückte.

Ihr Blick wanderte über die Tischreihen.

Linus sackte auf seinem Stuhl zusammen. Jetzt würden sie ihn feuern, ganz bestimmt.

Er sah zu, wie sie zu Ms. Jenkins' Büro hinüberging. Die schien nicht gerade erfreut darüber zu sein, sie zu sehen, denn als Ms. Kaugummiblase ihr eine Frage stellte, verfinsterte sich ihre grimmige Miene noch einmal um eine Stufe. Schließlich antwortete sie und zeigte dabei zu den Schreibtischreihen hinaus.

Ms. Kaugummiblase drehte sich um und stöckelte mit apartem Hüftschwung zwischen den Tischreihen hindurch. Die Männer starrten ihr hinterher. Einige von den Frauen ebenfalls. Sie ignorierte sie alle.

Linus dachte daran, sich unter seinem Tisch zu verstecken.

Was er nicht tat. Doch er war kurz davor.

»Mr. Baker«, begrüßte sie ihn kühl. »Hier stecken Sie also.«

»Hallo.« Er drückte beide Hände in den Schoß, damit sie nicht sah, wie sie zitterten.

Sie runzelte die Stirn. »Habe ich mich Ihnen eigentlich jemals vorgestellt?«

Linus schüttelte den Kopf.

»Mein Name ist Doreen.«

»Freut mich, Doreen.«

Sie ließ den Kaugummi knallen. »Das könnte ich Ihnen sogar fast glauben. Ich habe etwas für Sie, Mr. Baker.«

»Ach ja?«

Sie legte die Akte auf dem Tisch ab und schob sie zu ihm hinüber. »Ist heute Morgen reingekommen.«

Linus starrte auf die braune Mappe.

Nun beugte sich Doreen vor, bis ihr Mund beinahe sein Ohr berührte. Sie roch nach Zimt. Mit einem Finger tippte sie auf sein Mauspad. »Wärst du nicht gerne hier?« Er sah zu, wie ihre Hand zu dem gerahmten Foto wanderte und sie mit einem Finger daran entlangstrich. »Hm. Wie wäre es denn damit?« In einem süßlich-klebrigen, warmen Kuss drückte sie ihre Lippen auf seine Wange.

Dann ging sie.

Linus bekam kaum noch Luft.

Er schlug die Mappe auf.

Dort war sein Abschlussbericht.

Und am unteren Rand des Blattes vier Unterschriften.

CHARLES WERNER

AGNES GEORGE

JASPER PLUMB

MARTIN ROGERS

Ganz unten ein roter Stempel.

VORSCHLAG GENEHMIGT

Er las es ein zweites Mal.

Genehmigt.

Genehmigt.

Genehmigt.

Das war ...

Er konnte ...

Hatte er genug, um seinen Plan in die Tat umzusetzen?

Doch, eigentlich schon.

Er stand auf. Sein Stuhl schabte laut über den kalten Betonboden.

Alle drehten sich zu ihm um.

Ms. Jenkins kam wieder aus ihrem Büro marschiert, natürlich mit Gunther im Schlepptau.

Genehmigt.

Das Waisenhaus würde bleiben, wie es war.

Er hörte das Rauschen des Ozeans.

Wärst du nicht gerne hier?, raunte er leise.

Ja.

Und wie.

Doch das war ja das Komische an Wünschen: Manchmal brauchte es nur einen ersten Schritt, um sie wahr werden zu lassen.

Er hob den Kopf.

Sah sich um.

»Was machen wir hier eigentlich?« Seine Stimme hallte laut durch den großen Raum.

Niemand antwortete, aber das war schon in Ordnung. Er hatte nichts anderes erwartet.

»Warum machen wir das? Wo ist der Sinn?«

Stille.

»Wir gehen es falsch an«, fuhr er mit erhobener Stimme fort. »Das alles hier ist falsch. Wir füttern eine Maschine, die uns irgendwann verschlingen wird. Es kann doch nicht sein, dass ich der Einzige bin, der das erkennt.«

Doch, anscheinend war es so.

Wäre er ein mutigerer Mann gewesen, hätte er wohl noch mehr gesagt. Dann hätte er vielleicht sein Exemplar der *VORGABEN UND VERORDNUNGEN* genommen und in den Abfalleimer geschleudert, mit einer großartigen Ankündigung, dass es Zeit sei, alle Regeln über den Haufen zu werfen. Im wörtlichen wie im übertragenen Sinne.

Aber dann hätte Ms. Jenkins gefordert, dass er den Mund hielt. Und wenn er ein noch viel mutigerer Mann gewesen wäre, hätte er sich ihr widersetzt. Dann hätte er lauthals gerufen, dass er eine Welt kennengelernt hatte, die voller Farben war. Voller Glück. Voller Freude. Dass die Welt, in der sie hier lebten, nichts davon hatte, und dass sie alle Narren waren, wenn sie das Gegenteil behaupteten.

Wäre er ein mutigerer Mann gewesen, wäre er auf einen der Tische geklettert und hätte geschrien, er sei Kommandant Linus, der endlich wieder ein Abenteuer erleben wollte.

Natürlich würden sie versuchen, ihn einzukassieren, aber er würde von Tisch zu Tisch springen. Gunther würde empört gackernd nach seinen Beinen greifen, ihn aber nicht erwischen.

Dieser mutige Mann würde vorne an der Tür wieder auf dem Boden landen. Ms. Jenkins würde kreischend verkünden, dass er gefeuert sei, aber er würde sie auslachen und zurückbrüllen, dass sie ihn nicht feuern könne, denn er *kündige*.

Doch Linus Baker war ein nachgiebiger Mann, dessen Herz sich einfach nur nach Zuhause sehnte.

Und so ging er ebenso still und leise, wie er gekommen war.

Er stellte seine Aktentasche auf den Tisch und klappte sie auf. Liebevoll packte er das gerahmte Foto ein und machte die Tasche zu. Nun musste er keine Akten mehr aus der BBMM hinausschmuggeln; er hatte alles, was er brauchte.

Er atmete einmal tief durch.

Dann ging er zwischen den Schreibtischen hindurch zur Tür.

Die anderen Sachbearbeiter begannen fieberhaft zu tuscheln.

Er ignorierte sie und ging hocherhobenen Hauptes weiter. Wobei er so gut wie gar keine Tische anrempelte.

Kurz bevor er die Tür erreichte, rief Ms. Jenkins seinen Namen.

Er blieb stehen und blickte über seine Schulter.

Ihre Miene war finsterer als eine Gewitterwolke. »Wo wollen Sie denn bitteschön hin?«

»Nach Hause«, sagte er schlicht. »Ich gehe jetzt nach Hause.«

Und damit verließ er zum letzten Mal die Behörde für die Betreuung Magischer Minderjähriger.

Es regnete.

Und er hatte seinen Schirm drinnen liegen lassen.

Er streckte dem grauen Himmel das Gesicht entgegen und fing an zu lachen. Er lachte und lachte und lachte.

Calliope schien überrascht zu sein, als er durch die Tür gestürmt kam. Was logisch war, immerhin war es noch nicht einmal Mittag.

»Möglicherweise habe ich den Verstand verloren«, erklärte er ihr. »Ist das nicht wundervoll?«

Sie miaute fragend. Es war das erste Mal, dass sie sprach, seit sie die Insel verlassen hatten.

»Ja«, antwortete er. »Ja, ja.«

Das Leben wurde letztendlich immer zu dem, was man daraus machte. Es hing alles von den Entscheidungen ab, die man traf, von den großen ebenso wie von den kleinen.

Früh am nächsten Morgen - wie sich herausstellte, war es ein Mittwoch - schlug Linus die Tür hinter einem Leben zu, um sich einem neuen zuzuwenden.

»Sie verreisen schon wieder?«, fragte Mrs. Klapper von drüben.

»Ich verreise schon wieder«, bestätigte Linus.

»Wie lange diesmal?«

»Hoffentlich für immer. Wenn sie mich haben wollen.«

Ihre Augen wurden groß. »Wie bitte?«

»Ich gehe fort«, erklärte er mit einer Sicherheit, die er in seinem ganzen Leben noch nie verspürt hatte.

»Aber ... aber ...«, stammelte sie. »Was wird aus Ihrem Haus? Und aus Ihrem *Job*?«

Linus grinste breit. »Meinen Job habe ich gekündigt. Und was das Haus angeht ... nun ja. Vielleicht würden Ihr Enkel und sein reizender Verlobter ja gerne Ihre Nachbarn werden? Betrachten Sie es als Hochzeitsgeschenk. Aber das ist jetzt alles unwichtig. Ich werde mich später darum kümmern. Jetzt muss ich erst mal nach Hause fahren.«

»Sie *sind* doch zu Hause, Sie Idiot!«

Er schüttelte nur den Kopf und griff nach Katzenkiste und Koffer. »Noch nicht. Aber bald.«

»Was in aller Welt ...? Haben Sie den Verstand verloren? Und was zum Teufel haben Sie da eigentlich an?«

Linus blickte an sich herab. Khakifarbenes Hemd, khakifarbene Shorts, braune Socken. Auf seinem Kopf saß eine Art Tropenhelm. Wieder lachte er seine Nachbarin an. »So etwas trägt man eben, wenn man sich in ein Abenteuer stürzt. Sieht lächerlich aus, nicht wahr? Aber es könnte Kannibalen geben, menschenfressende Schlangen und Käfer, die sich in mein Fleisch graben, um von innen heraus meine Augäpfel zu verspeisen. Wenn man es mit solchen Dingen zu tun bekommt, muss man entsprechend gekleidet sein. Machen Sie es gut, Mrs. Klapper. Ich weiß nicht, ob wir uns noch einmal wiedersehen. Von nun an werden Ihre Eichhörnchen ihre Ruhe haben. Und das mit den Sonnenblumen verzeihe ich Ihnen.«

Er trat von der Veranda in den Regen hinaus und verließ den Hermes Way 86.

»Machen Sie Urlaub?«, fragte der Schaffner, als er seinen Fahrschein prüfte. »Bis zur Endstation, wie ich sehe. Die Saison ist doch eigentlich vorbei, oder nicht?«

Linus sah aus dem Zugfenster, an dem der Regen hinunterrann. »Nein«, antwortete er, »ich kehre dorthin zurück, wo ich hingehöre.«

Vier Stunden später versiegte der Regen.

Eine Stunde danach entdeckte er das erste Blau zwischen den Wolken.

Und noch einmal zwei Stunden später glaubte er Salz in der Luft zu riechen.

Er war der Einzige, der ausstieg. Was nur logisch war, da er am Ende auch der einzige Fahrgast gewesen war.

»Oje.« Linus musterte die leere Straße, die vom Bahnhof wegführte. »Möglicherweise habe ich das nicht richtig durchdacht.« Dann schüttelte er den Kopf. »Auch egal. Kommt Zeit, kommt Rat.«

Er nahm seinen Koffer und die Katzenkiste und machte sich auf den Weg zum Dorf, während hinter ihm der Zug den Bahnhof verließ.

Als die ersten Häuser in Sichtweite kamen, war er bereits in Schweiß gebadet. Sein Gesicht war knallrot, und in seinem Koffer schienen plötzlich nichts als schwere Steine zu sein.

Beim ersten Schritt auf den Bürgersteig an der Hauptstraße war er sicher, jeden Moment zusammenzubrechen. Gerade als ihm der Gedanke kam, sich doch einfach hinzulegen (und vielleicht nie wieder aufzustehen), hörte er, wie jemand erstaunt seinen Namen rief.

Er blickte hoch.

Es war Helen. Sie stand mit einer Gießkanne in der Hand vor ihrem Laden.

»Hallo«, presste er mühsam hervor. »Es freut mich wirklich, Sie wiederzusehen.«

Sie ließ die Gießkanne fallen, deren Inhalt sich über den Beton ergoss. Mit ein paar hastigen Schritten war sie bei ihm, während er sich auf seinen Koffer fallen ließ.

»Sind Sie etwa her*gelaufen?*«, wollte sie wissen und legte ihm beide Hände auf die Schultern. Ihr Gesicht verzog sich kurz, als sie feststellen musste, dass sie sofort feucht wurden.

»Spontanität gehört nicht zu meinen Stärken«, gab er zu.

»Sie Dämlack«, schalt sie. »Sie wundervoller Dämlack. Dann sind Sie also endlich zur Vernunft gekommen, ja?«

Er nickte. »Ich glaube schon. Entweder das, oder die Vernunft ist für immer von mir gegangen. Da bin ich mir noch nicht ganz sicher.«

»Sie wissen nicht, dass Sie kommen?«

»Nein. Deshalb der Verweis auf die Spontanität. Bisher bin ich nicht sonderlich gut darin, hoffe aber, mich mit etwas Übung zu verbessern.« Er begann zu husten, als sie mit ihren Fingerspitzen auf seinen Rücken klopfte.

»Zumindest haben Sie einen guten Anfang gemacht. Auch wenn das wohl heißt, dass Merle ebenfalls keine Ahnung von Ihrer Ankunft hat.«

Linus zuckte kurz zusammen. »Oh, richtig. Die Fähre. Die ist wichtig, nicht wahr? Weil es ja eine Insel ist.«

Helen verdrehte die Augen. »Wie Sie es überhaupt so weit geschafft haben, ist mir schleierhaft.«

»Ich habe meine Blase platzen lassen«, erklärte er ihr. Ihm war wichtig, dass sie ihn verstand. »Sie hat mich beschützt, hat mich aber auch daran gehindert, wirklich zu leben. Ich hätte gar nicht erst abreisen dürfen.«

Plötzlich wurde ihr Gesicht weich. »Ich weiß.« Sie richtete sich auf. »Aber jetzt sind Sie hier, und nur das zählt. Zu Ihrem Glück bin ich die Bürgermeisterin, was bedeutet: Wenn ich will, dass etwas getan wird, wird es auch getan. Sie bleiben hier, ich muss kurz jemanden anrufen.«

Damit eilte sie zurück in ihren Laden.

Linus wollte eigentlich nur kurz die Augen schließen, wurde dann aber aus einem leichten Schlaf gerissen, als plötzlich direkt vor ihm ein Auto hupte.

Er öffnete die Augen.

Am Bordstein stand ein alter grüner Pick-up. Er war mit Rostflecken übersät, und seine Weißwandreifen sahen aus, als hätten sie das Thema Profil bereits aufgegeben. Hinter dem Steuer saß Helen. »Was ist?«, rief sie durch das offene Wagenfenster. »Wollen Sie vielleicht hier übernachten?«

Nein. Nein, das wollte er nicht.

Er hievte seinen Koffer auf die Ladefläche und stellte die Katzenkiste auf die Sitzbank, wofür Calliope ihn mit einem Schnurren belohnte. Die Tür quietschte, als er sie hinter sich zuzog.

»Das ist wirklich sehr freundlich von Ihnen.«

Sie schnaubte nur. »Ich denke, ich war Ihnen noch etwas schuldig. Hiermit sind wir dann quitt.«

Der Pick-up ächzte empört, als er vom Bordstein wegrollte. Im Radio sang Doris Day: *Dream a little dream of me.*

Merle wartete am Anleger, und seine Miene war so verdrießlich wie eh und je. »Ich kann nicht einfach alles stehen und liegen lassen, nur weil du das verlangst«, beschwerte er sich. »Ich habe ... Mr. *Baker?*«

»Hallo, Merle. Schön, Sie zu sehen.« Erstaunlicherweise war das nur ein bisschen gelogen.

Merle riss Mund und Nase auf.

»Steh da nicht einfach nur rum«, forderte Helen. »Mach die Luke auf.«

Sofort riss Merle sich wieder zusammen. »Eines sage ich dir: Der Fahrpreis hat sich *vervierfacht.*«

»Oh nein, das denke ich nicht«, erwiderte Helen lächelnd. »Das wäre ja grotesk. Und jetzt öffne die Luke, bevor ich sie mit dem Wagen eindrücke.«

»Das würdest du nicht wagen.«

Sie ließ den Motor aufheulen.

Hastig rannte Merle zu seiner Fähre hinüber.

»Schrecklicher Kerl«, stellte Helen fest. »Mich würde es

jedenfalls nicht stören, wenn er irgendwann von seinem Schiff fällt und aufs Meer hinausgetrieben wird.«

»Ein furchtbarer Gedanke«, meinte Linus, um einen Moment später hinzuzufügen: »Wir könnten das arrangieren.«

Sie lachte überrascht auf. »Also, Mr. Baker, ich hätte niemals gedacht, etwas Derartiges aus Ihrem Mund zu hören. Das gefällt mir. Aber jetzt bringen wir Sie erst mal nach Hause, ja? Es gibt da sicher so einiges, was Sie loswerden möchten.«

Linus drückte sich tiefer in seinen Sitz.

Die Insel sah noch genauso aus wie bei seiner Abreise. Das war ja auch erst einige Wochen her. Dabei fühlte es sich an wie eine Ewigkeit.

Merle brummte, dass Helen sich beeilen solle, woraufhin sie ihm erklärte, sie werde sich so viel Zeit lassen, wie sie wolle, und dass er besser die Klappe halten solle. Er starrte sie verblüfft an, nickte dann aber.

Sie fuhren über die vertraute Straße, die sich in den hinteren Teil der Insel hinaufschlängelte. Die Sonne ging gerade unter. »Ich war ein paarmal hier, seit Sie uns verlassen haben.«

Fragend sah er sie an. »Wegen des Gartens?«

Achselzuckend ergänzte sie: »Und um mir anzusehen, was Sie da hinterlassen haben.«

Linus schaute wieder zum Fenster hinaus. »Und ... wie war es?«

Helen streckte den Arm über die Katzenkiste, die zwischen ihnen stand, und drückte seine Hand. »Sie waren okay. Traurig, ja. Aber so weit in Ordnung. Beim ersten Mal bin ich zum Abendessen geblieben. Es gab Musik. Ein herrlicher Abend. Es wurde viel über Sie gesprochen.«

In Linus' Kehle steckte plötzlich ein dicker Kloß. »Oh.«

»Sie haben während Ihrer Zeit auf dieser Insel wirklich Eindruck gemacht.«

»Das gilt auch andersherum.«

»Schon komisch, wie das manchmal läuft, oder? Dass wir hin und wieder vollkommen unerwartet auf etwas stoßen, von dem wir gar nicht wussten, dass wir es gesucht haben.«

Linus konnte nur stumm nicken.

Im Obergeschoss des Haupthauses brannte Licht.

Die Lampions im Gartenpavillon leuchteten.

Es war halb sechs, was bedeutete, dass die Kinder sich momentan mit ihren persönlichen Projekten beschäftigten. Sal war bestimmt in seinem Zimmer und schrieb. Chauncey übte wahrscheinlich vor dem Spiegel. Phee und Zoe kümmerten sich um die Bäume. Vermutlich war Theodore unter dem Sofa zu finden, und Talia in ihrem Garten. Und Lucy und Arthur waren oben und sprachen über Philosophie und Spinnen im Kopf.

Zum ersten Mal seit Wochen konnte Linus wieder frei durchatmen.

Helen hielt direkt vor dem Haus. Lächelnd sah sie ihn an. »Ich denke, hier trennen sich vorerst unsere Wege. Richten Sie Arthur bitte aus, dass ich wie geplant am Samstag komme. Offenbar ist eine Art Abenteuer geplant.«

»Wie immer am Samstag«, flüsterte Linus.

»Vergessen Sie Ihr Gepäck nicht.«

Er sah sie zögernd an. »Ich danke Ihnen.«

Sie nickte. »Eigentlich sollte ich Ihnen danken. Sie haben hier gewisse Dinge in Bewegung gebracht, Mr. Baker, ob nun absichtlich oder nicht. Für den Anfang ist es nicht viel, aber ich glaube, es wird wachsen. Das werde ich Ihnen nie vergessen. Und nun sollten Sie gehen. Ich denke, es gibt hier einige Menschen, die Sie gerne sehen würden.«

Nervös rutschte Linus auf seinem Sitz herum. »Vielleicht sollten wir ...«

Helen lachte. »Verschwinden Sie aus meinem Wagen, Mr. Baker.«

»Ich heiße Linus. Nennen Sie mich einfach Linus.«

Mit einem freundlichen Lächeln wiederholte sie: »Verschwinde aus meinem Wagen, Linus.«

Er gehorchte und zog die Katzenkiste hinter sich von der Bank. Anschließend hob er seinen Koffer von der Ladefläche. Der Kies knirschte vernehmlich, als Helen winkend davonfuhr.

Er starrte ihr hinterher, bis die Rückleuchten zwischen den Bäumen verschwanden.

»Okay, alter Junge«, murmelte er. »Du schaffst das.«

Calliope miaute in ihrer Kiste.

Er stellte sie ab, bückte sich und öffnete die Klappe. »Aber lauf nicht zu weit …«

Sie schoss heraus und verschwand im Garten.

Seufzend richtete er sich auf. »War ja klar.«

Er folgte ihr.

Überall blühte es, und die vielen Farben schienen noch prachtvoller zu sein als in seiner Erinnerung. Er ging den Pfad entlang, bis er ein fremdartig klingendes Murmeln hörte. Als er um eine Hecke herumging, entdeckte er einen bärtigen Gnom, der in der Erde grub.

Linus blieb stehen.

»Hallo«, sagte er leise.

Ihre Schultern spannten sich kurz an, dann grub sie weiter. Calliope saß direkt neben ihr.

Er wagte sich einen Schritt näher heran. »Die neuen Werkzeuge funktionieren also gut?«

Sie antwortete nicht, warf nur in hohem Bogen mit Dreck um sich.

»Helen hat mir erzählt, wie beeindruckend sie deinen Garten fand. Dass es einer der schönsten sei, die sie je gesehen hat.«

»Na ja«, sagte Talia gereizt, »ich bin ja auch ein Gnom. Da muss ich wohl gut in so etwas sein.«

Er lachte leise. »Aber natürlich bist du das.«

»Warum sind Sie hier?«

Linus zögerte, aber nur kurz. »Weil ich hierhergehöre. Und weil ich gar nicht erst hätte gehen sollen. Ich habe es nur getan, um dafür zu sorgen, dass ihr in Sicherheit seid. Ihr alle. Und jetzt …«

Sie legte mit einem tiefen Seufzer den Spaten hin, dann drehte sie sich zu ihm um.

Sie weinte.

Ohne zu zögern zog Linus sie in seine Arme.

Sie vergrub das Gesicht an seinem Hals. Ihr Bart kitzelte ihn. »Ich werde Sie gleich hier verscharren, auf der Stelle«, schluchzte sie. »Ich hebe hier gerade Ihr Grab aus, nur dass Sie es wissen.«

»Ja, ich weiß.« Er streichelte ihren Rücken. »Ich habe nichts anderes erwartet.«

»Niemand wird Sie jemals finden! Und selbst wenn, wäre es viel zu spät, dann wären nur noch Ihre Knochen übrig!«

»Vielleicht könnten wir das ja noch aufschieben. Nur ein wenig. Ich muss euch allen nämlich etwas Wichtiges sagen.«

Sie schniefte laut. »Vielleicht. Aber wenn mir nicht gefällt, was Sie sagen, kommen wir sofort wieder her, und Sie steigen ohne zu meckern in dieses Loch.«

Ein helles, ungehemmtes Lachen stieg in Linus auf. »Einverstanden.«

Sie lief voraus, und Calliope jagte hinter ihr her. Linus nahm sich einen Moment Zeit, um die Düfte des Gartens in sich aufzunehmen. Und den Wellen zu lauschen. Hätte er noch irgendwelche Zweifel gehabt – spätestens in diesem Moment hätten sie sich aufgelöst. Nun konnte er nur hoffen, dass die anderen ebenso empfanden.

Es wurde Zeit.

Er verließ den Garten und ging um das Haus herum. Als er um die Ecke bog und sah, was ihn erwartete, blieb er abrupt stehen.

Sie hatten sich vor dem Haus versammelt. Zoe blickte ihm leicht gereizt entgegen, schüttelte dabei aber liebevoll den Kopf. Phees Miene war finster. Hoffentlich würde sie ihn nicht in einen Baum verwandeln. Oder zumindest nicht in einen Apfelbaum. Irgendwie gefiel ihm die Vorstellung nicht, dass sie von ihm essen würden, wenn er Früchte trug.

Chauncey zappelte herum, als wollte er unbedingt auf Linus zustürmen, während er gleichzeitig wusste, dass seine Loyalität bei der Gruppe liegen musste. Sal hatte die Arme vor der Brust verschränkt. Theodore hockte auf seiner Schulter und musterte Linus mit leicht geneigtem Kopf.

Talia wischte sich die Augen und brummte auf Gnomisch vor sich hin. Wenn Linus sie richtig verstand, ermahnte sie sich, das Grab zu erweitern, da er ja immer noch ziemlich rundlich sei.

Und natürlich Lucy. Lucy stand ganz vorne, und seine Miene war schwer zu deuten. Linus konnte nicht sagen, ob er mit einer Umarmung rechnen konnte oder ob gleich sein Blut anfangen würde zu kochen, bis seine inneren Organe gut durchgegart waren. Beides war möglich.

Arthur stand hinter den Kindern, und auch wenn sein Blick ausdruckslos war und er die Hände hinter dem Rücken verschränkt hielt, wusste Linus, dass er auf der Hut war. Das erkannte er an seinen verkrampften Schultern. Die Tatsache, dass er daran nicht unschuldig war, machte Linus ganz krank. Arthur sollte niemals eine solche Unsicherheit fühlen. Nicht in dieser Hinsicht.

Während Linus auf Abstand blieb, schien Calliope keine Hemmungen dieser Art zu haben. Sie rieb sich laut maunzend an Sals Beinen. So gesprächig war sie nicht mehr gewesen, seit sie die Insel verlassen hatten.

Wie hatte er nur so dumm sein können? Wie hatte er jemals glauben können, dass er diesen Ort verlassen könne? Er war so strahlend, farbenfroh und warm, und sein Herz schien erst jetzt wieder richtig zu schlagen. Ihm war nicht bewusst gewesen, dass er es hier zurückgelassen hatte. Dabei hätte er es wissen müssen. Es hätte ihm klar sein müssen.

»Hallo«, sagte er leise. »Es ist so schön, euch alle wiederzusehen.«

Niemand sagte etwas, nur Chauncey zappelte weiter und ließ aufgeregt seine Augen hüpfen.

Linus räusperte sich. »Ich erwarte gar nicht, dass ihr es versteht. Eigentlich verstehe ich es selbst nicht. Ich habe Fehler gemacht, darunter einige richtig große. Aber ich …« Er holte tief Luft. »Ich habe einmal etwas gehört. Etwas wirklich Bedeutendes, auch wenn ich damals nicht wusste, wie bedeutend es wirklich war. Eine sehr weise Person stellte sich vor eine Gruppe Menschen, und obwohl sie sehr nervös war, trug sie die schönsten Worte vor, die ich jemals gehört habe.« Linus versuchte sich an einem Lächeln, doch es zerbrach auf seinen Lippen. Er fuhr fort: »Ich bin nichts weiter als Papier, brüchig und dünn. Hält man mich ins Licht, scheint es durch mich hindurch. Schreibt man auf mir, kann ich nie wieder benutzt werden. Kratzer, die eine Geschichte bilden. Eine Geschichte sind. Geschichten, die von Dingen erzählen, Geschichten, die gelesen werden. Aber jeder sieht nur die Worte, nicht das, worauf sie geschrieben wurden. Ich bin nichts weiter als Papier, und auch wenn es viele gibt wie mich, sind wir nicht gleich. Ich bin trockenes Pergament. Ich habe Falten. Ich habe Löcher. Macht man mich nass, löse ich mich auf. Hält man mich an eine Flamme, verbrenne ich. Packt man mich zu rau an, zerknülle ich. Ich reiße. Ich bin nichts weiter als Papier, brüchig und dünn.«

Sal riss die Augen auf.

»Das ist bei mir hängen geblieben«, erklärte Linus. »Weil es so bedeutend ist. Weil ihr alle so bedeutend seid.« Seine Stimme brach, und er schüttelte den Kopf. »Von der Behörde für die Betreuung Magischer Minderjähriger habt ihr nichts mehr zu befürchten. Dies ist euer Zuhause, und es wird euer Zuhause bleiben. Ihr könnt so lange hierbleiben, wie ihr es wollt. Und wenn es nach mir geht, werden andere ebenso ihren Frieden finden wie ihr.«

Talia und Phee keuchten überrascht. Chauncey starrte ihn mit offenem Mund an. Lucy grinste, und Theodore breitete die Flügel aus und brüllte begeistert. Sal sackte erleichtert in sich zusammen.

Zoe aber neigte fragend den Kopf.

Und Arthur rührte sich nicht.

Es war nicht genug. Linus wusste das.

Also gab er ihnen alles, was noch in ihm steckte: »Ich finde euch alle wundervoll. Jeden Einzelnen von euch. Und auch wenn ich den Großteil meines Lebens in einer Welt verbracht hatte, in der ihr nicht existiert, glaube ich nicht, dass ich länger Teil dieser Welt sein kann. Angefangen hat es mit der Sonne, mit ihrer Wärme. Dann kam das Meer, das so ganz anders war als alles, was ich bis dahin gekannt hatte. Und dann folgte dieser Ort hier, die wundervolle, geheimnisvolle Insel. Aber erst durch euch habe ich eine innere Ruhe und eine Freude kennengelernt, die ich nie zuvor empfunden hatte. Ihr habt mir eine Stimme gegeben, eine Bestimmung. Wäret ihr nicht gewesen, hätte sich nichts geändert. Ich denke, sie haben auf mich gehört, aber ich wusste nur deshalb, was ich ihnen sagen musste, weil ihr es mir beigebracht habt. Wir sind nicht allein. Waren es nie. Wir haben uns. Ginge ich je wieder von hier fort, würde ich mir immer wünschen, hier zu sein. Und ich bin es leid, immer nur zu wünschen. Wenn ihr mich haben wollt, würde ich gerne bleiben. Für immer.«

Stille.

Linus rieb sich nervös den Nacken und fragte sich, ob er noch mehr sagen sollte.

»Entschuldigen Sie uns für einen Moment, Mr. Baker«, sagte Lucy dann. Er drehte sich zu den anderen um und winkte sie dichter heran. Die Kinder steckten die Köpfe zusammen und tuschelten. Zoe drückte eine Hand an den Mund, um sich das Lachen zu verkneifen.

Arthur sah reglos zu Linus hinüber.

Der wusste, dass es unhöflich war, eine Zusammenkunft zu belauschen, der er nicht angehörte. Das hielt ihn allerdings nicht davon ab, es zu versuchen. Unglücklicherweise schien es die Kinder nicht im Geringsten zu kümmern, dass er kurz vor einem Herzinfarkt stand. Schweigend sah er zu, wie sie sich berieten. Einmal strich Lucy mit dem gestreckten Finger über seine Kehle, verdrehte die Augen und ließ die Zunge aus dem Mund hängen. Talia nickte zustimmend. Chauncey schien irgendetwas über eine Kannibalenfütterung zu sagen, aber vielleicht hatte Linus sich da auch verhört. Theodore schnappte mehrmals in die Luft. Und Phee warf Linus über die Schulter finstere Blicke zu, bevor sie sich wieder den anderen zuwandte. Als Sal fast unhörbar seinen Kommentar abgab, blickten die anderen bewundernd zu ihm hoch.

»Dann sind wir uns also einig?«, fragte Lucy schließlich.

Die Kinder nickten.

Geschlossen drehten sie sich zu Linus um.

Lucy machte sich zum Wortführer: »Weiß irgendjemand, dass Sie hier sind?«

Linus schüttelte den Kopf.

»Wir könnten Sie also umbringen, ohne dass jemand davon erfährt.«

»Ja, auch wenn ich das nach Möglichkeit gerne vermeiden würde.«

»Aber natürlich«, nickte Lucy. »Wir stellen einige Bedingungen.«

»Damit habe ich gerechnet.«

Talia fing an: »Sie müssen mir im Frühling im Garten helfen und genau das tun, was ich Ihnen sage.«

Seine Antwort kam, ohne zu zögern: »Jawohl.«

Nun war Phee an der Reihe: »Einmal im Monat müssen Sie einen Tag mit Zoe und mir im Wald verbringen.«

»Jawohl.«

Chauncey forderte: »Sie müssen mich Ihre Wäsche machen lassen!«

Oh, sein Herz würde sicher gleich explodieren. »Wenn du das möchtest.«

»Und Sie müssen mir Trinkgeld geben!«

»Selbstverständlich.«

Theodore zwitscherte und klickte, sein Kopf wackelte auf und ab.

»Jeden Knopf, den ich nur finden kann«, versprach Linus.

Sal meinte: »Und wir verlangen, dass wir Sie duzen dürfen.«

Seine Augen brannten. »Nichts würde mich glücklicher machen.«

Auf Lucys Gesicht war dieses teuflische Grinsen erschienen. »Und du musst mit mir tanzen, und wenn ich Albträume habe, musst du kommen und mir sagen, dass alles wieder gut wird.«

»Jawohl. Ich sage zu allem Ja. Zu jedem einzelnen Punkt. Für euch würde ich alles tun.«

Lucys Lächeln verblasste; plötzlich sah er unglaublich jung aus. »Warum bist du überhaupt weggegangen?«

Linus ließ den Kopf hängen. »Manchmal weiß man etwas erst zu schätzen, wenn es nicht mehr da ist. Und ich musste für euch die Stimme erheben. Damit auch die dort draußen, ganz weit weg, erfahren, dass ihr so viel mehr seid.«

»Kinder.« Zum ersten Mal meldete sich Arthur zu Wort. »Würdet ihr jetzt bitte hineingehen und Zoe mit dem Abendessen helfen? Ich muss mich kurz mit Mr. Baker unterhalten.«

Sofort folgte lauter Protest.

»Jetzt, bitte.«

Lucy riss frustriert die Arme hoch. »Warum bringst du es nicht einfach hinter dich und küsst ihn? Erwachsene sind so blöd.«

Zoe erstickte beinahe an ihrem Lachen. »Kommt mit, wir sollten die blöden Erwachsenen jetzt allein lassen. Wir werden nun hineingehen und das Abendessen machen, und auf keinen Fall werden wir sie von drinnen heimlich beobachten.«

»Oooh«, freute sich Talia, »ich verstehe. Ja, lasst sie uns heimlich beobachten ... ich meine, das Abendessen machen.«

Plötzlich liefen sie voller Eifer ins Haus. Sal warf noch einen kurzen Blick über die Schulter, bevor er die Tür hinter sich zuzog.

Um wenig später mit den anderen am Fenster zu erscheinen, wo sie ziemlich erfolglos versuchten, sich hinter den Vorhängen zu verstecken. Sogar Zoe.

Linus liebte sie alle so sehr.

Über ihnen tauchten die ersten Sterne auf. Der Himmel war von orange leuchtenden und rosafarbenen Streifen durchzogen, und so unglaublich blau, blau, blau. Möwen kreischten. Die Wellen schlugen gegen die Felsen.

Doch das Einzige, was in diesem Moment zählte, war der Mann vor ihm. Dieser herausragende Mann.

Linus wartete.

»Warum jetzt?«, fragte Arthur schließlich. Es klang müde.

»Es wurde Zeit.« Linus zögerte kurz. »Ich ... ich bin weggegangen, weil ich dachte, es wäre richtig so. Ich habe das Ergebnis meiner Überprüfung dem Allerhöchsten Management vorgelegt.« Wieder hielt er kurz inne, um seine Gedanken zu ordnen. »Wobei *vorlegen* vielleicht etwas zu freundlich ausgedrückt ist. Wenn ich ehrlich sein soll, war ich ziemlich harsch.«

Arthurs Lippen zuckten. »Ach, wirklich?«

»Ich wusste gar nicht, dass ich dazu überhaupt fähig bin.«

»Und warum weißt du es jetzt?«

Linus hob beide Hände. »Weil ich ... Dinge gesehen habe. Hier. Dinge gelernt habe, von denen ich vorher keine Ahnung hatte. Das hat mich verändert. Und wie sehr es mich verändert hat, habe ich erst erkannt, als ich es nicht mehr hatte. Als ich morgens nach dem Aufstehen nicht mehr zum Haus hinübergehen und dort frühstücken konnte. Oder nicht mehr zuhören konnte, wenn du ihnen Unterricht erteilst. Oder mit dir über deine hanebüchenen Ansichten zur Philosophie diskutieren konnte. Oder samstags auf Abenteuertour gehen konnte, wo mir mit einem wahrlich grausigen Tod gedroht wurde. In einem vollkommen albernen Outfit.«

»Oh, ich weiß nicht«, meinte Arthur, »inzwischen scheinst du mit dem Outfit ja kein Problem mehr zu haben.«

Linus zupfte an seinem Hemd. »Irgendwie ist es mir ans Herz gewachsen. Ich will damit nur sagen, dass ich gegangen bin, weil ich mich vor dem gefürchtet habe, was sein könnte, nicht vor dem, was bereits Realität war. Aber nun fürchte ich mich nicht mehr.«

Arthur nickte kurz, dann wandte er den Blick ab. Mit angespannter Miene fragte er: »Und das Waisenhaus?«

Linus schüttelte den Kopf. »Es ist nicht... Weißt du noch, wie du mir einmal gesagt hast, der Begriff Waisenhaus wäre irreführend? Weil niemand hierherkäme mit der Absicht, ein Kind zu adoptieren?«

»Das habe ich gesagt?«

»Ja, hast du. Und ich habe eben das dem Allerhöchsten Management gesagt – dass dieses Haus kein Waisenhaus ist. Sondern ein Zuhause. Und genau das wird es auch bleiben.«

»Wirklich und wahrhaftig?«

»Wirklich und wahrhaftig.«

»Und was war das mit den anderen? Du hast gesagt, du könntest auch noch anderen helfen.«

Linus rieb sich den Nacken. »Nun ja, ich habe möglicherweise ein wenig... gegen das Gesetz verstoßen. Aktendiebstahl. In mehr als einem Fall. Ich habe da so eine Idee, aber das wird Zeit brauchen.«

»Also wirklich, Linus Baker, ich bin sehr überrascht. Ausgerechnet Diebstahl. Höchst unangemessen.«

»Tja, also«, murmelte Linus, »das ist eigentlich ganz allein eure Schuld. Ihr habt mich verdorben.«

Er glaubte, in Arthurs Augen etwas aufflackern zu sehen. »Du hast das wirklich alles getan?«

»Ja. Ich hatte schreckliche Angst, aber es war nun einmal das Richtige.« Er zögerte. Dann fügte er hinzu: »Und ich habe gekündigt.«

Nun sah Arthur tatsächlich überrascht aus. »Warum?«

Achselzuckend erklärte Linus: »Weil ich dort nicht länger hingehöre.«

»Und wohin gehörst du nun, Linus?«

Linus Baker nahm noch einmal all seinen Mut zusammen und sagte: »Hierher. Zu dir. Wenn du mich haben willst. Frag mich noch einmal. Bitte, ich flehe dich an. Frag mich noch einmal, ob ich bleiben möchte.«

Arthur nickte steif. Er räusperte sich. Trotzdem klang seine Stimme rau, als er sagte: »Linus.«

»Ja, Arthur?«

»Bleib hier. Bei uns. Bei mir.«

Linus bekam plötzlich keine Luft mehr. »Ja. Ja, das werde ich. Ja. Für sie. Für dich. Für …«

Der Kuss schnitt ihm das Wort ab. Dabei hatte er nicht einmal bemerkt, dass Arthur sich bewegt hätte. Im einen Moment glaubte er innerlich zu zerbrechen, im nächsten spürte er warme Hände, die seine Wangen umfassten, und weiche Lippen drückten sich auf seinen Mund. Er schien Feuer zu fangen, von innen heraus zu verbrennen. Schnell legte er seine Hände auf Arthurs, damit sie sich ja nicht fortbewegten. Dieser Moment sollte niemals enden. Da hatte er sein Leben lang Liebeslieder gehört, und doch hatte er nicht die leiseste Ahnung gehabt, wie sich ein solcher Augenblick anfühlen konnte.

Schließlich löste sich Arthur von ihm und fing fröhlich an zu lachen, als Linus sein Gesicht mit Küssen bedeckte, sein Kinn, seine Wangen, seine Nase, seine Stirn. Er ließ die Hände sinken, schlang Linus die Arme um die Taille und zog ihn an sich. Im Haus wurde gedämpfter Jubel laut, als die beiden Männer anfingen, sich im Licht der untergehenden Sonne in einem langsamen Tanz zu wiegen.

»Es tut mir leid«, flüsterte Linus dicht an Arthurs Hals, noch immer von dem Wunsch getrieben, diesen Moment ewig andauern zu lassen.

Arthur drückte ihn noch fester an sich. »Du dummer, entzückender Mann. Es gibt nichts, wofür du dich entschuldigen müsstest. Du hast für uns gekämpft. Deshalb könnte ich nie wütend auf dich sein. Wie unglaublich kostbar du doch für mich bist.«

Linus spürte, wie sein Herz zur Ruhe kam.

Und während sie sich weiter zu einer Melodie wiegten, die nur sie beide hören konnten, versank die Sonne langsam hinter dem Horizont, und in diesem kleinen, verschwiegenen Winkel der Welt war alles gut.

Wärst du nicht gerne hier?

Epilog

An einem warmen Donnerstagnachmittag im Frühling dröhnte das Rumpeln eines alten Pick-ups über die Insel, der sich schaukelnd dem Haus näherte.

Linus, der gerade Unkraut jätete, blickte hoch und wischte sich den Schweiß von der Stirn, wobei er prompt einen Schmutzfleck hinterließ.

»Klingt nach Helen«, stellte er fest. »Wollte sie dich besuchen kommen?«

Talia hob nicht einmal den Kopf, sondern klopfte weiter liebevoll die Erde in einem Petunienbeet fest. »Weiß ich nichts von. Sie meinte zwar, dass wieder eine Zeitschrift angefragt hat wegen meiner Blumen, aber das sollte erst nächsten Monat sein. Und als wir letztes Wochenende im Dorf waren, hat sie auch nichts gesagt.«

Ächzend stand Linus auf. »Ich frage besser mal nach, was sie will.«

»Falls es meine zahlreichen Bewunderer sind, sag ihnen, dass ich momentan nicht auf Gesellschaft eingestellt bin, und dass es unhöflich ist, sich nicht vorher anzukündigen.«

Er schnaubte belustigt. »Ich werde dafür sorgen, dass die Botschaft ankommt.«

Talia warf ihm einen misstrauischen Blick zu. »Und glaub bloß nicht, dass du dich deswegen vor deinen Unkrautpflichten drücken kannst.«

Liebevoll tätschelte Linus ihre Mütze. »Würde mir nicht im Traum einfallen. Mach einfach weiter, ich bin gleich wieder da.«

Talia brummte etwas auf Gnomisch.

Linus schüttelte schmunzelnd den Kopf. Ihre Drohungen wurden immer ausgefallener. Woran er einzig und allein Lucy die Schuld gab.

Er wischte sich die Hände an seinem Hemd ab und ging zur Vorderseite des Hauses. Der Linus von vor einem Jahr hätte den Mann von heute niemals erkannt. Seine Haut war verbrannt, hatte sich abgeschält, war wieder verbrannt, hatte sich wieder abgeschält, und nun wies sie etwas auf, das als leichte Bräune bezeichnet werden konnte. Er trug Shorts (freiwillig!), und seine Knie waren schwarz, weil er die letzte Stunde kniend im Garten verbracht hatte. Rundlich war er immer noch, aber inzwischen hatte er sich widerwillig mit dieser Tatsache abgefunden – nachdem Arthur deutlich kundgetan hatte, wie sehr er das schätzte. Gut, seine Haare waren noch spärlicher geworden, aber für solche Banalitäten hatte er sowieso keine Zeit. Zum ersten Mal in seinem Leben fühlte er sich rundum wohl in seiner Haut. Möglicherweise war sein Blutdruck noch immer ein kleines bisschen zu hoch, aber im Leben gab es schließlich so viel Wichtigeres als Rettungsringe an den Hüften oder ausgefallene Haare auf dem Kopfkissen.

Er summte ein Lied von Buddy Holly vor sich hin, während der Pick-up vorfuhr und mit einem Ruck anhielt. Der Motor hustete und keuchte, als er abgestellt wurde.

»Klingt so, als würde er bald den Geist aufgeben«, meinte Linus, als Helen aus dem Wagen stieg. Sie trug einen mit Grasflecken übersäten Overall.

»Ach, der tut's schon noch.« Sie grinste breit. »Du hast dich schmutzig gemacht. Talia lässt dich also nicht aus eurem Vertrag raus?«

Linus seufzte. »Wenigstens habe ich sie auf drei Tage pro Woche runtergehandelt. Noch weiter runterzugehen habe ich mich nicht getraut. Bis jetzt hat sie das Loch noch nicht zugeschüttet, das als mein Grab vorgesehen war. Eine ziemlich wirksame Drohung, auch wenn sie von jemandem kommt, der so klein ist.«

»Es steht dir.« Helen klopfte ihm auf die Schulter. »Ist Arthur da? Ich muss mit euch beiden sprechen. Und J-Bone hat mich gebeten, Lucy auszurichten, dass die bestellten Schallplatten gekommen sind.«

»Ist alles in Ordnung?«

Ihr Lächeln verblasste etwas. »Ich denke schon. Aber es ist wohl besser, wenn ihr es gemeinsam erfahrt.«

Das klang gar nicht gut. »Ist irgendwas im Dorf los? Ich dachte, die Lage würde sich langsam entspannen. Als wir letztes Wochenende dort waren, haben wir nur noch ein paar böse Blicke kassiert.«

Helen schüttelte den Kopf. »Nein ... es hat nichts mit dem Dorf zu tun. Und wer hat euch denn das Leben schwergemacht?«

Achselzuckend erklärte Linus: »Die üblichen Verdächtigen. Aber es wird immer einfacher, sie zu ignorieren. Kinder sind erstaunlich widerstandsfähig, wenn es sein muss.«

Trotzdem runzelte Helen die Stirn. »Es *sollte* aber nicht sein müssen. Ich habe euch versprochen, dass ich mein Möglichstes tun werde, damit so etwas nicht mehr passiert.«

»Und du hast schon wahre Wunder bewirkt«, versicherte er ihr. »Aber solche Dinge brauchen nun einmal Zeit.«

Und nicht alle *wollten*, dass sich etwas änderte, aber das brauchte er ihr wohl nicht zu sagen. Seit sie das erste Mal auf die Insel gekommen war, um sich alles anzusehen, hatte Helen es sich zur Aufgabe gemacht, aus dem Dorf einen Ort zu machen, der jeden willkommen hieß. Zuallererst waren die SEHEN – MERKEN – MELDEN-Plakate abgenommen worden. Dagegen hatte sich nur minimaler Widerstand geregt. Als sie allerdings angekündigt hatte, aus dem Dorf Marsyas einen Urlaubsort für alle machen zu wollen – Magische wie Nicht-Magische –, waren die Proteste schon lauter geworden. Erst als sie die Ladenbesitzer daran erinnert hatte, dass mehr Touristen auch mehr Geld bedeuteten, hatte das Gemecker wieder nachgelassen. Linus hatte mit grimmiger Belustigung beobachtet, wie der Profit die Vorurteile ausgehebelt hatte - vor allem, da die behördlichen Schweigegeldzahlungen an das Dorf eingestellt worden waren. Er betrachtete es als einen Sieg, als der Rat der Dorfbewohner schließlich für Helens Vorschlag gestimmt hatte, auch wenn es ein leerer Sieg war.

Doch es war ein Anfang.

Und dann, nach Weihnachten, kam von der Behörde für die Betreuung Magischer Minderjähriger die überraschende Mitteilung, dass das Allerhöchste Management geschlossen zurückgetreten sei. Offenbar hatte eine externe Untersuchung der von der Behörde geleiteten Schulen ergeben, dass man dort den Schülerinnen und Schülern gegenüber eine extrem diskriminierende Haltung an den Tag legte. Angestoßen wurde diese Untersuchung durch einen anonymen Bericht, in dem regelrecht widerwärtige Praktiken aufgezeigt wurden, denen die magischen Kinder ausgesetzt waren, zudem wurden konkrete Fälle genannt, in denen sie unter dem Einfluss der BBMM als Bürger zweiter Klasse behandelt worden waren. Es wurde eine neue Führungsspitze eingesetzt, die von großen Veränderungen sprach, doch natürlich mahlten die Mühlen der Bürokratie noch immer langsam, vor allem, wo sie auf dezidierten Widerstand stießen. Jahrzehntealte Vorurteile zu überwinden würde einige Zeit brauchen. Aber wenn mit der BBMM ein Anfang gemacht war, konnten sich im Laufe der Zeit wohl auch in anderen Behörden Veränderungen im Umgang mit den magisch Begabten durchsetzen.

Irgendwo mussten sie ja anfangen.

Im Februar war eine Reporterin auf die Insel gekommen, die anscheinend von Linus' dramatischem Abgang bei der BBMM erfahren und seinen Weg nachverfolgt hatte. Sie fragte ihn, ob er irgendetwas über diesen anonymen Bericht wüsste, der die halbe Regierung in Aufruhr versetze habe. »Ein Whistleblower«, stellte sie fest, »jemand mit Insiderwissen über die Vorgänge bei der Behörde für die Betreuung Magischer Minderjähriger.«

Linus lachte verkrampft. »Sehe ich aus wie jemand, der einen solchen Aufstand anzetteln würde?«

Doch sie ließ sich nicht täuschen. »Ich habe die Erfahrung gemacht, dass sich allein aufgrund des Aussehens nicht sagen lässt, wozu ein Mensch imstande wäre. Und ich kann Ihnen volle Anonymität zusichern.«

»Können Sie das?«

»Ich gebe Ihnen mein Wort. Wenn es um den Schutz meiner Quellen geht, bin ich gnadenlos.«

Er dachte an all die Kinder dort draußen, die in ähnlichen Einrichtungen untergebracht waren wie Marsyas. Jene Kinder, die er kennengelernt hatte, und die vielen Tausend, bei denen ihm das nicht vergönnt gewesen war, auch wenn er in seinen gestohlenen Akten viel über sie gelesen hatte. Vielleicht könnte er so dafür sorgen, dass dieses Feuer noch eine Weile so hell weiterbrannte. Ja, er war ein stiller Mann, mit einem zurückhaltenden Herzen. Aber gleichzeitig dachte er auch an den Phönix. An strahlende Flügel in einem rußgeschwärzten Keller und auf einem Fähranleger, wo alle Welt ihn hatte sehen können. Wenn diese Reporterin ihn aufspüren konnte, würde das für andere ebenfalls möglich sein. Aber Linus war sowieso zu dem Schluss gekommen, dass er sich nicht länger verkriechen wollte. »Dann hören Sie jetzt gut zu, denn ich werde Ihnen eine Geschichte erzählen, die Sie so bestimmt noch nie gehört haben.«

Sie lächelte.

Als sie fünf Stunden später aufbrach, hatte sie ein beinahe gieriges Funkeln in den Augen. Was sie von ihm bekommen habe, reiche für eine ganze Serie, meinte sie. Sie würde sich melden, sobald ein Veröffentlichungsdatum feststand. Ihrer Meinung nach könnte es bereits im Sommer so weit sein. »Ist

Ihnen eigentlich klar, was das bewirken wird?«, fragte sie, als sie zu dritt draußen vor dem Haus standen. »Haben Sie auch nur die geringste Vorstellung davon, was das bedeutet?«

»Eine bessere, als Sie ahnen«, meinte Arthur.

Sie sah ihn lange an, dann nickte sie. Dann wandte sie sich ihrem Auto zu, hielt aber mit der Hand am Türgriff noch einmal inne. Sie drehte sich zu den beiden Männern um. »Eine letzte Frage noch.«

»Verdammte Reporter«, murmelte Linus.

Sie ignorierte das, denn sie war ganz auf Arthur konzentriert. »Eine meiner Quellen hat mir verraten, dass ein absolut einzigartiger Zeuge über seine persönlichen Erfahrungen mit der Behörde für die Betreuung Magischer Minderjähriger aussagen wird. Wissen Sie zufällig etwas darüber?«

»Ein absolut einzigartiger Zeuge«, wiederholte Arthur. »Wie spannend.«

»Ist es wahr?«

»Ich denke, das wird die Zeit zeigen.«

Die Reporterin schüttelte den Kopf, und ein für Linus undeutbarer Ausdruck huschte über ihr Gesicht. Dann meinte sie: »Ich muss objektiv bleiben. Mein Job besteht darin, die Fakten zu präsentieren, nichts sonst.«

»Aber?«, hakte Arthur nach.

»Aber als Mensch, als jemand, der ein kleines Licht am Ende des Tunnels zu sehen glaubt, hoffe ich inbrünstig, dass diesem Mann eines klar ist: Es gibt dort draußen unzählige Menschen, die der festen Überzeugung sind, dass seine Aussage den Wandel herbeiführen wird, den unsere Welt so dringend braucht. Auf Wiedersehen.«

Damit stieg sie in ihren Wagen und machte sich auf den Weg zur Fähre.

Die beiden Männer fassten sich an der Hand und sahen zu, wie das Auto auf der unbefestigten Straße davonfuhr.

Schließlich meinte Linus: »Ich habe es dir gesagt.«

Arthur lächelte. »Ja, das hast du, nicht wahr? Vielleicht hattest du am Ende doch recht. Glaubst du denn wirklich, dass sie es sich anhören werden?«

Linus war kein Narr. Ihm war klar, dass die BBMM ihn vermutlich genauso unter Beobachtung hatte wie die übrigen Bewohner der Insel. Zwar trug er nicht das kleinste bisschen Magie in sich, aber er hatte die BBMM verlassen und war an einen Ort gezogen, der technisch gesehen noch immer als geheim eingestuft wurde, auch wenn das inzwischen nicht mehr war als ein schlechter Witz. Die Kinder verbargen nicht, wer sie waren. Und auch wenn es nach wie vor zu Konflikten kam, waren sie inzwischen im Dorf doch stets willkommen. Dafür hatte Helen gesorgt.

Natürlich war er nicht so naiv zu glauben, dass es überall so sein würde. Noch immer sah er die zornigen, giftigen Blicke, die magisch Begabte in den großen Städten auf sich zogen. Es gab Kundgebungen und Aufmärsche von Pro-Registrierungsbewegungen, die aber auch seine Hoffnung auf Veränderung stärkten, denn die Zahl der Gegendemonstranten nahm stetig zu. Das waren vor allem junge Leute - magische wie nicht-magische -, und Linus wusste, dass der alten Garde bald die Puste ausgehen würde.

Es war nur eine Frage der Zeit.

»Ja«, antwortete er deshalb. »Irgendwann sicher.«

Arthur nickte. »Du glaubst an mich.«

Das ließ Linus überrascht blinzeln. »Natürlich tue ich das. Ich glaube an euch alle. Aber du bist ein Phönix, Arthur. Wenn einer sich mit Feuer auskennt, dann du. Und nun ist die Zeit gekommen, alles niederzubrennen und zu sehen, was hinterher aus der Asche hervorwächst.«

»Ein Aufstand«, folgerte Arthur mit einem leisen Lachen. »Wenn die wüssten, wozu wir imstande sind.«

Linus lächelte hintergründig. »Das werden sie schon noch herausfinden.«

Eigentlich rechnete er fest damit, dass die BBMM einen neuen Sachbearbeiter auf die Insel schicken würde, vor allem, nachdem Arthur kürzlich diesen Antrag eingereicht hatte. Bis jetzt hatten sie nichts in der Richtung gehört, aber nun war Helen gekommen. Vielleicht war ihr etwas zugetragen worden, und sie wollte sie rechtzeitig warnen.

»Ich arbeite weiter daran«, versicherte sie ihm.

Er schenkte ihr ein warmherziges Lächeln. »Das wissen wir. Und wir sind dir dankbar.«

Linus führte sie ins Haus, wo ihnen die typischen Geräusche eines fröhlichen Heims entgegenschlugen. Das Gebäude ächzte und knirschte wie alte, gut bewohnte Häuser es eben tun. Unter dem Sofa ragte eine Schwanzspitze hervor, die rhythmisch auf den Boden klopfte. Als sie die Treppe hinaufgingen, hörten sie hektisches Tastenklappern, außerdem tönte ein fröhliches »Wie geht es Ihnen?« aus Chaunceys Zimmer. In letzter Zeit übte er noch mehr als früher, vor allem, nachdem der Manager des Hotels im Ort ihn gefragt hatte, ob er einmal im Monat dem Pagen assistieren wolle. Anscheinend kam der Mann, von dem Chauncey die Mütze bekommen hatte, langsam in die Jahre und würde bald in Rente gehen. Chauncey war vor lauter Freude zu einer wabbeligen Pfütze zerlaufen – dass er so etwas konnte, hatten Linus und Arthur bis dahin überhaupt nicht gewusst. Als er sich schließlich wieder im Griff gehabt hatte, hatte er das Angebot unter Tränen angenommen. Am Samstag sollte sein erster Arbeitstag sein.

Als sie Arthurs Zimmer erreichten, hörte Linus, wie Lucy drinnen laut aufschrie. Er drehte sich zu Helen um, die nur fragend eine Augenbraue hochzog. »Lucy war der Erste, der Arthur offen darauf angesprochen hat, was er ist«, erklärte er ihr. »Die anderen wussten es im Prinzip auch schon, aber Lucy hat beschlossen, es etwas direkter anzugehen. Und jetzt bittet er Arthur seit Wochen, irgendwelche Sachen für ihn anzuzünden.«

»Oje«, seufzte Helen.

Linus öffnete die Zimmertür.

»... überleg dir das nur mal, Arthur! Überleg doch mal, was alles brennbar ist! Papier! Pappe! Bäume! Warte. Nein, keine Bäume. Phee würde mich umbringen, wenn wir Bäume abfackeln. Aber wir *könnten* es, wenn wir wollten. Wir zwei zusammen, wir können einfach so vieles in Flammen aufgehen lassen ... Hi, Linus!«

Linus schüttelte mahnend den Kopf. »Lucy. Darüber haben wir doch schon gesprochen.«

Der Junge verzog das Gesicht. »Ich weiß. Aber du hast mir auch gesagt, dass man nur etwas Neues lernen kann, indem man Fragen stellt.«

Lächelnd erkundigte sich Arthur: »Das hast du ihm gesagt?«

»Was ich zutiefst bereue«, brummte Linus.

»Das ist gelogen«, verkündete Lucy. »Du liebst mich.« Sein Grinsen wurde plötzlich um einen Hauch hintergründiger. »Und du liiiiebst Arthur.«

Linus spürte, wie er rot wurde, stritt es aber nicht ab. Die hier Anwesenden hätten sowieso gewusst, dass es gelogen wäre. »Wie dem auch sei, ich glaube, ich habe in der Küche einen Teller mit Keksen gesehen, auf dem dein Name stand. Warum fragst du nicht Sal und Chauncey, ob sie mitkommen wollen?«

Misstrauisch sah Lucy zu ihm hoch. »Willst du mich etwa rausschmeißen, damit ihr über mich reden könnt? Denn falls es so ist: Was auch immer du denkst, das ich gemacht habe – ich war es nicht.«

Linus erwiderte seinen Blick mit schmalen Augen. »Hast du denn irgendetwas getan, wovon ich wissen sollte?«

»Kekse!«, krähte Lucy und rannte aus dem Zimmer. »Hi, Helen! Bye, Helen!« Er rief bereits lautstark nach seinen Brüdern, während er die Zimmertür hinter sich zuschlug. Eines der Bilder an der Wand (ein Lemur in einer extrem anzüglichen Pose, an dem Linus sich immer wieder erfreuen konnte) kippte zur Seite.

»Ein richtiger kleiner Teufel, wie?«, fragte Helen, die noch immer erstaunt die geschlossene Tür musterte.

»Im wahrsten Sinne des Wortes«, nickte Arthur. »Helen, wir hatten gar nicht mit deinem Besuch gerechnet.«

»Dafür entschuldige ich mich, aber ... diese Sache konnte nicht warten. Ich musste einfach herkommen und euch sehen.« Sie warf einen Blick zu Linus hinüber. »Euch beide. Es ist wichtig.«

»Ganz offensichtlich.« Arthur deutete mit dem Kopf auf den Sessel, aus dem Lucy gerade eben aufgesprungen war. Während Helen sich setzte, ging Linus zu Arthur hinüber und stellte sich neben seinen Stuhl. Die Röte auf seinen Wangen verstärkte sich noch, als Arthur nach seiner Hand griff und einen Kuss darauf drückte. Doch er wehrte sich nicht dagegen.

»Ihr kommt also gut zurecht?«, fragte Helen mit einem Funkeln in den Augen, das Linus nicht so recht gefiel.

»Wir gehen es langsam an«, erwiderte er deshalb etwas steif.

»Aber sicher. Dafür habe ich vollstes Verständnis. Talia hat mir letztes Wochenende erzählt, dass du seit Weihnachten nicht mehr im Gästehaus geschlafen hast. Und dass sie in letzter Zeit einige Pyjamapartys bei Zoe gefeiert haben, wobei ich nicht glaube, dass sie den Grund dafür erraten hat.«

Arthur lachte fröhlich, während Linus stöhnte: »Neugierige kleine Krabben.«

»Es steht euch«, stellte Helen gelassen fest. »Euch beiden. Ich freue mich wirklich, dass ihr euch gefunden habt.« Dann wurde sie wieder ernst. »Ich habe extra abgewartet, bis ich damit zu euch komme, weil ich sicher sein wollte. Aber ich denke, nun ist der richtige Zeitpunkt gekommen.«

Linus war verwirrt. Er warf Arthur einen kurzen Blick zu, bevor er sich wieder an Helen wandte: »Wovon redest du eigentlich?«

»Von einem Kind«, folgerte Arthur. »Nicht wahr? Du hast ein neues Kind gefunden.«

Linus spürte, wie er eine Gänsehaut bekam.

Helen nickte. »Er hat keine Dokumente. Aber er hat sonst niemanden. Zurzeit lebt er bei... Freunden. Bei Menschen, denen ich vertraue, aber sie haben nicht genug Platz für ihn, und das war immer nur als vorübergehende Lösung gedacht. Und wenn man bedenkt, was er ist... wird er mehr brauchen, als sie ihm bieten können.« Ein Lächeln huschte über ihr Gesicht, doch es wirkte unsicher. »Ich weiß, das ist viel verlangt, und es könnte euch mehr Aufmerksamkeit einbringen, als euch lieb ist, aber er kann sonst nirgendwohin. Man hat bereits nach Verwandten gesucht, aber ohne Erfolg. Ich denke, er ist vollkommen allein. Ein schüchterner Junge, ängstlich, und er redet nicht viel. In gewisser Weise erinnert er mich an Sal. Oder eher daran, wie Sal früher war, denn in den letzten Monaten habe ich mehr Worte von diesem Jungen gehört als in der gesamten Zeit davor.«

»Eine richtige Plaudertasche«, meinte Linus geistesabwesend. »Wie heißt dieser Junge?«

»Und genau deswegen wusste ich, dass hier der richtige Platz für ihn sein könnte.« Helens Lächeln wurde wieder etwas strahlender. »Weil ihr mich nicht danach fragt, *was* er ist, sondern *wer* er ist. Ich denke nicht, dass ihm schon jemals jemand auf diese Weise begegnet ist.« Sie holte ein Foto aus der Tasche ihres Overalls. Nachdem sie einen kurzen Blick darauf geworfen hatte, reichte sie es ihnen. »Sein Name ist David. Er ist elf Jahre alt. Und er ist ein...«

»Ein Yeti«, stellte Linus überwältigt fest. Fassungslos starrte er auf das Foto in Arthurs Hand. Es zeigte einen lächelnden Jungen mit dichtem, weißem Haar. Doch es waren vor allem seine Augen, die Linus sofort auffielen.

Sie waren himmelblau.

»Wir nehmen ihn«, verkündete er sofort. »Sobald er dafür

bereit ist. Können wir ihn heute noch holen? Wo ist er denn? Bringt er viel mit? Oh, wir müssen uns ja noch überlegen, wo er schlafen soll. Vielleicht im Gästehaus, das könnte gehen, aber ... Moment mal. Wird er sich hier überhaupt wohlfühlen? Muss es für ihn nicht eher kalt sein? Da fällt uns bestimmt irgendetwas ein. Wir werden alles tun, damit er sich bei uns zu Hause fühlt ...«

Linus spürte, wie Arthur seine Hand drückte.

Er sah zu ihm hinunter. »Wieder zu schnell vorgeprescht, was?«

Doch Arthur sagte nur: »Du wundervoller, wundervoller Mann. Wie sehr ich dich liebe!«

Linus hustete verlegen. »Äh. Ja. Genau wie du. Ich dich auch.«

Helen grinste breit. »Ich wusste es. Ich wusste, dass es die richtige Idee war. Und ja, er mag es eher kalt, aber er hat jetzt schon eine Weile ohne Kälte überlebt.«

»Es geht doch nicht darum, ob er *überlebt*«, protestierte Linus gereizt. »Er soll *leben*.«

»Der Keller«, meinte Arthur unvermittelt, und Linus starrte ihn verblüfft an. »Wir könnten den Keller zu einer Kältekammer umbauen. Nur für ihn.«

»Bist du sicher?«

Arthur nickte. »Ja. Ich denke, es wird Zeit, die Vergangenheit ruhen zu lassen. So können wir etwas voller Zorn und Trauer in etwas Gutes verwandeln.«

Linus Baker liebte Arthur Parnassus mehr, als er je in Worte fassen konnte.

»Könnte es dadurch zu Schwierigkeiten kommen bei deinem Adoptionsantrag für die anderen?«, fragte Helen besorgt. »Ich möchte das auf keinen Fall gefährden.«

Arthur schüttelte den Kopf. »Ich wüsste nicht, inwiefern das eine Rolle spielen sollte. Unser Haus ist offiziell noch immer ein Waisenhaus, auch wenn die BBMM zurzeit angeblich ihre

Richtlinien überarbeitet. Und er ist ... außergewöhnlich, genau wie der Rest von uns. Wenn es ihm hier gefällt und er bleiben möchte, werden wir den offiziellen Weg gehen. Wenn nicht, suchen wir ihm ein anderes Zuhause.«

Helen wirkte erleichtert. »Es gibt noch mehr, wisst ihr. Noch so viele, viele mehr.«

»Das wissen wir«, nickte Linus. »Und auch wenn wir nicht allen helfen können, tun wir zumindest alles für jene, die unseren Weg kreuzen.«

Helen verließ sie wenig später mit dem Versprechen, sich bald bei ihnen zu melden. Es musste noch einiges geplant werden, außerdem war sie der Meinung, es wäre besser, wenn Arthur und Linus erst einmal alleine zu David führen, damit er nicht direkt von den anderen überfallen wurde.

Darin waren sich alle einig.

Linus beobachtete vom Schlafzimmerfenster aus, wie Helen in ihren Pick-up stieg und sich durch das offene Fenster mit Zoe unterhielt. Beide lächelten. Linus hatte zunächst gar nicht bemerkt, wie sich zwischen ihnen etwas entwickelt hatte, allerdings war er da wohl der Einzige gewesen. Erst als er sie bei einem Kuss erwischte, begriff er, warum Helen in letzter Zeit immer häufiger auf die Insel kam.

Zoe hauchte nun einen Kuss auf Helens Handrücken und trat vom Wagen weg. Der Pick-up startete, der Motor bockte kurz, dann rollte der Wagen die Straße hinunter, die zur Fähre führte. Linus zuckte kurz zusammen, als sich zwei Arme um seinen Bauch schlangen. Er drehte den Kopf und strich mit seiner Nase sanft über Arthurs Wange.

»Du schaffst das«, flüsterte er. »Ihn herzubringen. Ihn glücklich zu machen.«

»Wir schaffen das«, korrigierte Arthur ihn liebevoll. »Denn er wird dich ebenso brauchen, wie er mich braucht. Ich denke, er wird uns alle brauchen. Und wir werden dafür bereit sein.«

Linus drehte sich nun ganz um und küsste Arthurs Nasenspitze. »Danke.«

»Wofür?«

»Das hier. Alles. All die Farben.«

Arthur wusste, was er damit meinte. »Es waren seine Augen, nicht wahr? Die hast du zuerst bemerkt.«

Linus nickte. »Sie haben mich an das Meer erinnert. Das ist ein Zeichen. Er gehört hierher. Und wir werden alles dafür tun, dass ihm das auch bewusst wird.«

»Meinst du, wir sollten es den Kindern sagen?«

»Das mit David? Natürlich. Sie müssen doch …«

Arthur schüttelte den Kopf. »Das mit dem Adoptionsantrag. Dass dein Name ebenfalls draufsteht.«

Nun zögerte Linus. »Noch nicht. Erst, wenn wir sicher sind, dass er auch mit beiden Namen durchgeht. Ich würde es ihnen nur ungern sagen, wenn es dann doch wieder geändert werden muss. Falls die BBMM ihn ablehnt, weil wir …« Er räusperte sich kurz. »Du weißt schon.« Am liebsten wäre Linus im Boden versunken. Hoffentlich ging Arthur einfach nicht darauf ein.

Doch diesen Wunsch erfüllte Arthur ihm nicht. »Weil wir nicht verheiratet sind.«

»Ja. Genau.« Und nein, daran hatte Linus natürlich nicht gedacht. Das wäre ihm niemals in den Sinn gekommen. Allein die Vorstellung war schon absurd. Zum einen war es für so etwas noch viel zu früh, und außerdem …

»Dann sollten wir das vielleicht ändern.«

Fassungslos sah Linus zu, wie Arthur zur Tür ging. »Wie bitte?«

Doch Arthur warf nur einen kurzen Blick über die Schulter. »Kommst du, mein lieber Linus?«

»Hey, jetzt warte mal! Du kannst nicht … Du kannst doch nicht einfach so etwas sagen und … was in aller Welt …«

Arthur öffnete die Schlafzimmertür und streckte Linus die Hand entgegen.

Und Linus, der noch immer sprachlos war, nahm das Angebot an.

Wie sich herausstellte, hätten sie sich keine Sorgen machen müssen. Als sie am Fuß der Treppe ankamen, hatten sich die Kinder bereits mit Zoe in der Küche versammelt, und Lucy berichtete ihnen voller Begeisterung, dass Linus ebenfalls ihr Vater werden würde, und dass Arthur und Linus heiraten wollten. Irgendwann in nächster Zeit würden sie mit ihm noch einmal darüber sprechen müssen, wie unfein es war, andere heimlich zu belauschen.

Und als die Kinder mit glücklichem Geschrei und nicht wenigen Tränen auf sie zustürmten, stellte Linus fest, dass er kein bisschen aufgeregt war.

Manchmal, so überlegte er dort in dem Haus am himmelblauen Meer, bekommt man die Möglichkeit, sich für das Leben zu entscheiden, das man haben will.

Und wenn man richtig viel Glück hat, entscheidet sich dieses Leben ebenfalls dafür.

Danksagung

Das Schreiben kann eine misanthropische und einsame Reise sein. Autoren sind oft in ihrem eigenen Kopf gefangen, während sie fieberhaft daran arbeiten, ihre Gedanken in Worte zu fassen. Erst wenn wir dann bereit sind, unsere Geschichten in die Welt zu entlassen, wird deutlich, dass wir diese Furcht einflößende und berauschende Reise gar nicht alleine antreten müssen.

An meine Beta-Leser Lynn und Mia, die diese Geschichte als Erste gelesen haben: Euer Beitrag war wie immer unbezahlbar. Ihr habt aus *Mr. Parnassus' Heim für magisch Begabte* so viel mehr gemacht, als ich erwartet hatte, wofür ich euch immer dankbar sein werde. Es ist ein Riesenglück, dass ich euch habe.

An meine Agentin Deidre Knight: Du warst und bist ein Gottesgeschenk. Weißt du noch, wie du mich unter Vertrag genommen hast, nachdem du mein Wolfsbuch gelesen hattest? Ich schon. Diese Erfahrung hat mein Leben verändert, und du hast mich von da an unter deine Fittiche genommen, hast mich dazu gebracht, so viel mehr zu erreichen, als ich für möglich gehalten hatte. Dank deiner harten Arbeit haben dieses erste und meine weiteren Bücher ein Zuhause gefunden, bei einem Verlag, der mich versteht. Der versteht, wie wichtig der queer-Aspekt ist. Du bist thebomb.com, lass dir da bloß nie etwas anderes erzählen!

An meine Lektorin Ali Fisher: Oh Mann, ich liebe dich. Ich war bei unserem ersten Telefonat *so nervös*, vollkommen überfordert. Obwohl Deidre mir das Händchen gehalten hat, war ich so angespannt, dass ich beinahe aus der Haut gefahren wäre. Aber du hattest überhaupt kein Problem mit meinem Gestammel, und nach dem Gespräch war ich mir sicher, dass ich und meine Geschichten nirgendwo besser aufgehoben sein könnten als bei dir und Tor. Danke, dass du mir einen der besten Kicks meines Lebens verschafft hast. Deine Arbeit an *Mr. Parnassus' Heim für magisch Begabte* hat das Beste aus dieser Geschichte herausgeholt. Eine bessere Lektorin könnte ich mir nicht wünschen. Mit dem Ding werden wir einen absoluten Volltreffer landen.

Und an alle anderen:

Ich bedanke mich bei Tor dafür, dass es Verlage gibt, die an aufrichtige, queere Geschichten glauben (inklusive Antichrist).

Ich bedanke mich bei Saraciea Fennell, meiner Presseagentin, und bei Anneliese Merz und Lauren Levite dafür, dass sie mich (auf die gute Art) aufgemotzt haben.

Ich danke dem Red Nose Studio und seinem Art Director Peter Lutjen für eines der schönsten Cover, die ich je hatte. Ganz im Ernst. Nachdem ihr das Buch gelesen habt, solltet ihr es euch auf jeden Fall noch einmal genau ansehen. Das ist wahre Kunst.

Neben Ali hat auch die Lektoratsassistentin Kristin Temple dafür gesorgt, dass ich nicht aus der Spur gerate, was mir allzu gern mal passiert. Vielen Dank dafür, Kristin.

Außerdem danke ich Melanie Sanders und Jim Kapp aus der Herstellung, dem ganzen Vertriebsteam von Macmillan, dem Marketingteam von Tor (Rebecca Yeager – du bist ein Rockstar!) und dem Team vom Digital Marketing.

Also: Ja, es ist einsam und misanthropisch, ein Buch zu schreiben, aber wie ihr seht, bin ich nicht allein. Eine Menge toller Menschen stehen hinter mir. Dafür werde ich ewig dankbar sein. Sie machen mich zu einem besseren Schriftsteller.

Fehlt nur noch eines - ihr, liebe Leser. Wenn ihr es bis hierhin geschafft habt, hoffe ich mal, dass ihr die Reise genossen habt. Für manche war ich als Autor vielleicht eine Neuentdeckung. Andere haben mich seit den Anfängen begleitet. Mir liegt jeder Einzelne von euch am Herzen, denn ohne euch gäbe es niemanden, dem ich meine Geschichten erzählen könnte. Ich danke euch dafür, dass ihr es mir ermöglicht, das zu tun, was ich am meisten liebe.

»*Jonathan Strange & Mr. Norrell* ist zweifellos der beste fantastische Roman der letzten 70 Jahre.«

Neil Gaiman

ISBN: 978-3-453-42474-6

Wir schreiben das Jahr 1806: Seit Jahrhunderten gibt es keine Zauberei mehr in England, bis der Einzelgänger Mr. Norrell die Statuen der Kathedrale von York zum Sprechen bringt. Kurz darauf wird sein Schüler, der exzentrische Jonathan Strange, gebeten, in den Krieg gegen Napoleon einzugreifen. Doch Strange wird von der dunklen Magie des mächtigen Rabenkönigs angezogen. Und auch Mr. Norrell hütet ein Geheimnis, das nie ans Licht kommen darf …

Leseprobe unter: www.heyne.de

HEYNE